東西漢演義

甄　偉
謝　詔　編著
朱恒夫　校注
劉本棟　校閱

三民書局

東西漢演義　總目

正文

引言

朱恒夫

一

漢代，是中國歷史上的一個重要時期。它鞏固和奠定了封建社會政治、風俗、禮儀制度與倫理、道德、哲學等等方面的社會基礎，對後來漫長的封建社會發生了巨大的影響。漢代又是一個英雄輩出的時代，劉邦、張良、韓信、張騫、班超、蘇武、李廣……兩千多年來，一直受到人們的注意和景仰。漢代還是一個充滿著傳奇故事的時代，築壇拜將、垓下之圍、諸呂亂政、蘇武牧羊、絲綢之路、王莽篡權、光武中興、黃巾起義……因其歷史事件與歷史人物具有強烈的戲劇性與傳奇性，而引起了民間藝人與文人的極大興趣。自唐末俗講起，小說、戲曲運用這一時代的題材而構製的作品很多。在現存的文獻中，存目而佚，或作品仍存的還有相當大的數量。

二

明代後期，書林中不斷有人編寫關於兩漢的演義小說，然其思想內容與藝術成就皆不為世人稱道。到了萬曆後期，鍾山居士甄偉編寫了他的作品西漢通俗演義，其編寫的緣由在書序中作了詳細的介紹，序云：

閒居無聊，偶閱西漢卷，見其間多牽強附會，支離鄙俚，未足以發明楚漢故事，遂因略以致詳，考史以廣義。越歲，編次成書。言雖俗而不失其正，義雖淺而不乖於理。詔表辭賦，模仿漢作，詩文論斷，隨題取義。使劉項之強弱，楚漢之興亡，一展卷而盡在目中。此通俗演義所由作也。

然考察其作品，其成就遠不止發明楚漢故事，揭示史書所蘊之意，以及替古人作詔表奏章等等。思想之博大深刻，技巧之嫺熟新奇，語言之流利典雅，在古代歷史演義小說中，應屬上乘之作。具體的說，特點有三個方面：

㈠作者以冷峻的歷史眼光，審視歷史事件與歷史人物。歷史生活本來和現實生活一樣豐富複雜，多彩多姿；歷史人物本來也和現時的你我他一樣，充滿了精神與物質的欲望，也充滿了因種種客觀因素制約著主觀欲望所帶來的困惑與苦惱。然而，當歷史遠去時，留給人們的卻僅是幾樁驚天動地的磨滅不了的大事件，歷史人物也祇剩下了平面單一的性格特徵。而一些演義小說的作者，步趨於史書之後，僅是按史來復述情節，和按照史書對歷史人物個性的勾勒，來描畫人物形象，成了史書的「描紅」。而且，他們在編寫時，還喜歡用膚淺的愛憎態度給故事與人物塗上標誌性的色彩。結果，歷史生活、歷史人物都失去了它們應有的豐富性與客觀性。西漢演義的作者甄偉不是這樣，他用不帶傾向性的平正的眼光，冷峻地審視每一個歷史事件與歷史人物，通過他的描繪，盡力使歷史生活與歷史人物還原為原生的狀態，讓讀者各自通過他所描繪的歷史畫卷作出見仁見智的判斷。

例如，劉邦曾三次削去韓信的兵權，後世許多人站在韓信一邊，認為劉邦精於權術，對韓信衹是利用，而不信任。然甄偉的看法不是這樣，雖然他對韓信卓越的軍事才能常有溢美之辭，對劉邦善用權術待人也常有批評，但他不用線型的思維方法作簡單的歸納，而是尋繹其中的邏輯關係。劉邦陣營中功高權重者並非僅是韓信一人。文臣中有蕭何、張良、陳平等，武將中有樊噲、王陵、夏侯嬰等。為什麼劉邦獨對韓信持疑與忌恨呢？作者雖然沒有明說，但細讀了有關故事後，就會發現他用形象的手法對其中的原因作了揭示：劉邦固然心胸狹窄，但韓信本身也有可議之處。韓信的叛楚投漢，本質上是一種商業投機，他的心中並無除暴安民、建立統一大業的理想。他依附劉邦，也絕非受劉邦人格力量的感召。他的目的僅是在秦末大亂的政治舞臺上，發揮自己的軍事才能，建立不朽的功勳，改變沒落的貴族家庭地位與受胯下之辱的個人處境。若項羽能夠重用他，也築壇拜將，他決不會跋山涉水到漢中來。明修棧道，暗渡陳倉，打下了三秦之後，劉邦的兵馬達到了五六十萬之眾，這時劉邦提出乘勝進兵，與楚決戰的方針，韓信未予響應，倒建議休整兵馬。於是，劉邦第一次削其兵權，改拜魏王豹為大將，與項王大戰。結果，漢兵折損三十餘萬，睢水為之不流。有人據此戰役的結果來證明韓信不出兵的策略是正確的，進而得出韓信不乘勝進兵與個人動機毫無關係。這種依據不足為憑，說明不了問題。因為指揮者畢竟不是足智多謀的韓信，而是言過其實、眾將不服的魏王豹。在甄偉看來，韓信停兵不發，當是對漢王未封賞而生有怨意的表現。在他被拜將之時，他就曾向劉邦作了按功封賞的暗示。他在劉邦面前批評項羽道：

「見人慈愛恭敬，言語嘔嘔，人有疾病，輒涕泣分食。至使人有功，當封爵者，印刓敝，忍不能予。」而他的攻克三秦之戰，奠定了滅楚的基礎，功莫大焉。劉邦卻隻字不提封爵之事。韓信豈不認為劉邦比起項羽更為吝嗇，他又如何不怨？

「馳趙壁奪印」，是削奪兵權的第二幕戲。明的理由是「營陣欠嚴，關防不密」，實為劉邦兵困滎陽，韓信卻不發一兵援救。其不救的原因，是韓信虜魏王，擒夏說，下井陘，不終朝而破趙二十萬眾，名聞海內，威震天下，然又不得封賞。又立大功，卻仍然無絲毫名利的收穫，他又豈能不怨？就劉邦而言，明知韓信南征北戰之目的在於封爵，卻吝嗇不給。知其有怨，懼其生變，於是削其兵權。之後，韓信功勳累積，卻仍無尺寸之封，他實在等不及了，便在下齊之後，請賜以「假王」之號。劉邦雖在迫不得已的情勢之下，封他為齊王，但他對韓信的疑忌更加重了。於是，在全國一統之後，劉邦的第一個決定就是改封韓信為楚王，第三次將他與軍隊分離。

由上述可見，小說作者在敘述歷史事件與描寫人物形象時，沒有帶著同情或批判的態度，使小說的內容充斥著主觀的歷史見解。而是盡可能地再現歷史的豐富性與複雜性，揭示出事件之間的內部的邏輯關係。

㈡探索政治集團興盛衰亡的原因，具有警世的作用。楚漢相爭，初始時楚強漢弱，最終卻漢勝楚亡。作者將他探索到的原因用不經意的手法隱含在故事的敘述中。甄偉所揭示的原因約有三點：

一是劉邦寬厚待人，而項羽殺戮無度。小說寫劉邦每至一地，總是告誡部屬，要安撫百姓，不妄取民間一物。對於投降者，賜予爵祿；對於被虜者，大多不殺。懷王評價他說：「沛公劉邦，仁厚長者。

使此人職專征伐，決能安輯地方，撫愛黎庶，足可以為天下主也。」第十八回寫他兵行至北昌邑時，見四門緊閉，大軍不得前進。樊噲就要攻城，劉邦諭之曰：「孤城小邑，百姓艱苦，大軍一動，玉石瓦解。我今行師，正欲安民，才至地方，即行強暴，非王者之師也。」城內父老聞之，來告邑令說：「我等苦秦苛法，如蹈水火。今遇沛公大軍到來，地方安堵，如時雨之降。若復抗拒，是逆天也。」劉邦能夠先項羽而入咸陽，靠的就是他的「行仁義之師，布寬厚之政」的力量。入咸陽後的約法三章，更加深得人心。仁義之口碑，傳播遠近。

而項羽就不是這樣了。東路伐秦時，「所過地方，百里火飛，滿川流血。殺人惟恐不勝，殘暴與秦無異。大失民望」。入咸陽後，即索討子嬰而誅之。「一時殺秦公子并親族八百餘人，文武百姓四千六百餘人。積尸滿市，流血滿渠。咸陽百姓，閉門關戶，路上通無人行。」又差人掘盜始皇陵墓，燒毀阿房宮殿。弄得烏煙瘴氣，民怨沸騰。

不過，若僅是這樣的對比描寫，也並不比其他歷史小說高明。小說家不動聲色地使讀者領會到：無論是劉邦還是項羽，其做法並無本質上的差異，都是為了取得政權。前者是收買人心，後者是懾服人心。但作者又作了這樣的暗示性評論：廣行仁義雖然是一種政治手段，但對老百姓還是有好處的。故而，劉邦得到了老百姓的擁護，使形勢發生了由弱轉強的變化。

二是劉邦廣攬人才，又善於駕馭人才，而項羽輕視人才，且嫉才疑才。酈食其原是一無名書生，只因有人推薦，劉邦便力致於麾下。張良有經天緯地之才，他就設計從韓國借出，拜為軍師。對於韓信，雖然起初也嫌其出身寒微，但一旦確認他有扶漢滅楚之帥才後，便齋戒三日，築壇拜將。陳平投降之後，因受賄而受到眾將的非議。劉邦了解了情況後，非但沒有逐出，反而更加寵用。由於廣攬人才的態度，使得項羽陣營中的許多人都倒戈而降。劉邦不光招攬人才，還能夠充分發揮人才的聰明才智。他放手讓文士們運籌謀劃，將軍們攻城略地。他所做的事情僅或是集中大家的智慧，或是考慮些大政方針。而項羽則不是這樣了。他認為自己力能扛鼎，無敵於天下；故而目空一切，不把任何人放在眼裡。烹殺韓生，堵塞了進賢之路；逐走亞父，失去了策劃輔佐之人。

三是劉邦權力高度集中，而項羽權力則過度分散。項羽自封為霸王後，分封了許多諸侯。這些人各有軍隊，各自為政。項羽的國家實質上是一種邦聯制的結構鬆散的封建國家，一旦有事，形不成一種強大的力量，結果，被劉邦各個擊破。劉邦則不同。兵出漢中之後，他將各種武裝力量牢牢地控制在自己的手中，召之即來，來之能戰。將軍稍有尾大不掉的跡象，即削其兵權。

㈢用時間作為故事敘述的線索，突出重大的歷史事件。使得事多而不蕪，人眾而不雜，形成一種嚴謹的結構。如卷三第二十九至三十一回，寫張良在楚營中發現了帥才韓信，力勸他叛楚歸漢。到了第三十三回之後，則轉到敘述韓信逃出楚營，跋山涉水往漢中及蕭何舉薦他做元帥的故事了。張良游說諸侯叛楚的事則置於後臺。這以後，政治舞臺上最風流的人物應數韓信。於是，就讓他盡情地演出一幕幕氣壯山河的英雄劇。待一個段落結束後，又演述張良調陸賈、賺申陽、降魏豹的故事。韓信則暫時隱入了幕後……。就這樣，一個又一個故事，一個又一個人物，按照時間先後的順序，或間隔，或交叉，組合成了風雲激蕩的時代畫卷。

又，書中的每一個故事，都有起承轉合的結構。如韓信拜將的故事，張良勸其投漢為「起」；韓信過關斬將，走陳倉、殺樵夫為「承」；劉邦嫌其出身寒微，不加重用為「轉」；後蕭何追韓信，築壇拜將為「合」。每一個故事因其結構完整，成了獨立的單元。這樣做的效果是，每一個歷史故事都能在讀者的腦海中留下深刻的印象。

三

明代萬曆年間，金陵周氏大業堂刊重刻京本增評東漢十二帝通俗演義，十卷一百四十六回。題「金川西湖謝詔編集」。之後，書坊又出版了劍嘯閣批評東西漢演義，其中收進了東漢演義，削去了編集者姓名，且刪為十卷一百二十五回。這是長期以來流行的讀本。該小說有兩大特點：

一是以平民的眼光重構歷史，以假參真，使歷史故事有聲有色，充滿了傳奇色彩。王莽以藥酒毒死平帝，史書上有記載。資治通鑑卷三十六：「冬十二月，莽因臘日上椒酒，置毒酒中。帝有疾，莽作策請命於泰時，願以身代，藏策金縢，置於前殿，敕諸公勿敢言。丙午，帝崩于未央宮。」王莽放毒，也只是悄悄地放，而且在平帝發病以後，還裝模作樣地效法古代聖人周公，將「願以身代」的策文藏於金縢，來博取虛名。而東漢演義的作者是如何描繪這一事件的呢？第一回奸計圖王侵寶位云：乙丑元始五年臘月八日，平帝壽旦，文武百官各整朝衣象笏，肅候午門之外，待駕臨賀。帝至，王莽具椒酒獻上，「帝聞奏，視之乃皇丈王莽也。帝思：『此人昔有不平之意，恐生毒害。』乃佯狂顛位，推醉不受。莽見帝辭，踴身奮起，扯住龍袍，以酒灌入其口，半傾於身。帝不得已而飲之。未半，御身倒下龍床，七孔皆流鮮血。殿上百官，各各驚駭。」這顯然不是歷史的本來面目，而是平民想像中的景象。這樣的畫面，傾注了人們鮮明的品評歷史人物的態度，和人們心中理想的道德觀。當然，這樣的描繪與歷史就相距甚遠了。

小說不僅在史實的框架內「添油加醋」，有許多地方乾脆任意虛構，且將虛構的內容染上神怪的色彩。如劉秀因父母被害，獨自奔逃，昏迷去路，只得禱告上天，後得一黑鴉引路，才得至胡陽白水村避難。起事之後，往宛城借弓箭刀鎗，為人發覺，正在危急之時，忽然天降紅牛，劉秀遂得突出重圍。後來一老人又將牛收回，「老人駕著紅牛，化一陣清風而去。」這樣寫，強化了故事的趣味性，同時也表明了對劉秀的褒揚態度。

在人物的對話方面，也顯示出濃厚的平民方式，如寫劉秀與其姐拜別之後：

行至半途，見一隊軍馬，喝道將近。文叔（劉秀）於車上帶酒言曰：「輕避重，何不知禮？」其官人曰：「賤避貴，豈故越法？」文叔曰：「汝何貴於我，我何賤於汝？」官人曰：「俺是鳳城官宦子！」文叔曰：「吾乃龍閣帝王孫！」官人曰：「俺父朝中宰相！」文叔曰：「吾祖國內君王！」

喜歡執俗定約成之「禮」，爭強好勝，以昔日的家族輝煌史為榮耀，皆是平民尤其是農民的待人處事的習慣，而不是貴族公子的習慣。更何況此時的劉秀正受到奸黨的追捕，唯恐隱藏不深，怎麼可能會輕易地暴露自己呢？

二是塑造出了主人公劉秀的高大形象。少年時的劉秀，就愛憎分明，嫉惡如仇。到長安參加科場選賢，走到午門前，見眾人擁擠，劉秀有不忿之心，乃言曰：「他時若遂風雲志，破莽重教漢室興。」言訖，以手指於午門之上：「道好，道好，有日冤仇必報！」唬得鄧禹等急推劉秀於僻靜之處。後來又遇到仇人蘇獻，劉秀拔劍欲殺，為鄧禹勸住。進到教場，見了王莽，不覺大怒，忘了嚴光的囑咐，搭箭欲射，因用力過猛，雕弓拽折，被王莽覺察，立命斬之，虧右丞相竇融諫阻，方將劉秀趕出場外。

成為統帥的劉秀，對人民的疾苦極為關心。如派馮異往攻長安，臨行時叮囑道：「今托將軍所事，非必略地屠城，要在平除賊盜，安撫民庶。」吳漢破蜀以後，將公孫述妻子及其族人等，盡皆誅戮。降將延岑亦縱兵大掠，放火焚燒宮殿。劉秀聞之大怒，敕使往戒之曰：「城降三日，吏人從服，孩兒老母，口以萬數。一旦放兵縱火，聞之可為酸鼻。……仰視天，俯視地，觀放麑啜羹，二者孰仁？良失斬將弔人之義也！」由於心繫民眾，所以得到了民眾真誠的擁戴，在群雄角逐中獲得勝利。

劉秀還具備「明主」應有的「豁達大度」的素質。小說中的岑彭，智勇雙全，堅心忠貞，一再與劉秀作對。棘陽之戰，大敗漢兵，使得劉秀成了孤家寡人，隻身逃逸。其後，岑彭又攻破小長安，把劉秀叔父孀娘及劉氏家屬三百餘口，盡皆殺死。劉秀被圍在垓心，馬又被射中，千鈞一髮之際，他二哥劉仲以己馬讓之，使他才轉危為安，而劉仲卻死於陣中。儘管如此，劉秀卻對岑彭的忠貞、勇敢、智慧，愛敬不已。攻下棘陽後，下令「如有傷著岑彭者即斬」，使岑彭得以一人一騎逃遁而去。後岑彭在窮途末路而被俘虜時，劉秀走下帳來，親解其縛，說：「久愛將軍，渴思甚矣。」劉秀就是這樣以此恢宏的胸懷對待德才兼備之人。結果，文武之才，如川歸海，麾下之人，無不忘死爭先。

東漢演義的不足之處有兩點，一是每回的內容不均衡，有的章回太短，祇能說是一個故事的大綱。二是引用的奏章書信太多，且多是抄錄自漢書、後漢書的，有的晦澀難懂，一般水平的讀者每讀到這些地方，都會感到乏味。相比之下，西漢演義在這方面的處理方式上，要高明得多。

四

西漢演義與東漢演義在高度尊重史實的基礎上，比較成功地處理了歷史真實與藝術真實的關係。讀者通過這兩部小說，不僅能基本了解兩漢的重要史實，還能得到藝術的美感。因此說，這兩部歷史演義，既是通俗的歷史讀物，又是較好的文學作品。

當然，兩漢的故事，雖然也經過漫長的通俗文藝的演化，然而，它們畢竟不像三國故事那樣驚心動魄，扣人心弦。所以，也就沒有更多的民間藝人像「說三分」那樣，對故事進行不斷地加工、改造，使之精美絕倫，而是十分緩慢地發展。直到甄偉、謝詔接手改編時，藝術的虛構成分仍遠遠少於史實的描寫。甄偉、謝詔可能又不像羅貫中那樣出入於藝人中間，對通俗文藝的手法應用自如。因此，作為通俗小說，用一個較高的標準來衡量，它們還不夠瀟脫，還沒有營造出幽遠的令人難忘的歷史意境。

然而，也正由於有這樣小小的缺陷，倒給我們的研究提供了寶貴的資料，使我們有可能對下列兩個問題作深刻的探討：(1)宋夢粱錄卷二十小說講經史條云：「講史書者，謂講說通鑑漢唐歷代書史文傳興廢爭戰之事。」由此可見，宋代說書人講說兩漢歷史故事是毫無疑問的。宋之後又有兩漢題材的戲曲，可證明兩漢的故事一直是人們感興趣的。那麼，為什麼一直到了明代末葉之後才有人進行整理呢？而且，從整理本看出，民間並未給文人提供豐富的底本，這又是為什麼呢？⑵明代人寫的歷史演義小說應該在體制上仿照三國演義。然而由兩漢演義來看，兩者有很多的不同，且後者反而比前者粗糙，這又是為什麼呢？

我們相信，這兩部小說的重新面世，對學術研究也會有所幫助。

為便於閱讀，標點者在目錄與文中，都給每個題目編上了回次。並將生難詞語，摘出注釋。又為了便於學者研究，將甄偉、袁宏道的序文都補了進去。

由於水平有限，標點與注釋一定有錯誤之處，敬請讀者批評指教。

考證

朱恒夫

西漢演義與東漢演義的兩位作者甄偉、謝詔，生平均不詳。甄偉自稱「鍾山居士」，可見是南京人，至少客居於南京。這也與首次為金陵周氏大業堂刊梓相吻合。又自序點明時間為萬曆壬子歲春月之吉，即在西元一六一二年春節期間。

謝詔的籍貫為「金川西湖」。金川，在四川省，縣名。東漢演義有陳繼儒的序，末云：「有好事者為之演義，名曰東漢志傳，頗為世賞鑒。奈歲久字湮，不便覽閱。唐貞予復梓而新之，且屬不佞稍增評釋。」陳繼儒生於一五五八年，卒於一六三九年，能被人邀作小說評點，當不會少於三四十歲，這樣算來，東漢演義寫作的時間與西漢演義的寫作時間大概差不甚遠，或許甄偉在後，謝詔在前。

東西漢演義的內容雖然依據了漢書、後漢書與資治通鑑等史書，但肯定也吸收了自唐俗講以來的通俗文藝中的兩漢故事。因為在現存的資料中，我們還能發現兩漢題材的作品在他們整理之前有相當大的數量。小說有：

(1)季布罵陣詞文（存）敦煌變文集，人民文學出版社一九五七年版。

(2)前漢書評話（存）元英宗至治年間（一三二一～一三二三）建安虞氏新刊本。

(3)京本通俗演義按鑒全漢志傳（存）明萬曆十六年清白堂刊本。鰲峰後人熊鍾谷編次。

⑷新刻按鑒編集二十四通俗演義（存）明潭陽三臺館元素訂梓。

⑸兩漢開國中興傳志（存）撫宜黃化宇校正。萬曆己巳三十三年書林詹秀閩繡梓。

戲曲中的兩漢故事劇就更多了，今佚的加上仍存的約有三十多本。元雜劇今存的即有張子房圯橋進履、漢高祖濯足氣英布、蕭何月下追韓信、隨何賺風魔蒯通雜劇等。

當然，甄、謝二氏並沒有將這些兩漢故事照搬到演義小說中，他們選錄的標準是看與歷史的接受程度，以追求歷史的真實。

西漢演義與東漢演義先為各自單行本面世，後合刻較多，今存的各種版本散落於海內外，可以查見的有下列數種：

1. 日本宮內省圖書寮藏的大業堂本。大業堂，明代金陵周氏書坊。萬曆壬子（一六一二）刻有重刻西漢通俗演義與重刻京本增評東漢十二帝通俗演義志傳。據孫楷第先生在其日本東京所見小說書目中介紹，重刻西漢通俗演義，八卷一百零一則，綿紙，寫刻。正文半葉十四行，行三十字。有句讀旁勒。無評語，亦無圖。署「鍾山居士建業甄偉演義」、「繡谷後學敬弦周世用訂訛」、「金陵書林敬素周希旦校」。東漢十二帝通俗演義，十卷，一百四十六則。封面欄外橫書「陳眉公增評」，兼有「大業堂重校梓」字樣。字為扁體，半葉十二行，行二十八字。有句讀旁勒。復有小字旁評及注釋。評者陳眉公即陳繼儒。又書前署「金川西湖謝詔編集」。

既曰「重刻」，當應有先於此本者，惜今不見。此時東西漢演義為先後單行。

2. 劍嘯閣批評東西漢演義本。茲本乃合刻為叢書，總名東西漢演義，在目錄與正文版心上題西漢曰西漢演義評，題東漢曰東漢演義評，卷首有袁宏道東西漢通俗演義序。有西漢人物的圖畫三十八幅，東漢人物圖畫二十二幅。由圖來看，可能是在明末刻印出來的。每回後有總評，眉端有評。這一刻本藏於遼寧省圖書館、北京大學圖書館、復旦大學圖書館。

3. 清初拔茅居刻本，亦為西漢、東漢合刻，其中西漢演義凡六卷，半葉十一行，行二十八字，有圖，從劍嘯閣本出。該本藏大連圖書館。

4. 清經綸堂刊本東西漢全傳；味經堂刊本，書牌題「繡像東西漢演義」、「鍾伯敬先生批評」、「味經堂藏版」，西漢部分卷端題「新刻劍嘯閣批評西漢演義傳」，有圖像，正文半葉十行，行二十二字，版心鐫「西漢演義」。

5. 清嘉慶乙亥（一八一五）同文堂刊本。此書封面又有「書業堂」字樣，版心題「西漢演義評」。八卷一百回，不標回次。與清遠道人東漢演義評合刊。

經綸堂本、味經堂本、同文堂本皆藏於南京圖書館。

本標點本以味經堂本為底本，校之以經綸堂本與同文堂本。同文堂與他本相比，稍有差異，且有些誤處，如卷七周蘭諫霸王出師，味經堂本中云：「故設此牌，使人傳報，以激陛下動怒。」同文堂本中同句云：「故立此牌，使人抄寫傳報，以激陛下動怒。」多了「抄寫」二字。又卷八四皓羽翼定太子，味經堂本中云：高祖「復詢問顏孟遺址……後史官有詩曰」。而同文堂本卻云：高祖「復詢問孔顏遺址……後吏官有詩曰」。「顏孟」改為「孔顏」是錯誤的，「史」變成「吏」，「遺」變成「遣」，這是梓版的錯誤。之所以用該本作校，主要是因為該本字句清晰，可以補他本之缺湮。

東西漢通俗演義序

漢家四百餘年天下，其間主之聖愚，臣之賢奸，載在正史及雜見於稗官小說者詳矣。茲演義一書，胡為而刻？又胡為而評？中郎氏曰：「是未明於『通俗』之義者也。里中有好讀書者，緘嘿❶十年，忽一日拍案狂叫曰：『異哉卓吾老子❷，吾師乎！』客驚問其故。曰：『人言水滸傳奇，果奇。予每撿十三經❸或二十一史，一展卷即忽忽欲睡去，未有若水滸之明白曉暢，語語家常，使我捧玩不能釋手者也。若無卓老揭出一段精神，則作者與讀者千古俱成夢境。』今天下自衣冠❹以至村哥里婦，自七十老翁以至三尺童子，談及劉季❺起豐沛，項羽不渡烏江，王莽篡位❻，光武中興❼等事，無不能悉數顛末❽，

---

❶ 緘嘿：同「緘默」，閉口不言。

❷ 卓吾老子：即李贄，字卓吾。明晉江人。萬曆中（一五七三～一六二〇）為姚安知府。好言禪學，專崇釋氏，俾侮孔孟。為給事中張問達所劾，逮死獄中。

❸ 十三經：十三部儒家經典，為詩、書、易、三禮、春秋三傳、孝經、爾雅、論語、孟子。

❹ 衣冠：古代士以上戴冠，後引申指世族、士紳。

❺ 劉季：即劉邦。史記高祖本紀：「高祖，……姓劉氏，字季。」

❻ 王莽篡位：指王莽殺漢平帝，立孺子嬰，後篡漢位，改國號為新。

❼ 光武中興：漢光武帝劉秀削平各地割據勢力，統一全國，建立東漢王朝。

詳其姓氏里居。自朝至暮，自昏徹旦，幾忘食忘寢，聚訟言之不倦。及舉漢書、漢史示人，毋論不能解，即解亦多不能竟。幾使聽者垂頭，見者卻步。噫，今古茫茫，大率爾爾❾，真可怪也，可痛也！則兩漢演義之所為繼水滸而刻也。文不能通而俗可通，則又『通俗演義』之所由名也。雖然，吾安得起龍湖老子❿於九原⓫，借彼舌根，通人慧性；假彼手腕，開人心胸，使天下共以信卓老者信演義，愛卓老者愛演義也。不得已聊為拈出，以供天下之好讀書者。」

公安袁宏道⓬題

❽顛末：始末。
❾大率爾爾：大抵如此。
❿龍湖老子：即李贄。
⓫九原：同九泉。謂地下。
⓬袁宏道：一五六八年生，一六一〇年卒。字中郎，號石公，湖北公安人，舉萬曆二十年進士，官終稽勛郎中，與兄宗道、弟中道，並稱「三袁」。兄弟中宏道最負盛名，為當時「公安派」領袖。

西漢通俗演義序❶

西漢有馬遷史❷，辭簡義古，為千載良史，天下古今誦之，予又何以通俗為耶？俗不可通，則義不必演矣。義不必演，則此書亦不必作矣。又何以楚漢二十年事敷演數萬言以為書耶？蓋遷史誠不可易也。予為通俗演義者，非敢傳遠示後，補史所未盡也。不過因閒居無聊，偶閱西漢卷，見其間多牽強附會，支離鄙俚，未足以發明楚漢故事，遂因略以致詳，考史以廣義。越歲，編次成書。言雖偽而不失其正，義雖淺而不乖於理，詔表辭賦，模仿漢作，詩文論斷，隨題取義。使劉項之強弱，楚漢之興亡，一展卷而悉在目中。此通俗演義所由作也。

然好事者或取予書而讀之，始而愛樂以遣興，既而緣史以求義，終而博物以通志，則資讀失意，較之稗官小說，此書未必無小補也。若謂字字句句與史盡合，則此書又不必作矣。

書成，識者爭相傳錄，不便觀覽，先輩乃命工鋟梓❸，以與四方好事者共之。請予小序以冠卷首，

---

❶ 西漢通俗演義序：此序收錄於金陵周氏大業堂刊本。

❷ 馬遷史：即司馬遷史記。

❸ 鋟梓：刻書板。

遂援筆書此。欲人知余編次之初意云耳。

萬曆壬子歲❹春月之吉　鍾山❺甄偉撰

❹ 萬曆壬子歲：即萬曆四十年，西曆為一六一二年。

❺ 鍾山：山名，在南京。

回目

西漢演義

卷一

卷 四

卷　五

卷 六

卷 七

東漢演義

卷一

卷二

卷　三

卷九

卷十

西漢演義

甄偉 著
朱恒夫校注
劉本棟校閱

卷一

第一回　勝秦師異人被虜

且說七國中，趙國原與秦同姓。祖飛廉，有子季勝，後生造父，當周穆王❶，有八駿❷馬，一曰絕地，二曰翻羽，三曰奔霄，四曰超景，五曰踰輝，六曰超光，七曰騰霧，八曰掛翼。穆王常乘八駿之車，命造父為御，遊行天下。車轍馬跡，無處不到。飛至崑崙，會西王母❸，宴於瑤池，飲之以玉液金漿，食之以龍胞鳳脯。穆王樂而忘歸。有徐偃王❹在周作亂，金母謂穆王曰：「汝可速回，恐邦國為人所據。」於是造父御王之車，馳驅回國，借兵於楚，伐徐定周。因此有功，賜趙王於邯鄲❺，遂為趙氏。造父以

❶ 周穆王：周昭王子，名滿。

❷ 八駿：名目記載不一，此處名目采拾遺記所記，然拾遺記其八為「挾翼」。穆天子傳所記名目為赤驥、盜驪、白義、踰輪、山子、渠黃、華騮、綠耳。

❸ 西王母：神話中的女神。穆天子傳三：「吉日甲子，天子賓於西王母，乃執白圭玄璧以見西王母。」注：「西王母如人，虎齒，蓬髮，戴勝，善嘯。」

❹ 徐偃王：相傳為周穆王時徐國國君。

後生夙，夙生衰，衰生宣子盾，盾生朔，為權臣屠岸賈所滅，止存遺腹子武，乃趙氏孤兒。後長成，領兵報讎，將屠岸賈殺死，仍舊建都於邯鄲，傳位一十一世，稱王者五。

其時，正當趙惠王五年季春，秦昭王命大將王齕、王翦❻、皇孫異人領兵十萬伐趙，三軍啟行，漸近趙地，安下營寨。先令人巡哨，回報曰：「離此五十里，地名漳河，有守臣李繼叔守城，四門關閉，城上各立旗幟，城下俱有預備。」王翦曰：「趙既有備，且未可輕動。倘我兵初到，一時妄動，恐中其計，再令人去探的實❼，然後攻打不遲。」

且說漳河守臣李繼叔，已知秦兵近城，未敢出敵，令三軍緊守各門，急差人飛報趙王曰：「秦遣王齕、王翦、皇孫異人，領兵十萬，侵犯趙境，見今漳河扎營。」趙王急陞殿，會眾官商議。曰：「秦強趙弱，彼眾我寡，兼以王翦善於用兵，今侵犯我境，勢不可敵，不知卿等有何退兵之策？」上大夫藺相如❽曰：「秦兵遠來，人倦馬疲，深入重地，不諳嚮導❾，此兵法所忌。可差人密領奇兵二萬，從蒲吾僻地，兼程前進。偃旗息鼓，兩路埋伏，然後大將統兵拒敵。如我兵一到，彼必定舉兵相迎。卻令奇兵暗入秦壁，擄其輜重，撓分其勢，使彼首尾不能救應。此所謂出其不意，攻其無備，秦兵必走矣。」趙

---

❺ 邯鄲：地名，今河北省邯鄲市。
❻ 王翦：秦頻陽東鄉人，善於用兵，事秦始皇。
❼ 的實：確實。
❽ 藺相如：趙國上大夫。史記記載了他完璧歸趙的故事。
❾ 不諳嚮導：不熟悉地形。

王從其議。隨差公孫乾、醫和二將，領奇兵二萬，由蒲吾小路先行埋伏。隨後遣廉頗⑩統兵五萬，同謀士王匡、裨將尹綸來到漳河，傳令與李繼叔領兵出城接應。大軍近城，安下營寨。

次日廉頗出馬，與王翦對敵。頗曰：「汝秦王獨霸一國，與趙無仇，累次侵擾，乃自取敗亡耳。」翦曰：「趙國偏邦，正當歸命大國，汝鼠輩不自揣量，乃敢抗拒天兵乎？」廉頗大怒，舉鎗直取王翦。王翦揮刀來迎，二馬相交，戰不三十合，廉頗詐敗，翦勒兵不追。王齕在高阜處望見廉頗敗走，隨即揮動人馬，譟鼓長驅追趕。王翦急止之，曰：「頗非真敗也，恐有埋伏。」齕不聽，催攢⑪三軍追趕。行不十里之地，早有後哨人來報：「趙國軍從後兩路夾攻，劫破營寨，搶擄輜重。已將皇孫捉去。」王齕、王翦聽罷大驚，急調回人馬，救拔大寨。廉頗已知秦兵中計，乘王齕人馬回動，把號旗一展，五萬精兵捲地而來，如波翻山倒，勢如破竹。秦兵大敗。王齕、王翦急回，正遇公孫乾、醫和生力軍。兩路攻來，不能抵當。頗兵在後追襲甚急，王齕、王翦死戰得脫，退五十里下寨。隨令副將劉平、毛修領兵山後夾路埋伏，以防追襲。卻領其餘殘敗軍馬，拔寨起程，星夜奔回本國，待罪朝外。

昭王已知兵敗，又聞皇孫被虜，十分憂忿。即召王齕、王翦，責之曰：「汝二人既失軍馬，又放皇孫虜去，有何面目來見耶？」喝令武士將王齕、王翦斬訖來報。安國君出班奏曰：「王翦乃秦之名將，屢建大功，今若斬首，失此股肱，於國不利，且於皇孫又無益也。」秦王見安國君解勸，怒氣少息，遂

---

⑩廉頗：趙國大將。趙惠王時，頗率師破齊，取晉陽，拜為上卿。與藺相如結為刎頸之交。長平之役，堅壁固守三年，使秦師無功。後獲罪奔魏，又由魏至楚，客死他鄉。

⑪催攢：催促。

將王齕廢為庶人，王翦降為散騎。仍令待罪領軍，以圖後效。昭王因與群臣計議，且暫罷兵，要救皇孫回國。群臣曰：「皇孫被虜，恐難遽回，不若修書一道，差一能言之士，陳說兩國罷兵之利，權將皇孫為質，待滅諸國之後，唇亡齒寒，趙國孤立，不久稱臣於秦，皇孫自有回國之日矣。請大王徐徐圖之。」昭王大喜，隨遣辯士牛西，領書赴趙講和不題。

且說廉頗大獲全勝，猶恐王翦有計，不敢追襲，收軍回營。即令醫和同李繼叔添兵緊守漳河，以防秦兵。次日，領兵押解異人回國，來見趙王。趙王大喜，重賞廉頗，犒勞三軍畢，喚異人叱之曰：「汝祖大肆無道，累次舉兵犯境，今被擒，有何理說？」命武士推出斬之，藺相如急止之曰：「不可。目今秦國富強，若斬卻此子，遂成大隙⓬，日後加兵趙國，恐無寧歲。莫若拘質於此，則秦不敢加兵於我，而趙國無事矣。」趙王曰：「然！」

數日後，急有人來報：「秦遣使臣牛西下書。」趙王曰：「召進來。」牛西捧書上獻。折書曰：

秦王稷再拜，奉書趙王殿下：竊謂趙與秦原一姓，各分疆宇。始相支別⓭，未剖宏猷，各爭寸土，持兩同氣，有傷仁愛。昨異人監軍，不知禁忌⓮，被擒為俘，命懸旦夕。茲願罷兵，以全素好，早賜釋歸。生死骨肉，惟王覽亮。不宣。

⓬ 大隙：鴻溝。這裡指深刻的矛盾。

⓭ 支別：分支；各分一支。

⓮ 禁忌：忌諱。這裡指規矩。

趙王覽畢，宣西近前曰：「汝秦王既知與趙一姓，緣何屢次侵擾？異人受擒，未忍誅戮。今既奉書講和，姑罷戰爭，各守疆土，候完好日，再放回異人未遲。」使臣曰：「秦趙雖原一姓，國勢自有強弱，較分之間，爭奪日起，不獨秦國為然。大王至此，亦自不能忍其不侵凌也。即今講和罷兵，二國甚利。大王誠能撫恤異人，恩以結之，他日歸國，感恩圖報。秦趙兩相結好，誠千載骨肉也。大王如囚禁異人，不得生還，大王雖有連城之璧⓯，亦難解不世之讐矣。大王其思之。」趙王聽罷，便問西曰：「汝在秦何官？」西曰：「臣在秦亦備員末僚，不過任給使之責耳。」王曰：「如子可謂不辱君命矣。」款待甚厚，修書回秦。

趙王遂命公孫乾曰：「汝監異人於私第，雖不可縱失，亦不可拘禁太嚴，恐傷性命。凡飲食之費，官領供給。汝宜謹慎。」公孫承命，領異人歸宅。一路並馬，行過街市。人叢中立著一人，看了異人容儀，不覺失聲口大嘆曰：「奇貨可居也！」不知此人是誰，且看下回分解。

總評　秦師之敗，王翦不能辭責。異人之質，相如實大有功。

⓯連城之璧：其璧價值連城。

第二回　不韋風鑑識異人

卻說見異人者何人？乃是陽翟大賈，姓呂，名不韋⑯。賈於邯鄲。其人天資穎悟，識見精明。幼年曾從鬼谷子，授以相法，善能相人。見了異人，連聲便道奇貨可居也。當時異人同公孫乾歸宅。卻說不韋見了異人，回到私家，見父問曰：「耕田之利幾倍？」父曰：「十倍。」「珠玉之贏幾倍？」父曰：「百倍。」「立主定國之贏幾倍？」父曰：「則無數矣。」不韋曰：「商賈勞心，耕田勞力，其利有算。今秦皇孫異人，相貌丰雅，此人後必大貴。見今拘質⑰於此，不得還國。願以千金賂趙侍臣，計救還國，以圖富貴，此無窮之利也。」父曰：「此事為之不易。如成，則可以為王侯。如不成，破家之道也。汝宜斟酌為之。」不韋曰：「兒之相法，百發百中。料異人後來必貴，兒命亦當發達。此舉甚利，父不必憂矣。」於是，不韋遍訪公孫乾親識。城東有一人，姓季名默，與乾姻好，素通關節⑱。不韋備禮往見，以販賈於此，無所倚托，故備有玉帛之禮，求見公孫一面，以為光寵⑲，再無他圖也。默遂允諾。次日，

⑯ 呂不韋：史記有傳。其事跡一如小說所記。不過自殺於流放四川的途中，而非家裡。

⑰ 拘質：拘留起來當作人質。

⑱ 關節：原指通賄請託。唐李肇唐國史補下：「造請權要，謂之關節。」這裡是指往來。

⑲ 光寵：被權要者寵愛而感到榮光。

見乾，備道不韋行藏：「舊與交厚，欲轉託一見，以光蓬蓽⑳。不敢驟見，借某以為先容。不知肯容納否？」公孫乾依允。當日，默引不韋投見。不韋備黃金十錠，白璧一雙，進獻。乾喜納，遂留飲，竟日相與接談。不韋語言便利，應答如流。乾以為相見之晚也。自此不韋與乾往來情洽。不韋每有好食，或時物，便思送乾。乾以此坦然不疑，遂為契友。

一日端陽節，公孫乾後園設酒，邀請不韋、季默敘飲，遂請異人出與不韋相見。不韋佯問：「此何人也？」乾曰：「此秦皇孫異人也。等閑不與他人接見，公乃契交㉑，請出同坐。」不韋再三謙讓曰：「皇孫乃秦貴人也，豈敢連席。」乾曰：「俱是厚中，不必過謙。」不韋遂與異人連席，乾與默對坐。飲至半酣，情甚歡洽，彼此俱無嫌疑，其日甚樂。至晚，不韋辭歸。次日，不韋具綵幣，求見異人，兼以謝酒㉒為由。來到公孫乾宅內，正值公孫乾進朝未出。不韋就與異人相見，獻以綵幣。異人曰：「我秦國棄人也，子何相待之深耶？」不韋因見無人，遂密告曰：「吾此來欲大子之門，而不惜千金，以見公孫乾，其意蓋深有在也。」異人笑曰：「君自大君之門㉓，而乃大吾門也？」不韋曰：「子不知也。吾門待子門而大，雖欲大子之門，實欲大吾門也。」異人知其心蹟，遂引坐深語。不韋曰：「秦王老矣，

⑳ 以光蓬蓽：蓬蓽生輝的意思。
㉑ 契交：感情上十分投合的朋友。
㉒ 謝酒：感謝對方的酒席款待。
㉓ 大君之門　大門，指光大門楣。古人不同的等級乘坐的車不同。官越大，所乘的車越寬越高，故要求家門也要相應地寬大，以便於車進出。「大門」的意思是提高自己的社會級別。

安國君已為太子，王業大定，國勢日強。安國君雖愛幸華陽夫人而無子，若能立嫡嗣者，獨華陽夫人耳。況子兄弟二十餘人，子為中子，又拘質在趙，日遠日疎，猜間益久。若秦王薨，必立安國君為王，諸子日暮在前者，定爭為太子矣。富貴他人得之，吾子徒老死趙國，何能歸秦也？」異人被不韋說到傷心之處，遂涕泣語曰：「子之說真金玉之論，肺腑之言也。為今之計奈何？」不韋曰：「子貧困如此，無以奉獻於親友，結好賓客。不韋雖貧，請破家為千金，與子西游，事安國君及華陽夫人，陳說顛末，道子忠愛，料安國君、華陽夫人必喜其說，立子為嫡，得歸秦國，將來必為太子。此計如何？」異人乃頓首謝曰：「吾父母邦國久未歸省，終日鬱鬱，生不如死，子能捐金為我圖之，他日還國，再見天日，但有得地之時，富貴與子共之。子可速行，早賜佳音，我在此屈指懸望也。」不韋乃以五百金與異人，以為日用交結賓客之需。復以千金買奇物玩好，並金珠寶貝及隨身行李，準備起行。

數日完備，遂赴公孫乾宅內告辭。曰：「不韋一向在此貿易，貨物將盡，欲出興販。一兩月方歸，暫辭門下。」乾遂置酒相別，戀戀不捨，囑不韋曰：「子遠涉風霜，自宜保重，即去早歸，不可久戀花柳，致我懷念也。」不韋曰：「謹領尊命。」隨辭出門，準備行李啟程。未知說秦如何，且聽下回分解。

總評　不韋具此眼力，那得不富貴？

第三回　安國君剖符立嗣

不韋帶領心腹從者一二人，離趙前赴咸陽。此地沃野千里，天府之國。有八水三川，五關四寨。風景富麗，人物俊雅。當時七國以秦中為天下第一。見今昭王在位，兵強國富，十分繁盛。不韋到咸陽進城，尋一僻淨店房安歇。隨同從人上街市，密訪華陽夫人親屬。有人說夫人無親，止有姐姐皇姨，就在太子府對門住居。臨街有閑房百餘間，專住往來客商，以此人稱為皇姨店。不韋就假以尋房為由，私託閽人傳達皇姨丈。具黃金十兩，色幣㉔一端，以為進見之禮。皇姨丈相見甚喜，便問不韋：「何處鄉貫？」不韋曰：「某陽翟人也，姓呂名不韋。賈於趙地，與皇孫異人對居，時相往來，心跡相托。皇孫常仰望皇姨，與華陽夫人乃同胞至親，敬專不韋前來投見，敢求轉達拔救還國，外有黃金五十兩奉皇姨為茶果之資，萬乞轉達賙濟。」姨丈聽罷，急令侍婢請皇姨出來相見。不韋見皇姨，行禮畢，將情訴說一遍，就將黃金獻上。皇姨大喜曰：「禮物雖出於皇孫，其實有勞於足下。且問皇孫在趙起居㉕何如？足下想知其詳。」不韋曰：「某與皇孫公館對居，終日相會，交情甚厚，凡事盡心吐露。且皇孫賢明仁孝，儀容非常，結諸侯賓客，天下仰其風采。常曰：『我以國君夫人為天，日夜思想，不得歸省。願子將我書

㉔ 色幣：有顏色的金屬錢幣。這裡當指銅錢。

㉕ 起居：日常生活。

禮，投獻於國君夫人上壽，就如見我國君夫人之面一般。』仰望皇姨轉達。今皇孫在趙，度日如年。某不遠千里而來，望皇姨救拔。倘皇孫得地之日，決不忘大德矣。」皇姨曰：「汝且在我店中安歇，明日引汝見夫人，再從長計議。」不韋乘便，又告皇姨曰：「吾聞以色事人者，色衰而愛弛㉖。今華陽夫人事太子，甚愛而無子，不以此時早自結於諸子中賢孝者，舉以為嫡，恐太子他日立為王，定將嫡子立為太子，自相標榜。夫人之門，必生蓬蒿。那時，人老花殘，雖欲進言，而太子終不聽也。況今皇孫異人，賢明仁孝，仰慕夫人日切。夫人能當寵愛優沃之時，正言聽計從之日。肯薦舉一言，立異人為嫡，使異人無國而為有國，夫人無子而為有子。世享秦祿，而皇姨亦得常保富貴。此所謂一言以為萬世之利也。」皇姨曰：「足下之言甚善，我就將此言轉達夫人，救拔異人還國。」

次日，皇姨早起，引不韋入府，見華陽夫人。皇姨先入內，見夫人各敘禮畢。皇姨曰：「今有皇孫異人，一向在趙為質，晝夜思想夫人。今差心腹人呂不韋，具書禮來，與國君夫人上壽。今見在宮門外伺候，未敢遽進。」夫人曰：「既是王孫差來的人，有書禮，著他進來。」不韋聞命，即整衣，鞠躬進禮畢，將書物呈上。夫人開看禮物，乃是明珠四顆，玉釵二隻，甚喜。來書且莫開封，待國君出獵回時開看。夫人曰：「汝且回店，候國君歸來，令人請你相見。」不韋辭回不題。

卻說皇姨與夫人閑坐間，將不韋前言從頭細說一遍。夫人聞言，悲切感動，不覺淚下。謂皇姨曰：「不韋之言極是有理，使我日夜喫憂也。但諸皇孫俱有生母，且喜異人無母，今又如此賢明仁孝，正當冊立㉗為嫡。待國君回時，當從長計議，想無違阻。」正話間，宮人報曰：「國君回宮。」夫人急整衣

㉖ 色衰而愛弛：容貌不美了後，便得不到君王的寵愛。

迎接。同皇姨進禮畢，就將異人哀情並書禮獻上。國君看禮物畢，拆其書曰：

不肖男異人，沐浴頓首百拜君父安國君，母華陽夫人，千秋殿下：男以監軍伐趙，師敗被虜，敵國為讐，自分必死。幸賴使臣牛西馳書，仗義雄辯剖分，不辱君命。趙國畏服，拘男為質，用阻大兵。趙遂以為得計，而男豈能存活耶？日夜思歸，徬徨萬狀。仰念父母，徒形夢寐耳。跬步不忘，一飯三歎，即今心託呂鴻㉘，珠玉上獻。悠悠此心，如臨膝下。諸凡委曲，呂能悉陳。萬乞俯念孤孽，早賜救援。如得生還，昊天罔極，冒於慈威，無任激切惓惓之至。

國君與夫人看罷書，涕淚如雨。夫人就乘國君想念情切，因而進言曰：「異人於諸子中甚賢，凡往來使客，多稱譽之。況妾幸充後宮，極蒙眷愛。不幸寵深而無子，孑然一身，形影相吊。雖極目前之歡，恐難永終其好。今聞異人之賢，欲立以為嫡，翕合皇圖，實在此舉。不識國君許之乎？」夫人於是俯伏在地，顰眉蹙眼，哽咽不起。國君以手扶之曰：「夫人且省煩惱，容吾圖之。但恐異人拘質在趙，必不易返。須當奏知父王，共與謀士計議，方有長策。」夫人曰：「今有捎書人呂不韋在皇姨店中，聞他足智多謀，必有救異人之策。若召來一問，便有奇計。」國君曰：「如果此人有策，何不請來商議。」隨即令人去請。

不一時，不韋跟從人進府，來見安國君。行禮畢，就將破家救異人一節，從頭告說一遍。安國君聞

㉗冊立：封建社會立皇后、貴妃、親王、世子，多稱冊立。

㉘呂鴻：即呂不韋。

言大喜，曰：「誠如是言，想異人還國必矣。足下之功，當銘之金石。他日奏過父王，富貴不輕也。」於是不韋又叮嚀以立嫡為請。國君遂命匠，刻玉符一道定盟。以異人為嫡，即與夫人收執。又與金五百兩，與不韋作皇孫歸國之費。仍請以不韋為傳，寫手字合同為照。不韋曰：「殿下既能託臣以心膂，臣敢不肝腦塗地，以期皇孫回國。如有的信㉙，更望殿下命一大將，率領精兵，沿途接應，以防追襲。」國君曰：「不知足下期在何日還國？庶好準備。」不韋曰：「此事恐難遙度，須緩緩圖之。多則一年，少則半載，如有的信，先差人預報殿下，不勞多囑也。」不韋就拜辭回店，整辦行李，辭了皇姨，同從人歸。就裡下回便見。

總評　不韋著數，使人必應。其周匝處，尤在刻玉符一道。

第四回　智異人竊通朱氏

卻說不韋離秦返趙，一路正值暮秋天氣。怎見得：

南陌遊人依舊，東籬黃菊飄金。馬前西風正急，梧桐葉底鳴禽。

㉙的信：確實的消息。

正是：

旗亭喚酒對誰斟，野花雖艷色，無意遶溪尋。

不數日，行到邯鄲。入的城，先到家見父呂翁，備將前見秦安國君，並立嫡一節，告知父親。呂翁大喜。不韋歸寢，見愛妾朱姬神思倦怠，態度困懶，便問曰：「我離家纔兩月餘，汝在家或有私情耶？」姬曰：「妾自蒙君從小撫養成人，幽居閨閣，無事未敢徑出中堂，何有私情耶？妾兩月前蒙惠，已有娠矣，連日殊覺倦怠，非有他也。」不韋聞言甚喜，暗自思曰：「吾家當昌大矣。」遂與姬就寢，因以言挑之曰：「汝欲為富家婦耶？欲為王家婦耶？」姬曰：「君何為出此言耶？」不韋曰：「見今秦皇孫異人在趙為質，我看他儀容有龍鳳之姿，天日之表，後必大貴。我為他破千金，至秦國說他母親華陽夫人，及他父親安國君，已刻玉符定盟立為嫡子矣。異日救還秦國，久後定立為王。我欲明日置酒請來相會，令汝筵前拜見。汝待酒後，倘異人有留戀之情，汝亦半推半就，與彼私通。我卻佯怒㉚，汝即同彼哀告，就許為佳偶。倘他日生子，汝當為太皇后，我亦共富貴，世為秦族矣。汝從小舉動不凡，亦當大貴，但成事之後，決不可忘今日也。」姬曰：「妾與君數年恩愛，情如膠漆，豈忍遽捨耶？」不韋曰：「我欲與汝共圖富貴，非汝背其德也。古人云：成大事者不矜細行。雖汝暫屈一時，實為萬世之計。胡為而不為也？」姬曰：「出君之口，本君之心，妾雖依命，實君之願也。」不韋大喜，遂計議已定。

次日，不韋準備金罇玉斝二副，犀帶一條，來見公孫乾，令門人報知。乾急出，遂與不韋相見，敘

㉚ 佯怒：假裝發怒。

久闊之懷，情甚歡洽。不韋曰：「某一向在外生理㉛，偶得金罇玉斝二副，犀帶一條，奉公少引芹敬。」乾曰：「君遠歷風霜，經營勞心，得此奇物，歸即見惠㉜。辭之不恭，欲受增媿，深感深感。」不韋曰：「微物表敬，何足掛齒。」乾遂收納。分付整酒席，留不韋敘飲。仍著異人相見，就令陪席。韋偶見乾進內更衣，乘便將投託皇姨及見國君，差華陽夫人刻玉符、立為嫡子一節，低言告知。皇孫聽罷，大喜曰：「如公之恩，當銘刻肺腑，不敢忘也。」話未畢，乾至，又飲數盃，不韋曰：「不勝酒力矣，乞告辭歸。某久欲奉屈車駕，增光蓬蓽。但俗事羈絆，未得舉行，要在明日奉請，就煩皇孫同往，未識臺意以為何如？」乾曰：「賢契遠來，正欲一拜，明當同皇孫趨往。」不韋即回家，分付家僮打掃前後潔淨，置辦酒席不題。

次日，公孫乾與皇孫竝馬同來不韋家赴席。不韋出迎，各敘禮畢，水陸具陳，笙簧齊奏。正是：賓主交歡情更暢，風光曉霽樂偏多。比飲酒將闌，不韋復邀請小園後翠雲軒中消飲。其餘從人留阻在外，命家僮管待。不韋卻令女婢喚愛妾朱姬出來遞酒，公孫乾與皇孫看朱姬，恍如月殿嫦娥，瑤池仙子，懶臨席上，羞對樽前，真西子不能過也。酒酣近晚，高掌銀燈。公孫乾大醉，家童扶去小軒就寢。不韋亦佯醉假寐。異人獨與朱姬對飲，左顧右盼，情各眷戀。況異人客居日久，遂與朱姬就席歡洽。不韋忽醒，佯怒曰：「吾愛妾如花，雖千金不易也。汝受我厚恩，反調戲耶？」朱姬跪而言曰：「大人破家為皇孫以圖富貴，今若為賤妾，而反致大人之怒。既背大人，又失皇孫，兩難之地，不若死耳。」就拔壁上劍

㉛ 生理：為生活忙碌。這裡指做買賣。

㉜ 見惠：贈予。客氣話。

欲自刎。不韋急抱住低言曰：「汝且住，容吾一言。汝今既為皇孫所染，況又皇孫深愛而不捨，兩情相入，似難再阻。不若將汝與皇孫為室，他日得地之時，不可忘也。」異人、朱姬含羞向前，頓首謝曰：「若得大人垂念至此，雖粉骨碎身不敢忘盛德也。」少頃，公孫乾酒醒起來。不韋遂將前事隱下，只說：「皇孫久居客邸，情況無聊㉝，願將愛妾朱姬與皇孫為配，庶可以遣歲月矣。不知公意以為如何？」乾曰：「子誠可謂大丈夫矣！仗義疎財㉞，世所罕有。」乾即請為媒，就將異人所束碧玉帶，留為定禮，容擇日過門。是日酒闌，已三鼓矣，二人拜辭回宅。不韋謂朱姬曰：「大事定矣。早晚完親，汝不可負今日之盟也。」

卻說異人自別朱姬之後，春心蕩漾，客館無聊，再三向乾哀告早與不韋講親，惟恐日久有變。乾即差人催促。不韋擇是年九月念五日，送朱姬赴公孫乾處，與異人成親。

光陰瞬息，不覺已十個月。是時乃秦昭王五十五年，歲次甲辰六月旦日，朱氏懷娠大期㉟，誕生一子。生得隆準巨目，方額長眉，背上有鱗，出世有齒，容貌奇異。皇孫甚喜，取名為政。隨差人報知不韋，不韋暗喜曰：「大事成矣。」即同從人至乾處，與皇孫各道恭喜罷，乾與不韋攜手至後廳，分賓主坐定，留飲至晚方散。自此常常往來會飲不題。

卻又值夏盡秋初天氣，不韋與父商議曰：「異人久未還國，大事如何得成。今日父親可差老嫗往公

㉝ 無聊：精神無所寄託。

㉞ 仗義疎財：講義氣，捨得拿錢幫助別人。

㉟ 大期：超出了十個月。

孫乾處，請朱姬與政來家，暫住幾日，兒自有計。」呂翁從其言，即差老嫗往公孫乾家去，請朱氏並子政到家看望。異人告過公孫乾，就令朱氏與子政同車到不韋家。不韋即令父呂翁收拾家財細軟之物，同幾個心腹從人，帶領家小並朱氏子政，星夜先往咸陽，報知秦王去訖。但不知不韋在此如何脫身，且聽下回分解。

總評　不韋如此風鑑，如此贈妾，如此過繼，皆世人所未有。

第五回　不韋竊異人還國

卻說呂翁一夜打點家財僕從，同朱氏子母一簇車馬，乘五更未曉，從邯鄲北門逃走，星夜奔秦不題。且說不韋次日打聽公孫乾連日教場操演軍馬，不閑。一日，正值乾公事稍暇，不韋正往乾家相望，乾曰：「正欲令人奉請，不意下降，甚慰鄙懷㊱。」遂邀不韋後園少坐。異人出，一同相見。閑話間，乾曰：「日長無以逍遣，欲與賢契對一局何如？」韋曰：「碁有勝負，不可空著。如輸三局者，罰一席。正是三百枯碁消永日，十千美酒賞芳晨。不亦樂乎！」乾遂令左右設碁枰與不韋對著。不韋連輸三局。不韋曰：「某輸一席矣。」異人隅坐觀碁，不韋曰：「殿下亦知碁乎？」異人曰：「秦人多善弈者。某自幼

㊱ 鄙懷：我心。謙詞。

頗知其意，蓋著碁之法，貴多算勝，少算不勝，況無算乎？更要布置安詳，取捨得宜，心隨手應，意在機先。此著棋之法，古人心訣之妙也。」不韋聽罷大喜曰：「殿下深通碁意，難以對著。」乾曰：「賢契亦與皇孫各賭一局，便見高下。」不韋請異人饒四子，一連又輸三局。不韋曰：「我正欲請二公城外小園賞荷花，不意連輸二席。明早屈車駕枉顧，為竟日㊲之樂。」乾依允。不韋辭歸，即分付心腹家童，準備前後走路。又令一心腹人，先將跟隨人，安置一處酒飯。又教預先尋極好濃艷酒二十瓶，差人去麗春館，叫一起女樂，為勸酒侑觴之具。先於後門小耳房，藏下四疋能快走好馬，都準備停當。次日，公孫乾、異人出城十里外，到花園下馬，與不韋接見。遠遠的望見一派清音，滿園佳景。前人有詩，單道園林景致，詩曰：

盛時作宦暫閑遊，更喜郊園景物幽。山色連雲迷曉徑，松聲遶澗襍清流。
層臺漸近朱欄迴，高閣懸空翠藹浮。噴鼻花香初破蕊，風微簾幙下重樓。

乾甚喜，盡情痛飲。又兼女樂侑觴，雅歌投壺，近晚大醉，臥於對月樓下，不知天曉。跟隨從人，亦被家童灌得大醉，各去清涼樹下歇息。異人已知其意，佯為醉容。不韋將女樂打發進城，分付一行從人飽飯畢，遂同異人到後門外上馬，星夜望咸陽小路逃走，一夜已行二百里外。

卻說這裡公孫乾，直睡到二更時分方醒，只見燭滅香消，酒闌人散。遍尋不韋、異人，不見蹤跡，十分驚惶。即欲起人馬追襲，城門已閉，雖有從人，俱沉醉未醒，況又步行，且天色甚黑。乾搥胸懊悔，

㊲ 竟日：整日。

坐臥不得安息。等到天明，進城歸家，更換朝服，及到朝門外，趙王已陞殿畢。乾引從人到不韋家，捉拿家小，但見重門鎖閉，竟無一人。有傳說不韋家小，四五日前已遠行矣。乾無計奈何，只得到上大夫藺相如家求計。門人報入，相如出，與乾相見。乾將不韋設智盜異人逃走一節，從頭細說一遍。相如曰：「秦之所以不敢加兵於趙者，以其有異人為質耳。今被盜去，搆怨興兵，在此時矣。為之奈何？」乾又俯伏涕泣求計。相如曰：「事不宜遲，須當作速㊳奏知主上，快調人馬追趕，晝夜兼程前進。況異人行尚不遠，猶可追襲。使少怠緩，大事去矣。」即同公孫乾進朝，傳與使臣轉啟趙王。趙王急出殿，便宣二人議事。乾見趙王，忙以頭叩地不起，哽咽不能出言。趙王曰：「汝有何事，乃如此狼狽耶？」乾曰：「昔蒙王命，監押異人，一向小心防管，不敢少縱。不意陽翟大賈呂不韋，與異人私通。買囑守門者，竊逃回秦，今行一日矣。奏請大王，即調兵追趕。未敢擅便，謹來請死。」趙王大驚曰：「汝走脫異人，秦必興兵結怨矣。汝為大將，有負委任，致我憂懷，本當誅戮，且與我作速領兵追趕。如異人捉回，免汝重罪，不然，罪難逭矣。」相如奏曰：「乾雖追趕，恐人馬眾多，不能兼程前進。不若遣人星夜先到漳河，傳與李繼叔，牢把盤詰，先行捉住，庶為便益。」王曰：「正合吾意。」當日遣人報與李繼叔，用心防守。隨差公孫乾，領兵五千追趕。

卻說不韋自離邯鄲，晝夜趲行，況人強馬壯，歸心似箭，早到漳河隘口。將從人衣服與異人更換，雜在家童內，徑過漳河。況李繼叔素與不韋往來，常有人事饋送。更不盤問，徑過關口。未半日，有趙王差人隨到，傳說走了異人一節，李繼叔跌足嘆曰：「不韋今早方離此地，未及半日，可疾忙追趕。」

㊳ 作速：趕快。

隨同醫和領精銳兵三百，輕弓短箭，星夜往前追趕。

且說不韋、異人離了漳河，將近兩日，來到黃河東岸。忽見後面塵頭起處，早有追兵到來。異人曰：「前有黃河之阻，後有追兵甚迫，吾必受擒矣。」不韋曰：「殿下休憂，你看東岸邊，有一枝軍馬來到，必是國君救兵。」言未已，只見一將拍馬向前，欠身言曰：「吾乃秦將章邯，奉國君來迎接應殿下。介冑㊴在身，不能行禮。」遂乃放過異人一行人從，攔住來兵。李繼叔、醫和齊出，徑奔章邯。邯舉鎗來迎，交戰不十餘合。章邯手起處，刺醫和於馬下。李繼叔見折了醫和，無心戀戰，撥回馬便走。邯正欲追殺，忽見塵頭起處，早有兵到，乃是趙將公孫乾也。乾曰：「汝等快將異人放出，仍同赴趙請罪，以全大信，庶不負兩國之好。若聽不韋盜去，大兵到此，豈能干休？」章邯笑曰：「昔日牛西致書，不過權為講和，以存皇孫，實非真和也。汝趙人何痴之甚耶？」乾大怒，掄刀直取章邯。邯舉鎗交還，戰不三十回合。公孫人馬遠來，未經歇息，力終不加，更兼章邯的鎗法甚熟，人馬精銳，不能抵當，拍馬落荒而走。章邯驅兵大殺一陣，回保皇孫拔寨起行。

不數日，來到咸陽，不韋曰：「華陽夫人乃楚人也，皇孫當著楚服，以見夫人。」異人依其言，換楚服入宮，拜見國君並夫人。彼各傷感。夫人復謂安國君曰：「妾乃楚人也，皇孫著楚服而來見，真吾子也。更其名子楚。」國君曰：「善。」於是，子楚復跪而進言曰：「兒被虜為質，幸賴不韋以千金結好左右，又將愛妾與兒為妻，破家竭力，救拔還國。此再生之恩，古今絕少。伏望重加官爵，以酧其功。」國君喚不韋進內而謝曰：「吾兒在趙，足下不避斧鉞，救拔歸秦。希世之功，誠為再造，尊公並家眷到

㊴ 介冑：盔甲。

時，已賜田千畝，安置新宅居住矣。明日奏過父王，封官報德。」不韋曰：「微功蒙賜，已荷重恩，豈敢更期望外職。」就拜辭歸宅。子楚同朱氏子政，就在華陽夫人宮中居住不題。

次日，安國君早朝，奏曰：「臣子異人，伐趙被虜，久拘於彼，以為質子。我王一向未忍加兵，蓋投鼠忌器耳。今陽翟大賈呂不韋，破家廢千金，不辭萬苦，買賂趙侍臣，今得救拔還國，於秦有光，此不世之功也。奏知我王，當加封官。」昭王大喜，即宣不韋朝見，封為太子少傅，兼東宮承局之職。不韋叩頭謝恩。自此在秦發跡，又暗囑皇姨，再懇夫人早立子楚為嫡，恐怕有變。皇姨於是入內，見夫人曰：「子楚歸秦，皆夫人救拔之力，況玉符合同盟約已定，須當早立為嫡，以為不拔之基。」夫人曰：「此事正欲與國君計議。連日國事不暇，未敢啟口。」當乘國君在宮無事，夫人乃進言曰：「國君昔曾許子楚與妾為子，今雖居住宮中，尚未明言於外，恐諸子後日爭立，初議有更。」國君曰：「此說正合吾意。」即擇日以子楚為華陽夫人之子。寵沃日隆，子楚之業大定矣。此是不韋化家為國機如海，立種生苗意更深。畢竟將來如何，且看下節。

總評　看公孫乾、李繼叔不防不韋處，乃是不韋手段。不韋下棋，要異人讓四子，不知自家倒先讓一子了。呵呵！

第六回　呂政立暗絕秦嗣

秦昭王五十八年，季春三月，昭王薨。群臣議立太子安國君為王，以華陽夫人為王后，子楚為太子，朱氏為夫人。命王翦、章邯統兵伐趙，李繼叔失守城陷，遂得漳河。趙求救於周王，周兵亦敗績。自此秦日益強大，伐魏取韓，所到無敵。秦王立一年，薨。群臣立太子子楚為王，封華陽后為華陽太后，生母夏姬為夏太后，朱氏為王后，子政為太子。以呂不韋為丞相，封為文信侯。食河南洛陽十萬戶，佩劍上殿，召命不名。威權日重，群臣莫敢仰視。秦王楚即位三年，薨。太子政立為王，以朱氏為王太后，尊不韋為相國，號稱仲父。秦王年少，國政皆不韋統理。出入宮禁，略無忌憚，時時與太后私通。宮闈之中畏不韋之威，莫敢聲言。不韋奢侈日甚，養家僮萬人，招致四方食客常數千人。金玉如山，甲第連雲，珍玩奇寶，不可勝數。凡戚屬故舊，皆列貴顯㊵，金紫滿前，任其封賞。又延覽天下名士，凡有聞見，著為集論。有八覽、六論、十二紀，二十餘萬言。以為備天地萬物、古今之事。號曰呂氏春秋，行於咸陽市門外，懸千金於其上，招延諸侯遊士賓客，有能增損一字者，予千金。懸告十餘日，無人敢增損之。不韋以為不刊之典，遂將此書頒行天下不題。

且說秦王雖年少，承父祖之餘烈，當國家之強盛。東周不祀，六國益衰。不韋專內，王翦治外。滅

㊵ 貴顯：高貴顯要的位置。

楚伐趙，破燕取魏，天下縱橫，藩籬固結。人知秦之強，不知秦已滅矣。後人有詩曰：

七雄爭據苦生靈，擾擾千戈不暫停。一著朱姬成帝業，誰知呂政是螟蛉㊶。

卻說不韋見秦王益壯，太后荒淫不止，恐禍及己，乃私求大陰人嫪毐以為舍人。太后聞，欲私得之。不韋乃進嫪毐，詐以為宦者，拔其鬚眉，奉侍太后。遂與私通，心極愛之，封為長信侯。又恐事泄，詐卜避時，遷居岐雍大鄭宮。凡宮中大小事，皆毐裁決。秦王九年五月五日，太后與毐飲酒大醉，命御衣夫人季氏進酒。偶酒淹於地，毐怒而叱之曰：「老婢乃敢無禮耶？」季氏曰：「我居宮壼十餘年來，侍奉先王，多有辛苦，爾何罵我耶？」毐大怒，令人笞背逐出。季氏懷恨，即奔告太使趙高，說嫪毐實非宦者，與后私通，見生二子，藏匿在宮。待王上春秋後，二子爭圖天下。高聞知大驚，不敢隱諱，見秦王，將季氏之言，一一奏知。秦王大怒，就捉嫪毐下獄追究，具得情實。至九月，夷毐三族，殺太后所生二子，遷太后於雍㊷，拘相國呂不韋於幽室。諸大臣賓客極力上言而死者二十七人，俱斷其四肢，積之闕下。有齊人茅焦，不避斧鉞，願欲請諫。王大怒，按劍而坐，口正沫出，設油鑊於殿傍，令人召焦進見，欲烹之。焦徐徐而行㊸，旁若無人，行至王前，再拜謁起，稱曰：「臣焦向聞天有二十八宿，今死者二十七人，臣之來固欲滿其數矣。臣非畏死者也，凡生者不諱死，存者不諱亡。諱死者，不可以得

㊶ 螟蛉：桑蟲。詩小雅小宛：「螟蛉有子，蜾蠃負之。」後人借喻為義子，即領養的他人之子。

㊷ 雍：州名，古九州之一。今陝西甘肅及青海額濟納之地即古雍州。

㊸ 徐徐而行：古代禮節，下級見上級，晚輩見長輩，要快步走上前。此處表示茅焦傲慢。

生，諱亡者不可以得存。死生存亡，聖王所欲急聞也。陛下如欲聞其說，臣當極力上言之。如不欲聞其說，臣即投諸鼎鑊，願死王前，不畏也。」王曰：「汝有何說，吾即聽之。」焦曰：「陛下有狂悖之行，不自知耶？車裂假父，囊撲二弟，遷母於雍，殘戮諫士。桀紂之行，不至於是矣。今天下聞之，盡瓦解而去，無一人向秦者。王獨立無與，臣竊為陛下危之。臣言已盡，決知必死。」即解衣徑赴油鑊。王急下殿，手自接之曰：「先生請就衣，願今受事。」即爵以上卿。數日後，王命駕虛左方，往迎太后，歸於咸陽，復為母子如初。釋不韋於幽室，以文信侯使就國河南。

一歲餘，諸侯賓客使者相望於道，請文信侯，宴會無虛日。王恐其為亂，召群臣諭之曰：「不韋雖有救先王之功，今隆以重爵，可謂厚矣。況又無汗馬血傷之勳，反位居文武百僚之上，恐不足以勸天下也。意欲遷之蜀地，使老死遠方，亦不忍加誅之意耳。」群臣莫敢再諫。王乃出手書與不韋曰：

君何功於秦，秦封君河南，食祿十萬戶？君何親於秦，號稱仲父？其與家屬徙處蜀地，以全不忍加誅之意。勿違朕命，速令戒行。

不韋見其手書，乃哭泣曰：「吾今年老，何任遠行？」自度難免誅戮，遂飲酖而死。王聞知，乃厚葬於河南洛陽北邙道西也。

不韋奇謀雖成，而機深太過，滅絕嬴祀不仁甚矣。神人共憤，卒致敗亡，宜也。然坑焚之慘，不韋作俑，萬世之下，猶有遺憾乎。

秦王自滅不韋之後，侈心益盛。一日，召群臣議曰：「我今并吞六國，一統疆宇，古今全盛，天下一人。當更國號，以新天下耳目。今自謂德兼三皇，功過五帝，故立尊號，曰皇帝。」又曰：「以我為始，可稱一世，相繼於後為二世。綿延不已，傳至萬世。故曰始皇帝。」又分天下為三十六郡，銷天下之兵，畫一統之法，遷徙天下豪傑於咸陽。鑄金人十二，以示國富。起章臺於上林，通複道於上阪。大興工作，創立宮室，盡將所得諸侯美女、珍玩鐘鼓充入。

二十七年，始皇召群臣議曰：「古者聖王巡狩天下，以觀民風。朕欲效之出巡，與汝百官計議，汝以為何如？」群臣奏曰：「古先有道之君，巡行天下，以觀民間疾苦，所謂坐明堂而聽政也。若深居九重，天下利病何從知之？陛下此行，正合古意。」始皇遂命駕，先巡隴西北山。偶過雞頭山，登高遙見東南有雲氣，非煙非霧，隱隱中有五色祥光。命近臣宋無忌，問之曰：「此何兆也？」無忌奏曰：「雲氣之出，各有不同：有祥雲，有浮雲，有瑞雲，有霽雲，有慶雲，皆謂之雲。臣觀此雲，非雲也，乃大貴之氣，龍成五色，其應不小也。」始皇曰：「為之奈何？」無忌曰：「此雲非陛下不能鎮也。當遊巡東南，以寶物鎮之，可以消此應兆也。」始皇曰：「卿言正合吾意。」遂傳命旋車駕，復轉回東巡。登鄒嶧山，立石頌功德。封東岳泰山，遂以所佩太阿寶劍，瘞於山下。遂渡淮，浮江，至南郡而還。駕回咸陽，群臣迎接入宮。後人有詩曰：

東南旺氣已歸劉，何事勞人日遠遊。四百年來王業定，始皇難免喪沙丘。

始皇自回咸陽之後，一向無事。時常追思東南雲氣，不知有何應兆，心下不樂。有近臣奏請：「連日天氣融和，御園中百花爭放，陛下何不命駕一遊，以悅聖心。」始皇即命駕帶領近侍妃嬪，前至御花園看景，未知如何。

總評　標題中，暗字有春秋筆意。始皇妄自尊大，荒淫恣虐，而欲巡行鎮氣，何益之有？

第七回　始皇命徐福44求仙

卻說始皇駕幸東御花園，入的園來，賞玩佳景。正是：

花迓宮袍雲錦重，柳披春仗露稍枝。風微殿閣飄芬郁，萬紫千紅藹翠薇。

侍臣導引，看畢園景，登顯慶殿暫憩。不覺困倦，伏几而臥。忽聞一聲響亮，驚動天地，見紅日墜於面前。從東一小兒，身著青衣，面如鋼鐵，目有重瞳，向前欲抱太陽，未曾抱起。從南又一紅衣小兒，大叫：「青衣小兒，未可抱太陽去！我奉上帝敕命，特來抱太陽。」兩個不服，各努力爭打。青衣小兒連

44 徐福：實為「徐市」。清梁玉繩云：「市」與「芾」同，即「黻」字，音轉又為「福」。秦方士，齊人。上書秦始皇，言海中有三神山，曰蓬萊、方丈、瀛洲，仙人居之。於是，始皇遣市，又予童男女數千人，入海求仙。

捽紅衣小兒七十二交。紅衣小兒不服，跳將起來用力打訖一拳，青衣小兒仆地便倒，氣絕而死。紅衣小兒將太陽抱起，向南去。始皇叫：「小兒且住，我問你：是誰家小兒？通個名姓。」小兒曰：「我是堯舜之裔，生於豐沛。先入咸陽，蜀封興義。沙丘汝歸，長安我立。帝命簡在，四百之祀。」言罷向南而去。只見雲霧迷天，紅光滿地，小兒不知所往。帝颯然覺來，細思：「此夢凶多吉少，我贏秦天下，恐怕終為他人所得。」遂命駕回宮，終日常常不樂。因與近臣計議，要求長生不死之藥，萬世為君。

有燕人宋無忌奏曰：「東海中有三神山，山中十洲三島，蓬萊方丈，八節如春，四時清朗，不知寒暑，不識甲子，中有長生不死之藥，服之可以壽算無窮耳。」始皇曰：「卿曾見此仙境否？」無忌曰：「臣有一方士徐福，曾到東海，見蓬萊方丈。遇神仙乘鸞駕鶴，亦與凡人不同。見在臣家暫居。」帝聞說就召徐福入見，求長生不死之藥。徐福曰：「求藥不難，入海得真藥為難。若必欲得此藥，須臣入海，方可得也。」帝曰：「如求得此真藥，與卿共食，羽化為仙，不亦美乎？」福曰：「必欲臣去，須用大船十隻，諸色匠作，俱要預備。要童男童女，各用五百名。凡金珠寶貝，飲食器用之類，俱不可缺。打點整齊，臣便起行。」帝即傳令，打造船隻。各色完備，著徐福過海採藥。

徐福撐駕船隻，入海訪仙，一向杳無音信。帝見徐福去久不回，心急，又著儒士盧生，入海尋訪。盧生行至海邊，見驚濤萬頃，銀漢波翻，煙霧茫茫，不知所往。遂嗟歎良久而回。自思勞民動眾，費了許多錢糧，恐難空回，始皇必加責譴。卻領數從人去泰岳山中，遍訪真蹟。行至東華絕頂，見一人蓬頭垢面，臥於石上不起。盧生尋思：此高處，人不可居，此人居之，定是異人。虛心向前施禮，其人起問曰：「公是何人？來此何幹？」生曰：「某奉始皇命，來此訪仙，求長生不死之藥。」其人笑曰：「天數已定，大限難逃。世上安有長生不死之藥？始皇可謂誤矣。」盧生見其人言語不凡，再三哀告懇切，務要指示迷途。其人用手推石成洞，不久取書一冊，上有書名，乃天籙祕訣，遂付盧生。囑之曰：「此書當與始皇詳看，上有死生存亡之數。」盧生再要細問來歷，其人復臥於石上，合眼不語。

盧生得書，回見始皇。言說：「東海茫茫，不知崖岸，尋訪徐福，杳無蹤跡。臣至東華絕頂，見異人授書一冊，不敢隱諱。」即將原本進上。帝將書展開觀看，上有書名天籙祕訣。其中有歷代轉運之圖，上書蝌蚪文字，言語多隱諱不可曉。王命李斯詳譯字義，中有一言說：「亡秦者，胡也。」帝大驚曰：「此天籙之言，必謂亡秦之天下者，必北胡也。」遂令蒙恬起人夫八十萬，沿邊高築長城，以防北胡。

後有胡曾詩為證：

祖舜宗堯自太平，始皇何事苦蒼生。不知禍起蕭牆內，虛築防胡萬里城。

始皇既命蒙恬北築長城，又傳令東填大海，西建阿房，南修五嶺，創立宮殿。興工動眾，連絡不絕。改變制度，大肆更張。又恐人非議其過，乃聽李斯之言，盡燒歷代詩書並百家之言。如有偶語者，棄市。坑侯生盧生等四百六十餘人，長子扶蘇諫曰：「諸生皆誦法孔子，今陛下以重法繩之，臣恐天下不安也。」始皇大怒，使北監蒙恬軍於上郡，不得居中國。始皇惓惓，只思東南旺氣，恐人作亂，又命駕東方出巡。且山東地方，連年不收，百姓嗷嗷，不得安生。始皇車駕一出，日費數十萬金。百姓皆逃竄，天下大失所望。不題。

卻說韓國城西三十里，淺山腳下，有一酒務㊺。有幾個鄉老在內飲酒，將至半酣，各人談天論地，說古道今。正是：暢飲郁醪行欲倒，務中閑樂四時春。內有一老，姓趙，名三公，言說五百年前，天下太平，人人快樂，眾老便問：「如何是太平？」公曰：「熙熙風景，皞皞年光。黎民鼓腹，在處笙歌。三日一風，風不鳴條，不摧折林木。五日一雨，雨不破塊，不打傷禾稼。盜賊不生，夜戶不扃。行人讓路，道不拾遺。邊庭無征戰之勞，朝野無奸邪之患。野無蝗蟲旱澇之災，百姓無疲倦艱辛之苦。五穀豐登，天下安樂。此便叫做太平時節。」眾老又問：「此時如何？」公曰：「此時法度嚴謹，不敢說。」眾老便道：「我等僻處鄉郁，又無外客，你便說何妨？」趙三公只是搖頭不說。酒務㊺傍邊閃出一個人來，那人高冠博帶，布袍草履，面如美玉，目若朗星，便道：「你不說，聽我說。」眾人拱聽。那人便說：「此時秦始皇無道，男不耕種，女罷機織。父子分散，夫婦離別。南修五嶺，北築長城。東填大海，西建阿房。焚書坑儒，大肆狂悖。民不聊生，天下失望。」古人曾有一篇說話，單道始皇無道時節。詩曰：

夫因兵亂守蓬茅，麻苧裙衫鬢髮焦。桑柘廢來猶納稅，田園荒盡尚徵苗。
時挑野菜和根煮，旋斫新柴帶葉燒。任是深山更深處，也應無計避征徭。

那人說罷，又要高聲道幾句言語，只見那趙三公便起身就走，眾老拖住道：「你如何便走？」三公曰：「你眾人不怕死？目今始皇法度，偶語者棄市。我等被人捉去，都是死數。」眾老聽罷，一齊都走了。那人呵呵大笑曰：「愚人不識我機，但此不世之根，何處發付也？」未知其人是誰，且聽下回分解。

㊺ 酒務：本為酒官，掌酒稅。宋置。此謂酒店。元明戲曲小說中多用之。

總評　填海築城，尚屬痴事。焚書坑儒，皆是死道。然空萬國之財，戕億兆之命，絕千聖之脈，無一可者也。

第八回　張良使力士擊車

卻說此人乃韓國人，姓張名良，字子房，五世相韓。因始皇滅了韓國，一向懷恨在心，只要與本主報讐。用千金結交天下壯士，欲殺始皇。因來到邨中，遇見這幾個鄉老，不覺說出這幾句言語來。眾人都走了，從店後有一壯士出來。張良見那人，身高一丈，相貌堂堂。向良長揖，便曰：「賢公適言始皇無道，想要為天下除此暴秦，如有用我之處，自當與公出力。」良曰：「此處不可說話，便請壯士到某家求教。」壯士同良到家，分賓主坐定。良便問壯士姓名。其人曰：「某姓黎，住居海邊，人稱某為滄海公。頗有膂力，使一百斤鐵鎚，單報天下不平事。適見公器宇不凡，語言出眾，必是奇特之士。故敢剖露肝膽，願聞姓名，有何指教。」良曰：「某韓國人，姓張，名良，五世相韓。今韓被始皇所滅，願破千金求士，未得其人。今遇壯士，大遂吾願。況今始皇無道，天下切齒。公若奮力，誅滅此無道，與六國報讐，天下共德，青史標名，萬世不朽也。」壯士曰：「謹遵公教，決不食言。」良遂留壯士在家，打聽始皇東巡，何處經過。

後數日，良出探問，得知始皇從陽武縣過來。良即令壯士在高阜處懸望，見始皇車駕將行之三里遠，正行到博浪沙地方。壯士只見黃羅傘蓋之下，想是始皇，卻大步奔走向前，用力舉鎚，將車駕打得粉碎。原來始皇恐人暗算，常有副車在前，壯士不知，誤中副車。早有護駕御林軍將壯士捉住，始皇追問誰人主使，壯士切齒瞋目，大罵曰：「吾為天下誅汝無道，豈有人使之耶？」子房見事不成，暗暗叫苦，即於人空中走脫。始皇又令趙高勘問，壯士不肯招出何人主使，乃擊柱而死。有胡曾詩為證，詩曰：

嬴政鯨吞六合秋，削平天下虜諸侯。山東不是無公子，何事張良獨報讐。

始皇卻令天下大索主使之人，十日不獲。子房遂逃難於下邳友人項伯家隱藏。項伯乃楚將項燕之後也，與良交甚厚，遂留居住不疑。

良因偶出城外，圯橋邊閑立，忽見一老人，身著黃衣，過橋下，偶將履溺於泥中，不能出。遂呼良曰：「孺子，可將吾履取出。」良見老人仙風道骨，與尋常人不同，急向泥中取履，跪而進之，極其恭謹。老人行不數步，又將履溺於泥中，又令張良去取。良略無異色，又取跪進之。如此者三次。老人曰：「此子可教。」遂指橋邊大樹曰：「汝於後五日早往此處等我，我與汝一物，不可違也。」至五日，子房早起到樹邊，見老人坐於樹下。老人曰：「孺子與長者約，何來太遲耶？汝且退，後五日當早來。」子房至後五日，五更時復來，又見老人先坐於樹下相等。怒言曰：「孺子何懶惰如此，且退，後五日當早來。」子房至第五日，先夜不寢，即來樹下等候。不時，老人忽然就到。子房一見，俯伏拜迎。月明之下，看那老人時，比前更精彩。道袍竹杖，皮冠草履，飄然而來，真神仙也。子房跪而言曰：「願領教。」老人曰：「汝年富力強，勤心就學，他日貴顯，當為帝王之師也。幸今相遇，千載奇逢。授汝祕書三卷，奇謀神算，雖孫吳㊻不能及也。功成身退，雖連蠡㊼不能過。汝留為韓報仇，扶立真主，名垂萬世，與日月爭光，不可負也。」後胡曾有詩曰：

妙算張良獨有餘，少年逃難下邳初。逡巡不進泥中履，爭得㊽先生一卷書？

子房向老人前跪而懇告曰：「願求大名。」老人曰：「你記著，後十三年大谷城東葬一國君，空地內，得黃石一片，即我也。」言訖飄然而去。子房藏書，回到伯家，開卷看時，名曰素書。暗讀默記，自覺心胸開豁，識見精明，與前迥然不同也。

不說張良在項伯家隱藏，卻說始皇東巡來到徐州，風景不同，民俗自別，桑蔴繡野，禾黍鋪田。百姓來獻嘉禾，一莖三穗。始皇大喜，賞了百姓。復往東南到沛縣，又見旺氣，想此地必有異人。分付細加訪問，倘或有人，即當殺之，以絕後患。李斯曰：「雲氣出沒偶然耳，何勞陛下憂心。如若差人訪察，恐搔動百姓，反生他患。」始皇曰：「卿言是也。」遂命駕起行，來到會稽城中，見十字街人叢中，走

㊻ 孫吳：孫武、吳起。孫武，齊人，為春秋時吳國大將，曾打敗楚國，使吳稱霸。著孫子兵法十三篇。吳起，衛人，為戰國初名將。先仕魯，擊敗齊國；後仕魏，守西河；後被讒至楚，遂死於楚。著吳子六篇。

㊼ 連蠡：魯仲連、范蠡。魯仲連，戰國時齊國人，為人排難解紛，不受官祿，曾說魏之辛垣衍而解救趙國之圍困，名聞天下。范蠡，春秋越國大夫。輔助越王句踐復國滅吳，稱霸一方，范蠡遂隱遯而去。

㊽ 爭得：怎得。

出一少年壯士來，要刺殺始皇。不知性命如何，且看下回分解。

總評　張良智人，豈不知副車而誤中也。其中亦有深意，不可不思。黃石傳書一段，極好看。

第九回　趙高矯詔立胡亥

卻說那少年要刺始皇，有一老者急止之曰：「不可，大丈夫當立萬世之功，豈可效刺客之流耶？」少年遂止。其人為誰？老者姓項，名梁。少者姓項，名籍，字羽。楚將項燕之後，下相人也。籍初學書，書不成。學劍，劍不會。梁大怒曰：「爾欲何為耶？」籍曰：「書記姓名，劍不過敵一人而已。」梁曰：「汝今欲何學？」籍曰：「吾但欲學萬人敵也。」梁甚奇之。今日遇見始皇，意欲刺殺，項梁急止之。因此遊行於吳楚之間，潛有圖天下之志。

卻說始皇三十六年，有隕石見於東郡，上刻六字：「始皇死，而地分。」使御史逐一緝訪不出，遂命盡誅石傍居人，並燔其石。御史復命訖，李斯乘便諫曰：「陛下遊巡日久，變詐百出，祥瑞徵驗，恐難准信。不若回鑾歸國，修整邊備，安撫郡國，高拱無為，自能無事，何必勞車駕遠出，反生事端，致使陛下終日不寧也。」於是，始皇從李斯之言，會轉車駕，回到兗州。夜作一夢，與東海龍神交戰。但見龍神威力駿發，勢不能敵，急欲逃走，茫茫蒼海，無路可出。正在危急之中，忽見一赤龍自天而降，遂吞而食之。醒來神思恍惚，四肢困倦，自覺此身若有所失。行至沙丘，病愈沉重。密囑李斯曰：「朕昔年東填大海，觸犯龍神，自夢來有病，恐不能起。若我崩之後，當往上郡，宣太子扶蘇立為君，庶不失秦天下。」即日與李斯玉寶、遺詔、玉璽等寶，李斯哭泣拜領。又曰：「卿事我多年，凡一應大小事務，皆託於卿。卿宜盡心王事，勿違朕命。且太子扶蘇，仁愛誠敬，足可承繼。惜我一時見錯，誤貶遠方，卿等務要用心不可失也。朕之遺言，不可輕泄於人。」言畢遂崩。在位三十七年，壽五十歲。是時知始皇崩者，止公子胡亥、趙高、李斯、宦者五六人，祕不發喪，棺載於溫涼車中。隨所至進飲食、奏事亦如平時。事後以鮑魚混其氣味，人無有知之者。

按：始皇自并天下以來，殘虐暴酷，大肆狂悖。除謚法而改正朔，望泰山而頌功德。銷兵器，徙豪傑。壞城廓，決隄防。築長城，修五嶺。創立宮室，大興土木。窮兵黷武，悖古亂今。巡幸天下而無止極，焚燒詩書而無忌憚。任用李斯，而李斯亂政；寵幸趙高，而趙高亡國。遺臭萬世，古今之罪人也。

卻說始皇雖有遺詔，立扶蘇為君，尚未發使者。趙高急來說李斯曰：「大丈夫不可一日無權，無權則爵寵失而身危。我欲君侯改詔，立公子胡亥，未知君意以為何如？」斯曰：「此亡國之言，非人臣所當議也。」高曰：「君侯自謂長子之信任蒙恬，與君侯孰優？」斯曰：「不如也。」高曰：「扶蘇明而能斷，剛而有為，平日與君不相得。若立為君，決以蒙恬為丞相，奪君侯之印而與之。君決罷歸鄉里，廢為庶人，徐徐侵害，死無葬地矣。君侯何不自悟耶？」斯沉吟良久，曰：「子之言亦自有理，但不忍負遺囑也。」高曰：「與其遵遺囑而身危，孰若負遺囑而權久。二者之間，於君取之。」斯起謝曰：「謹如子教。」遂同來說胡亥，曰：「今日之權，其存亡在公子與丞相及高耳。如若奉詔立長子為君，必權歸於人，招之不來，揮之不去，退處僻地，不過一常人耳。乍當寵沃，一旦失位，心獨安耶？我與丞相意欲改詔，立公子為君，共享富貴，不知公子之意，以為何如？」亥曰：「廢兄而立弟，亂倫也；違父命而獨擅，不孝也；取人之有而害之，不仁也。三者逆理亂常，天下不服，恐不可為也。」高曰：「信小節而失大事，守微義而泥遠圖，君子謂其不達也。況時不可以錯過，權不可以假人。公子急當自思，勿致後悔。」亥曰：「任汝為之。」高大喜，遂與李斯改詔賜扶蘇死，立胡亥為太子。乃遣閻樂齎詔，閻樂亦不知始皇駕崩，遂於車前承命啟行。

不一日，到上郡。入城傳命接詔，扶蘇蒙恬急出，迎詔開讀。詔曰：

> 三十七年七月十三日，始皇帝詔曰：三代以孝治天下，而敦大本。父以此立倫，子以此盡職。違此，則悖理逆常，非道也。長子扶蘇，不能仰承休命，闢地立功，乃敢上書誹謗，大肆狂逆。父子之情，似若可矜。而祖宗之法，則不可赦。已詔立胡亥為太子，廢爾為庶人，賜藥酒、短刀自決。其將軍蒙恬，稽兵在外，不能匡正規諫，本欲加誅，以築城之工未完，姑留終理。故茲詔示，盡宜知悉。

扶蘇讀罷詔，涕泣曰：「君教臣死，不敢不死；父教子亡，不敢不亡。今君父賜死，願飲酒以全其軀。」方欲飲，蒙恬急止之曰：「皇上使臣統領兵三十萬眾，駐節邊陲，託殿下久住監督，此天下之重任也。

既授以重任，而又賜死，恐中間有詐。不若面見奏過，若果不虛，死未晚也。」扶蘇曰：「君父命既出，理不可違。使命前來，豈有不實？如若奏請，愈增不孝。」遂飲酒而死。蒙恬覆太子屍，痛哭不止。三軍莫不垂淚。後史官有詩曰：

舉國痛憐秦太子，千年遺恨不勝悲。至今谷口聞嗜咽，猶似秦人怨李斯。

閻樂見扶蘇死，回咸陽復命。李斯、趙高啟知胡亥，胡亥傷悼不已。遂傳秦始皇車駕啟行，未知何如。

總評　讀至扶蘇飲酒之際，誰不髮指！

第十回　芒碭山劉季斬蛇

卻說李斯、趙高、胡亥扶始皇靈車，從井陘、九原直道至咸陽，始發喪。胡亥襲帝位，是為二世皇帝。九月，葬始皇於驪山下。以宮女無子者，皆令其殉葬墓中。自此大權俱李斯、趙高執掌。又為嚴刑酷法，殘虐百姓。大臣公子，有罪者輒行誅戮。四海怨望，干戈遍起。二世又思蒙恬在外，兄弟子姪在內，恐復作亂，欲召盡殺之。子嬰諫曰：「蒙氏，秦之大臣謀士也。一旦棄絕，而用此無節行之人，是使群臣不自相信，而鬥士之意離也。」二世不聽子嬰之諫，定要盡殺蒙氏九族。蒙恬聞知，嘆曰：「吾積功信於秦三世矣，今將兵三十餘萬，其勢足以背叛，而寧守義不妄為者，不敢辱先人之教，不敢忘先王之恩也。」遂飲鴆而死。二世聞蒙恬死，將蒙氏兄弟子侄盡遷徙於蜀郡。平日，李斯、趙高所忌憚者，惟扶蘇蒙恬耳。今皆誅滅，此外一無所畏憚。遂勸二世專行殺伐，凡一應軍國大事，俱按不奏聞。以此盜賊蜂起，山東、山西、河南、河北、吳楚之間，無一處無兵馬。陳勝、吳廣起兵於蘄，武臣起兵於趙，劉邦起兵於沛，項梁起兵於吳。四海縱橫，天下變亂，二世惟荒淫酒色，恣行快樂。終日有奏事者伺候，不得投見。以此各處章奏，略無所聞。

卻說劉邦，字季，沛縣人也。母媼，常休息於大澤隄塘之上，夢與神交會，忽時雷電晦冥，邦父太公往視之，則見蛟龍見於其上。母遂有娠，後生邦。邦為人隆準、龍顏、美鬚髯，左股下有七十二黑子。愛人喜施，豁達大度，不事生產。及年壯考試，補吏為泗上亭長。好酒喜色，人多狎侮。獨單父人呂文見邦狀貌，甚奇之，常曰：「劉季雖貪酒好色，人多輕之，但時未遇耳。若一發蹟，其貴不可言。」因歸家謀諸呂媼，願將女呂顏與邦為妻。呂媼怒曰：「往日曾許沛令，今何復許此下賤耶？」文曰：「此非汝兒女子所知也。」遂邀邦入坐上，留飲甚歡。說話間，呂公起身舉酒，勸邦曰：「君狀貌有大貴，君當自愛。吾有息女，願嫁君為箕帚之婦，君勿違也。」邦曰：「吾有三事未立：第一幼而失學，二力弱無勇，三貧不能自贍。有此三事，豈敢屈公之女耶？」呂公曰：「吾意已決，願君勿阻。」邦遂出座，請公同呂媼拜謝。酒深辭出，呂公送邦，行百步遠，忽見一人望邦長揖曰：「連日訪季，欲相與一見也。」呂公相其人，身材凜凜，相貌堂堂，聲若巨雷。暗思此人，一盛世諸侯也。隨於路傍酒館，復邀邦與其人入飲。便問：「壯士姓名？」其人曰：「某姓樊，名噲，沛人也。以屠狗為事。因訪劉季，幸遇賢丈，又辱賜酒，敢問公姓氏？」公曰：「某姓呂名文，單父人也。客居沛，聞君名久矣，幸得相見。欲有一言，請問君有內助否？」噲曰：「某少貧賤，無父母，尚未有配。」公曰：「吾長女名顏，已配劉季。次女名嬃，欲許事君。君以為何如？」噲謙退不敢當。邦曰：「今日之會，真奇遇也。一日之間，公以二女而許吾輩。公能相人，想知他日吾二人足可以保妻子也。君何辭焉？」遂相羅拜，盡醉而散。不題。

次日，沛縣遣邦送徒夫赴驪山，中途多逃失者。晚至豐西澤中，邦曰：「公等拘解赴役，勞無期限。逃之者既得生，見在者恐獨苦。不若縱汝各任所往，庶免死役所也。」眾皆拜伏曰：「秦法甚嚴，我輩雖得生，恐負累君，罪不輕也。」邦曰：「公等皆去，吾亦從此逝矣。」中間有十餘壯士願相從，不忍捨去。是日，邦被酒大醉，夜從小路潛走。先令一人導引，行至前途，還報曰：「前有一大蛇，長十餘丈，當徑不可進。不如從別路前往，免被傷害也。」邦曰：「壯士行路，何所畏懼。」遂撩衣仗劍，大步急趨。向前覷得較近，用力揮蛇，分為兩段，開行數里。眾壯士大驚曰：「劉季平日最怯，今奮力勇敢如此，非偶然也。」遂同隱於芒碭山澤間，沛中子弟多歸附者。後有人到斷蛇處，有一老嫗每夜伏蛇哀哭，聲甚悲切，人問嫗曰：「蛇死除害，爾何哭耶？」嫗曰：「吾子乃白帝子也，化為蛇當道，今被赤帝子斬之，是以哀哭，無所歸也。」人皆不信，疑以為怪。急欲杖擊之，老嫗忽然不見。人以此告邦，邦聞之，心獨喜自負。後胡曾有詩曰：

白蛇初斷路人通，漢祖龍泉血刃紅。不是咸陽將瓦解，素靈那哭月明中。

卻說劉邦自斬蛇之後，四方歸附者數百人，威聲稍振。有沛縣吏蕭何、曹參，見秦益暴虐，賦役煩重，欲議扶沛令聚眾背秦。乃令樊噲召邦同其商議。邦同噲領數百人赴沛縣來，聲勢赫奕。沛令驚悔，乃召蕭、曹曰：「爾假以扶我為名，卻結引外兵，是招虎為翼，反生內患，侵奪之禍，汝輩起之也。」屢次要斬，眾人勸免。是夜蕭曹糾合心腹數十人，越城投邦聚義。因進言曰：「沛令庸才，不足與議大事。公今聲勢浩大，若乘此得沛城，暫屯人馬，漸次招撫逃亡在外之人。倡為義舉，四方響應，天下可圖也。」邦曰：「賢公若肯俯從大義，必須賺開沛城，襲殺沛令，議賢主以從人望，然後大事可成也。二公計將安出？」蕭何曰：「城中父老，正在驚惶之際。若今夜作書，曉諭百姓，陳其利害，束箭射於城中，使其內變，不一二日城可下也。」邦從其言，即作書射入城中。書曰：

天下苦秦苛法久矣。民不聊生，豪傑並起。今我倡義聚眾，從公議擇沛主，往應諸侯，以共成大事。如爾開城早降，免致屠戮，如若罔順天命，城破之日，玉石俱焚，後悔何及也。

諸父老議曰：「見今劉季勒兵圍城，蕭曹俱已歸附。恐城破之日，吾父子難保也。」遂帥子弟入公署，殺沛令，大開城門，迎邦入城。蕭、曹同眾共議，立邦為沛令。邦曰：「不可，方今天下擾亂，諸侯並起，苟立主不善，百姓弗寧。我德薄才疎，恐不能為沛縣主也，請擇賢者立之。」諸父老曰：「聞劉季有奇才，他日當有大貴。且卜筮劉季最吉，當立季為沛主。如若不從，吾輩即解散矣。」邦不能辭，遂立為沛公。蕭、曹、樊噲帥諸父老，拜伏起居。建立旗幟，皆尚赤色，蓋謂赤帝子之讖故也。不旬日，得沛縣子弟三千人，與陳勝合兵伐秦。不題。

是時項梁與兄子項籍，一向潛住會稽。有會稽守殷通知梁有奇謀，召與計議曰：「今二世無道，陳涉起兵，天下紛紛，各相響應。我欲背秦從義，召子共與謀之。」梁佯為應諾，歸與籍議曰：「大丈夫當自立，奈何鬱鬱久屈於人下乎？況且殷通又無大志，終難成王業。不若吾與彼計議，汝可暗藏利劍，同入衙內，拔劍斬之。占此大郡，招兵聚眾，以成大事。不亦美乎？」籍曰：「此正合吾志也。」次日，便同項梁來殺殷通。不知如何主意，下節便見。

總評　沛公為眾所推，項羽自殺郡守，起手處便自不同。

第十一回　會稽城項梁起義

次日，項梁與籍見殷通，共謀背秦起義。籍大怒曰：「爾與吾不同，吾家楚將項燕，曾被秦害，誓不共戴天日之讐。汝食秦祿，為會稽郡守，乃興此叛逆，不忠甚矣。吾殺汝以為人臣不忠之戒。」遂拔劍揪住殷通，劍過頭落。提頭大呼曰：「殷通背秦，不足以為郡守。今已殺之，願將印綬與項公執掌。立為郡主。爾等如有不服者，以此頭為令。」門卒吏胥俱各驚惶，盡皆慴伏。時有二牙將季布、鍾離昧上堂責之曰：「入其邦，殺其主，奪而自立，非義也。」籍曰：「在殷通為叛臣，在項公為義主，借秦地而報楚讐，天下之大智也。將軍若肯相從，共伐暴秦，以復六國之後，名垂竹帛，不朽之功也。何必區區以通為念耶？」二將下堂拜伏，曰：「願從將軍指揮。」項梁遂以二將為都騎。旬日，郡縣望風歸降，得精兵萬人。各置部署，賞罰嚴明，用捨允當，人莫不悅服。

一日，季布、鍾離眛復進言曰：「協力足以成謀，得將足以立功，今力雖協，而左右尚未得其助，恐孤立不足以建功也。今會稽塗山中有二將，乃桓楚、于英，統八千精兵，嘯聚山林，俱有萬夫不當之勇。公如得此二將，可以為助。」梁遂遣籍往招二將。籍同季布等前至塗山，先令一能言小校傳說：「楚將項梁遣裨將項籍來見將軍。人無衣甲，隨從不過數人，要陳說大義，以共成王業。」桓楚、于英聞說，就請籍與季布相見。籍曰：「方今二世無道，英雄並起，天下莫不欲誅此殘暴，以解生民塗炭。二將軍負此武勇，正當為天下除害，奈何潛蹟山林，埋名丘壑，使天下諸侯聞之者，皆笑將軍為怯也。籍今從項公聚精兵數萬，共議伐秦，欲為六國報讐，除此殘暴。仰將軍之名久矣，特來陳說大義，敬請下山，同力以伐秦。如成王業之後，富貴共之。」桓楚曰：「秦雖無道，而勢力甚強，非有蓋世之雄，不足以為敵也。公今欲舉大義，恐力未贍耳。願比試其強，果能力敵萬人，吾二人即從之。不然，所謂畫虎不成，反類狗者也。」籍曰：「隨將軍比試，吾力足以當之。」桓楚曰：「山下禹王廟前有鼎，不知幾千斤，公能推倒扶起，扶起又能推倒，三推三起，公力可謂無敵矣。」籍曰：「願往觀之。」隨同二將並季布、眾多小校來到禹王廟前，看那鼎時，高七尺，圍圓五尺，約有五千餘斤。籍看了一遍，命一強健小卒，盡力一推，分毫不動。籍乃拽衣向前，用力一推，其鼎遂倒。籍應手扶起，一連三推三起，若有不知其為重者。二將大喜曰：「公力足可以敵天下矣。」籍笑曰：「如此試力，不足為奇。」復又拽衣近鼎邊，用手插入鼎足下，盡力舉個平身，遶殿連走三次。面不改容，氣不喘息，仍輕輕安於原處。看二將曰：「汝以為何如？」二將向籍前抱住曰：「公真天神也！吾輩願隨鞭蹬。」眾多小校，拜伏在地，大呼曰：「公真非凡人。雖古之賁育㊾，亦何以敵其勇哉！」二將遂請項籍一行人進寨，置酒延款，俱各收拾行裝停當。次日，統領人馬，同籍下山。

正行之次，忽有一簇人驚惶馳走。籍策馬近前，便問：「爾居民為何驚惶？」眾人馬頭前告曰：「塗山大澤中，有一黑龍，忽化為馬，每日至南阜邨咆哮。揉踏禾黍，民不能禁。聞將軍大兵至，願為民除害。」籍同桓楚等數十人，步行到大澤邊。只見那馬見人來到，咆哮近前，兩足騰起，其勢有齧人之狀。籍大呼叱咤，撩衣近前，就勢將馬鬃揪住，直身上馬，遶澤邊馳驟十餘遍。馬汗出勢弱，遂搭轡徐行一二里，馬無復跳躍。眾居民羅拜於前，願求大名，籍曰：「某楚將項燕之後，姓項名籍，字羽，舉義兵伐秦，因招軍至此。」中有老人，長揖向前言曰：「某等聞將軍之名久矣，幸過荒邨，敢望暫將人馬屯駐。請將軍到小莊拜茶，不敢久稽也。」項籍遂同桓楚一行人，入著莊來，施禮畢，老人慇懃進酒。籍問曰：「賢公高姓何名？未曾相識，乃蒙愛如此。」老人曰：「某姓虞，排行第一，人呼某為虞一公。敢問將軍青春幾何？」籍曰：「某年二十四歲。」虞公曰：「將軍有室家否？」籍曰：「尚未擇配。」公曰：「某年老無子，止生一女，生而聰慧。幽閑貞靜，不輕笑語，雖內戚未嘗輕見其面。自幼讀書，明大義。其母生時，夢五鳳鳴於室，後長成知其必貴也。邨中雖有豪家子弟，皆愚陋不足為配。適纔見將軍力能扛鼎，勇敵萬人。倡舉義兵，志在天下，乃蓋世之英雄也。願以弱息為配。」籍即起再拜稱謝，公隨呼虞姬出見。蘭姿蕙質，真國色也。籍遂解所佩之寶劍為定。又恐人馬騷擾，於是傳令起行。

來到會稽城內，領二將參見。項梁看那二將時，雄雄壯士，赳赳武夫，所領八千子弟，盡是精銳人

㊾ 賁育：孟賁、夏育，二人都是秦武王時（西元前三一〇～前三〇七）勇士。

馬。又將所降馬牽過堂下，那馬高七尺，長一丈，真龍駒也。梁遂命名曰烏騅。籍又以虞姬許配一節，一一告說一遍。梁大喜曰：「予自起兵來，招亡納叛，人心順附。若如此，天下不難圖也。」數日，梁遣人娶虞姬歸會稽，與籍成親。就帶堂弟虞子期，隨軍聽用。

不旬日間，梁續招集四方逃亡之士十餘萬人，與籍並眾將商議伐秦，擇日啟行。會稽父老遮道告曰：「君去，誰為與守？」梁曰：「當日取會稽之時，不過借以屯軍馬，圖大事耳。今大軍駐扎日久，恐騷擾地方，欲令過江伐秦，與汝除殘去暴。他日成大事，會稽免租稅十年。爾照舊各安心生理，自有賢守來，與汝為主也。」眾父老拜伏在地，不忍捨去。

梁揮動人馬起行，由大路過江。抵淮，三軍不能進。哨馬報曰：「前有一軍阻路。」項梁遣籍哨探，只見旗開處，一人出馬，威武雄健，風神峻烈。籍曰：「爾何人？攔阻大兵。」其人曰：「某姓英，名布，六安人也。嘗聞兵出有名，是謂正兵。爾出無名之師，潛過淮西，助紂為惡，是以阻之。」籍曰：「某姓項，名籍，楚將項燕之後。見秦二世無道，會稽起兵，降八千子弟，聚兵十萬，要與楚報仇，除此殘暴，以安天下。何為無名耶？」兩家言未畢，只見桓楚聞是英布，勒馬到陣前，大呼曰：「英將軍，何不下馬？我已歸降楚矣，願如前約。」布見是桓楚，遂下馬伏地。籍曰：「二公想亦舊識。」桓楚曰：「英將軍武勇，天下無敵，昔曾修驪山，亡命過江投某。某留住他資助盤費，各相約，但得賢主，同心匡輔，以共圖富貴。前日聞在此聚義起兵，未得的信，不意今日相會。」布曰：「楚將軍興舉義兵，願與為應。」籍大喜，隨引布來見梁。梁喜曰：「千軍易得，一將難求。今得英將軍，如獲萬里長城也。」遂合兵一處行。不知伐秦如何。

總評　舉鼎、降雖如羽者，虞老欲以女嫁之，真不顧女兒死活。

第十二回　范增獻策立楚後

卻說項梁收了英布，威勢益盛。一日陞帳，與眾將計議：「今人馬將佐日漸強大，足可伐秦，但中間少一謀士。近聞淮陽居巢，有一老人，姓范名增，年七十，足智多謀，雖古孫吳不能過也。欲一能言之士，往說歸楚。如此人來，大事可就。」有季布起告曰：「某亦知增久矣，願往說之。」梁大喜，就具幣帛，遣季布啟行。

不一日，到居巢，先投客店安歇。次日，整衣冠，來見范增。先於鄰近，訪問增住居。鄰人曰：「增住居雖在城，不喜市廛。離城三里，有旗鼓山，增常居山中養靜，等閑㊿不與人相見。」季布聞說，尋思此人不得見面，如何說話？遂於從人中揀一便利者，同扮做遠客，因說來居巢生理，消折資本，歸家不得，聞先生之名，願求一見，請問資身之策。增平日好為奇謀，聞家童傳報，遠客求見，又久在巢生理，遂許相見。季布同從人進山莊，見增蒼顏鶴髮，葛巾布袍，腹隱甲兵，胸藏妙算，飄然淮楚之逸民也。布行禮畢，增問：「公何處人氏，作何生理？」布遂將項梁所具幣帛，令從人持上。跪而告曰：「某

㊿ 等閑：通常；尋常。

非遠客，亦未嘗在巢生理也。特奉楚將項梁之命，具禮拜請先生。恐不得見，遂假以遠客為名，庶無嫌疑也。目今二世殘暴，英雄竝起，各殺郡守，以應諸侯。蓋為百姓除害，以安天下。凡懷一材一藝者，尚欲效用，況先生抱經濟之才，負孫吳之策，年已七十，棲身蓬蒿，與草木為休戚。有呂望51之年，無呂望之遇，空老牖下，誠為可惜。今項將軍，乃楚項燕之後，仗義行仁，文武兼備。會稽起義，而四方響應。過江西征，而群兇慴服。聞先生之名，特來上請。幸及時應召，垂名金石，與呂望齊驅，天下之奇士也。速賜裁決，無煩再思。」增聽布一篇說話，意欲想算天時，運籌可否，只奈何季布將幣帛捧跪不起。增曰：「某聞二世酷暴，民不聊生，恨無路興兵，以除此無道。今子奉項將軍之命，遠來禮請，機會可為，正合吾意。但子初會，且今暫回，明日相見，即領來命。」季布跪伏在地，懇求不已。乃曰：「幸見先生，如獲珠玉，若待明日，又生別議。願先生勿卻。」增只得將幣禮拜領，延請季布上坐款飲。季布至晚，遂宿於增家。增卻沉思楚運，默算興隆，遂跌足道：「楚非真命，終無遠圖。但大丈夫一言既許，萬金不易，豈可悔耶？」當夜就寢。

次日收拾行裝，帶一二從人，同季布一行人來見項梁。季布預先報知，梁整衣出迎，延之上坐。乃曰：「某聞先生之名已久，日夜懸心，恨軍務煩劇，未得求見。昨遣季布禮請下山，幸先生不棄，屈賜垂顧，大慰平生之願。萬惟先生盡心吐露，以匡不及。」增起拜曰：「將軍世為楚輔，倡此義舉，天下歸心，萬民屬望，威武所及，誰不欽服。增今區區老叟，料無長才，乃蒙以禮徵辟，敢不竭盡心力，務

51 呂望：即呂尚，周東海人。晚年隱於渭水濱，文王出獵，與他相遇，交談後大悅，並說：「吾太公望子久矣。」因號「太公望」，並立為師。後輔佐武王克殷，封於齊。

成王業，以報今日知遇之恩耶。」就令籍與相見。梁終日與增談論，每至夜分，運籌決策，實中肯綮。梁甚喜，自謂相見之晚也。

一日，梁因差人探聽陳勝消息。差人去旬日，回報：「陳勝被章邯大破之，行至汝陰，遂為莊賈所殺。各諸侯皆解散。章邯見屯兵南陽。」梁大驚曰：「吾欲糾合諸侯，助勝伐秦，不意敗績已死，我兵似不可輕動。」遂同范增計議，增曰：「陳勝貪利小人，不足共成大事。且今日之敗，實由不立楚後，而自立為王。急欲富貴，而無遠大之圖，所以取敗也。且如將軍義兵一起，而四方之士，莫不聞風而來者，非有他也，蓋以將軍世世為楚將，必能立楚王後而誅無道也。為今之計，莫若先立楚後，以從人望。天下莫不曰：『項將軍非自為也，實欲立楚後，而報六國之仇，公天下之義舉也。』人心悅服，諸侯響應，秦雖強，一舉而可破矣。」梁曰：「此謀甚善。」於是，遂以增為軍師，仍差人遍訪楚後。卻說楚自秦滅之後，子孫星散，國脈已絕，遍求博訪，杳無蹤跡。差去的人回說，楚地並無楚後。梁大怒，因痛責去人。於是復差鍾離昧，務嚴加尋訪。昧與從人商議曰：「楚後決不在城市中，或落鄉邨僻靜去處，埋名隱藏，恐人知覺。」昧遂同從人下鄉尋訪，並無消息，心下十分憂悶。

一日行到南淮浦地方，見一群牧羊小童，趕一小童撲打。那小童容貌與眾不同，生得豐準大耳，眉清目秀，被群兒趕打甚急，略無慍色。昧向前呼小童曰：「汝為何被眾兒趕打？」童曰：「各小童皆是人家親生之子，獨我乃王社長從小雇覓牧羊。因我纔說眾童雖是親生之子，皆百姓人家。我雖雇覓之人，卻乃王侯之族。眾牧童見我說起根基，他眾人不信，以此趕打。」昧曰：「汝既是王侯之族，定有個姓名。」小童曰：「我自小在外，迷失鄉貫。」昧就向前再三追問。小童見昧問得緊，便要走。昧卻笑著低語說：「小童，我見你容貌比眾不同，後必大貴。你若實說，我便與你做主。」小童曰：「我今年一十三歲，來此已八年矣。嘗聞我老母說，我是楚懷王嫡派子孫。因兵荒逃走，在外潛住，以此知我是王侯之族。」眛聽罷，急下馬。招呼眾人，將小童扶上馬，徑到王社長家草堂上：「快請老母出來相見。」王社長驚惶不知何謂，遂拜伏在地曰：「某山僻農夫，不知國法，有何觸犯，乞大人赦罪。」眛曰：「汝快將小童母親請出來相見，有話說。」王社長隨即將老母衣服更換了，出到草堂上相見。眛卻問小童住居籍貫來歷。老母初不肯說，眛再三懇求，老母將貼身舊汗衫取出，遞與眛。眛看前襟上有字，不甚分曉，隨向日色邊細照，有字數行，寫著：「楚懷王嫡孫芈心，楚太子夫人衛氏，宗派相傳，俱有根據。」上有國寶鈐記。鍾離眛看罷大喜，遂拜伏行禮畢，喚王社長分付：「與小殿下更換衣服，同送到淮西，見項將軍，定有賞賜。」王社長聞說，亦拜伏在地，將衣服與殿下更換了，隨同鍾離眛一行人赴淮西來見項梁，將前事一一告說一遍。梁甚喜，就擇日領大小將佐立芈心為楚王，母夫人衛氏為王太后。封項梁為武信君，項籍為大司馬副將軍，范增為軍師，季布、鍾離眛為都騎，英布為偏將軍，桓楚、于英為散騎。以下大小將官，俱有封賞。仍令王社長回鄉，賞金五十兩，綵帛一束。不題。

卻說楚兵自此日加強盛，各處諸侯，望風而來。有楚將宋義，在江夏聚兵，聞項梁立楚之後，遂領兵五萬，會合伐秦。先來與梁相見，梁引朝見懷王，封為卿子冠軍。統率人馬，與項籍征進。義曰：「淮西雖楚地，不足為都。現今陳嬰駐兵盱眙，合同將兵，會嬰一處，立為根本。西向伐秦，攻則可破，歸則可守，此萬全之策也。」籍曰：「善。」遂與武信君奏知懷王，整率大軍，前後三路啟行，赴盱眙來。頭枝人馬將近淮河，只見塵土起處，早有三軍來到。范增與武信君勒馬看時，旌旗動處紅光見，劍戟揮時紫氣生。增大驚曰：「此一枝人馬，與眾不同，中間必有真命之主。」言未畢，一人躍馬而出，堯眉舜目，隆準龍顏，真四百年開基創業之主也。增一見，把頭低了，暗思我錯投了生也。畢竟此人來相見，未知如何。

總評　范增眼力既能識真主，為何便受季布執掇了？

第十三回　章邯劫寨破項梁

卻說此一枝人馬，為首的姓劉，名邦，字季，沛縣人也。芒碭山斬蛇，豐西澤起義，聚兵十萬。聞項梁兵到，同夏侯嬰、樊噲一干眾將，領兵來迎，糾合一處，協力伐秦。與項梁、范增相見甚喜，隨後二起兵馬俱到，同過淮河，到盱眙，會合陳嬰，聚兵一處，懷王建都盱眙。各文武百官朝見訖，武信君駐扎大軍於泗水河，有淮陰人韓信，仗劍來見項梁。梁見信容貌不悅，欲不用。增曰：「此人外貌清癯，中有蘊藉52，既來投見，即當留用。如若棄置，恐塞賢路。」梁依增言，封信為執戟郎官，就留帳下聽用。

初時，韓信釣魚淮下，終日不得一飯。漂母53見信有饑色，以飯與之。信謝曰：「吾後日得地，當

52 蘊藉：寬博有餘裕。謂有才略也。

重報母。」母怒曰：「大丈夫不能自食，吾哀王孫而進食，豈望報乎？」一日，往市賣魚江淮，有惡少年辱之，曰：「汝常佩劍上街，能刺我耶？如不能刺，當出我胯下。」於是，信俛首出胯下。一市人皆笑之，以為怯。獨許負者，善相人，一見信曰：「吾子有王侯之貴，當為天下元戎，富貴不輕也。」信笑曰：「一日不能一飯，尚望貴乎？」不意聞項梁兵起，遂來投見。梁止與執戟郎官，信悶悶不悅，雜於行伍中伺候。不題。

卻說楚兵聲勢大振，隨到歸附。傳入西秦，趙高恐懼，召章邯計議：「方今天下兵馬縱橫，吳楚尤甚。項梁立楚後，以收人望，與陳嬰、劉邦合兵一處，屯聚盱眙，十分作亂。汝為大將，坐視不行勦殺，以致猖獗。恐兵臨秦地，震動京輔❺❹，悔將何及？」邯曰：「連日節次傳報，正欲具奏出師，不意丞相召邯會議，且兵貴神速，不可遷延，即日啟行。」章邯、司馬欣、董翳、李由帶領大小將官，統領三十萬精兵，出函谷關，東向伐魏，以次伐楚。魏見秦兵勢眾，不敢出戰，遂遣二使求救於齊楚二國。齊王田儋親領兵救魏，楚以新得襄陽舊將項明兵三萬，就令明先領兵臨魏境，遙為之勢。邯遣司馬欣禦齊，遣董翳禦楚，卻自領大兵在後救應。

司馬欣與齊王田儋對敵，欣令後軍分二路為左右翼。卻領輕騎一千，與儋交戰，儋見欣兵少，盡力截殺。欣詐敗，儋驅兵來趕。忽聽金鼓齊鳴，秦兵兩路從後突出，箭如飛蝗。儋知中計，急欲回兵，已中箭落馬，被欣就勢斬於馬下，齊兵大敗。董翳兵到南魏，正遇項明。翳兵遠來，未及歇息，人馬疲乏。

---

❺❸ 漂母：以洗滌衣物為生的婦女。女年五十歲可以稱為母。

❺❹ 京輔：即京畿，靠近首都的地方。

明兵一出，翳不能敵，退三十里。駐扎未定，明又領兵追殺，翳大敗奔走。正在危急之際，章邯後兵已到，遣李由急出救援。項明追翳一晝夜未定，李由生力軍初到，不三合，斬明於馬下，大殺楚兵。秦兵三路人馬通合一處。魏兵聞知救兵已敗，孤城難守，魏王咎遂同魏豹棄城，出西門奔楚。章邯兵入城，安撫百姓畢，隨啟行，前至東阿駐扎，差人探聽不題。

卻說項明敗殘人馬回見楚王，奏曰：「秦將章邯，兵勢浩大，齊魏兵俱敗。今屯駐東阿，指日東向入寇，乞陛下早遣人勦捕。」王召武信君會議，梁曰：「臣親領一枝兵，先斬章邯。次起兵伐秦。」王准奏，於是項梁同項籍、范增一干眾將，領兵二十萬，赴東阿來，離城三十里下寨。梁遣項籍出馬哨探，籍到陣前大叫：「章邯出馬！」邯領兵出陣，與項籍答話。籍曰：「爾秦二世無道，趙高大肆惡逆，汝輩結黨害民，不過魚遊釜中，尚不知死，乃敢東向入寇耶？」邯曰：「某上國天兵，所向無敵，汝乃湖南草莽，妄立楚後，豈足為天人之應哉！」籍大怒，舉鎗直取章邯，邯舉鎗相迎。戰不三十合，章邯敗走，籍遂驅兵來趕。不十里之地，有秦健將李由55，放過章邯，攔住去路。籍大喝一聲，喑噁叱咤，李由馬倒退二十步之遠。籍舉鎗正欲刺由後心，司馬欣、董翳接住，各挺兵器來迎。籍撇了李由，力敵二將，不二十合，二將不能抵敵，拍馬望後便走。羽正欲追殺秦軍，武信君恐羽深入重地，復差英布、桓楚、于英領兵五千接應，大殺一陣。章邯退五十里遠下寨，與眾將商議曰：「楚兵勢盛，不可力敵，我今漸次退後，當用緩兵之計，使彼將驕兵惰，不相隄防，然後一戰而楚可破矣。若以力戰，項籍勇不可敵，徒自取敗耳。」眾將曰：「將軍所見甚當。」遂按兵不出。

55 李由：秦丞相李斯之子。

卻說項籍領兵回見項梁，備說章邯敗兵，已退五十里下寨。明日密統領三路人馬，分頭截殺，決獲全勝。梁曰：「章邯舊有虛名，年老力乏，料彼無能為也。」梁遂宴會諸將，高歌飲酒，盡醉而散。

次日，籍仍領兵，分三路出戰。籍自引兵敵中路，英布敵西路，劉邦敵東路。鼓噪吶喊大進，向章邯營殺來。邯各隊人馬見三路大軍勢眾，駐扎不定，拔寨通起。楚兵揮動三軍，分頭追趕，遂將秦兵折為三處。章邯走定陶，司馬欣、董翳走濮陽，李由走雍丘。

卻說項羽人馬，正趕至雍丘，追上李由。由與羽交戰，不三合，刺由於馬下，秦軍大敗。劉邦追司馬欣等至濮陽，一晝夜行三百里。蕭何急止之曰：「窮寇莫追。倘有伏兵，以逸待勞，反中其計。不如且屯兵於濮陽，以觀其變。」邦遂依言，屯駐人馬不題。

且說英布追章邯，兵至定陶。邯進定陶屯駐人馬，固守不與布戰。英布於城下安營，終日搦戰。邯兵只是不出，布無計可施。人報武信君大兵到來，英布出迎。項梁大軍安營畢，梁曰：「邯兵勢窮力竭，逃入孤城，正好極力攻打。如何坐守遷延？恐師老兵疲，救兵或至，將如之何？」布曰：「邯兵雖敗，人馬尚多。四門堅壁，恐難遽破。意欲相時而動，庶為便益。」梁叱之曰：「為將無謀，俄延㊻時日。我兵既到，立等城破，何待相時而後動耶？」遂將布喝退。隨即分付四邊，每隊軍士，各設雲梯，上城攻打。喊聲振舉，驚動天地。不期城上火砲火箭齊發，雲梯盡著。又兼矢石如雨，站立不住，只得退下城來。梁又安排數百輛衝車，鼓譟吶喊而進。邯急令鐵索貫穿鐵鎚，遶城飛打，衝車皆折。千方百計，城不能破，梁十分暴躁。

㊻ 俄延：稍作遲延。俄，俄傾；片刻的時間。

有執戟郎韓信，密至帳下，告稟：「大軍人馬，久駐城下，恐敵軍窺見我軍懈怠，夜黑開城，攻劫營寨。一時無備，反遭毒手。攻城之策小，隄防之策大。請將軍思之。」梁大怒曰：「吾自起兵會稽，所向無敵。量此孤城，何足為難？章邯聞吾之名，心膽皆碎，何敢出城劫吾營寨耶？爾何等之人，乃敢妄為籌策，以阻軍心。」遂將韓信叱出。有宋義聞信言，急諫曰：「戰勝而將驕卒惰者，必敗。今士卒懈怠久矣，秦兵雖圍困在城，連日持鈍養銳。又兼章邯秦之名將，善能用兵，果如信言，甚干利害。信言亦良策也。」梁益不聽。

是夜，章邯果分付將士，飽飯畢，人各銜枚，開放城門，統領三軍，暗分兩路，來到楚寨。楚兵正睡熟，章邯密傳將令，一聲砲響，金鼓大振，殺入楚營。夜晚兵來，如天塌地陷，山崩海沸一般。此時項梁已帶酒不能起，左右扶出轅門，未曾上馬，一將殺入中軍來，乃秦偏將孫勝也。梁措手不及，被勝一刀斬於門旗下。後史官有詩曰：

西楚興師仗義旂，懷王初立眾心歸。只因未解驕兵計，日暮轅門白刃飛。

項梁被誅，各隊人馬驚惶亂竄，自相踐踏。宋義、英布禁止不住，只得棄營逃走。殺到天明，秦兵大獲全勝。徑趨外黃，入陳留，屯駐人馬，聲勢復振。劉邦知梁敗績，領兵來定陶救援，已無及矣。遂同義等收回敗殘軍馬，急投雍丘來報，說武信君被邯所殺。項羽聞知大叫一聲，氣倒在地。不知性命如何。

總評　項梁行兵，全無步驟，自然該敗了。鬚眉中求如漂母，有幾？

第十四回　項羽殺宋義救趙

卻說項羽聞武信君被章邯所殺，哭倒在地，諸將再三解勸。羽曰：「某自幼無父，蒙叔父撫養成人，教習兵法，視我如子。今一旦功業未竟，中道而殂，此心如碎，安能已於情乎？」言畢又哭。范增曰：「為國捐軀，臣子之大節盡矣。項將軍雖命數如此，而楚之大業已就，天下望風歸附者五十萬眾。將軍果能承繼其志，恢宏疆宇，滅秦定楚，追封武信君為王，血食百世，將軍之大孝畢矣。何必效兒女子，區區於悲泣之間，何足以收服人心耶？」羽起謝曰：「謹如先生所教。」遂起兵急趨定陶㉗，會宋義、劉邦，合兵一處，與武信君掛孝，率諸將撫棺行祭，遂收梁尸。以武信君服色，葬於定陶。於是起軍，徑奔陳留㉘而來。

未及楚兵到時，章邯軍已渡河擊趙矣。趙王歇、陳餘、張耳等出戰，俱被章邯殺敗。遂夜奔鉅鹿㉙，堅壁不出，隨差人赴楚求救不題。

卻說項羽與宋義、范增計議曰：「今章邯渡河，聲勢復振，武信君新葬，懷王獨守盱眙，恐非長策，

㉗定陶：縣名，秦置，屬山東省。漢初封彭越為梁王，都定陶，即此地。

㉘陳留：地名。春秋為留地，屬鄭，後為陳所併，故曰陳留。

㉙鉅鹿：秦鉅鹿縣。項羽引軍渡河，大破秦兵於此。其地即今河北省平鄉縣。

不若回軍，遷都彭城，再作區處。」眾議既定，傳令三軍，回到盱眙。諸將朝見懷王畢。懷王聞項梁死，十分哀慟。項籍復奏曰：「武信君新亡，我軍銳氣已挫矣。見今章邯屯兵鉅鹿，破趙後必入寇西楚，不如先調兵征勦，我王遷都彭城，以為犄角之勢❻⓿，不可緩也。」言未畢，忽有人來報：「趙遣使求救。」王召入，即問章邯虛實。使曰：「秦兵三十萬圍鉅鹿，將一月矣。趙軍食盡，人馬死者過半。指日城破，生靈受害，願大王憐而救之。」懷王聞知，大驚。即以宋義為大將軍，項羽為副將軍，范增為軍師，領二十萬人馬往鉅鹿救趙。

兵至安陽，宋義按兵不動，欲遣子宋襄相齊。乃曰：「邯兵困趙日久，今心志懈弛，人無鬥志，我兵遲緩數日，坐觀其敝。待邯兵懈怠，我卻以兵攻之，邯必擒矣。」義遂遷延四十六日不進。羽曰：「秦軍圍趙甚急，城內死者七八，若能乘彼攻圍日久，鼓譟大進，攻擊其外，趙兵殺出，以應於內，內外夾攻，秦軍必走，而邯可擒也。」義曰：「不然。搏牛之蝱，不可以破蟣蝨。志在於大，不在於小也。若章邯勝，則秦軍疲乏，我卻承其敝而攻之，必破矣。若章邯不勝，則我引兵鼓行而西，亦必可破矣。此兵不勞而觀勝負也。若夫披堅執銳❻❶，我不如公；坐運籌策，公不如我。」遂傳令軍中曰：「縱使三軍之猛如虎，其狠如羊，其貪如狼，苟有違令不從者，必斬。」又陰遣其子宋襄為齊國相，宋義親送至無鹽❻❷而回，復飲酒高會。時至天寒大雨，士卒在雨中凍餒不可當。羽暗行軍中，聞各營有怨言。羽乃厲

---

❻⓿ 犄角之勢：作戰時分出一小部分兵力，以便牽制敵人或互相支援。犄角，北方方言，獸角。

❻❶ 披堅執銳：披堅甲，執鋒利的武器。

❻❷ 無鹽：縣名。漢置縣，屬東平國治。北齊廢。故城在今山東省東平縣東。

色正言曰：「諸將奮勇戮力，急欲攻秦，今卻久留不肯引兵渡河。況今年歲饑民貧，士卒不得飽飯，又無積糧，卻乃飲酒高會，必待秦兵破而後擊之。夫秦兵強大，趙兵怯弱，以弱敵強，何得秦敝？且武信君新破，楚王坐不安席，今盡將境內之兵，總屬將軍，非專為救趙，實欲假此破秦，以雪前日之恨。國家安危，在此一舉。今不恤士卒，而終日私宴，非社稷之臣也。」義終不聽，羽深恨之。

次日，宋義早陞帳，羽仗劍入帳，大呼曰：「宋義與齊謀反，令子宋襄與齊結連外應，故留兵不進，意欲吞取西楚。吾今奉楚王密旨，斬義以曉諭三軍。」宋義聽罷，便欲帳後逃走，羽大步趕上，將義揪住，一劍揮為兩段。眾將俯伏帳下，皆曰：「首立楚後者，將軍家也。今將軍誅此叛逆，正合人心。」眾將俱立羽為假上將軍，職專征伐，急使人追趕宋襄，將至齊境，遂殺之。又使桓楚報命與楚王，數宋義叛楚之罪。王遣鍾離眛持節封羽為上將軍。自此軍威大振，名聞諸侯。

於是，遣英布為先鋒，將軍二萬渡河。邯聞布至，急差司馬欣、董翳渡河南岸立營，以阻來兵。二將領兵渡河，營寨方纔立定，英布前軍早到。二將出馬與布交戰，布並不答話，舉斧徑奔二將，二將來迎。正戰之間，只見秦軍不戰自亂，從後一將殺至，乃上將軍項羽也。二將大驚，撇了英布，徑投河南營寨；時已被楚軍占住，只得棄營望河北逃走。項羽大獲全勝，所得軍器輜重，不知其數。收軍進營，待後軍陸續俱到，遂領軍北渡河。按劍高坐，候後軍渡畢，乃盡將船隻沉入南河，釜甑打碎，廬舍燒燬，止持三日行糧，曉諭三軍：「務要竭力死戰，無復退志。」三軍踴躍大呼曰：「願從將軍，決一死戰！」鼓譟連夜進攻章邯。不知勝負如何。

總評　看項羽哭武信，殺宋義，沉舟破釜，真是仁義智勇兼全。

第十五回　楚項羽九敗章邯

二世二年十一月，項羽大兵進攻章邯。范增、鍾離眛相議曰：「項將軍急欲攻進，破釜沉舟，糧食俱在後，倘三日未下，而軍無糧，將如之何？此時當差心腹牙將63，星夜催攢糧食近河。如三日勝邯，不必運過河，如三日不能勝，須過河預備軍需，庶不失接。」眛曰：「先生所慮甚遠。」隨即差人催攢軍需不題。

卻說司馬欣等被項羽、英布沖殺一陣，回見章邯，備說英布武勇，不能對敵，項羽人馬已北渡河矣，即當作急隄備。言未畢，有人來報楚兵過河，破釜沉舟，要與秦兵決一死戰，聲勢甚大。邯聞說，急召秦將王離、涉間、蘇角、孟防、韓章、李遇、章平、周熊、王官等至帳下，分付曰：「項羽勇冠三軍，不可輕敵。汝各隊人馬分為九路，連寨結營，待我與彼對敵，每隊以次接應，待楚兵深入重地，九路人馬合兵截殺，必獲全勝。」眾將得令，各調人馬準備。

只見楚兵已到，項羽一馬當先，章邯出馬對敵。羽見邯出，咬牙切齒，大罵曰：「逆賊，殺吾季父，

63 牙將：低級的軍官。

此讐不共戴天。」遂躍馬挺鎗，直取章邯，邯舉鎗相迎。二馬交戰，殺五十合。邯敗走，未及五里遠，早有王離人馬接應。章邯退後，王離出馬，與羽交戰。不二十回合，羽賣了個破綻，讓王離一鎗刺來，羽卻躲過，就勢將王離活挾過馬來。眾軍將王離綁縛歸陣，邯見王離被擒，撥轉馬便走。羽大叫：「逆賊，那裡去？」催動人馬追趕。羽騎的是烏騅馬，日行千里。眾軍跟之不上，俱落在後。羽一騎馬飛奔章邯，章邯見羽無軍，復回馬交戰。項羽一根鎗，恨不得即時綽死[64]章邯。章邯只是架隔遮攔，如何當敵。正在危急之時，早有秦將涉間兵到，接住廝殺。羽更不答話，直取涉間。戰不十合，項羽按住火尖鎗，順手取出鞭來，望間打一鞭去，涉間急躲時，早中左肩，翻鞍落馬。秦陣上章邯見涉間落馬，即領牙將宋文等死戰來救。只見項羽大軍已到，英布、桓楚各領兵沖殺將來。章邯折軍大半，大敗而走。項羽見天色將晚，恐有伏兵，不去追襲，鳴金收軍，安下營寨。當有軍師范增進言曰：「將軍深入重地，天色陰晦，須防賊兵劫寨。」羽曰：「軍師之言是也。」范增即傳令於小山口，另安營寨，屯駐大軍。卻於大寨堆積柴草，虛立旗號，以等待敵兵。卻喚桓楚、于英、丁公、雍齒四將上帳，分付曰：「汝四人領兵埋伏，但看大寨火起，章邯必定中計，汝等領兵四面勦殺，阻住去路，不可走脫。」四人領命去訖。又喚英布分付曰：「汝可領兵三千，於正西大路埋伏，阻當秦軍接應，不可誤也。」各各分付已定，請項羽於小寨內專等敵軍。

卻說章邯領敗殘軍馬，投蘇角寨來，與司馬欣、董翳合兵一處，離楚營三十里下寨。角曰：「今楚兵得勝，人馬疲倦，不作準備，某引輕騎人馬，從東路殺奔楚寨之後，劫破營壘。將軍卻從西路殺來，

---

[64] 綽死：戳死。

兩路夾攻，使彼首尾不能救應。此兵法所謂『攻其不守』，雖不能至大獲全勝，亦可以挫其銳氣也。」邯曰：「正合吾意。」蘇角遂領本部一萬生力人馬，暗暗往楚寨進發。不久來到楚營，見旗幟不整，轅門緊閉。只說中計，大刀闊斧，殺入營來。見是空營，即欲回時，楚寨中一聲砲響，四下火起，喊聲大振。角急殺出寨來，投西便走。只見左有桓楚、于英，右有丁公、雍齒四將，攔住去路，不能得出。拍馬望山東小路而走，只聽鼓角齊鳴，喊聲大舉，一將大叫曰：「無謀匹夫，認得楚將項羽麼？」蘇角驚慌，莫知所措，被羽一鎗刺於馬下。

卻說章邯聽得東路鼓聲大振，喊殺連天，又不知蘇角勝負，只得領人馬緩緩哨探，未及兩個更次，只見楚兵大勢已沖殺來。此時天色將明，秦兵各隊拔寨通走，章邯斷後。早有英布人馬先到，與邯決戰。二馬相交，兵刃並舉，戰五十合，不分勝敗。羽軍到，見布戰邯不下，領人馬沖過來，邯兵敗走。正欲追趕，刺斜裡一軍殺來，乃是秦將孟防接應。與楚兵交戰，桓楚挺鎗直取孟防，孟防來迎，只一合刺防於馬下。章邯見折了孟防，拍馬投西便走。桓楚自思：「捉住章邯，勝他將百倍。」就拍馬追趕，邯馬連日困乏，又兼未得草料，前走甚急，後趕又速，馬遇山岡地，將馬蹌倒。章邯撞於馬下，桓楚急向前用鎗便戮。山腳邊早轉出一枝兵來救應，乃是秦將韓章。一馬抵住桓楚，眾軍士救起章邯，桓楚方欲與章交戰，早有于英人馬殺到。接住與韓章廝殺，未及十合，項羽大兵又到，韓章不能抵敵，撥回馬就走。羽揮動後哨，一併追趕，卻有秦將李遇原領本部精兵一萬，駐扎在此未動。章邯同眾遂投李遇營暫歇。楚軍陸續也都到了，見秦兵當頭扎營，未敢前進。傳令且屯駐人馬造飯。

日已平西，范增與項羽曰：「今晚秦兵恐楚劫寨，定於高陽坡下有埋伏人馬，卻設空營待我去劫。

伏兵一起，決中其計。」羽曰：「先生有何妙策？」曰：「將軍統一枝人馬徑奔秦營，鳴鑼擊鼓，遙為之勢。卻差兩枝精兵，去截住伏兵來路。秦兵決出交戰，候兩路兵得勝，卻三路合兵一處追殺。將計就計，使彼措手不及，邯可擒矣！」羽隨即密差英布領一萬軍暗出南路，桓楚領一萬軍暗出北路，自領兵三萬出中路，各分派已定。

卻說章邯與李遇商議：「楚兵連日得勝，今晚定來劫寨。爾可領兵五千南坡下埋伏，韓章領兵五千北坡下埋伏，我同司馬欣等眾將，大營後埋伏。候楚兵到來，三路並攻，必擒項羽。」眾將依令調兵去訖。

項羽到晚一更時候，南北兩路人馬，銜枚暗出。項羽卻自領精兵三萬，密從中路，行至五里遠不動。卻大舉金鼓，火砲火銃一齊發著。章邯正欲從寨後殺出，只見南北二路秦兵敗回，本寨邊楚兵殺來，章邯不敢出戰，急拔寨便走。項羽知楚兵二路得勝，急催動人馬追殺，十分混亂。行二十里，已到趙境。城裡聽得城外鼓譟振天，知是楚兵已殺到城下。陳餘、張耳等急上城探望，天色漸明，見秦兵大敗，遂開城門，領一枝人馬殺出來接應。章邯顧不得中軍，領數騎落荒逃走。英布望見，帶領本部人馬追趕。轉到東門，正遇秦將章平，急來救應，放過章邯，與布交馬戰三十回合。章平無心戀戰，急回保著章邯，奔曲陽小路來，正遇周熊、王官二枝人馬接著，英布見有救應，遂同桓楚合兵一處，回見項羽。

有趙王歇同張耳、陳餘，城外置酒，拜伏迎接，楚兵進城。羽曰：「且未可進城，乘章邯殘破之後，直擣秦境，勦殺餘孽，滅秦之族，正在此舉。若人馬進城，遷延時日，養成賊勢，終是費力。」遂留季布、鍾離眛在趙城外，統兵二十萬駐扎，斬王離、涉間以示威武，卻領精兵三十萬，追趕章邯。還是如何？且聽下回分解。

總評　非項羽一人不能有此大戰，羽真半世之雄也。羽不但有勇，智亦不乏。

卷二

第十六回　秦趙高權傾中外

卻說項羽統兵追襲章邯，所到郡縣，簞食壺漿，迎候羽軍。各路諸侯膝行而見，羽勢益震。以此日行五十里或三十里，邯兵遂遠遁。范增諫曰：「章邯遠遁，諸侯順附，天人響應之時，正將軍化家為國之日也，何必親冒矢石，追此窮寇？況三日之間，已經九戰，破秦兵三十萬。古今用兵，將軍為首稱也。以增愚見，不若且屯兵漳南，養此精銳。吾料趙高乃妒忌小人。二世昏闇，不知征戰之苦。章邯居外，兵不應手，心志恍惚，持疑不定。兼之以將軍之神武，破邯滅秦，指日可見矣。」羽曰：「謹如先生之教。」遂屯兵漳南不題。

且說章邯收拾敗殘人馬十萬，過漳河，屯扎於函谷關。早有人傳入西秦，說：「章邯折兵三十萬，天下諸侯，各據一國。不久楚項羽侵奪秦地，此時關口上，十分緊急。」近侍宦官宮妾，聞了這信，各各驚惶，寢食不安。秦公子族人，都在朝門外，又不得進內啟奏。趙高只是把持住內外，少有不順意者，便尋事害了性命。以此群臣不敢側目而視。

忽一日，高獻一隻鹿與二世，卻指說是馬。二世笑曰：「丞相誤矣。此鹿也，非馬也。」二世問左右近臣，或有不言者，或有言馬以阿順其意者，或有直言是鹿者。高卻就中陰害言鹿之人，群臣愈加畏懼，絕口不言國政。大權總是高執掌，李斯常鬱鬱不樂。

高窺見李斯有不樂之意，遂乘便來見斯曰：「關東群盜蜂起，章邯新敗，國家岌岌乎不寧矣。況阿房宮工程浩大，亦當暫止。我是宦豎，不當進言，此正君侯之事。何不進奏？」斯曰：「上在深宮之中，無由得見。」高曰：「君侯具奏，我與通之。」於是，高侍二世正在宮中燕樂之際，女嬪滿前，卻使人告李斯曰：「此時可奏事矣。」李斯一連請謁三次，二世大怒曰：「我在此燕樂，李斯何乃侮慢如此耶？」高曰：「沙丘主謀，李斯預力。今陛下貴為天子，斯不得裂土為王，時常怨望。前時長子李由為三川郡守，與楚賊相通，至今未明。李斯居外，權重於陛下，與楚人往來，斯實有意焉。陛下當察之。」李斯聞高有陰害之意，卻上書言高之罪。二世曰：「趙君為人精廉強力❶，不通人情，上能適朕之意，朕實知趙君之賢。而君乃疑之者，何也？且朕若無趙君，將誰為任哉？如君止我罷阿房工役，阿房宮乃先帝所為。君不能禁止盜賊，卻欲我違先帝之志，以成不孝之名。是上不能報先帝，次不能以忠於我，何以居相位耶？」遂下廷議鞫問❷，以為私通楚盜，謀危社稷。論五刑，當腰斬，夷三族。於是縛李斯於咸陽市，斯顧其中子曰：「吾欲與爾復牽黃犬，俱出上蔡東門外，逐狡兔以為樂，豈可得乎？」遂父子放聲大哭。腰斬，夷三族。後有胡曾詩曰：

---

❶ 精廉強力：精明、廉潔，辦事有魄力。

❷ 鞫問：審訊。

上蔡東門狡兔肥，李斯何事忘南歸？功成不解謀身退，只待雲陽血染衣。

趙高自害李斯後，權勢愈重。章邯屯軍函谷關，士卒無糧，馬無草料，各處諸侯皆與楚會合，同力攻秦，勢危力極，甚難支持。邯差人節次傳報，趙高通不投進。眾宮妾風聞這個消息，終日焦愁。獨二世恣意快樂，通不理論❸外事。

一日，二世出獵回宮，眾宮妾迎入內。二世就寢宮安歇，未及睡著。只聽眾宮妾低言與內使說：「今日外邊消息如何？」內中一近侍說：「今日聞外邊人說，章邯領兵，連敗九次，折兵三十萬。楚兵不日過關。我等卻如何是好？」二世聽罷，就寢牀上起來，急叫纔說話的宮嬪內使快來：「我問他說甚的？」眾人俱到二世前，泣奏曰：「今天下諸侯，十分變亂。章邯新折兵三十萬，秦地不久為楚兵所奪，臣等死無葬地矣。」二世大驚曰：「爾等何如得知？」眾曰：「內外無一人不知，惟陛下被趙高蒙蔽，不得知也。伏望陛下早早發兵遣將征進，免致生靈塗炭也。」二世當時召趙高，大罵曰：「汝為丞相，事無大小，皆汝執掌。今兵敗於楚，天下變亂，國家正在危急之秋，爾如何不奏我知？尚終日我前欺誑，罪當誅戮。」趙高免冠叩首曰：「臣雖備員丞相，只管理得內事。侍奉陛下，坐享太平。若征討賊寇，卻在大將軍章邯、王離等掌管，臣一人豈能兼管？如今只差人追問章邯等慢軍之罪，再選大將征進，自然無事。外邊聲勢，不過是人傳說，況章邯又無奏報，陛下何必聽宮宦之言，卻怒怪微臣耶？」二世聽高遮飾之詞，遂依舊安心，不理政事。

---

❸ 理論：過問。

高歸家尋思二世責怪之意，定是章邯因前來奏事，不與舉行，想密有人通與內宦，以此二世知道，今乃如此怪責。連日正嗔恨章邯，卻有人來報說：「章邯差長史司馬欣來奏事。」高曰：「且著在朝門外伺候。」一連三日，不著見面。欣急躁，用金帛買求門吏，轉通家僮，打聽音信。忽一日，家僮來說：「丞相十分惱怪章邯將軍，要追問慢軍之罪。汝今來奏事，正入網中，不如不見為妙。」欣聽說，急離朝門外，到下處，同從人喫飯畢，各備鞍馬緊束，星夜出咸陽，望函谷關逃走。

卻說趙高稽留司馬欣三日，要尋個圈套拘禁三家老小，追問重罪。不想欣已知此信，徑自逃走。高卻令門官召欣入見，門官出到外邊跟尋，並無下落。轉問欣下處人，說欣昨日已同從人起身去了，今已兩日矣。門官急來回復趙高說：「司馬欣已去二日。」高大怒。即令牙將四人，各備快馬，務要捉欣回來。牙將得令，追趕兩日，不見蹤跡。尋問前途人，俱說已過三百里外矣，如何追及。牙將聞說，只得回見趙高，備說：「司馬欣已先去二日，如何追得上？」高十分忿恨，痛責牙將。隨進內奏知二世，說：「章邯等久專閫外，略無寸功，喪師啟釁，招來外寇，關中震動，恐貽患地方。緣情論罪，法當賜死。合再選大將，代掌征伐，庶為便益。」二世准奏。高就令姪趙常為使，召回章邯等問罪不題。

卻說司馬欣連夜逃回，來見章邯，告說：「趙高專權，內外蒙蔽。因二世怪責欺誑之罪，高遂致疑，要謀害將軍，故稽留某在外，尋事問罪。某因知此消息，徑逃回與公再作商議。」邯聞說大驚曰：「內有權奸，外有勍敵❹，兩難之地，如何區處？」遂請董翳等眾將，從長計議。翳曰：「趙高心計最難測度，一言之間，李斯夷族。今若嗔怒，我輩定遭毒手。」旁有謀士人等從咸陽來，亦說：「趙高定計，

❹ 勍敵：即勁敵，強大的敵人。勍，音ㄑㄧㄥˊ。

已將三家老小拘禁在獄。目下有人來取將軍，為李斯標榜矣。如據兵抗命，尚可存活，苟隨之入關，定喪全軀。請將軍思之。」言未畢，早有使命趙常到營，眾將迎接詔書到營開讀。詔曰：

征討之命，皆出於天子，閫外之寄，實主於元戎。建豎功勳，威震海內，必克乃濟，庶副委託。爾章邯等統兵征伐，喪師辱命；差官奏事，未有旨降，乃敢輒回。上下之分，殊為叛背。今差騎將趙常，往拘繫頸來見。順命不違，尚有酌處，如復矯抗，罪不容誅。惟詔奉行。

邯等讀罷詔，與眾將不跪都起，將使命揪住，乃大呼曰：「我等披堅執銳，親冒矢石，萬死一生，受了多少辛苦，前與楚九戰，一連十數日，晝夜不眠，每日不得一餐。今屢次差人奏事，趙高不容報進，卻反問我等重罪。與其隨使命而赴死，不若斬使命而雪恨。」遂拔劍來斬趙常。未知性命如何，且聽下回分解。

總評　趙高殺李斯、害章邯，非獨高之罪，乃斯與邯自取之也。

第十七回　項羽聽諫伏章邯

卻說章邯要斬使命，眾將曰：「不可。若斬使命，實為矯抗。不若且將趙常拘留在此，卻備細奏聞，看二世喜怒如何。」邯遂按劍不斷，卻拘留趙常在營。未及具奏，有陳豨等眾將勸邯曰：「趙高已拘公等老小，蠱惑之言已入君心，公縱有大功，誰則知之？夷族之禍，恐終難免，不若斬使以決其志。」邯尚猶豫不能決。後數日，陳餘差人自趙來下書，邯拆書曰：

白起為秦將，南并鄢郢，北抗馬服，攻城略地，不可勝計，而卒賜死；蒙恬為秦將，北逐戎人，開榆中地數千里，竟斬陽周。何者？功多，秦不能封，因以法誅之。今將軍為秦將三歲矣，所亡失已十萬數，而諸侯並起茲益多，彼趙高素諛日久，今事急，亦恐二世誅之，故欲以法誅將軍以塞責，使人更代以脫其禍。君居外，多內隙。有功亦誅，無功亦誅，且天之亡秦，無愚智皆知之。今將軍內不能直諫，外為亡國將，孤立而欲長存，豈不哀哉。將軍何不還兵與諸侯為從，南面稱孤，孰與身伏斧鉞、質妻子為戮乎？陳餘百拜謹書。

邯看罷書，與眾官說：「餘之言亦自有理，但不知投何處去為上？」陳豨曰：「別國新立，志多狐疑，未可歸附。惟楚將軍功烈震當時，氣節蓋天下，又兼兵強將猛，威勢大振，雖大國諸侯，亦肘膝而見。吾知他日滅秦者，必楚也。公當歸楚，不失封王之貴。」邯曰：「吾昔殺項梁，與楚有世讐，楚將軍豈能容我？」豨曰：「我與將軍見楚，陳說便利，料楚定從其議。」邯曰：「子往說之，吾專候來命。」

陳豨遂匹馬至楚營。傳報有秦使見元帥，羽曰：「著進來。」豨入營見羽，行禮畢。羽曰：「困久不行納命，欲使汝為說客耶？」豨曰：「兩軍相持，勢力俱困，費用不貲，百姓疲敝，非惟不利於秦，亦不利於楚也。」羽曰：「爾欲何如？」豨曰：「章將軍勞苦三年，身經百戰，秦佞趙高，日相陵替，持兵日久，功難報秦。今拘秦使，抗命斬首，願歸將軍，共成王業。令其上見，如赤子之望父母也。不知尊意以為何如？」羽大怒，拍案大呼曰：「章邯殺季父，千載之恨，百世之讐。正欲碎首以為溺器❺，然後雪吾之恨也，豈容歸降於吾左右耶？」陳豨冷笑不止。羽益怒曰：「爾冷笑，欲試吾寶劍耶？」豨曰：「吾笑將軍，所為者小，所失者大也。且大丈夫為國忘家，用賢略讐，彼邯之行兵，乃各為其主耳。此人臣之忠，而智者所必取也。將軍何拘滯於心，而示人以不廣耶？」范增附耳曰：「且令陳豨暫出帳外管待，某有一言以告將軍。」羽呼豨曰：「汝且暫出帳外，容吾思之。」豨遂出帳，羽令人管待不題。

增乃進言曰：「將軍威勢甚大，而持兵日久，不得入關者，以其有章邯為之藩籬也。今邯為二世趙高疑忌，欲遣使賜死，逼迫甚急，以致邯進無所往，退無所歸，兩難之際，不得已而仰附於將軍。誠使將軍不念舊讐，撫之以恩，結之以義，連屬其心，而俯納之，彼必感恩圖報。雖蹈湯赴火，而卒為將軍用也。且秦之所恃者，邯也。苟邯去，則藩籬撤而國無所倚重矣。蓋國無主將，是謂無國。將軍乘其虛而鼓兵以進，破秦如建瓴之易耳。今苟捨此，拒而不納，使邯復據兵以投他國，結連為援，以圖大事，是秦未亡，而又增一秦矣。古人云：『三軍易得，一將難求。天與不取，反受其咎❻。』將軍宜捨其私讐，速賜剛斷。忘小忿，而成大謀。天下之豪傑也！」羽聞增言，遂悟曰：「軍師之言，誠確論也。」即召陳豨上帳曰：「吾熟思子之言，始恨章邯有殺季父讐，本不容降，但以國家用人，不惜舊恨。季父之讐，一人之私也；國家用人，天下之公也。豈可區區以報讐為念，而忘用人之大公乎？如邯果有實心

❺ 溺器：小便用的器皿。

❻ 天與不取反受其咎：上天給予的東西你不要，將會受到上天的懲罰。

向我，姑免舊忿，准彼來降。就傳吾言，可速斬秦使，統領本部人馬，赴漳南來見。如能建立功勳，他日滅秦之後，富貴當與共之。」陳豨領命拜辭，回復章邯。邯曰：「據子之言，即當斬使投降。但恐范增多謀，或誘我歸楚，因而致害，反中其計矣。子可再往，以探虛實。」陳豨仍又赴楚寨見羽曰：「章邯即欲來降，但恐將軍猶念舊讐，反自投陷阱矣。」羽曰：「大丈夫一言重如泰山。欲殺章邯，豈無別計？苟誘而殺之，使人有欲來降者，皆以章邯為藉口矣，不亦自塞賢路耶？」羽遂折箭為誓，付與陳豨。豨遂以折箭來見邯，備說項將軍如此義氣。邯大喜，就陞帳取出趙常來，當即斬首示眾。約會諸將，同領十萬兵，一聲砲響，吶喊搖旗，徑赴漳南，來三十里安營。

章邯領眾多秦將，赴楚寨來，拱手轅門外，聽候參見。范增卻令楚兵排列旌旗，嚴整隊伍，兩邊站立許多將官，俱是鮮明衣甲，十分威儀。羽居中坐定，先發擂三鼙，開了轅門，分付著新降章邯等入見。邯進見，行禮畢，流涕告羽曰：「邯因趙高讒言，不但不發救兵，反下詔賜死，拘禁老小，逼迫不過，無處容身。仰歸將軍，如嬰兒之望父母。但因昔日定陶行兵之際，奮不顧私，有傷尊公，罪當萬死。今蒙寬宥，恩同天地，敢不竭力報效，以圖建立微功，上報將軍不殺之恩，下雪王族生死之讐。幸惟收錄，以任驅使。」羽因安撫之曰：「爾等既歸命於我，我今必當重用，正宜忠心報國，勿興異念。滅秦之後，富貴共之。」邯等眾將，叩頭謝恩。就著領本部人馬，伺候征進。

有函谷關守關將校，知章邯降楚，飛馬報入咸陽，說章邯殺使命，帶領十萬軍降楚。見今項羽統兵，會合諸侯攻函谷關，十分緊急。趙高見殺了他侄兒，只得奏知二世說：「章邯素有反心，今果然叛秦降楚。」二世大怒，遂將各家老小夷於咸陽市。卻有人傳報與章邯等，說將三家老小，盡夷於咸陽市。邯等聞知，各放聲痛哭。就來稟告項羽，乘秦無人守關，可統兵殺過漳河，徑趨新安、澠池，秦可破矣。羽請增計議，增曰：「兵久在外，勞費甚多。懷王移都彭城，未立定業，況秦國兵強民富，未可輕敵。不若且回見懷王，先立定根本，休養兵馬，多積糧草，然後命將，兩路征進，使秦首尾不能相顧，方為長策。若今徒攻其外，而彭城失守，勞苦無功，反損威名，非用兵之善者也。」羽遂依增言，傳令大軍起行，徑回彭城來。不知見懷王怎的伐秦，且聽下回分解。

總評　章邯非欲叛主，乃趙高迫之也。亦非欲投楚，乃陳豨迫之也。其猶豫處要想：與其棄暗主而不投真主，孰若引刃自決，反得忠名；不然，據城擁眾，以俟其人，可也。

第十八回　收酈生智借張良

卻說項羽收兵回彭城，來見懷王。王曰：「將軍統兵遠出，累建大功，破秦之後，勳業當與金石不磨也。」羽又引眾諸侯並降將軍章邯等，拜見畢。懷王大喜，分付大排筵宴，犒賞眾將。封羽為魯公，封劉邦為沛公，各休養士卒，伺候征進。

沛公選將訓兵，招來四方英俊賢士。不數月，有蕭何、樊噲、曹參、周勃、王陵、夏侯嬰、柴武、靳歙、盧綰、丁復、周昌、傅寬、薛歐、陳沛、張蒼、任敖，招集將佐五十餘員，統兵一十萬。魯公帳下有范增、英布、季布、鍾離眛、桓楚、于英、丁公、雍齒、章邯、司馬欣、董翳、魏豹、張耳、陳餘、共敖、臧荼、龍且等，將佐百十餘員，統兵五十萬。沛公專行仁義，不尚殺伐，廣攬英雄，撫安百姓，懷王甚愛之。每與群臣曰：「沛公劉邦，仁厚長者。使此人職專征伐，決能安輯地方❼，撫愛黎庶，足可以為天下主也。」魯公威權益重，天下諸侯，莫敢仰視。性暴氣剛，人不敢近，懷王甚憚之，而不發於言。每來奏事，懷王出座，立與之語。

一日，細作❽自咸陽來，傳說二世大肆暴虐，百姓重足而行；趙高專權害人，日甚一日。魯公聞知，奏啟懷王曰：「臣今久練兵馬，正好征進，以殺此無道。豈可容其大亂，以害黔黎❾。」懷王曰：「吾正欲遣汝二公，分路伐秦。汝今此奏，正合吾意。」便召沛公、魯公近前，諭之曰：「秦二世無道極矣，天人共憤，理當征討，但兵分二路，未免各有彼此，須當與群臣計議，庶絕後爭。汝且暫出，候吾斟酌得宜，然後差遣。」王召群臣問，曰：「伐秦有東西二路，亦無遠近難易之分，但須從公寫東西二鬮❿，隨二人各取一鬮，該東者東去，該西者西去，自無爭競矣。」王曰：「善。」於是，寫二鬮，隨人各取一鬮。沛公該行西路，魯公該行東路。領命畢，二公各整點人馬停當，來辭懷王，擇日啟行。懷王曰：「卿等因秦無道，苦虐百姓，乃立我為王，以服人望。今我質弱才劣，不足以副天下。卿等各領本部兵

---

❼ 安輯地方：使地方安定。

❽ 細作：刺探情報的人員。

❾ 黔黎：百姓。

❿ 鬮：拈鬮。用幾張小紙片寫上字或記號，作成紙團，由有關的人各取其一，以決定權利或義務各屬於誰。

馬，兩路征進，如先到咸陽者為王，後到咸陽者為臣，不可負吾之約！卿等安天下之後，安置我於閑散之地，以為養老之所，乃吾之願也。」魯、沛二公同眾將俯伏於地，曰：「臣等盡心王事，務要恢弘帝業，建都長安，以復周家之舊，臣之志也。」懷王曰：「專望將軍捷音，以慰我心。」二公拜辭懷王出朝，各領兵馬，行至定陶，會合在一處，結拜為弟兄，沛公為兄，魯公為弟，置酒會飲，盡醉而散。次日，分路啟行。是時，乃二世三年春二月也。

沛公兵行至北昌邑，四門緊閉，城上各豎旗幟，大軍不得前進。樊噲就要出馬攻城，沛公因諭之曰：「孤城小邑，百姓艱苦，大軍一動，玉石瓦解。我今行師，正欲安民，纔至地方，即行強暴，非王者之師也。」三軍聞沛公之言，傳入城中，鼓動內外父老等，來告邑令曰：「我等苦秦苛法，如蹈水火。今遇沛公大軍到來，地方安堵，如時雨之降。若復抗拒，是逆天也。倘一時憤怒，城破之後，我等皆為虀粉矣。公當開城納降，庶為順應。」邑令即從父老之言，大開邑城門，設香花，迎接大兵入城。沛公傳下將令，省發三軍：「如有妄取民間一物者，即斬首示眾。」以此百姓愈加感戴。風聲所及，傳播遠近。隨到郡邑，秋毫不犯，各處望風歸附，不可勝數。

一日，行至高陽邑。有邑令王德出城遠迎，沛公見其人語言精爽，器宇出眾，因入城，延坐請問：「賢侯既有降款之意，何不從劉邦一同伐秦？早晚得以共議國事。」王德拱手啟告：「從將軍帳下，某之志也。但某去，高陽無人管理，百姓失所，此心不忍耳。此處有一賢士，姓酈名食其，家貧落魄，好飲酒，醉後高歌，不拘小節，人呼為狂士。年有六十八歲，外貌若不足取，胸中有萬斛珠璣，腹內羅一天星斗，知興衰之運，藏治亂之機，真賢士也。因秦殘虐，焚書坑儒，遂假以酒狂自縱。常曰：『吾雖昏醉終日，若遇明主，吾必醒矣。』明公何不請酈生為別駕，早晚咨謀人事，實有補益。」沛公聞之大喜，遂煩王德去請酈生。

酈生宿酒未醒，被衣出見。王德稱頌沛公之德，因曰：「某已薦先生為別駕矣，先生有此抱負，未遇真主。吾觀沛公，定成王業，何不往與從之。」酈生曰：「某聞沛公雖大度，而見賢士多嫚侮，恐不以禮接，則枉道從人反取辱矣。」令曰：「先生素有機變，何不抗禮往見，以觀其志。」生曰：「侯之言是也。」遂同邑令來見。

沛公方倨牀，使二女子洗足。酈生入內，長揖不拜，而言曰：「足下欲助秦以攻諸侯乎？欲率諸侯破秦乎？」沛公見酈生老耗，且言語遽峻，乃罵曰：「豎儒，天下苦秦苛法久矣，吾奉懷王命，乃由西路伐秦，以誅此無道，何為助秦耶？」生曰：「足下既欲伐秦，以誅無道，是欲舉義兵以服天下也。豈可倨見長者，而先待人以無禮耶？若如此，則賢士去而無與共謀，何足以驅逐天下也。」於是沛公輟洗攝衣，即延酈生以上坐，謝之曰：「適來不知先生遽到，一時有失迎候，休怪，休怪。」於是酈生先說六國縱橫，後言秦皇無道，口如懸河，滔滔不絕。沛公大喜，又問伐秦之計。酈生曰：「足下啟糾合之眾，收散亂之兵，不滿十萬，今欲徑入強秦，此所謂驅羊以入虎口者也。夫陳留天下之衝，四通八達之地，城中所積糧甚多，見今太守陳同守把，某往說之。若進得陳留，以為根本，招集軍馬，然後乘機以破關中。此為上策。」沛公即遣酈生入陳留。

陳留令素與酈生善，聞酈生至，遂接入後堂，設酒閑敘。生曰：「良禽相木而棲，賢臣擇主而佐。方秦失政，諸侯並起，某假酒為狂，遍求真主，未得其人。昨見沛公，隆準龍顏，豁達大度。行仁義之師，布寬厚之政。西行伐秦，郡邑望風歸附。賢侯守此孤城，又當衝要之地，倘他兵忽至，以強凌弱，城破民逃，徒延頸受死。失此機會，甚為可惜，賢侯當思之。」陳同低首沉思曰：「先生之言，極為有理。但食秦之祿，不忍叛秦。」酈生曰：「二世殘暴，天下切齒。武王伐紂，四海歸心，聞誅獨夫者紂也，未聞其弒君也。二世今之獨夫也，何為叛秦耶？」陳同聞生之言，即起謝更衣，同出城來，迎接沛公。

沛公同蕭何、曹參百十人進城，陳同出城，設宴管待。屯駐一月，招徠各處人馬，增添五萬餘眾。沛公深喜，以為得酈生之助也。因召生謝曰：「自會先生以來，下陳留，招士卒，積糧儲，此不朽之功也。」遂封為廣野君。使常在左右，以匡不及。

生曰：「某蒙足下之愛，情好雖日密，未足以建立奇功。為破秦之明甫也。過此地有一人，乃經濟之才，天下之士，湯之伊尹，周之呂望也。若得此人匡輔足下，無愁秦之不破也。」沛公便起問曰：「此人是誰？」生曰：「乃韓國人，姓張名良，字子房。五世相韓，曾受異人之術。每欲為韓報仇，恨韓國初立未久，尚未舉動耳。若此人歸附足下，錦上添花，美中之美也。」沛公曰：「此人既相韓，如何肯來？」生曰：「某有一計，誘張良來見。卻以美言挑之，務要歸附。」沛公曰：「計將安在？」生曰：「足下可修書差人，只說即今起兵伐秦，為諸侯報讎，但缺糧草為軍需，欲問韓王借糧五萬石。他若無糧，必令子房來見，其計可成矣。」沛公就令酈生為使持書，不日來到韓國。入城見韓王，將沛公書呈上。書曰：

楚征西大將軍沛公劉邦，奉書韓王殿下：伏以始皇無道，并合六國，二世殘暴，罪惡貫盈。百姓嗷嗷，恨入骨髓。今統大軍，布告天下，仗義除殘，以雪世憤。但軍行百里，日費萬金，所少者獨軍需耳。鄰近郡邑，十室九空，無處假貸。敬遣使酈食其借糧五萬石，破秦之後，加倍償還。幸念征討之公，非為私費，早賜發下，以濟急用。雖無兵馬之助，實得民生所天。臨楮懇切，萬惟垂照不宣。

王覽書，與群臣計議：「韓國為始皇所滅，今方初立，自費尚缺，豈能濟人也？」群臣曰：「沛公奉懷王命伐秦，實天下之公也。借糧五萬石，雖不能足其數，亦可與其半耳。若通無所與，恐傷大義。幸王思之。」王正在憂疑間，張良出班進言曰：「且管待來使，容臣往見沛公，自有方略。」群臣大喜，未知如何。

總評　酈生薦張良，乃人所不肯；借張良，乃人所不能。

第十九回　望夷宮二世被害

卻說張良因韓國無糧，欲往見沛公。韓王曰：「爾去須善為說詞，庶不失兩家和氣。」酈生暗思：

「此子中了計也。」即拜別韓王，遂同子房來見沛公。良未入轅門，尋思酈生借糧實是假意，只欲我從沛公伐秦，我今來正看沛公是何如人。

卻說酈生已與沛公作成圈套，專等子房到轅門外。先使樊噲來迎，子房見了樊噲，便暗想此是一開國功臣也。及到寨門口，只見沛公引著蕭何、曹參、靳歙、盧綰、滕公、王陵等，立在寨門。側首看那沛公，隆準龍顏，正是治國安邦真命主。看那蕭何等，卻是開疆展土眾元勳。張良不覺自忖道：「有一代之君，便有一代之臣，我今欲來下說詞，不想看了這起人，不偶然也。正是吾師黃石公曾分付，著我輔佐真命，垂名萬代。今遇沛公，不可捨也。」遂入帳來見沛公，納頭起拜畢，乃進言曰：「明公興兵伐秦，聞郡邑望風而降，所得糧米甚多，又何聽狂士之言，假以借糧為由，欲張良為從士耶？」沛公聞言，甚駭愕不能答。蕭何在側，即應之曰：「吾主借糧者，實借良也。先生來見者，實來說也。來說而不說者，先生見吾主足可以有為，較之力士擊車者，百倍矣。韓讐可報，奇功可立，借吾主以成其志，所當從之以伐秦，而不勞說詞也。」子房聞蕭何之言，即下帳拜伏曰：「良之心事，足下知之矣。願從麾下，不敢辭。但須告過韓王，庶好隨行。」沛公大喜。

次日，傳令大軍啟行，經過均州，來到韓國。韓王君臣出城迎接，沛公分付三軍不必進城，止同酈生、張良、蕭何、樊噲，領百十騎人馬拜見韓王，因說借糧一事。韓王曰：「國小初立，未有積蓄，無以應命。昨差張良謝罪，未知足下以為何如？」沛公曰：「殿下無糧，不敢強借，今子房多謀，素有大志，欲借隨征進，朝夕得以請教。候伐秦之後，仍還殿下，決不敢久羈也。」韓王曰：「張良實不可暫離，但將軍為天下誅此無道，願借張良以助將軍破秦。事成之後，幸分付早來，勿失約也。」

時沛公即拜謝，子房亦拜辭韓王，隨同沛公一路伐秦。共桌而食，共牀而寢，卻說六韜三略，細與開陳。隨問隨答，沛公了然，無一字不通，就如曾講究過一般。子房嘆曰：「我自得受黃石公之教，與人講論，茫然無知。及今告沛公，無一字滯礙⓫，雖我數年熟讀，亦不過如此明白，誠聰明天授，不假人力，真英明仁智之主也。」子房自暗喜不題。

卻說有人傳說項羽東路伐秦，所過地方，百里火飛，滿川流血。殺人惟恐不勝⓬，殘暴與秦無異。大失民望，百姓逃竄。況兵馬眾多，又無以應付，一日不過行一二十里。范增累次諫勸，羽不聽，只任性專行殺伐，略無仁愛之意。增亦奈何他不得。以此越顯沛公寬仁厚德，民心屬望。

行至武關，有一軍攔路，為首有一將出馬，大叫：「快請沛公出來相見。」只見沛公陣上，早有傅寬、傅弼與來將對敵，戰二十合，被來將活挾傅寬，戰敗傅弼，又高叫：「我求見沛公，亦無他意，見今聚兵三千，要取關中，情願合兵一處，一同征進。」子房聞說，就上馬來到陣上，問來將姓名，其人不言，只要求見沛公。只見樊噲大怒，搖戟出馬，呼來將曰：「汝是無名匹夫，我主公豈可與你相見。汝若敵得過我，便請主公相見。」其人更不答話，與噲戰到十合，不分勝敗。沛公在門旗內見他求見之切，又且武藝出眾，遂匹馬挺身，來到陣上，便問壯士：「要見劉邦，有何指教？」只見那人見了沛公有如此容儀，便滾鞍下馬，拜伏在地：「某在此等候日久，仰思真主。今始見面，適來與諸將對敵，不過面試武勇，欲我主留用耳，非敢抗阻天兵也。」公曰：「壯士高姓大名？」其人曰：「某姓灌，名嬰，

⓫ 滯礙：不通。這裡指不理解。

⓬ 惟恐不勝：惟恐不勝其力。此處為大肆殘殺的意思。

洛川人。年少在西川商賈，同伴有五六人，過紫關，忽遇著草寇百餘人，吾一人仗劍出敵，遂將草寇殺死，餘黨盡走，道路寧靜，居民至今傳說。因見秦二世無道，倡舉大義，聚精兵三千。知主公行仁義之兵，所過望風歸附，因此投降我主，願為前部先鋒。」沛公大喜，遂留帳下，與諸將相見。就著領本部人馬，攻武關。

卻說把關守將朱蒯，知沛公兵到，不敢出戰。分付嚴加守把，多豎旗幟。卻具表星夜赴咸陽，見趙高，說楚兩路攻秦，十分緊急。趙高驚惶，不敢奏二世，意要遣將調兵抵當，又無人可去。一日數十起奏報，趙高無法支持，又恐二世見誅，遂托病不朝見。諸公子、大臣具無所建白，二世通不知，在宮中恣意行樂。

一日夜夢出郊外，忽然大林中走出一隻白虎，齧其左驂馬，殺之。醒來急召占夢者，卜曰：「涇水為祟，宜當遠避。」二世乃齋居望夷宮，祭涇，沉四白馬。以此終日憂悶，因問左右：「近日各處盜賊兵馬如何？」左右各垂淚不敢言，二世愈疑，便曰：「有甚話說？」左右奏曰：「近日楚兵已寇武關，各路諸侯分兵攻秦，指日破關，陛下無祊足之地矣。」二世大驚，急差人召高，高以病不能出。乃遣人深責之曰：「汝為丞相，兵臨城下，尚爾臥病不起，前日朦朧妄奏，屈殺李斯，今日危急之際，有何理說？」高無言回奏，在私宅百樣無措手處，遂心生一計，急陰召女婿咸陽令閻樂，并弟趙成，邀至宅後，與心腹家將十數人，乃共謀曰：「上不聽諫，國事已壞盡矣。兵到武關，十分危急，卻欲歸罪我一人，累及宗族。爾等皆是死屬，與其被他殘害，不若爾等假設言有賊在宮作亂，卻調兵卒圍遶。爾等就中將二世誅滅，更立公子子嬰為君。且子嬰為人仁厚恭儉，百姓皆悅服。此計庶免家禍。」閻樂、趙成等應聲曰：「此計甚妙。」

當日，成為內應，詐言：「有大賊入宮矣，可令閻樂引兵卒追撲。」內外喧動。閻樂就起人馬千餘人，至望夷宮門口，遂將守衛人綁縛，責之曰：「大賊入內，爾等如何不能關防？」守衛者皆曰：「周圍俱有兵卒守把，安得有賊入宮？」樂遂將守衛者斬首，揮動吏卒殺入。有近侍宦者見兵到，驚惶，或走或格，殺死百十人。趙成與樂徑奔二世幃幄前。二世急叫左右，左右皆惶懼不能抵鬥，惟有一宦者扶二世急欲向後走。乃曰：「爾何不早告我知，何使彼乃至此耶？」宦者曰：「臣急走不敢言，故得全臣命。若有一言決死，安得扶陛下到此。」言未畢，趙成、閻樂各持兵刃已到二世前，逼住不得動。因數其罪曰：「足下矯恣橫暴，誅斬太甚，神人共怒，諸侯皆叛。乃自取乖戾，以致今日耳，非某等敢侵淩也。」二世曰：「丞相今在何處，可得見乎？」閻樂曰：「不可見。」二世曰：「願以吾言轉致丞相，或得一郡為王，可許之乎？」樂曰：「不許。」又曰：「願為萬戶侯，可乎？」樂曰：「不許。」「願與妻子為黔首⓭，列於諸公子中，可許之乎？」曰：「不許。」二世哀求不已。閻樂曰：「臣受命於丞相，為天下以誅足下，足下雖多言，臣不敢轉致於丞相。」遂揮動兵卒，逼迫不能脫，二世乃自殺。

趙成、閻樂歸報趙高曰：「二世已自殺矣，請丞相更立何人？」趙高乃悉召諸大臣公子，告之曰：「二世不從吾諫，恣縱暴虐，諸侯叛逆，乃其自取，吾已殺之。況秦本王國，始皇稱為帝，今六國皆復自立矣。秦地甚褊小，徒有空名耳。仍立為王，與六國并，庶免爭奪。今有二世嫡姪子嬰，可立為王。汝眾議以為何如？」諸大臣公子曰：「丞相所議甚便。」趙高遂將二世屍葬於宜春苑。乃同諸大臣公子，

⓭黔首：百姓；平民。

請子嬰齋戒五日，受以玉璽。高等親往致辭上請，子嬰曰：「諾。」遂同大臣公子至齋所，更衣獨寢。趙高安置停當，乃回私第去訖。

子嬰因喚二子密言曰：「今丞相高殺二世者，恐群臣誅之，乃佯以義立我。使我齋戒見廟，而受玉璽。你可同韓覃、李畢領兵伏齋宮之外，我自稱疾不行，趙高必自來請我。來則你引伏兵殺之。可雪諸父之讐也。」二公子與韓覃等曰：「其謀極善。」於是二子引兵埋伏已了。子嬰稱疾不行。

卻說趙高聞子嬰有病不行，遂自請來到齋宮探病，不見子嬰，只見韓覃等引兵從外殺入。高急呼：「閻樂等安在？」早有子嬰二子竝諸甲士已殺出，李畢手起一鎗，將高刺倒。子嬰出來，令斬首，號令眾人，將高碎屍萬段，夷三族於市。胡曾有詩曰：

漢祖西來秉白旄，子嬰宗廟委波濤。誰憐君有翻身術，解向秦宮殺趙高。

卻說子嬰夷了趙高三族，自立為三世皇帝，登大位。百官拜舞畢，三世謂百官曰：「朕今初即寶位，楚軍犯境，卿等用何計，可以殺退楚兵？」百官奏曰：「可速命將距住嶢關，然後可以興兵。不然，咸陽難保耳。」於是三世以韓榮、耿沛引兵五萬，來助守將朱蒯守關，還是如何，下回便見。

總評　二世夢到頭，趙高惡到頭。看子嬰殺趙高處，甚暢。非嬰也，乃天也，亦非天也，乃高也。

第二十回　劉沛公還軍灞上⑭

是時沛公引兵抵關下，只見韓榮等守拒要害，沛公不得前進，要以兵擊之，張良言曰：「秦兵尚強，未可輕襲。臣聞秦將多屠賈之子，易以利動。願請留壁，使人先行通賄。卻遣人益張旗幟於關下、山上為疑兵，使陸賈、酈食其等往說秦將，啗以重利，待其不備而襲之，必然大勝也。」公從其謀，使人日日遍山插旗幟為疑兵，又使食其、陸賈往說守關將士。

酈生等上關見了韓榮、朱蒯等，施禮訖，因以言說之曰：「今秦無道，苦虐百姓，天下合兵共伐之，非獨沛公一人耳。若將軍肯惜天下百萬生靈之苦，開關納降沛公，沛公保奏楚義帝，必以千金賞、萬戶侯，酧將軍之功，不輕也。」榮曰：「吾食秦祿久矣，背之不義，先生且退下關，待吾等三思後行。」食其去訖。眾將自相商議，或有欲降者，或有不欲降者。兩致猶豫，坦然俱無準備。

次日，食其等又上關來，見韓榮曰：「將軍等三思何如？」榮曰：「眾人不從，奈何？」食其曰：「將軍雖不歸降，沛公亦深感厚德。願以千金與將軍為酧德之資。沛公暫退兵，待眾諸侯到時，再作區畫。」榮曰：「我與沛公為敵國，豈有受金之理？」食其曰：「公今不受此禮，是與沛公絕情。他日天下諸侯到關，兼力攻打，料此關終是難保，公等那時如何見面？不若今日且受此禮，以為後日之情。公

---

⑭ 灞上：在灞水河畔，離長安不遠。

等思之。」榮曰：「且權收此禮，仍望沛公與眾諸侯講和罷兵，免致生靈塗炭，先生之盛德也。」食其曰：「某即與諸侯轉道此意，吾料沛公長者，必見從也。」

食其辭榮，回見沛公，備道前情。張良曰：「可乘此機會，正好用計。陸續差薛歐、陳沛帶領十數人，卻從山後小路潛過關去，遍山放起火來，我卻令樊噲引兵在關前攻打，使他兩處不能救應，決棄關而走，吾兵可過矣。」沛公曰：「甚善。」於是令薛歐、陳沛帶領十數人，各挑柴擔，中間暗藏火砲，從小路潛過關去。已三日矣，卻令樊噲等諸將大張旗幟，鼓譟前進，兼力攻打。

不想韓榮自受金之後，終日飲酒，通無準備，一見兵到，急欲出馬，早有人來報關後火起，已有人入關。又見砲聲不絕，韓榮驚惶，未及對敵，樊噲等已搶上關來，大殺秦兵。韓榮等星夜逃走，追至藍田，遂屯駐人馬。卻說韓榮收敗兵，整頓隊伍，來與沛公決戰。公令夏侯嬰與戰，後驅大勢人馬，一湧殺出，榮大敗，走入咸陽。

是時乙未年冬十月，五星聚於東井。沛公領兵追至灞上，三世正坐，韓榮敗走回，入奏前事。三世聞知大驚，謂群臣曰：「此事如何？」有上大夫孚畢出班奏曰：「事已極矣！陛下可急救一城生靈，暫屈迎候軹道⑮，庶免自身夷族之禍。」於是，秦王子嬰大哭。依言以素車馬，繫頸以組，封皇帝符璽，出宮至軹道傍，接著沛公。沛公大喜，與秦王施禮訖。王曰：「嬰在位無德，聞將軍車駕西征，情願拜降以安萬民。」言訖，將玉璽符組與沛公。沛公受了，言曰：「爾等既降，吾奏義帝，不害汝之命。」言訖，乃以屬吏，待義帝詔遷於何地。秦三世王聽畢去訖，諸將言曰：「秦王苦虐萬民，罪不容誅，沛

⑮ 軹道：古亭名。一說地名。在今西安市東北。為子嬰投降劉邦之地。

公何故縱之？」公曰：「始懷王遣我，固以我能寬容，而使我西略至此也。且人已服降，殺之不祥也。」

於是弗聽，入城安民，賞勞三軍。

西秦自莊襄王至子嬰，合四十三年。子嬰為王四十三日，而降於漢。

論曰：秦孝公據殽函之固，擁雍州之地，有席卷天下、包舉宇宙、囊括四海、并吞八荒之心。及至始皇，奮六世之餘烈，振長策而馭宇宙，吞二周而亡諸侯，履至尊而制六合⑯，執敲朴以鞭笞天下，威振四海。南取百越之地以為桂林、象郡。百越之君，俛首繫頸。委命下吏，北築長城而守藩籬，卻匈奴七百餘里，胡人不敢南下而牧馬，士不敢彎弓而報怨。於是廢先王之道，焚百家之言，以愚黔首，隳名城，殺豪傑，收天下兵，聚之咸陽，鑄為金人十二。然後踐華為城⑰，因河為池，據億丈之城，臨不測之淵，以為固。良將勁弩，守要害之處，信臣精卒，陳利兵而誰何。天下已定，始皇之心，自以為關中之固，金城千里，子孫帝王萬世之業也。始皇既沒，餘威振乎殊俗⑱，然而陳涉甕牖繩樞之子，甿隸之人，遷徙之徒也，躡足行伍之間，崛起阡陌之中，率罷散之卒，將數百之眾，轉而攻秦。斬木為兵⑲，揭竿為旗，天下雲合響應，贏糧而景從，山東豪傑竝起，而亡秦族矣。然而秦以區區之地，致萬乘之權，招八州而朝同列百餘年，然後以六合為

⑯ 六合：指天地四方。
⑰ 踐華為城：將險峻的華山當作防衛的城牆。
⑱ 殊俗：王化不到的地方，即風俗習慣不同的偏遠之地。
⑲ 斬木為兵：砍伐木棍作為兵器。

家，殽函為宮。一夫作亂而七廟隳，身死人手為天下笑者，何也？仁義不施而攻守之勢異也。若使能效湯武逆取順守者，必不至於軹駕於灞上劉季也。可勝惜哉！可勝惜哉！

卻說沛公打破嶢關，子嬰投降，公遂引兵西入咸陽。秋毫不傷百姓，市肆不移。諸將皆先爭取金帛財物，併庫藏所積，各自分用，獨蕭何入內，一無所取，止收秦丞相府圖籍，閑暇與沛公檢看，以此沛公得知天下阨塞，戶口多少，強弱之處。

是時沛公與諸將入宮，見宮殿壯麗，規模宏大，有三十六宮，二十四院，蘭臺椒房，重樓玉宇，十分大喜。遂緩步移入後宮，正寢殿中設坐，諸將分班而立。沛公見秦宮室帷帳，狗馬重寶，嬪妃美姬有千數，意欲居之，謂眾將曰：「秦之富貴，亦至此乎！我就居此，以安人心，庶使諸侯無相爭奪。」樊噲諫曰：「沛公欲有天下耶？將為富家翁耶？凡此奢麗之物，皆秦之所以亡也。沛公何用焉？願急還軍灞上，無留宮中。」沛公不聽，張良復諫曰：「夫內作色荒，外作禽荒，酣酒嗜音，峻宇雕牆，有一於此，未或不亡。秦惟無道，主公乃得至此。夫為天下除殘去暴，宜縞素為資，今始入秦，天下未定，即欲居此以為樂，諸侯入咸陽，決不相容，是復以此取爭也。且忠言逆耳利於行，良藥苦口利於病。願公聽噲之言，無戀此也。」沛公乃封府庫，鎖宮門，傳令引兵還屯灞上，以待諸侯。

於是蕭何進言曰：「今民苦秦苛法久矣，主公可約而改之，以寬恤百姓。則秦民皆悅服主公之德，天下可得而治安也。」公曰：「善。」次日令人召諸縣父老豪傑至灞上，諭之曰：「今汝父老苦秦苛法久矣，誹謗者誅族，偶語者棄市。使汝久不安，非民父母為也。吾奉懷王約，先入關者，王之。我今先入關，當王關中，與汝父老等約法三章耳。殺人者死，傷人及盜抵罪。餘罪量情輕重處之。悉除去秦苛法，爾諸吏民，皆安堵如故。凡吾所以來此者，為爾父老除害，非有所侵暴，汝等無相恐懼；且吾所以還軍灞上，待諸侯至，而定約束耳。」言訖，遂命各回縣，又傳令大小三軍，不許騷擾居民，如違令者即斬首示眾。父老等以手加額曰：「不圖今日復見天日矣。」皆歡聲滿路而去。公又使人與秦吏行縣鄉邑告諭之，秦民大喜，乃爭持羊酒食獻與沛公，饗勞軍士。沛公又讓而不受，謂眾民曰：「倉粟頗多，未至乏用，不欲費民財耳。」眾民益喜，惟恐沛公不為秦王也，不題。

卻說項羽既定河北，率諸侯之兵，欲西入關，乃謂諸侯曰：「今河北大定，不如入咸陽，早定關中。」眾曰：「諾。」遂拔寨起行，來取咸陽。未知如何，且聽下回分解。

總評　看沛公入關還灞，大有夾振馴伐、總干山立氣象。

第二十一回　范增觀象識興衰

是日晚，項羽大軍來至新城屯駐人馬，羽私出軍中巡聽。行到秦降卒營寨，只聽得眾軍卒自相謂曰：「我等被章邯逆賊哄誘，錯降項羽。此人專為暴虐，賞罰不明。今聞沛公寬仁大量，不喜殺伐。又先入關，定為天下之主，恨我等不能見也。」言罷，各自定鋪宿歇。魯公聽罷，即回中軍，召英布等謂曰：

「今秦降卒二十萬，皆欲謀反。我纔自出軍中巡哨，聽得正在那裡私相謀議。不如先除，以免後患。你可引三十萬眾楚軍，盡將秦卒誅之。止可留章邯、司馬欣、董翳三人。」范增諫勸不聽。於是英布引兵三十萬，就夜至城南秦降卒寨中，將二十萬人不留一個，盡皆殺之。所存者章邯三將而已。可憐二十萬生命，盡被項羽令英布坑之。是時章邯等三人大驚，來見項羽求免。羽曰：「非為將軍也，昨私行，偶聞爾帳下眾軍卒欲謀反，吾故坑之，以除後患。」三將始安。次日，引兵又行。

卻說樊噲聞項羽兵來，入軍中乃說沛公曰：「秦富十倍天下，地勢強勝，今聞項羽號秦降將章邯為雍王，今在關外，其意必欲違約，以圖關中。若不早為定計，兵不日至矣。」沛公曰：「他若兵來，吾必不得此地矣。奈何？」噲曰：「可急使兵守函谷關，無納[20]諸侯軍。復徵關中兵自益，以距之可也。」公曰：「善。」於是，使薛歐、陳沛領兵守關拒羽。是時羽兵至關下，使人探聽，回報：「沛公令人把住關口，前哨不得進。」范增曰：「劉邦先令拒關，定欲王關中，如懷王約也。公三年苦戰，百計勞心，一旦為他人所得，豈可恝然不動於中乎？」羽曰：「料劉邦兵不滿十萬，強不如章邯，豈敢拒關以敵我耶？」增曰：「亦當急令人攻打，仍遣人致書與彼達知，庶遵懷王之約，不失前日兄弟之好，免諸侯議論。」羽隨令英布領十萬人馬，鼓譟攻打。薛歐、陳沛只是緊守，不敢出戰。羽又遣人寫書與沛公，用箭射上關來，薛歐等得書，就差人報知沛公，說羽攻打甚急。沛公召張良、蕭何等眾將，拆書觀看，書曰：

---

[20] 無納：不接受。

魯公項籍致書於劉沛公帳下：前日與公共受懷王之約，結為兄弟，興兵破秦，誅此無道。今公得先入關，雖謀猷㉑方略之速，然非吾之立懷王以服天下，降章邯以制諸侯，公何能以至此耶？乘人之功而奪為己有，大丈夫所不為也。乃今拒關不欲吾入，然此關可能久拒而不破乎？見今兵雄將勇，破關如拉朽耳。關破之後，公何面目以相見乎？幸早開關，仍存大義，不失兄弟之情。然破秦之功，先入之約，諒自有處也。公無惑焉，籍再拜。

沛公看罷書，問曰：「此事如何？」良曰：「項羽兵勢強大，此關豈能久拒？倘攻破之後，彼眾我寡，彼強我弱，終為所虜也。不若做個分上，開關著他進來，臣等自有善解之術。」公即差人執符節，分付薛陳二將開關，著楚兵進關。二將上城大呼曰：「著楚軍答話。」只見英布一馬到關下。二將曰：「沛公命將守關者，非拒楚也，拒他盜也。適見魯公書，即令某等開關，請魯公人馬進關。」英布聽說，即差人報入中軍，催攢前後大隊人馬，陸續進關。至鴻雁川下寨。

魯公安定大營，先差細作十數起，各處打聽沛公到關如何行事，好作預備。細作去半日，至晚歸寨，將沛公行事，從頭告訴一遍。魯公聽說，暗思：「劉季到關中，觀其所為，決要遵懷王之約。我卻著他空指望一場，關中還是我得。」

不題魯公暗自忖度，卻說范增也差人打聽沛公行事，心中甚是不樂。到晚人靜時候，邀項伯徐行緩步，來到鴻雁川迤西高阜處所。只見萬籟無聲，一天星斗。范增與伯低言說：「賢公亦知天文否？」伯

㉑ 謀猷：計謀。

曰：「某自幼有一友人，乃韓國人，他常說為將之道，須知天文，察地理，辨風雲，觀氣色，方可行兵。以此某嘗習讀此書，頗知大略。願先生指教。」增遂與伯定睛觀看，先步璿璣㉒，次按經緯，有五星纏度，有十二周天，有二十八宿。方向有九州分野，有三百六十五度。分至啟閉㉓，晦朔弦望㉔。何為北辰，何為南極，何為左輔，何為右弼，何為魯公之景運㉕，何為劉邦之徵瑞。周環看了一遍，只見鴻雁川寨中，殺氣彌空，將星甚壯。但隱伏之間，運氣不遠。及觀灞上，帝星明朗，五彩龍成，如水之始達，如日之初升。綿綿迭現，耿耿悠長。東井聚奎壁之光，灞陵顯真命之象。雲籠旺氣，星照本宮。增看罷，與伯曰：「公以為劉項如何？」伯曰：「帝星結彩，似應灞陵。旺氣朦朧，擬在劉季。如我楚營，不過威武玄鎮，殺氣剛風，主能制伏群雄耳。」增嘆曰：「昔日徐州天子氣，今朝灞上帝星明。公之所見，亦得其彷彿矣。」伯曰：「公以為何如？」增曰：「徵祥雖寓於天象，盛衰實決於人事。申包胥曰：『天定固能勝人，人定亦能勝天。』吾今委身事楚，豈有二心，竭盡忠謀，死而後已。縱使天機有在，豈肯少變其心哉！」伯曰：「先生可謂忠誠矣。」增曰：「今日之事，惟公與我知耳，不可傳播於外也。」

後史官詠增之忠，其詩曰：

既識天時歸漢業，如何籌策更誅劉？只緣事主心無貳，忘卻雲成五色秋。

㉒ 璿璣：以玉為飾的天體觀測儀器，即渾天儀的前身。

㉓ 分至啟閉：分，謂春分秋分。至，謂夏至冬至。啟，謂立春立夏。閉，謂立秋立冬。

㉔ 晦朔弦望：每月末日為晦，初一為朔，初七、八為上弦，二十二、三為下弦，十五為望。

㉕ 景運：命運之徵兆。

次日魯公陞帳，聚集大小將官，正議事間，轅門外小校報說：「有沛公左司馬曹無傷，差人持書，報機密事。」羽曰：「召進來。」其人持書上見，羽拆書觀看。書曰：

臣左司馬曹無傷頓首百拜上啟魯公麾下：竊謂天下苦秦殘暴，百姓不能安於一日，幸賴明公神武，干戈西指，嬴氏束手。制伏諸侯，四海仰德。明公之功，金石不磨也。若如沛公碌碌，不過因人成事耳。假借威力，僥倖入關。正當掃廬候令，仰聽指揮，庶不沒人之善，而佐成王業可也。今乃遣兵據守，恐難支持，姑從昨命，智賺入關。意要整甲揮戈，與公為敵。布告中外，必欲如約，以王關中。臣雖沛公部下，而實楚臣也。於心不甘，特書上啟，非有素恨，實為天下之公論也。仰惟明公察焉。

魯公看罷書大怒，召范增等計議。增曰：「沛公居山東時，貪財好色，鄉人最賤惡之。今入關中，財物無所取，婦女無所幸，與民約法三章，安撫百姓，要買人心，其志不在小也。吾夜觀天象，見雲成五彩，天子氣也。明公急早差人攻擊，不可待養成根本，恐難動也。」魯公即點兵攻打。未知如何，且聽下回分解。

總評　范增既見天子氣，沛公便不可動，何復引包胥之言，做此等癡事。

第二十二回　項伯夜走救張良

卻說魯公正欲點兵，范增止之曰：「此時且未可就行。兵法十則圍之，五則攻之。沛公兵有十餘萬，將有樊噲等五十餘員，況先到關中，深得民心，手下謀士甚多，俱有準備。我兵初到，未可遽動。某有一計，今晚三更時候，整率人馬，分兵兩路，殺奔灞上，擒劉季殺了，以絕後患。」羽曰：「善。」隨即分付諸將，照各營點扎兵馬伺候，不題。

卻說項伯知道這個消息，暗思：「友人張良見在灞上。若今晚倘打破營寨，玉石俱焚，張良性命難保。若欲差人密報，恐兩家俱有伏路軍校，又恐去人不的㉖，反惹起事來。等待近晚，我親走一遭，方得停當。」

不說項伯在此思想。張良同沛公議事畢，回到帳後，偶看天上氣色，雖將近晚，忽見東南方隅上，生一縷殺氣，十分利害，中間卻有一段慶雲藏在內。復又到中軍來，沛公曰：「先生如何尚未歇息？」良曰：「方纔見天上氣色甚不好，今晚必有楚兵來劫寨，其勢不小，須急作準備。」沛公曰：「劉邦兵微將寡，楚兵勢重，如何敵得過？願先生妙策解救。」良曰：「雖殺氣太重，而內有慶雲守宮保護，似有救處。明公放心，自有方略。」後史官讚張良天文精妙處，詩曰：

㉖ 不的：不恰當；不確實。的，音ㄉㄧˊ。

未及初更星尚稀，東南殺氣透天機。子房若不神先見，十萬貔貅㉗已被圍。

又說項伯等到黃昏時分，牽一疋能行快馬，出到轅門外。方纔要行，只見丁公攔住，便問：「老大王要往那裡去？」伯曰：「急欲打聽軍情事去。」丁公見是自家人，又是魯公至親，更不細問。項伯離營，加上兩鞭，急走如飛。將近灞上，有二十里遠，隨有巡哨副將夏侯嬰，攔住去路。就問：「汝疋馬夜行，又無從人，急往灞上來，有何事幹？」伯曰：「我要見張子房，有急事相告。」夏侯嬰就同項伯到子房營寨。先差把守門旗寨校傳報與守門官，守門官傳報入中軍左哨，然後夜巡官擊柝三聲，中軍左哨小角門開半扇，有一健將出來，高聲問道：「有甚軍情？」只見週圍排列旗幟，各營嚴整，隊伍十分齊備。項伯看罷，尋思道：「沛公不同小可，前范增看他後日必有大貴，今觀營寨，便見虛實。」當時夏侯嬰近前傳說：「某巡視左哨，二十里遠，遇一男子，不知姓名，自稱與子房故友，疋馬隻身，亦無軍器，不敢擅進，專候臺旨。」那健將復又進內傳報。

張良正與沛公議事，來人忽報有子房故友在外，急欲來見。良大喜：「此必慶雲之兆也。」張良急出，與其人相見，乃項伯也。良遂邀於帳後，項伯將魯公劫寨一事告知子房，就要起身。良曰：「沛公借我隨軍，今聞急而不顧，不義也，不可不告知。請公少坐。」良轉入中軍見沛公，具說前事。公曰：「此事如何？」良向公耳邊附耳，如此如此。良出見伯曰：「請兄見沛公一面，以訴衷曲。」伯曰：「我之來此，專為子房也，何必復見沛公？」良曰：「沛公長者，不可不一見也。」再三固請，項伯遂同子

㉗ 貔貅：音ㄆㄧˊ ㄒㄧㄡ。猛獸名，多用來比喻勇猛的武士或軍隊。

房入見。沛公整衣出迎，延之上坐，備說魯公嗔怪之意。沛公隨置酒管待，告訴衷情，彼此各無嫌疑。沛公曰：「聞公有賢嗣，未婚配，如不棄，願將吾女與公子結為婚姻，以報今日之德。仍望回營，將劉邦所告真情乞賜轉達，決無抗拒之意。倘魯公回心，某得再造，皆公之賜也。」伯謝曰：「兩家據敵，智勇相角，與公結好，恐人疑議，某不敢奉命也。」良曰：「不然。劉項曾拜兄弟，受約同為伐秦。今得入咸陽，大事已定矣，結為婚姻，正是相當㉘，又何辭焉？」張良遂將項伯衣襟與沛公衣襟結在一處，用劍各分一半，與二家收執。項伯只得依允，與沛公行禮，又飲酒數杯。伯辭謝曰：「明日不可不早來鴻門見魯公，以解此怒。所告之事，某與公轉達，料魯公必不見罪也。」張良遣夏侯嬰領二十騎軍卒，送伯回營。

卻說二更時分，范增請魯公此時好動人馬。魯公即陞帳查點諸將佐，內中少項伯。增曰：「項將軍如何不在？」丁公曰：「項老大王黃昏時候，一騎馬出營向東走，被我攔住，問大王何往，大王說打聽軍情事，走得甚緊。」增曰：「明公不必動兵，項將軍定是走漏消息。他那裡決有準備，若去反中其計矣。」羽曰：「我叔父為人忠誠，又是至親，豈有向外之理？先生不必多疑。」增曰：「項老將軍雖不向外，但機事須要嚴密，若少有漏洩，便難舉動。古人云『機不密則害成』，今晚不必動兵，再作區處。」言未畢，人報項老大王到來。項伯入著營來，羽問曰：「叔父何往？」伯曰：「吾有一故友，韓國人，姓張名良，與我極厚。恐今晚動兵，此人難保。我去與他一言，著他迴避。因問劉季入關事體，他說劉季並無毫釐別意。遣將拒關，不過防秦盜耳，非敢拒楚也。寶物子女，俱封鎖不敢動，子嬰亦不敢發落，

㉘ 相當：這裡指門當戶對的意思。

專候魯公。某想來，若不是劉季先入關，我等如何兵不血刃，容易便得入關。此亦他有功處。人有大功，而聽小人之言，反要加害，似於理不可。他明日要來謝罪，公可從容相待，庶不失大義。」羽曰：「就叔父所言，劉季似無大罪。若今動兵，反使諸侯恥笑。」增曰：「某之勸公殺劉季者，以劉季自入關來，約法三章，要買人心，其志實要謀取天下。若今不早除之，恐生後患。老將軍被張良說詞瞞過，未可準信。幸明公思之。」伯曰：「先生殺劉季自有妙策，又何必夜半劫寨，為此襲取之道哉？」羽曰：「叔父之言是也。先生當再定計。」增曰：「某有三計，可殺沛公，請明公決之。」不知此計何如，下回便見。

總評　項伯之救張良，實投漢也。不然，豈不知張良為沛公謀主而獨救之也，救則竝救矣。

第二十三回　賀亡秦鴻門設宴

卻說范增進言於魯公曰：「劉邦乃心腹之患，今日乘此機會，不即誅滅，他日養成胚胎，明公悔之晚矣。某有三計：第一，請劉邦赴鴻門會。未入席時，明公即責入關三罪，如彼不能答，拔劍斬之。此為上計。如公不欲自行，可令帳下埋伏二百餘人。沛公入席後，某舉所佩玉玦為號，即喚出伏兵殺之。此為中計。如二計不成，著一人斟酒，勸沛公大醉，酒後必失禮，因而殺之。此為下計。若依此三計，殺沛公必矣。」羽曰：「三計皆可。」於是羽傳令各大小眾將，俱要準備，差一伶俐㉙小校下書請沛公赴會。

小校持書來灞上，見沛公。其書曰：

魯公項籍書奉沛公帳下：初與公受懷王約，共伐暴秦，以安黎庶。幸今天兵西下，子嬰授首，關中收附，嬴氏族滅，神人咸悅，凱歌允奏。百工之績，三軍之勞，宜陳宴樂，以慶亡秦。公為元勳，禮請端席。惟乞早臨，以倡群僚。不宣。

沛公看罷書，與張良、酈生、蕭何等計議：「此會非嘉會，乃范增畫策。生死所繫，不可輕往。恐入陷阱，性命決難保也。諸君以為何如？」蕭何曰：「魯公兵馬勢重，難與抗衡，不若修一封回書，差一能言之士，將關中所有，納歸項氏，別求一郡，修整兵戎，再作區處。」酈生曰：「某願下書，就往說之。」良曰：「二公皆非長策。昔伍子胥保平王赴臨潼會，十八國諸侯莫不景仰；藺相如使秦完璧歸趙，天下賢之。良雖不才，願保明公赴會，使范增無以用其智，魯公無以施其勇。管教無事而回，他日仍為天下之主。料魯公不致加害也。」沛公曰：「全仗先生妙算。」隨打發小校回復魯公：「明日早赴會。」

卻說范增告魯公曰：「劉季明日赴宴，明公當記前日所云三計，不可失也。」魯公又分付將校排列齊備，命丁公、雍齒守把寨門，不許人擅入。

次日，沛公領輕騎百人，心腹將佐五人，子房、樊噲、靳歙、紀信、滕公，徑赴鴻門會來。一路心

㉙ 伶俐：聰明機智。

懷恐懼，不時便叫張良近前曰：「劉邦此行，十分憂疑㉚，恐有不虞㉛，先生何以處之？」良曰：「明公放心，我自有方略。但昨所云，應答之言，須照此回復，自然無事矣。」正話間，忽有一枝軍馬到來，干戈燦燦，甲士雄雄。為首一將，乃英布也。大呼曰：「奉魯公命來接沛公。」下馬行禮畢，先行，沛公隨後到轅門。有陳平出迎，立於道側。沛公方欲進，只見營中威武森嚴，金鼓大作。沛公立住，不敢行。復叫張良曰：「魯公營內，恰如戰場一般，全無宴會和樂之意，似不可入。」良曰：「公既到此，進則有理，退則甚屈。如一回步，必中其計矣。公可少立，待良入見魯公，然後進營不遲。」良徐徐緩步入營，有丁公等把住轅門不放，良曰：「稟復魯公，有沛公借士張良來見。」丁公入營見魯公曰：「轅門外有沛公借士張良來見。」公曰：「如何為借士？」范增曰：「此韓國人，五世相韓。為人極有見識，今隨沛公為謀士，此來必下說詞。公當先殺此人，去沛公一肩臂矣。」項伯聞此言，急止之曰：「不可。魯公今始入關，正要收天下之心。使多士如雲，方成王業。如何無故殺此賢士？況張良與伯甚厚，如公愛之，某當薦舉麾下，此人足有裨益也。」公分付丁公召張良進見。

良入營，見魯公全裝甲冑，仗劍而坐。良曰：「某嘗聞明王之治天下也，耀德不揚兵；善御世者，在德不在險。故大賈深藏而不露，巨富蓄財而不侈。勢強示弱而不暴，兵多遠駐而不見。此老成長慮，識見高卓者之所為也。適見明公宴設鴻門，約會諸侯，誠一時之美舉也。某意到此，必笙歌節奏，賓主交歡，喜百姓之奠安，慶暴秦之殄滅。宴樂竟日，盡醉而散。不意甲士環列，戈劍森嚴，金鼓大作，一

㉚ 憂疑：憂懼疑慮。

㉛ 不虞：預料不到的事情。

團殺氣。致令人心不安，各思迴避。況明公九戰，章邯制伏，天下誰人不知？何人不懼？不待示強而自強，不待言勇而自勇。又何必大張聲勢，而後見其威武耶？見今諸侯在外，見明公全無賓主之禮，所以懼而不敢進也。某不避斧鉞，入營進見，幸明公察焉。」魯公聞張良所言有理，遂令甲士退後離營一里遠。金鼓少息，去甲冑并寶劍，更換官服，請眾諸侯進營。丁公等分付各小校傳令，不許多帶從人，止許帶文臣或武將止一名伺候答應。

沛公帶張良進見，不敢行往日兄弟之禮，卻趨立階下，鞠躬再拜，稱名上見。曰：「劉邦謹候明公麾下。」魯公正色而言曰：「足下有三罪，可知之乎？」沛公曰：「邦乃沛縣亭長，偶為眾人所惑，舉兵伐秦，得投麾下。凡有進止，惟公指揮。豈敢肆行無忌，干冒㉜威顏耶？」魯公曰：「足下招納降王子嬰，遂爾釋放。惟知獨擅而不知王命，罪之一也；要買人心，改秦法律，罪之二也；拒關遣將，阻諸侯之兵，罪之三也。有此三罪，何為不知耶？」沛公答曰：「容邦一言，申明心曲。且降王子嬰季心投首，若遽爾殺之，是獨擅也。暫令屬吏，以候明公發落，非敢釋放也。秦法暴酷，百姓如在鑊中，懸望垂救，不速為更改，則法存一日，民受一日之害也。邦急為更改，正欲揚公之德，使百姓莫不曰：前驅到關者，既能撫愛百姓，而為主帥者，又不知如何撫愛百姓也。又遣兵拒關者，非阻將軍也，恐秦餘黨復作，不可不防也。今日不意復見明公於此，邦之幸也。明公如念素好，俯賜憐憫，乃人君之度也。豈敢佯為不知耶？」魯公是個性剛的人，最喜人奉承，聽了沛公這話，全無一毫殺他的心。遂以手扶起沛公，便道：「非籍遽怪足下，只因爾帳下司馬曹無傷之言，故明足下有三罪，不然，籍何以至此？」沛

㉜ 干冒：冒犯。

公又再拜稱謝，遂相讓入座。

魯公坐了主席，眾諸侯以次皆列坐。范增、張良、項伯亦得與坐。大吹大打，作起軍中樂來勸酒。范增見第一個計不成，又見魯公無殺沛公之意，埋伏的人亦不敢動，遂以所佩玉玦連舉三次，魯公見沛公謙遜柔和，暗思：「劉季為人，便能成得甚事？范增只勸我殺他，今日請來赴會，無故便行殺伐，反使諸侯笑我無能。」以此不從范增之計。

增見魯公不看玉玦，心內急躁，便使陳平斟酒，以目達意。陳平便舉杯向沛公前勸酒，那陳平細看沛公，隆準龍顏，有天日之表。便尋思：「沛公非常人也，他日定有大貴。若順增意，是逆天矣。」於是斟酒向魯公處多，向沛公處少。沛公已會其意，遂不致失禮。此是陳平識沛公為真命，所以有意救援，後史臣有詩曰：

漢業悠悠福祿深，范增徒費虎狼心。陳平識得真天子，故向筵前酒左斟。

范增見三計不成，自嘆曰：「若今日不殺沛公，他日必成大患。」因避席急出，要尋個殺沛公的人。正無措劃，卻見一壯士在帳後彈劍作歌曰：

我有一寶劍，出自崑崙西。照人如照面，切鐵如切泥。
兩邊霜凜凜，匣內風淒淒。寄與諸公子，何日得見兮。

范增聽罷大喜，這個人便可殺劉邦，此人姓項名莊，乃魯公族人。范增便附耳與莊言曰：「君王為人雖性剛，中無決斷。今日鴻門會，專為殺劉邦而設。卻再三舉玉玦，全不理論。若今日放了劉邦，後日再無此機會矣。爾可入筵前以舞劍為樂，因而殺劉邦。爾之功不小也。」

莊遂撩衣大步到筵前，曰：「軍中之樂不足觀，某願舞劍，與諸公侑酒。」遂拔劍起舞，其意常在沛公。張良見莊舞劍，有殺沛公之意，急以目視項伯。項伯知張良之意，亦出席拔劍曰：「舞劍須對舞，霜鋒交錯，可以奪目，庶足以為娛諸公之樂。」羽曰：「諾。」項伯仗劍與莊對舞，常以身羽翼沛公，增深恨之。

張良見事急，且項伯雖身翼沛公，而力尚未加，遂出席到軍門外。丁公、雍齒攔住：「子房先生何往？」良曰：「欲出取玉璽。」陳平在後，已解其意，便高叫曰：「魯公性急，快放子房出去。」丁公等只得放出。子房到外見樊噲曰：「今項莊舞劍，意常在沛公，事甚急矣！將軍當如申噲救莊公，奮不顧私，勇不惜命，今日鴻門困主，將軍若不捨命救援，倘主公被害，千載之下，有媿申噲矣。」噲曰：「先生放心，願學申噲救主。如有退避，非丈夫也。」噲大步便行，良曰：「你且後來，待我先入營。」丁公等復攔住問曰：「取的玉璽安在？」子房用手回指撐著衣袖，遂瞞過二人，來到筵上，見項莊、項伯猶自舞劍。

樊噲至寨門外，大呼曰：「鴻門設宴，隨從人通無毫釐酒飯，我見魯公討些酒飯喫。」遂帶劍擁盾徑入。丁公等意要攔當，怎當樊噲力大，將把門軍士都撞倒。直進到中軍，披帷而入，用劍將帳帷挑起，直到魯公面前，仗劍而立，頭髮上指，目眦盡裂。魯公便問：「壯士何人？」子房起身曰：「此沛公驂乘樊噲也。」又問：「來此何幹？」噲曰：「聞大王作亡秦慶賀之宴，無分大小，皆賜酒食。惟噲從早至午，尚未得餐。肚中饑渴，實是難忍，告求大王一餐。」羽命左右賜酒一巵，噲一飲而盡。又賜生彘一肩㉝，噲以所仗劍切而啗之。羽曰：「壯哉！汝復能飲乎？」噲曰：「臣死且不避，巵酒安足辭。」今魯公曰：「汝欲為誰死耶？」噲曰：「秦有虎狼之心，殺人如不能舉，刑人如恐不勝，天下皆叛之。懷王與諸侯約曰：『先破秦入咸陽者，王之。』今沛公先破秦，入咸陽，秋毫無所取，婦女無所幸，還軍灞上，以待將軍。勞苦而功高如此，未有封爵之賞，乃聽細人之言，欲誅有功之人。此又亡秦之續耳，竊為將軍不取也。見今二士舞劍意在沛公，臣不避誅戮，干冒盛筵，一則為饑渴而來，二則為沛公申此屈抑。此臣所以死且不避也。」羽回嗔作喜曰：「沛公有如此驂乘，真是壯士。」遂令項莊不必舞劍。

須臾，沛公見羽大醉，只說入廁，即出轅門。丁公、雍齒攔住，張良急出曰：「傳魯公令，眾諸侯不勝酒力，著放出。」隨後陳平亦出，急呼：「著放出沛公！」丁公只得放出樊噲，保定出營。有靳歙、紀信、夏侯嬰同從人接著沛公，急趨灞上。范增因計不成，又見魯公大醉，甚惱恨，退去後帳納悶。以此沛公得脫此難。後胡曾有詩曰：

項羽鷹揚六合晨，鴻門開宴賀亡秦。罇前若用謀臣計，豈作陰陵失路人？

又有詩曰：

鴻門項羽列干戈，宴賞亡秦布網羅。今日若非樊噲力，沛公焉得漢山河？

㉝ 生彘一肩：一條生豬腿。

不說沛公脫難，卻有一人在帳後，彈戟作歌曰：「饑熊下山，揭石見蟻。吞之入喉，不妨咳嗽而出。危乎哉！危乎哉！」子房聽知，看其人黃白面皮，神清氣爽，執戟而立，只是冷笑。良問曰：「壯士如何冷笑？」其人曰：「范老空費心，張良能識主。今日脫鴻門，他年鎮寰宇。」遂不再言而去。良嘆曰：「此真賢士也！不知是誰。」

總評　此宴乃劉項大戰，一場分定乾坤處。第一子房之謀，第二樊噲之勇，第三陳平項伯之周全。增羽拙計，終不能成，媿矣，媿矣。

第二十四回　項羽殺嬰屠咸陽

卻說張良見作歌之人語言出眾，堪薦舉歸輔沛公，正欲請問姓名，只見人報魯公酒醒，要尋沛公。張良急急轉到帳前曰：「沛公力不勝酒，已告過大王，蒙分付著回灞上去，留張良在此謝酒。」羽大怒曰：「劉邦不辭而去，汝尚巧說。」范增聽得羽發怒，急來見魯公曰：「劉邦言雖柔和，實含奸詐。前獻三計，明公通不見信。今觀不辭而去，實是欺侮。放沛公回灞上，皆是張良，公不可聽遮飾之詞。」羽聞增言，愈加暴怒，分付左右將張良斬訖報來。正是：堪嗟韓國張良辯，難出巢人范老機。

只見張良大叫曰：「冤哉！冤哉！大王勿怒，臣乃沛公帳下一借士，臣本韓國人，沛公原非主也，臣何故與他遮飾。大王威鎮天下，誰人不懼，若殺沛公，反掌之易耳，何必以設宴為由，筵前殺人，甚非長策。使天下諸侯聞之，皆以大王不敢與沛公為敵，卻賺來鴻門殺之。縱得天下，不能名正言順，百世恥笑也。願大王赦臣回灞上，將傳國玉璽并各樣珍寶取來獻與大王，那時即位，為天下之主，名分自正，天下歸服。若今日殺臣，使沛公聞之，決逃走。他日將玉璽或獻與他人，或棄毀不存，大王失此重寶，豈不所見之誤耶？」魯公聞張良之言，急著放了，便曰：「子房之言是也。不然，使天下人笑我之怯。況我干戈已定，四海歸心，量劉邦如草芥耳，豈足與我為敵。若聽范老之言，幾壞我事。」遂令張良：「回灞上快將玉璽珍寶獻來！若復抗違，決統百萬雄兵，將灞上踏碎，汝命亦難保矣。」張良曰：「謹遵大王之命。」

便拜辭回灞上，來見沛公。沛公再三稱謝：「若非先生，劉邦之命休矣。」即將曹無傷拏出斬首示眾。沛公因問張良：「魯公有何話說？」良曰：「彼因明公回灞上，意欲殺我。被我一篇言語說過，要我明日獻玉璽珍寶，不可失信，須當與他。」沛公曰：「玉璽乃傳國之寶，恐不可與人。」良曰：「不然，得天下者，在德不在寶。若明公吝而不與，必惹刀兵，終為他所得矣。不若做個人情，明早某持去獻與他，他見之決喜，凡事皆不計較，我卻得以從容圖大事。此所謂捨小以取大也。」沛公曰：「善。」

次日，張良持玉璽并珍寶，赴鴻門來見魯公。令人傳入，遂拜見，將玉璽并珍寶獻上。曰：「沛公昨日蒙賜酒，今日尚病未起，恐失信，使小臣獻上，乞賜收錄。」魯公見玉璽并各樣珍寶，陳列几上，光潤無瑕，真天下之奇寶也，心中甚喜。內有一寶，乃照星玉斗，遂命范增曰：「此寶甚佳，與先生珍玩。」增接玉斗在手，擲於地上，以劍擊碎，曰：「天下事去矣！我輩皆為沛公虜也，此物奚用焉？」

魯公怒曰：「為臣之道，不敢齒君之路馬。古人云：『君賜食，必先嘗。君賜生，必畜之。』況玉寶乎？我方賜爾，爾即擊碎，是何道理？」增曰：「齊威王恥魏惠王寶——照車之珠，言不過照百乘，我有四賢臣，可照千里。是古人重賢不重寶也。臣今所重者，沛公之首，乃天下之至寶也。明公不聽老夫之言，遂失此機會。今卻受此無用之物，此臣有激於中所以擊碎，非虛君之賜也。」魯公曰：「沛公怯弱，終不能成其大事。」增曰：「昔鄧侯不殺楚文王，而楚卒滅鄧。楚子不殺晉文公，而晉卒滅楚子。今明公不殺劉邦，此人必與公爭天下矣。今若放之，正如放龍歸海，縱虎入山，欲再拘攣，不亦難乎？」良曰：「不然。大王威武，天下莫敵。力能扛鼎，勢能拔山。九戰章邯，力降子弟。各國諸侯肘膝而見，較之鄧侯、楚子，天壤懸絕。況沛公入關，凡事不敢擅專，等候大王，可見無遠大之志。今若比文王、晉侯，抑又過矣。」魯公曰：「料沛公無能為也。張良爾且隨我議事，沛公且用你不著。」增曰：「大王前日要殺張良，被他掩過。今又留在左右，恐非心腹。明公察之。」羽笑曰：「先生過慮，張良不過一儒士耳。在我側有何欺誑？」增曰：「明害者可防，暗損者難測。明公更思之。」羽曰：「匣有寶劍，誰當我哉？」遂不聽范增之諫。張良只是暗笑。後人因增擊碎玉斗，有詩挽之曰：

下馬墳前奠酒漿，知君懷恨與天長。乞骸歸故言何晚，玉斗揮時楚已亡。

卻說魯公召眾將計議曰：「關內已破，玉璽已得，但降王子嬰尚未來見，諸侯如何賓服？可差人寫書與劉邦，討子嬰來誅之，則大事定矣。」遂脩書一封，差人赴灞上討子嬰。沛公見書曰：

我與爾共伐暴秦，一掃黔黎，拯民塗炭。吾今入關，已十餘日矣，三世子嬰久不來見，此必爾占恡㉞不發，意或他圖。我統大軍，與爾試武，爾以為何？

沛公觀罷書，召諸將議曰：「項羽今已違約，意王關中。書取子嬰，作為降楚塞諸侯之口，復懷王之命。意欲不與，恐致動兵；意欲與之，甚失初意。」諸將曰：「羽勢不可敵，當以子嬰與之。倘羽誅戮，愈見明公寬德，天下自有公論。」沛公召子嬰出，諭之曰：「爾前日歸降，念一國王爵，順天投首，不忍加誅，即時釋放。不意魯公違約，欲王關中。今日持書來取爾，當備寶貨、婦女投獻。彼貪而好殺，若得金寶，彼必喜悅而全爾之命。爾宜速往，不可自誤。」子嬰大哭曰：「既降沛公，已得主矣。今復投見魯公，性命決然難保。」諸耆老公子曰：「沛公長者，寬仁容眾，決不可失也。」俯伏在地。沛公曰：「魯公雄武甲天下，不可抗違。若或延遲，定遭毒手。」眾公子耆老曰：「不可降！不可降！不如棄咸陽而走，尚可以延性命耳。」子嬰曰：「我若逃去，百姓決遭殘虐。我為君不過數日，又無恩澤及民，使民被害，吾不忍也。」眾人聞子嬰之言，莫不下淚。

子嬰仍來軹道傍請見，只見層層甲士，爍爍兵戈，萬縷征塵，一天殺氣。魯公一馬當先，看那子嬰時，素練纏頭，縞衣披身，二繩繫背，口啣款表。魯公接過表來觀看，表曰：

始皇之孫，扶蘇之子，三世子嬰上言：伏以秦祚㉟中絕，嬴圖失守，七廟亡祀享之禮，四海蹈塗

㉞ 占恡：占據，吝嗇。

㉟ 秦祚：指秦朝的國運。祚，福也。

炭之災。大喪人心，遂至瓦解。玉符西指，六國從風。黃鉞下臨，群兇束手。威令行不速之命，神武昭不殺之恩。臣嬰等非敢望祖廟以承宗，惟求守墳墓而延日。百口苟再生之福，一門沾重見之光。早賜生全，願投肝膽。周封不斷，姬錫有根。湯王存夏后之宗，遂成六百之統；武王樹殷胄之後，乃開八百之基。大王繼殷周而王關中，存嬴秦以弘楚胤。臣嬰等下情無任戰慄恐懼之至。

魯公看罷表文曰：「爾祖虜六國之子孫，害天下之百姓，遺患於汝，汝有何說？」子嬰曰：「廢關東六國者，乃先祖始皇之所為，非臣之罪也。大王必欲殺臣，臣亦不敢怨。但咸陽因二世殘暴，百姓未得安生一日。今日大王入關，百姓已再覩天日矣。願殺臣以雪天下之根，惟望存百姓以服天下之心。臣雖死猶生，大王德威兼盡矣。」嬰言未盡，魯公急喝英布下手，只見英布一劍將子嬰殺了。霎時間愁雲藹藹，黑霧漫漫，四下悲哀不絕。後史官有詩曰：

始皇死後誰人念，胡亥身亡竟不哀。惟有子嬰誅軹道，怨雲愁雨鎖樓臺。

卻說秦民見殺了子嬰，又見天日昏暗，一齊吶喊，振動天地，盡道：「沛公有德，萬代為君；魯君不仁，滅門絕戶。」那魯公聽得這話，大怒。便傳令著大小將校，盡將咸陽百姓殺死。范增急下馬來諫，未知何如，且聽下回分解。

總評　范老鴻門之後，既不能急流勇退，殺嬰之後，尚且助紂為虐，可厭可恨。

第二十五回　項羽違約僭王號

魯公見秦父老宗室齊聲發怨，欲盡殺之。只見范增急下馬，至魯公前大呼曰：「不可！不可！昔劉邦入關，秋毫無犯，約法三章，深得民心。今大王恩信未施，先殺子嬰，卻又殺咸陽百姓，恐人心一失，天下不可圖也。」魯公道：「我今率天下諸侯，共伐暴秦，子嬰乃秦王也，如何不殺？只百姓齊聲毀辱我，即是叛逆。若少存留，定為後患。」增曰：「昔魯公殺一無罪宮女，遂致九年旱澇。景公怒殺宮妃，臺傾三里，只因無罪殺人，化為飛蝗，殘食五穀。故古人云：『一夫唧恨，六月飛霜。匹婦含冤，三年不雨。』今愁雲黑霧，因是無罪殺了子嬰，以致上天垂象。可憐百姓無辜，若行屠戮，有傷和氣。」范增正苦諫中間，只聞咸陽百姓喊聲不止。魯公愈加忿怒，不聽增諫，隨令英布催攢人馬，大肆屠戮。一時殺秦公子并親族八百餘人，文武百姓四千六百餘人。積尸滿市，流血滿渠。咸陽百姓，閉門關戶，路上通無人行。

魯公尚怒氣不息，又要將咸陽一城百姓，盡數殺滅。范增見了，放聲大哭，復又向前攔住，以頭低馬首而諫曰：「昔湯王時天下大旱，湯以己為犧牲，禱於桑林之野，以六事自責，三日遂大雨。湯捨身尚為百姓，況秦民無罪，今一旦屠戮，上干天和，大王獨不懼之乎？」魯公見增苦諫，然後傳下將令，著三軍收兵。遂徑入秦宮，週迴看了一遍，只見樓臺掩映，殿宇巍峨，乃歎曰：「秦有如此富貴，而不能守，可惜！可惜！」增曰：「只因殘虐百姓，不聽苦諫，乃至此耳。」羽默然不答，遂出宮至本營。天色已晚，羽命掌燈，請增議事。

增至帳下，羽曰：「今既入關，已得玉璽，又殺了子嬰，秦已滅矣。天下不可一日無主，吾欲繼此而王於關中，先生之意以為何如？」增曰：「諸將佐從明公遊者，不過望封侯蔭子，攀龍附鳳，以享富貴耳。今明公此舉，正合眾人之意。但須請命懷王，討一道詔旨，然後即王位，方名正言順，免天下議論。」羽曰：「善。」遂令項伯赴懷王處請命。

一日，伯到彭城，致命懷王。懷王曰：「吾前已有命，但先入咸陽者為王，又何必請命？」伯又再拜致命曰：「魯公功高望重，沛公力弱勢孤，不若大王命魯公為王，足以鎮撫關中。」懷王曰：「不然。信者，人君之大寶。前約已定，若復更張，是失信於天下矣。爾速回，但如約耳。」

伯辭懷王，回見項羽。項羽曰：「懷王詔命如何？」伯曰：「懷王惟以先約為主，不肯發詔。我又再三懇告，但曰如約耳。」羽大怒曰：「懷王乃吾家所立，又無征討之功，何以得專主約也？況平定天下之績，皆諸將與吾用力耳。今乃仰求於人，非大丈夫之所為也。」遂令擇日卜號。范增曰：「尊號須要合古，又要稱上意，若要停當，必是問張良，他多讀書，最知歷代尊號。如若合上意，便是忠於大王。若是欠當，就是欺昧，不肯實說。大王當殺之，以正國法。」魯公隨即召張良。

張良正從灞上來，方欲見魯公，聞召即至。魯公曰：「我欲王關中，但未有尊號，聞汝多讀書，五世相韓，必知帝王尊號，務要斟酌停當，要服天下諸侯。」良自思：「此必是范增見識，將這個擔子放著我身上。若我正名卜尊號，定致魯公猜疑，卻用讒言害我。我只從頭說起，隨他自揀。」張良便曰：

「尊號各有不同，容臣細說，任大王揀用。自古聖帝明王，有天下必有國號，如三皇之後有五帝。那五帝：少昊、顓頊、帝嚳、帝堯、帝舜。少昊帝名摯，字青陽，姬姓也。以金德王天下，建都於曲阜，鳳皇來儀，遂以鳥名官，在位百年而後崩。顓頊，黃帝之孫，昌意之子，亦姬姓也。以水承金，在北方，主冬，佐少昊治天下，十二歲而冠，二十歲登帝位，以水紀官，在位七十八年，年九十八歲。帝嚳，亦姬姓也，其母不覺，生而神異。以木承水，建都於亳州，在位七十年，年一百五歲而崩。帝堯，姓伊祁氏，其母慶都，懷孕十四月，而生堯於丹陵，命名曰放勛。眉有八彩，豐下銳上。十五歲佐帝摯，受封於唐，年二十登帝位。以火承木，建都於平陽。景星耀天，甘露下降，鳳皇止於庭，芝草生於郊。廚中有生肉脯，其薄如翼，鼓動則生風，使食物寒而不臭。在位五十年，舜攝位二十八年，壽一百一十八歲而崩。帝舜姓姚氏，其先出自顓頊。母見長虹，意感而生舜於姚墟，因姓姚氏，字都君，家於冀州，以土承火，年八十一歲即帝位，九十五歲使大禹攝政，壽一百歲而崩。此五帝也。蓋帝者，天號也，德配天地，不事干戈，不行殺伐，揖遜㊱有天下。大王可稱之乎？」羽尋思：「我殺了子嬰，以征誅天下，有媿五帝，似此不可以稱號。」乃曰：「帝號恐未穩㊲，汝可說王號如何？」良曰：「五帝之後，有三王，夏商周是也。夏禹王，姓姒，名文命，字高密，長於西羌。堯命為司空，繼父鯀治水，以金承土，都安邑，壽百歲，相繼十九王，共四百三十二年。殷乃帝嚳之後，姓子氏，名履，字天乙，是謂成湯。身長九尺，臂四肘。有聖德，放桀於南巢，即天子之位。以水承金，年百歲而崩。相繼三十一王，享國

㊱ 揖遜：溫和有禮。
㊲ 未穩：不合意。

六百二十九年。文王因商紂無道，修德政，三分天下有其二。武王繼立，觀兵於孟津之上。四年始伐紂，為天子。以木承水，年九十三歲而崩，相繼三十六王，享國八百六十七年。此三王也，克勤克儉㊳，敦仁尚義，厚德好生，不私一身，而專為百姓，如治水之勞，禱雨之勤，諫紂致囚，皆是三王盛德。大王可稱之乎？」羽曰：「王號可稱，但不知王之下，又是何號？汝可再與我一說。」良曰：「王之下有五霸：齊桓公、宋襄公、秦穆公、晉文公、楚莊公。此五霸為天下除殘去暴，各霸一國，假仁尚義㊴，威武強大，人皆恐懼。大王可稱之乎？」羽曰：「王號雖宜於古，而不合於今，霸業雖合於今，而未盡乎古。若合今古而兼有之，不若稱楚霸王。我生於楚，自淮以北為西楚，爾群臣草詔當以我為西楚霸王，頒行天下。」范增急出止之曰：「王號可稱，霸號不可稱，古人云：『大霸不過五，小霸不過三。』大王不可聽張良之言，誤稱霸王。」羽曰：「五霸享年最久，我之所行，正合五霸。今稱霸王，乃我自立。張良不過分列三等，豈敢誤我。先生不可見錯。」范增低首不語，遂退帳後。

羽重賞張良，擇日拜郊，布告中外，遂稱為西楚霸王，王楚地九郡，以彭城為都。陽尊懷王為義帝，徙於江南，都郴州，實不用其命。

又說秦府庫被沛公兵初入，各爭取財貨，已空虛矣。至是霸王費用不敷，欲要賞勞功臣將士，無處支給，因問范增曰：「眾將士隨我征進，一向勞苦，今欲發府庫錢糧，以酬其功。但庫藏空虛，何以支給？」增曰：「此最容易，沛公先入咸陽，財貨所在，他盡知其詳。召沛公、張良來問他，必知下落。」

㊳ 克勤克儉：勤政廉潔。

㊴ 假仁尚義：借行仁政為號召，並崇尚禮義。

霸王差人灞上，召沛公。只見張良聞知，急使人說與沛公：「可早來，如霸王問錢糧事，但云張良盡知。」沛公依言遂來見霸王畢。霸王曰：「爾先到咸陽，秦府庫錢糧如何不見下落？」沛公曰：「秦府庫錢糧，臣初到，未得細查，聞張良曾說他知下落。」霸王使召問張良：「爾知其詳，如何不說？」良曰：「大王不問及，臣不敢說。秦之寶貨錢糧，自孝王、昭王，累積到始皇，他家財富，天下無比。今日如何空虛？只因修驪山時，將寶物財貨，費了一半，其餘盡收入始皇墓中。後來胡亥又將府庫錢糧浪費，以此空虛。」霸王沉思一會，便問范增曰：「既寶貨在始皇墓中，何不差人掘開取出，以勞將士？」增曰：「始皇墓中，不過陳設平日玩好之物，如何有財物？」良笑曰：「軍師不知也。聞始皇墓方圓八九里，高五十尺，以珠玉為星斗，以水銀作江河，以金銀圍遶其槨，以百寶設於柩前為珍玩，以宮女數百人為殉葬。六國奇寶，如珊瑚、瑪瑙、翡翠、琉璃，盡在始皇墳墓中。每夜半，常有光彩發現，如何無財物？」霸王聽說歆動❹⓪，便要差人掘墓。增曰：「始皇雖無道，乃帝王墳墓，無故不可輕動。若掘開取物，其跡似劫墓矣。大王初即位，決不可為也。」霸王曰：「始皇無道，并吞六國，費天下之財，竭天下之力，殘虐百姓，甚於桀紂。焚書坑儒，惡貫天地，我今既殺子嬰，誅滅其族，此恨未解，正欲掘墓鞭尸，然後快於心也。豈獨愛秦之寶貨哉？」次日遂領人馬十萬來掘始皇墳墓。未知何如，且聽下回分解。

總評　范增不能格心，而進言皆於事後。張良巧能見機，而下手俱在事前。如不敢擬號及誘掘秦墓，皆是妙處。

---

❹⓪ 歆動：心動。

第二十六回　霸王封天下諸侯

卻說霸王領兵至驪山，只見蒼松籠殿宇，古柏映樓臺。明堂容萬馬，山勢隱千蛟。石欄盤白玉，神路貫天衢。左右列獅駝虎豹象，東西立文武鐵衣郎。戟門壯麗，為千百年之規模；陵寢巍峨，有億萬載之形勝。霸王下馬，到墳前親監軍卒撅塚。那三軍吶一聲喊，人人奮力，個個爭先，斧聲振地，塵土遮天，鳥獸潛蹤，狐狸喪膽。一連三日，大塚㊶已開，不見正穴。百般搜尋，莫知墳所。霸王焦躁，急傳令有知穴者，重加賞賜。只見一人高叫：「大王欲知穴道，惟小臣可以開得。」霸王看其人，乃英布也。霸王便問曰：「爾如何知始皇陵寢穴道？」布曰：「臣昔時曾修驪山大工，督管夫役修墳，所以盡知穴道。」霸王大喜，便命英布率領眾軍卒，自正北向正南，平掘有十丈長，入地有五丈深，遂有空隙處。又掘五六尺深，只見有石牌樓。入著裡邊，都是石城、石門，再無土地。兩扇石門緊閉，英布便令軍士扒上城頭，有兩條石龍一昇一降。中間有石管心，用鐵錘打碎，裡邊一聲響，管心落地，石門遂開。入到石城中，有大路，皆白石砌就，兩邊俱有闌干。行有二里遠，方是墳門。推開裡邊，有大殿、享殿、寢殿，三宮六院，蓋造十分齊整。寢殿中，便是始皇靈柩。面前陳設寶貨，周圍堆積金銀六十萬，各様寶物一百二十件，盡數起出。欲要擊碎始皇石柩，英布諫曰：「不可。此石槨也，內藏石柩，中有鐵箭、

㊶ 大塚：大墓。

鐵砲、石子，若走動消息，裡邊箭砲石子打出，決傷軍士。不若仍用土填滿，庶幾無事。」霸王從其言，將金銀寶貨載回賞軍。又見阿房宮樓閣華麗，光耀雲霄，聯絡不絕。霸王歎曰：「此秦之所以亡也。費盡天下財力，方成驪山、阿房二工。我為王，留此故跡無用。」遂命軍士將阿房宮燒燬。相連宮院盡皆延燒，三個月煙焰不絕。後史官有詩曰：

鴻門玉斗碎如雪，十萬降兵盡流血。咸陽宮殿三月紅，霸業已隨煙燼滅。

霸王燒盡阿房宮，遍咸陽城中，無一家不驚惶，無一人不怨恨。眾諸侯屯軍日久，各有思歸之念。因與范增計議曰：「我等長在此屯駐，霸王又無封爵之賞，各地方倘有變亂，何以處之？」增曰：「我正欲奏知主上，不意諸公乃有此議。」隨同諸人來見霸王，進言曰：「天下諸侯各將士隨陛下伐秦，俱有勤勞，今屯駐日久，費用甚多。乞奏陛下，照功封賞，使各歸故土，深為便益。」霸王曰：「諸侯久駐於此，正欲加封。卿等所奏，實合朕意。」因又與增審議：「昔懷王約先入關者王之，今沛公先入關，當王關中。就如照功加封，沛公亦當首先封王。必建都咸陽，但恐據關阻險，深為後患。以此持疑未決，先生有高見，早為區畫，然後好以次加封。」增曰：「巴蜀乃秦之罪地㊷，山川險阻，地方艱苦，封沛公為漢王，亦不失為關中之地。卻將章邯、司馬欣、董翳封為三秦王，阻住漢中之路。使他南無所進，東無所歸，老死漢中。雖為加封，實是左遷也。」羽曰：「此計甚妙。」於是傳令，著軍政司各查諸侯並各將士功績，以次封賞。乃封沛公為漢王，都南鄭，管四十一縣。其餘各有封賞：章邯為雍王，都廢

㊷ 罪地：犯罪之人刑役之地。

丘，管上秦三十八縣。司馬欣為塞王，都櫟陽，管下秦一十八縣。董翳為翟王，都高奴，管中秦三十縣。申陽為河南王，都洛陽，管河南二十縣。司馬卬為殷王，都朝歌，管河南三十二縣。英布為九江王，都六合，管四十五縣。共敖為臨江王，吳芮為衡山王，田安為濟北王，魏豹為西魏王，張耳為常山王，臧荼為燕王，趙歇為代王，田横為上齊王，田都為中齊王，鄭昌為韓王，陳勝為梁王，田榮為前齊王，田慶為前趙王，陳餘為北趙王，項莊為交東王。項正為春勝君，項元為安勝君。范增為丞相，稱亞父。項伯為尚書令，鍾離昧為右司馬，丁公為左將軍，龍且為大司馬，季布為左司馬，雍齒為左將軍，劉存為後將軍，陳平為都尉，韓生為左諫議，武涉為右諫議，桓楚為大將軍，于英為引戰大將軍，子琪為大將軍，韓信為執戟郎。各封爵已畢，排設筵宴管待，遂頒詔傳布中外。不題。

卻說沛公眾將見封沛公為漢王，皆失色，莫不曰：「巴蜀乃秦罪地，我主公先入咸陽，卻反左遷於漢中，此必范增之計也。不若會眾將，糾聚人馬，與霸王對敵，務如懷王之約，庶免老死褒中。不然，決不能生還鄉里也。」樊噲高叫曰：「眾將說的是。我便為先鋒，同我殺霸王去。」漢王亦大怒曰：「王我於關中，建都咸陽，此乃懷王之約。今卻遷我於罪地，重山峻嶺，豈可以一朝居乎？」丞相蕭何等諫曰：「雖王漢中之惡，不猶愈於死乎？能詘於一人之下，而伸於萬人之上者，湯武是也。臣願陛下王漢中，養其民以致賢人，收用巴蜀，還定三秦，天下可圖也。」張良亦諫曰：「蜀雖秦之罪地，內有重山之固，外有峻巖之嶮，進可連并天下，退可距嶮而守。楚雖有百萬之眾，豈能以寇我耶？此正興漢之地，養武之所也。大王正當歡然領命，指日即行可也。若少有不滿之意，彼必尋事致害，反中其計。范增終日只要害大王，大王尚不知機，反欲與楚作對。況楚兵強勢重，豈能與之抗乎？」漢王起謝曰：「若非先生之言，幾自誤矣。」酈食其曰：「居漢中有三利，若居關中有三害。何謂三利？蓋蜀地道路險，且人不知虛實，其利一也。操練軍卒，慣於登跋，其利二也。人心思歸，各相努力，其利三也。何為三害？蓋豐沛雖為故鄉，韓魏臨境，易知邦內之事，其害一也。苟欲起兵卒攻楚，范增必知淺深，易得防備攻擊，反生不測之患，其害二也。人心或動，莫不喜大而欺小，好強而怯弱，見楚家興旺，因而奔歸，大王誰以為守？此三害也。大王當忍勵，臥薪嘗膽，王業可圖，天下可得也。」漢王大喜，遂議啟行。不題。

范增忽思劉邦乃火命人，凡旗幟尚赤，今居漢中，乃西方。為金地，金得火，必成大器。急來見霸王曰：「劉邦封他為漢王，甚有不滿之意。諸將皆出山東人，又各爭忿不平，以為陛下背約。若不就此除之，決有後患。」霸王曰：「封詔已出，業已定矣，又何更張？」增曰：「明日眾諸王來見，陛下只問他：我封汝為漢王，爾去褒中，去也不去？他若言去，是自專矣。若言不去，是欲王關中矣。陛下即令斬之，以除此患。」王曰：「善。」

次日，漢王等來見霸王，行禮畢。只見霸王問曰：「漢王，我封爾褒中，汝去也不去？即便說來。」漢王曰：「食君之祿，命懸於君手，怎敢說去也不去？臣譬如陛下馬也，鞭之則行，攬轡則止耳。」霸王笑曰：「卿可謂善喻矣。」遂無殺漢王之意。及退回漢營，子房急求見曰：「大王知今日之危乎？」漢王曰：「不知。」子房曰：「大王洪福甚大，方纔霸王問大王去也不去，若不是大王善於應答，決有殺身之禍。」漢王聞說愕然，便問良曰：「似此久住，恐生不測。為之奈何？」良曰：「待臣會項伯、陳平，再作商量。大王可分付預備行裝，待霸王命下，即便起身，庶免謀害。」

於是張良會項伯、陳平，備說范增謀害之意：「漢王今急欲起身，未有脫身之計，想二公必有妙算搭救。若他日漢王得地，決不敢忘今日也。」陳平沉思半晌，向張良附耳云如此如此，良曰：「此計甚妙。」不知陳平用何計，且聽下回分解。

總評　范增之算漢王，如檻檻猿，如籠籠鳥，不知他正在裡面活哩。

第二十七回　陳平定計救漢王

霸王封諸侯日久，未得差人致命義帝，又聞車駕尚在彭城，不肯幸郴州建都。霸王因召群臣計議：「此事何以處之？」陳平出班奏曰：「天無二日，民無二王。今陛下既頒詔為天子，改號，封天下諸侯，卻又致命懷王，是有二天子矣。外邊百姓皆云：以臣封臣，古今罕有。若果有此言，不足以服天下。臣有愚見，此時急差亞父領二驍將，立等義帝起身，遠處僻地，就如廢置一般，亦不必致命。庶可以塞百姓之言，免天下議論。」羽曰：「此言正合吾意。」隨命范增領桓楚、于英赴彭城催逼義帝往郴州建都：「仍將彭城修飾齊整，朕欲往一覩，不忘故土之意也。」范增不敢違命，只得啟行，因來辭見曰：「臣雖領命赴彭城，恐左右蒙蔽聖聰。臣有三事上諫，乞陛下留神。第一不可離咸陽，蓋咸陽自古建都之地，沃野千里，天府之國也。二當重用韓信，蓋韓信有元戎之才，但時未遇耳。若陛下舉而用之，兵隨將轉，將逐兵行，縱橫天下，所到無敵。如不欲用，即殺之，免使歸他人為後患也。三不可使漢王歸漢中，且稽留在咸陽，待臣回再作區處。此三事至緊要，不可忽也。」霸王曰：「卿去早來，所言三事，朕記在心。」范增同桓楚、于英赴彭城去訖。

且說次日陳平上表曰：

國家以理財為先，聖人以儉用為本。財不理，則出入無度，費用無經。財力盡，而民必去矣。不儉則奢侈日靡，倉庫日虛，民不聊生，而國必亡矣。陛下初登大寶，以民為天，若不節用，何以為治？見今諸侯集聚咸陽，每一路諸侯帶領本部兵馬不下三四萬，總約大數，何止百萬？所用不可勝數。倉庫空虛，錢糧將盡，如一路諸侯支酒食一十五擔，羊一十五隻，豬二十口，大牛五頭，麵二百斤，柴四十擔；兵吏人等以十萬為率，每名日支米二升，雜豆一升，料豆二升，草二束；通算每日總支酒三百擔，羊二百隻，豬四百口，大牛百頭，麵四千斤，柴八百擔，米二萬石，雜豆一萬石，料豆二萬石，草二萬束。以百萬算來，費用不貲㊸，臣實寒心。若不急令還國，恐百姓力難支持矣。伏乞聖裁，臣等下情不勝懇切之至。

霸王看罷表文，即時傳令：「著新封諸王，限五日內，俱還國。惟漢王且留咸陽，另有別議。」張良聞知大驚曰：「漢王休矣。若范增回關中，必有謀殺之意，如何得赴漢中？」急來見漢王。王曰：「今日霸王分付，諸王皆令還國。惟劉邦另有別議。此必有謀害之意，為之奈何？」良曰：「大王老小俱在豐

㊸ 費用不貲：費用不可估算。言費用極大也。

沛，明日上表，只說給假搬取家小，臣有救大王之計。」漢王隨令酈生作表，次日投進。表曰：

聖王以孝治天下，而天下莫不歸於孝，使父子和睦，仁愛浹洽，丕變時雍，遂成至治。臣邦豐沛小民，從風西向㊹，仰託洪猷㊺，受封王爵，天下之至榮，千載之遭際也。臣身雖榮，父母妻子遠在故土，未得闔門共居，以享天祿。意欲差人搬取，又不得親掃墳墓，榮歸鄉里，以彰陛下恩及存歿㊻之德。伏乞留兵馬駐扎咸陽，隻身領數騎赴豐沛，給假限三月，搬取家小，共沐王化。下情未敢擅便，伏惟聖裁，不勝惶恐之至。

霸王看罷表曰：「卿欲回豐沛，搬取父母，此亦是人子孝親之意。但恐非其本心，或因朕昨日留卿且在咸陽，故有此奏。」漢王曰：「臣父年老，無人奉事，懷思日久，見陛下新即位，不敢冒干。今見諸侯還國，皆得歸省父母，獨臣留此，又不知何日得見臣父。」漢王說到痛切處，哭泣不止。張良出班奏曰：「漢王不可放他搬取家小，只可獨遣還國，陛下仍著人取太公並家小為質，庶漢王無別心。」霸王曰：「我意要留漢王且在咸陽，未可放回，正恐他有異志。」陳平出曰：「陛下既封劉邦為王，已布告天下，今復留此，恐不足以取信於中外。不若從張良之諫，以太公為質，乃令漢王還赴褒中，既全大信，又得管束漢王之心。」霸王曰：「既議停當，准著漢王還國，不許給假回豐沛。」漢王故意佯哭，拜伏在地

㊹ 從風西向：如同隨風而西行。
㊺ 洪猷：又作「鴻猷」。大的計謀、打算。
㊻ 恩及存歿：恩澤遍及活人與死人。

不起。霸王曰：「卿且赴褒中去，待朕建都彭城，將卿老小供給養贍，從容著人來取，亦不失奉養之意。」漢王就拜謝曰：「感陛下大恩，死生不能忘也。臣即今辭陛下，赴褒中去。」只見鍾離昧上諫曰：「前范亞父臨別時，曾說不可放漢王入褒中去，今陛下如何忘了？」霸王曰：「留他老小在彭城，已管束之矣，又何稽留漢王？況封詔已傳播內外，如何信亞父之言，使朕失信於天下也！」遂不聽鍾離昧之諫。有韓信嘆曰：「使漢王入褒中，不帶家小同行，正中其計矣。他日以思歸之心，奮鷹揚之勇，吾輩皆為所虜也。惜亞父之言，成畫餅耳。」

卻說漢王回營，即分付大小將士，作急啟行。於是眾將整率人馬，簇擁漢王離咸陽。只見關中百姓，聞知漢王啟行，扶老攜幼，塞滿道路，何止有數萬人哭倒在地。為首有數十老人曰：「我等指望大王為關中之主，不想今大王往漢中去，又不知何日東歸，得再覩天顏？」攀轅改轍，戀戀不忍去。漢王撫之曰：「爾等各安生理，無生異心，他日入關，又得相見。」百姓又要遠送，蕭何急止之曰：「霸王法度甚嚴，汝等不可只顧遠送，恐知覺汝等，反受其害，作速回去。」百姓尚哭泣不止。張良令樊噲快揮動人馬，奔峽山驛大路而行。九十里至安平縣，四十五里至扶風縣，四十五里至鳳翔郡，三十里至迷魂寨，三十里至寶雞縣，五十里至大散關，六十里至清風閣，六十里至鳳州，入棧道。漢王人馬俱山東人，不識險路，看見連雲棧如此險峻，各人大叫曰：「我等過此險路，若有人在此把住要害，我等再不想得生還矣。與其束手而死，不如與楚決一死戰，大丈夫之所為也。」那樊噲便道：「說的是！」大吶一聲喊，率領眾將又要殺上咸陽，不知如何。

總評　看張良、陳平弄出漢王處，絕大神通，可謂偷天換日矣。有此兩人在左右，必能弄出漢王。范增臨行之囑，不亦多乎？

第二十八回　張子房燒絕棧道

卻說樊噲等見棧道十分險惡，人人有思歸之意，各吶一聲喊，又要殺回關中來。漢王亦怒曰：「我奉懷王約，先入關者為王，誰想背了前約，聽范增奸計，左遷我來到這等險峻去處，又著章邯等三人阻塞東歸之路，縱使騰雲，也出不去。不如從眾人之意，此時三秦尚未據守，正好殺上咸陽，與他決個死活，倒是良策。」蕭何、張良、酈生下馬跪伏在地曰：「不可信眾人一時暴性，決誤了大事。褒中雖險，乃大王興王之地，況西南靜僻，隨大王招軍養士，霸王決不得知。待人馬強壯，兵勢嚴整，那時還定三秦，天下不難圖也。若今信眾人之言，倒轉東向，霸王率三秦而西來，勢如壓卵，欲求今日為漢中王，不亦難乎？」漢王從其言，即令樊噲催攢人馬，向褒中來。

前到金牛嶺，漢王曰：「如何為金牛嶺？」酈生曰：「昔蜀道比今尤險，通無路往來。秦惠王要兼并六國，聞蜀國有五個力士，俱有神力。秦乃用生鐵鑄成五個鐵牛，置於秦地，詐言鐵牛每日糞金五斗，秦國以此富強。蜀主聞知，遂以為實，乃令五丁力士開山鑿路，通入秦地，盜竊鐵牛。五丁既開了山路，來到秦地，不想鐵牛俱是假設，遂伐蜀。」㊼胡曾有詩曰：

山嶺千重擁蜀門，秦都別是一乾坤。五丁不鑿金牛嶺，秦惠何由得併呑？

漢王正行之次，只見子房下馬，近前奏曰：「臣良送陛下到此，欲辭回韓國。」漢王驚曰：「先生一向與劉邦相從，深得教益，一時不相捨。今欲辭歸，使劉邦何所依附？」良曰：「臣辭陛下往東行，雖看故主，實與陛下幹三件大事。」王曰：「那三件大事？」良曰：「一者說霸王遷都彭城，留關中與陛下為建都之地。二者說諸侯反楚歸漢，且令霸王無西征之意。三者與陛下尋一個興劉滅楚天下大元帥。幹了這三件事，臣在咸陽與陛下相會。只願陛下百事忍耐，不要急躁。漢中不過暫居，多則三年，少則一二年，管教陛下東歸。」漢王曰：「果如先生之言，劉邦雖受苦萬千，亦不敢埋怨。但先生所舉元帥，有何憑信？」良曰：「臣有角書一紙，內有臣手字，並與陛下平日密言之事，陛下就留用，不可失也。」漢王撫良之手，涕泣曰：「先生不可失信。如見太公，為我懇懇拜上，善加調攝，撫養老小。一日得東歸，尚有迎養之日。非是敢拋棄父母，只因霸王背約強暴，不得已赴褒中，以圖苟安耳。」良曰：「謹遵王命。」又與蕭何相別，拉在無人去處，暗與定計道：「這般這般……如我尋破楚元帥來，丞相可用意舉薦。」何曰：「先生放心，憑你角書，已知其為大將，焉敢蔽賢誤國耶？」後史官有詩曰：

㊼ 乃令五丁力士開山等句：華陽國志蜀志、藝文類聚引蜀王本紀記述了另一種傳說：據說，秦惠王許嫁五位美女給蜀王，蜀王派五丁（個）力士去迎接。回到梓潼，見一大蛇鑽入山穴中。五力士共掣蛇尾，把山拉倒，力士和美女都被壓死，山也分成五嶺。

高帝西行蜀道難，峻山重嶺客心寒。蕭何獨有收賢策，四百年來漢業安。

張良辭了漢王及眾將，帶領五七個從人復回舊路，往關中來不題。

且說漢王大軍正行之次，只聽得後軍一齊叫苦不迭。漢王回頭看時，只見烈焰連天，濃煙遍野，隨處火焚，三百里相緣，燎徹萬家村。漢王亦大叫曰：「此必是張良孺子放的火，燒絕棧道，使我不得東歸矣。卻又不知是何主意？」眾將士齊聲怨罵張良，各各放聲大哭曰：「我等生為關外人，死作褒中鬼，何日修得起棧道來？」眾人正嚷鬧中間，只見蕭何向前附漢王曰：「大王不可怨罵張良，臣昨日與張良相見時，曾說燒絕棧道，有四件利益：一者使霸王聞知燒絕棧道，料我王再無東歸之意，他亦無西顧之憂矣；二者使三秦高枕，不為嚴備；三者使隨來人安心在褒中奉事大王，再無思歸之意；四者使諸侯無相攻擊而盜我之兵也。有此四益，大王何故怨罵張良？」漢王聞說大喜曰：「若非丞相之言，幾誤怪子房矣！」遂令三軍前進。

後史臣斷之曰：秦為無道失天下，漢高帝與項羽相爭奪，其勢力才氣，相去遠甚，然項羽終失天下，而為高帝所敗者，何也？蓋項羽能勇而不能怯也。封高帝於漢中，周勃等諸將皆勸高帝攻羽，蓋不知勢力不相與敵，徒取敗亡耳。而高帝卒從蕭何之言，隱忍歸褒中，乃用巴蜀之眾，還取三秦，以成漢家四百年之業。此則能勇而能怯之效也。雖然，使非蕭何真有所見，則高帝亦幾不為周勃等所誤矣。予於此嘉蕭何之能諫，而又喜高帝之能從諫。然亦不獨能勇，而能怯者也。

一日，漢王到褒中，擇日即王位。安撫百姓，施仁布德，示民以寬，漢民莫不悅服。此年五穀豐熟，家家快樂，處處笙歌，漢王甚喜。於是封蕭何為相國，曹參、樊噲、周勃、灌嬰等以下各有封賞。招賢納士，積聚糧草，漢中不數月，道不拾遺，夜戶不扃㊽，行人讓路，家給人足，國中大治。

不說漢王治褒中，且說張良燒了棧道，來到鳳嶺暫歇半日。過鳳州，出益門，將到寶雞，只見一枝人馬攔住去路，高叫曰：「子房公休走，亞父著我在此專等，誰想果從這裡來。」正是：年年乞與人間巧，不道人間巧更多。張良大驚，正要下馬詢問來歷，那馬上將軍便道：「子房公不要忙，我有說話。」不知說出甚事來，且聽下回分解。

總評　張子房東行三事固急，而燒棧道一事尤要。漢王時信眾將而怨張良，誤矣。此處勸漢王至蜀而阻抑攻羽之舉，不可謂非蕭何之功。

㊽ 夜戶不扃：夜裡門不關。

卷　三

第二十九回　張良復為韓報仇

卻說攔住張良者，乃項伯所使也。伯恐棧道難行，預先差心腹人暗於關津隘口迎接張良，不意果在此處接著。其人備道項伯奉迎之意，良曰：「項公如此遠慮，可謂極厚友道矣。」隨同入城，見了項伯，深謝差人遠接。遂更換衣服，近晚出城，打探霸王消息。因訪問各路諸侯還國如何，又問韓王曾來見霸王否？有人傳說韓王姬成來見，霸王因是來遲，又見張子房隨漢王入褒中，聽信讒言，將韓王殺了，昨日靈柩運回本國去了。張良聽罷，只是暗暗叫苦。慌忙回到項伯家，一夜不睡，淚如雨下。等到天明，來辭項伯，要回本國去，伯曰：「一向因國事不閑，未得請教，今專人接先生來家，正欲朝夕伺候，如何方到，就欲相別？」良曰：「昨因更衣出外，訪問韓國本主，不意因為張良從漢王入褒中，被霸王殺了。」良聞此信，恨不能死，急欲回國葬本主，就安置家小停當，一月內就來相見。」伯曰：「雖是如此，某何忍遽別？」良曰：「明公若留良一日，是增良一日之罪矣。」項伯見良去意甚急，不敢苦留，遂齎發盤費，當日辭別就行。伯曰：「我一月內差人遠迎，先生不可失信。」良曰：「當差心腹數人接我，不可使人知道，尤見明公始終交情也。」伯曰：「謹領尊命。」

張良同原帶數人，星夜奔回韓國來，見了韓國諸公子，遂致祭於韓王。放聲大哭，以頭觸地曰：「良實不忠，致使項羽誤害我主，不世之讐，良當為我主報之。雖肝腦塗地，亦不惜也。」言罷又哭。諸公子勸解，遂回本家，省問家小停當。

數日後啟行，來到中途，果見項伯差人遠接。臨晚進城，徑投項伯家來。相見禮畢，遂在書房中安歇。伯見良來甚喜，因問：「先生今往何處？」良曰：「故主已死，殘軀多疾，欲效老子玄默之術，學莊周放蕩之遊，羨箕山之巢許❶，愛首陽之夷齊❷。罷名利，喜觀雲水；避是非，樂處山林。倘遇蹈隱高人，得聞妙語，使性學復明，身心無病，是我之實心，良之至願也。至如佩玉鳴鸞，乘軒衣冕，宰正百官，儀刑四海；折衝樽俎之上，卻敵談笑之間，今日賜官獬豸❸，他年圖畫麒麟❹，不足以動良之念

❶ 巢許：巢父、許由，兩人皆為唐堯時隱士。巢父因在樹上築巢而居得名。堯以天下讓之，不受。許由，隱於箕山。相傳堯讓以天下，不受，遁耕於箕山之下，堯又召為九州長，由不欲聞之，洗耳於潁水濱。

❷ 夷齊：伯夷叔齊。商孤竹君的兩個兒子。相傳其父遺命要立叔齊為繼承人。孤竹君死後，叔齊讓位給伯夷，伯夷不受，叔齊也不願登位，先後都逃到周國。周武王伐紂，兩人曾叩馬諫阻。武王滅商後，他們恥食周粟，逃到首陽山，採薇而食，餓死在山裡。

❸ 獬豸：傳說中的獸名。漢楊孚異物志云：「北荒之中有獸，名獬豸，一角，性別曲直。見人鬥，觸不直者。聞人爭，咋不正者。」

❹ 圖畫麒麟：即是漢代在未央宮內將有功之臣的圖像繪於閣內。此事發生在張良說此話之後，故張良不可能料到後來才有的麒麟閣事，此為作者誤植。

也。」項伯聞張良之言，知他無仕進之心，遂留閑住數月，以盡故舊之情。

子房住了十數日，一日，項伯入朝未回，子房信步閑行，來到後花園內。只見牆高數仞，門闊三尋，花蓴池邊，薔薇叢裡，見一座小樓，槐蔭遮枕席，松影蔭階除。子房看樓匾題曰：「萬卷書樓」。嘗聞古語云：「欲窮千古事，朝暮伴書樓。」子房登樓賞玩，只見左壁一帶書架上，盡是石刻竹簡；右壁一帶書架上，盡是各處進來文策，揭開觀看，有六國奏章，諸司諫議。蓋因項伯是尚書令，以此進來各處文策，先與項伯看過，方敢封進。正本俱留在內，副本項伯留看。子房從頭揭過，其中或有一偏之見，或有不通之說，或有私相標榜，或有因而嫉害，或有迎合上意。子房看了，皆不喜。臨後揭開一策，語言超眾，立意深遠。子房看了一遍，嗟歎不已，又驚又喜。驚者，恐項王任用此人；喜者，喜其得見此奇特之士。若使歸劉，作破楚大元帥，韓讐可報，漢業可興，項羽從此休矣。展開表曰：

臣聞治天下之道，貴審天下之勢；審天下之勢，貴識天下之機。勢者，察虛實，明強弱，知利害，詳得失，然後天下可得而理也。不然，則雖強勝一時，不過恃其勇力，終必敗亡，未足以與其勢也。機者，辨興亡，定治亂，窮幾微，明隱伏，然後天下可得而圖也。不然，則草莽倥傯，苟簡得國，終難久安，未足以會其機也。今陛下雖霸關中，人心未服，根本未立，民畏其強而已，懼其威而已，格其面而已。然強可弱也，威可抑也，面非心也。三者乃陛下之所恃，使一旦餒而不振焉，天下不可一朝居也。欲望長治，豈可得乎？此臣之所以寒心，而為陛下憂也。且劉邦昔居山東時，貪財好色，今入關中，發政施仁，財物無所取，婦女無所幸。約法三章，收束人心，秦民悅服，恨不得為關中主也；陛下入關，不聞善政，而惟見殺戮，聽讒邪之言，蹈嬴秦之弊；殺子嬰，掘驪山，燒阿房，大失民望。蓋不知勢之可立，機之可察，而弊端惡孽，隱伏於天下而未動耳。使劉邦一倡，諸侯從風，不期強而自強，不期勝而自勝，陛下之所恃者，皆為劉邦得之矣。此就如近日燒絕棧道，使陛下不疑其東歸，三秦不為嚴備，然後收用巴蜀之民，復取關中之地。此正審天下之勢，識天下之機，劉邦先得我心之同然矣，而陛下茫然莫之知也。左右將士惟知用武而承順風旨，陛下惟知獨勝而以為天下無敵，然不知敗亡之機已萌於不測之中。此臣不顧眾人之誚己，而敢為陛下言之也。為今之計，莫若益兵嚴備，巡哨邊關，收回章邯等三人別用，另選智勇之士，阻塞關隘。更取劉邦家屬，拘於輦轂之下。昭布仁義，整飭兵馬，訓練行伍。內求賢相，外訪元戎，制服諸侯，遵行周政。如此，則劉邦不敢東向，而社稷有磐石之固矣。臣誠惶誠恐，頓首稽首謹言。

子房又看一遍，大驚曰：「此人是磻溪子牙❺，莘野伊尹❻，真大將之才，天下之奇士也。我若得見此人，著數句言語，管教他棄楚歸漢，但恐此人不知在否？」隨將文策仍放舊處，移步下樓，復到書房中閑坐。

---

❺ 磻溪子牙：指姜太公，助周武王滅紂，建立周朝。姜太公曾釣於磻溪，故名磻溪子牙。磻溪，水名，在陝西省寶雞縣東南。

❻ 莘野伊尹：即伊尹。伊尹為莘野農夫，五就桀五就湯。最後助湯滅桀，為湯時賢相。莘，古國名，地在今河南省陳留縣東北。

只見項伯朝罷歸來，謂曰：「賢弟客情不慣？」子房曰：「疎散之人，忘心世故，安得客情不慣？」項伯遂置酒相款。酒至半酣，子房曰：「聞兄有花園，可一遊乎？」項伯曰：「今日正欲與賢弟遊玩。」遂令家童導引，行至花園內。子房曰：「此園景物鮮妍，足娛心目。」來到小樓邊，項伯遂邀上樓。子房來到樓上，詐看文字，佯問曰：「此許多文策，何人所作？」伯曰：「六國奏策，未得舉行，因放在此。」子房又揭到一策，因問曰：「此是何人所作？」項伯曰：「魯麟周鳳❼，未遇其時。此人乃淮陰人，家貧乞食，人多賤之，范增屢次薦舉，霸王不用，止與執戟郎之職。前進此文策，霸王扯碎其文，欲要問罪，被我勸免。」子房再不揭看，尋思：此正是鴻門會上之人。心中暗喜，遂下樓來，子房嘆曰：

輔相子牙真可比，行兵孫武未能過。項羽不留亡社稷，漢王肯用立山河。

子房在項伯家，又住數日，因思韓讐何日得報？漢王何日東歸？霸王強暴，百姓受害，在此飽食終日，是何道理！忽心生一計。次日，辭別項伯，要尋僻靜去處，修真養性。項伯苦留曰：「賢弟來此，未及一月，如何便要相別？」良曰：「此是繁華之地，非某養靜之所。明公若是見愛，放我歸韓，尋個深山窮谷，埋名隱姓，求師訪友，練真悟道，得為長生之客。於心足矣。嘗聞雲林夫人云：『玉醴金漿，交梨火棗，當與山中許道士，不與人間許長史。』似這等言語，若不棄其塵世之榮華，焉能得物外之仙術乎？」項伯知良不可以富貴動心，乃與相別。子房辭了項伯，出離咸陽，不知何處去？且聽下回分解。

❼ 魯麟周鳳：借指孔子。孔子生時，有麟出現。魯哀公十四年春，西狩獲麟，孔子視之，曰：「吾道窮矣。」論語微子：「楚狂接輿歌而過孔子曰：『鳳兮，鳳兮，何德之衰！』」即以鳳比孔子。

總評　項羽殺韓王，乃增張良報復之意。可見殺一無罪的人，便如自增一刀。況良又說信，是殺一人而樹二敵矣。

第三十回　霸王拒諫烹韓生

且說張良辭項伯出咸陽，離城不遠，換了衣服，扮做一道士，復入城中。向小街僻巷，風魔狂蕩，言語不循道理。腰串銅錢，袖藏梨果，道袍麻履，手裡打動漁鼓簡板，口中唱著道情。或古廟寺觀，營房店肆，或拋錢撒果，引得街市上兒童三五成群，都來看風道士歌唱。初時，兒童尚不相熟，跟走了一二日，彼此通不計較。張良看那其中有一小兒生得聰明，引到一古廟無人處所，與了些銅錢果餅，教他念著說道：「今有一人，隔壁搖鈴。只聞其聲，不見其形。富貴不還鄉，如錦衣夜行❽。」教了幾遍，那小兒牢記在心。張良又分付：「如有人問你，只說：『我睡夢中，有人教我來。』你但到個去處教小的們唱，你日後壽命延長，百病不生。若說是人教你的，便有大禍。」那小兒便道：「師父教我，我只依師父說。」張良大喜，又與銅錢數十文，離了咸陽。出到城外，更換道衣，如客人打扮，尋個僻靜店房安歇，打聽城裡消息。

---

❽ 錦衣夜行：穿著錦繡的衣服在夜間行走，無法得到人們的讚美。

且說霸王因思左遷諸侯，恐有人在外議論，常使的當近侍詐作遠客，探聽事情。到街市上聽了隻小兒謠言，便入內奏知霸王。霸王未信，臨晚亦更換衣服，私行來到市上，果聞此語。因問小兒：「何人教你念此語？」小兒云：「乃上天教我的。」霸王大驚，自思：「此必是天意，欲我遷都。況咸陽燒得殘缺，我正欲東遷，不意天有此意，非偶然也。」

論曰：童謠之言，自古有之。有章曲❾曰歌，無章曲曰謠。帝堯遊於康衢，而民作謠曰：「立我蒸民❿，莫匪爾極。不識不知，順帝之則。」此童謠之始也。五行傳曰：「言之不從，是謂不義。時則有詩妖。」如更始時，南陽有童謠曰：「諧不諧，在赤眉⓫。得不得，在河北。」後更始被赤眉所殺。此「諧不諧，在赤眉」也。光武中興，起自河北，遂定天下。此「得不得，在河北」也。雖然有驗，實皆人為。有智君子，不可不察也。

霸王聞了童謠，次日早朝，謂群臣曰：「天降謠言，汝等不為奏知，何也？且如『今有一人』，乃謂朕也。『隔壁搖鈴，只聞其聲，不見其形』，言朕雖有聲名，而未得傳聞於人也。『富貴不還鄉，如錦衣夜行』，言朕雖得天下，而不歸故鄉，就如著錦衣而夜行也。此謠正合朕意，況秦宮闕燒毀，一時實難修整。

❾ 章曲：曲調。

❿ 蒸民：同「烝民」。眾民；百姓。

⓫ 赤眉：赤眉軍。西漢末年，王莽建立新王朝。天鳳五年，瑯玡人樊崇、東莞人逢安、臨沂人徐宣、謝祿、楊音等各起兵數萬人，為區別敵我，眉均塗成赤色，故以稱之。

不如彭城乃梁楚之地，自淮河以北九都，統轄千里，此處正好建都，不失故土。」即差人興工修理。選擇吉日，車駕遷都。

有諫議大夫韓生上言曰：「此等謠言，皆是人造作之言，非上天之意也，決不可聽信。且關中自古建都之地，阻山帶河，四塞而當一面。東有黃河、函谷關、蒲津；西有大隴關、山蘭縣等處；南有終南、武關、嶢關；北有陝河、涇渭、潼關，百二山河，三山八水，沃野千里，天府之國也。昔周以此興隆，秦以此霸業。陛下豈可聽童謠之言，而失此興王之地乎？」霸王曰：「汝雖說關中可都，但朕意不喜，即是天意有在也。朕今遷都有三事，一者征伐三年，未經還鄉；二者關中山多地少，眼界不得宏闊；三者天降謠言，亦非偶然。天意有在，朕心已決，爾等不必多言。縱使曲意建都於此，終是不利。」韓生曰：「陛下為四海之主，如日中天，誰不仰視？又何必拘拘於還鄉以為榮耶？孟子曰：『尺地莫非其有，一民莫非王臣。』豈獨一彭城而已哉？」霸王笑曰：「普天之下，皆為我有。凡可居之地，隨朕所適耳，又何多言耶？」生曰：「前范亞父亦曾云陛下不可離咸陽，亦必有見，陛下獨有忘於心乎？」霸王曰：「吾縱橫天下，所向無敵，識見豈范增所能知哉！吾意已決，不必煩聒。」韓生下階，仰天長歎曰：「人言楚人沐猴而冠，今果然矣！」霸王在寶座上，忽聽此言，便問陳平曰：「此是何說？」平不敢隱諱，近前奏曰：「此訕上之言，其意以猴比王。說言獮猴雖著冠帽，心非人也。又言獮猴心不耐久，戴人衣冠，心實急躁也。又謂獮猴著人衣冠，終非人性。戴不破，必弄破也。」霸王聽罷，高聲大罵：「老蒼生，老匹夫！怎敢毀罵朕躬！」喝令左右執戟郎官：「將此老賊推赴雲陽市上，用油鑊烹之。」監斬官乃是淮陰韓信也。

韓信押韓生赴市曹，子房打聽得知，也跟在人叢中看。只見韓生至油鑊邊，高聲說道：「爾咸陽百姓！我今日犯罪，非奸臣誤國，犯了法度。只因霸王聽奸人捏造謠言，意要遷都彭城，怪我再三苦諫，今押在市烹我。想遠無百日之內，劉邦必來復取三秦矣。誠沐猴而冠耳！」韓信聽了他說，謂韓生曰：「諫大夫省言語，恐霸王知道，必連累我等。」韓生曰：「皇天后土，昭鑒不遠。為國受烹，實為屈死。」韓信曰：「公諫遷都，百姓皆以為屈死，我獨以為該死。」韓生曰：「我得何罪該死？」信曰：「公居諫議之職，如殺卿子冠軍宋義，那時偏將殺主將，公何為不諫？阬殺秦降卒二十萬於新安，秦之父兄恨入骨髓，公何為不諫？斬子嬰，掘秦墓，燒阿房，左遷諸侯，公何為不諫？今事已成矣，蔽錮⑫日深，終莫能解，公然後來諫，不亦晚乎？此公之所以取殺也。范增比爾何如？尚不能諫，況我等不及亞父遠矣，豈能諫乎？你今日之死，不可怨霸王，只可怨那造謠言之人。我指與你：那人叢中立著燒絕棧道、假造謠言的人，決在這裡。若捉出來，便知端的。」嚇得那子房躲在人背後，再不敢作聲。此非是韓信知道子房在此，不過設言以嚇子房耳。遂將韓生烹了，滿咸陽市上，無一人不嗟嘆。

天色已晚，韓信回家。子房在後，認知下處，回店房去了。

次日，韓信早朝見霸王，復命烹了韓生。霸王又續差季布往彭城，催督修蓋宮殿。百官因烹了韓生，再無人敢諫者。韓信出朝，暗思：「梁間巧燕，住不多時。」

子房已知韓信住處，回到店中。次日，將前日秦宮所得寶劍一口背上，挨門進城，來到韓信門首。只見月色初上，正黃昏時候，門尚未閉。張良鞠躬施禮，來見門吏，要求見韓信。不知有何話說，且聽

⑫ 蔽錮：這裡指錯誤的念頭掩蓋了他的智慧。

下回分解。

總評　天意在漢，不過假西楚以為英雄驅逐，豈真是劉沛敵手？即幸聽韓生計，亦無如赤帝子何矣。呵呵！

第三十一回　說韓信張良賣劍

張良假作淮陰人打扮，來到韓信門首，見一老吏，鞠躬施禮，求見韓將軍。那老吏便問：「先生自何而來？」良曰：「某乃淮陰人，與韓將軍同鄉，特來相見。」老吏進內報知韓信。韓信自思：「我在淮陰貧賤時，並無朋友，我到此日久，亦未見一故舊，今日如何有同鄉相訪？」正沉吟間，張良已立於階下。韓信月明之中，見其人清標俊雅⑬，有些面熟，不敢遽問⑭，就迎接上廳。各施禮畢，序賓主而坐。便問：「賢公從何而來？有何貴幹？高名貴姓？」良答曰：「某雖將軍同鄉，久出在外，先世曾遺下寶劍三口，真希世之珍。不敢言價，但遍求天下英雄豪傑，先觀其人，次賣此劍。已將兩口賣與兩個人，止有這口寶劍，未遇其主。聞將軍與某同鄉，為天下英傑，特來賣此寶劍。不是虛譽，實出本心。

⑬ 清標俊雅：清秀儒雅。

⑭ 遽問：立即問。

早間伺候半日，知將軍公出未回，今薄暮敬來相謁。此劍暗臨黑水蛟龍泣，潛倚空山鬼魅驚。埋藏十萬年，價值數千金。若遇奇男子，錚然自有聲。何須出囊錢，物各歸主人。君若得此劍，威令滿乾坤。」韓信見張良誇美寶劍，又識己為豪傑，心下甚喜。便起身近前曰：「韓信自歸楚以來，無人識某為何如人。今見先生持寶劍而見諭，深蒙過獎，信何敢當。願求寶劍一觀。」良遂將寶劍遞與韓信。信接到手，拔劍觀看，燈光之下，寶氣沖霄，霜鋒射斗。匣上細字，有歌讚一篇。歌曰：

君不見昆吾鐵冶飛炎煙，紅光紫氣真赫然。良工鍛鍊經幾年，鑄成寶劍噴龍泉。龍泉顏色如霜雪，良工咨嗟歎奇絕。琉璃寶匣吐冰花，錯鏤金環生明月。正逢天下起風塵，喜得周防君子身。精光黯黯青蛇色，文章片片飄龍鱗。惡與交結遊俠子，從來親近英雄人。何年中道遭棄捐，淪落飄零古岳邊。莫道匣藏無所用，猶能夜夜氣沖天。

韓信平日最愛劍，今日見此寶劍，十分羨慕，因恨囊橐空虛，不敢問價。但云：「公有寶劍三口，那兩口得價幾何？」良曰：「適間曾說，先觀其人，次後賣劍，不論價值多寡。如得其人，即將寶劍相贈，何須言價。久聞將軍乃天下豪傑，以此特來相見，此寶劍有主矣。」韓信起謝曰：「寶劍雖蒙見惠，但信為人恐未相稱。」良曰：「若不相稱，雖與萬兩黃金，亦不敢以輕售也。」信大喜，分付家僮置酒相款。因問：「此寶劍俱有名乎？」良曰：「俱各有名，一口是天子劍，一口是宰相劍，一口是元戎劍。天子劍乃是白虹紫電，宰相劍乃是龍泉太阿，元戎劍乃是干將莫邪。夫白虹紫電，乃是吳王劍名，懸於壁上，邪魅遁形，諸怪斂跡，真寶劍也！龍泉太阿，乃雷煥見牛斗⑮宿中，常有雲氣，自下而上，光芒掩映。煥隨於有光去處掘地，得二石匣，中藏寶劍二口，一名龍泉，一名太阿，而牛斗之間，無復光芒矣。干將莫邪，乃闔閭所造，雌雄二劍，雖出人力所為，實按天時，應星宿，合陰陽，觀爐火，十數年方鑄成此劍。磨礪有法，修造有度，非止一日，遂名干將、莫邪。然吾之寶劍，非特此耳。觀人象德，各有所宜。如有天子八德，而後得佩此劍，足以翊聖化也。」信曰：「何謂天子八德？」良曰：「八德乃仁、孝、聰、明、敬、剛、儉、學是也。」信曰：「宰相劍亦有德乎？」良曰：「宰相如無八德，亦難佩帶此劍。」信曰：「何謂宰相八德？」良曰：「忠、正、明、辨、恕、容、寬、厚是也。」「天子宰相二劍，既聞命矣，然不知此劍為元戎劍，亦有德乎？」良曰：「元戎劍豈可無德？」信曰：「請言之。」良曰：「廉、果、智、信、仁、勇、嚴、明是也。」古人曾題天子劍，有詩曰：

帝座懸昆吾⑯，威德破貪汙。萬里風煙息，蠻夷附大都。

宰相劍亦有詩曰：

宰相均寰宇，光芒應太虛。佩此當朝宁，奸諛已盡除。

元戎劍亦有詩曰：

---

⑮ 牛斗：指牛宿和斗宿二星。

⑯ 昆吾：山名。山海經中山經：「又西二百里曰昆吾之山，其上多赤銅。」這裡比喻帝位之崇高。

專城司國命，廟算定千封。所向不可敵，百萬在胸中。

信曰：「先生寶劍，真為天下奇絕。但不知那兩口劍，賣與何人，亦可得聞乎？」良曰：「天子劍，前日賣與豐澤劉沛公矣。」信曰：「先生見沛公有何徵驗，將此劍賣與他？」良曰：「大德當陽，龍顏特異。神母夜號，芒碭雲瑞。爰立赤幟，五星聚會。大度寬仁，出乎其類。此公有天子福德，前在芒碭山斬白蛇，已將此劍賣與他。」曾有詩曰：

君劍磨來雪練霜，白蛇曾在此中亡。強秦已破封西蜀，劍刃藏鋒且入囊。

「宰相劍賣與誰？」良曰：「賣與沛縣蕭何。」信曰：「有何徵驗？」良曰：「翊運⑰元勳，經綸漢室。不事干戈，全仗仁義。約法甦民，漕河廣濟。布衣同心，起自豐沛。此公有宰相大才，前在關中，除秦苛法，約法三章，已賣與他。」曾有詩曰：

相劍曾將太岳磨，霜鋒消得國中魔。咸陽忽遇真良俊，不惜千金價值多。

信聽罷，笑曰：「先生已將寶劍賣與漢王、蕭相國，可謂得人矣。今將此元戎劍，欲賣與小子，但信素無重名，又無為將八德，不亦負此劍乎？」良曰：「據將軍所學所養，雖古孫吳穰苴⑱不能過也。但未

⑰ 翊運：輔佐天命為君主之人。

⑱ 穰苴：本姓田，齊景公時為大司馬，故稱司馬穰苴。為當代名將。今有司馬穰苴兵法（簡稱司馬法）留存。

遇識主耳。昔千里馬未遇伯樂，雜於槽櫪之間，遭入奴隸人之手，與常馬等也。一遇伯樂，知其為千里麒麟，則長嘶大鳴，追電絕塵，為天下之良馬也。故古人云：『向北長鳴天外遠，臨風斜控日邊還。』即今將軍落落人後，未遇識主，所以不知其為元戎也。苟得遇識主，言聽計用，變化風雲，振動天地，坐鎮中原，出警入蹕，享九襲之榮，極人臣之貴，則非今日之碌碌也。」韓信見張良說到此處，不覺長吁慨歎，觸動念頭，便道：「聞先生之言，如照肝膽。信在此日久，一籌未展，百計難言。前屢次上表，霸王不聽。今欲遷都，大事已去。信不久亦歸故里，苟延歲月耳。」良曰：「將軍差矣。良禽相木而棲，賢臣擇主而佐。以將軍之抱負，豈可按跡衡門，為淮陰一釣叟耶？」信又長歎曰：「先生今晚來見，語言動人，議論出眾，非獨賣劍，決有深意也。我於月明之下，燈燭之前，細觀舉動，先生非韓國之張子房乎？」子房離席起謝曰：「久慕重名，不敢遽見，今晚拜候，實有深意。將軍看破，豈容自隱，小子便是張良。」韓信大笑，握良手曰：「先生天下豪傑，人中之龍也。我欲棄此歸漢，但不知先生有何見諭？」良曰：「漢王實是長者，暫屈褒中，終成大事。將軍肯從愚見，我有一物，與將軍為贄。貴似連城和氏璧，奇如照殿夜明珠。休言呂望千條計，不及區區一紙書。」未知書上有何話說，且聽下回分解。

總評　說信處辭太煩，可刪之。

第三十二回　霸王江中弒義帝

卻說張良以賣劍為由，說韓信歸漢，遂於衣襟下，取角書⑲一封，遞與韓信：「我昔日別漢王、蕭何時，曾與約下，如薦舉元帥來，可憑此角書為記。如有角書，須當重用。公可將此書收付，不可失落，有誤大事。」信又問曰：「先生已將棧道燒絕，卻從何路可入褒中？」張良又於書袋中，取出地理圖一本，付與韓信曰：「此圖乃山僻小路，從斜岔入陳倉，轉過孤雲兩腳山，繞到雞頭山，徑下褒中，近二百里。將軍他日破三秦，當從此出。此地漢人亦不知，將軍當祕之，不可輕示於人也。」角書、地理圖韓信收付在身，又問曰：「先生今往何處去？」良曰：「吾今看霸王遷都後，效蘇秦遊說六國，著他反楚，以分霸王之勢。使無復西顧之意，則將軍得任意下三秦，復關中，而圖天下也。」信曰：「某亦早晚就行，但看事機如何，到彼好作區處也。」韓信亦無家小，止有門吏二名，在外把門，家僮二人伏侍。張良遂與韓信同榻，過了一宿。次日，別韓信出離咸陽，往各國說諸侯去。韓信預備行裝，分付家僮，寫了家書，打發盤費，往淮陰看視家小不題。

卻說范增在彭城守催義帝幸郴州。帝曰：「君，出令者也；臣，奉君之令而宣化者也。昔項羽立我為君，以屬天下之望，以此諸侯悅服，而得入關中。我已有約，但先入關者為王。今羽背約，自立為王，

⑲ 角書：於書信一角作有記號之文書。角，標誌。

封天下諸侯，意欲遷我於郴州，廢置而不用其命。首居其下，足居其上，冠履顛倒，甚非臣體。爾為項羽亞父，當極言苦諫，以正其過可也。乃助彼為惡，是亡秦之續耳。爾心獨不愧乎？」范增俯伏在地曰：「臣增累次苦諫，項王不聽，今又差季布守催，指日離咸陽，要來彭城建都。臣亦兩難，不過惟君所使也。」帝曰：「爾為項羽心腹之人，正當苦諫，豈可委於從命，而略無可否？此乃阿附小人，非大臣以道事君之體也！」增惶恐無地，只得具書奏知霸王。

霸王知義帝不欲離彭城，大怒曰：「懷王乃民間豎子，我家所立，尊以為王，千載之奇遇矣。卻乃偏使劉邦西行，意欲相為結好，以恩為讐，反有謀害之意。今為義帝，且又妄自尊大，若不剪除，必為後患。」遂使九江王英布、衡山王吳芮、臨江王共敖潛於大江之中埋伏，卻著范增、季布、桓楚、于英急催啟行。待至大江，假以出迎，因而殺之。傳布中外，只說義帝行到江中，遇風船覆淹死，以隱前情，庶免天下議論。霸王計較停當，傳令分付四人，急在大江伺候。卻修書上義帝曰：

西楚霸王臣項籍稽首頓首上言：伏以奉命破秦，直抵咸陽，子嬰受首，爰正國法。仰尊陛下為義帝，實為天下主也。然彭城路當南北之衝，乃用武之地，甚非陛下所宜居也。今郴州乃湖南名郡，左有洞庭，右有彭蠡，山水秀麗，帝王之都也。請陛下幸臨，以觀天下。今乃聽細人之言，不從所請。致使君臣有相疑之私，輦轂阻壺漿之望。遮道來迎，終日稽候，一日之費，何止萬金。為民元後，於心何安？復差千戶項臣上書懇啟，惟速賜裁決，下情不勝激切之至。

義帝看罷羽書，與左右商議曰：「項羽屢次差人催併，急如星火，已無人臣之體。若復留連，恐生他變，不若車馬啟行。」義帝即傳令文武大小官員，擇日幸郴州來。只見彭城百姓，遮道伏望塵叩首，相聯數百里。或獻茶果，或上歌頌。家家設放香案，盡說：「義帝在此數年，鎮市不擾，鄉村安靜。上下和睦，乃有德之主也。今日遷都，又不知何日再得相見，遂懸望之念。」義帝見百姓戀戀不捨，亦自垂涕。

其日行至大江口，有白魚阻舟，水浪不能前進。船家就將龍舟纜住，只見大風驟起，將桅折作兩段，幸大舟傍岸無事。其夜帝方寢，只見五色祥雲，罩合龍舟。香風馥郁，有一派仙樂，從天而降。先有二金童玉女，入舟中低言啟請：「願陛下早幸龍宮，受百官朝賀。」帝曰：「我自赴郴下建都，此地非我居地。」金童曰：「龍宮奉上帝敕令，已設御座，專候車駕。文武百官具朝服於上清門迎接陛下，不可推辭也。」帝曰：「龍宮恐非人世，朕何以居之？」金童曰：「上帝以陛下有君德，宜在高位。因赤帝子當權，福德洪大，陛下當讓此位，而居龍宮，以掌水府。會九天列聖，以次推舉，非同小可。陛下請移玉步。」帝方欲出龍舟，遙見水光接天，洪濤巨浪，耳聞仙音，不敢登步。趑趄之間，頓然覺來，卻是一夢。舟上更鼓已三漏矣，急喚左右掌燭詳夢。有近臣奏曰：「適見白魚阻舟，桅被風折，據此夢警皆非佳兆。請陛下天明回舟，再作商議。」帝曰：「不然。車駕已行，大信昭布。如若反覆，則非大體。況天數默定，人不可為，縱有不疑，亦何懼哉？」不聽近臣之言。

次日早發舟，望大江而來。行至中流，有英布、吳芮、共敖，坐三隻大船，鼓噪大進，順風而下。三人立於船頭，大呼曰：「臣三人奉項王命，來迎陛下。陛下所有玉符金冊，留下與臣等為執照。」義帝大罵曰：「爾等助紂為惡，不遵王化。當此大江中流之際，據兵阻行，甚非人臣之禮。」英布等各持利刃，將船急近龍舟，直身一躍，眾士卒隨即通過龍舟來。驚得舟中侍從，急欲藏躲，被英布等手起刀落，殺死數十人。或有望大江自盡者，或有船倉中藏躲者。帝見此光景，指西北大罵：「項籍逆賊，他日決遭橫死。」遂撩衣望大江一躍而墜，逐浪翻波，不知所向。舟中有藏躲者，盡被英布等殺死。後有胡曾詩曰：

義帝南遷路入郴，國亡身死大江深。不知埋恨窮泉後，幾度西陵片月沉。

英布等弒了義帝，方欲回舟，只見南岸上有接義帝的百姓人馬，吶一聲喊，盡道：「英布逆賊，爾信項羽指使，弒了義帝，奪了天下，決不得長久。我等布告天下，立個盟主，與義帝發喪，誅此無道，以雪天下之恨。」英布欲撐舟近岸，適當風色不順，急難湊攏，百姓一鬨都走了。不知那百姓中，也有這等豪傑，發此等言語，此便是滅楚興劉大丈夫也。未知如何，下回便見。

總評　觀義帝之弒，羽真無人心者，豈止不讀書已也？

第三十三回　韓信背楚走咸陽

英布殺了義帝，聞岸上百姓發喊，欲攏舟上岸。因風色不順，不得傍岸，那百姓一鬨都走了。其中有三個老人，為首一老人，年近八十歲，人稱為董公，為人多讀書，知道理，一鄉最推尊他。因作倡曰：

「待英布的人馬回去，我等務要打撈義帝尸首，帶至郴州，以禮葬埋。卻糾聚幾個壯士，從河南洛陽迎接漢王，做個盟主，與義帝報讐。」眾人應聲曰：「我等願從尊命。」董公率領眾人，急奔下流，顧覓十數個會水的船家，下江跟尋。至晚，月明之下，忽見水面上隱隱若有所見。眾船家伏水近前抱住，卻是個人。眾船家撈上岸來，掌起火把看時，顏色⑳如生，並不改變。眾人原不識義帝，又見赤身無一絲衣服，止二足中趾上套二玉環，乃龍形也。董老曰：「此必義帝也。若常人，豈有此玉物耶？」眾人以淨帛遮體，扛至前村，各焚香行禮。至次日，權處棺木殯了，徑投郴州來。有本州官吏、里老人等，抬至原修宮殿中間停放。眾人計議，恐日久霸王知道，決尋事謀害。不若急急葬埋，庶為全美。州官等擇日將義帝葬於郴州，至今義帝墳塚尚在，四時享祭不絕，後史官有詩曰：

郴士尚知尋葬主，霸王背約弒江中。千年唾罵昭青史，猶說烏江戰未窮。

英布等弒了義帝，來到彭城，會范增等眾人，密將前事告與范增。增懊悔不已，與眾將曰：「義帝乃吾與武信君所立，以服人望㉑，豈想今日弒於江中，甚非人臣之禮。若再遷都彭城，決不足以圖天下矣。我等當急回勸止，不可遷都，庶劉邦不敢東向。若離咸陽，不百日內，劉邦決出褒中，吾輩不能安一日矣。」季布曰：「前韓生亦曾有此言，被霸王烹之。」增曰：「我等眾人各苦諫，決不可遷都。」范增留季布修理彭城，卻同眾人赴咸陽來，勸止霸王。

⑳ 顏色：面容。
㉑ 以服人望：以順從人們的願望。

只見咸陽十分狼狽，各文武官員通預備行裝，要三二日啟行。范增同英布等進見，備將義帝遇害一節，奏知霸王。霸王大喜曰：「除吾心腹之患矣。」增曰：「心腹之患不在義帝，實在劉邦也。陛下若今遷都，不久劉邦決出褒中矣。」霸王曰：「棧道燒絕，三秦嚴備，劉邦縱能插翅，亦不能飛出也。」增曰：「陛下遷都，三秦懈怠。漢王素有大志，必蓄養豪傑，與陛下爭衡。出此棧道，反掌之易耳。望陛下不可遷都。」霸王曰：「朕號令已出，文武行裝已備，豈有中止之理？亞父不必過慮，料劉邦無能為也。」季布曰：「事貴先圖，機難遙度。臣恐陛下一離咸陽，人心怠緩，此地決難守也。近日各處諸侯漸有叛失者，陛下不可不慮也。」霸王怒曰：「朕自會稽起義以來，所向無敵，凡叛去者，皆不才之人，何足為用？遷都之事，朕意已決，再不必多言。如有抗拒者，以韓生為令。」范增等長吁口氣，各下殿來，只得預備行裝起行。

卻說韓信自見張良後，此心惓惓不能忘。先將家僮打發回淮陰去，是夜過都尉陳平家拜訪。素日信知陳平有意降漢，因來以言挑之曰：「霸王遷都，漢王決出褒中，咸陽非國家所有也。」陳平曰：「霸王近日殺義帝，遷彭城，烹韓生，自以為是，決不足以久安。漢王長者，他日終成大事。賢公在此碌碌，不若背而去之，得以展大才也。」信曰：「我亦有此心久矣，恐沿路關津難過。」平曰：「此亦不難，我衙門有印信文書，與賢公一紙隨身。所過關口，有此文書，徑自長行，只說入褒中探聽消息。」信拜謝曰：「若得此文書，誠千金之賜也。他日若得寸進，決不敢忘盛德。」平曰：「賢公保重，若他日成事之後，不久亦欲投漢，仍望賢公薦舉。」信拜辭陳平，得了批文，預備行李，拴束停當，分付門吏：「我欲城外訪友，明日方得歸來。爾可用心看守。」匹馬徑出咸陽來，行至關口。此時自范增回關中，見漢王已入褒中，心下憂惶，即差人分付各關津隘口，把守十分嚴密。韓信來到安平關口，只見把關軍士攔住，便問：「將軍往何處去？」信隨將批文與眾人驗看，仍到關上見守關總管，各施禮畢。問韓信：「足下何處去？」信曰：「霸王差往三秦，會同整飭兵馬，關防漢兵，著星夜傳報。」隨辭眾人出關，急策馬西行不題。

卻說韓信把門二吏，一連等了兩日，不見韓信回來，急報知亞父，備說：「韓信一月前，有一人夜晚來相會，說了一夜話，就在信家宿歇。其後將家僮行李打發回籍，今卻疋馬假說訪友，次日就回。不意今已又過了兩日，前後共四日，不見歸來。此必是逃走，不敢不報。」范增聞了這話，便跌腳道：「此人我終日懸念在心，前曾叮嚀與項王，說若用此人，須當重用。若不用此人，須殺了，方除後患。不意今日卻走了，決投褒中去。吾心上又生一大病矣。若不追來，使我晝夜不得安枕。」隨入內奏知霸王。王怒曰：「此懦夫安敢背我歸漢？」增曰：「韓信極有識見，臣屢次薦舉，陛下只是不用。今被他走了，決歸褒中去，他日為陛下一大患也。」王曰：「彼無文憑，關上決然攔阻，如何得脫？」急差鍾離眛領二百輕騎：「快與我捉來，碎屍萬段，以警其眾。」

鍾離眛依命追趕，來到安平關，責怪關上官兵如何輕放韓信過去，有失關防。把關總管稟道：「韓信有隨身印信批文，為會約三秦緊急公事，某等安敢阻當？今已過關四日矣，將入漢境。明公恐不能追及，不若飛報三秦，遣兵追趕，況棧道燒絕，決難徑過，庶可趕上。」鍾離眛曰：「爾眾人所見亦通。」當時作飛檄傳報三秦，著遣兵追趕。鍾離眛回咸陽，將前事奏知霸王。王曰：「既逃去已遠，料韓信懦夫，成何大事，亦不足掛念。」當傳令著文武大小官員，隨車駕赴彭城建都，卻留呂臣、樅公守咸陽。

且說韓信離安平關，一路直抵散關，照前驗批㉒過關。來到三岔路口，自思：「此處正是緊要去處。」將張良地理圖取出，觀看入褒中小路。看畢，方欲策馬，只見從東一騎馬，飛走前來，手執大牌，吩附路口鋪兵：「爾等如遇匹馬過來，當追看批文中姓名。如不是韓信，方許放過去。」眾軍士便道：「方纔過去一人，匹馬獨行，不曾追問來歷，何不趕上問他一聲。」那執牌軍官急趕上韓信，便問：「將軍甚姓名，有何公幹？」信曰：「我姓李，前往褒中探親。」那人曰：「有批文否？」信曰：「有批文在此。」那人務要取看。韓信取批文打開，正欲遞與觀看，卻於背上，將寶劍拔出，望其人一劍殺死。那鋪中走出五個人來，就向韓信奔趕，韓信匹馬近前，手舉寶劍，將五個軍士盡行殺死，策馬急向西行。未知何日得到褒中，且聽下回分解。

總評　吾不怪韓信之背楚，而獨怪其當日之投楚。

第三十四回　韓信問路殺樵夫

韓信殺了報事官並軍士五人，尋思：「倘地方知道殺死官軍，決然跟從此路而來，被他捉住，卻不誤了大事。」急轉過山口，從小僻夾路，向西南而行。兩邊都是山，中間止有一小路，又澗水潺湲，波

㉒ 驗批：驗看批文。

流有聲，斷岸千尺，十分險峻。韓信到此，不得馳驟，只得勒著馬，一步步緩行，又不知何處往陳倉渡口去。正在猶豫之間，只見山坡邊轉過一個樵夫來。韓信便道：「樵夫，那條路往陳倉路上去？」那樵夫放下柴擔，用手指著那山路道：「此去遶過這山崗，卻是小松林。過了這林子，下邊便是亂石灘。有一石橋，過了橋，卻是蛾眉嶺。上了嶺，甚難走，須下馬牽著行，過此方是太白嶺。嶺下有人家，吃了飯，過孤雲山、兩腳山，渡了黑水，過了寒溪，便是南鄭。將軍不可夜行，恐有大蟲。」樵夫說了山路，信將地理圖一對，分毫不差。拜謝樵夫，策馬前行。

樵夫挑了柴擔，正欲下山坡去，韓信暗思：「章邯知我殺了軍士，決從這條路趕來，到得這岔口，倘遇樵夫，說與他這條小路，卻從這裡趕來，況我馬又疲乏，決被他捉住。不若殺了樵夫，若軍馬趕來，只從棧路上趕去，決不知有此路也。」韓信勒回馬來，便叫住樵夫。樵夫只道再問路徑，回頭來，卻被信揪住頭髮，一劍殺了。拖倒山凹之下，用土掩埋。韓信遂乃納頭下拜，祝之曰：「非韓信短行，實出不得已也。他日如得地之時，決來與君厚葬，以報其德。」墮淚上馬西行。後史官有詩曰：

棄楚西來阻道難，忽逢樵者住征鞍。問渠指說褒中路，一拜空垂兩淚瘢。
韓信他年斬未央，含冤飲恨怨高皇。秋風颯颯飄黃葉，為報陳倉樵者亡。

韓信殺了樵夫，徑過山岡，出了小松林，渡亂石灘。一日，下了太白嶺來，近山有個酒館。下馬入到酒館來，呼酒保擺山肴村醪，方飲數杯，不覺想起樵夫來：「我因恐楚兵追及，不得已殺死，非薄情也。」遂作歌一章，借筆硯向白粉壁牆上題歌曰：

陟㉓彼山路難，崎嶇不可測。藤蘿結層巒，狐兔藏幽黑。怪哉此山險，峻坂有萬億。去天手可攀，迴轉苦觔力㉔。迷黯竟何往，無由問鄉識。忽見採樵人，問我將焉適。勒馬立山前，迺云西川國。樵人指要路，按圖無差忒。足知為忠亮，孔云宜報德。楚兵恐忽至，受擒反自賊。斬汝絕蹤跡，實非我薄刻。留汝特山樵，存我為帝翊。我當萬夫望，君死良不惑。無罪遭霜鋒，我心為君惻。君德終圖報，君後我更植。蒼蒼秋月明，疑照君顏色。

韓信題歌畢，只見後邊走出一壯士來，看著韓信道：「你背楚歸漢，殺了樵夫，卻來我家題詩。我若拏住你，卻得重賞。」韓信便起身道：「壯士，你既住居漢土，為褒中百姓，如何倒說這話？」那壯士大笑，拜伏在地，道：「我父祖乃周臣，姓辛名雷，世居扶風。傳至父辛金，因始皇殘暴，遂移家於太白嶺，以賣酒為生。某名辛奇，不事家產，專好畋獵。嫻熟武藝，一向未遇明主，遂棲跡於此。今夜夢飛虎自東北高嶺而來，臥在草蓬之上，覺來知今日必有貴客經過，因不曾出去採獵。等了半日，卻見賢公策馬下嶺，光臨草店。我在壁裡窺見，知公為非常人也，因出拜見。適來言語冒瀆，萬乞恕罪。」韓信扶起答禮，便道：「壯士，據你一表堂堂，素懷忠烈。見今漢王寬仁大度，招納天下豪傑，何不傾心投之，以圖封侯建節，不失家譜也。」壯士曰：「某懷此心久矣，待公投見漢王，決然貴顯。那時統兵破楚，可暗從此地而來，路僻且近，使三秦不知漢兵從何而下也。」信大喜，握壯士手曰：「此言不

㉓ 陟：登高；上升。

㉔ 觔力：筋力；力氣。

可輕泄於人，待我伐楚之時，子可隨我建功，以為嚮導，不可失也。」壯士遂留信在家住宿。當日母妻俱出，草堂拜見。韓信見壯士如此忠誠，亦將自己心事，一一告知。遂相結拜為兄弟。

次日，韓信拜辭，便要起身。壯士曰：「前邊是孤雲兩腳山，路徑甚險，極有大蟲㉕，恐尊兄孤身難行。小弟預備器械，送尊兄過了寒溪，便是南鄭地方，小弟纔好回來。」韓信拜謝：「不勞遠送。」壯士再三不肯。遂分付母妻：「看守店房，酒保照舊管待過往客人。我送尊兄過了寒溪便回。」當時收拾行李，拏了一條長鎗，帶了弓箭、腰刀，隨定韓信馬，望孤雲山來。一路與信說些兵法，論些武藝，一二日來到寒溪，遠遠的望見南鄭。壯士用手指道：「尊兄可從此處往南鄭去，不遠矣。」信下馬，同壯士入著靠溪一個酒店裡，相對坐下，呼酒保擺下菜蔬，斟酒與壯士飲。信曰：「賢弟回家，早晚打聽我出褒中，可急來相見。」壯士曰：「小弟到家，專望麾蓋，如有消息，星夜前來迎接。」信大喜，兩個又飲了幾杯。壯士曰：「意要送尊兄到褒中，但不曾與老母說知，恐在家懸望，只此拜辭尊兄。」信不忍分手，各灑淚相別。壯士仍復太白嶺去，韓信望南鄭來。不知投見漢王，如何舉用？且聽下回分解。

總評　殺樵夫，全身也。全身，全漢也。論至此，不可不殺。

㉕ 大蟲：老虎。

第三十五回　韓信褒中見滕公

韓信辭壯士，策馬入到南鄭，風俗自是不同。老者安閑，少者負勞。行人讓畔，道不拾遺。家家快樂，處處笙歌。田野開闢，桑麻盛茂。韓信甚喜。入著城來，六街三市，衣冠文物，風景殊別。天生方圓有二百里，一望平川之地，更無一尺山路。卻尋個店房安歇下，將行李收拾停當，分付店家仔細看守，那店家道：「官人放心，我這漢中，不比別處。若路上失了物件，亦無人敢拾去，況店中行李，豈有差失？」韓信出著店來，徐步看那漢中：南有劍門之險，中有棧道之阻；前控六路，後據大江；為荊襄之襟喉，實秦隴之要害；民安物阜，土厚風輕。國人嘗云：「春有碧桃紅杏，夏有蓮藕葵榴，東籬菊綻如金，南嶺梅開似雪。」美酒嘉魚，香橙晚稻。有石頂關，有瀑布泉，有盤雲塢，有天漢樓，有柱石堂，有四照亭，有峨眉山、青城山、錦屏山、巫山，有赤甲、白鹽諸景，不能盡看。

又信步來到一衙門前，有匾云「招賢館」。兩邊俱有榜文，上寫：「一十三件事，宜曉諭軍民人等知悉。如一件，熟曉兵法，深知韜略，可為元戎者。二件，驍勇過人，斬將搴旗，可為先鋒者。三件，武藝出眾，才堪驅使，可為散騎者。四件，諳曉天文，善占風候，可為贊畫者。五件，素知地理，深通險易，可為嚮導者。六件，心術公平，為人正直，可掌紀錄者。七件，機變精明，動能料事，可與議軍情者。八件，語言利便，足能動人，可為說客者。九件，精通算法，毫釐不差，可為掌書記者。十件，多讀詩書，以備顧問，可為博士者。十一件，素明醫學，神聖功巧，可為國手者。十二件，善能馳驟，探聽機密，可為細作者。十三件，掌管錢糧，出入有經㉖，足可以給軍餉者。凡人於十三件中，曉一件者，即赴招賢館報名，聽候考驗。果稱其實，奏請重用。立賢無方，不拘貴賤，盡心王事，務期報效，懋著功績，不次超擢，封侯拜相，悉在此舉。敬茲告示。」韓信看罷榜文，便問居民：「掌管招賢者何人？」居民曰：「管招賢者，乃滕公夏侯嬰也。漢王封其人為汝陰侯，為人好賢下士，不拘小節。」信大喜，暗思：「我若相府見蕭何，以張良角書投獻，是憑張良薦舉，不見我胸中抱負。我且將角書隱下，先見滕公，次見蕭何，備將我平日所學，暴白於外。使他人知我可用，奏知漢王，然後卻獻出角書來，方見我非碌碌因人成事者也。古人曾說：難進易退。若進得容易，終不得大用。必須始初甚難，次後人不敢輕看。」遂寫了籍貫姓名來見滕公。

滕公看韓信一表非俗，暗思：「此人亦曾聞其名，原是楚臣，如何不辭千里而來？必有緣故。」便問：「賢士從何而來？亦曾出仕否？」信曰：「某楚臣也，項王不能用，因棄暗投明，從咸陽而來。」滕公曰：「棧道燒絕，山路甚險，賢士如何便得到此？」信曰：「志圖報效，不惜路遠，攀藤攬葛，緣山而來。所期有在，遂忘勞苦。」滕公曰：「壯哉志也！賢士曾看榜文，果通何科？願求一科，以觀其蘊。」信曰：「十三科皆知，但此外一科，未曾開出。」滕公曰：「那一科未曾開出？」信曰：「一件：才兼文武，學貫天人。出將入相，坐鎮中原，奠安華夏，百戰百勝，取天下如反手，堪為破楚元帥。此內少一科也。如欲下問，信當以此為明公言之，乃所優為耳。若其為十三件，不過一節之能，未足以盡

㉖ 出入有經：根據實際需要收進與付出。

信之所知也。」滕公聽罷大驚，急下階以手攀韓信上廳，納頭便拜。曰：「素聞賢士之名，未曾識面，今幸千里而來，非獨一人之幸，實天下社稷之幸也。願聞良策，毋吝珠玉㉗。」信曰：「世之為將者，徒知兵法，而不能善用。雖精熟孫吳，日講韜略，亦不足取也。必是知兵而善用，然後為良將也。昔宋國有蓄龜手藥，能令人嚴冬大寒，手不凍裂。其家世世在河邊漂洗綿絮，雖三冬冷月，手不凍裂，以此生意甚盛，卻不傳於外人。偶有二客經過，願出銀一百兩，買求此方。其家商量：終日漂洗，不過暫得溫飽，如何積得許多銀養家？不若將方傳與二客。後二客得方，至吳國。適當越王興兵攻吳，天氣正嚴寒，吳兵畏寒，不能舉。二客獻策，卻將龜手之藥塗於軍士手足之上。吳兵不懼寒冷，一戰敗越，遂成大功。吳王大喜，重賞二客。均一龜手之藥也，宋人用之，止於漂絮；二客用之，足以破敵。即如為將之道，不僅能讀兵書，須要善用兵法也。」公曰：「賢士以如此大才，在楚不得大用者，何也？」信曰：「昔百里奚㉘在虞不能用而虞亡，在秦能用而秦霸。賢者未嘗無益於國，惟在國君用與不用耳。信在楚，屢次上言，楚終不能用。後范增再三薦舉，項王堅執不用。我知項王決不能用也，遂棄楚歸漢，以圖報效。」滕公曰：「賢士在楚不用，固不足以顯其才，若今漢王用之，賢士有何方略乎？」信曰：「若漢王用我，統傾國之師，倡有名之舉，東向伐楚，先取三秦，次降六國，使項王去其羽翼，范增困於籌策。不數月，而復咸陽如反手耳。但恐明公不薦舉，漢王不能用也。」滕公曰：「賢士口出大言，恐無實學。

㉗ 毋吝珠玉：這裡意為不要隱藏你的才學。

㉘ 百里奚：春秋時秦穆公之賢相。原為虞大夫。晉獻公滅虞，虜奚，以為秦穆公夫人陪嫁之臣。奚以為恥，逃至宛，被楚人所執。秦穆公聞其賢，用五羖羊皮贖之，後來委以國政，稱為五羖大夫。

霸王喑噁叱咤，萬人皆廢。三年之間，縱橫天下。自古武勇未有如項王者也。賢士言如此容易，不亦失於誇張乎？」信曰：「不然，某冒險而來，跋涉千里，倘無實見，徒費頰舌，以大言而欺人，是狂妄而取咎也。由漢人觀之，以項王為不可及。在某觀之，曾嬰童之不若也。何言武勇之貫於古今乎？」滕公曰：「賢士言能如此，亦曾讀韜略乎？」信曰：「為將之才，熟讀詩書，深知成敗。上自天文，下至地理，無一事不知，亦無一物不曉，豈但讀韜略乎！」滕公即於館內架上取六韜三略數冊，使信背讀，韓信從頭至尾，口若懸河，滔滔不絕。又取陰陽醫卜，使信背誦，韓信無一字不記。又將各般兵器作何使用，韓信備將兵器之根源、作用之法，一一陳說，無一般不知。從早至午，與信議論，有千百言，更無差錯。滕公曰：「賢士真天下之奇士，古今所罕有也。」即留管待，又從容相款，胸中不知有多少學問，愈叩愈不窮也。滕公大喜曰：「我明日早朝，奏知漢王，決重用賢士。」信曰：「明公且未可奏知漢王，乞引見蕭相國。二公會約相同，共力推薦，庶漢王知重，韓信得以大用也。」滕公曰：「賢士所見甚明，今晚就與相國會約。請賢士相見，料相國決不敢輕也。」信辭滕公回店，不題。

卻說滕公近晚，徑來蕭何家相會，備道韓信棄楚歸漢，議論出眾，問學淵海㉙，真天下奇士也。何曰：「韓信某亦嘗聞其名，此人素貧賤，釣於淮下，寄食漂母。遇惡少叱辱，甘受胯下，一市人皆笑之。後仗劍歸楚，楚授以執戟郎官，亦未重用。惟范增屢次薦舉，項王不用。想是因楚不用，遂棄彼就此。但恐漢王亦知其人，不重用也。」滕公曰：「此人可惜未遇，若果重用，決可以建立奇績，料不負所舉也。」何曰：「明日可著來相見。」滕公辭蕭何歸宅。不知如何相見，且聽下回分解。

㉙ 問學淵海：知識深廣如大海。

總評　藏過角書，自露一班於滕公之前，此丈夫自見處。

第三十六回　蕭相國深奇韓信

卻說次日滕公差人於店中請韓信，禮往見蕭何。蕭何住居丞相府，門禁嚴肅，堂陛深遠。先有伺候官報入府，然後一門吏出來，問了姓名，達知丞相。只見一掾吏出來：「請賢士進府相見。」韓信入到堂下進請，蕭何出簷下，拉信入於堂裡。不設坐，相與立談。何曰：「滕公深稱大學，幸今相見。」信曰：「信在楚聞漢王聖明，丞相賢達，求士如渴，卑禮折節，不辭千里而來。到此數日，始見滕公。昨與相接，尚未傾倒。我見丞相後，或欲仍歸故里，寧甘心泉石，不屈志人下也。」何曰：「賢士未見囊錐脫穎，何乃見貌色變耶？」信曰：「不遇錯節，未當歃血㉚，豈可囊錐脫穎以自薦耶？」何曰：「願聞賢士高論，何當拱聽。」信曰：「昔齊王好鼓瑟，晉有一賢士善鼓，王再三延訪。一日，賢士至齊國。王坐於堂上，欲賢士鼓瑟。賢士不悅，『王如不聞瑟，臣豈敢登王之堂，而見王於咫尺乎？王如好瑟而樂聞之，當焚香賜坐，聽臣鼓瑟，臣必盡心為王鼓之。今王坐臣立，如待僕隸，臣何自賤而為王樂乎？』鼓瑟者尚羞立於王之側，況丞相當吐哺握髮之時，為國求賢之日，欲聞治國之要，而倨傲以接賢士。此

㉚ 歃血：古人盟會時，殺牲為誓，嘴唇塗上牲畜的血，表示誠意。

信所必欲去，而不願留於其國也。」蕭何聞信語，即延之上坐，而拜之曰：「何無知，有失待賢之禮。幸望恕罪，恕罪！」信曰：「丞相求士，實為國家。某相見，意欲傾心，以圖補報，非一人之私也。」蕭何乃拱手問信曰：「願賢士論天下之形勢，決天下之安危，明天下之治亂，審天下之強弱，然後天下可圖也。」信曰：「關中百二山河，天府之國，自古帝王為建都之地，項王舍此不居，而乃遷都於彭城，此失天下之形勢也。漢王雖左遷於褒中，然養威蓄銳，有虎豹在山之勢。使智者無以用其謀也，不亦為得乎？項王所向無敵，天下諸侯，畏其強而已。然背叛之心，藏於不測。外若為安，內有隱禍。反不若漢之遠處偏方，而得以收拾人心，養賢及民，諸侯不得侵擾之也。項王弒義帝於江中，大肆不道，而荊襄湖南之民，欲糾合討罪，不日大亂作矣。彼尚茫然不知，而自以為強，此匹夫之勇耳，何足以服天下之人心乎？漢王約法三章，除秦苛法，雖左遷南鄭，而天下屬望。肯舉兵而東，百姓莫不引領來歸，天下未有一人不願漢王為秦王也。章邯等三人，秦民恨入骨髓，而項王乃封為三秦王，以阻漢兵，實為資敵國以利也。我苟東向，百姓皆為我戰矣，三秦可傳檄定也。此天下之形勢，安危、治亂、強弱，不待智者推論而可知也。丞相又何憂焉？」何曰：「據賢士之言，楚可伐乎？」信曰：「當此之時，項王東遷，諸侯離叛；百姓嗷嗷，急欲思主；三秦不為嚴備，漢兵正當可舉之日也。失此機會而不東征，使齊魏趙燕或有智者，一言舉兵而西，先取咸陽，次取三秦，阻其要害，漢兵雖老死不得出褒中矣。」蕭何見韓信說到此處，乃前席附耳曰：「前日棧道已燒絕，漢兵急難舉行，奈何？奈何？」信笑曰：「丞相何乃欺人若是耶？前日燒絕棧道，必是智者與丞相計議停當，另有別路可通漢兵，然後燒絕耳。此不過使楚無西向之意，漢王絕東歸之心。此但可以瞞項王耳！若智者看破，不可欺也。」蕭何聞韓信此言，實切心肺，不覺笑容滿面，離席下拜曰：「蕭何自入褒中來，再無人論至此，今聞賢士之言，如醉方醒，使我胸中痛快，不能舍也。」連叫左右備馬：「與賢士回私宅少坐。」先差人預備酒席。

蕭何同信到宅，各分賓主而坐，設酒相款。因論為將之道：「夫將者，三軍之司命，國家之安危所係，甚大且重也。可得而聞乎？」信曰：「將有五才十過。所謂五才者，智仁信勇忠也。智則不可亂，仁則能愛人，信則不失期，勇則不可犯，忠則不貳心也。為將而有此五才，然後可以為將矣。所謂十過者，有勇而輕死者，有急而心速者，有貪而好利者，有仁而不忍殺者，有智而不心怯者，有信而妄信人者，有廉潔而不愛人者，有謀而心緩者，有剛毅而自用者，有懦而喜任人者。將有此十過，則不足以為將矣。故善將兵者，具五才，去十過。攻無不破，戰無不勝，謀無不成，可以無敵於天下矣。」何曰：「今之為將者何如？」信曰：「今之為將者，或有勇而無謀，或有謀而無勇，或恃己之能而不能容眾，或外溫恭而內慢易，或矜貴位而惡卑賤，或性驕傲而恥下問，或揚己之長，掩人之善，或藏己之過，彰人之非，此皆為將之弊，而今皆蹈之，所以不善為將也。」何曰：「若賢士為將，則何如？」信曰：「若信為將，非敢自為誇張，實出古兵法，但人不能知耳。用之以文，齊之以武。守之以靜，發之以動。兵之未出也，如山岳；兵之既出也，如江河。變化如天地，號令如雷霆，賞罰如四時，運籌如鬼神。亡而能存，死而能生，弱而能強，柔而能剛，危而能安，禍而能福，機變不測，決勝千里。自天之上，由地之下，無所不知。自內而外，自外而內，無有或違。十萬之眾，百萬之多，無有不辨。或晝而夜，或夜而晝，無有不兼。範圍曲成，各極其妙，然猶洞達古今，精明易學，定安險之理，決勝負之機，神運用之權，藏不窮之智。奇正相生，陰陽終始，然後仁以容之，禮以立之，勇以裁之，信以成之。如此，則成湯之伊尹，武丁之傅說，渭水之子牙，燕山之樂毅，皆我之師也。此乃信為將之道，養之素日，不敢不實告也。」何見信議論如長江大河，一瀉萬里，心甚奇之。因思：「漢王有福，感此豪傑來投。破楚元帥，捨韓信再無有過此人者也。」稱贊不已。遂留信私宅安歇，分付家僮二人，朝夕伺候答應。

韓信從此在蕭何家住居，卻將張良角書藏在身邊，不肯取出。只欲憑自己學問，在蕭何、滕公處施展。其心只要待臨期舉用之際，方將角書獻出。可見古人求進之難有如此。不似今人，未遇求之切，既用退之難也。即今韓信既有張良角書，尚不敢出，只憑自己本事，所以後來拜將封王，天下安危，係於信一人，豈偶然哉！後史官有詩曰：

一自相逢契合深，談兵論將更知音。若非相國勤三薦，漢傑高名豈到今？

蕭何自得韓信，喜而不寐，又思張良曾有角書合同，必須尋一個破楚大元帥，連角書一同薦來。今放著這個韓信，正是破楚元帥，卻錯過不薦來，想是張良未曾相遇。我明日早朝，同滕公極力薦舉。更不知漢王用否，下回便見。

總評　只「承相何乃欺人」一句，便足懾服蕭何。

第三十七回　韓信為治粟都尉

次日，蕭何會滕公赴早朝畢，兩人出班奏曰：「臣等於招賢館得一賢士，韜略精通，識見高遠，堪為破楚元帥，乞大王重用。」漢王曰：「賢士何處人？曾出仕否？願說姓名，朕當錄用。」蕭何等奏曰：「此人乃淮陰人，姓韓名信，曾為楚執戟郎官。屢上策於霸王不用，因棄楚歸漢，不遠千里而來。昨叩其所蘊❸❶，雖伊尹、子牙、孫吳、穰苴，亦不能過也。」漢王笑曰：「此人我在沛縣時，亦曾聞他受辱胯下，乞食漂母，一鄉人輕賤之。丞相若舉此人為將，三軍不服，諸侯恥笑，項羽聞之，決以我為瞽目人也。」蕭何曰：「古之大將，多出自寒微，豈可以門戶而論人耶？伊尹，莘野匹夫；太公，渭水釣叟；甯戚為抱車豎子；管仲為檻車囚夫，後來施用作為，皆成大事。韓信雖出微賤，而胸中所學，為天下奇士。若捨而不用，使彼投於他國，是棄連城之璧、碎和氏之寶也。願王聽微臣之諫，急用韓信，項羽可滅，咸陽可復。如負所舉，治臣等之罪。」漢王曰：「既卿等舉薦，可召韓信來相見。」

蕭何傳命著禁門大使，召新來韓信入內朝見。韓信尋思：「漢王召我，如此輕易，決不重用。我且進內，看漢王如何待我？」韓信入內，朝見漢王，王問曰：「汝千里而來，未見才能，似難大用。即今倉廒缺官管理，陞汝為連廒官，試看盡職如何？」韓信即謝恩，略無慍色。蕭何、滕公甚是不安。

---

❸❶ 叩其所蘊：詢問他肚子裡的知識。

韓信退到倉所，查點斗級人等，驗看倉廒。估計糧數，取算子一把，照米堆多寡，開除一算，毫釐不差。在倉斗級老人，見信查算明白，拜伏在地曰：「自來管倉大人，未有如賢公精明、神算也！」信笑曰：「量此特一僕隸之事耳，何足以盡我哉。」

蕭何密差人打聽，見信如此算法，遂請來相見曰：「某欲舉公為元戎，漢王恐賢士不能勝此重任，特以小官試看盡職如何。適見賢公到倉，估計米堆，一算無遺，不知何法，便能知此大數？」信曰：「算有小九之數，有大九之數，若能精通算法，雖四海九州，亦不出此算法，況倉廒米數乎！昔伏羲畫卦，雖六十四數，引伸觸類，千變萬化，天地間數目，皆不出此矣。」蕭何嗟歎不已，韓信又曰：「倉廒米糧，日久貫朽。當出陳易新，以濟民用，公私兩便。此亦宰相之事也，丞相此時正當舉行。」蕭何聞說，謝曰：「賢士之言，極合時宜。明日奏知漢王，決遵教施行。」韓信辭何到倉，即令斗級、隨倉㉜四名，宿歇看守，仍著地方倉牆週迴關防，小心風火。判押批封，各得周悉。蕭何訪知，心下甚喜。

一連數日，漢王不朝，蕭何具小啟，付豎宦傳入內。漢王傳命：「連日思欲東向，未有良策，因未出朝見，明日當相見也。」次日，蕭何率百官早朝畢，漢王退至便殿，召蕭何等入內議事。王曰：「朕在此久住，思欲東向，未有良策，奈何？」蕭何曰：「東向非難，必得一破楚元帥，方可舉行。」王曰：「朕所思者，正謂此耳。」蕭何曰：「王不必多思，只重用韓信，大事定矣。」王曰：「韓信貧時，資身㉝尚無長策，欲當此大任，而與項羽相敵耶？」何卻將信算法並易新之說，啟奏漢王。王曰：「此一

㉜ 斗級隨倉：管理倉庫的吏名。

㉝ 資身：自己養活自己。

節之能耳。」何曰：「觀此一節，足知其餘。韓信真將才也，不可錯過。」漢王曰：「既如此，且將韓信加陞治粟都尉。」近臣傳命出，韓信歡然領受。

隨將舊管文書，查看一遍，何為新收之數，何為舊管之數，何為開除之數，何為實在之數，各有簿籍。較量斛斗，出入有經，收放有法。平昔都尉到任者，各項在倉人等，有進見之禮。都尉若受此禮，遂為眾人所挾，放糧之際，任他開除。關納之民，多生怨心。韓信到任後，即出告示，先將積年在倉作弊之人，盡數查革，即選殷實正身應當，毫釐不與私通。收放之時，均平公道。納糧之際，再不使錢。支糧之人，斛斗滿足。半月之間，百姓稱快。情願爭相交納，再無稽遲留連之弊。眾人曰：「今日得此賢明大人在上，我等急急納糧，省多少盤費。」一月之間，倉廒充實，門禁肅清。

眾百姓聚幾個為頭的，都到丞相府連名保韓信曰：「我等往日費錢，又受許多辱罵。納糧的，稽遲半年，不得上納。支糧的，等候日久，不得關支。今得這個韓大人來，我等省了許多煩惱。今聞丞相又要陞轉他別處去，望丞相且留他在倉掌管二三年，我等無窮之賜也。」何笑曰：「韓大人他是個大材，今卻小用了他。況治粟之官，豈足以盡其能哉？」眾人又苦苦哀告。何曰：「汝等且回去，容吾商議，再作區處。」眾人出府，蕭何暗思：「韓信非等閑人，可大可小，無往不可。我須極力保舉。」

次日，蕭何入內見漢王，早朝禮畢，漢王宣何上殿曰：「朕近日夢想多凶險，又思父母家眷在彭城，何日得相見？鬱鬱於此，非久居之地也。」何奏曰：「昔齊景公畋獵回，語晏子曰：『寡人每夢不祥，於心不快。』晏子曰：『夢之不祥，請言之。』景公曰：『我上山見虎，入澤見蛇者，何也？』晏子曰：『山為虎所居，澤為蛇所藏，何為不祥？今國有三不祥，未審我王知否？』景公曰：『吾不知也。』晏子曰：『國有賢士而不知，一不祥也。知之而不能用，二不祥也。用之而不擢之以重任，三不祥也。』今王夢想凶險，是有賢士不能重用之故也。臣恐項王從范增之計，舉兵而西，王將何人以禦之？此臣日夜之憂也。」王曰：「國中有賢，朕豈有不重用之理？自我到褒中許多時，何嘗有賢而不用耶？」何曰：「見今有一大賢，而王不用，是遺目前之見，而乃遠有所思，不亦誤乎！」王曰：「大賢安在？丞相當言之，朕即擢用也。」何曰：「臣欲薦舉，又恐我王嫌門戶之寒微，鄙出身之卑賤，徒舉而不用，反失賢士之心。則四方雖有豪傑，不欲為王用也。」王曰：「卿不必多言，即將賢士姓名報知。」何近王前，叩首曰：「舉國賢士，惟淮陰韓信也。」王曰：「前卿二次舉薦，已加封為治粟都尉矣。豈謂不能用耶？」何曰：「治粟都尉，不足以盡韓信之才能，必拜封大元帥之職，然後可以留韓信也。不然，信必去矣。」王曰：「爵不可以濫加，祿不可以輕與。韓信月餘之間，朕二次封賞，若今未見寸尺之功，遂加元戎之職，使從我豐沛將士，皆怨我賞罰欠當，而退有後言也。」何曰：「自古聖帝明王之用人也，隨材致用，因人授職。臣觀韓信，乃棟梁大材，王今小之，此臣所以屢次為王言也。若豐沛將士，雖多勞苦，皆非信之儔。王豈可以此較彼，而失輕重也。」王曰：「姑從丞相之言，且著韓信少緩數月，待張良或有舉來賢士，堪為元戎者，朕當重用，不負昔日角書之約。若張良未有保舉，那時卻用韓信，亦不為遲也。」

蕭何不得已回府，又請韓信相敘。因問如何可以下秦？如何可以出棧？如何可以伐楚？如何可以收六國？信避席正言曰：「吾以丞相素知兵法，即此言觀之，蓋不知也。兵家相機而動，隨時通變，不可先傳，不可遙度❸❹，如水流而制形，因戰而知勝。鬼神不可測其妙，父子不可達其指。臨事之際，自有

❸❹ 不可先傳不可遙度：不可先說出謀劃，不可以猜測很遠的將來可能發生的事情。

廟算，丞相豈可下問而欲聞其說乎？」何大喜，愈加敬重。信辭回公館，一連數日不見動靜。信尋思：「若今不激著蕭何，恐漢王不知重，眾人亦不欽服。縱將角書投獻，亦不足以制服百官。」遂生一計，分付門吏：「預備快馬，我明日五更要遠行。」門吏依命，預備快走馬匹。韓信即將原來行李拴束停當，依前匹馬出東門長行。左右知信已去，徑來丞相府報事。蕭何方回朝，聞人說韓信出東門長行，大驚曰：「若信去，我輩老死褒中矣。」不知韓信投何處去，且聽下回分解。

總評　宰天下猶是肉，而況治粟乎？

第三十八回　蕭何月夜追韓信

卻說蕭何聞知韓信去了，急到公館，問左右。眾人曰：「昨晚分付備馬，今早欲遠行，我等不敢不從，不意一夜拴東行李停當，壁間留詩一首，今五更時啟行。從東門而出，不知何往。我等曾蒙丞相分付，但韓大人或出外，或有甚言語，教我等一一報知。今夜遠行，不敢不報。」蕭何到壁看詩，乃是短歌一篇，歌曰：

日未明兮，小星競光。運未遇兮，才能晦藏。霜蹄蹇滯兮，身寄殊鄉。龍泉㉟埋沒兮，若鈍無鋼。芝生幽谷兮，誰為與採？蘭長深林兮，孰含其香？何得美人兮，願從與遊。同心斷金兮，為鸞為凰。

何見歌，跌腳曰：「屢次薦舉，漢王不用，直被他走了。若不追回，使我終日不能安枕矣。」遂呼從者五六人，各備驛馬，不脫朝服，不奏知漢王，帶領從人，急急追趕。到東門上，問守門官兵：「爾曾見一將軍，騎銀鬃馬，背劍走出門去否？」門官答曰：「今五更方開門，見此人徑過東門去了。今將五十里遠矣。」何聽罷，急策馬追趕，來到一村，詢問鄉民曰：「爾曾見一將軍過去否？」鄉民曰：「今早有一人，騎銀鬃馬，背劍自東而來，今將五六十里矣。」何出朝，尚未用飯就追趕來。此時腹中饑餒，下馬到一村落用飯畢，即上馬追趕。漸漸天晚，有一輪明月初出，蕭何乘著月色，來到寒溪河邊。

此時正當七月初間，夜靜江寒，深山路險，秋水新漲，馬不能渡。遠遠的見一人匹馬，沿溪尋渡。蕭何大喜：此必信也。遂令從人趕上，蕭何高聲叫曰：「韓將軍，何絕人之甚耶？相處數月，一旦不辭而去，於心獨能忍乎？」遂著從人，扯著馬轡。各相違拗之際，後邊又一匹馬急趨而來，乃滕公夏侯嬰也。蕭何甚喜，問曰：「公何亦來追耶？」嬰曰：「某方朝回，有倉大使來報，韓將軍匹馬出東門。吾料賢士因漢王未曾大用，欲投他國去。某遂急趨而來，適遇丞相亦來追趕，足見丞相薦賢為國之忠。不辭山險，不恤勞苦，夜深至此，真宰相也。」韓信見蕭何、滕公如此慇懃懇切，極盡忠愛，遂歎曰：「二

㉟ 龍泉：寶劍名。

公可謂真純臣也。世之為相者，或嫉賢妒能，獨擅威權，大開私門，舉枉錯直，好諛喜佞，偏執己見。誰肯犯顏苦諫，極力舉賢，忠心為國，屈己下士也？如二公，世亦罕有。足知漢業當興，生此賢相。如信匪才，敢不傾心從命，願為門下士耶？」蕭何、夏侯嬰當月明之下，握信手告曰：「古人云：士遇知己者死。吾二人深知賢士為伊呂之儔、管樂之匹㊱，足可以伐秦破楚必矣。但漢王以賢士平日門戶寒微，而未深知其賢也。賢士且少耐一時，吾二人願以身家竭力保舉。如漢王仍前不重用，吾必棄官回鄉，不欲久困於褒中也。」韓信聞此言，遂拜謝挽轡而回，暫且在蕭何家住居。不題。

卻說漢王早朝，周勃等啟奏曰：「關東諸將，因歌謳思歸，亡去者有十數人，丞相蕭何亦不辭而去，今兩日矣。」漢王大驚，且怒曰：「蕭何從自豐沛起義，一時未嘗相離，諸將去者，或糾聚而來，或中途相從，今日之去，亦不足怪。蕭何與我分雖君臣，情同父子，何乃亦捨我而去耶？」漢王起坐不安，飲食俱廢，方到宮中，又出便殿，心內躁急，如失左右手。

正思議間，只見禁門大使來報曰：「蕭丞相、滕公回矣。」漢王一見，且喜且怒，大罵曰：「豎子！從我數年，未嘗一日相捨，近日諸將多皆亡去，爾如何亦去耶？」何曰：「臣等受王知遇之恩，為一國丞相之職，王何負於臣，臣乃亡去耶？臣今去兩日者，連夜追趕亡去之人，欲為我王東歸之計，以圖恢復關中，坐取天下也。」王曰：「追亡去者何人也？」何曰：「追亡去者，韓信也。」王又笑罵曰：「諸將亡者皆不追，卻言追韓信者，詐也！」蕭何曰：「諸將易得，至如韓信，國士無雙。王如常王漢中，不欲東歸，隨韓信去與不去，不足以為輕重，王不必用也。如欲與項羽爭衡，東向而圖天下，非韓信不

㊱ 伊呂之儔管樂之匹：與伊尹、呂尚、管仲、樂毅之才能相當，屬於同一類的人。

足為議也。今王若不用韓信，臣免冠解服，納與我王，願歸田里，免使他日為項羽所虜也。」夏侯嬰亦奏曰：「蕭何所言，實為國家，非為信。忠心報主，王當知重也。」王曰：「卿等只聞他議論，見他有一節之能，便以為可用。朕恐為將之道，所係甚重，國家之安危，三軍之存亡，仰賴於一人。若一時輕聽，用他為將，卻將三十萬兵馬，付他統理，七十員將官，聽他約束。倘依丞相言，三秦可下，項羽可破，深得今日薦舉之功。如或能言而不能行，資談有餘，臨事不足，非獨我等受虜，三十萬生命，死於敵手，丞相一時悔之何及？朕之所以不敢輕用韓信者，此也。朕聞韓信親死不能治葬，無謀也；寄居亭長，乞食漂母，無能也；受辱胯下，鄉人賤之，無勇也；事楚三年，官止執戟，無用也。古人云：有諸中，必形諸外。若有徵驗，方可取信，如聞空言，恐難憑據。相國當熟思之。」何曰：「據王之言，似為確論。以臣所見，恐或未然。孔子遭困陳蔡，非無能也；匡人圍之，非無勇也；卒老於行，非無用也。今日韓信之受辱乞食，乃君子不得時也；官止執戟，乃未遇其主也。臣與信言，洞見肺腑，真有用之良才，天下之奇士，決非徒資口談耳。臣待輔佐，職在求賢。今見賢不能舉，舉賢不重用，臣所以晝夜不安，冒死為王言也。」王曰：「今日色將晡㊲矣，卿且回，明日早朝，與卿等會議。」

蕭何、滕公退朝，復來與信相見，備言漢王明日會議，拜公為將。信曰：「漢王恐尚猶豫，或二公空勞心耳！」何曰：「漢王若不用公，我等決棄官而去，不敢欺也。」須臾，滕公辭回宅。韓信因思：「蕭何如此為國求賢，漢王累次不聽用，蓋因我家貧賤，以至不肯重用。」驀然動念，偶成小詩。詩曰：

㊲ 晡：本指申時，下午三點至五點，這裡指傍晚。

趙括為秦將，曾聞讀父書。世家循閥閱，門第笑寒廬。虎陷爭群兔，龍藏見小魚。風雲未遭際，
經濟隱郊墟。聖主空前席，元臣遠慮攄。嗟予駑力蹇，懷抱未曾舒。何日推輪轂，絲綸釣罷漁。
三秦傳檄定，群寇指揮除。破楚清寰宇，勳勞首獨居。

詩罷，方欲就寢，只見人報說：「丞相出見賢士。」信整衣迎入書齋。信曰：「公此時尚未寢乎？」何曰：「國事縈心，豈能安枕？因思賢士在楚，范增極能知人，當時必曾薦舉。賢士必有良策，一向未聞論及。」信曰：「在楚范增極為知己，屢次薦舉，楚王不聽。後聞燒絕棧道，某曾有表上諫。」信遂將表文從頭念訖一遍。蕭何聽罷，驚訝曰：「若使項王依公此奏，我等終身不出褒中，西楚天下如磐石固矣。」信曰：「項王不用其言，此時某尚無背楚之意。後范增被陳平左使赴彭城，臨行之時，奏三事，第一件，不可放漢王入褒中，第二件不可離咸陽，第三件當重用韓信，如不用，當殺之。某知項王決不能用，恐終被范增謀害，是以背楚歸漢，無他意也。公夜深復興此問，必是靜中想起，恐某為范增心腹。又見昨日匹馬逃回，恐打聽褒中虛實，傳報范增，所以乃有此問。公晝夜為國，竭盡心力，既有疑心，某今有一物，與公折看，管教漢王剖析群疑，免勞相國極言苦諫。」蕭何便問：「有何妙物，乞賜一觀，以決衷曲。」那韓信取出此物來，未知蕭何看了如何？且聽下回分解。

總評　假令蕭何不追韓信，此去將遊說六國乎？將自與一旅乎？抑老死淮陰乎？嘻！信料必追，故暫亡耳，豈真亡乎！

第三十九回　會角書築壇拜將

　　卻說韓信遂於書囊中取出張良角書來，遞與蕭何拆看。燈光之下，何見角書，知是張良原會約合同，驚駭不已。遂拜伏於地曰：「賢公許久在此，如何不肯發出？使我終日苦諫，費盡心力。漢王若見此書，真得連城拱璧，再無疑矣。」信曰：「某少貧賤，恐初來投漢，未見寸長，丞相決不見信。所以將子房角書，暫隱未發，待公極力舉薦，小子少露愚衷。今已心志相投，然後卻將角書奉覽，公之心始釋然矣。」蕭何又拜曰：「賢公真天下豪傑，所見自與尋常不同。某愈當知重，不可捨也。」相辭，各就寢。

　　次日，蕭何笑容滿面，將角書進朝，會滕公說知此事。滕公亦歡喜不盡，同見漢王，將張良角書捧上。漢王接書觀看，大驚曰：「韓信既有角書，緣何一向不肯發出？」蕭何備將韓信前情奏知。漢王喜曰：「卿屢次薦舉，未敢准信，不意張子房亦有角書薦舉，天下豪傑所見略同，可見韓信實有大才。朕所見昏闇，久違卿忠愛之意，朕今日始知過矣。可將韓信即今拜為將，以副薦舉之意。」何曰：「臣薦賢為國，非一己之私也。今據張良角書，王始知臣真有所見，非濫舉也。但今拜信為將，恐信終不留也。」王曰：「拜將恐輕韓信，乃拜信為大將，重加封爵，信可以留矣。」何曰：「若拜為大將，信則可留，但又不知何如行拜將之禮？」王曰：「召來，面加封拜，可也。」何曰：「王素慢無禮，今拜大將，如呼小兒。在王以封拜為重，若以臣觀之，韓信仍復去矣。」王曰：「必如何而後可？」何曰：「王如拜信為大將，必擇日齋戒，設壇祭告天地，如黃帝之拜風后，武王之拜呂望，然後行拜將之禮。」王曰：「准如卿之議。」何謝恩回，到宅見信，具言漢王行築壇拜將之禮。信拜謝。

旬日內，何畫成築壇拜將圖本，上進漢王觀看。圖本曰：

壇高三丈，象三才。闊二十四丈，象二十四氣。壇之中，立二十五人，各穿黃衣，手執黃幡、豹尾、鈇鉞等件，按中央戊己土，以為勾陳之象。壇東列二十五人，各穿青服，手執青旗，按東方甲乙木，以為青龍之狀。壇西列二十五人，各穿白服，手執白旗，按西方庚辛金，以為白虎之狀。壇南列二十五人，各穿紅服，手執紅旗，按南方丙丁火，以為朱雀之狀。壇北列二十五人，各穿黑服，手執黑旗，按北方壬癸水，以為玄武之狀。壇有三層，各具祭器、祝文。週圍執雜色旗者，三百六十五人，按三百六十五度。雜旗之外，立七十二人，皆長大壯士，各執劍戟，按七十二候。壇之前，從北而南，左右列文臣武將。中間築黃色甬道，直至壇下，四邊立四面鎮靜牌。每牌之下，用一員牙將，立二十名甲士，如有諠譁失隊伍者，即時擒拏，以軍法斬首。又用一員上將御車，出西門十里為壇所。

漢王看罷圖本，大喜。隨命灌嬰督工管理，限一月內通要完備。後史官有詩曰：

南鄭城西築將臺，風雲龍虎四門開。香生滿路衣冠引，紫氣當天御仗來。
十萬貔貅皆拱護，三千甲士更崔嵬。君王何事親推轂㊳，為愛英雄有大才。

灌嬰領軍士於城西，起築將壇。諸色人等，各依次預備，不題。

當時蕭何舉薦韓信，一向通未揚言於外，以此外人亦不知。及見起築壇場，人人自以為必得大將，疑議不定，有樊噲曰：「我與漢王起兵豐沛，遂得關中，救駕鴻門，隨軍入漢，社稷之臣，共同甘苦者也。今日築壇拜將，惟我足以當之。」眾人曰：「一向聞蕭相國薦舉大將，但不知是何人。若以起初功臣論之，唯樊噲、周勃、滕公數人而已，料不出諸公之外也。」只見灌嬰來奏漢王：「壇場修築已畢，陛下可選擇吉日拜將。」王曰：「宣蕭何來計議。」何曰：「吉日已擇定，各項人等俱已派就。一二日，請王宿齋宮，戒令百官，曉諭百姓，肅清御路，伺候拜將。各衙門不判押，不動刑，不宰牲，不飲酒，不茹葷。」

漢王同文武百官齋戒三日，至期，漢王駕起前至相國府，傳命捧韓信上車。推轉輪轂，徑出西門。兩邊旗幡映日，金鼓震天。文臣峨冠博帶，列左而行。武將頂盔擐甲，隨右而進。征塵不起，香霧滿街。動萬姓之美觀，喜千載之盛舉也。

初時，諸將聞築壇拜將，盡皆以為得大將。及見漢王駕至相國府，拜大將者，乃淮陰韓信也，一軍皆驚。當有舞陽侯樊噲，隨漢王駕後行，與周勃等言曰：「我等萬苦千辛，隨主上到此，今已三年矣，如何反聽餓夫節制。大丈夫豈可甘受其屈，而不伸言以表其心哉？」急下馬近漢王駕前，叩頭大呼曰：「請王車駕暫且少停，臣有一言上告。韓信乃淮陰餓夫，乞食漂母，受辱胯下，在楚為執戟郎，棄楚歸漢，空釣唇舌，未見有尺寸之功。王今屈駕捧轂，拜為大將，使項王聞之，決然恥笑。天下諸侯，以為

㊳ 推轂：為大將軍推車。為古拜大將軍之禮。

我漢中無人，卻用這等餓夫，不待對敵交兵，人已知其虛實矣。阻三軍踴躍之心，長敵人敢戰之氣。三秦決不能下，強楚決不能破。觀此，非細事也，陛下當熟思之。」漢王聽樊噲之言，在軍中猶豫不言。蕭何大踏步近前，叱之曰：「不可！不可！爾樊噲等，如遇衝鋒破敵，則可用汝出力。若是運籌決策，百戰百勝，鬼神不可測，彼我不能知，非韓將軍不足以當之，爾等只可聽其指揮耳。豈敢輕發此言，以亂軍心耶？我今謬居相國，薦舉大將，事已定矣。爾在王前，恃其微功，出位妄言，不遵軍法。願陛下當即擒拏，隨車駕後，待拜將畢，斬首以正國法。」滕公亦奏曰：「陛下號令已出，眾當遵守。樊噲卻乃駕前妄言，若使人人效尤，陛下何以東征？韓元帥何以行法？不可惜樊噲一人，而壞國家大事。」漢王聞言亦怒，遂將樊噲擒拏，隨車駕後，聽候決斷。不題。

卻說漢王同韓信並百官至壇所，漢王先到齋宮盥手畢，傳旨文武百官、各執事人員：「照原派禮儀，各就位行禮。如有諠嘩失儀者，定以軍法從事。」諸文武將士，俱肅靜拱聽行禮。只見三聲砲響，一路香風，引禮官導引韓信上第一層壇，有汝陰侯夏侯嬰西向，韓信北向，太史官讀祝曰：

大漢元年仲秋戊寅朔丙子日，褒中漢王遣汝陰侯夏侯嬰，敢昭告於五岳四瀆、名山大川之神曰：嗚呼！天生眾庶，仰牧司之。牧司不善，厥罪於誰？呂政暴虐，荼毒黔黎。位嗣項籍，孑類不遺。弒君阬卒，大逆罔辭。臣邦不忍，特建義旗。拜信為將，救民立基。維神其翼，鑒茲在茲。尚享！

太史讀罷祝文，夏侯嬰捧弓矢曰：「漢王有命，用錫弓矢，俾專征伐。」韓信跪而受之，授與左右牙將。左執弓，右執矢，韓信中立。引禮官復引韓信上第二層壇，相國蕭何西向，韓信北向，太史官讀祝文曰：

大漢元年仲秋戊寅朔丙子日，漢王遣相國蕭何，敢昭告於日月星辰雷雨、歷代聖帝明王之神曰：惟神知興衰，識成敗，達治亂，明去取。數雖有定，而歸則在德。故強秦暴虐，神絕其祀。項籍兇狠，天豈冥祐。生民塗炭，地土荒殘。為人上者，欲解倒懸之厄，須仗希世之才。職專征伐，莫如韓信。仰賴神祇翊衛，啟迪輔翼，吐納風雲，噓咈變化。拯救下民，匡扶帝業。竭誠惟享，昭格於斯。尚享！

太史官讀罷祝文，蕭何捧鈇鉞曰：「漢王有命，賜將軍鈇鉞。自今以後，奉天征討，誅此無道，為民除害，為天下造福，將軍往勖之哉。」韓信跪受鈇鉞，復令左右執捧而行。禮官復引韓信上第三層壇。漢王北向而拜，捧龍章鳳篆，歌中和之曲，奏八音之章。樂聲嘹亮，動徹上下。樂畢，太史讀祝文曰：

大漢元年仲秋戊寅朔丙子日，褒州漢中王劉邦，敢昭告於昊天上帝、后土神祇曰：臣邦仰賴天地之德，百神之威，肅清海宇，鎮撫萬姓，為國求賢，禮敦三薦。故古人云：雖強兵，若無智將，安得坐收人心，風行八表也哉？是以拜韓信為大將，專茲征討之權，實為生民之計。蕩天下之妖氛，扶乾坤之正氣。效黃帝拜風后、顓頊用武告、高辛拜祝融、大舜拜皋陶、殷湯拜伊尹、周武拜呂望。自古國亂浸夷，無不拜將興師，以伐不道。今項籍乃亡秦之續，橫暴西楚，乘鴟張之勢，踵崩壞之餘，大肆兇惡，恣意狂悖，背約為王，弒君獨霸，劫墓取財，開宮戀女。屠戮咸陽，而百里火飛；焚燒阿房，而萬民恐怖。真為強橫，實乃獨夫。天厭神怒，死有餘辜。臣邦欲建義旗，拜信為將，假弓矢以定四方，執鈇鉞而專殺伐。有鬼神不測之機，抱滄海難度之志。國士無雙，人中豪傑。用以為將，允孚公議㊴。自天申之，保祐命之。尚享！

太史官讀罷祝文，漢王行禮畢，迺拜信為破楚大將軍。漢王西面而立，韓信北面而立，漢王親捧虎符、玉節、金印、寶劍，授與韓信。曰：「從此上至於天，下至於淵，盡從將軍節制。若見其虛則搗，見其實則止。勿以三軍為眾，而輕為勢；勿以授命為重，而為必死。勿以身貴而賤人，勿以獨謀而違眾，勿以強辨而自飾。與士卒同甘苦，與三軍同寒暑。如此則士庶親上死長，罔有不竭力者矣。將軍其欽承之。」

韓信受命畢，漢王面南坐。韓信拜謝，跪而奏曰：「臣聞國不可從外而治，軍不可從中而御。二心不可以事君，疑志不可以應敵。臣既受命，專鈇鉞之威，臣敢不益竭駑駘，以報陛下知遇之恩哉？」漢王大喜，因復謂信曰：「丞相數言將軍之能，不知將軍將何策以教寡人？」信拜謝，問王曰：「大王今東向爭衡天下，豈非與項王為敵耶？」王曰：「然。」信又曰：「大王自料勇悍仁強，孰與項王？」漢王良久曰：「不如也。」信曰：「臣亦以為大王不如也。然臣嘗事項王，請以為人與大王言之。項王喑噁叱咤，千人皆廢，然不能任屬賢將，此特匹夫之勇耳。項王見人慈愛恭敬，言語嘔嘔㊵，人有疾病，

㊴ 允孚公議：確實符合人們的願望。允孚，誠信。

㊵ 言語嘔嘔：說話和氣狀。

輒涕泣分食。至使人有功，當封爵者，印刓敝㊶，忍不能予，此所謂婦人之仁也。項王雖霸天下而制諸侯，不居關中，而都彭城，放逐義帝，所過無不殘滅，名雖為霸，實失天下心。今大王誠能反其道，任天下之武勇，何所不誅？以天下城邑封功臣，何所不服？以興起義兵，從思東歸之士，何所不散？且三秦王將秦子弟數歲，所殺亡不可勝計。又欺其眾，降諸侯。及項王阬秦卒二十萬，惟有章邯、司馬欣、董翳得脫，秦父兄怨之，痛入骨髓。而強楚以威，乃王此三人於秦，秦民莫愛也。大王入關，秋毫無所害，除苛法，秦民莫不欲王為秦主者。今大王舉兵而東，三秦可傳檄而定也。」漢王聞信語，喜曰：「恨得將軍之晚也。」於是聽其計，與信下壇回朝。

次日，百官賀王得大將，各朝賀畢。不知韓信如何伐楚，且聽下回分解。

總評　漢王既信蕭何，不必復疑韓信，不必復待張良。

第四十回　蕭何議罪釋樊噲

卻說百官行賀畢，武士押樊噲於朝門外，聽旨發落，漢王曰：「樊噲雖朕親戚之臣，倚恃功高，衝突儀仗，阻駕妄言，通無人臣之禮。昨已擒挐，即當處置，以警戒三軍。」蕭何近前附王耳曰：「樊噲

㊶ 印刓敝：大印在手中撫摩壞了。刓，磨去稜角。

法雖當誅，然噲有大功，不可誅。況信初拜大將，即誅有功之人，於軍不利。但恐樊噲心實不服，韓信軍法決難行矣。王當傳旨，明正樊噲之罪，容臣等會議，奏請聖斷。庶國法不廢，韓信之威令可以管束眾將也。」王曰：「善。」於是下詔曰：

朕拜韓信為大將，據蕭何之三薦，會張良之角書，稽其抱負42，聽其議論，知其為有用之真才也。命其職專閫外43，東征伐楚，允協輿情，實合公議。當登壇行禮之際，前導肅清，已傳嚴令，乃有樊噲，獨恃功高，恣肆狂悖，抗違國法，略無忌憚。一人作倡44，眾志罔定。矯惑軍心，有乖大體。下詔爾相國蕭何等，從公會議定當，功難掩罪，法宜當誅，懲此一人，以彰紀律。故茲詔命，爾等知悉。

蕭何等捧詔出，早有人報知樊噲。樊噲聞知大驚，自知差錯，便請一班武臣周勃等計議：「我一時見錯，觸犯禁令，漢王下詔議罪。公等為我與相國一講，看鴻門之功，亦當饒免。」周勃曰：「主上拜將，實為天下國家，非一人之私也。昨聞韓信議論，真大將之才也。將軍故敢抗拒，似太無狀，今詔下問罪，料相國決有主意。我等央浼丞相，想亦無事，公宜放心。況主上念將軍之功，豈有誅戮之理？」眾人隨到相國府，哀告蕭何，備說：「樊噲乃立國功臣，鴻門救駕。雖一時犯禁，亦無大惡。丞相若不

42 稽其抱負：考察他的抱負理想。
43 閫外：原指女子所居的地方之外，此書中皆指朝廷之外。
44 作倡：提議；號召。

解救，恐失人心。」何曰：「主上困處褒中，終日思求大將，今得韓信，誠為國家之大幸，諸公亦得東歸矣。樊噲無知，乃出此狂言，以致主上動怒，觀詔書下頒，恐難救援。但念樊將軍往日大功，又是我等同時豐沛起義之臣，我不出力，何人解救？著樊將軍放心，我自有公議。」眾人拜謝出府。蕭何與酈生草答擬辭，上奏曰：

大漢丞相蕭何等，議得樊噲所犯罪過：君命下頒，已有明禁，戎事重務，令不可犯。樊噲肆行鹵莽，唐突儀從㊺，言多亂紀，矯惑軍心。國法攸歸，罪當刑戮。但念豐沛元勳，鴻門護從，姑擬寬宥，以昭庶績。如再違犯，斧鉞難免。請自聖裁，故議。

漢王覽所議，隨傳旨：「樊噲恃功狂悖，似難寬宥。下議有辭，姑從所擬。仍令帶罪征進，聽軍門節制，轉行元帥府收錄。」近臣傳旨釋放樊噲，轉行元帥幙下伺候。噲聞命，隨謝恩畢，引見韓信。信曰：「建功，臣子之職分；守義，臣子之大節。爾雖有功，豈可自恃？幸王寬恩，赦汝重罪。願自是之後，宜用心加勉，早建奇績，垂名金石，與國戚休，豈不美哉！汝宜盡心報國，某決不忌嫉也。」噲聞言拜謝。隨進內謝恩，漢王讓噲近前諭之曰：「汝自從寡人豐沛起義，累建大功，於心終不能忘。正當謙恭謹慎，比眾尤當加勉，以永保君臣之好。況汝識見不如張良，知人不如蕭何，他既屢次舉薦韓信，想信必是奇才。那時爾無一言諫正，及寡人昨車駕已出，卿乃阻車狂言，甚失人臣之禮。若非蕭何公議，或我一時動怒，將汝誅戮，枉費數年之勤勞。遂一旦而死，豈不大為可惜。既絕親戚之情，又傷君臣之義。卿乃

㊺ 唐突儀從：冒犯儀仗隊伍。

半途而廢，使我終身不安。卿何不智之甚耶！」漢王言至於此，不覺淚下。樊噲亦泣曰：「臣一時見錯，悔之無及。臣此後盡心報國，以仰答陛下知遇之恩也。」漢王撫恤不已。噲辭王出內，來見蕭何，曰：「若非丞相解救之功，樊噲如何得免誅戮之刑？」何曰：「將軍列土封王，指日可望。正宜盡心供職，何必區區較論彼此，甚非大臣之體也。」噲深謝蕭何之言。後史官有詩曰：

一罪三規正，朝廷法自公。蕭何嚴禁律，韓信立奇功。
顛倒牢籠內，驅馳變化中。項王空霸楚，指日下關東。

不說樊噲自此聽韓信節制，卻說韓信授破楚大元帥之職，未及操演三軍，先一日上表謝恩。表曰：

大漢元年秋七月日，破楚大將軍韓信上言：伏以觀時制變，仰聖德之宏規。入蜀不爭，實明王之妙算。念此艱難之久，姑從東征之宜。大略方敷，輿情胥悅。竊謂項籍乃秦國之餘孽，為楚地之獨夫，左遷諸侯，放弒義帝，僭謀天位而都彭城；擅假大權而號西楚。誅子嬰於軹道，阬降卒於新安。大失人心，陰招天怒。懋生聖哲之主，弘開桓赫之師。仗義正名，除殘去暴，實將救民於水火，用圖解厄於倒懸。簞食壺漿，倒戈卸甲。三秦可傳檄而定，六國當不戰而收。一統封疆，萬年王業。恭惟陛下，大德寬仁，神武不殺。體乾之健，行巽之權，一怒安民；效文王之大勇，三軍用命，為湯後之東征。強楚莫我敢承，叛秦孰能為敵。執玉帛者，招徠萬國。舞干羽者，歡動兩階。長治久安，有見於今日；定危平亂，舉措於目前。臣信忝居將閫，無補報於涓涘；佩服王言，實有慙於軍務。仰託天威於咫尺，願籌全勝之謀。偶合廟算於須臾，實得不傳之祕。巨魁獻首，元惡力擒，敢雪左遷之讐，用復先王之約。臣不勝激切惓惓之至，謹表上謝以聞。

漢王看罷表文，大喜，謂信曰：「覽卿所奏，足見為國至意。但不知東征之舉，何以興師？」信曰：「項羽遷都彭城，久未西顧，諸侯散處各國，俱無預備，當此之時，正好出師。伏願陛下早賜命駕，臣演定人馬，即日隨駕啟行。」漢王曰：「都依卿所奏。」封樊噲為先鋒，曹參為軍正，殷蓋為監軍，預備大駕親征。不題。

卻說韓信出朝，來到教軍場，先將人馬大略看過一遍，見軍伍欠嚴整，士卒欠齊備。將佐雖有百員，不知陣法，不諳進退。營盤雖有數座，未得向背，未見生旺。隨即請酈食其到營所計議，曰：「此等人馬，此等營陣，不過防守城池，用於無事之時可也。若臨陣施用，將不知兵，兵不知將，隊伍如何排列？陣勢如何調度？奇正如何相生？動靜如何起伏？恐遇大敵，決難支對。今與先生商議，可領能書者四十人，將某平日所集隊伍之數、調度之法、營陣方向、出入紀律，通在此書，連夜一條一段，寫成二十本。每本命一知書將官，照此書中所行隊伍陣法，一一教演齊備，限半月內通要完整。我卻先將一隊人馬，教他如何是入隊，如何是出隊，如何是行營，如何是安營，如何是對敵，如何是催敵，如何是埋伏，如何是攻擊，隨其變化，各有條理。卻教各隊一一照此操演。不須一月之間，人馬料與今不同矣。那時東征，方可施用，庶足以取勝耳。」酈生拜伏曰：「將軍神機妙算，人不可及也。」於是，酈生領原本選人抄寫，不知如何調用，且聽下回分解。

總評　將樊噲收放處，足見相國妙有斡旋。

第四十一回　韓信執法斬殷蓋

卻說酈生領所集原本，命四十人星夜抄寫，二日內完備。信復入朝，將前事奏知漢王。漢王大喜，曰：「寡人兵微將寡，全仗將軍調度。」於是信來到教場，將人馬命諸將照此一一訓練。其中有違令不率教者，先以軍法，斬一二人，懸首示眾。滿營軍士肅然知警，無有不聽教者。操演四十餘日，各隊俱齊備，與前煥然不同矣。韓信然後教立中軍，排列隊伍，開寫條件，擇日請漢王車駕到教場，省諭三軍，觀看營陣。

一日，漢王車駕同百官來到教軍場，觀看營陣隊伍與前通不同，甚喜。韓信具甲冑至王前，侍立不拜，乃曰：「臣甲冑在身，未敢行禮。」隨取手冊一本捧上，請陛下聖覽，上面皆是曉諭將士之言。命一善開讀者高聲朗誦，曰：

西楚霸王項籍，上違天命，放弒義帝，暴虐下民，罪惡貫盈，神人俱憤。朕先入關，約當為王，見此強逆，理當征討。已立韓信為破楚大將軍，爾等大小諸將，各隊軍士，聽其節制，隨其指揮。代命行誅，不俟奏請。爾等用命者榮，不用命者死。惟專閫外，惟擅征伐。爾其知省，勿違朕命。

眾大小將士聽罷戒諭，無不恐懼。然後韓信來到元帥大營，張掛軍政條約，明白開載各款，令將士謹守，毋犯禁令：

其一，聞鼓不進，聞金不止，旗舉不起，旗按不伏，此謂悖軍，犯者斬之。其二，呼名不應，點視不到，違期不至，動搖師律，此謂慢軍，犯者斬之。其三，夜傳刁斗，怠而不報，更籌違度，聲號不明，此謂懈軍，犯者斬之。其四，多出怨言，怒其主將，不聽約束，梗教難治，此謂橫軍，犯者斬之。其五，揚聲笑語，蔑視禁約，馳突軍門，此謂輕軍，犯者斬之。其六，所用兵器，弓弩絕弦，箭無羽鏃，劍戟不利，旗纛凋弊，此謂欺軍，犯者斬之。其七，謠言詭語，造捏鬼神，假托夢寐，大肆邪說，蠱惑吏士，此謂妖軍，犯者斬之。其八，奸舌利齒，妄為是非，調撥吏士，令其不和，此謂謗軍，犯者斬之。其九，所到之地，凌侮其民，逼淫婦女，此謂奸軍，犯者斬之。其十，竊人財物，以為己利，奪人首級，以為己功，此謂盜軍，犯者斬之。其十一，軍中聚眾議事，私近帳下，探聽軍機，此謂探軍，犯者斬之。其十二，或聞所謀，及聞號令，漏泄於外，使敵人知之，此謂背軍，犯者斬之。其十三，調用之際，結舌不應，低眉俛首，而有難色，此謂恨軍，犯者斬之。其十四，出越行伍，攙前亂後，言語喧譁，不遵禁訓，此謂亂軍，犯者斬之。其十五，託傷詐病，以避征伐，扶傷假死，因而逃避，此謂詐軍，犯者斬之。其十六，主掌錢糧，給賞之時，阿私所親，使士卒結怨，此謂弊軍，犯者斬之。其十七，觀寇不審，探賊不詳，到不言到，多則言少，少則言多，此謂誤軍，犯者斬之。

以上禁令，訂為一冊。用帥印鈐封進上，與漢王留覽。再寫一冊，交與軍正官曹參收掌。後史官有詩曰：

號令風霆肅將威，胸藏百萬妙神機。楚軍自是投金甲，指下三秦向北歸。

漢王看罷營陣，又見韓信張掛禁約，乃歎曰：「前日操練人馬，真兒戲耳。今日如此調度，如此發落，三軍焉有不整？人心焉有不服？以此東征，寡人自無憂矣。」遂命駕回。

次日，韓信五更時來到教軍場，中軍而坐。諸將升帳，司晨者報時畢，韓信唱名點視諸將。內有監軍殷蓋不到，韓信亦不追問，隨分付各隊人馬操演。已過午矣，殷蓋方從營外而來，到得轅門下，便欲進營。只見守門者便道：「元帥已鼓譟演兵半日矣，各營陣未有軍令，誰敢輕自放入？若要進營，須傳與小旗甲，旗甲傳與守轅門牙將，牙將傳至軍政司，方得到元帥前。若元帥軍令著進，方敢放進。我等有許大干係。」殷蓋大呼曰：「何消如此瑣瑣？正是小人得志，便要施為！既是你眾人如此說，快與我說一聲，我要進營，看他號令行得行不得？」把門軍士只得說與旗甲，以次傳到麾蓋下。韓信著巡哨軍持一火牌，上書一「進」字，傳令而出，來到轅門下，其人高呼曰：「著違令遲者進來。」只見殷蓋嗔目而入，徐徐而行，略無敬謹之意。來到帳下，長揖而立。信曰：「前有漢王聖諭，我亦有禁令，汝為監軍，此時方到，是何道理？」便問司晨官：「此時何時？」司晨官上帳稟告曰：「此時午過將未矣。」信曰：「曾與爾等，約在今日卯時交會，汝卻過午方到，故違軍令，當斬！」殷蓋亦不以為事，乃曰：「下官雖聞將軍之言，今日親戚偶來相訪，留坐飲酒，以此來遲，將軍且免一次。」韓信喝令左右將監軍拏下去，跪於帳前。信曰：「汝既為將，豈不聞受命之日，則忘其家；臨軍約束，則忘其親；當枹鼓之急，則忘其身。汝既一身許國，豈有父子親戚之念乎？」召軍正司問曰：「殷蓋違令來遲，在那一條？」曹參執禁令簿，近前曰：「與軍約會，期而後至，得慢軍之罪，當斬首示眾。」信曰：「令左右將殷蓋斬訖報來。」隨將殷蓋綁在轅門之下。那殷蓋魂不附體，急以目看著樊噲。樊噲又不得出營，只是跌腳發躁。

轅門外，早有人知道這個消息，放馬報與漢王。漢王知道，便召蕭何問曰：「韓信未曾出門，先殺我一員大將，恐軍不利。」何奏曰：「號令不行，自上犯之，若為殷蓋一人而廢此法令，三軍何以約束？將士何以訓練？韓信斬殷蓋，正所以行法也。」漢王曰：「殷蓋乃寡人至親，且重責免此一次可也，如何便殺了？」何曰：「王法無親，古人已有明訓。陛下為天下國家，豈可以親情為念乎？」漢王見說不動蕭何，恐又遲了，急遣酈生曰：「爾可馳馬到信營，捧我手字，姑免殷蓋這一次。」酈生得旨帶領一從人騎，兩匹馬飛驟而來，正見殷蓋綁於轅門之下，方待要斬，酈生高叫：「且留人！有漢王旨在此。」便要撞入轅門。卻有守門官軍攔住，喝道：「元帥有軍令，凡軍中不可馳驟！」當把酈生揪住衣帶，送至帳下，稟曰：「酈大夫兩匹馬馳驟入營，某等不敢放入，揪住在此，聽候發落。」信乃傳令而出曰：「軍中不許馳驟而入者，恐防奸人驟至，以劫我營陣。酈大夫素諳兵法，如何犯此軍令？想持王旨而來。」把門官軍曰：「見有王旨在外。」信召曹參問曰：「酈大夫得何罪？」參曰：「軍法：突驟軍中，得輕軍之罪。亦當斬首，以示三軍。」信曰：「酈大夫既有王旨，免其本身之罪，先斬首馬從人，並斬殷蓋，將兩顆頭懸於轅門之外。」只見大小將佐，個個心驚肉顫，再無一人敢高聲者。

且說酈生救不得殷蓋，只得回見漢王。酈生俯伏叩頭請罪曰：「臣奉王旨到信營寨，因馳驟進營，有犯軍令，亦欲斬臣。幸賴有王旨在身，免本身死罪，將臣帶領從人並殷蓋俱斬首，懸於轅門之外示眾。臣若無王旨，亦不得回見陛下也。」漢王怒曰：「有我明旨，尚爾如此，韓信何太無狀耶！」蕭何曰：「將在軍，君命有所不受。此正閫外之權，為將之道也。」漢王曰：「斬殷蓋何意？」何曰：「此正所謂殺權貴以威眾心，使三軍只知有主將，而不知有敵國也。兵法云：『內懼主將者必勝，外懼強敵者必危。』王得韓信，何愁強楚不滅，六國之不服耶？」酈生亦拜伏曰：「韓信軍威甚嚴，真得為將之法。雖殺臣之從人，臣心實敬服，他日破楚者，必信也。王當下手敕㊻獎諭，使諸將愈加敬畏，三軍不敢犯法，韓信軍威益振矣。」漢王轉嗔作喜曰：「卿言所見亦是。」隨令草手敕，差人獎諭韓信。未知如何，且聽下回分解。

總評　漢王不甚知將。

㊻ 手敕：手書的聖旨。

卷四

第四十二回　遣樊噲明修棧道

卻說漢王草手敕畢，遣近臣周元臣捧手敕並羊酒，赴信營獎諭。韓信聞王命至，設香案，同大小將官，出營接敕，金鼓前導，迎至中軍。拜罷開讀，敕曰：

為將之道，職專閫外，非法不足以制三軍，非明不足以服人心。故孫武殺吳姬而其法遂行者，非不知吳姬為王之所愛也，然法不私於愛，故其法乃行耳。爾大將韓信殺殷蓋者，非不知蓋為寡人之所親也，然法不私於親，故誅一人而千萬人知警。其用法實合孫武，深得為將之道，朕心嘉悅。故遣近臣周元臣賚羊酒手敕以勉之，益勵初心，以約束將士，早發東征，以慰所望。故敕。

韓信讀罷手敕，謝恩畢，管待近臣回朝。次日，韓信早入朝謝恩。漢王以言撫之曰：「將軍用法，正當如此。」信曰：「臣受陛下閫外之寄，數十萬生命，繫臣一人。若訓練無法，設令欠當，一人作梗，萬夫違命，臣法決不能行。陛下負托之重，將何以承應之耶？昨蒙手敕下頒，將士知警，臣法可行，此恩此德，粉骨不足以報陛下也。」漢王甚喜。

韓信辭王出朝，來到教軍場，點發三軍已畢，召先鋒樊噲至帳下曰：「將軍授先鋒之職，目今漢王車駕親征，棧道被張良燒絕，三軍如何可過？公可領一萬人夫，重修殘缺，再整險隘。絳侯周勃、棘津侯柴武一同監修，限一個月修完。如違限，定以軍法處之。將軍勿辭勞苦，當星夜前去修整。」噲曰：「元帥軍令，敢不急去修整？但棧道甚險，燒絕去處連接三百餘里，豈可一月便能修完？元帥如欲殺噲，噲就元帥處請死，決不敢領此命也。」信曰：「臨事不可避難，避難者不忠。將軍素懷忠義，才幹精敏，正當建此奇功，使三軍長驅而進，信亦得以便道東征也。」樊噲又要堅辭，又恐犯了禁令，只得依限督工修理。不題。

且說韓信操演三軍，整率人馬，麾左則左，麾右則右，麾前則前，麾後則後。合四陣而為一陣，起則為長蛇；分一陣而為四陣，止則為四門。進退之有法，啟閉之有路。旗幟嚴整，金鼓響應，規矩準繩，毫釐不爽。大小軍士見韓信調度人馬，排列陣勢，人人欽服，個個敬謹。於是請漢王曰：「臣領命操演人馬，訓練甲士，今已完備，請陛下車駕親往觀之。」漢王曰：「前營伍已看過，知將軍籌策自不同矣。想今將軍操演月餘，定有規矩，又何必往觀也？」蕭何曰：「必須主上親往一觀，庶見韓元帥調度兵馬，俱有紀律，王亦安心，東征再無疑難矣。」

王即命駕前往教軍場，閱試人馬。韓信先行，仍復同大小將官迎漢王進營，設中軍坐定。韓信率諸將朝見畢，又請漢王上將臺，觀看人馬。漢王上臺，四面一望，只見隊伍嚴整，旗幟鮮明，前後左右，井井有法。坐作進退，繩然不亂。歎曰：「將軍用兵，雖古孫吳，亦不能及。」便問：「即今足可東征矣？」信曰：「因命樊噲修棧道，未了。」王曰：「棧道工程甚大，將軍限一月，恐或不能完備。」信曰：「容日請王車駕啟行，王且少從容，不必下問。」王默會其意，以此不問日期。隨有左右請王下臺進膳。王見膳到，只留數品自用，其餘盡賜韓信。史臣云：解衣衣之，推食食之，此正漢王善能用信，而信所以為漢王用也。有詩曰：

韓信歸劉築將臺，城西演武見奇才。中軍一飯留餘珍，贏得山前大會垓。

不題韓信演武，且說樊噲率領一萬人夫來修棧道，要限一個月內工完。只見山路崎嶇，接連雲漢，又兼偏橋燒毀，樹木叢雜，三軍無可立之地，人夫甚難動手。樊噲自思：「此是韓信不能伐楚，卻將這個干係放在我身上。他卻遷延日期，不肯舉兵，多是此意。」遂同周勃、柴武登孤雲山上一望，只見一帶棧路，十分險峻。後來唐時李太白曾有歌一章，單道蜀道之難。其歌曰：

噫吁戲，危乎高哉！蜀道之難，難於上青天。蠶叢及魚鳧❶，開國何茫然。爾來四萬八千歲，不與秦塞❷通人煙。西當太白有鳥道，可以橫絕峨眉巔。地崩山摧壯士死，然後天梯石棧相鉤連。上有六龍回日之高標❸，下有衝波逆折之回川。黃鶴高飛不得過，猿猱欲度愁攀援。青泥何盤盤，

---

❶ 蠶叢魚鳧：傳說中古蜀國開國的兩個國王。

❷ 秦塞：古代秦地。

❸ 六龍回日之高標：羲和駕著六龍所拉的車子載著太陽在空中運行，但遇到高峻的山峰，只好為之回車。

百步九折縈巖巒❹。捫參歷井仰脅息❺，以手撫膺坐長歎。問君西遊何時還，畏途巉巖不可攀。但見悲鳥號古木，雄飛雌伏繞林間。又聞子規啼夜月，聲聲哀怨愁空山。蜀道之難，難於上青天，使人聽此凋朱顏。連峰去天不盈尺，枯松倒掛倚絕壁。飛湍瀑流爭喧豗❻，砯崖轉石萬壑雷。其險也如此，嗟爾遠道之人，胡為乎來哉？劍閣❼崢嶸而崔嵬，一夫當關，萬夫莫開，所守或匪人，化為狼與豺。朝避猛虎，夕避長蛇，磨牙吮血，殺人如麻。錦城❽雖云樂，不如早還家。蜀道之難，難於上青天！側身西望長咨嗟。

三人看罷棧道，彼此相顧曰：「如此險峻，雖十萬壯夫，限一年也修不完。」噲曰：「他如今軍令甚嚴，主上又甚寵愛，見今手敕獎諭他，我等若以為難，便是抗違軍令。須是依著他修理。」堪恨張子房燒之甚易，到如今樊將軍修之甚難。士卒高崖處插木，巔峻處搭橋，遇隘處鑿石，見陷處開路。筋屈力盡，氣乏神疲。切齒怨張良，戰驚畏韓信。但見：營修不起，蓋因壁峻崖高；士卒悲哀，盡被跌傷磕損。

❹青泥何盤盤二句：意謂由秦入蜀，經過青泥嶺時，轉來轉去，都是山峰。

❺捫參歷井仰脅息：意謂山高入天，行人仰頭一看，伸手可以摸到一路上所見的星辰，會緊張得連氣也不敢喘息。參、井皆星宿名。

❻喧豗：喧鬧聲。

❼劍閣：在今四川省劍閣縣北，即大劍山和小劍山之間的一條棧道，又名劍門關。

❽錦城：即錦官城，成都的別稱。

樊噲正愁悶間，只見太中大夫陸賈領十數從人，賚一木牌飛檄而來，上寫道：「即日大兵東征，樊噲作速督催人夫，依期修完棧道，以便出師。如過限不完，定依軍法從事不恕。」樊噲看罷，叫苦不迭，便說：「棧道工程浩大，如何修得？敢勞大夫與我方便一言。」隨請陸賈到工所，管待飲酒。陸賈見無人在側，附耳與噲曰：「元帥密有分付，這般這般……」噲聽了這話甚喜，到外邊便揚言曰：「這等工程，如何一月修完，便是一年也成不得！」千埋怨，萬埋怨，便要差人具奏漢王，借倩人夫協濟。有大夫陸賈辭別要回去，臨行又分付道：「先鋒不可違限，元帥軍法甚嚴，須當遵守。莫誤！莫誤！」陸賈去了，樊噲即日具奏，差人星夜來南鄭，奏漢王曰：

棧道工程甚大，人夫死者甚多，今奉元帥將命，限一月之間，飛報完工。如違原限，定以軍法從事。但念臣起於豐沛，未敢誤事，今據棧道之工，豈可計日而完？事在緊急，性命難保。伏望陛下差人，附近郡縣量撥人夫，或一二千名，攢工修完，以救燎眉。臣等不勝恐懼，感戴之至。茲差牙將李隆，賚表上奏以聞。

漢王覽表畢，急差御史周苛持符驗一道，火速往普安郡，起借人夫一千名，交與樊噲，攢修棧道，毋得遲誤。周苛領上旨，馳馬前去，穿山度澗，兼程前行。一日到普安郡，催攢人夫一千名，附與委官管領前去棧道，交與樊先鋒，照數點閘收用。樊噲見有人夫到來大喜，即將民夫編成排甲，每五十名為一甲，立總甲二名，小甲五名，管理修工。派定地方，分定丈尺，各照派用工去訖。

周苛回朝復命。樊噲就令人請絳侯周勃、棘津侯柴武，每人撥精壯人夫五十名，樊噲附耳低言，與周勃、柴武道：「這般這般……不可泄漏其事。」二將聽令，連夜出寨，卻將衣服換了，爬山度嶺，越棧道而去。不知何往，下回便見。

總評　陸賈未到之日，愁殺樊將軍。陸賈既到之日，諕殺樊將軍。陸賈附耳之後，樂殺樊將軍，服殺樊將軍。

第四十三回　韓信暗計智章平

不說二將聽令而去，且說大散關守關者，乃副將章平。知漢王差樊噲修棧道，興兵東征，又兼日前范亞父累次有檄書，著章平用心守把散關。但有消息，不可輕動，預先傳報三秦，早作預備。今聞樊噲修棧道，又聞拜韓信為將，急差人申報雍王，備說漢王拜韓信為將，差樊噲修棧道，指日興兵出褒中。章邯聞報大歎，語左右曰：「韓信在楚，一籌莫展。棄楚歸漢，不過備數使令可也。漢王無知，卻拜為大將。況韓信素無重望❾，一旦為將，人心決然不服，三軍何以調遣？將士何以用命？就如棧道，數百里燒絕，一時如何修完？此等行兵，不過遷延歲月，徒為口說耳。」左右曰：「一向范亞父累次有檄文來，著大王嚴加防備，止恐漢兵入寇。今章平來報，想是緊急。大王須當預備人馬，再差一大將，協同

❾ 素無重望：從來沒有很高的威望。

章平守把，庶不失事。」邯曰：「棧道工程甚大，人馬急難登涉。待果入寇，再有傳報，那時動兵不遲。此信不過遙度，恐非的實。」遂收下來文，打發差人，且曰：「待有的信再來報知。」章邯坦然，照舊不作準備。差人回報章平，備說雍王不肯聽信，待有的實，再去通報。章平以此亦不作預備。

只見關下守關軍士忽然報說，見今有漢家脩棧道人夫一百名，因受苦不過，逃來投降。章平大喜曰：「我正要問他來歷，快著他上關來。」不多時，守關軍卒帶領一起人夫上關，來投見章平。平曰：「爾等是何處人？為何逃來？恐是詐來投降，空自討死耳。」眾人便哭道：「我等是普安郡民丁，被漢王借來修棧道。終日又無供給，樊噲又是個急躁的人，被他日逐催逼做工。況棧道甚險峻，限一個月要完，就是一二年，卻也不能完。漢王卻拜韓信為將，眾軍士又不服，近日逃了許多。空自說興兵，又不見動靜，料不能成事。我眾人雖是民夫，中間這兩個為頭的總甲，他最有好武藝，情願投將軍麾下，幹些功勞，帶挈我眾人吃頓飽飯，豈敢有別心？」章平便叫為頭那兩個人來問，曰：「汝二人叫甚名字？」兩個向前稟復道：「我二人原是普安郡獵戶出身，一名姚龍，一名靳武。本郡因漢王借民夫，無人押解，卻著我二人作總甲，管領眾人。不想到棧道，見工程浩大，又無口糧，終日痛打不過，又不敢回普安郡去，因此帶眾人逃來將軍麾下。情願守更看舖，討些口糧，以延生命，待太平時回家。」說罷，淚如雨下。章平又問：「漢王如何拜韓信為大將？」姚龍曰：「只因韓信談論兵機，見他說得有理，後來蕭何舉薦，遂拜他為將。一向軍士不服，樊噲十分怨恨。近日將佐走了許多，漢王亦自懊悔。」章平見他說的著實，與自己打聽言語一般，遂留二人帳下聽用。二人凡事謹慎小心，章平委託一兩件事，便幹得停當。又與上下人和睦，一關上人無一個不愛敬他。以此章平寸步不離左右，旬月之間，拜他為大旗牌官。

凡關上大小事，通與他每計議，二人一一應答不差。章平甚喜，卻將這來歷差人備細飛報與章邯。邯聽說，通不作準備。

不意范增一日在彭城，因觀乾象，見西南旺氣沖天而起，各處將星散亂。因思此必是劉邦漢中兵起，又思韓信棄楚歸漢，定然大用。近年霸王在彭城，不修仁政，專尚殺伐，諸侯背叛，六國縱橫，齊國尤甚。若使漢王舉兵而東，易如破竹。次日，將前事奏知霸王，王遂喚季良、季恒：「汝二人可領兵三千，前赴廢丘，與章邯說知，用心守把關，以防漢兵，仍巡哨各關津要害之地，俱要嚴加防守。」兩人領命，徑來廢丘。

一日到廢丘，且進城見雍王，備道前事。章邯歎曰：「主上過勞聖心，范亞父何消多慮。」遂將章平所具申文，與季良、季恒曰：「觀此申文，便知漢王起兵來歷。」二人看罷，亦歎曰：「觀此用兵，漢王決不能勝也。亞父終日只是憂心，惟恐漢王重用韓信。我等想來，韓信乞食漂母，受辱胯下，資身無策，在楚無能。今拜為將，人心決不欽服。況棧道甚險，幾時便能修完？可見漢王用人不當，調兵無法。亞父何須遠慮！但我二人奉王命而來，大王亦當遵守。」章邯置酒管待二將，仍將調來人馬，另立一寨屯駐。即將原來檄文飛報各處隘口把守，仍另行一角文書，與章平知會⑩。

不說章邯等防守，且說韓信整點人馬完備，請漢王擇日啟行。眾將士各面面相覷，便道：「棧道尚不曾修完，元帥如何便要東征？卻從那條路出師？」各人不知來歷，又不敢動問，密來奏漢王。王差人召蕭何入內，王曰：「韓元帥今早請朕車馬東征，樊噲修補棧道未完，卻從那條路進兵？卿可往信處一

⑩ 知會：知道。

問，以解朕疑。」蕭何領王命，當夜就到信宅。此時韓信正在燈下，查點各路起兵文書，尚未寢歇。只見有人敲門，當有門吏問明，即傳入內：「有蕭丞相過訪。」韓信急整衣冠出迎，分賓主而坐。蕭何近前附耳曰：「今早元帥請王車駕東征，王疑大軍不知從何路進發，差小子敬來請問，乞示方略。」信曰：「丞相昔日與子房相別，燒絕棧道，定知此路，丞相又何下問？」何曰：「當時雖知有路，未聞其詳。又見將軍差樊噲修整棧道，以此致疑。」信曰：「此乃明修棧道，使章邯不為準備。我卻從陳倉小路進發，不五日就到散關。使平以我兵知從天而降也。此乃暗渡陳倉耳。到關之日，便要破關。管教車駕不動弓矢，自能過關。丞相幸將此言奏知主上，不必聖慮。」蕭何聞信此言，甚喜。急來奏知漢王。王此時亦未寢歇，聽蕭何所奏，十分喜悅。次日，傳命大小文武將士，俱隨駕東征。

卻說韓信到教軍場，點閘❶人馬，漢王原帶來二十萬，續後添十五萬。韓信選本處并臨近郡縣人馬，又得十萬，共四十五萬。通作四大隊進發。卻著牙將孫興替樊噲帶管棧道工程。止留人夫三千名修理，以便川人來往，其餘盡數掣回。第一隊人馬，樊噲統領，帶牙將八員，逢山開路，遇水搭橋，凡有聲息，未可輕動，飛報後軍，待有軍令，然後出敵。第二隊人馬，夏侯嬰統領，帶牙將二十名，驍將十名，如先鋒勝，則催人馬攻擊勦殺，如先鋒不勝，急出人馬救援。如十分緊急，報入中軍，自有方略，不許退後。第三隊，韓信自統領。帶將佐四十員，中分為四小隊，左右前後，聽候調遣。第四隊，卻是漢王同大小文武百官總領，仍著傳寬、周昌監押。如有緩怠，以便遣用。這四大隊之中，仍有各項分派，隨材作用，俱各不同。寫成圖本，進漢王看畢，稱羨不已。後史官有詩曰：

---

❶ 點閘：點押意。清點、督監。

隊伍風雷動，戈矛日月明。陣圖分八卦，旗甲列千兵。山岳威儀重，川江水澤平。湯武興時雨，虹蜺望解醒。

韓信調度人馬已畢，請漢王車駕，并文武百官，出東門外高阜處，看韓信出師。怎見的齊整，下回便見。

總評　信善愚楚，亦善服漢，然軍機原貴密也。信以少貧賤，而人皆忽之，可見窮人好做事。

第四十四回　諭父老漢王布德

卻說漢王同大小文武百官，到東門外高阜處，看韓元帥出師：

按九宮四象八卦，列五行十干十二支。隊有陰陽，陣有前後，將有紀律，兵有行伍。旗雖尚赤，而引軍開道者，則按五方。制雖為王，而威儀號令，則專五伐。人各有能，量才而用。人馬廢棄，隨長而取。身材長大者，拽弓拽弩。身材矮小者，持戟持矛。身力強壯者，執旌執旗。身力少弱者，鳴金擊鼓。不能視遠者，專聽號令。不能聰聽者，專望風火。身肥者，為馬軍。身瘦者，為步軍。日能食斗粟者，專為前驅。日行二百里者，專探機密。灌嬰領四牙將，逐隊前行。張蒼領二文士，隨軍後進。陸賈同二謀士，識地利之夷險。叔孫通領八裨將，參行兵之可否。盧綰、靳強為主將之熊羆，薛歐、陳沛乃中軍之驍騎。三軍如虎，多士如雲。鼓動神威昭萬象，蕩開征旅起千兵。

漢王同百官看罷出師，眾皆歡悅。韓信乃近前奏王曰：「臣兵先行二日，王卻徐徐而來。臣過關，那時與陛下約會也。」信拜辭，揮動三軍前進。王乃隨車駕進城來，看的人扶老挈幼，不計其數。盡道自生長褒中，不曾見今日出師。王聞之益喜。

次日，王召蕭何問曰：「朕前日曾傳旨，著卿等行文書去各郡縣，召父老來宣諭，他不知曾來否？」蕭何曰：「連日無數百姓見王將起兵東征，盡說王今離褒中，定伐楚破六國，建都咸陽。我等再不得面覩天顏，願來進朝見王。見今正在外邊，伺候數日矣。臣見陛下未得暇，不敢報聞。」王曰：「既百姓父老在外，但著進來。」蕭何傳命出：「著百姓進朝。」有門禁官傳旨出：「著百姓進朝。」那百姓父老在外，紛紛攘攘，要進內朝見。聽得宣召，一個個爭先快覩，引領而見。有傳班甲士大呼曰：「百姓肅靜，毋得喧譁。」王曰：「父老皆鄉愚，甲士毋得驚恐。」漢王遂起身出殿簷下，看那百姓不知其數。有幾個為首年老者近前奏王曰：「自從陛下來褒中，風雨調順，萬民樂業。道不拾遺，夜戶不扃，正是堯舜之世。不想陛下今日興師東征，又不知何時得覩天顏。」言罷，個個拜伏在地，淚如雨下。漢王見百姓如此愛戴，亦垂涕，不忍相捨。父老又奏曰：「陛下今日車駕啟行，不知何人在此鎮守？」王曰：「著蕭何相國在此安撫百姓。」眾人以手加額曰：「若是蕭相國在此鎮守，臣等褒中萬民之福也。」王曰：「汝百姓中有三鄉老，可著近前，聽朕訓諭。」那三老，乃古制也。古時十里為一亭，一亭之中，擇一亭長管之。十亭為一鄉，一鄉之中，擇一鄉老管之。共有三個鄉老，一個掌管鄉約，一個掌管耕種，一個掌管爭訟。三老總統於縣，今日三老近王前，聽宣諭。漢王命一人，高聲宣讀諭文。其文曰：

朕惟古先明王之治天下也，以安民為務。而安民之道，以教化為先。是以上下相承，風俗淳厚，一國和平。臻於至治⑫。朕自治國以來，夙夜惓惓，志圖治理。建都南鄭，思與百姓共臻於道，以及天下而為一統，以此特加曉諭，使知為善去惡，趨吉避凶，而為永保身家之道。如居家者有一家之長，居鄉者有一鄉之長。為一家之長者，訓教子弟，講讀詩書，明達道理。父慈於子，子孝於父，兄愛於弟，弟敬於兄。尊卑長幼，各循其序，毋相凌奪也。使一家之內，仁讓浹洽，親睦相勸，便為一家之福。為一鄉之長者，勸其一鄉之內，士農工商，各居一業，士則修明善理，勤習課業，農則力於田畝，無欠賦稅。工則專於藝術，毋作淫巧。商則用心生理，毋為遊蕩。大小相安，長幼和睦。毋爭鬥告訐，而陷於刑戮。毋賭博淫泆，以墮於凶德。毋游手好閑，以廢其生意。毋竊取人物，以蹈於死亡。出入相友，守望相助。婚姻死喪，鄰保相資。如此，則一鄉之內，禮樂雍容，風俗淳美，富壽安佚，共享太平。而為一鄉之福。故曰：「作善，降之百祥。作惡，降之百殃。善惡之報，不差毫釐。」朕今約法三章，見有定律，使宣爾等來，惓惓曉諭者，正欲爾等守法奉公，咸歸良善。其有不遵朕誨，仍蹈於惡者，明有國法，暗有鬼神，罪亦難逭。

⑫ 臻於至治：達到了理想的社會安定的狀態。

爾等欽之，守之，毋忽忘。故諭。

大漢元年乙未秋八月一日，漢王宣諭鄉老，賜與酒飯，各著令回鄉。因謂蕭何曰：「留卿在褒中，撫恤百姓，勸課農桑，省刑薄稅，舉善罰惡。催攢糧儲，以給軍餉，卿之責也。」蕭何曰：「謹遵王命。」漢王於是傳令：「三軍啟行，陸續徐徐進發。如有過期後至者，斬；逃匿者，斬；父母妻子親族人等，互相容隱者，悉斬；鄰里鄉黨知而不舉首者，罪亦如之。」即日駕起。蕭何率領所屬百官，送出褒中，各鄉父老百姓望塵遮道，攀轅臥轍，哭泣滿道。漢王以袍袖掩面而泣，君臣百姓戀戀不捨，後史官有詩曰：

漢帝褒中德愛深，慇懃宣諭動人心。臨行更致叮嚀意，豁達寬仁說到今。

蕭何等送漢王過褒中，辭回。帶領百官父老，安撫地方，催攢糧餉。漢王車駕向東，從容前進不題。

卻說韓信領三大隊人馬，離褒中，不往棧道去，卻從陳倉小路而行。來到孤雲兩腳山下，從山後僻路進兵。前邊已有樊噲開路，雖有夾江之水，從寒溪河流出，壘石可過。山傍雖有險路，魚貫而進。行三五里，便是闊路，雖被樹木長合，樊噲卻命三軍砍去，有路可通。韓信到此，與眾將曰：「某前日匹馬夜間行到寒溪河邊，正值秋水泛漲，不得過，卻有蕭丞相趕我到此。明月之下，復得相見。若使渡河長往，今已到淮陰矣。」眾將曰：「此實天意有在，留元帥興劉滅楚，使我等得出褒中。不然，棧道燒絕，我等亦不知此路，又無元帥如此大才，我等徒死褒中耳。」眾將請立石以傳示後世。韓信遂令立石於山頂之上，刻曰：「漢相國邀韓信至此」八字。

按：方輿勝覽云：「孤雲山與兩腳山相連，山頂極高，有兩峰並起。古語云：『孤雲兩腳，去天一握⓭。』言極高也。上有石刻云『漢相國邀韓信至此』八字，至今碑石存焉。」

韓信揮動三軍前進，山路危險，曲徑盤折，眾將下馬步行。牽藤攀葛，登高陟險。雖是辛苦，而思歸之心，踴躍而進，亦忘其勞也。三軍正行之次，忽見前哨來報曰：「軍不能前進。亂山之內，蹊徑之間，有條毒蛇，長數丈，兩眼射出光芒來。據山險處，截住去路。元帥乞除之。」信曰：「毒蛇當路，須令箭手百人，各掩身山凹之內，箭頭以藥塗之，密密射去。仍令砲手，各執火砲，以防毒蛇性發，恐跳躍傷人。各放砲擊之，則無事矣。」眾人得令，方欲動手，只見中軍帳下一人，到元帥面前，高聲叫道：「一蛇當道，何須用許多人治之？便是滄海蛟龍，某亦敢去。」左右聽說大駭，不知此人是誰，且聽下回分解。

總評　得眾而後興兵，何愁弗克？

⓭ 去天一握：離天只有一拳之遠。

第四十五回　辛奇斬虎遇韓信

且說要斬蛇者是誰？乃是信武侯靳歙也。韓信大喜，曰：「將軍雖力能斷蛇，但深山之中，恐川水下濕，久無人往來。」即令隨營有好酒，滿斟三巨觥，賞靳歙。飲畢，令數壯健步卒導引來到山前，穿巖渡澗，閃在山缺之傍。靳歙遠望，只見明月落於巖間，電光射於山下，腥風觸鼻，寒氣侵人。軍士便問：「明亮者何處？」嚮導云：「此大蟒二目，光透於外。人若近前，吐氣如雲，侵之必死。可請將軍暫回，不當近他，恐有傷害。」靳歙大怒，提劍到澗邊，大喝一聲。只見那蛇從巖下一躍而來，身長數丈，便吐毒氣侵人。靳歙閃在一邊，讓蛇躍出，橫臥於大石之上，翹首吐氣，要來傷人。那靳歙仗著威力，大踏步舉劍，用力一劍，蛇揮兩斷。蛇頭墜於巖下，滿林驚落葉，澗水血波流。眾軍士近前看時，蛇遂死於石上，急來報至中軍。韓信隨到山前，看那蛇有數丈長，血流石上。左右將士驚訝不已。遂問信曰：「此蛇何如此長大？想在山中有百年矣。不知古時亦有此長蛇否？」信曰：「上古崑崙山周圍三萬里，有蛇匝山一周。古蛇之長大有如此。今數丈之蛇，亦未為大也。」又曰：「我前日匹馬投漢，亦曾經此山而行，幸托主上洪福，未遇毒蛇。倘遇必有傷害，豈有今日？」左右曰：「雖主上之福，亦元帥之福也。」信遂重賞靳歙。後史官有詩以紀其事，詩曰：

背楚跨長劍，千山匹馬行。毒蛇正電爍，壯士方崢嶸。兩鬥恐一傷，忽敗難俱生。當時更空寂，其路如坦平。載歌忘蜀險，奮志夾道清。不覺竟長逾，雙峰望褒城。此日驅兵過，蛇乃阻宵征。萬馬不敢策，眾寡何重輕。仗劍有勇士，蛇斷當山橫。將士談往事，方思為信驚。信志在擇主，建節垂功名。直擣三秦穴，平收六國旌。楚疆如反手，萬里定神京。

卻說韓信催動人馬，將近到太白嶺。預差盧綰近前，分付曰：「我昔日過太白嶺下，遇一壯士，姓辛名奇。其人最有義氣，留我過一宿，拜為兄弟。其家以賣酒為生。汝可到彼訪問的實，我卻親到一拜，以報昔年相遇之愛。」盧綰領命前去訪問，不時回報曰：「太白嶺下，原有數十家居民，近七月來，山水泛漲，不能住居，移於山北高阜處避水，未審在否？」韓信嗟歎久之。遂到太白嶺下，果見昔日居民，俱無一家。雖有破屋數間，坍塌倒壞，無人存住。

又行一日，過亂石灘，近小石橋，到山崖之下，前軍不行。巡哨將官來報：「山坡邊有一壯士，逐一大蟲，遶山而來。眾軍士圍住，以此不行。」韓信聽罷，即策馬近前，看那壯士：頭帶虎皮磕腦，身著黑豹皮裘，手執三股鋼叉，逐虎到溪邊。那虎見壯士趕來，又見三軍圍遶，雙蹄爬在石上，卻望壯士一撲。那壯士卻閃在石傍，就勢只一叉，正中大蟲項下。那大蟲卻又要跳躍時，被壯士將叉挺住，不能動身。眾軍士一齊近前，亂鎗戳死。韓信看那壯士時，不是別人，正是太白嶺下故人辛奇也。韓信著數牙將大呼曰：「辛將軍！有韓元帥在此請見。」那壯士聽得人喚，撇了虎，徑過溪來，看見高阜處是韓信，急來拜伏在地。韓信急下馬相邀，辛奇便道：「小弟聞元帥修棧道，只道人馬從棧道來。連日正欲拜迎，未得稟告老母，以此遲疑。不想元帥興兵到此，大慰所望也。」韓信曰：「自別賢弟日久，因國事忙，未得具書奉問。今日到太白嶺差人訪問，賢弟避水移居，又不知何處。正在思想間，不意得遇賢弟，十分大幸。」快差後軍牽馬來，亦同辛奇上馬，將大蟲馳在軍前，便問：「賢弟移居在何處？就同拜見老母。」奇曰：「元帥今非昔比，為天下元戎，豈可輕動？」信曰：「故舊不遺，何拘勢分。請問所寓？」奇曰：「只轉過山嘴高崖處，便是寒居。蓬蓽之地⓮，恐不足以屈麾蓋。」韓信遂同十數親隨人，行不一二里，即到奇家。

見靠崖有十數人家，都是草房，獨奇家在路口，亦有草屋十數間。韓信入草堂坐下，就請老母並奇妻出來相見。韓信具白金百兩奉老母，奇不敢受，信曰：「此皆漢王所賜，奉賢弟為養母之資。賢弟可隨我建立功名，以圖顯親揚名，豈不美哉！」奇拜謝收領。信曰：「此地非老母所宜居，我寫隨軍印信批文，令搬移老母同家眷投南鄭相國府，尋數間官房，月給米糧，方好過活。」奇大喜，又深謝厚恩。信曰：「汝母即我母也。賢弟遠去，豈可使老母獨居山僻，受此寂寥乎？」信分付軍政司給批文送與老母收執。辛奇拜辭老母，灑淚而別，分付妻用心侍奉。隨同韓信起行，信曰：「此去大散關，二日可到。賢弟即為嚮導，同前哨樊噲，星夜攻打散關，如不能下，待我到，自有方略。」又吩咐第二隊夏侯嬰：「待樊噲人馬圍散關，汝可另安一營歇息，軍士不必動。待過關時，汝作先鋒，趨廢丘，與章邯對敵，樊噲卻作二隊為救援。」二將得令，殺奔散關去訖。

韓信使軍士探聽漢王人馬，亦將次過寒溪。遂乃徐徐緩行，到三岔路，卻令人找尋斬樵夫之處。軍

⓮ 蓬蓽之地：本指長滿荒草的地方，這裡指貧者的居處。

士報說路傍山凹之下覆土一堆，想埋樵夫處也。信令鄉人破木為棺，更換衣衾，乃改葬樵夫於三岔松林島。用石砌成墳塚，立一石碣，上鐫刻：「大漢元年乙未秋八月七日，破楚大元帥淮陰韓信為義士樵夫立。」仍傳令有司辦祭，韓信親帥諸將祭於墳所，行三奠禮，周苛跪讀祝文曰：

大漢元年歲次乙未八月十三日壬戌，破楚大元帥韓信，謹以牲醴致祭於三岔山樵者之靈曰：嗟爾樵者，遭世蹇迍。資身無策，入山採樵。逢予問路，指示要津。楚兵或至，恐道往因。絕計斬爾，實傷我仁。覆土為計，慮防水濱。循途適漢，素志⑮乃申。職專閫外，兵下三秦。道經岔口，改葬爾身。師行匆劇，未獲報君。君其有知，鑒我真純。尚享！

祭罷，焚帛禮畢。乃傳令分付鄉人立廟，四時享祭。遺跡至今在焉。

不說韓信人馬前進，卻說大散關章平自得姚龍、靳武，終日差人打聽棧道工程可曾完否。去人來回報：「修棧道者不是樊噲，改委牙將孫興管理，人夫漸漸短少，工程未見次第⑯。東征消息，亦未見動靜。」姚龍曰：「漢兵多是空說，決然來不成。」靳武曰：「褒中近年好收成，漢王正在那裡快樂，亦無甚遠大之志。」章平曰：「觀他拜韓信為將，可見不識人，如何成得大事？」正在關上閑說，只見瞭哨小卒來報，說漢兵遍地而來，離關五十里，有先鋒樊噲下了大營，見今領五萬人馬殺到關下。章平大驚曰：「漢兵從何而來？」姚龍、靳武曰：「恐傳報人未的，豈有棧道未完，人馬從何處過來？或是樊

⑮ 素志：很早以來就懷有的志向。

⑯ 次第：眉目；比較好的樣子。

噲受苦不過，逃來關上投降，也不見得。再著人探聽，看如何，便好發兵。」言未了，又有人來報，樊噲到關下，攻打甚急。章平一邊差人飛報章邯，說漢兵已過棧道，見今攻打散關甚急，乞傳報三秦，早作預備，仍差大將前來救援，庶保無虞。一邊與姚龍、靳武商議曰：「樊噲人馬扣關，我須出戰，汝二人可守把四面關口，以防漢兵盜襲。」姚龍、靳武曰：「將軍放心，每城一面，可撥人馬一千防守，晝夜巡視，料亦無事。」

章平領三千人馬，沖下關來，與樊噲對敵。看樊噲人馬，軍器鮮明，隊伍嚴整，有健將辛奇在後押陣。樊噲曰：「章邯等三人誘秦卒二十萬，被項羽坑之，卻乃濫受王爵，苟圖富貴，天兵到來，不及早開關受死，尚爾攔阻？」章平曰：「汝漢王受霸王封爵，不安分盡職，卻妄動餘孽，徒速死耳！」樊噲大怒，舉戟直取章平，平挺槍來迎。二將交戰二十回合，章平抵敵不過，敗走。辛奇催動後軍，一齊掩殺上。章平匹馬逃走上關去了。樊噲、辛奇收兵回營。章平將關緊閉，樊噲預備火砲火箭併力攻打，關上只是堅閉不出。

樊噲正無計可破，人報元帥到來。樊噲、辛奇離營遠接。韓信到關下，登高處看了一遍，已有暗號，知章平中計。遂乃分付火砲手，架起風火大砲，一連放了十數個。關上驚慌，眾軍士畏怯，又不肯上關守把。章平發躁，親自督同眾軍士守關。姚龍、靳武暗分付帶來人夫一百上城，各執器械，四邊預備。只見韓信策馬近前，大呼曰：「說與關上守關主將，上關來答話。」章平同姚龍、靳武都到關上，見韓信耀武揚威，舉鞭言曰：「汝霸王暴虐無道，背約自立，放弒義帝，天下切齒。今漢王親統大兵，汝當束手歸降，乃敢抗拒天兵，閉關攔阻。汝若開關投降，免汝一死。敢說一言不降，交爾立見流血。」章平便道：「我乃雍王貴族，豈降汝胯夫耶？」一言未罷，只見姚龍、靳武走上前來，將章平劈頭揪住，即時綁縛了，著一百原來人夫，各舉兵器防護。姚龍、靳武便叫關上眾軍士：「漢王有德，天下歸心，汝等急來投降，免致誅戮，敢有道一個不字者，大兵見今圍住關下，我等把住關口，汝等皆是死數。」眾軍士見章平被捉，又見關下漢兵大舉，只得盡數拜伏在地，曰：「我等情願歸降。」姚龍、靳武大開關，綁縛章平下來。二將非是姚龍、靳武，乃漢將周勃、柴武，假作修棧道人夫，暗入散關投降。原來韓信差陸賈以催工為由，卻定計暗暗的分付樊噲，密使周勃、柴武更名，引心腹軍士一百名，假作修棧夫，投降到關上。待韓信大軍至，卻立石於關前，以為暗號，次後聽砲響，即擒捉章平，開關請韓信上關。此便是明修棧道，暗渡陳倉。不十日之間，智下散關。此韓信東征第一功也。

韓信到關上，安撫五千降軍，打掃公廳，伺候漢王車駕到來。卻將章平拏到帳下。信曰：「汝乃章邯族姪，冒受楚官，把守險隘，抗拒天兵。本當斬首，量汝特癩狗，不足汙吾刀耳。且押解付軍政司，隨軍聽候發落。」早有人來報漢王車駕離散關不遠，韓信率領大小將佐離營三十里，大路上迎接。漢王傳旨：「著韓元帥大小將官下馬隨行。」早到關上，漢王已知韓信下了散關，心喜不盡。到公廳坐定，韓信同將佐戎服朝見，禮畢，漢王曰：「散關乃三秦隘口，將軍不動聲色，隨到而得。三秦聞知，已破膽矣。」信奏曰：「散關既得，三秦此時尚未預備，陛下且暫住散關，臣星夜攻打廢丘，擒捉章邯。三秦指日納款，那時差人奉迎車駕也。陛下仍遣人催攢糧儲，接濟軍餉，急修棧道，以便往來。」漢王聞奏大喜。韓信又取出章平來，割去一耳，放回廢丘，報知章邯，以激其怒。卻辭了漢王，傳令著夏侯嬰作先鋒，辛奇為副先鋒，望廢丘殺來。未知勝負如何，下回便見。

總評　明修棧道，暗渡陳倉，真不可及。然姚靳二人最妙。吁！今之將，皆姚也，靳也，三秦其可鑒乎？

第四十六回　韓信火攻破章邯

卻說雍王章邯在廢丘，聞散關一連兩起飛報來，說：「漢兵勢眾，見今樊噲攻打甚急，早望遣兵協助。」章邯聞報大驚，曰：「我前日以棧道未完，漢兵恐難入寇，不意今已到散關矣。事在迫急，可傳報與櫟陽、高奴二處，早作預備。」隨傳令著呂馬童、孫安點聞人馬，伺候迎敵。

言未罷，有章平帶傷來見章邯，哭拜不起。邯曰：「汝如何失了散關？漢兵如何出棧道？韓信如何用計？」章平備將周勃等投降，並明修棧道，暗渡陳倉，一一備細說了一遍。章邯搖頭道：「范亞父再三說韓信但未遇時，若有人重用，深為厚患。霸王不聽，今果然矣。」又曰：「汝且退後，待我殺此胯夫，以雪其恨。」左右曰：「大王不可輕敵，韓信詭計甚多，須當斟酌。」邯歎曰：「吾用兵三十餘年，經百十餘戰，量胯夫何足為懼？」當日催動人馬起身。

夏侯嬰先到廢丘，見有敵軍，未敢出戰，離廢丘五十里安營。隨即韓信人馬也到，約會夏侯嬰，附耳曰：「章邯乃秦名將，不可力敵，當以智取。公明日對敵，當如此如此行。」夏侯嬰等領計去了。

次日，章邯出馬，與夏侯嬰對敵。邯曰：「漢王受封褒中，能自保疆土足矣。又何從胯夫之見，乃敢背叛入寇，以速死耶？」嬰曰：「義帝初約先入咸陽者為王，我漢王兵不血刃，義降子嬰，天下響應，正當為關中之主。卻被項羽強暴違約，自立為王。左遷諸侯，放弒義帝，大逆不道。今我主親統大兵東征，汝當延頸受死，反乃妄言入寇耶？」邯大怒，挺鎗直取夏侯嬰。嬰舉刀交還。戰不十合，嬰詐敗，落荒而走。邯揮動人馬趕來，嬰卻轉過山腳，勒住馬，高岡上大叫：「章邯！再與你決個勝負。」邯曰：「汝乃敗將，尚敢言勝負耶？」嬰曰：「汝特老革⑰耳，觔力已衰，何足為敵？」邯益怒，挺鎗躍馬，徑奔夏侯嬰。嬰舉刀復來，交戰不十合，卻望松林小路而走。趕至樹邊，見隔林塵土起處，有韓信人馬到來，攔住章邯，便道：「我在此久等多時。」邯曰：「胯夫！在此久等，欲尋死耶？」信怒，舉戟直取章邯。章邯舉鎗交還，未及數合，韓信敗走。章邯催動三軍人馬，往前追趕。隨後，季良、季恒領本部三千兵亦追趕來。即會見章邯曰：「大王不可深入重地，恐是引軍之計，須當回軍。」邯曰：「我正欲漢兵相連而來，盡數勦殺。公可催督人馬，盡力攻擊。」忽聞一軍報說：「韓信因大王追趕甚急，連人帶馬跌下澗去。夏侯嬰眾將在彼救援，尚未救出。大王可催攢三軍急早捉拏，可獲全勝。」邯令人高處瞭看，眾人回報：「遠望山前谷傍，眾軍士在彼用繩索搭救，不知是否？」邯嘆曰：「胯夫合當死於吾手。」遂揮動人馬，渡澗穿林，望前殺來。進到山谷中，兩邊都是樹木，卻不見一個軍士。楚兵大勢行動，又擁住谷口，不得回轉。天色又漸昏黑，章邯心上猶豫，急傳令軍馬且暫住。那人馬前後舉動，急難收煞。早有多一半入山谷來。纔待住腳，只聽得山頂上一聲砲響，四下裡樹木都著，沖天火起。邯

⑰ 老革：老兵。詈罵輕蔑之詞。革，猶兵也。見三國志蜀志彭羕傳注。

見火起，知是中計。急勒回馬，要出谷口，又被人馬擁住。後邊又是火起，無路可出。季良、季恒急來，便叫道：「前邊有山徑小路，斜曲上去，可到鳳嶺。」邯隨同二將，棄了馬步行，從小徑爬到嶺上，氣喘不迭。三人權在嶺邊休息，又聽得山下吶喊，四邊火勢愈大。邯曰：「此處不可久駐，恐漢兵追來。三人又無兵器，如何抵對？不若乘著月色，捱過嶺去，尋著楚營安定，再作區處。」季良曰：「大王所見亦是，但不知從那條路下去？」季恒手指道：「那山凹邊有燈光射出，想是人家。」邯曰：「我等捱下去，尋問他路徑更好。」三人一步步走下嶺來，到前邊，是一個大鎮店，有三百人家，夜深，盡都睡了。路口有個山神廟，三人入到廟裡歇定。纔方合眼，只聽得遠遠有人馬過來，季良便從門縫裡張看時，為頭有數十面大旗，後邊一隊隊人馬過，聽聲音時，卻是楚人說話。有一人便道：「谷口裡火起，又不敢進去，不知大王在何處？想是亂軍中定被傷害了。」季良叫醒章邯，便開廟門，叫住眾軍士，點起火把來。為首有一員大將，乃楚將呂馬童也。眾人齊叫道：「好了，大王在這廟裡。」呂馬童下馬，到廟前見了章邯，眾人大喜。邯問曰：「汝等如何知我在此？」呂馬童曰：「大王追趕漢兵太遠，章平再三來說：『恐韓信多詐，或有詭計，汝可領一枝人馬救應。』臣領本部一千人馬，行到中途，忽見前面火起，又遇見回來的軍士說大王中計，已殺入山谷口裡去。臣不敢前進，卻從西南雙岔口尋來，不見蹤跡，正無區劃處，不想大王卻在此廟中，十分大幸。」隨令軍士做飯，邯三人在廟中用過飯，已天明矣。同呂馬童各上馬，轉回舊路，到廢丘大道上，早有章平、孫安，引人馬接應。打聽前軍，被火燒死多半，止有一二千敗殘兵逃回，亦多帶傷。章邯懊悔不及，分付將士：「且將關緊閉，我兵新敗，未可出敵。少休息數日，然後出敵。」一面會櫟陽、高奴二處，調遣兵急來救應。

言未罷，人來報：「韓信人馬圍了城，眾軍卒將大王用的兵器，舉在城下，百般毀罵，甚是無禮。」章邯聞說，大怒曰：「我為秦將，威振六國，何人不懼？今位居王爵，鎮守三秦，遇一胯夫，反乃閉門，甘受其辱耶？」遂令左右：「快整點人馬出城，我與胯夫決一勝負。」季良眾將諫曰：「不可。此乃韓信激大王之怒，意欲智賺出城，恐中奸計。且從容待軍士休養數日，出戰不遲。」章邯怒氣不息，又聽城下一連砲聲不絕，軍人又來報說：「韓信人馬，或坐於地上，或臥於城下，裸身赤體，百般辱罵。」章邯聽說，同眾將上城樓觀看。果見漢軍在城下辱罵，如入無人之境。邯即與眾將附耳曰：「信因見昨日得勝，遂自驕惰，此就如項梁之在定陶也。」季良曰：「人言韓信善能用兵，觀今日營伍欠整⑱，士卒怠惰，此兵法所忌。若大王以破楚之法，施於今日，甚為允當。」孫安曰：「恐韓信有詐，或故令軍士怠惰，使大王無備也。」邯曰：「昨日是我貪戰，偶中奸計，非信之能也。觀今日營陣隊伍，已見韓信之才矣，又何疑焉？」遂同眾將下城，分付：「今晚預備劫寨，季良、季恒領兵三千，出南門沖漢右哨，我領一萬兵出西門，劫漢中寨。章平因帶傷，不能出敵，把守廢丘。」各分派已定。

卻說韓信料章邯必乘驕劫營，傳下將令，遂著樊噲、柴武領兵三千，阻楚兵北路；著夏侯嬰、周勃領兵三千，阻楚兵南路。將大營人馬，俱退後三十里下營。韓信守住後哨，卻令辛奇、靳歙領精兵五千，埋伏於大營之左；盧綰、灌嬰領兵五千，埋伏於大營之右，待章邯人馬回動，二路人馬殺出，必獲全勝。分調已畢，天色已晚。

章邯人馬等到三更將盡，大開城門，放下吊橋。金鼓不鳴，各銜枚而出，殺奔漢營來。季良等出北

⑱ 營伍欠整：軍隊紀律渙散，隊伍混亂。

門，呂馬童等出南門，章邯等出西門，三路人馬，蜂擁而來。章邯殺到大營，見是空營，已知中計，急傳令：「著三軍快回。」言未畢，只聽火砲震天，兩路漢兵殺出，箭如飛蝗，殺得楚兵七斷八截，各自逃生。章邯幸得左右眾健將，幫定逃走。正行之間，早一箭射來，正中章邯右肩，幾乎落馬。左右扶起，死戰得出。季良出北門，被樊噲、柴武三千人馬，忽然突出，夜晚不及交戰，楚兵大敗。二將敗走，樊噲等大殺楚軍，未得將令，不敢追襲。

呂馬童、孫安出南門行至中途，孫安馬上與呂馬童曰：「韓信今日令三軍辱罵，其中有詐，據今我等劫營，恐難取勝。不如且將人馬在此屯駐，密差精細軍校，急急兩路打聽。果是漢兵無備，我等前進，必然取勝。若中奸計，如之奈何？我且與公在此等候，若楚兵不勝，卻遶出廢丘大路，為楚兵救應。彼此俱得保全，以為長策。公意以為何如？」呂馬童曰：「倘一時不如所料，大王問我等抗違軍令之罪，那時如何分辨？」孫安曰：「不然。為將之道，運籌決策，須要知彼知此。我料韓信用兵，豈可比定陶之兵耶？我意已決，決不可前進。」於是呂馬童、孫安按兵不動，急差軍校探聽去。不多時，只見數個軍飛馬而來，曰：「漢兵有備，楚兵中計，已大敗矣。將軍快調轉人馬，大路上救援。」呂馬童、孫安聞說，即調轉人馬，往大路上殺來，正遇漢兵追殺章邯。正在危急之際，卻是呂馬童、孫安三千精兵殺來救應，火把照如白日，放過章邯兵，揮動人馬，接住漢兵，且戰且走。韓信見有救應，傳令漢兵且住，未可追襲。張蒼策馬近前曰：「章邯勢窮力極，正好擒拏，元帥如何勒兵不追？」信曰：「窮寇莫追，兵家所忌。又況夜晚，地利不便。倘楚兵或有埋伏，反難回轉，不可不慮也。」韓信即鳴金屯駐人馬，令諸將各調本部伺候攻城。未知廢丘如何，且聽下回分解。

總評　韓信知章邯之性，故激之使怒。邯之敗，敗於怒也。不然，豈真不知兵者？

第四十七回　淹廢丘三秦悉定

且說當夜章邯急奔入廢丘，因肩上中箭，疼痛不止。令醫人敷上藥，用白絹縛了，臥病不起。傳令三軍：「各用心守把四門。」又星夜差人往各郡縣調兵防護，不題。

次日，韓信催動人馬，把廢丘四門圍了。傳令諸將，照隊伍各安下營寨，預備攻城之具，晝夜攻打。這廢丘乃周舊固城也，周圍都是高山，山麓之下，通白水大江，城池堅固。牆垣宏闊，攻打甚難。叔孫通、張蒼等入中軍，與信計議曰：「廢丘一時攻打不下，各郡縣漸次調兵防守，儻董翳、司馬欣再遣兵來協助，城愈難破矣。請元帥思之。」信曰：「吾在此籌度已定，諸君所見甚有理。料一二日，便見攻打廢丘之計，且未可與諸君明言也。」叔孫通等退帳後。當晚，韓信同曹參帶領數健卒，來到廢丘城後高處，密指與曹參曰：「此城下水自西北而來，環城東南而去，其流甚急。汝可帶領一千人，各具囊沙壅住水口，使不得順流而下。其水決倒轉衝入廢丘，不一時，廢丘入魚腹矣。」曹參得令，是夜領一千人，陸續暗暗到廢丘城外東南河口邊，以囊沙壅住水口，況八月之時，秋水正泛漲。一壅住水口，那水不得順流，直衝入廢丘城來。四邊牆垣俱是山石壘就，遇水一沖便倒。四邊水聲，如萬馬奔騰，勢如山倒。韓信人馬連夜傳令，暗移往西北高阜處扎營。章邯正打聽韓信移營消息，忽四邊水勢洶湧而來，無法攔阻。邯大驚，急同季良、季恒、呂馬童、孫安一干眾將，帶領家小，從北門水淺處各乘馬沖殺出，徑奔桃林大路逃難。韓信引大軍追趕，見水勢漸近，恐淹沒人馬，傳令且扎駐營。一邊分付曹參放開河口，疏通水道，半日之間，水勢俱下。入城安撫百姓畢，奉迎漢王車駕入廢丘，鄰近郡縣，望風歸降。王甚喜。後胡曾有詩曰：

此水雖非禹鑿開，廢丘山下重縈迴。莫言只解東流去，曾使章邯自殺來。

卻說章邯夜走桃林，漢王入廢丘，安撫百姓，各郡縣歸附，雍地悉定。有中秦董翳、司馬欣兩家，得雍王飛報，各要起兵救援。不一二日，又有人來報：「韓信用水攻，已破廢丘，雍王夜走桃林，各郡縣已歸漢矣，早晚來攻中秦。」翟王董翳聞報，與謀臣李芝計議曰：「韓信初破廢丘，兵勢大振，況高奴人馬不多，恐難為敵。須會合楚王二處，同力禦漢，再遣人奏項王，早發兵救應，庶保守中秦。」言未畢，有人來報：「大勢漢兵，捲地而來。所過郡縣，望風歸附。已到劉家鎮，離高奴止百里遠。請大王急出迎敵。」董翳遣大將耿昌、副將吳倫領兵一萬，出城五十里下寨，以防漢兵。自領兵一萬，離城二十里下寨。見塵土起處，漢兵到來。耿昌、吳倫二將領兵出馬，遠望漢陣上，門旗開處，韓信躍馬近前，高叫：「二將早早受降，免爾立見誅戮。」二將大怒，各舉兵器，徑奔韓信殺來。韓信背後早有兩員大將，各挺兵刃，縱馬出陣。旗上大書，一個是舞陽侯樊噲，一個是絳侯周勃。二將出馬，與耿昌、吳倫對敵。戰不二十回合，樊噲賣個破綻，讓耿昌一刀砍將入來，被樊噲手起一戟，刺耿昌於馬下。吳倫見刺了耿昌，無心戀戰，放馬逃回。韓信揮動三軍，將楚兵大殺一陣，徑趨高奴城。正遇翟王董翳，韓信出馬，當先答話。董翳曰：「雍王誤中奸計，廢丘失守，以此小人得志，遂爾猖獗。若我救兵應援，汝已受擒多日矣。」信喝曰：「汝不過章邯一僕吏耳。邯已誅戮，汝何人，乃敢鼓唇舌耶？」翳大怒，縱馬挺鎗，直取韓信。韓信揮戟來迎。二將戰未數合，樊噲、周勃縱馬急出，舉兵器夾攻。董翳抵敵不過，望後陣便走。早有漢將辛奇、灌嬰預受韓信密計，各領精兵三千，遶高奴東小路，從後殺來。董翳見西邊人馬圍住，鼓聲振地，匹馬殺出，纔近城下。後邊喊聲大振，又圍遶上來，重重疊疊，都是漢兵，無計得脫。韓信傳令軍士，大叫：「董翳快降，饒汝一死。」董翳下馬撇鎗，高聲呼曰：「勢窮力迫，情願投降。」眾軍士近前，將董翳拏了。四邊人馬，各捲隊伍。

韓信回到中軍坐定，軍士押董翳到帳下。韓信急出帳，以手拖翳上帳，命左右設坐。董翳拜伏在地，曰：「亡國之俘，受擒麾下，得賜收錄，已為再生，豈敢與元帥行賓主之禮耶？」信曰：「賢公乃秦名將，受封為王。今不棄歸漢，三軍免鋒鏑之傷，百姓領安康之福，得事明君，不失舊爵，同為漢臣，何分彼此？」翳見韓信如此厚德，遂入帳就席而坐。信曰：「賢公既為漢臣，有一言奉告，見今塞王司馬欣建都櫟陽，聞漢兵臨境，定領兵出迎。勞人動眾，非兵之善者也。意欲煩賢公修書一封，轉達塞王，早來納款歸降，漢王仍照舊封爵，以共扶王室，豈不美哉？」翳曰：「請元帥大軍進城，安撫百姓，某即修書，差謀士李芝前赴櫟陽，說塞王歸漢，未知尊意以為何如？」信曰：「大兵正要進城。」隨傳下將令：「著後隊人馬近城駐扎，其餘盡數進城。」董翳策馬到城下，方欲叫門。只見城上已豎起降旗，城門大開，兩邊百姓俱設香案，迎接漢兵。韓信分付三軍，不許搔擾百姓。四門張掛告示，曉諭軍民人等知悉。即令董翳修書，差李芝前赴櫟陽，說司馬欣歸漢。

一日，到櫟陽。離城三十里外，司馬欣安下營寨，以防漢兵。李芝到城下，即傳報進城，塞王殿下著李芝進見。李芝將翟王書持上，塞王拆書，書曰：

翟王董翳再拜塞王麾下：秦惟無道，諸侯離散。楚兵西來，勢不可敵。此時從雍王之命，率兵歸降，實出不得已也。方今漢王寬仁大度，天下屬心，初約入關，即當為王。後楚背盟，左遷南鄭，天命靡常，惟歸有德。起兵東征，所向無敵。韓信用兵，彷彿孫吳。明修棧道，暗渡陳倉。智取散關，水淹廢丘。席捲而來，勢如破竹。某順天意，昨已投降。蒙款以賓禮，不失王爵。恐王孤立，終難自保。唇齒之邦，互相寒暖。同舟共濟，患難為命。茲差幕賓李芝，馳書上聞，惟王鑒納。不宣。

塞王看罷書，大怒曰：「未曾與胯夫交兵，便束手歸漢，豈大丈夫之所為耶？」遂將書扯碎，喝令左右將李芝叉出。芝歎曰：「大王兵不滿數萬，將佐不過數人，二秦已破，櫟陽孤立，項王遠駐彭城，鄰邦為敵國。大王智不及韓信，勇不及樊噲，一敗之後，有家難入，有國難投，那時追想翟王之言，則亦晚矣。大王幸思之。」塞王拔劍，益怒曰：「汝量我無智勇，我今出陣。務生擒樊噲，立誅胯夫。汝當受我一劍。」芝曰：「大王如與漢兵對敵，莫說擒樊噲，殺韓信，若是沖他一陣，得他一卒，那時大王就將臣殺之，以正欺誑之罪，臣不怨悔也。」塞王便呼左右，將李芝監候。即傳令點閘軍馬，先差副將劉林、王守道領兵一萬為先鋒，次後，司馬欣領兵四萬出櫟陽，投高奴來，不遠下寨。

早有跟隨李芝軍士，聞塞王扯破來書，將李芝監候，星夜回高奴，將前事備細說了一遍。董翳亦怒，徑來中軍說與韓信。信歎曰：「量此無智匹夫，如砧上肉耳。吾當擒之。」言未畢，有探馬來報：「司馬欣離高奴五十里下寨。」只見樊噲聽得董翳傳說司馬欣要生擒樊噲，噲咬牙切齒，急到信前，稟說：「噲情願與司馬欣決個勝負，務要拏來見元帥，以雪其恨。」信曰：「將軍如要去，我有密計，必須如此如此，方可取勝。」樊噲得令，當晚來董翳營計議曰：「暗想司馬欣甚是無禮，將賢公書扯破，又將李芝監候，若不定計擒來，以塞其口，反惹他恥笑。」董翳曰：「將軍有何見教？」噲曰：「若要捉司馬欣，須要將賢公的親人綁縛了，我同心腹百人，今晚去欣寨投降，彼必收錄。明早公可來營索討，彼必出營答話。我等隨後一發齊上，決然捉欣。彼三軍無主自亂，而櫟陽亦可破矣。」翳曰：「吾有長子董式，極其驍勇，公可縛去，假作投降，彼方準信。若其餘者，恐彼不信也。」噲大喜，即時選健卒一百名，同柴武雜在眾軍卒中，變其尋常服色，徑從高奴僻路來，離五十里，早到欣寨。伏路小校審問來歷，傳報司馬欣。欣曰：「著進來。」噲進營見欣畢，便說：「我等原是楚兵，隨翟王鎮守高奴，不想翟王歸降了韓信，我等終日思想故土，幾時得回楚地？昨日差他長子出城探聽大王消息，我等眾人灌得他大醉，捉來投獻大王。」司馬欣看是董式，大罵曰：「汝父與我同受霸王封爵，卻如何背叛歸漢？且押去與李芝一處監候。待捉了董翳，一齊解赴彭城。今晚且收在營，明日發落。」眾人拜了，出外伺候。

次日早，董翳領人馬來，搖旗吶喊，請塞王答話。有先鋒劉林、王守道見是翟王，且不敢攔阻，傳報與司馬欣。欣全裝慣帶，一馬當先，與董翳相見。翳大罵曰：「汝不知天道，不曉存亡。想項羽殺了子嬰，坑了降卒，正是我等讐人。我今背楚歸漢，深合天道。我有書曉諭汝知，汝卻扯碎我書，監候謀士。昨晚又捉我長子，前日敢說生擒樊噲，立殺韓信，汝若敢與樊噲對敵一合，我即當下馬受縛。」那司馬欣聽了這話，便大叫曰：「汝便著樊噲來，我與他對敵。」一言未畢，只見樊噲轉上來，一把揪住，拖於馬下。便叫曰：「我便是舞陽侯樊噲也。」那一百軍卒同柴武各執兵器，高叫曰：「汝等眾軍卒，若早降漢，免汝一死。」眾軍卒齊聲曰：「情願降漢。」有先鋒劉林、王守道，見不是勢頭，急率三軍來救。有樊噲、柴武同董翳各執兵刃來戰二將，二將見捉了司馬欣，無心戀戰，只要逃走，卻被三將戰住不肯放。無路回轉，鎗法早錯亂不定，樊噲便刺下劉林，柴武便捉了王守道。三軍倒戈卸甲，情願歸降。眾軍卒押司馬欣等赴中軍報功，一邊放了董式。韓信便喚軍士，押過司馬欣來。信曰：「楚王乃秦之讐人，漢王曾有大恩於秦。汝曾為秦將，正當為秦而歸漢。此乃順天者昌也。昨翟王有書轉達，乃敢口出狂言，略無忌憚。今被擒來，有何理說？」司馬欣低頭不語。董翳、樊噲等眾將勸曰：「塞王誤受楚封，實非得已，今到麾下，願元帥寬恕，仍望奏過漢王，照封王爵。料彼傾心事漢，決無二心也。」信著武士放起司馬欣來，欣向韓信行禮畢，與眾將相見。

信差人傳報與漢王，說高奴、櫟陽二處悉定，請車駕安撫三秦，復取關中。一面傳將令，三軍進櫟陽。張掛榜文，曉諭百姓，放了李芝。有探馬來報漢王車駕離廢丘，過高奴，安民三日。前來櫟陽，與元帥約會，復取咸陽。未知何如，且聽下回分解。

總評　看韓信收二王，仁義禮智，無不畢備，不特勇也。

第四十八回　韓信用計取咸陽

卻說漢王離高奴，至櫟陽，與韓信約會。王謝曰：「前日蕭何舉薦將軍，寡人用之，果建大功。非將軍廟謨神算，何以至此？」信曰：「此非信之能，乃王威武所及，三秦束手而降也。」王曰：「今將軍已破三秦矣，咸陽指日可得。但不知何日起兵？」信曰：「咸陽不難取，所患章邯，雖逃於桃林，離廢丘不遠，倘乘漢兵過關中，復舉兵而西，仍取廢丘，據險以阻漢之糧道，不亦深為後患乎？」王曰：「為之奈何？」信曰：「王且同眾將暫住櫟陽，臣親領一旅之師，前赴桃林，立誅章邯，則除後患矣。」王大喜。信次日領兵一萬，帶樊噲、周勃、柴武、辛奇四將，征赴桃林。

且說章邯箭瘡方平復，正欲差人催楚救兵，復取廢丘，聞人來報韓信人馬離桃林不遠。邯曰：「前日誤中胯夫奸計，今不知止，又來追逼。爾眾將齊心用力，務要與胯夫決個雌雄。」孫安曰：「以臣長策，只可深溝高壘，待楚救兵來，此時不可與彼出戰，恐復中奸計。」邯曰：「楚王已報去許久，不見救兵到來，倘圍困日久，兵窮糧盡，愈難支矣。我兵利在速戰，不可怠緩。」遂不聽孫安之言，隨即分付呂馬童、季良、季恒、孫安點兵五千，隨章邯殺出桃林城來。

只見韓信兵至桃林，門旗開處，韓信出馬，高呼曰：「章邯早降，免汝一死。」邯怒曰：「胯夫敢與我決一死戰耶？」韓信方欲迎敵，只見陣後早有樊噲、周勃二將，各挺兵器來戰章邯。章邯陣後呂馬童等四將，齊出截戰，兩邊金鼓齊鳴，喊聲振天，戰未數十回合，韓信見邯後軍漸漸轉動，呂馬童等各抵敵不住，卻揮動漢兵，急令辛奇、柴武二將徑往陣後沖殺過去。邯兵勢弱，正欲逃走，怎當這生力軍沖殺過來。邯兵大敗，欲奔桃林，已被辛奇、柴武據住後路。韓信又著樊噲、周勃追殺邯兵，兩處不能救應。章邯見四邊無路，都是漢兵圍困，止呂馬童等十數人相隨，又兼箭瘡痸裂，疼痛不止，恐被韓信捉住，有辱威名。遂拔劍自刎，季良、季恒遂死於亂軍之中。

呂馬童、孫安見章邯已死，急趨降旗下，情願納降。韓信鳴金收軍，著呂馬童、孫安近前，以言撫之曰：「汝二人可謂知天命矣。使章邯早來順附，豈有今日？」安曰：「章將軍恃勇取敗，若聽某二人之諫，亦豈有今日耶？」信曰：「桃林城見有多少人馬，將佐還有幾人？」呂馬童曰：「城中人馬不上五百，再無將佐，其餘皆是百姓。」韓信遂傳令進城。信入城，安撫百姓畢。次日，三軍就起身，回到櫟陽。領降將呂馬童、孫安朝見漢王。王乃封前職，隨軍聽用，待有功之日，再加封賞。二將拜謝，其餘降卒，各分入隊伍。大小將佐點視停當，起兵前進咸陽大路來。

卻說咸陽守將司馬移、呂臣一向在咸陽駐扎，累次申文飛報與項王，說漢王用韓信為將，下散關，破三秦，指日到咸陽。乞發救兵接應，不見救兵到來。正在惶懼之際，卻聞探馬來報，漢兵已過扶風，離咸陽不遠。司馬移與呂臣計議：「救兵未到，我等人馬不多。況三秦尚不能為敵，量此咸陽，豈能堅守？近聞城中百姓，聽見漢王到來，個個都有歸附之心，如之奈何？」呂臣曰：「再星夜差人，討救兵。料范亞父，定有區處。」司馬移、呂臣一邊點閘人馬，上城防護不題。

卻說韓信來到咸陽，先差人打聽城中消息，數日，差人來報說：「咸陽司馬移、呂臣計議，只等救軍到來，方出城對敵。見今將咸陽城緊閉，城上人馬防護甚嚴。」信聽說，尋思：「咸陽城甚堅固，一時攻打，如何得破？須用智取，庶不延緩時日。」隨喚呂馬童近帳下，信曰：「汝來歸漢，未建大功。今差汝帶領原降楚兵，就打原用旗號，並所得項王發下各路防守批文，汝帶在身邊，假作救兵，賺開城門。我卻遣兵一擁而入，咸陽垂手而得也。此便是將軍降漢一勳績也。」馬童曰：「元帥將令敢不從命，但批文印信雖真，月日不同，為之奈何？」信曰：「我隨軍亦有洗磨改寫之人。」就於文箱內檢出三秦原行批文，命酈生帶來文士李昺，此人極機巧，看了批文一遍，就到一僻淨去處，去不多時，將批文呈上，與韓信看。日月俱改寫停當，各條字眼，洗補不差分毫，儼然一新來批文也。信看罷大喜，遞與呂馬童收執。就點閘原降楚兵，並原來旗號，又同孫安等共降兵五千，從涇渭迤北僻路，遶向東南而來，直抵霸陵，徑奔咸陽大路。韓信卻差樊噲、周勃、靳歙、柴武領漢兵一萬，隨呂馬童後哨，徐徐而進。待賺開咸陽，乘機一擁而入，城上豎起漢家旗幟。眾將得令去訖。

韓信請漢王且暫屯軍馬，打聽咸陽消息。如漢兵已進城，待飛馬報來，車駕方可前進。且說呂馬童一干眾將，帶領原降楚兵，密從涇渭僻路，遶到咸陽迤東大路而來。到得城下報入城裡，司馬移、呂臣聞楚有救兵至，急上城，見楚兵旗號，便問楚兵：「有甚明文？可打上來驗看。」呂馬童策馬近城下，將原文書打上城，與司馬移、呂臣看了，見是印信文書，隨令軍士開城，放進楚兵來。呂馬童曰：「人馬二起，陸續進發，還有後哨便到。」那時楚兵，緩緩進城，將近日落，後哨人馬已到城下。塵土沖天，軍勢甚大，司馬移看見，便傳令：「且著後哨人馬屯在城外，明日進城。」只見頭起人馬進動，勢不容已，後哨人馬乘勢一擁便入，那傳令軍士便道：「後哨人馬且住。」那後哨為首數將，將傳令軍士手起搠翻五七人，眾軍士吶一聲喊，便殺起來。眾將徑奔城上，將司馬移、呂臣拏住，一刀一個殺了，提頭曉示眾人：「吾乃漢將樊噲、周勃、靳歙、柴武也，奉韓元帥將令，賺開城門，已將司馬移、呂臣殺了，汝等若是歸附，免致誅戮。」眾人齊聲曰：「漢王先到咸陽，該作關中之主，不想霸王背約，封漢王往褒中去，我等終日思想漢王，今日到來，情願歸降。」樊噲等大喜，便豎起漢家旗幟，差人飛馬報知漢王，一邊安下營寨。

一二日漢王人馬到來，咸陽百姓，扶老攜幼，出城三十里，簞食壺漿，迎接漢王，跪伏在地曰：「自從陛下往褒中去，終日思想，不意今日復來咸陽，我等萬民之福也。」漢王安撫畢，進城。兩邊百姓，各家門首設香案迎接。漢王至咸陽，舊殿打掃潔淨，陞殿坐定。韓信領大小將佐朝見行禮畢。一邊傳旨，張掛榜文，安撫百姓，一邊擺設筵宴，賞勞眾文武將士畢，計議東征。信曰：「咸陽雖破，而關東有魏豹、申陽二王未歸附。倘項王率兵而來，會合二王與漢兵為敵，恐三面受害，則難與爭鋒矣。」漢王曰：「如之奈何？」信曰：「必得一奇謀之士說楚，且移兵伐齊，臣卻南破平陽魏豹，東破洛陽申陽。關東既定，項王不難敵也。」王便問：「那個謀士去說二王？」只見中大夫陸賈奏曰：「昔日陛下西伐秦，臣於洛陽投見，遂入褒中。今三年未歸，臣妻子父母，俱在洛陽，存亡未保，臣欲歸省父母，就用言說申陽歸漢，然後至平陽說魏豹，料二王必有所遇焉。」王甚喜，隨取金十斤賞賈為路費。

當日賈辭漢王，先赴洛陽來。進城，即到家。父母妻子俱在，拜罷父母，與妻子相見，問候起居。父母曰：「多虧申王，自從爾隨漢王西征，終日差人供給米糧衣服，一家得受溫飽，皆王之恩也。爾可朝見，謝王供給之恩。」賈聞說甚喜，隨整衣冠赴朝，前來見申陽。

陽聞人報說陸賈回家，陽曰：「陸大夫隨漢王西伐，今經三年，凡有謀議大事，無人相語。今幸回家，可著人請來。」言未畢，門官來報陸賈在府前伺候。陽曰：「快請來。」賈入，朝見申陽。陽笑容滿面，以手扶賈曰：「自從大夫從漢王西征，久去未歸，家下每差人看管，終日望大夫回來，以慰所思。」賈曰：「臣奉命隨漢王西伐，不意漢王苦留臣隨行。臣見漢王乃長者，既有苦留之意，臣不得已在褒中，住居許久。昨破三秦，至咸陽，臣告辭來見大王。家下父母妻子，蒙大王供給厚恩，臣父母妻子得以存活。不然，則饑餓凍餒死矣。大王之恩，雖粉骨碎身，不能報也。」申陽又問：「漢王為人何如？」賈曰：「漢王寬仁大度，撫愛將士。今拜韓信為將，未一兩月以來，下散關，破三秦，智取咸陽。隨到郡縣，望風而來歸，真有道之君也。將來，漢王決成大事。」申陽曰：「我亦聞漢王有德，久欲歸附，但楚之強大，不可輕犯。倘我歸漢，霸王知之，決不干罷，此位恐難保也。」賈曰：「漢王近日兵勢亦振，況兼韓信用兵如神，若兵過洛陽，亦當遠迓，免彼攻擊也。」陽曰：「然。」陸賈初欲說陽歸漢，因見陽相待甚厚，不忍下說詞。又見父母妻子得所，遂安心留戀於洛陽，無復歸漢矣。

漢王在咸陽，等陸賈去二處說申陽、魏豹歸降，久未見回音。正憂悶間，有人來報：「司徒張子房出藍田，將至新豐，預先差人報入咸陽來。」漢王聞張良將至，甚喜。隨差灌嬰、曹參出郭迎迓。韓信聞知，亦差薛歐、陳沛二將遠迎。漢王傳旨：「置辦酒席，與張良接風。」王正在殿上等候，有人飛報入內：「張司徒已到朝門之外矣。」漢王下殿門，步行至承德門，遠見張良疾趨而來。王笑而言曰：「先生久不相見，使我終日懸想。」以手挈張良至殿上。張良拜伏在地曰：「自別陛下以來，雖未日侍左右，而此心無日不在王前也。臣別陛下時，曾告入關中，幹三件大事：說項王遷都彭城，使六國叛楚，尋一個興劉滅楚元帥，至咸陽與陛下相會。臣今三事，皆已幹畢，敬來咸陽相見陛下。」王大喜，扶良曰：「三事皆蒙先生勞神，邦今得出褒中，相會於此者，先生之功也。他日當刻名金石，萬代不磨矣。」良朝王畢，又與諸文武將佐相見。有韓信近前謝曰：「蒙先生舉薦之力，漢王不次擢用，大遂所願，終身不敢忘盛德也。」良曰：「將軍累建奇功，威名大振，可謂不負所舉矣。」只見殿上筵宴已設下，漢王召群臣陪坐，親與張良把盞。君臣宣暢一堂，笙簧齊奏。其日甚樂，各散。

次日，漢王與韓信、張良計議：「魏豹、申陽二處未歸附，陸賈去久亦未回，倘楚兵西來，何以應之？」良曰：「陸賈歸洛陽，乃父母之邦，留戀故土，豈肯說申陽歸漢？魏豹素有虛名，妄自尊大，陸賈亦難下說詞也。二處須臣一行，必隨機應變，鼓動其心，務使二王歸漢。那時韓將軍方好東征。」信曰：「連日正想得先生妙算，方得二王歸附。若陸賈之行，不過托此以為歸鄉之計也。」王曰：「但先生方來相會，不忍又勞遠行也。」良曰：「天下未定，豈容安居自得，飽食終日耶？臣今辭陛下就行，仍寫書表與楚，著專意伐齊，使無西來之意。臣到平陽、洛陽二處，料二王不勞陛下張弓矢而下也。」良辭漢王，來說魏豹、申陽。不知如何，下回便見。

總評　看淮陰取咸陽，勢如破竹，可見著數已定。

第四十九回　張良說魏豹降漢

張良一邊修書表，遣人賫彭城，一邊帶領應該使用之人，密密投平陽、洛陽二處，不題。

卻說霸王一日設朝，咸陽累次差人求救，續後又聞咸陽已破，現今漢王建都關中，各郡縣望風歸附，地方五千餘里皆屬漢王，不日東來，深為未便。霸王大怒曰：「量此胯夫，有何識見？取我三秦，襲我咸陽，使劉邦得以大肆猖獗也。就點三軍，刻日啟行西征。若不擒劉邦，誅韓信，誓不旋師也。」范增曰：「臣昔日曾屢薦韓信：此人若留用，須當任以大將之職；若不用，當殺之，以除後患。陛下不聽臣言，使彼歸漢，今卻動陛下聖怒也。」霸王曰：「章邯老革，原無才能，司馬欣、董翳皆鼠輩，咸陽亦無大將把守，以致中韓信奸計。雖失此數處，皆不足為憂，若我大兵一臨，管教劉邦、韓信為虀粉矣。」言未畢，朝門外有人來報：「韓國張良遣人賫齊國書，並張良表文上見。」王曰：「召進來。」其人將張良密表並書呈上。王先拆表，曰：

韓國司徒臣張良頓首上言西楚霸王皇帝陛下：臣良蒙陛下不殺之恩，遣歸本國，得以營葬故主，優游歲月，入山採芝，臨溪觀水，訪蓬萊於仙洞，求真丹於方外。仕途趦趄，無復前進。然雖遠處林泉，而此心未嘗一日忘陛下盛德也。近聞漢王欲召臣從事，臣力辭以疾，且無心於登涉久矣。

豈獨一召不往，雖百召亦無往從之理。又有齊梁二國，亦來召臣，臣亦堅志力辭。齊梁已知臣無心於功名矣，不復來召。其後有檄書傳至韓國，語言狂妄，意有圖天下之心。臣蒙陛下聖恩，既知鄰國作亂，安敢隱忍而不明言耶？臣料漢王見識，欲得關中，如約⑲即止，無復有東來之意，若齊梁二國，傳檄各國，志在不小，深為陛下後患。請即發兵，屬意齊梁，制服其心，使無復恣肆，則大事定矣。如或漢有他志，乃轉兵而西，一鼓可擒也。臣鄙見如此，惟陛下察焉。臣良不勝戰慄恐懼之至。

霸王看罷表文，復又拆開齊梁檄書，曰：

齊王田榮、梁王陳勝，書拜諸王麾下：嘗聞天位以有德而居，至德以大公而盡，無德不足以居天位也，非公不足盡至德也。項籍、劉邦受懷王之約，先入關者王之，天下所共聞也。及劉邦兵不血刃，而取關中，必如懷王之約，則劉邦當為秦王矣。籍乃背約而左遷諸侯，大肆不道，陰弒義帝。既為無德，又非大公。桀紂之流，亡秦之續。非獨有國者當奉行天討，以誅此僭亂⑳，凡庶民百姓，亦當告諸天地，人人可得而誅也。今專人敬賫檄文，早賜發兵，會合諸侯，共誅項籍無道，明正其罪，以讓有德，天下萬民之幸也。檄書到日，早為施行不宣。

⑲ 如約：履行了約定。

⑳ 僭亂：僭位作亂之人。

霸王看罷檄文，以手拍書案，大罵曰：「齊梁二國匹夫，敢如此無禮，我先滅齊梁，後伐韓信。」即發付差人回張良去訖。范增曰：「陛下息怒，此是張良恐楚兵西征，故將此書以激聖怒，使陛下無意西行，漢王得以從容行事也。然雖是計，但齊兵勢大力強，不可不先伐，以除剝牀之患。將計就計，當從張良之議。而漢之為患，實是心腹之疾，尤不可緩。當傳旨二魏，嚴加防守，以阻漢兵。待陛下伐齊梁之後，即旋師西行伐漢，勿誤也。」霸王曰：「然。」即發兵伐齊梁，遂不西征，果中張良之計矣。

卻說張良離咸陽，到平陽，入的城來，看平陽景致，山川秀麗，風土淳厚。古為晉陽，今屬西魏，人物繁盛，地利險阻。到魏王大門外，令左右報入內說：「韓國張良來見。」左右入內，報與西魏王。魏豹曰：「張良為何來見？」傍有大夫周叔曰：「張良乃說客也。雖蘇秦、張儀，皆所不及。此來必是為漢王作說客耳。大王當斟酌之。」豹曰：「如彼下說詞，吾有寶劍，正欲誅此狂士。」叔曰：「張良名在六國，天下所知也。雖霸王亦不加誅，大王但當以禮相與，不可輕聽其言可也。」豹分付左右：「請張良入內相見。」張良入內，與魏豹行禮畢。豹曰：「聞公在漢王麾下，今來有何見教？」良曰：「臣因漢王過韓國，借臣伐秦，前已辭歸韓國。昨聞東征入咸陽，差人累次召臣，臣已無心功名久矣。但念漢王乃長者，昔嘗受知遇之恩，今特來一見，即辭回本國。適過西魏，聞大王乃有德之君，威名重於六國，一路無一人不稱頌其德。良平日仰慕大王，尚欲請見，今既親到魏國，豈可不願求一見，以慰渴仰之懷耶？」豹聞良語甚喜，延之客席。飲酒間，豹問良曰：「方今六國縱橫，楚漢交兵，以先生識見，何國當興？何國當亡？必有廢興存亡之數。先生深曉世務，平日定有高見。」良曰：「若論天下之勢，漢業當興，楚終滅亡。觀漢王，昔神母夜號，已有徵瑞。即今捲席三秦，智取咸陽，四方郡縣響應。不兩月，得地方五千餘里，天下歸心，諸侯仰德。良雖韓國人，聞漢王到咸陽，不遠千里而來，以求一見。昨各路諸侯，俱上表歸降。如齊燕大國，亦皆納貢。良夜觀天象，知漢王將來，決為天下主也。據楚今日雖強大，諸侯不得已歸之。若一旦楚王挫動銳氣，六國必相離叛，楚豈能久耶？燕齊深知天命，善達時務，所以屬意於漢，以圖富貴久遠，真為有見。齊燕號稱大國，尚且如此，況其餘諸侯乎？良見人心如此順應，所以知漢業當興，不待推論而可知也。」豹聞張良之言，急起身，執一盃酒，奉良曰：「據先生之言，漢王決得天下。我亦嘗思，今日雖封為王，但孤立於此，恐難久遠。適聞先生之言，感動我平日憂慮之懷。今亦欲屬心於漢，不識先生肯薦引㉑之乎？」良曰：「某深慕大王之賢，入其國，即來請見，倘王有心歸漢，漢王極大度能容人。良如引進，漢王必患難相保，與大王共享富貴也。大王亦免平日憂慮之懷矣。」

周叔在屏風後，聽張良說魏豹，又見魏豹已被張良說倒，急從屏風後轉身出來，近豹前曰：「大王不可聽張良之言，倘霸王得知，必興兵與魏為敵，大王將何以應之乎？此遠有所慕，而近有所遺也。」良大笑不止。叔曰：「公何大笑？」良曰：「我笑大夫不知強弱，不曉時務，不能真知霸王為人，所以大笑也。」叔曰：「何為強弱？」良曰：「秦將章邯，昨封為雍王，鎮守西秦，帶甲二十餘萬，較之西魏，孰為強弱？韓信一出，水淹廢丘，章邯自殺，勢如破竹，不必如霸王久戰之勞也。觀大夫之見，可謂不知強弱矣。」叔曰：「何謂不曉時勢？」良曰：「天下有一定之時，有一定之勢，方今時尚未定，勢亦未定。霸王恃己強暴，未曉天命，雖圖天下，而未得其時也。不都關中，而都彭城，雖霸諸侯，而

㉑ 薦引：推薦介紹。

失人心，未得其勢也。漢王隆準龍顏，行動時有瑞雲現於其上。芒碭斬蛇，神母夜號。天命有歸，百代真命。入關之初，兵不血刃，知人任使，人心歸附。得天下之時，審天下之勢，惟漢為能也。大夫不欲大王歸漢，所以不曉時勢也。」叔曰：「如何不能知霸王為人？」良曰：「霸王記人小過，忘人大恩，如齊燕無過，封王未久，一旦舉兵伐之，使二國再無寧日。觀此，若二魏亦難自保，不早為之計，大王孤立於此，倘霸王破齊燕而轉兵於魏，大王能禦之乎？大夫不知霸王為人，於此可見矣。」周叔被張良說得無言可答。魏豹叱之曰：「張先生之言，深合吾意。急寫降表，預備進貢，同子房公入關中降漢。倘霸王如來伐魏，吾即與漢合兵一處，同力伐楚。此不易之長策也。」良曰：「如大王之言，誠萬世之計。他日富貴永遠，幸無忘今日之鄙見也。」王分付降表并進貢，俱收拾停當。次日，周叔同張良赴咸陽來見漢王，後史官讚張良為說詞，有詩曰：

口若懸河倒百川，風雲機變話中傳。平陽帶甲連千里，不及先生數句言。

張良同周叔賫表文進貢，一日到咸陽，投見漢王。張良備道：「魏王屬意於漢，命大夫周叔，賫降表進貢，同臣來見王。」王大喜，周叔呈上表文，表曰：

西魏王豹稽首頓首上言：派流支遠，而終歸巨海。群燕飛鳴，而必棲樑棟。魏處西隅，未沾王化，仰聞漢德，日升川至。制服三秦，而章邯授首。仁昭百粵，而齊楚畏威。天下歸心，諸侯順附。豹等願從王命，任為驅使。土地人民，皆屬統理。惟王鑒納。臣豹不勝佩服感戴之至。

王覽表，甚喜。周叔又將進貢名馬、白璧設於王前。王命收訖，仍管待周叔甚厚。叔見漢王與臣下，相待如賓客，飲食帷帳，皆如漢王，叔益喜。自思：「漢王真長者，張良之言，誠不誣也。」次日，叔辭漢王還國，王以手書回答，付周叔，仍賞賚甚優。周叔回見魏豹，備道漢王盛德，豹大喜，周叔將漢王手書呈上。豹拆書捧讀，書曰：

漢王手書拜付西魏王足下：邦聞王之名久矣，乃周畢公之裔，世為賢王。德被魏土，誤為楚屬。人知其非，幸蒙不棄，與漢結好，協力贊襄，以成王業。凡有謀猷，相賴輔翼。疆宇弘開，咸歸一統。懋著元功，魏基布展。帶礪山河，共享富貴，如有艱險，誓與為助。王其鑒之。

豹讀罷手書，命左右收於書笥。自此，魏豹背楚已歸漢矣。

卻說張良已說魏豹歸漢，復辭王往洛陽說申陽。帶領樊噲、灌嬰，並人馬三千，臨行時，附耳分付：「汝等照依如此如此，不可有誤。」三將領命，先往洛陽去訖。

且說申陽自得陸賈回洛陽，終日與賈議論國事。一日正相議間，忽有人報曰：「有漢張良在門外，欲參謁大王。」申陽與陸賈曰：「張良此來何為？」賈曰：「張良此來，必為漢王作說客，來說大王歸漢。若大王果有心歸漢，當從其說。若專意西楚，即將張良捉赴項王處獻功。范增深惡張良，而必喜大王實心向楚，早時在項王前稱讚大王。此所謂害一人而成大謀也。」申陽曰：「我既受楚封，豈有歸漢之理？」賈曰：「大王若專意在楚，臣且迴避，王可與張良相見。不待良開口，便著武士捉住，星夜差人押解彭城。」申陽曰：「此計甚妙。」便著門吏喚張良進見。張良尋思：「申陽商議許多時，方召我入見，定是陸賈定計害我，豈知我已有成算矣。」遂徐步入見申陽。只見申陽仗劍坐於殿上，大呼曰：「張良此來，必欲為漢作說客耳。昨楚王有詔旨，各國凡遇張良，即時擒捉，解赴彭城。今不意卻來我國，正合詔意。」便呼武士將張良捉了。左右不容張良開口，就綁縛於殿下。張良任他擒拏，更無一言回答，暗自冷歎。申陽就令部將郭麋帶領一百軍卒，押張良前赴彭城，來見霸王。未知性命如何，且聽下回分解。

總評　漢王賞陸賈黃金十斤，可惜可惜。

第五十回　調陸賈智賺申陽

且說申陽拏了張良，命部將郭麋押解去見霸王。陸賈復進言曰：「郭麋去見霸王，恐不能應答，臣須隨行。就打聽霸王伐齊梁二國消息，亦與范增通好，以安其心。」申陽預備禮物，並陸賈路費之資，打點停當，分付陸賈疾去早回。賈拜辭申陽，從洛陽大路進發。

卻說郭麋押張良，行未五十里遠，忽聽一聲鑼響，大林中閃出一員大將，當頭高呼曰：「來者是何處軍卒？押解甚人過此？快留下金馬，方放爾過去。」郭麋曰：「吾乃洛陽大將郭麋也。領洛陽王之命，押囚犯赴彭城，見楚王去。汝有耳目，必知楚國之強，我申王之勇，急早放過去，免爾一死。」其人馬上大怒曰：「汝以楚王為強，申陽為勇，自我視之，如嬰童耳。」舉手中方天戟，直取郭麋。郭麋戰不數合，被其人一戟刺郭麋於馬下，眾軍卒撇了張良，落荒便走。其人領人馬追趕，行不過一二里，正遇陸賈帶領數從人，自洛陽大路而來。其人見了，認得是陸賈，便叫眾軍士快綁縛了。眾軍一齊上，將陸賈拏了。此人不是別人，乃漢將樊噲是也。隨同到大林中，眾人已將張良釋放。張良在樹下坐定，拏陸賈近前，良責之曰：「汝從漢王褒中三年，相待甚厚，今卻勸申陽害我，是何背德如此耶？」賈曰：「我之從漢王，其事與先生同也。先生不忘於韓，猶賈之不忘於魏也。賈無二心，先生豈有二志？先生始終為韓報讐，賈亦始終為魏以盡此心耳。先生何責於賈，而視為背德薄行者耶？」良曰：「汝雖巧說，豈不知漢王為長者？當勸申陽歸漢可也，何乃專意事楚，反與漢為敵耶？」賈曰：「其亦兩請，以為事漢乎？事楚乎？申王曰：『吾受楚封，當專意事楚。』某遂計擒先生，以獻於楚，是申王之為楚臣也。」樊噲大叫曰：「陸賈擒先生以獻楚，見申陽之忠也。吾今擒陸賈以獻漢，亦見我之忠也，又何辨說之有？」遂將陸賈綁縛前驅，徑奔西行。

只見原押張良軍健一百名，殺死者止十數名，其餘俱逃回，報與申陽曰：「郭麋押解離洛陽，未及五六十里，卻被一夥強人攔住，索要金馬之類。郭麋不與，遂與交戰，不數十合，被強人將郭麋刺死，張良搶去。我等逃回，又被強人追趕，未及二三里遠，正遇見陸大夫，亦被強人捉去，不知存亡。我等徑自逃回。」申陽看了這話，大怒曰：「那裡有此等強人，敢如此無禮？」就整點一千人馬，出洛陽城，往前追趕。到大林中探看，不見一人，問近村居民，盡說：「早間有些人馬，各四散，不知所往。」申陽猶豫不決，左右曰：「大王只照大路趕去，料亦不遠。」申陽急催人馬，方欲從大路來趕，只見有三五個客人，各背行李，正從大路來。申陽著人詢問，眾客人道：「我等從前路來，並不見有軍馬。」申陽尋思：「此正是強人搶奪了陸賈盤費，從小路去了。」隨調轉人馬，往小路追趕。路徑盤旋，溪澗曲折，行不上三五里，天色已晚。申陽又惟恐強人害了陸賈性命，又見路徑難行，心內正焦躁間，急聽坡邊一聲砲響，火把齊舉，樊噲一馬當先，手起一戟刺來，便按住手大喝曰：「我看陸賈之面，饒汝一死。」那申陽愴惶之際，急難措手，若非張良分付樊噲，申陽已死下矣。申陽勒回馬便走，夜晚不防土坡邊轉出數人，將絆馬索齊舉，把申陽馬絆倒，眾軍卒將申陽捉了。樊噲見夜深，急鳴金收軍。扎駐營寨，綁縛申陽來見張良。

張良秉燭坐帳上，見眾軍卒押申陽來，急下帳，親解其縛，扶於座上，拜伏在地曰：「良奉漢王之命，請大王合兵伐楚，為天下除此強暴。不意大王不從，欲捉張良解楚，此皆張良預先算定這條計策，先調陸賈，後賺大王。方纔樊噲無狀，欲害大王，多得陸大夫再三為大王哀告，因此不敢下手。良觀漢王有德長者，與項王大不同，王當歸附，富貴可保，國祚綿遠，請大王熟思之。」陸賈從帳後急出勸曰：「大王當從張司徒之言，可屬意於漢，以保富貴久遠也。況今洛陽城已被灌嬰賺入矣，今日樊將軍欲襲害大王，臣再三哀告，得以保全，乃有今日。觀漢王有如此豪傑，大王不可違也。」申陽曰：「事既到此，勢不容已。即請張先生同到洛陽城，安置眷屬停當，就同陸賈往見漢王。未知張先生之意，以為何如？」良曰：「就同大王進城，亦何害？」隨調轉人馬回洛陽城。

到得城下，只見城上皆漢赤幟，軍士嚴整，四門緊閉。灌嬰立於城頭上，大呼曰：「某奉張軍師將令，昨晚已進城，安撫百姓，著軍士把守府門，不許有人出入。」申陽看罷，目瞪痴呆，罔知所措，暗思：「張良真神人也。」張良近前著開門。只見放開西門，張良、樊噲同申陽、陸賈眾軍士，徐徐進城。兩邊百姓，安堵如故，雞犬不驚。申陽歎曰：「漢王善能用人，觀此便知軍法矣。」隨張良、樊噲入內。灌嬰曰：「二公未可入內，恐人心或有變。某扎營在此，請大王、軍師、樊將軍在營相會。」申陽復歎曰：「漢家有如此人物，豈不足以王天下乎？」遂折箭為誓曰：「大丈夫一言既出，豈容更變，況張司徒、樊將軍亦非尋常人，漢兵俱把守四門，灌將軍扎營在此，洛陽已為漢有矣，又何多疑焉？」言未畢，有人來報，又有枝漢兵到來，以為接應之兵。為首二員大將周勃、柴武，統領精兵三千，見在城下扎營，欲來與軍師相見。良曰：「請進來。」二將進城，見張良行禮畢，與申陽、陸賈眾將俱相見。良便問：「二位將軍，緣何勞兵馬遠來？」二將曰：「軍師離咸陽二日，元帥放心不下，復差某二人來接應。陸續有十數起探馬接應，馳驟終日，有消息傳報。某到潼關，已知軍師計取洛陽。一晝夜傳報五六百里，此正謂飛報軍情也。」申陽聞說，驚訝不已。遂請眾將入內，設筵宴款待眾人。

次日，張良眾將同申陽、陸賈赴咸陽來。一路探馬飛報，往來不絕。來到咸陽，進了城，只見門禁嚴肅，軍伍齊整。傳報入內，漢王陞殿。張良、樊噲、灌嬰、周勃、柴武見畢，備將調陸賈，賺申陽，詳細說了一遍。漢王大喜曰：「若非先生妙計，如何一舉兩得也！」隨召申陽、陸賈進見。左右傳出。不多時，申陽朝見漢王，王以言撫之曰：「賢王雄鎮一國，威名日著，久欲共成王業，不得已使子房計請過咸陽一會。幸賢王不棄，不遠數百里而來，甚慰鄙懷。」申陽曰：「大王盛德日隆，天下仰望，今見諸將威武，謀臣神算，知天命有歸。臣等敢不委心效力，以圖補報萬一也。」陸賈慚色，拜伏在地。漢王歎曰：「人各為其主，既到本國，安有復事他人理？今日來見，乃從洛陽王之命耳，吾必不過責也。」

汝何負愧焉？」賈謝曰：「蒙陛下三年知遇之恩，終日不能忘於懷。但臣歸家，父母有命，遂戀戀不能捨，以此失信。臣該萬死也。今乃不即加誅，過蒙撫恤，愈彰陛下天地之量，覆育之仁也。」王遂設宴，款待申陽，命韓信等諸將相陪，盡醉方散。

申陽歸公館，甚喜。次日，朝見漢王，王命回洛陽，照舊為洛陽王。陸賈仍留在韓信麾下聽用。

卻說韓信與眾謀士計議：「今二魏已平，連日主公欲思東征，又念太公久在豐沛，不得迎養，但無人密計搬取。諸君有何良策，相與圖之？」有大將王陵曰：「陵昔年聚黨於南陽，結識二壯士，其人乃嫡親兄弟。一名周吉，一名周利。極驍勇，人不可及。嘯聚二千精兵，與陵為刎頸交。此二壯士最豪氣，不願出仕，惟圖山林快樂。嘗令軍士開懇閑地，無事耕種，以為常產㉒。有事則集聚操練，以禦強敵。但到處，無不取勝。不擾鄉村，不害百姓，以此數年之間，人強馬壯，鄰近郡縣居民，多有來歸附者。近聞人馬增添，有一二萬。陵今情願約二壯士，帶領軍兵至沛縣，搬取太公並家眷。就著二壯士防護送至中途，元帥卻差人馬接應，管交㉓一路無事，直抵咸陽。若今動軍馬搬取，倘霸王知覺，決差人邀截，難保無事。以陵愚見如此，不知元帥以為何如？」信曰：「此論極妙！若將軍能幹此一事，就是出關第一功也。」韓信隨奏王陵，備細說搬取太公如此如此。漢王大喜曰：「將軍如幹此一事，庶免我日夜思念也。」王陵遂拜辭漢王，帶領一二從人，當日啟行。未知如何取太公，下回便見。

㉒ 以為常產：把它們當作主要的生活來源。

㉓ 管交：保證、一定的意思。

總評　以洛陽陸賈一人而當漢家將佐，不亦螳臂車輪乎？

第五十一回　王陵迎太公入漢

卻說王陵領漢王家書，同從人打扮如商人模樣，離咸陽赴徐州沛縣來，不題。

卻說霸王正在彭城遣兵伐齊梁，一連接三五道飛報說，西魏王魏豹、洛陽王申陽，俱領兵降漢，各路郡縣聚人馬歸附，關東一路，十分緊急。霸王聞飛報，便與范增計議曰：「韓信自離褒中以來，侵奪朕疆界七千餘里，深為後患。朕須親領大兵，務擒韓信，誅滅二魏，卿以為何如？」增曰：「見今齊梁未下，各諸侯離叛，陛下如西征，則彭城恐難守也。不如差人過沛縣，將漢王家屬，拘繫彭城。使各路嚴加關防，待齊梁既定，然後禦漢兵，未遲也。」霸王當差部將劉信帶領步卒一千，前往沛縣，拘拏漢王一家老小，密從豐澤小路而來。

劉信領旨前到沛縣，傳旨分付縣令，拘喚弓兵胥吏人等，即將漢王舊宅圍了，盡將太公等一百二十口家眷，盡數檢拏，點檢明白。隨將一應家財，著縣令封鎖，差人看守，待奏過霸王，再作區處。信領一千步軍，押解太公等家眷，赴彭城來。從豐澤小路進發，方行有三十里遠，只聽樹林中一聲砲響，走出三員大將，領三千人馬，攔住去路。高叫：「快留下太公等家眷，放爾過去。」劉信挺身出馬曰：「我奉霸王之命，捉拏太公，汝是何人，敢中途攔住？」三人大怒，各舉兵器殺來，劉信舉刀交還，戰不數十合，早被一將舉鎗刺劉信於馬下。眾軍士撇了太公家眷，四散都走了。三人急到檻車前，取出太公眾家眷，拜伏在地曰：「早是臣等急趨而來，若少遲半日，過我豐澤，決被楚兵拘赴彭城矣。幸得微臣星夜而來，救了大王，望乞恕罪。」太公曰：「多虧三位將軍，搭救老拙性命。請問三位將軍大名？」那為首大將近前曰：「臣姓王名陵，沛縣人也。這二位壯士，乃南陽人，一名周吉，一名周利，是嫡親兄弟。臣奉漢王之命，約二位壯士前來，搬取大王。不想從小路來，徑投沛縣，天幸正遇大王。但此處不可暫住，就當起身。」眾人催攢三軍，防護太公，徑往咸陽進發。

有劉信敗殘軍兵，星夜逃命，走回彭城，來見霸王。備將豐澤遇見盜賊搶奪劉邦家小一百二十口，并殺死劉信折損軍兵一節，細細奏告了一遍。霸王聞說，大怒曰：「鄰封之地，豈有如此盜賊？必是漢王差來搶奪家小，想此去不遠。」急喚鍾離昧、英布：「領三千人馬，星夜與我趕上擒來。」二將得令，點就人馬，急來追趕太公。

且說太公離了沛縣，往咸陽進發，人馬眾多，不能急行。將至河南商城，只見塵土起處，有追兵到來。王陵曰：「我且防護太公先行，二位兄弟，當住來軍。」周吉、周利曰：「請兄先行，待我與後軍對敵。」周吉等將人馬排開，專等後軍到來。不多時，鍾離昧、英布早到，高叫曰：「逆賊，快留下漢王家小，饒汝性命。」周吉等出馬當先曰：「我等奉漢王令，搬取太公，與爾何干？緣何追趕？急早回去，免爾一死。」英布大怒，舉斧來戰二將，二將各舉鎗刀交還。一往一來，戰五十餘合，不分勝敗。鍾離昧陣後急鳴金，英布撥馬跑回後陣，二將亦收兵退後。英布便問：「公何鳴金？」昧曰：「遠望後面有軍馬到來，恐漢兵有埋伏，況二將亦皆驍勇，不若且回彭城，奏霸王，再為區畫。倘後軍再加添，反中奸計。」布曰：「既遠來追趕，不見下落，如何便回？就有加添人馬，有何懼哉？」復鼓譟索二將出馬，二將曰：「汝乃敗將，如何又出來戰？」布大怒曰：「我今與汝戰二百合方休。」二將就與布交戰，殺氣彌空，征雲四起。正戰中間，鍾離眛卻催後軍，蕩起征旗，向前一沖，二將人馬早自紛紛退後，吉措手不及，被布一斧砍於馬下。周利卻見兄被害，無心戀戰，勒回馬便走。鍾離眛命眾軍士一齊放箭，周利急走，後心早中一箭，翻身落馬。英布手起一斧，遂將周利殺死。楚兵奮力向前，將周吉三千人馬，不留一個。英布收軍，天色漸晚，就在山崖邊扎營造飯。鍾離眛曰：「多虧將軍武勇，立誅二將。」布曰：「若非賢公後陣沖殺，二將尚不能敗。」眛曰：「前邊塵土隱伏，恐夜晚劫寨，須當防之。」布曰：「公之高見，正合我意。」二人一夜未敢安寢。次日天明，整點人馬，向前追趕。

王陵行到山坡之下，假將塵土飛揚，使英布、鍾離眛相疑，不敢前追，以此太公得以逃走。隨後有人打聽說，二將被英布殺了，急與太公計議，連夜前進。又行了二日，將近洛陽，只見英布人馬，兼程而進，復又追上。王陵正在緊急之間，急見一彪人馬，從山後轉出，旗上大書「漢將周勃、柴武」。放過太公家小，二馬沖將來，更不答話，就與英布交戰。金鼓震天，兵刃大舉，王陵隨後也殺來。三將戰住英布，布因追趕漢兵，未得休息，又兼三將驍勇，漸漸力乏。正在危急之際，又有洛陽王申陽領大軍從大路上殺來，兩路夾攻，將英布圍在垓心㉔。左衝右突，不能得出。鍾離眛後軍已到，見楚兵受困，遂將後兵分為兩路，沖殺漢兵，救出英布。且戰且走，天色已晚，各鳴金收軍，安下營寨。眛曰：「漢兵

㉔ 圍在垓心：圍困在中間。項羽被圍垓下，說部中因有垓心之詞。

漸次加添，中陽又來助陣，我兵新敗，恐難對敵。不若今晚乘月色，急將三軍調回，沿路虛放號火，料彼恐我有計，決不敢追襲。庶我兵得以保全。」英布急分付三軍，各啣枚回兵，一夜退盡。

次日，漢兵來報說楚兵一夜已退盡了。王陵曰：「英布勢窮，不敢出戰，想退回楚矣。」周勃曰：「元帥曾分付窮寇莫追，且號火不止，其中有詭詐，幸喜將軍已保全太公家眷到此，乃莫大之功也。主上晝夜思念，飲食俱廢，我等作急保太公家眷見了主上，免終日掛念也。」眾將辭了申陽，徑從大路，望咸陽進發。

一日到潼關，漢兵接連幾起迎接。行至臨洮，有漢王領文武大小將佐，奉迎太公。見了太公，抱頭大哭，王曰：「不孝兒男劉邦，因項羽左遷褒中，離間三年，未得奉養。今幸完聚，不勝欣躍。」又與呂后太子相見，亦各垂淚。眾文武進膳，漢王舉酒上獻畢，奏軍中之樂，隨路香花迎接。將到咸陽，只見旌旗耀日，金鼓振天，太公陞逍遙車，兩邊執龍鳳日月扇。香風滿道，笙簧節奏。太公歎曰：「誰想劉阿三，乃至此乎！」心中甚喜。進得城來，家家戶戶，結綵焚香迎接。眾文武扶太公至殿上，太公曰：「此殿上不可坐，另有僻靜別宮，我宜居之。」漢王曰：「前日已打掃玄德宮乾淨，請太公居之。」撥宦豎數十人答應，呂后太子及家眷請後宮居住。自此漢王威鎮關中，不題。

且說英布、鍾離眛回到彭城，備細將王陵盜取太公、結連山寇，奏知霸王。王忿怒曰：「王陵乃何如人？」增曰：「王陵，沛人也。事母至孝，昔年聚兵南陽，極有勇力，後仗劍投漢，漢王用之。結連山寇，即南陽聚黨也。南陽二寇，郡縣莫能治，今被英將軍誅之，亦除一大害矣。見今王陵母，隨陵弟王澤居沛，務農奉養，若將陵母拘於彭城，得一言傳與王陵，陵即歸楚矣。」霸王即差人過沛縣，將陵母解至楚營，霸王以言撫之曰：「汝子王陵與朕彭城相近，不來降朕，卻反投叛賊劉邦。聞汝大賢，當教汝子降朕，朕封為萬戶侯，子孫世祿。汝當修書，叫汝子急來歸楚。」陵母但低頭不語。范增奏曰：「且將陵母拘禁，分付看守者，用好飲食恩養。待王陵隨漢兵入寇之時，卻再計較。」霸王傳旨，將陵母拘禁。

卻說漢王在咸陽，集大小文武將佐：「即今兵勢已振，各路諸侯賓服，正好東征伐楚。」韓信奏曰：「兵勢雖振，東有殷王之阻，歲星未利。須待明年，招集豪傑，訓練甲士，然後可以伐楚。」王曰：「為今之計，奈何？」信曰：「即今且領軍征殷王司馬卬，以除楚之羽翼，則明年易為力也。」王曰：「然。」於是韓信辭漢王，領兵徑奔河內郡來。不知如何與司馬卬對敵，且聽下回分解。

總評　二周一出兵便死，最為可惜。然死之有益，亦不死矣。

第五十二回　樊噲擒伏司馬卬

且說韓信人馬到了河內郡，離城五十里安下營寨。有殷王預知信兵到來，離城三十里扎下營，四門各設人馬防守。殷王司馬卬有大將孫寅、副將魏亨、謀士都萬達。眾人聞韓信人馬到來，與卬會議。卬曰：「韓信兵勢眾大，又兼詭計甚多，卿等有何良策？」都萬達曰：「以臣愚見，且著三軍嚴加防守，一邊差人報知霸王，遣兵來救援，河內可保無事。若與對敵，恐難取勝。」孫寅曰：「韓信遠來，利在速戰，豈容坐待救軍至，而後攻城耶？一邊差人求救於楚，一邊出城對敵。倘勝，則韓信必走，如不勝，則固守，未為晚也。」卬曰：「寅之言是也。」遂遣使修書求救於楚。

孫寅等領一枝人馬出河內，與韓信對敵。信曰：「汝殷王不知天時，不曉人事，各國諸侯望風歸降，況汝偏邦小國，乃敢抗拒天兵耶？」寅曰：「汝漢王已得咸陽，苟延性命足矣。尚且不止，復差汝來送死。」韓信背後樊噲大怒，一馬特出，與孫寅交戰。二將兵器齊舉，戰五十合，不分勝敗。魏亨見孫寅戰樊噲不下，急舉刀出馬助陣。韓信陣上，走出兩員大將薛歐、陳沛，各舉兵器截戰魏亨。伍員大將，戰在一處。蕩起一縷征塵，滿天殺氣。正在戰鬥中間，司馬卬城上望見，急領一枝精兵，開了城門，放下吊橋，特出軍前，一聲砲響，沖殺漢兵，這邊三將，勒回馬退下陣來。韓信見司馬卬沖來，急著周勃、柴武、盧綰、靳歙領大隊人馬抵住。信高處大呼曰：「如有一人退後者，即斬首示眾。」以此眾人扎駐營盤不動。司馬卬連沖三陣，見信兵不動，急撥轉人馬進城。韓信卻催漢兵追殺，司馬卬人馬俱進城矣。此日彼此俱未折兵。韓信傳令，且回營休息人馬，預備攻城。

有司馬卬遣使臣一儒，赴彭城求救。儒到彭城，霸王已起兵征齊梁，未回。復到齊梁來見霸王，將卬表呈上，表曰：

殷王臣司馬卬頓首上言：劉邦失職，入寇關中。三秦敗亡，咸陽被虜。郡縣承風，二魏離叛。兵圍河內，事在危急。蓋河內乃關中之要害，西楚之襟喉㉕也。此地失守，河東振動。陛下疆土，漢得其半。言至於此，臣實寒心。伏乞蚤發救兵，急為經畫。齊梁可緩，漢兵為要。廟堂之議，當為預定，燎眉之勢㉖，懸望救援。若或少賜延緩，陛下貽宵旰之憂，臣等為亡國之虜矣。臨表涕泣，不勝懇切之至。

霸王覽表，大驚曰：「不意劉邦兵到河內，一旦如此猖獗。」急召范增議曰：「朕今齊梁未下，不敢遽離此地。欲差人往救，又恐不得其人。亞父以為何如？」增曰：「必得陛下親征，方可以禦漢兵。但齊梁未下，又不可遽往。今且差大將項莊、季布二將，領兵三萬，前赴河內防護。待齊梁既定，陛下就統大兵征進，調各路諸侯協助，此為上策。」霸王曰：「然。」遂遣項莊、季布救護不題。

卻說韓信圍河內日久，司馬卬只是堅壁不出。韓信密與諸將計議曰：「司馬卬城高池深，一時難破。又不見人馬出來對敵，倘救兵或至，裡應外合，反中其計。汝等必須如此如此，方可取勝。」諸將聽令，各調人馬，分頭行事。

次日，韓信將四門人馬徐徐盡散，各營預備行李，偃旗息鼓，若有退兵之狀，城上見如此模樣，便報知司馬卬，說：「韓信人馬，今日金鼓不響，漸次退後，不知何意。」卬急到城上觀望，果見韓信兵退盡，便召謀士都萬達等計議曰：「韓信兵退，必是打聽救兵到來。或是霸王親征，因此人馬盡退。不然，如何忽然一夜將人馬密密便退後而去？」都萬達曰：「韓信詭計甚多，雖是人馬一時退去，恐是詐

㉕ 襟喉：比喻要害之地。
㉖ 燎眉之勢：情況十分緊急。

退，或誘我兵出城追趕，卻埋伏軍馬攻劫，不可不嚴加防備。又須差的當人出城探聽，果是真實，方可追襲。」司馬卬即差精細數軍卒，出城打聽。

行至十里外，村疃㉗店中，遇見有幾個擔行竈㉘的軍人，因買飯吃，便問道：「爾等如何不攻城？卻一時便起身？」那幾個軍人便道：「昨日有探事的來說，霸王從河北親統大兵，徑自攻打咸陽。漢王惶懼，不敢出敵，一連有十數起飛馬，來取韓元帥，以此一夜將人馬退盡。此時行了有六七十里之外，我們因是擔著行竈重物，又連日有疾，不得快走，又恐怕韓元帥點名。」其中又有說道：「元帥且顧奔咸陽救應，那裡且理論點名？」那打聽的軍卒聽了這話，又去各處問人，都是如此說。便回來一一將打聽的話傳報與司馬卬。曰：「此話是實。」便差孫寅、魏亨各領兵一萬，接連追趕。又自己統一萬五千，續後截殺，留五千人馬守城。

開了城門，將三起大兵進發，追了五十里，不見動靜，又見兩邊樹木叢雜，孫寅傳令：「且著後軍暫住，天色已晚，不可盡力追趕，恐防埋伏。」一言未了，只見樹林中一聲砲響，閃出兩員大將，乃周勃、柴武也。二將躍馬徑來戰孫寅，寅挺鎗直取二將，戰未十數合，寅力怯，虛掩一槍，望後逃走。二將催動人馬，盡力追殺。後軍敗動，自相踐踏。魏亨人馬見前軍敗動，駐扎不定，往後便退。兵勢眾大，如山崩江沸一般，收煞不住。司馬卬大兵在後，反沖亂陣腳。卬大驚，撥回馬便走。不防山坡邊轉出一員大將來，與卬交戰，只一合，生擒於馬下。擒卬者，乃舞陽侯樊噲也。四邊火把沖天而起，孫寅、魏

㉗ 疃：音ㄊㄨㄢˇ。田野。

㉘ 行竈：行軍時用的炊具。

亭見楚兵大敗，夜晚各不相顧，又不知司馬卬在何處，漢兵漸次加添，重重疊疊，圍繞上來。孫寅、魏亭左衝右突，不能得出。韓信在高阜處傳令，著三軍大呼曰：「歸降者免死。」孫寅、魏亭見勢已危，急遂各下馬歸降。後軍數起飛馬報來：「司馬卬被樊噲擒了，都萬達已開城投降，請元帥進城安撫百姓。」韓信催三軍前進，一邊傳令，不必殺軍，遂長驅進城。樊噲綁縛司馬卬，來見韓信，信下階親解其縛，延之上坐。卬拜伏於地而言曰：「亡國之臣，蒙元帥不即加誅足矣，何勞款曲如此耶？」信曰：「不然。漢王重厚長者，專以仁義興師，不行殺伐。如公傾心吐膽，肯降漢王，不失封王也。」司馬卬大喜，遂傳檄諸郡縣，未歸降者悉招降之。於是韓信遂平定河內，使人飛報漢王去訖。

且說項莊、季布人馬將近河內，知司馬卬被虜，韓信見今屯大兵於河內，二將大驚曰：「河內已失，吾二人雖去，亦無益矣。不若回兵，奏過霸王，必須親領大兵，與劉邦會戰，乃為良策。」季布曰：「公之言是也。」隨調轉人馬，來見霸王。未知何如，下回便見。

總評　殷王又破，而楚壁全折矣。好淮陰！

卷五

第五十三回　懼楚罪陳平歸漢

卻說項莊、季布回見霸王，備言：「司馬卬被虜，河內已失。臣等行至中途，知此消息，遂即旋師回。恐勞民動眾，無益於事。」王怒曰：「朕差汝救援河內，往回將月餘矣。不遇敵而空回，以致河內有失，去朕一藩鎮矣。皆爾等之罪也。」陳平在側曰：「二將雖去，亦不能以保河內。且韓信用兵，彷彿孫吳，二將豈足以為敵哉？陛下不必深罪二將。臣與范亞父同二將，親領一枝人馬，復取河內，阻韓信不得東來，陛下伐齊之後，卻舉兵而西。料漢王決敗，而韓信可擒也。不然，關中之地，悉為漢有，不獨一河內而已。」霸王益怒曰：「前殷王求救，汝亦在左右，獨無一言及此。今河內已失，乃欲勞師遠征，以為復取河內，不亦欺誑朕躬耶？」遂將項莊、季布叱退。是日即罷陳平官，令勿侍左右。

平退居私第，終日鬱鬱不樂。因密令家童，整點行李，暗打發家小回陽武去訖。乃獨身仗劍，從小路投洛陽來。一日將日西，到黃河邊，四望無人船，近沙灘灣一隻小舟。平叫曰：「過往客人遠來，欲過河投宿。」小舟中走出兩人來，眉目兇惡，年各二十四、五歲。平思：「此二人必黃河邊水賊，若欲回避，反致謀害，不若上舟渡河，自有計較。」二人上下觀覷陳平一遍，心中甚喜，遂扶平登舟。將近中流，二賊欲艙中取刀殺平。平思：「賊之所以害我者，利吾之財也。我若惜身之所藏，必被賊害矣。」乃告賊曰：「某雖過客，亦知水性。願裸身與二公駕舟，庶行乃速耳。」遂將一身衣服所藏之物，盡行脫去，裸身立於舟上，示無懷挾。二賊私相笑語曰：「吾二人以彼身邊，必有所藏，欲利其有。觀裸身而見，則無所藏可知矣。」遂無殺平之心。乘順風，瞬息過河。

陳平上岸逃得性命，急投店中來，已近夜矣。店中人見陳平裸身而來，大驚曰：「子必河中遇賊也。」平哀告曰：「某乃河南客商，楚地買賣，負資回家，行晚過河，領二家僮，皆被殺死。因我苦苦求告，將衣服行囊盡行盜去，饒此性命，來投寶店。幸念同鄉，留宿一宵，借舊衣遮體，得命回家，決重報厚德。」店中人聽陳平言語不俗，又見顏貌甚修美，一時各出衣服數件，與平穿著。就請同席飲酒，共宿一夜。

次日，陳平拜謝店主，並同伴者。遂投洛陽大路，徑往咸陽而來。先訪故友魏無知，備道：「項王失政，獨持強暴，不納忠言，蔽塞賢路。某素知漢王寬仁大度，好謀能斷，任賢使能，各盡所長，乃真命之主也。願背楚千里而來，傾心事之。敢借故人吹噓之力，薦拔一言，少得錄用。不敢忘所自也。」魏無知曰：「漢王虛心以求天下之賢，故四方之士，心悅誠服，願欲立於其朝。若先生抱經世之才，挾奇謀之術，置之帷幄，必能算策。我漢王見之，不待推薦，必留重用也。」陳平拜謝。

一日，魏無知乘漢王無事，因告曰：「楚國陳平，深慕大王盛德，今棄楚仗劍歸漢，與臣故舊，數知其能。王若留用，必有裨益。」王曰：「此非昔年鴻門相遇之陳平乎？」無知曰：「正是此人。」王曰：「寡人懷念此人日久，每欲一見，不可得。今來投降，實合我心。」即召見，曰：「昔年得君維持之力，幸出鴻門，於心終不忘。今喜為同朝之臣，甚慰我心。」遂相語竟日，漢王甚喜悅，便問：「居楚何官？」平曰：「在楚為都尉。」是日，即拜平為都尉，使參乘，典護軍，日侍左右。諸將紛紛相議曰：「一時亡命之徒，裸身而來，未知淺深，遂拜為都尉，又朝夕在王左右，恐有不測之變。」王聞之，益加優厚。

一日，周勃等言於王曰：「陳平雖美如冠玉，其中未必有也❶。居家嘗盜其嫂，今為護軍，多受諸將金。以臣等觀陳平為人，乃反覆亂法之臣也。願王察之，不可為奸宄所惑。」王聞說，即召魏無知，責之曰：「汝薦陳平可用，今觀盜嫂❷受金，行檢貪汙，薦舉非其人矣。汝亦有罪。」無知曰：「臣所言者，能也。王所問者，行也。今有尾生孝已❸之行，而無益勝負之數，王何暇用之乎？」因又召平，亦責之曰：「先生事魏不忠，後歸事楚而去，今又從吾游。有信行忠直者，固如是乎？」平曰：「臣非一可用之物，隨人用與不用耳。魏主不用臣，臣故去魏歸楚。楚不能用臣，復去而歸大王。亦隨人所愛而取用也。臣素聞大王能用人，故不辭千里而來見王，王實能用之。臣前日歸漢之時，渡河遇賊，裸身而來，若不受金，實無資用。誠能畫計，有可採者，取用而成績，則大王所抑者小，而所獲者大。苟大

❶ 其中未必有也：意為內裡未必有品德才學。

❷ 盜嫂：姦汙嫂子。

❸ 尾生孝已：尾生守信，與女子期會河橋之下。女子不來，水至不去，抱橋柱而淹死。孝已，殷高宗武丁之太子，有孝行。事親一夜五起。母早卒，高宗惑於後妻之言，被放逐而死。

王聽人言而不用臣計，則所得之金俱在私囊，臣不敢隱，請封輸於官，願乞骸骨以歸故里，大王之恩大矣。」王聞平言，乃深謝陳平，益加厚賜。復又遷拜護軍中尉，使督護諸將，諸將乃不敢復為譖言矣。此見漢王顛倒豪傑，莫知端倪❹。史稱漢王知人善任，使此其一節也。有詩曰：

兩國爭橫用計時，陳平謀士楚無知。漢王不聽群讒謗，贏得他年六出奇。

漢王厚遇陳平，不題。卻說韓信差人飛報漢王，已得河內。王甚喜，又見各路諸侯，納款歸降，各國奇謀敢勇之士，亦皆順附。忽又左右來報：「夏侯嬰引常山王張耳投降。」王曰：「張耳自幼與陳餘為刎頸交，後立為王，各不相協。昨聞陳餘殺張耳家屬，追耳止存五騎。今來投降，亦孤鳥奔林，射者望的也。」即召相見。夏侯嬰引張耳入見漢王，王曰：「久慕賢王盛名，今來相見，實慰渴懷。」張耳泣曰：「臣耳與陳餘自幼相交甚善。今為私讐，殺臣家屬，終身之恨，不共戴天。恭聞大王，瑞徵五星，天人協應。反楚之道，而易之以寬仁。真天下之主，民之父母也，願延頸歸降，倘蒙錄用，他日得沾尺土，報一家之讐，雪終身之恨，臣雖肝腦塗地，亦無憾也。」漢王大喜，遂重用張耳，仍以常山王呼之。

漢王又見張耳歸降，甲士雲集，遂與群臣商議曰：「寡人自出褒中以來，各路諸侯順應，兵馬集聚四十餘萬。意欲舉兵而東，駐扎洛陽，與韓信人馬會合，同伐楚。爾等以為何如？」群臣曰：「大王兵威益振，所向無敵，正當獎率三軍，以伐無道。臣亦得東歸，以見故土也。」張良曰：「大王兵威雖振，而歲星未利，恐東征亦難取勝。以臣愚見，當養威蓄銳，須待明年，乃其時也。」王曰：「寡人東歸之

❹ 莫知端倪：沒有人知道其原因。端倪，原為頭緒意。

心，無日不惓惓於懷。久棲於此，非我志也。」遂不聽張良之言，分付大小文武將佐，擇日起兵，就請太公、呂后同行。

群臣聞漢王東征，各人心喜。數日間，三軍整點齊備，來奏漢王曰：「馬步軍卒，已整點四十餘萬。大小將佐，二百餘員。請王車駕啟行。」於是，漢王差人約會韓信，俱至洛陽取齊。大勢軍兵，徑往河南大路進發。未知伐楚勝負何如，且聽下回分解。

總評　用智去詐，用仁去貪，用勇去怒，王其有之。

第五十四回　董三老遮道說漢

卻說漢王大兵，行至河南，有洛陽王申陽率領文武將士，出郭遠接。漢王一路看洛陽形勝，左據成皋，右阻汭池，前向崧高，後介大河，東聯嶠山，西接潼津。五嶽中為中嶽，古人謂河南為天地之中，風景華美，山川明秀，不能遍觀盡識也。

忽前驅來報：「有數十鄉老，望塵遮道，欲來見王。」王曰：「召來相見。」其中有一鄉老，年極高大，姓董，人稱為董公三老。昔日曾在大江中救義帝屍，扶葬於郴州，今聞漢王到洛陽，領眾鄉老來見。因進告曰：「臣等眾鄉老，候大王日久，欲有一言上諫。」王曰：「爾有何說？」董公向前曰：「順德者昌，逆德者亡。兵出無名，事故不成。故曰：『名其為賊，敵乃可破。』項羽無道，放弒其主，天下之賊也。夫仁不以勇，義不以力，大王宜率三軍，為之素服，以告諸侯而伐之，則四海之內，莫不仰德。此三王之舉也。王今師出無名，不過徒爭尺寸之土耳。雖一戰勝楚，天下終不服也。」漢王因撫之曰：「爾鄉老之言，誠為有理。寡人即發手書，布告天下，然後合兵東征。」又召董公曰：「爾等亦欲仕進乎？」董公曰：「臣年八十有餘，死期將至。幸見大王，仁愛及於天下，約法三章，除秦苛政，百姓莫不引領而來。欲大王為天下主也。臣等不辭遠來，扣馬上諫，以伸此大義，非為仕祿而來也。」漢王大喜，各賞白米一石，絹一疋。眾鄉老領受，拜謝而去。於是，漢王進洛陽城，即為義帝發喪，哀臨三日。乃下手書，布告天下。書曰：

天下共立義帝，北面事之。今項羽弒之，大逆無道。寡人悉發關中兵，收三河士，願從諸侯王，擊楚之殺義帝者。

各處將手書，分頭發行。

此時韓信人馬，俱會合一處。不月餘，諸路兵馬，聞手書到日，不期而合兵者，共五十六萬眾。董公一言之間，而人心歸向如此，是亦天理之不可泯也。

胡氏曰：天下苦秦，諸侯並起，名其師者，曰誅無道秦，可矣。今秦已滅，諸侯各有分地，而漢又起兵。雖曰項羽為政不平，顧亦伸己私忿耳，非義兵也。及董公獻言，漢王承順。然後項羽弒君之罪，無所容於天地之間，而天下歸於漢王，可坐而策矣。故隨何陳此義而下九江，酈生陳此義而下全齊，於是背無所倚，又斷其臂，雖欲不亡，不可得矣。

漢王聚集大小諸將，因與韓信議曰：「今諸侯會兵，俱於洛陽。甲士五十六萬，將軍可以伐楚矣。」信曰：「行兵之道，先按天時，次察地理，又看歲星之向背，方可行師。蓋兵，凶器也；戰，危事也。三軍之死生，國家之休戚，實繫於此。豈可輕舉之乎？臣夜觀乾象，又推算大王年命，俱尚未利。不若休養士馬，訓練甲兵，少待明年，臣敢保其必破楚矣。若今年舉兵，臣決不敢奉命。」王曰：「前日舉用將軍之時，未及兩月，將軍即勸寡人東征，今關中已得大半，較之前日，兵勢又大不同，將軍反趦趄難進者，何也？」信曰：「大王雖得關中，未與項王會戰。臣觀項王勢力，正在強盛之際。今與齊梁爭橫，燕趙作梗，喜各國分奪其勢，延至明年，大王乃鼓兵而東，乘其敝而與之敵，臣知其必勝矣。」王曰：「時不可違，機不可失。今項王出征在外，正當離披之時。我乘其懈怠而取之，其必勝矣。將軍所見不同，故乃退遜如此。且帶領本部人馬，鎮守西秦，寡人親統大軍，東向伐楚。倘有未利，將軍急來救援，亦將軍之功也。」張良等近前，復苦口極諫。漢王益不聽。信曰：「霸王勇冠天下，所向無敵。漢將中恐無其對，大王當審時量勢而進，切不可輕敵也。」酈生曰：「元帥與其預為謀畫如此，不若隨大王一同東征，決成大功。」信曰：「不然，秦地初附，漢兵盡數東行，倘或不利，人心未保。一聞傳報，決復叛亂。信領本部人馬，鎮守三秦，不失根本。此萬全之策也。」韓信就將大將印，交付與漢王，領本部人馬拜辭，徑赴咸陽駐扎。

漢王遂率領大軍東行，隨到郡縣，莫不歸降。將近陳留，張良奏曰：「臣故主被楚所滅，有韓王孫姬信，撫養諸公子家。乞大王傳檄立為王，以守陳留，即王之藩屬也。」王曰：「然。」就命張良持節，封韓王孫姬信為韓王。諸公子中，有賢能如姬康者，封為陳留君，使輔韓王。張良持節拜謝。王曰：「先生到陳留封韓王畢，可兼程趕來。寡人欲朝夕與先生商議伐楚。」良曰：「大王凡事當斟酌可否。仍須於諸將中，立一大將，以約束三軍。臣到陳留，料月餘即赴彭城也。」張良赴陳留不題。

漢王過汴河，三軍各相爭渡，推一軍士落水，眾人喧嚷高呼，略無忌憚，諸將莫能禁止。漢王召陸賈、酈生議曰：「軍無紀律，以其無大將統之也。寡人於眾諸侯中，擇其素有重望者，惟魏豹乃魏王嫡孫，時人稱為賽太公，其人可為大將。寡人欲以元帥印，付豹執掌，爾以為何如？」賈曰：「魏豹言過其實，恐非大將才。」酈生曰：「張良亦嘗輕豹，豹與諸將，亦不相得，恐難服眾也。」陳平曰：「豹雖有才，而非大器，終不足濟大事。」王曰：「魏豹門第素重，五世將種，較之韓信受辱乞食，迥然不同，拜為大將，豈有不服眾之理耶？」是日，遂拜魏豹為大將。豹欣然領受。點閘三軍，調遣諸將人馬啟行，赴彭城進發。霸王征齊梁燕趙未回，彭城乃彭越鎮守。漢王遣陸賈賫手書，往說彭越降漢。書曰：

漢王手書付彭將軍足下：項羽放弒義帝，大逆不道，已發書布告天下，兵皆縞素，為義帝發喪。諸侯聞有此舉，莫不同心稱快。將軍負膺揚之勇，素有大志，今乃與逆賊為臣，實為將軍恥也。將軍肯從義舉，與漢合兵，共伐大逆，成功之後，垂名竹帛，為萬代元勳，子孫綿延，世享王爵。大丈夫之所為，自與尋常萬萬不同矣。足下其察之。

陸賈賫漢手書見彭越，越見書，大喜曰：「越聞漢王乃長者。」即開城，迎接漢王進城。漢王安撫彭越畢，召魏豹調撥諸將，預備與楚交戰。即入後宮，收其寶貨美女，盡日置酒高會。虞子期急救虞姬，投北逃走，漢王亦不追趕。諸文武將佐心志益懈，不聽豹約束。豹性躁，無涵容，鞭撻士卒，凌辱諸將士，人心多不服。

項王見虞子期護送姬眾家眷赴楚營，備說彭越降漢，漢王大兵屯駐彭城，後宮寶貨美女俱被虜矣。項王聞說，大怒曰：「劉邦乃敢奪我彭城，虜我後宮，誓不與邦並立！」乃命龍且、鍾離昧領兵攻齊。親領精兵三萬人，晝夜兼行，趨彭城。離三十里安營，差人下戰書，與漢會兵。漢王拆書觀看，書曰：

西楚霸王書付劉邦曰：朕封爾為漢王，坐守西土，帶甲十萬，安享天祿，亦當知止。不自揣究，恣肆猖狂，侵擾關內。所降諸侯，皆猥才庸調，不足以為捍禦，乃爾解戈。朕今與爾會戰，爾當延頸以試我劍，使爾片甲不歸，魚游釜中耳。速來出敵，勿自退悔。

漢王觀書畢，召示魏豹，豹曰：「王當批迴，來日會戰。」不知楚漢如何交兵，下回分解。

總評　忽封魏豹，人所不服。

第五十五回　楚霸王彭城大戰

卻說魏豹會集諸侯並各將佐謀士相議，遂分兵五隊敵楚。第一起殷王司馬卬，第二起洛陽王申陽，第三起常山王張耳，第四起漢王同眾將，第五起魏豹自統大兵押後陣。分撥已定，命司馬欣、董翳、劉澤守彭城，以為應兵。

次日，魏豹貫束停當，出城十里，布下陣勢，以為救援，卻調轉五隊人馬前進。六軍鼓譟，兩陣鑼鳴，只見霸王前邊，列兩面龍鳳日月旗。旗開處，霸王當先出馬，大呼曰：「劉邦與我決戰！」漢陣上司馬卬出馬，霸王曰：「朕不負爾，爾何背反？」卬曰：「大王放弒義帝，悖逆無道，以此歸漢，非反也。」霸王大叱一聲，卬馬倒退數步。霸王就勢一鎗刺來，司馬卬急欲舉刀交還，烏騅走得急，霸王鎗尖早到，卬措手不及，早已中鎗刺於馬下，催動楚兵，掩殺漢兵。

霸王正追殺之際，申陽二隊已到，就與霸王覿面。見王曰：「爾亦為何背楚歸漢？」陽曰：「漢王有德，天下歸附，不獨陽一人而已。陛下亦同歸降，不失楚王之貴。」王怒，舉鎗便刺申陽。初嘗退避，後霸王攻擊愈緊，陽笑曰：「我勸爾歸降，爾反刺我，何不自量如此。」遂挺鎗交還，戰二十回合。申陽力怯，正欲退後，張耳人馬已到。二將協力來戰霸王，霸王鎗法神出鬼沒，二將不能抵敵。那申陽正掩一鎗，方欲逃走，項王隨手向後心，正著一鎗，早已落馬。張耳無心戀戰，急退下陣來。

楚兵吶喊追殺，正遇漢王諸將，截住楚兵，霸王大呼：「漢王出陣答話！」漢王旌旗映日，金鼓震天，乘逍遙白龍馬，隨從許多將佐。楚王一見，切齒大罵曰：「劉邦！想汝不過泗上一亭長，封汝為漢王，心尚不足，妄動兵馬，侵朕疆界，汝敢與吾決戰三合，吾便束手歸降。如不能戰，當受死馬下。」漢王曰：「爾乃一村夫，恃爾強暴，何足與吾敵哉？」霸王拍馬舉鎗，直取漢王。漢王尚未走出，舞陽侯樊噲、絳侯周勃并柴武、靳歙、盧綰等一干眾將，各舉兵器一擁殺來，霸王抵著方天戟，迎著兩刃刀，對著龍泉劍，戰著火尖鎗，征塵蔽日，殺氣沖天。只見霸王精神倍加，力敵眾將。後有項莊、桓楚、虞子期、季布各領大兵從後沖殺過來，漢兵大亂，四潰奔走，駐扎不定。

正當窮迫之時，只見大路一枝軍從後殺來，攔住楚兵，乃大元帥魏豹也。漢王見豹兵到了，心纔少定。卻說魏豹出馬，正遇霸王。王曰：「爾為何反楚？」豹曰：「大王左遷諸侯，放弒義帝，天下離叛，臣不敢逆天，亦順命歸漢。請大王急早退兵，乃為上策。倘或敗亡，喪大王一世之威名矣。」霸王大怒，舉鎗直取魏豹，豹舉鐵搠交還，戰二十回合。霸王按下火尖鎗，忙舉鐵鞭在手，看得魏豹較近，分頭一鞭打來，魏豹眼明，側身一躲，在臂上早稍了一鞭。魏豹伏在馬上，逃回本陣。霸王同項莊等四將，揮動大兵，盡力四邊追殺。殺得那漢兵屍橫遍野，血流成渠。是日損漢兵三十餘萬，睢水為之不流。

不一時，又有劉澤領敗殘人馬，自彭城逃來，說司馬欣、董翳已開城降楚。楚兵進城，將太公、呂后虜去矣。漢王大哭曰：「大兵既失，太公遭虜，恨不聽韓信、子房之言，乃有今日也。」後有胡曾有詩曰：

睢水波濤接海涯，古堤寒柳鎖煙霞。至今兩岸堆人骨，盡是高皇敗楚家。

言未畢，四望皆楚兵。金鼓大作，喊聲大舉，諸文武壯士亦不知所往。須臾，楚兵圍繞三匝，如鐵桶一般。漢王回視隨身士卒，止數百騎。漸近黃昏，嘆曰：「吾必死於此矣，雖騰空亦不能出此重圍也。」正在危急之際，忽見狂風大作，飛砂走石，自東南而來，黑霧彌空，黃塵四塞。周圍楚兵，皆掩面站立不住，驚惶迷亂，四散奔走。漢王見馬頭前，隱隱有白光引路，遂策馬前進。行二十里，風色漸息。霸王急整點三軍，不見漢王。眾軍士曰：「大風起後，楚兵散失，漢王不知所往。」范增跌足曰：「漢邦定走脫矣。陛下當連夜差人追趕，若不就此時擒住，恐後難遇此機會也。」霸王即差丁公、雍齒領三千人馬，務要星夜追來。二將得令，向東南大路追趕。

卻說漢王匹馬獨行，自思若非這一陣大風，決被楚兵虜矣。正思想間，忽後面塵土起處，早有追兵到來，當先乃楚將丁公也。丁公追上漢王，王曰：「邦至此，亦不能逃矣，但賢者不相厄，而相愛也。公如憐我，則當使我遠遁，他日得地，決不相忘也。如不念邦之孤弱，而就縛之，使遭強暴之楚，為鼎中之肉，邦即束手聽將軍擒也。」丁公曰：「今日之事，君之事也，臣不敢廢。大王當策馬南行，臣發數矢，以為追捕之狀，使三軍不相疑也。」漢王轉身，即投東南而去。丁公拔箭，咬去箭頭，發數矢而回，正遇雍齒，齒曰：「足下曾見漢王否？」公曰：「追漢王將近，連射數矢不中，被漢王走脫矣。」齒曰：「公既追及，豈可容彼脫去？料今相去未遠，務要追及擒來。」齒兼程追趕。

且說漢王行了一晝夜，人困馬乏，力難支持。天又漸晚，後邊又見追兵到來。王自思：「今番必不能逃矣。」路傍一枯井，漢王下馬，即跳入井中躲避。雍齒追到，因天晚，徑過枯井。漢王知追兵已過，看枯井時，亦不甚深。隊拔劍掘土，登躍而上。找尋馬，在山岡下吃草。漢王急上馬，又行數里，肚中飢甚，遠聞前村犬吠，樹林中早露出燈光來，自思：「此必是村鎮。」策馬近前，見是一大莊院。遂扣門，有一老人柱鳩杖而出，開門迎王入莊，老人見漢王紅袍金甲，儀容不同，量必是王侯。即準備酒飯款待，向前動問：「將軍何處公子？那路王侯？為甚到此？願聞其詳。」王曰：「吾乃褒中漢王，因與楚兵在彭城交戰，大敗。迷失道路，天晚無處投宿，有擾貴莊。」那老人聽罷，俯伏在地曰：「臣素聞大王仁德，天下莫不歸仰。今喜光臨敝莊，十分萬幸。」老人又分付重整酒席，款待甚是慇懃。王曰：「尊丈高姓？」老人曰：「敝村有六七十家，臣家姓戚，一戶有五六門，頗有莊地。人就稱此村為戚家莊。今居五世矣。」王問老人：「有子否？」老人曰：「臣無子，止有一女，年方一十八歲。昔許負曾相此女有大貴，今幸大王到臣家，願將小女奉侍左右，未知大王尊意如何？」王曰：「逃難至此，得款曲留宿，幸也，豈敢望令愛為配哉？」老人遂命女出拜漢王，王看戚氏姿容閑雅，風度妖嬈，心內甚喜，遂解玉帶為定禮。老人收訖，復拜謝漢王。又飲數杯，夜深，就與戚氏同寢。

次日早起，戚公苦留漢王再住數日。王曰：「漢兵大敗，四散無主，文武將士，亦不知所在。我何忍留戀在此？待我到一大郡駐扎，定差人搬取令愛。」戚公聞說，不敢留。王遂整頓衣冠，投大路往南而行。行未十里，又見塵土起處，有一簇人馬到來，漢王急藏入大林中，看那來的人馬，未知是誰？且聽下回分解。

總評　霸王驍勇，信且畏之，王何不自量乃爾。

第五十六回　漢王收兵入滎陽

卻說來的人馬，乃滕公夏侯嬰也。王見夏侯嬰，便問：「卿如何得離彭城？」嬰曰：「臣因司馬欣、董翳降楚，太公、娘娘困住。臣捨死入內，與楚兵對敵。連戰數次，力孤不能救，匹馬出西門。又見楚兵將二位殿下馳在馬上，正欲奔楚營，被臣殺退楚兵，收敗殘人馬數千，救殿下望南小路趕來，今行兩日矣，不想幸遇大王，且喜二位殿下無恙。」漢王大哭曰：「太公、呂后不知性命如何，要此二子何用？」嬰曰：「太子，天下本也。大王雖有天下，使無太子，無以屬天下之心。」王然後召二子近前相見，語之曰：「將軍萬軍中捨死救汝兄弟，汝當牢記在心，倘他日得地，不可忘大恩也。」二子轉身拜謝，夏侯嬰俯伏在地曰：「臣託大王洪福，上天庇祐，非臣之能也。」是日，屯兵於汴河之東。

君臣方纔會食❺，忽小卒來報：「沿河一帶，塵土沖天而起，有一枝人馬到來。」王曰：「此必救兵，非楚兵也。」言未畢，只見紅旗閃爍，劍戟輝映，旗上大書「興劉破楚大元帥韓信」，一面旗書「司徒張良」。乃是張良、陳平，招集敗殘漢兵三萬，打著韓信旗號，一路跟尋而來，到此正遇漢王二人，甚

❺ 會食：一起吃飯。

喜。王曰：「二位先生再三諫勸，今年不可興兵，寡人不聽。今果喪師失家，自負惶愧，又得先生領兵救應，深恨魏豹匹夫，智疎才短，用兵無法，五十六萬漢兵，被楚殺死三十餘萬，悔無及矣。」良曰：「大王不必深悔，況此處不可安營，倘楚兵追來，何以禦敵？不若且急趨滎陽，暫屯人馬，再整軍威。仍以韓信為帥，以雪睢水之恨。」王曰：「然。」遂催兵赴滎陽大路來。守滎陽者，韓日休也。聞漢兵至，即出城迎接。漢王同張良等進城，屯駐人馬。數日內，樊噲、周勃、王陵等一干眾將，陸續通到。魏豹惶恐，徑赴平陽去訖。

丁公、雍齒，領兵回見霸王，奏說劉邦遠遁，追趕不及。范增曰：「邦雖敗，韓信尚未遇敵。昨用兵者，魏豹也。其人言過其實，劉邦不知而誤用之，所以戰敗也。若韓信用兵，陛下不可輕敵。」霸王笑曰：「韓信在楚，已見其才矣。亞父何言之過耶？若有大才，昨同劉邦到彭城，無睢水之敗。觀此又何遠慮？」增退後。左右來報：「司馬欣、董翳拘太公、呂后來見。」霸王曰：「封爾兩人於中秦要地，爾見章邯失守，不協力往助，卻坐觀勝負。纔漢兵一到，遂乃歸降。今見劉邦兵敗，復又降楚，反覆小人，要爾何用？」命左右斬訖報來。不一時，斬司馬欣、董翳於轅門外，懸頭號令。隨喚太公、呂后到帳下，王怒曰：「汝子劉邦，封為漢中王。不安分奉職，乃敢入寇關中，侵我封土，一人叛逆，九族當誅。汝等捉來，難免一死。」范增急出止之曰：「不可。劉邦新敗，韓信尚在關中，倘復興兵，當以太公、呂后為質，使劉邦繫念於此，終難以決勝負也。如若殺之，益結讎恨矣。」霸王遂留太公、呂后，付虞子期收管，復領兵還定齊地。

齊王田橫，久為楚兵所困，見霸王新破漢王，軍威益振，遂開城歸降，齊地復屬於楚矣。霸王仍都彭城。彭越見漢兵敗，徑投大梁，領本部人馬，與漢合兵，共據梁地。楚遣龍且，統兵伐梁未下。英布因前追太公、呂后喪師，回見霸王，被楚叱辱，回守九江，一向與楚有隙，不題。

卻說漢王屯兵滎陽，招集人馬，軍勢復大振。一日與張良等計議曰：「今漢兵雖少振，但三軍無大將約束，恐難調用。韓信因前奪帥印，一向通無消息。知寡人新敗，亦不遣兵救援。此時復取用，寡人負愧，亦不足以服其心也。先生有何妙策，使韓信自來投見，因就而用之，足以制服其心？」良曰：「此亦不難。臣往說之，管教韓信自來投見。但韓信可當一面，信之外，有九江英布、大梁彭越，若得此三人，楚必敗矣。」王曰：「英布乃楚臣，何以使歸我？」良曰：「布雖楚臣，近與楚有隙，每持二心。苟使一能言之士往說之，必歸漢矣。」王曰：「誰可為九江使，往說英布？」隨何曰：「臣請一往說之。」於是漢王大喜。即令隨何領從人，往九江而來。

何到九江，隨投館於府對門，整衣投見英布。布召謀士費赫計議，赫曰：「此必漢王因敗睢水，無以與楚為敵，今差隨何下說詞，欲大王歸漢。大王且辭以疾，不可輕見，庶漢知重也。」布遂分付門吏：「著漢使且暫回，容吾疾愈，召來相見。」門吏傳命出。隨何自思：「此必謀士費赫，阻英布不相見也。未說英布，先智費赫。」即轉身到費赫門首，候費赫到家，通報請見。赫曰：「此是隨何因不得見英王，卻欲來見於我，下說詞也。」遂下階迎隨何，升堂相見，禮畢，赫曰：「大夫此來為何？」隨何曰：「漢王新敗，屯兵滎陽，諸將各歸鄉里。某乃六安人，久思父母之邦，欲歸來拜掃墳墓。今過九江，慕英王威名，特請一見，王乃疑我為漢使，辭疾不見。我欲徑往六安，恐王之疑終不釋也。來見大夫，幸與轉達之。且英王坐鎮九江，且當折節下士，吐哺求賢，為當代明王，使天下瞻仰，大夫亦不失輔弼之道。

今某慕義而來，拒而不見，使四方之士，聞其倨傲如此，孰肯來與之游乎？善佐主者，不可坐視而不言也。」說得費赫坐立不定，遂置酒相待。從容言曰：「賢公且暫住一宿，明日與英王相見。」何曰：「某不勝酒力，即辭謝回下處，明日一見英王，即欲回家探父母也。」

次日，費赫見英布，備說隨何非漢說客，乃歸鄉探親，經過九江，慕王威名，欲來請見也。布曰：「人慕名來見我，拒之非禮也。」即差人請隨何相見。隨何暗思：「英布、費赫中吾計也。」同差人來見英布，布下座以手扶隨何陞堂。相見畢，讓隨何側坐，費赫退後。布曰：「先生事漢日久，必知漢王前日睢水之敗，緣何不用韓信？見今聞滎陽屯兵，欲何為哉？」何曰：「前日漢王發手書，布告天下諸侯，為義帝發喪，兵皆縞素。天下諸侯聞書到，深惡霸王放弒義帝，皆願助漢伐楚。漢王以此留韓信鎮守三秦，以為根本，不想霸王密差人持書遍告天下諸侯，放弒義帝者，九江王也，其罪盡歸大王。以此諸侯深怪大王，而不助漢王。齊梁燕趙共欲起兵，與大王爭橫。嘗謂弒逆之罪，古今大惡，楚一旦加惡名於大王，王尚恬然而不知。倘諸侯會兵而來，天下皆以大王為極惡，王雖家喻戶曉，而人不信也。大王何立身於天地間哉？」布起身向北指而罵曰：「江中放弒義帝，實羽主之也，我不過隨其使令耳！今將此惡名反歸於我，我一人而何以當萬世之譏誚耶？」何急止之曰：「大王息怒，恐左右聞之，傳入彭城，霸王必加罪譴❻。」布曰：「某嘗自思，殺降王子嬰，掘始皇墓，放弒義帝，此三事乃霸王所使，心每負愧，惟恐天下諸侯，他日以為藉口。不意今項王乃歸之於我，我雖瀉長江之水，罄南山之竹，而人不能知我心跡也。為之奈何？」何曰：「大王欲白心事，此亦無難。但同力助漢，合兵伐楚，明正其

❻ 罪譴：加以罪名，給予處罰。

罪，清濁自分矣。若今坐守九江，倘漢王同諸侯合兵而來，共討前罪，大王現今受楚之封，為楚之臣，雖有言，不能辯也。以臣愚見，不若捲甲休兵❼，屬意於漢，使天下諸侯，知楚負弒逆之罪，而不歸咎於大王，則大王洗惡名而為討賊之舉矣。豈不為長策哉？況今漢王收諸侯，守滎陽，下蜀漢之粟，堅守而不動。楚人深入敵國，老弱轉糧，進不得攻，退不得解。楚不如漢，其勢亦以見矣。大王不與萬全之漢，而自枉救危亡之楚，臣竊為大王不取也。」布前席，附耳曰：「我近日與楚有隙，亦欲洗此素恨，深知漢王乃長者，實欲有心往從之也。先生少待數日，當計議同先生一行。」言未畢，左右報曰：「楚使賫霸王詔書至矣。」布急接詔，詔曰：

> 君國舉兵，臣惟協助，心膂之托也。九江王英布，坐守江淮，偷安自逸，楚兵伐齊，假病不起。睢水會戰，坐觀勝負。朕勞軍旅，久未一言奉慰，失君臣之義，非同游之好。恃爾武勇，恐罹狂逆。往問三罪，爾當知警。自今會兵伐漢，星夜前來，毋誤！故茲詔諭。

英布看罷詔書，沉吟不言，隨何直入，曰：「九江王已歸漢矣，何得發兵助楚耶？」楚使便問：「爾何人？」何曰：「某漢使隨何，已約會與大王同力伐楚，共誅暴逆，為義帝發喪，爾尚不自悟耶？」楚使見英布不語，又聞隨何之言，知不諧矣，急欲下階而走。隨何曰：「大王觀楚詔，已有殺大王之意，欲以絕天下諸侯之口，使弒義帝之罪，盡歸大王可知矣。大王何不殺楚使，以示助漢攻楚之意耶？」布亦大怒，遂拔劍，將楚使一劍斬之。遂扯碎詔書，即點兵同隨何歸漢，未知如何。

❼ 捲甲休兵：停止用武的意思。

總評　隨何一舌，賢於十萬兵。

第五十七回　張良智韓信伐楚

且說隨何這一篇話，說英布歸漢。布即召費赫點閘人馬，管領家眷一同赴滎陽大路來。後史官有詩曰：

弑逆滔天罪莫逃，一言能自動英豪。干城擀甲歸劉氏，爭得江山屬漢高。

英布同隨何至滎陽，來見漢王。王方踞床洗足，召布入見。布深自懊悔，乃與隨何曰：「我被爾騙來歸漢！我乃一國王爵，相見之際，略無一毫禮節之意，使我進退兩難，不若自殺以見我之不智也。」隨何急止之曰：「漢王宿酒未醒，少間請相見，自有殊禮。大王不可性急。」布出與張良、陳平等相見，各有居止，屋舍、帷帳、器用極甚齊備，飲食供給與漢王無異。布又大喜。少間，諸文武將士同英布入見漢王。漢王禮意謙恭，談笑豁達，君臣相與，略無嫌疑，布思：「漢王長者，適間幾自誤也。」

史臣曰：漢王以英布先分為王，恐其妄自尊大，故峻禮令其折服。已而美其帷帳，厚其飲食，多其從官，以悅其心，權道也。駕馭英雄，使莫測淺深，此高帝所以鼓舞一世，而唐宋以來所不及也。雖然，此特用於韓、彭、英布之流，可也。若夫伊傅❽之儔，一言未合，則望望然去矣，敢以踞禮❾見之乎？此三將所以他日見殺，固自取之也。

自英布歸漢後，漢王益兵三萬，屯扎成皋。復遣使人大梁，會彭越，使絕楚糧道。

卻說楚使被英布殺了，有隨從人逃回，奏霸王說：「英布扯碎詔書，殺了楚使，領兵已歸漢矣。」霸王怒曰：「黥面賊，乃敢如此！」即分付諸將：「整點人馬，擇日啟行。誓誅此賊，就擒韓信，以為叛逆之戒。」范增諫曰：「此一時之小忿耳，請陛下息怒。且暫訓練兵馬，約會天下諸侯，迎敵韓信，勦除彭越，通楚糧道，此為上策。若破韓信之後，還入三秦，建都咸陽，諸侯拱手。英布等諸將，不足慮也。」霸王遂止。

卻說漢王召張良曰：「前日先生曾言往說韓信，著自來投見。今英布已降，彭越歸附，止韓信未即來見。煩先生一行。」良曰：「臣明日就行。聞蕭何在咸陽運糧，臣就同來見大王。」漢王大喜。

次日，張良辭王赴咸陽來。一日將晚，進咸陽。先來丞相府見蕭何，何聞張良至，即整衣出迎。相見甚喜，備敘久闊❿之情，置酒相款。因問韓信在咸陽消息，何曰：「信自洛陽歸來，終日鬱鬱不樂。前日備說漢王不納忠諫，奪印用豹。不念破三秦、取咸陽之功。後聞睢水之敗，遂杜門謝客。某屢次上

---

❽ 伊傅：伊尹、傅說。伊尹為商湯宰相，助湯滅夏。傅說為殷高宗武丁相，助武丁中興。
❾ 踞禮：坐著見人的無禮行為。
❿ 久闊：闊別。

門，亦不相見，必欲漢王親來，以重其望，似非人臣之體。先生此來，恐亦難見也。當以何法，使信起用？」良附耳與蕭何道數句，何曰：「此計甚妙。」於是蕭何即出告示，咸陽四門張掛，曉諭軍民人等：各挨門順序，寫一家男子幾名，婦女幾口，開載明白，星夜攢造戶口文冊，立等投獻霸王。一邊揀選善書者數百人，立等寫冊。鬨動一城軍民，盡說漢王因睢水兵敗，父母遭虜，要將關內所得郡縣，盡數歸還，因此差張良同楚使來咸陽相府，攢造各處戶口文冊。

韓信聞此消息，尚猶豫不定。差人城內打聽，家家回說：「張良已來數日，見今揀選寫字人，通在丞相府伺候。委的挨門抄寫戶口，實是降楚。」信曰：「且再待一二日，看如何。此或是張良見識，賺我起兵伐楚，故來此作聲勢。」左右曰：「此事恐是實事，見有告示張掛四門，豈有虛說？」言未畢，忽有人來報：「有人在門首，要抄寫元帥戶口。」信曰：「我是元帥，難同百姓。」差人便說：「造冊不分官戶軍民，皆要抄寫上冊。只是開載何為官戶，何為民戶，內自明白。今須通要入冊。請元帥作速開寫，立等造冊，楚使在府急躁，蕭丞相甚是懊惱。」信曰：「且著來人去別戶抄寫，待明日再來，亦不誤。」其人哀告，不肯離門，便說：「若留下元帥這一條空行，又不知戶口多少，似難攢造。不是今日費元帥一時舉筆，省我們明日復來。」韓信聞這話，暗思：「漢王用我一場，費了許多力，方取了關中，今一旦復歸於楚。我今不起兵者，只恐漢王不知重要。他著急，必是持節，或是親來取我，那時起身，諸將方心服。不想今要降楚，我須親見蕭何、張良，看他有何說。」隨即喚左右備馬伺候，往丞相府議事。擺列儀從，前呼後擁，旂旄甲士，左鈇右鉞，光耀耳目。兩邊軍民人等，看見韓信威儀，盡道：「元帥定是不肯降楚，與丞相計議，不再造冊，我等復有生路矣。若是降楚，倘霸王到來，我等皆被阬之矣。」韓信一路聞人言，方信漢王實是降楚，先差人報知蕭相國。

卻說蕭何聞韓信自來，遂與張良笑曰：「此人果中吾計矣。」即分付左右，催攢寫字人，兩邊伺候造冊。只見韓信下馬，蕭何出迎。敘禮畢，何曰：「前拜元帥數次，不遇。」信曰：「信因主上廢置不用，退處閑居，羞見丞相。」何曰：「元帥屢諫不可東征，主上不聽，因而不用元帥，而用魏豹，以致敗績，其過在主上，而不在元帥，元帥何羞之有？」信曰：「適聞漢王遣子房來，欲將信所得關中之地，歸降霸王，此意何謂？」何曰：「睢水敗績，主上尚不著緊，但太公、呂后俱被虜去，以此願將所得關中之地歸降，以贖太公、呂后耳。諸將又要與楚對敵，不欲歸降，謀士又要主張歸降，以為便利。兩處各議不定。子房之意，只要將原得郡縣，仍還於楚，卻歸韓國，不失世家之貴。因此帶領楚使催造戶口文冊，報數歸降。某亦主張不定，只得依王命攢造。」信曰：「丞相何見之偏耶！我自離褒中，仗主上威德，已得關中七八矣。睢水之敗，一時之誤耳。太公、娘娘，料楚留以為質，終有歸漢之日，決不敢傷害。縱項王暴橫，范增亦不肯壞太公，恐為天下非議也。三秦留陳豨等把守，某願統本部兵馬，務要復睢水之讐，取太公還國。丞相決不可造冊，恐驚疑人心，非細故也。」張良從屏風轉出，見信施禮畢，便說：「適聞元帥之言，誠為確論。但恐項王勢重，范增有謀，復有睢水之禍。那時反被人恥笑，太公、娘娘俱不得還，我等性命恐亦難保，不若今日降楚之為愈也。」信曰：「先生何昔日以某為可用，今乃相鄙如此？韓某視楚如拉朽之易⑪耳。」良曰：「元帥亦不可以為輕敵。我看范增用謀如神，龍且勇冠諸將，楚王信而用之，恐元帥不能禦也。」信起身言曰：「我若不斬龍且，擒范增，誓必刎此首，以為

⑪ 拉朽之易：像拉去腐朽之物一樣容易。

先生溺器也！」良曰：「今不造冊，恐主上怪責，將何以為言？」蕭何曰：「某亦何以復命？」信曰：「二公不必執一，某即同二公赴滎陽見漢王，管交二公無事。」茶罷，信起身相囑曰：「明日願同二公星夜偕往，楚使亦當殺之，以彰其威。」何曰：「不可。兩國相爭，不斬來人。雖殺之無益也。」信曰：「然。」蕭何即將攢造之人，盡數打發出丞相府。韓信告辭回宅，街市居民盡道：「今日我等得生，多虧元帥回阻丞相，不降楚矣。」信聞之，甚喜。次日，整點本部人馬，同蕭何、張良星夜赴滎陽來。史官有詩曰：

闔門自重隱深機，為恨高皇昔已非。違約不來難發詔，子房神算遣東歸。

卻說韓信人馬到滎陽，張良先入城見漢王，備說智賺韓信一節：「今已起兵前來伐楚，大王只依臣言，如此如此……」王大喜。隨有左右來報：「蕭何、韓信在外，伺候來見。」二人入內，王曰：「不聽將軍之諫，果有睢水之敗。今喜遠來，甚慰我心。」又安撫蕭何曰：「自褒中相別，多得丞相撫治百姓，攢運糧儲，軍不乏用，皆公之績也。」何曰：「仰託大王洪福，地方鎮靜，又喜得關中之地，雖有睢水之敗，終可復也。」韓信至前俯伏曰：「臣蒙大王命，鎮守三秦，且喜盜賊屏息，各郡縣安撫無事。一向臣多病，退居咸陽，未得發兵救援睢水之敗。昨因子房到咸陽，欲將關中之地，仍還於楚，臣聞此不勝驚惶。臣仰賴大王威德，得復關中，未及數月，豈可因一敗而遽降於楚，使天下諸侯聞之，決然恥笑。」王曰：「大兵既失，太公被虜，又聞齊燕數大國皆降於楚，楚勢益勝。況將軍一人之力，恐難為敵。以此致書項王，項王亦曾對漢使曰：『韓信遇老革章邯，尚敢出頭，若遇我兵，則逃避南山之下，眉目不敢舒也。』隨遣楚使，要所得關中戶口。子房因往咸陽會蕭何，星夜攢造冊籍投獻。以我之見，似為長策。我料將軍前日下三秦之時，未遇勍敵，若見前日項王睢水大戰，立敵漢將六十餘員，將軍膽落地矣。」韓信聞王言面赤，大叫曰：「大王長楚之威風，滅信之銳氣。信今統本部人馬，只一陣，要破楚王片甲不歸，生擒獻俘於階下。」王起身曰：「將軍既要破楚，有何妙策，願聞金玉。」韓信近前道數句言語，便要破楚。未知如何，且聽下回分解。

總評　爾無我詐，我無爾虞，纔是君臣一德。漢家光景獨不然！

第五十八回　用車戰韓信勝楚

卻說韓信向漢王曰：「臣在咸陽，製戰車數百輛，預備伐楚，昨已差人轉運赴滎陽來。臣聞兵家嘗曰，平坦之地，可用車戰；山險之地，可用步戰；攻擊追襲，可用馬戰。隨地利而作用，各有不同。臣見滎陽城外三十里遠，有地一段，甚平坦，可用車戰。臣所製戰車，正當用於今日，管交楚兵大敗，項王可擒。」漢王曰：「車何取用？請將軍言其略。」信曰：「製車之法，取用常車，接其衝扼，駕以一牛，布為方陣，四面皆然。車上置鎗二枝，以蔽車面，後設水器，以防火攻。士卒前行，各置鎗盾，士卒後行，各持弓弩。如賊至，令卒上車，每車載四人，皆持弓弩。車陣之內，數十步相連，六車或駕四牛，上以重屋，以施勁弩。賊至，擊鼓為號，以射之。楚兵不能犯，乃出騎兵以擊之，方可大勝也。況一車能當十騎，十乘能敗千人，用車所以便軍勞，行則可以載糧，止則可以為營衛。或沖厥陣，彼兵必潰。或塞險隘，彼虜難逃。平坦之地，故宜用車戰，可以制勝也。」漢王聞信言大喜。復召匠人，仍照原樣，造車三千輛，準備伐楚。

於是，韓信出滎陽城外，安設營寨。召諸將密授奇計，各認地方，每日操練軍士，教習車戰。兩月之內，作用如法。各處逃移軍士，漸次歸附。蕭何辭漢王，告回咸陽發老弱未傅⓬者，悉詣滎陽，補其缺伍。漢兵復集五十餘萬。信入城奏漢王曰：「軍士已訓練齊備，倘以楚使至者，就以戰書付項王，以激其怒，使彼自來。」王曰：「昨有楚使，假傳陵母之言，欲王陵歸楚。王陵知母大賢，又無手字，因此不信。楚使尚未起身，何不以賂買囑，使彼將戰書稍去，投下何如？」信就邀楚使至公館，置酒相款，因屏去左右，信曰：「我本楚臣，心常在楚，有一問安表文，煩公密切投上楚王。我不久亦欲仍歸於楚也。」遂贈黃金二十兩為路費。其人曰：「我雖奉王命召王陵，其實打聽將軍消息。若今得將軍表文，霸王決喜。他日將軍亦不失封爵之貴也。」臨行信又分付：「切不可與他人見，但只可與楚王開拆。汝若負我，他日歸楚，恐難相見也。」其人歡喜領受，暗藏身邊，拜謝。

回見霸王，密將韓信之言奏知，卻將所付表文獻上，項王拆書觀看，書曰：

漢大將軍領東征大元帥事韓信上書西楚霸王麾下：昔日信雖歸楚，官授執戟，後共立懷王，百司

⓬ 未傅：未列於壯丁名冊上的人。傅，把姓名登錄在名冊上。

執事，皆北面尊為義帝。信非楚臣，亦明矣。不意大王獨霸西秦，恣肆暴橫，放弒義帝，天下切齒。信欲仗劍以誅大逆，而報君父之讐。但力微勢小，恐難為敵，乃投告漢王，名正其罪，昭布天下，共伐無道。信兵駐扎咸陽，漢王先臨睢水，誤入陷阱，兵遭屠戮。今信統率三軍，衣皆縞素，試武榮陽，為義帝報仇。懸頭兩觀之門，逼死馬陵之道，信之願也。王其察之。

霸王看罷信書，勃然大怒曰：「胯夫乃敢戲毀朕躬如此，若不殺此胯夫，誓不回師！」即傳旨，盡起傾國之師，赴榮陽與韓信對敵。史臣有詩曰：

一封書到重瞳⑬怒，數萬雄兵指日休。霸業無成終作燼，只因私忿中奇謀。

范增聞知，急來諫曰：「此韓信激陛下動怒，彼必伏兵四圍，使楚軍入其籠中而擒之也。陛下勿動聖怒，當徐徐圖之可也。」霸王曰：「堪恨胯夫，啜誘楚使，假作降書，意要通朕知道。如此欺侮，十分可恨。朕意已決，爾等不可執一攔阻。」范增見霸王去意已決，不敢再諫。遂起兵赴榮陽來，不題。

卻說韓信書已發付楚使，復回城外，調撥本部人馬。忽見張良、陸賈帶領樊噲諸將，賚漢王手詔並元帥印到營，韓信急接詔開讀。詔曰：

嘗聞將者，國之司命。將得其人，則國有攸賴⑭。苟非其人，卒至敗亡，而安危所係，非尋常也。

---

⑬ 重瞳：目中有重瞳子。傳說項羽目中有重瞳子，故以「重瞳」稱之。

⑭ 攸賴：所依賴。攸，所也。

卿韓信才兼經濟，學貫天人，屢建奇功，真國家之柱石，當代之豪傑也。前遣鎮守三秦，誤用魏豹為帥，乃至喪師睢水。今已奪豹印，罷斥閒居。大將之位，久虛閫外。特茲命卿，復掌元帥印，統率將士伐楚，益竭忠貞，勿負委託。故茲詔諭。

韓信開讀詔命畢，與張良等相見，將元帥印收付訖。張良隨辭信，復漢王命。次日，韓信入城謝恩。回營調遣諸將，伺候楚兵到來。

卻說霸王留范增守彭城，帶領雄兵三十萬，離滎陽五十里下寨。先使季布、鍾離眛領一枝人馬探聽漢兵消息。韓信早有人來報：「楚兵離五十里下寨，今差季布、鍾離眛先來探聽。」信曰：「且未可對敵，扎營按兵不動。先設車陣，四邊陳布停當，候霸王到來，方可出戰。爾諸將照我前日分付，不可擅離地方，各聽候節次應用，毋得錯亂。」眾將依令前去。

有季布、鍾離眛探聽漢兵，不見動靜，只得回軍來見霸王曰：「漢兵沿城俱列旗幟，各有營寨，不見一卒往來，不知何謂？」霸王曰：「此韓信按兵不動，待我兵到，彼卻舉暗號，那時人馬方與我對敵。爾等且照各營扎駐，待等對敵之時，隨機應變，各來救援。」諸將曰：「謹遵陛下之命。」霸王親領一枝人馬，帶領桓楚、于英、項莊、虞子期四將，左右護從，前來與韓信對敵。

韓信陣勢，已預先擺布停當，單等敵軍到來。項王一馬當先，韓信門旗開處，與項王相見。信曰：「自與大王咸陽相別，今又在此相見。臣甲冑在身，不敢行禮。」霸王怒曰：「爾前日以言戲侮朕躬，今日相見，決個勝負。」舉鎗直取韓信。信不敢對敵，虛掩一鎗，往東便走。霸王曰：「胯夫既來出戰，未經對敵，便要逃走。務要追襲胯夫，立誅此叛賊，以雪前日之恨。」揮動後哨人馬，催攢追趕。季布、鍾離眛急策馬向前言曰：「韓信不戰而走，此必誘軍之計。陛下當勒兵且回，察其虛實，觀其動靜，然後遣兵追襲，庶不墮彼中計。」霸王曰：「我自會稽起兵以來，累經數百餘戰，未嘗退後。今日見胯夫，卻乃勒兵自退，使天下諸侯笑我之怯。」不聽二將之言，急催人馬追趕。霸王追得緊，韓信走得緊，霸王追得慢，韓信走得慢，趕到京索河，信過橋，舉鎗立於橋頭，霸王忿怒，也過橋。諸楚將催人馬尾於後，行未二里，橋已拆斷。水勢大作，前面不見韓信。後軍來報橋已拆斷，水勢甚急，後軍一半未得過河。霸王知是中計，急著前軍且暫住。一言未了，四面砲聲不絕。戰車圍繞，將楚將困住，箭如飛蝗，眾軍士站立不住。霸王傳令：「乘陣勢纔立，諸將作急催動人馬，攻搶出陣，若立定則難動矣。」諸將奮力向前攻打，霸王押後。催督人馬，一擁前進。早有人來報：「四面戰車合湊，圍遶如鐵壁銀山一般，攻打不動。反被漢兵殺傷，死者不可勝數。」諸將近前曰：「戰車不比人馬，尚可沖擊，今被四面圍遶，如鐵桶相似，人馬不敢近前，如何攻打得出？」霸王聽說，無可奈何，正在危急之際，有季布、鍾離眛因見霸王追趕韓信，諫止不聽，卻領本部人馬，從京索迤南小溪口僻路，遶到霸王前面，以防奸計，方纔到京索河，果見車戰，圍困楚兵，不能得出。有漢將祖德領一枝人馬阻南路，不容季布、鍾離眛近漢陣。二將奮怒，舉兵器直取祖德。祖德拍馬舞刀交戰，三匹馬戰在一處。鬥二十回合，被季布一鎗刺死祖德於馬下，追殺漢兵直趕到營陣邊，見四圍俱是戰車，密排不得入，季布曰：「若不乘勝追殺入陣，楚兵如何得出？」揮動楚兵，捨死近前，殺入陣來。裡邊楚兵見外邊有救兵至，助起軍威來吶喊，往外攻殺。只見東門沖開一處，楚兵得空，便一擁往外殺出。接著季布、鍾離眛人馬，合兵一處，向南且戰且走，早被車戰戮傷于英、射中桓楚，霸王一騎馬沖出，方纔得去，只見正南柴武、酈商，東南傅寬、付弼，正東李畢、洛甲，西南靳歙、盧綰，正西周勃、周昌，西北薛歐、陳沛，正北紀信、王陵，東北辛奇、曹參，一十六將，圍遶上來，霸王同眾將協力抵敵。三軍混戰一處。漢將中，一人落馬，乃東北陣上大將辛奇也。辛奇正戰之間，被霸王一鎗刺中，遂死於馬下。曹參無心戀戰，退回本陣。霸王乘勢同眾將沖殺出來，韓信大兵自東北復又圍遶上來。季布曰：「此處無路回兵，不若還從小溪口，奔回本營，少得寧息，再作區處。」霸王曰：「說得是。」急調轉敗殘人馬，跟著季布、鍾離眛，從原來舊路，奮力殺出，到得小溪口，天色漸晚，四邊喊聲不絕。奔到大寨時，楚兵盡被漢兵殺散，止留空營，霸王曰：「空營如何把守？倘漢兵復又圍遶，恐難抵敵，不若星夜回彭城，再起人馬與漢決戰。」言未畢，漢追兵又到。霸王急同眾將曰：「這脝夫已困楚兵數日，尚不知止，今卻又來追趕，不若協力大殺一陣，以雪其恨。」眾人併力，復要迎敵。未知如何，且聽下回分解。

總評　韓信用車戰以禦敵者，攻敵也。其畏楚之心，卻在此中。

第五十九回　許負說魏豹反漢

卻說霸王諸將復要迎敵漢兵，鍾離眛止之曰：「不可。韓信變詐百出，楚兵新敗，已挫銳氣，若復迎敵，先自畏怯。兵法云『畏敵者亡』，況漢兵勢重，徒喪兵馬，恐無益也。」須臾，忽見喊聲大作，金鼓震天，漢兵遍地而來。楚兵如何抵當？早先奔走。霸王猶自立馬横鎗，截殺漢兵。忽然一箭射來，正中霸王掩心鏡，霸王吃了一驚，撥轉馬，急向東便走。隨從將士，不上數百騎，背後漢兵追趕，連絡二百餘里，霸王一晝夜，未曾停止。天又落雨，甚是狼狽。

忽見大林中，早有一枝人馬到來，為首一員大將，乃蒲將軍也。奉范亞父將令，領兵三萬前來接駕。馬上大呼曰：「臣甲冑在身，不能行禮，請陛下先行，臣當漢兵。」蒲將軍勒馬横刀，當住漢兵。正遇大將李畢、洛甲，各舉兵器來敵蒲將軍，三匹馬戰在一處。戰二十回合，蒲將軍奮怒，一刀斬李畢於馬下，洛甲便逃走。蒲將軍急拈弓取箭，一箭射死洛甲，乘勢殺散漢兵。後陣見楚救兵至，傳報入中軍。韓信曰：「窮寇勿追，兵家所忌。我一時見不到處，遂致損折二將，吾之過也。」傳令且著漢兵暫住。

卻說蒲將軍見漢兵退後，不敢追趕。徐徐回轉人馬至夾河，趕上霸王。屯兵扎營畢，請霸王陞中軍坐定。蒲將軍朝見奏曰：「范亞父因見陛下輕敵韓信，恐有不虞，隨差臣領三萬人馬，從大路急來救應，幸遇陛下。臣仰仗威德，殺漢二將，漢兵已退。亞父臨行，再三分付，韓信不比尋常，須當隄備，臣以此不敢追趕。」霸王曰：「朕自數年經戰，何止幾百陣，未見今日敗北如此。幸賴亞父遣汝救援，得脫此難。不然，幾敗不可救矣。」季布曰：「請陛下回兵，此處恐漢追兵復至。我兵勢弱力孤，糧餉不及，難與為敵也。」霸王起兵，急回彭城。

招集陸續敗殘人馬，折兵二十萬。召范增曰：「悔不聽亞父之言，果有此敗，今復如何？」增曰：「臣聞魏豹逃回平陽，終日恐漢王記恨睢水之敗，意欲糾合人馬，復反漢歸楚。陛下若差一舌辨之士，用數句言語，鼓動其心，必反漢矣。豹若反漢，韓信必統兵破魏。陛下卻乘虛領大兵襲滎陽，邦無準備，決難支持，陛下可獲全勝矣。」王曰：「此論甚妙！差何人說豹反漢？」有尚書令項伯，近前奏曰：「臣與一相士許負交善⑮，此人見在平陽，與魏豹最好。豹每有大小事，即著許負相看，魏豹無不聽從。臣寫一封書，差人與許負通知，令彼說豹。豹平日志向未定，若許負一言，豹即聽從。此計如何？」增曰：「若果許負一言，魏豹決然反漢。」項伯即時修書，差一的當小卒，密藏書在身邊，前往平陽，跟尋許負。

許負在平陽甚有名，一問便知下處。小卒到許負門首，詢問家僮：「許公在否？」家僮曰：「公在中堂閑坐。」小校曰：「有公故人下書。」僮傳入，公曰：「著進來。」小校持書上見。許負拆書，見書中言語，欲許負用言，智賺魏豹反漢歸楚。許負沉思：「霸王勢重，又兼項伯平日情分，須當依從。」當日就往魏豹府前伺候。門吏報知魏豹，豹曰：「吾久欲許公一相，以決其志，不意自來，甚合我意。」即召入與許負相見。禮畢，豹曰：「連日正要請先生相看，近日氣色如何？」負暗思：「正中吾計也。」負曰：「大王未曾用酒，方好看氣色。」豹曰：「自早起獨坐，未歸寢宮，神思清爽，正好先生一看。」許負請魏豹向明坐定，細看半晌，其間白氣侵於天倉，滯氣雜於中正，日月欠明，水土失位，滿面通無可取。許負尋思：「若是實說，上違霸王之命，下負項伯之情。」遂將實意隱而不說，卻對豹曰：「據大王貴相，紅黃滿面，喜氣重重，百日之內，大王馬到成功，大業立就。遷移吉地，位當九五，不但王霸之尊而已。」豹聽說甚喜，曰：「若如先生之言，某當重報。」許負又曰：「臣望大王歸后宮，旺氣

⑮ 交善：相交友善。

尤勝。」豹曰：「正欲先生後宮一看。」負曰：「願往觀之。」魏豹復邀許負至後宮，請薄后出中宮。許負一見，便拜伏在地曰：「娘娘貴不可言，他日當母儀天下，臣言不謬也。」豹暗喜：「我既大貴，而夫人安得不母儀天下者乎？」遂重賞許負去訖。

即召大夫周叔計議曰：「昔日漢王用吾為大將，不想兵敗於睢水，被漢王痛辱我一場，將帥印奪去，貶我閑住。今卻復拜韓信為帥，一陣殺霸王雄兵二十餘萬，終日對諸將百般罵我，早晚要來害我，豈肯被他陷害？正好乘此時反漢歸楚，大亂一場，急趨咸陽建都，與楚漢三分天下。爾以為何如？」叔曰：「不可。漢王寬仁大度，天下歸心，又兼韓信用兵如神，雖霸王強勇，尚不能及，況大王兵微將寡，勢孤力弱，恐難與爭鋒。不若專意事漢，保守平陽，不失魏地，此亦人臣之極。大王又何他望耶？」豹曰：「天命有在，不拘強弱，許負之相，決無虛語，非爾所知也。」叔曰：「先論人事，次言天理。苟輕信相士妄誕之說，遽乃興兵，亡身喪家，在此一舉。大王幸察之。」豹怒曰：「吾欲舉兵，爾敢出此不利之言，必與漢有私，欲泄我機耶？」叔曰：「臣事大王日久，今日之言，乃忠言也。大王不聽，他日當思臣言也。」豹遂叱退周叔，即整點人馬十萬，命植長為軍師，柏直為大將，馮敬為騎將，項它為步將，把守平陽關。上表復降於楚。

漢王聞知魏豹反漢，笑曰：「匹夫雖反，無能為也。當即遣將調兵，急宜誅此賊輩，以絕後患。」酈食其曰：「大王人馬破楚新回，尚未休息。今復舉動，恐甲士疲勞，非恤軍之道也。臣平日與豹有舊，願往以正說之，如彼不從，大王起兵征之，未晚也。」王曰：「如先生以言能伏魏豹不反，乃萬金之力，干城之功也。」酈生遂辭王，徑赴平陽見豹。

豹曰：「故人遠來，欲為漢作說客也？」酈生曰：「某來此，非為身謀，實念故舊之情，陳說利害。如可從則從，如不可從，任大王為之，何必疑為說客也。」豹曰：「請先生言之。」酈生曰：「心不可兩持，事不可反覆。兩持者多疑而取敗，反覆者輕舉而取辱。大王以前日降漢為是，則今日事楚為非也。若以今日事楚為是，則前日降漢為非也。顛倒是非，反覆不定，必致取敗。況當今事勢，不知者以楚為強，而能審察天下之安危者，必知楚當亡而漢當興也。漢寬而楚暴，漢智而楚愚，不待辨而自明矣。今大王歸漢，誠為得計，乃復歸於危亡之楚，是何顛倒反覆之不定耶？以某之鄙見，不若罷兵息爭，專屬意於漢，漢成大業，王可永保富貴也。」豹曰：「漢王嫚罵無禮，吾實恥之。既已動念，復難相見也。大丈夫當自創立，豈可碌碌屈於人下乎？使蘇張更生，此心不易也。」

酈生知豹不可說，遂辭回見漢王，備言魏豹不欲歸漢。漢王問：「魏之主將誰也？」食其對曰：「柏直。」王曰：「是人口尚乳臭，安能當吾韓信。騎將誰也？」對曰：「馮敬，乃秦將馮無擇之子也。」王曰：「是人雖賢，不能當吾灌嬰。步將誰也？」對曰：「項它。」王曰：「不能當吾曹參，吾無患矣。」於是命韓信、灌嬰、曹參領十萬精兵，出安邑，臨晉趨西魏擊豹，未知勝負如何，下回便見。

總評　豹欲三分天下，是俗所謂大言不慚，無用欺心也。可笑，可笑。

第六十回　知漢與陵母伏劍

卻說韓信臨行，見漢王曰：「信伐魏，項王聞之，決乘虛來攻滎陽。諸將之中，王陵可屬大事。大王當令抵楚兵。其人智勇足備，庶保無事。」王曰：「陵母久拘於楚，恐心志未定，不可用也。」信曰：「陵母最賢，素有遺教。王陵志如金石，堅不可動，大王當急用之，而以陳平為佐，如有緩急，大王當與子房計議，料無憂也。」王甚喜。

韓信領兵至蒲坂，早見魏兵到來，隔河與豹相拒，彼此不得交戰。韓信召諸將曰：「魏豹以兵守河，不設橋梁，舟舡一時難以打造。命灌嬰督工起造木罌，最為方便。」嬰曰：「不知如何起造，請問其法？」信曰：「木罌者，縛甕缶以為筏，甕缶容受二石，力可勝一人，其甕間容五寸，下以繩勾聯，編鎗於其上，形要長而方，前置筏或板，頭或置梢，左右置棹，可以渡軍械也。」灌嬰遵依其法，命軍中巧手軍士，傳令起造。不一二日造完。信遂命灌嬰引軍一萬，陳舟舡百十餘隻，沿河虛列旗幟，若渡河之狀，以為疑兵。卻密令曹參引精兵二萬，從夏陽以木罌渡軍，襲安邑以抄其後，使豹不能接應，兩下夾攻，豹可擒也。曹參得令，暗趨夏陽。灌嬰列兵於岸，陳舡於河，多張旗幟。魏豹見了，果然疑其有伏兵，晝夜巡視。不防曹參引大兵，用木罌從夏陽渡河襲安邑，將魏豹家屬虜去，抄後殺來。魏豹巡哨軍士急來飛報，豹聞知大驚，方欲回兵，曹參襲殺於後，韓信追殺於前。兩勢夾攻，不能救應。柏直戰未數合，見信人馬攻襲甚急，不能抵敵，向西逃走。馮敬未曾對敵，先自引兵退後。魏豹不能抵當，方欲向臨晉逃走，早被曹參、灌嬰人馬兩邊圍上來，魏豹不能得脫，被二將生擒，綁縛來見韓信。信曰：「主上命汝為元帥，統領大兵四十五萬，睢水一陣，喪師三十餘萬，睢水為之不流。汝即逃回平陽，主上不即加誅，止奪帥印，罷汝閑居，不失王爵之貴。汝當感激，愈加策勵，以圖後效可也。卻乃輕聽術士之言，遽爾起兵謀反。既被擒拏，本當誅戮，汝為一國王爵，恐主上寬恩，或免汝一死，且著軍士囚車監押聽候。」一面入平陽城，安撫百姓，權著周叔管理國事，不題。

卻說霸王打聽韓信征魏豹，知滎陽空虛，急召范增曰：「魏豹已反，韓信果然領兵入西魏征豹，不出亞父高見。朕今乘虛取滎陽，擒劉邦，亞父以為何如？」增曰：「此時正好出師，但陛下相時而動，不可輕敵，恐韓信有遺計，不可不防也。」龍且曰：「亞父何怯之甚也？」增曰：「好謀而成，豈可不深慮也。」於是霸王傳旨，整點大兵，往滎陽來。先差驍將李奉先領兵三千，探聽消息。

漢王與張良、陳平正計議隄防楚兵，有小卒來報：「霸王領大勢人馬，殺奔滎陽來。先差驍將李奉先，領兵探聽。」漢王聞說大驚，曰：「楚兵勢重，如何迎敵？」張良曰：「韓信前曾言楚兵若來，當以王陵為將，陳平輔之，楚可破也。何不召王陵計議？」王即召陵曰：「霸王親統大兵前來，爾敢領兵與楚迎敵否？」陵曰：「霸王勢重，難與力敵。以臣愚見，且偃旗息鼓，深溝高壘，未可出戰，待彼志既懈，臣用一計，楚可走也。」王曰：「計將安在？」陵附耳道數句言語。王大喜，曰：「將軍果有此膽略，吾無憂矣。」即命王陵為將，陳平為軍師。王陵分付三軍，各偃旗息鼓，四門嚴閉，不擊刁斗⑯，

---

⑯ 刁斗：古代行軍用具，白天用來燒飯，夜晚用來巡邏打更。

不設一軍。

有楚將李奉先前來探聽，見是如此，心下疑惑，不敢近城，差人回報。霸王曰：「滎陽四門緊閉，不見一個軍士，不知何意？」左右曰：「此必漢王聞陛下到來，或搬移臨近郡縣，屯駐人馬，留此空城，以待陛下。或是韓信征魏未回，內無強兵，以此不敢出戰，虛作此聲勢，以為疑兵，使陛下不敢遽然攻打也。」霸王曰：「人馬初到，且安下大營，待明日探看動靜，再作處置。」隨即安下營寨，人馬遠來疲乏，各人卸甲休息。

卻說王陵選精銳軍五千，頭裹赤幘，各帶鮮明器械，準備鞍馬緊束，人各啣枚。又選五百砲手，各帶火砲隨後，臨時聽令施行。四門多設柴草，待人馬殺到楚營，聞砲響急點起火來，以防楚兵攻城。又差夏侯嬰隨後，領大兵三萬接應。卻說王陵將及黃昏時候，先差精細小卒十數人，裝作楚兵，潛在楚營邊，探聽楚兵消息，有無防備，好作區處⑰。起更時，只見小卒來報：「楚軍安營，俱休息定，並無隄備。」王陵領五千赤幟軍士，開了門，蜂擁而來，楚兵正睡熟，王陵暗傳令放砲，只五百砲手，四邊放起來，五千人馬殺入楚營，如十萬甲兵，從天而降。楚兵又無準備，急纔驚起，眼尚朦朧，如何對敵？反自相踐踏。卻被王陵左沖右突，如入無人之境，殺得屍橫遍野，血流成河。霸王急起披掛上馬，四面觀望，見一大將，挺鎗往來，領兵沖殺。霸王大喝一聲，舉鎗直取來將，來將舉鎗交還。戰二十回合，其人敗走，領五千兵沖殺出營，已將五鼓矣。霸王問軍士：「此是何人？」有小卒曰：「此漢將王陵也。」霸王暗思：「此人鎗法，與其他不同，今日不除，後必為患。」急拍馬正欲追趕，季布、鍾離眛、龍且

⑰ 區處：安排。

俱列馬頭前，止之曰：「不可。漢兵得勝，一路俱有準備，城上火起，城下人馬如鐵桶相似，此必韓信之遺計也。陛下且聞點傷殘人馬，急將陵母取來，以劍伏身，監在營中。使人與王陵說知。王陵為人最孝，聞此決來歸降。王陵若降，滎陽可破也。」霸王曰：「然。」即差人星夜赴彭城，取陵母赴軍前來，不題。

卻說王陵領赤幘軍回營，計點止傷折一百多人。大殺楚兵并自相踐踏共三萬餘人。回見漢王，王曰：「將軍一夜殺楚兵三萬，以霸王之勇，尚退三十餘里。將軍之名威，振關中矣。」王陵曰：「知楚兵遠來困乏，因此乘其無備，殺此一陣。霸王尚屯兵於此，不久仍來攻城，不可不急為計處也。」張良、陳平曰：「韓信征魏，聞有捷音，料將回兵。不若且嚴守滎陽，以待韓信兵到，再為區處。」王曰：「善。」遂令三軍預備砲石、灰罐，四門嚴守。一連十數日，楚漢並不交戰。

只見城下，忽有巡哨小卒來報：「有楚使欲請王將軍相見。」王陵聞說，急上城，見楚使曰：「將軍老母，見今取在楚營，欲見將軍一面。若將軍遲去，霸王決壞老母，使將軍為不孝之子，萬代罵名不朽也。」王陵聽說，放聲大哭，淚如雨下，急來告漢王曰：「臣母今年七十有餘，臣生不能孝養一日，反遭此縲絏之苦。今楚使欲臣往見一面，臣雖赴萬劍而死，亦當急趨往見也。臣身雖在楚，心實在大王，決不為楚效力也。」張良曰：「將軍誤矣。前日將軍殺楚兵數萬，今止聽楚使一言，即趨入虎穴，自蹈死亡，此匹夫之見也。又未審老母果在楚營否，豈可遽然往見？須今差一人親見老母，看有甚言語，討數手字。果然欲將軍往見，那時將軍見之未晚也。豈可不察存亡而往見耶？」王陵聽說，即哀告漢王。王即差謀士叔孫通，前到楚營朝見霸王。

王曰：「王陵居住沛縣，不歸降於我，反隨劉邦為惡，今已將陵母拘繫於此，若早歸降，使子母相見完聚。若仍復抗違，即斬陵母，使王陵為萬代罪人也。」叔孫通曰：「願請陵母一見。」霸王命左右將陵母押過來，與叔孫通相見。只見陵母以劍伏身，搔首而跪。叔孫通心甚不忍。陵母曰：「公乃何人也？」叔孫通曰：「某乃漢使叔孫通也。」母曰：「公來何為？」通曰：「老母之子王陵，聞母受苦，即欲降楚來見。惟恐不的⑱，漢王敬差我來，求老母手筆數字，方著王陵降楚，以事奉老母。」母曰：「是何言歟？漢王寬仁大度長者，吾子事之，得其主矣。豈可因妾而懷二心？望公傳與王陵，善事漢王，早建奇功，為漢代名臣。妾雖死之日，猶生之年也。」言罷，遂伏劍自殺。叔孫通急欲救之，陵母頭已落地。滿營中莫不讚歎。史官有詩曰：

> 楚廷羈母母生輕，子志無移母計成。一點貞魂隨劍殞⑲，萬年公議死猶生。

> 史臣班固曰：「嬰母知廢，陵母知興，二女尚知興廢，范增惟欲殺沛公，何其不智之甚乎！」

卻說陵母伏劍而死，霸王聞知，大怒曰：「老娼何其太愚如此，當碎其屍，以號令三軍。」季布等拜伏奏曰：「不可。陵母雖死，當存其屍，歸葬沛縣，使王陵身雖在漢，而此心終有思歸之念。蓋父母墳墓，乃水木本源也。他日或命一能言之士，陳說根本⑳。王陵素有孝名，聞言動心，必降楚也。若今

---

⑱ 不的：不確實。

⑲ 殞：此處指死的意思。

號令軍前，愈傷其心，無復有降楚之意。」霸王從其言，即差人收拾陵母屍首，歸葬沛縣。隨召叔孫通曰：「汝可回滎陽，說與漢王並王陵，快早歸降，倘打破城，死無葬地也。」叔孫通近霸王前，道一言，就使楚兵倒戈，滎陽解圍。不知說甚言，且聽下回分解。

總評　陵母之死，亦范增造業也。不能致君，而助之為虐，雖裂其身，亦何足惜！

第六十一回　韓信斬夏悅張仝

卻說叔孫通奏霸王曰：「臣雖居漢，每被漢王謾罵，受辱不過，情願欲歸事陛下，昨因說王陵降楚，以此名託為漢使，實欲歸降陛下也。王陵為人最孝，臣入城，陳說母屍未葬，陵必歸葬其母，就同歸楚也。」霸王曰：「今漢王兵有多少？將有幾人？久困不降者，何也？」通曰：「漢兵在城者，尚有二十萬，漢將有六七十人，昨新開倉廒，糧食亦足，遷延不出戰者，因聞韓信已破魏豹，意欲調轉人馬赴彭城，乘勢劫奪太公、呂后還漢，取代州，破燕齊，使陛下進無所往，退無所歸，因此只待韓信大兵到來，欲裡應外合，兩勢夾攻，以圖必勝。陛下不可不預為提備也。」霸王曰：「爾入城，幾時同王陵出降？」通曰：「但得便即趨出矣，陛下當急差人防守彭城。」

⑳ 陳說根本：陳述事情的原委。

遂辭霸王，入滎陽，見漢王，備將陵母之言，細說一遍。王陵聽罷，大叫一聲，哭倒在地。諸將急救醒。陵曰：「吾與楚誓不共戴天日。」叔孫通將歸葬一節，隱而不告，欲使王陵死心事漢也。張良、陳平曰：「叔孫通既以言釣項王，項王必以韓信決赴彭城，不日即離滎陽矣。但恐在外等候王陵出降，又生他變，當以滎陽獄中，有死囚斬首，假傳說漢使叔孫通交通西楚，欲說王陵歸降，今被識破，斬首示眾。」漢王曰：「其計甚妙。」即查獄中重囚，當即斬首，懸於城上，傳示城下。早有人報知霸王，霸王曰：「計又不成，城久不下，倘韓信果然乘機襲取彭城，兩難救應，朕進無所往，退無所歸，誠如叔孫通之言也。」龍且曰：「既陛下要回兵，須徐徐緩行，不可太急，以防漢兵追襲。」一晝夜楚兵退盡。

城上巡哨軍士探知，來報漢王曰：「楚兵已退盡矣。」王曰：「當遣將追趕。」張良曰：「不可。楚兵退緩，必有大將斷後。若我兵追趕，反中其計，不若遙為之勢，可也。」遂遣大將周勃、周昌，領一枝人馬，離城五十里下寨。

一日，楚兵退回彭城，范增接見，備問滎陽消息。霸王將叔孫通欲降一節，說與范增。增曰：「叔孫通乃漢之謀士，從劉邦日久，豈有歸降之意。此必因陛下困滎陽甚急，韓信大兵未回，內實空虛。以此設計，使楚兵解圍，故假斬叔孫通，以惑軍心。不意陛下果退兵，實中其計也。」霸王始悟，大怒曰：「匹夫乃敢戲吾如此，今再起兵復取滎陽，如何？」增曰：「若復去，倘韓信回，內外夾攻，又非長策。不若暫且休兵，打聽韓信果遠去，再取滎陽未晚也。」霸王從其言，暫屯兵，差人打聽不題。

卻說韓信擒魏豹，兵回滎陽，見漢王。王曰：「將軍已伐魏，今復何往？」信曰：「代州夏悅、張全不賓服㉑，且此去取代州，順路伐趙，破燕下齊。兵勢稍振，即破楚，以成一統之業。」王大喜。隨將魏豹並家小押見漢王。王見豹妻薄氏、管氏有國色，甚悅之，遂留後宮。押豹近前，王曰：「爾領兵四十五萬，睢水一陣，被爾折兵三十餘萬。賴上天護祐，得脫虎口。不然，吾君臣豈有今日？吾念爾一國王爵，姑免汝死，復命爾守平陽。爾當感我厚恩，益加策勵可也。乃敢遽起異心，希圖僥倖，今被擒來，有何理說？」豹曰：「願乞一死。」有豹母年近八十，哀告曰：「魏豹無知，誤犯狂悖，法當誅戮，以正國法。但妾止生此子，為西魏後裔，望大王留一命，以奉祀先王，乃大王盛德也。」漢王聞母言，歎曰：「豹為男子，反不如老母之賢也。」遂看豹母之面，饒豹之罪，削去兵馬，廢為庶人，發滎陽安置。仍遣使傳命與周叔，領平陽暫管郡事。

韓信整點人馬，趨代州。漢王仍以王陵為將，差人傳命與相國蕭何：「奉侍太子守關中，昭布法令，約束軍民，立宗廟社稷，事有不及奏決者，輒以便宜施行㉒。待積有條件，類總上聞。」蕭何領王命，夙夜孜孜，惟恐不及。總計關中戶口，調轉漕運，以給軍餉。是以漢兵西征，未嘗乏絕，皆何之功也。

史臣曰：漢王當國兵新敗、人心渙散之時，首立宗廟社稷，不忘祀典。深合大易萃渙之義，有三代遺風。此漢之所以興也。豈若剽悍禍賊，徒知以斬殺屠戮為事者，可同日語哉？

不說漢王駐兵滎陽，且說韓信人馬到代州，離城三十里下寨。夏悅、張仝正議事間，有人來報：「韓

㉑ 賓服：信服。

㉒ 便宜施行：相機行事。便宜，便於國宜於民。

信人馬已到代州，離城三十里下寨。」悅曰：「韓信以得勝之兵，乘銳而來，氣驕意惰，吾兵以逸待勞，正當急出，使彼不能預備，決獲全勝。」仝曰：「此論甚妙。」

且說韓信安營畢，召諸將曰：「夏悅、張仝素知用兵，料我遠來，決乘其敝而急攻之。使吾不作預備，易得取勝。爾等當以智取，不恤辛苦，庶夏悅可擒也。」諸將曰：「願聞將令。」信曰：「曹參引一軍，如此誘戰；灌嬰、盧綰各引一軍，如此截殺；樊噲次引一軍，如此埋伏。」諸將各依令而去。韓信後領精兵五百，遶平山小路，抄到白石口駐扎。

卻說夏悅領兵一萬，徑殺奔韓信大寨來。日已過午，排開陣勢，搦韓信答話。漢陣上曹參出馬，旗上大書「漢大將曹參」。夏悅見漢陣上旗幟欠整，隊伍交錯，大笑曰：「人言韓信善能用兵，觀如此行師，何足懼哉？」便問：「胯夫如何不來受死？遣汝無名小將，欲先試刀耳。」參大怒，舉刀直取夏悅。悅就舉刀交還。戰未十合，曹參詐敗。悅驅兵大進，迤邐追趕。參且戰且走，約退二十里。正追殺之間，忽喊聲大起，左有灌嬰，右有盧綰，兩路兵殺出，截斷歸路。曹參卻引兵殺回。三路夾攻，夏悅兵大敗。日將落山，見四邊火砲、火把齊起。悅見平山小路無人防守，急領百十騎望平山而逃。纔行一里遠，背後三路兵殺來。正在奔走之間，前面喊聲大振，一彪軍攔住，為首大將，乃舞陽侯樊噲也。悅見了大驚，無處逃命。見山傍微露天光，想有出路。急奔入，乃山谷也。噲兵亦隨悅追入谷口。兩邊俱是夾石，魚貫而進。悅見難行，遂棄馬步走，爬山越嶺而逃。忽然山谷中一聲砲響，乃是韓信伏兵於此，把夏悅即時擒了。同押回大寨，鼓已三更矣。

只見城中張仝見夏悅身入重地，不見回軍到來，急點起火把，領兵五千，殺出城來救應。有代州敗殘軍逃回者，盡說：「夏將軍被漢兵殺入山谷中，不知存亡。我等被三路人馬殺得七斷八截，止逃得我數十人回來。將軍不必前去，恐伏兵一起，夜深如何防備？」張仝聽說，急領兵入城，嚴加防守。

韓信回到大營，升帳坐定。兩邊掌起燈燭，陳列刀鎗劍戟，十分威儀。小校押夏悅過來，信曰：「漢王盛德，威名播於海內，汝等如何久不賓服？遠勞王師，立擒軍前。爾須委心歸附，勿再抗違。」悅曰：「吾意本欲圖王，今既不成，有死而已。決不歸降。」信怒曰：「夜深誅戮，難以號令三軍。且牢固監押，待明日捉了張仝，一併斬首示眾。」

次日，韓信領兵至城下，張仝只是嚴加防守，堅閉不出。信將夏悅捉至城下，傳示城上，急早歸降。張仝上城見夏悅綁縛因於陷車，大哭而言曰：「不忍見公如此被虜，使我心如碎。」悅大叫曰：「寧效死固守，不可以我一人遽爾歸降胯夫。」韓信聞說大怒，即將夏悅陷車內取出，斬首於城下。張仝見夏悅斬首，大叫一聲，自城上一躍而下，遂墜城而死。城中副將王存、謀士單忠計議曰：「內無強兵，外無救應，雖固守無益也。」遂開城歸降。韓信到，大兵進城，安撫百姓，就令王存守代州，差人赴滎陽報捷。計點新降西魏、代州二處人馬，總漢兵三十萬，前來取趙。未知如何，且聽下回分解。

總評　夏張雖知兵法，以信取之，如反掌耳。

第六十二回　背水陣韓信破趙

大漢丁酉三年冬十月，韓信取代州，安撫百姓畢。次日，會漢王，遂分領精兵十萬，前來擊趙。先屯兵於井陘口外，與張耳等計議曰：「趙有謀士廣武君李左車，多奇計，我兵未可輕進。須差人探聽，看趙王作何方略。倘或深入重地，而趙乃阻吾糧道，我兵決受圍困。而進退兩難之地，為兵家所甚忌也。」張耳曰：「陳餘雖善兵，而無通變之才，每以李左車為多詐。料左車雖有奇計，不能用也。」信曰：「不然，成敗利鈍，不可逆覩。探聽虛實，方好進止。」急差心腹數精細小校，假作商賈，入趙城打聽成安君、李左車如何迎敵，務得的確回報。各重賞錢鈔酒食，裝作商人，潛入趙城，就在成安君臨近住居，用錢與門吏相通，終日飲酒，熟識往來情厚。以此成安君凡一切與趙王計議，大小事情，門吏詢問親隨從人，得知詳細，遂因便告知，小校盡知趙王來歷。不敢遽回，先著一二小校回報，仍再加打聽。個個與門吏所言一般，已得的實不題。

卻說趙王一日與成安君陳餘正議事，聞韓信引兵前來，急整點趙兵二十萬，屯於井陘，請李左車畫計。左車因說陳餘曰：「某聞韓信涉西河，虜魏王，擒夏悅，喋血閼與。今又輔以張耳，乘勝遠鬥，其鋒不可當。嘗聞千里餽糧，士有饑色；樵蘇後爨，師不宿飽。今井陘之道，車不得方軌，騎不得成列，行數百里，其勢糧食必在其後。願足下假臣奇兵三萬，從間路絕其輜重，足下深溝高壘，堅營勿與戰，彼欲前不得門，欲退不得還，吾兵絕其後，使野無所掠，不十日而兩將之頭，可致於麾下。願君急用臣計，必獲全勝。否則，必為二子所擒矣。」成安君曰：「此詐謀也，吾嘗稱為義兵，不用詐謀奇計。又聞兵法云：『十則圍之，倍則戰之㉓』，今韓信以疲散之卒，雖號稱數十萬，其實不過數千。況又千里遠來，亦極疲勞，我兵操練日久，藏鋒養銳，正當急擊勿失可也。若避而不與之戰，倘他日有遇勍敵，則何以禦之？諸侯謂吾怯弱，輕我伐我，非長策也。」遂不聽左車之計。

且說韓信差來小校，知此消息，至晚急出井陘回報。韓信聞知大喜，遂賞勞小校訖。乃敢引兵入井陘狹道。未至井陘口三十里，正值夜半，傳令進發。選輕騎二千，人人持一赤幟，從傍道小路，潛在草山。遙望陳餘營寨，以觀動靜。因密誡曰：「我大兵與趙兵對敵，我詐敗，趙軍見我敗走，決空壁追趕。汝等疾入趙壁，盡拔趙幟，立漢赤幟，堅壁拒守，不必與戰，而彼自亂也。」諸將聽令去訖。於是信早起會張耳、曹參、樊噲諸將曰：「今日即破趙，且不必會食，暫令三軍傳食小飯，待須臾破趙後會食也。」諸將皆莫敢信，佯應曰：「諾。」信即使萬人先行出，背水為陣。趙軍望見信兵背水，皆大笑。及平旦，信建大將旗鼓，鼓行出井陘口。趙遂開壁與信大戰。良久，信與張耳諸將佯棄旗鼓，走水上。趙軍果空壁出，爭取漢旗鼓，追趕信、耳。信、耳已入水上，卻有曹參、樊噲、靳歙、周勃等諸將，率領三軍，莫不死戰，無不以一當十。趙軍遂不敢近，急退回大寨。有信所出奇兵二千騎，在草山遙望趙軍空壁追趕，爭漢旗鼓，疾馳入趙壁㉔，盡拔趙旗，立漢赤幟。趙軍回大寨，見趙壁皆漢赤幟，知漢兵已破趙矣。

㉓ 倍則戰之：若士兵人數兩倍於敵人，則與之決戰。

㉔ 壁：營壘。

遂大亂，四散潰奔。陳餘雖殺數人，亦不能禁止。於是漢諸將圍遶夾攻，成安君死戰不得出，被灌嬰一刀斬於馬下。大兵殺入趙城，擒趙王歇，遂平趙地。

是時諸將問信曰：「兵法『右倍山陵，前左水澤』，今者將軍令我等反背水陣以勝者，何也？」信曰：「此在兵法，諸君不察耳。兵法不曰『陷之死地而後生，置之亡地而後存』乎？且信非得素拊循士大夫也。此所謂驅市人而戰，予之生地，遇敵皆走，寧得而用之乎？」諸將皆服信之高論。

是時信傳令有能生得廣武君者，購千金。於是眾軍聞信令，遍訪李左車。一日得獲，綁縛解至麾下。信見縛左車至，大喜，重賞軍士。急下帳親釋左車之縛，東向而坐，西鄉師事之。因問曰：「僕欲北攻燕，東伐齊，若何而有功？」左車曰：「亡國之大夫，不可以圖存。敗軍之將，不可以語勇。」信曰：「百里奚居虞而虞亡，之秦而秦霸，非愚於虞而智於秦也，但用與不用，聽與不聽耳。向使成安君聽子之計，僕亦遭擒矣。惟不聽子之計，是信得以取趙也。」因再三懇求曰：「僕實委心請計，願子勿辭。」左車曰：「臣聞智者千慮，必有一失；愚者千慮，必有一得。故曰狂夫之言，聖人擇焉。顧恐臣計未必足用，願效愚忠，為將軍言之。且將軍虜魏豹，擒夏悅，以成安君有百戰百勝之計，一旦而失之，軍敗鄗邑，身死泜上，一舉而下井陘，不終朝破趙二十萬眾，將軍名聞海內，威振天下，農夫莫敢輟耕釋耒㉕，褕衣甘食㉖，傾耳以待命者，將軍之所長也。然眾勞卒疲，其實難用。舉倦敝之兵，頓之燕堅城之下，相持日久，力不能拔，勢屈糧竭。弱燕不服，齊竟自強，則劉項之權未有所分，此將軍之短也。故善用

㉕ 釋耒：放下農具，停止耕種。

㉖ 褕衣甘食：穿好衣服，吃好食物。褕，美好。

兵者，不以短擊長，而以長擊短，今將軍若以兵擊燕，恐難取勝也。」信曰：「以先生之言，必何如而後可？」左車曰：「方今為將軍計，莫如按甲休兵，鎮趙撫孤，千里之內，牛酒日至，以享士大夫，三軍又得飽食。北向於燕，使彼終日恐怖。然後遣一舌辯之士，奉咫尺之書，陳其利害，以彰將軍之所長。燕一聞之，不敢不聽從。燕既聽從，使宣言者東告於齊，齊必從風而服，雖有智者，不知其為齊計矣。如此，則天下可圖也。兵固有先聲而後實者，其此之謂乎。」信曰：「謹如先生之言，所謂不戰而屈人之兵也。」即作書，差隨何為使，前往說燕。韓信屯兵於趙城不動，隨何持書前到燕國。

卻說燕王聞韓信破趙，斬成安君於泜水，兵勢大振。燕中百姓，一日十數驚。燕王亦甚恐怖，召謀士蒯文通㉗議事。文通曰：「韓信兵勢雖大振，而屢經戰陣，三軍疲勞，定暫屯兵於趙城。且不舉動。目下差人下書，欲大王歸降。大王且未可遽然輕許，容臣到彼，看事勢何如。可說則說，可降則降，臣自有斟酌也。」言未畢，果有左右來報：「韓信差隨何下書。」燕王召隨何相見。何持書上，燕王拆書觀看。書曰：

漢大將軍韓信書奉燕王麾下：信聞天命靡常，惟歸有德。秦惟無道，滅絕墳典，殘虐百姓。繼以項氏，益肆暴酷。放弒義帝，惡貫於天。海內震號，神人共憤。漢王倡為義舉，兵皆縞素，席捲三秦，立降二魏，虜豹誅悅，破趙斬餘，非兵之強也，德之召也。所向風靡，罔不順服，獨燕未附，寧知命之所歸乎？方今兵屯趙城，遣書北指，若能倒戈納款，憫恤民命，不失王封，分茅百

㉗蒯文通：即蒯通，又名徹。惠帝時為丞相曹參賓客。

世。趙鑒不遠，王其思之。

燕王看書畢，因問隨何曰：「漢王兵敗睢水，寄足滎陽，王業未定，何言天命之可歸乎？」何曰：「大王所見誤矣。不觀大敗，不見真命之符；不量時宜，實為井底之智。然吾漢王雖敗睢水，而大風解圍，白光引路，使非上天默祐，何以脫此難乎？此見聖王有百靈之助也。而滎陽駐兵，以當四面，使非睿智神武，何以制服天下乎？此見聖王有文武之勇也。漢以韓信善能用兵，子房善能用智，蕭何運轉糧餉，帶甲百萬，名將雲從，大勢已定，不待智者辨論而可知也。然西楚雖強，沐猴非人，獨夫招怨。遠不過一年，近不過數月，豈能久乎？大王不度時勢，不審成敗，而謂漢王王業未定，不亦誤乎？況今趙已滅矣，唇亡齒寒，剝牀以膚，大王獨不冰兢之乎？」燕王聞隨何之言，深加歎賞，遂召文通附耳曰：「隨何之言，深為有理。爾若見信，當斟酌可否，不必多費頰舌也。」文通曰：「臣若到彼，觀其動靜，自有處決，料不辱君之命也。」燕王款待隨何，即令文通往趙國來。不知何如說信，下回便見。

總評　背水陣，雖載兵法，未有行者。行自韓信，更覺奇妙。

第六十三回　行反間范增遭貶

卻說蒯通辭燕王至趙，令人報知韓信。信聞蒯通至，甚喜曰：「蒯通來，燕必下矣。」遂令門吏請入相見。蒯通見韓信禮節從容，言論溫雅。謀士在左，武將列右，營伍嚴整，甲士精壯。方欲開口，信曰：「大夫此來，欲信罷兵息爭，以為說客，蓋燕果納款投降，信自按兵不動，免使生靈塗炭也。若憑大夫數言，使我罷兵息爭，而燕猶為楚藩屏，則六國之中燕為獨強，視我為甚怯矣。我將舉兵於易水之前，試武於燕臺之上，雖樂毅復生，荊軻不死，信何懼哉？」言畢，即召左右：「請大夫馹中㉘安歇，容吾伐燕破齊後，再與大夫相見也。」眾人不容蒯通說話，即邀入馹中。陳設幃帳，各樣器用之物，一色齊備。蒯通本欲下說詞，倒被軟監於此，怏怏不樂。馹門緊閉，不令人往來。打水取米，皆自牆缺中傳入，如此數日。

忽一日，門人來報：「廣武君李左車來相訪。」蒯通正愁悶間，聽左車相訪，急開門請入相見。蒯通見左車，大哭曰：「不意公一旦以趙屬漢，陳餘斬首，趙王被擒，喪位失國，甚可哀也。」左車正色而言曰：「大夫差矣。順天者昌，逆天者亡。漢王為義帝發喪，天下之義主也。德愛及於百姓，威令行於諸侯，又兼韓信用兵如神，所向無敵。知天命者，即當倒戈而降，乃為明達。若苟規規於一偏之見，而專意於暴楚，乃是助紂為惡，而飛廉、費仲之所為也，不亦得罪於天下乎？我每與趙王陳說利害，不聽吾言，遂至喪身失國。此逆天者亡也。且大夫為燕名士，須先觀時勢，細察興亡。大夫自以為漢王與項王，孰為真命？」通曰：「漢王芒碭斬蛇，已符真瑞，天下知漢為真命，無疑也。」又曰：「大夫以韓信、良、平與楚諸將孰優？」通曰：「韓信、良、平為優，非楚諸將所能及也。」左車曰：「觀大夫

㉘ 馹中：驛館。馹，古代驛站專用的車。

此言，則漢當興，楚當亡，可知矣。今何逆有道之漢，而從將亡之楚，知天命者，果如是乎！」通沉思半晌，曰：「公言甚有理。我來趙，本欲說韓將軍罷兵息爭，不意反被二公說我也。願與公同見韓將軍，以講兩國之好。吾亦從帳下，以圖攀龍附鳳也。」左車大喜。即同趨見韓信曰：「大夫蒯元帥不以為敵國之使，而厚禮相待，深感盛德，願歸告燕王，即開城投降。彼亦附名麾下，為元帥驅使也。」信大喜，即遣曹參、樊噲領兵一萬，同蒯通先赴燕。安營畢，大兵隨後即到。

卻說燕王不見蒯通回來，正憂疑之間，忽有人來報曰：「蒯通至矣。」通入見燕王，備道漢王之賢，又兼韓信善能用兵，楚終滅亡，不若屬意於漢，無為蒼生苦也。燕王曰：「吾前日降漢之心已決，但欲大夫往觀動靜耳。今既真知其可降，當請二將入城相見。」蒯通遂請曹參、樊噲領人馬進城。安營畢，即與燕王相見。燕王命設宴款待二將，傳命預備輕騎數百名，次日同二將來趙見韓信。信曰：「某正欲統大兵由燕下齊，以定北地，乃勞賢王遠來。」燕王曰：「久慕將軍威德，又況漢王寬仁長者，心欲降附久矣。今蒙傳檄，即趨麾下，惟望轉達漢王，早賜收錄。」信大喜，即命燕王寫降表，同漢使飛報滎陽。一邊傳令起兵伐齊，不題。

卻說范增、鍾離眛奏霸王曰：「韓信虜魏豹，斬夏悅，破趙取燕，所向無敵。而漢王坐守滎陽，以收全功。陛下若不急為進兵，恐枝蔓愈盛，益難除矣。」王曰：「連日聞報，正欲起兵，卿等所奏實合朕意。」即傳旨，起兵十萬，赴滎陽來。

早有漢細作聞此消息，星夜報知漢王，王急召良、平諸謀士計議曰：「霸王乘韓信大兵已出，復來攻滎陽。王陵思母，染病未愈。英布新回九江，諸將多隨韓信征進。城內空虛，為之奈何？」陳平曰：

「項王骨骾之臣，亞父、鍾離眛、龍且、周殷，不過數人耳。大王誠能捐數萬金，行反間，以離間其君臣，使各疑其心，則讒言易入，畫計雖善，項王亦不聽也。且楚兵之趨滎陽，項王本無此心，皆范增、鍾離眛之言耳。使無此數人，項王豈能用其勇哉？況項王為人，疑忌信讒，必自誅戮。漢因舉兵而攻之，楚必破矣。」王與黃金四萬斤，不問出入。

陳平多縱反間，言眛等功多，不得裂土為王，欲與漢連和，同力滅楚，以分其地。項王果疑眛等，遂不與議事。及大兵至滎陽，屯下營寨。次日，項王領人馬，四面將滎陽圍困。一連三日，城中不見動靜。霸王曰：「三軍急備火砲火箭，四門攻打。料是城中空虛，不敢出戰。」眾軍士依命，四門攻打。城上灰瓶石子如雨點下來，眾軍士不能近城。又一連五七日，彼此兩家扭拗，霸王甚是焦躁。

卻說城中張良等眾謀士曰：「霸王攻城甚急，正好遣使詐降，霸王決遣使來講和，卻用陳平之計，使君臣相疑，則計行矣。」漢王曰：「倘楚不准和，則如之何？」良曰：「項王性躁而不耐，氣剛而無斷㉙，連日攻城不下，心正暴躁。若漢使一至，決然依從。」漢王即遣隨何為使，先著人上城答話，開東門放隨何出城。

隨何到楚營見霸王，且說：「漢王原同陛下會約伐秦，結為兄弟，後封褒中，因見路險，思欲東歸，本無圖王之志。今幸得關中，此心已足，願割滎陽以西為漢界，滎陽以東為楚界。收回韓信之兵，各守封疆，以圖休養士馬，共保富貴。惟陛下察之。」霸王聞隨何之言，尋思：「吾雖建都彭城，地方狹小，近又諸侯反叛，漢已得七八矣。不若依他講和，且得休養安靜，日後再作區畫。」遂召范增等計議，增

㉙ 氣剛而無斷：性格剛強，然拿不定主意。

曰：「不可。此因攻城急迫，暫來講和，實非本心。陛下只可多設火砲，增添人馬，星夜攻打。城破之後，玉石俱焚。雖有韓信重兵，終獨立難成大事。此為長策，豈可聽隨何一面之辭，而失此機會乎？」霸王聞增言，猶豫不決，召隨何近前曰：「爾且回去，待朕再作商議。」隨何曰：「陛下當自聖裁，左右之言，恐有私弊。且目下韓信大兵將到，又約會各路諸侯，指日俱來救應。內外夾攻，陛下屯兵日久，恐師老糧盡，那時欲退，反致諸侯恥笑。欲與講和，漢王不肯依命，陛下悔亦晚矣。臣雖在漢，舊實楚臣，今日之言，吐露心腹。陛下斧鉞在前，豈敢欺誑，惟陛下思之，無被眾人惑之也。」霸王聞何言，大喜：「爾言亦有理。汝先行，朕即遣使講和。」

隨何辭霸王進城，來見漢王，備說：「范增勸霸王攻城，被臣一篇言語，說動霸王，早晚有人來講和。料陳平之計，正當用於今日也。」王即召平問曰：「楚使早晚來見，爾用何計以間之？」平附耳曰如此如此，王大喜曰：「此計若行，范增休矣。」於是，陳平密令左右，各照次安排圈套，伺候楚使。

卻說霸王不聽范增之言，即召虞子期曰：「汝可到漢王處說知，限三日內，著漢王出城，親與我相見講話。汝就打聽漢營虛實動靜如何。」子期依命進城。聞漢王夜飲，大醉未起，虞子期暫到館驛安歇。先差一伶俐㉚小卒進漢營，打聽漢王起來未曾。從人依命，入漢營，只見張良、陳平等迎出，即邀請到一煖閣，陳設飲饌、細食、美酒相款。便問：「亞父近日起居㉛如何？差公來有何話說？」其人曰：「我非亞父使也，乃楚使也。」良、平佯驚曰：「吾以為亞父使，乃項王使也。」即著小卒邀出，另到一小

㉚ 伶俐：聰明。

㉛ 起居：生活、身體。

館，備粗食村醪相待。張良、陳平遂轉出不見。從人又打聽漢王方起，遂回見子期，備說詳細。子期甚疑之，即整衣來見漢王。王方起，未梳洗，又著隨何邀子期到一密室款坐，待王梳洗畢相見。子期入密室，少坐，只見室中文卷滿案，兩邊帷帳器皿甚齊備。左右人亦不敢擅入，隨何相陪，茶罷起身曰：「待某看漢王梳洗畢，請相見。」隨何出，久未回。子期轉身信步到文案邊，見許多文書，內有一書，首尾不寫姓名。但云：「項王彭城失守，提兵遠來，人心不歸。天下離叛，大兵不過二十萬，勢漸孤弱，大王切不可投降。當急喚韓信回滎陽，老臣與鍾離眛等為內應，指日破楚必矣。黃金不敢拜領，破楚之後，願裂土封於故國。子孫綿延百世，臣之願也。名不敢具。」子期大驚，暗思：「此必增之書也。近有人言亞父與漢有私，我尚不信，今觀此動靜，情是真。」遂將私書藏於袖中，壁間已有人暗窺，報知良、平。

須臾，隨何至，邀請子期與漢王相見。王曰：「吾與項王，初受懷王約，先入關者王之。我先入關，當王於關中。今既得關中矣，初心已遂，不願與項王終年苦戰，以傷民命。情願講和。凡關之西為漢，關之東為楚，兩家各分疆土，永罷征戰，煩足下見霸王，再三拜復此意。」子期曰：「我楚王已依尊命，只欲與大王相見一面，親自講和，亦無別意。」王曰：「既有此意，足下且回，容吾商議定，即出城與項王相見。」

虞子期辭漢王回楚寨，細將從人相見一節，次後「入密室，又竊得私書，探聽明白的實，不敢隱諱，乞陛下詳察。」霸王聽子期之言，將書看罷，大怒曰：「老匹夫，乃敢賣朕如此！當細加推問，務得實情，決不輕貸。」范增聞知大哭，拜伏於地曰：「臣事陛下數年，肝膽傾倒，豈敢有私？此漢行反間之計，使我君臣不和，陰相傷害，陛下不可聽也。」項王曰：「虞子期乃心腹之親，已打聽的實，豈有虛說之理。」增見項王持疑不決，知其終不足以成大事。增乃大言曰：「天下事大定矣。君王乃自為之，乞念增奉事陛下數年，屢有勤勞，願將功抵罪，請得骸骨歸鄉，陛下天地之恩也。」霸王亦思范增建奇績，事楚日久，不忍加誅，遂令人送增還鄉。

增歎曰：「吾本盡心向楚，而王乃疑我有私，非我之屈，乃楚之不幸也。」一路鬱鬱不樂，行至彭城，遂發背疽不起。急差人往臥牛山，請增師楊真人看疾。差人具厚幣見真人，真人曰：「范增辭我下山，亦曾囑咐：『爾平生好密謀奇計，當擇主而事。』今卻扶假滅真，殘害百姓。見機不早，只待如此狼狽，以致重病纏身，萬望我垂救，此亦天理昭報，非假人為也。我若救爾，是逆天也。」不納幣帛，將差人叱逐下山。差人回見范增，增聞說，遂倒於地上，氣絕而死。時大漢四年夏四月日，范增亡年七十一歲。後史臣有詩曰：

四萬兼金入楚營，君臣猶自議攻城。間言未必能顛倒，天命歸劉畫計成。
亞父彭城血淚流，可憐王業屬炎劉。經年奇計成何濟，枉使捐軀付一丘。
真假難分豈丈夫？鴻門徒自設狂謀。龍成五色知天意，空隱深機卻似愚。
巢人七十謾多奇，為漢驅民了不知。誰合軍中稱亞父，直須推讓外黃兒。

東坡曰：「增不死，項羽不亡。嗚呼！增亦人傑也哉？」愚謂增特戰國奇謀之流，豈足以當人傑之名？夫所謂人傑者，識天時，辨真假，知彼知此，而後謂之人傑。若增日為楚臣，而不知項羽為何如人，夫豈為人傑也耶？

范增已死，送去人回報霸王，王甚傷悼。差人赴彭城，以禮厚葬。漢王聞增死，大喜曰：「除吾心腹一大患矣。」重賞陳平。仍把守四門，遂不題請和一節。霸王暗思：「范亞父原無私意，此必是漢張良、陳平設反間，誤害忠良，傷吾一股肱也。觀增臨死之言，可見其心矣。」急召鍾離眛撫之曰：「卿當安心，勿生他意。」眛曰：「臣事陛下數年，雖無才能，而一點赤心，金石不易也。亞父忠以事國，豈有他志？昨日虞子期所得私書，乃假設之辭。陛下當詳察之，勿為奸人所惑也。」霸王遂立項伯為軍師，凡一應大小國務，皆伯管理。因勸霸王攻城，霸王催攢軍士，四面攻打甚急。不知滎陽如何解救，下回便見。

總評　不意范老有此明師，真人有此愚徒！

第六十四回　出滎陽紀信誑楚

卻說霸王攻打滎陽甚急，漢王患之。召群臣計議曰：「霸王攻打滎陽甚急，韓信大兵未回。鄰近諸侯，又非項王之對。爾等有何良策？」張良曰：「項王因范增死，心上急躁，如何肯罷休？況近日彭城軍糧又到，似有久困之意。此城若久困，或有人獻計，將滎河之水，絕上流而下，沖灌而來，城必破矣，如之奈何？」陳平曰：「臣有一計，大王決可脫此重圍。但恐無此忠臣，為大王赴難者。」周勃等諸將皆曰：「先生何以發此言耶？我等隨大王日久，雖鼎鑊在前，白刃臨頸，亦何懼哉？」平笑曰：「非為此難也，蓋有深意，非諸君所知也。」王曰：「計將安在？」平附王耳曰如此如此。王曰：「此計甚妙。」就著張良施行。諸將皆退，張良歸駙舍，分付左右置酒，邀請諸將赴席。

諸將聞良請，俱到駙舍。良出迎禮畢，各分賓主坐定。良於中堂懸畫一軸，上畫著：前面車內坐一人，後有甲兵數十騎，追趕甚急，樹林邊藏一人。眾將見了，不解其意，便問良曰：「先生懸此畫何意？」良曰：「昔齊景公與晉戰，齊景公大敗，眾軍盡皆逃走，止景公坐於車中。有田父御車，後追兵甚急，景公無可奈何。田父曰：『事急矣，大王當藏於林中，將王衣服與臣更換，臣坐王車，王可脫難。』王曰：『吾雖逃難，爾必遭擒，吾不忍也。』田父曰：『食人之食，當死人之事。留臣一人，不過大林增一葉耳。若存大王，實為百姓之主，使天下受福，豈小補之哉？』景公依田父之言，遂將衣服更換，逃難而去。獨田父坐於景公車中，二百兵追至，見車中田父，以為景公，遂擒獲見晉獻子，晉獻子知非景公，欲殺之。田父曰：『臣代景公而被殺，誠不足惜，但恐殺臣一人，而後來臣代君者，懼其見殺而不肯效力也。』獻子深義田父之言，而歎曰：『臣不避難，而君得免死，臣之忠也。若殺之不祥，宜赦其罪，以成其節。』田父遂得免而還。此圖乃田父代景公免難，而景公卒成霸業，青史留名，至今不朽。今漢王被困，無人效田父之所為，良因懸此畫，為諸君一見也。」諸將聞張良之言，皆奮然起身曰：「父有難，子當代之。君有難，臣當代之。我等願代王死，而出滎陽之難。」良曰：「諸君雖各有忠心，皆不似主上儀容，惟紀將軍與主上相似，可以誑楚。」紀信曰：「此某之至願也。雖冒湯赴火，亦不敢避。」張良、陳平大喜。

次日，張良引紀信見漢王，密奏紀信欲代大王詐降。漢王曰：「不可。劉邦大業未定，臣下未沾勺水之恩。今著紀將軍代我赴難，我卻乘便而逃。損人利己，仁者不為，吾不忍也。」信曰：「事已急矣。君若退避，或城破之日，玉石俱焚，臣那時雖死，亦無益於王矣。今若代王之難，王得出此重圍，臣留美名如泰山，今日輕性命如鴻毛耳。王不可以臣為念也。」漢王尚猶豫不決，紀信遂拔劍而言曰：「王若不依臣言，臣即自刎而死，以示無留難也。」王即下階抱紀信而哭之曰：「將軍之心，可謂忠誠貫日，千載不泯也。」因問曰：「將軍有父母乎？」信曰：「有母。」王曰：「即邦之母也，吾事之。」又問曰：「將軍有妻乎？」信曰：「有妻。」王曰：「即邦之妹也。吾養之。」又問曰：「將軍有子女乎？」信曰：「止有一子，尚幼。」王曰：「即邦之子也，吾撫育之。三者皆邦所以為將軍，終身成全之也，將軍無憂焉。」紀信叩頭曰：「臣死得其所矣。」張良、陳平等即寫降書，差人出城，報項王曰：「漢被圍急矣，亦不敢割地以分關中。願出降與霸王相見，惟望不即加誅為幸也。」左右聞差人之言，即報霸王曰：「漢王差使下降書。」項王拆書觀看，書曰：

漢王劉邦頓首上書霸王皇帝陛下：臣邦蒙封守漢中，到彼水土不服，思欲東歸，以棲故址。不意人心茍從，志向狂蕩，遂得關中之地。後值睢水之敗，已喪膽矣。望望無歸，依身滎陽，茍全性命，非有他圖。韓信東征，皆彼自為，招之不來，麾之不去，非邦之罪也。陛下今乃大兵臨城，指期可破，威武之下，鈇鉞難免。從文武群臣之議，情願面縛出降，惟免一死。王若念懷王之約，昔日之情，悉赦往愆，誠沾再造，惟陛下其憐之。不宣。

霸王看罷書，召漢使曰：「劉邦幾時出城投降？」使曰：「今夜即出降。」霸王密傳旨曰：「若劉邦出降，比面見之時，即伏刀斧手，將邦碎屍萬段，以雪吾恨。」季布、鍾離昧領精兵伺候。

卻說陳平、張良奏漢王曰：「王當服便服，乘快馬。」文武將士，各裝束停當，命樅公、周苛領在城人馬，把守滎陽，命紀信即將漢王龍衣更換，坐王龍車。將近黃昏，先出女子二千人，自東門陸續出城，左右報霸王曰：「漢王出女子數千，行未盡也。」霸王笑曰：「劉邦好色之徒，貪戀婦女，如此之多，何足以成大事？范增慮之過也。」楚軍士見漢出放女子，各門皆來東門觀看。夜晚之時，挨肩擦背，遂忘其軍伍行陣，諸將亦各爭看，不相關防也。漢王同文武將士領輕騎，啣枚出西門，望成皋而去。東門女子步行又慢，及盡將二鼓矣。只見赤幟排隊而出，紀信端坐車中，黃屋左纛，前遮後擁，隱隱而出，公然不行君臣之禮，亦不見有歸降之意。項王怒曰：「劉邦定醉死車中矣，見朕不下車投見，尚端坐如木偶耶？」左右執火把望車中照看，見紀信端坐不言。左右曰：「漢王如何不言？」紀信曰：「某非漢王，乃漢臣紀信也。我漢王困久，今已出滎陽，會韓元帥、英布、彭越眾諸侯，徑趨彭城，拘項王家小，會兵廣武，與楚願決一戰，以定勝負。早間下降書，乃詐降也。今漢王已出二百里外矣。」左右急報楚王曰：「車中非漢王，乃漢臣紀信也。」備將紀信之言奏知楚王。楚王大怒，而復歎曰：「劉邦逃之甚易，紀信代之實難，此真忠臣也哉。朕雖文武將士收錄何止數百人，未有如紀信之忠者。」急喚季布曰：

「爾可說紀信降朕，朕實愛其忠也。」季布向前大呼曰：「紀信代劉邦出圍，可謂忠臣。霸王憐愛，不忍誅戮，爾當感主天恩，下車投降，仍封以重爵，爾不可負王命也。」紀信車中大罵曰：「沐猴無知，徒爾妄想。丈夫事主，忠心不二。此頭雖斷，而浩氣沖天，金石不磨也。生為漢臣，死為漢鬼，烈烈之志，豈汝言可惑耶？」霸王聞信言，知其不可易也。遂命執火把者，各舉火焚車。但見烈焰之中，眾軍士猶聞紀信罵不絕口，須臾，煙焰既滅，車已成灰燼矣。後史臣有詩曰：

火滅心不滅，將軍剛似鐵。赫赫烈焰中，鑪錘千遍徹。
可以為昆吾，可以為鈇鉞。可以淬尖鋒，可以成竹節。
寶色夜輝光，利器飛霜雪。能斷奸宄㉜頭，嘗試狐媚血。
助此英雄威，直擣匈奴穴㉝。項羽力扛鼎，至堅不可折。
楚兵二十萬，解腕不敢掣。代主出滎陽，孤忠金石烈。
炎漢四百年，何獨成三傑。將軍萬世功，封侯乃獨缺。
論計歸陳平，徒掉三寸舌。使無紀信忠，奇謀空自說。

又詩曰：

㉜ 奸宄：犯奸作亂之人。

㉝ 匈奴穴：匈奴的老巢。

鹿走蛇揮二虎爭，滎陽危解事堪驚。後來拔劍論功者，矢口何曾說紀生。
紀信車焚烈焰間，漢王脫難得生還。英雄自古誰無死，留得高名重泰山。

卻說霸王焚了紀信，殺散漢兵，急差季布、龍且領精兵一萬追趕漢王。不知趕上如何對敵？且聽下回分解。

總評　紀將軍乃天地之正氣也。赴難時，原不冀功，漢之不敘其忠，漢之薄德寡恩耳，信自成其為信矣。項羽當漢假降之初，今伏精兵及刀斧手伺候，可謂勇乎？紀將軍視死如歸，而欲說其降楚，可謂智乎？使人人以效死為功，漢王必無未央之過。

卷六

第六十五回　漢周苛樅公死節

卻說季布、龍且領人馬追趕漢王，連趕三日，追襲不上。軍士疲乏，暫屯兵於鄭村。有前哨人來報：「漢王入成皋，有英布、彭越兩路救兵將到，楚兵不可前進。」季布曰：「漢王既有救兵，不可追趕。不若回滎陽與霸王會兵，或保彭城，或攻成皋，隨霸王定奪。」龍且曰：「將軍所見，正合吾意。」即撥轉人馬，回滎陽，來見霸王，共說漢王入成皋，有英布、彭越二處人馬救應，因此不敢追襲。霸王曰：「彭城空虛，無人看守，如攻成皋，一時便難取勝。不若且取了滎陽回彭城，再整精兵，破成皋、擒劉邦不遲。」遂分付三軍，加力攻打滎陽四門，限五日內要攻破。項王催打東門，季布催打南門，龍且催打西門，鍾離昧催打北門。四門金鼓振天，火砲、火箭、雲梯各項一齊攻打。有城內周苛、樅公晝夜巡視，嚴督軍士防守，灰瓶、石子、鑾牌，周圍遮架。攻打五日，亦不能下。

卻說魏豹因漢王饒死，罷閑在滎陽住居。見霸王攻打城不下，遂乘馬，帶領從人到城上，與周苛、樅公曰：「漢王棄城而走，以滎陽為廢地矣。二公堅守而不降，徒自受苦，似無益於國家。倘城一破，二公能與項王為敵乎？」樅公、周苛大怒曰：「汝乃反覆小人，狗彘不如，乃敢妄為議論，以惑軍心。且漢王臨行，以滎陽付吾二人，知我二人足能堅守。今未經數日，即開門投降，苟圖富貴，不恤大義。上負吾君，下負民望。有忠心以報國者，顧如是乎！此頸可斷，此志不可移也。留汝終為後患！」即揪住豹髮，一刀斬於城上，梟首以示三軍曰：「魏豹欲內應，因而斬之。汝等當用心守城，勿懷貳心。」眾軍士曰：「願同二位將軍死力守拒，決不敢退避。」項王聞知，愈加忿怒，命諸將嚴督攻打。只見城內築起土城，以示重疊嚴固。楚軍見之，各有退志。

又過十日，城益不能下。霸王召項伯、鍾離眛等計議曰：「滎陽久不能下，爾等有何法？」項伯曰：「攻城之法，惟患軍士不肯用力耳。若一人捨死，舉火燒毀城樓，眾軍士一擁而上，城必破矣。若遷延日久，漢王會諸侯而來，滎陽終非楚有也。」霸王曰：「限今日要攻破！」督率諸將，急催三軍，上雲梯打城。城上石子、灰瓶打下來。眾楚軍方欲退後，霸王大怒，命諸將各持利刃，攀躋而上。初被打傷數十人，隨後楚軍一擁齊上城來，這些漢兵攔阻不住。周苛、樅公急欲舉刀，望下齊砍，早被龍且左執蠻牌、右手舉鎗架住寶刀，一躍近前。眾軍士隨後，陸續盡數上城，將樅公捉住。周苛下城，整點人馬，與楚交戰。季布、鍾離眛將東門角樓放起火來，早塌下一角，城即時破矣。楚兵趁勢，一齊殺進城來。周苛如何敵當得住，奔西門而走。龍且一馬隨後追趕，不題。

且說樅公被眾軍士捉住，來見霸王。霸王曰：「量汝一匹夫，有何武勇，乃敢抗拒天兵？今被擒來，若肯委心歸降，即封汝為滎陽太守，仍令管領滎陽郡事。汝心下如何？」樅公曰：「城破被擒，勢窮力竭，有死而已，豈有歸降之理？請王早賜誅戮，以全臣節。」霸王見樅公忠義慷慨，甚憐之。又令季布從容說曰：「大丈夫建功立業，以成美名，乃為豪傑。豈可甘受其死，而寂寂無聞於世，寧不甚可惜耶！」樅公曰：「生順死安，惟求此心無愧耳！吾今竭力守城，已盡此心。楚兵勢重，蹴爾城破，非我志衰氣餒，乃力不能支也。汝今委曲下說辭，欲我歸降。今日雖降，明日又叛矣。惟知有漢，不知有楚，忠心不二，萬金不易也。」季布見說樅公不動，回見霸王曰：「樅公心如鐵石，延頸不避其死，乃云：今日雖降，明日又叛。觀此言，則不欲歸降，可知矣。陛下何必重留意耶？」霸王曰：「彼既不降，命左右牽出斬之。」樅公臨死之時，神色不變，眾軍士莫不歎惜。後史官有詩曰：

孤城獨守力難支，被虜忠心更不移。楚將紛紛盡降漢，不知那個是男兒。

漢主滎陽已脫危，楚兵十萬枉重圍。丹心一點驚人膽，耿耿清名照陸離。

龍且追趕周苛，前到大林。只見周苛勒馬橫刀，單等楚兵到來。龍且追至，大呼曰：「周苛，爾漢王已逃難，不知所往。孤城已破，妻子被擒。爾尚抗拒大兵，不早歸降，何痴愚之甚耶？」苛曰：「為臣死忠，為子死孝。城破失守，此心已負愧多矣。若復俛首歸降，何面目立身天地間哉？」揮刀直取龍且。龍且大怒，舉鎗拍馬交還，戰在一處，約鬥二十回合，周苛撥馬望大林中逃走，不防樹枝掛住戰袍，急難脫身。龍且馬已近前，舉鎗高叫曰：「汝若歸降，免汝一死。」周苛猶將手中刀砍斷樹枝，急要奔走。楚兵大勢人馬俱到，圍住大林，將周苛捉住。龍且帶領回楚營，見霸王。王曰：「樅公已降楚矣。汝若歸降，仍封汝為萬戶侯。」苛曰：「樅公、紀信與臣皆漢廷人物，豈肯依從暴楚而苟延性命耶！」霸王大怒，令左右急設油鑊，將周苛烹之。後史官有詩曰：

邊城立馬滎陽道，力欲平吞十萬兵。蔑視侯封如敝屣，樅公紀信共高名。

霸王大兵進城，欲盡將滎陽百姓屠之。項伯止之曰：「不可。陛下所與爭鋒者，漢也。百姓皆陛下赤子，初無罪焉，若盡屠之，不亦傷天下之心乎？陛下當撫恤，以安其心。暫住數日，仍取成皋，以絕劉邦歸路，使無所往，邦必降矣。劉邦降，而遣兵救齊，使為羽翼，則楚不孤立，而大事定矣。」霸王從其言，暫屯兵於滎陽，整點人馬，復取成皋，不題。

卻說漢王屯兵成皋，召張良、陳平計議曰：「韓信、張耳久駐趙地，聞吾前日在滎陽受圍，亦不來救應。見今差人取英布、彭越二處人馬，又不見到來。昨聞滎陽已被楚兵打破，樅公、周苛死節。早晚霸王決來攻取成皋，如之奈何？」良曰：「取英布、彭越已一月矣，目下將到。大王可差人往彭城，遙為之勢。霸王聞攻取彭城，在此決不敢久住。此謂擊彭城，所以解成皋也。」王即日差王陵往沛縣葬母，以慰久懷，就與精兵五千攻彭城。從僻路星夜進發。

且說霸王傳旨，大兵自滎陽起行，前來成皋，離城二十里安營。次日，霸王親來城下，調度人馬攻城。漢王因見楚兵在滎陽，離此不遠，知霸王定來攻取成皋，預先準備韓信所置戰車，周圍排設嚴密，專等楚兵到來。霸王到城下調遣人馬，只見成皋四門密排戰車，嚴整隊伍，知漢兵有準備，不敢徑來攻打。離城十里遠，金鼓大作，搖旗吶喊，若有攻擊之勢，而不敢近城。漢兵亦扎駐不動，兩邊相拒數日，俱未交戰。

忽彭城有人來報：「王陵領兵攻打彭城甚急！」又有人來報：「彭越絕了楚糧道，見今取外黃十七縣。」又有哨馬來報：「英布大兵已過南溪口，離成皋不遠。」一時三處報來，霸王召項伯、鍾離眜曰：「成皋既不可遽下，彭城又恐有失。英布救兵又到，楚兵首尾不能相應。諸將有何良策？」項伯等曰：「不若今晚徐徐退兵，誅彭越於外黃，抵英布於南溪口，拒王陵以守彭城。此救急一時之計也。惟陛下熟思之。」霸王從其言，即分付：「今晚三軍漸次退回，朕自親斷後。」不知楚兵如何退去，下回便見。

總評　既不能立功，又不能守志者，見周、樅二公，誠當愧死。

第六十六回　漢王馳趙壁奪印

卻說霸王分付三軍：「今夜徐徐退回，朕親自斷後。」又分付大將曹咎曰：「我兵退去，漢王恐我復來，決走成皋。爾可領兵一萬，乘虛即入成皋駐扎。倘漢王復來奪成皋，爾但堅守，勿與戰，待我大兵到來，爾那時卻出接應，必獲全勝矣。」曹咎依命，領兵一萬，潛在成皋之西。楚兵一夜退盡。

早有人報漢王曰：「楚兵一夜退盡矣。」漢王召張良、陳平計議曰：「楚兵忽然退去者，何也？」良曰：「此必因王陵在彭城、英布出南溪口、彭越取外黃，數處緊急，楚兵以此退去。大王即今當走成皋，會合韓信，仍來滎陽操練人馬，整率伺候伐楚。」漢王曰：「先生之言，正合吾意。」良曰：「漢兵如出成皋，不可徑行，恐楚兵有埋伏，或在臨近。倘漢兵正行，而或半擊之，我兵決敗。此亦不可不防也。」漢王乃遣周勃、柴武領兵五千，先阻成皋西路。然後大兵陸續進發。

曹咎聞漢兵行動，正欲調兵追襲，有人來報：「周勃、柴武領兵阻西路，以此人馬不敢調動。」一晝夜，漢兵已走盡。周勃柴武見楚兵不出，續後亦催動三軍隨行。曹咎打聽漢兵已遠去，遂進成皋，安撫百姓，堅守四門，不題。

卻說漢王統領大兵，星夜前往趙城。離城五十里，先安定營寨畢，止同十數個輕騎，馳入韓信營。此時方黎明，韓信、張耳因飲夜酒，睡熟未起。漢王逕中軍，馳走一周迴，入帳中，牀頭邊見設一小紅桌，桌上綿紎蓋著元帥印。漢王令人揭起綿紎，將印取過。韓信方起身，忽見是漢王，不勝驚惶，下牀俯伏曰：「臣該萬死，不知大王入營，有失遠迎。」王歎曰：「輕騎數人逕營馳走，直入中軍，將軍尚睡未起。印已取過，左右亦無人報知。倘刺客詐稱漢使，因而入營取將軍之首，如探囊取物耳。將軍坐鎮一國，敵人新降，疎漏如此，豈足以爭衡天下乎？」說的韓信羞慙滿面，站立不住。須臾，張耳方到，叩頭伏罪。漢王亦責之曰：「汝為副將，正當協贊軍務，嚴加謹慎，晝夜關防，勿使敵人窺探虛實，方為節制之兵。觀汝營陣欠嚴，關防不密，縱人馳驟往來，真同兒戲！汝亦不能無罪。若以軍法論之，韓信即當廢斥，汝當斬首，庶可警眾。但念汝等累有勤勞，又兼天下多事，正在用人之際，姑爾饒恕。若復疎虞，決正軍法。」韓信、張耳再三叩頭謝罪，漢王遂持印歸大營。韓信、張耳隨於馬後步行赴營謝罪。後史官有詩曰：

韓信驅兵入趙城，軍驕將惰枉談兵。漢王遽奪元戎印，顛倒英雄教戒明。

龜山楊氏曰：韓信有機變之才，因思歸之眾以臨關東，而燕、魏、趙、齊之間，無堅城強敵矣。用奇無窮，所向風靡，自漢興名將，未有倫擬也。至其軍修武也，又輔以張耳，二人皆勇略蓋世。余竊怪漢王自稱漢使，馳入趙壁，即臥內奪其印符，召諸將易置之，而信、耳未之知也。此其禁防疏闊，與棘門、霸上之軍何異耶？使敵人投間竊發，二人者可得而虜也。豈古謂有制之兵者？信亦未逮歟？

漢王入營，召諸將曰：「韓信、張耳兵無節制，我一時馳入奪印，尚爾不知。倘敵人乘間而入，何以禦之？似不可復用為將。吾欲易置之，而另立他人，諸君以為何如？」張良、陳平密告曰：「不可。漢營諸將，無如信之能者。今日特一事之失耳，豈可因小而棄大哉？昔衛侯有將苟變，曾賦於民，而食人二雞子，衛侯遂棄不用。子思曰：『夫聖人官人猶用木，取其所長，棄其所短。故杞梓連抱，而有數尺之朽，良工不棄也。今君處戰國之世，選爪牙之將，而以二卵棄干城之將，使不可聞於鄰國也。』衛侯從子思之言，遂用苟變。今韓信雖有此失，而豈可沒其平日之善哉？」王遂召韓信、張耳進見。王曰：「我滎陽、成皋二處受困，爾不遣兵救援者，何也？」信曰：「燕齊之地，變詐不常，兵一轉動，恐復作亂。遠聞滎陽被圍，未見真實，以此不敢起兵。」王曰：「趙既破矣，而齊久不下者，何也？」信曰：「兵久用則疲，將久守則懈，國久圍則敝，敵久拒則困。臣以數萬之眾，累戰取勝，往來齊、魏之間，行數千里。若不休息士馬，遽爾馳騁行陣，倘敵人以逸待勞，我兵決敗。臣一向暫屯軍於此，少假寬貸，所以三軍怠緩。臣近日正議伐齊，不意大王車駕幸臨。臣數日後即伐齊，以定六國。大王可屯兵於修武，復取成皋。臣伐齊後，即與大王會兵伐楚，以定天下也。」漢王大喜。是日封韓信為大相國，仍掌元帥印。張耳為趙王，備守趙地。漢王從韓信之言，遂屯兵於修武。

一日，酈生從容為王言曰：「昔湯放桀，武王伐紂，皆封其後。秦伐諸侯，遂滅其社稷。今誠能立六國之後，而君臣百姓，必皆戴德慕義，願為臣妾。大王南向稱霸，楚必歛衽而朝矣。」王曰：「甚善。」即令工匠刻六國印，就令酈生行佩，以封六國。

議定尚未行，張良自外來，謁王。王方食，即以酈生所議具告於良。良大驚曰：「誰為大王設此謀也？請借前箸為大王籌之。昔湯、武封桀、紂之後者，度能制其死生之命也。今大王能制項籍之死命乎？武王入殷，發粟散錢，偃革為軒，休馬放牛，示不復用。今大王能效之乎？且天下游士離親戚，棄墳墓，從大王遊者，徒欲望尺寸之地。今復立六國之後，游士各歸事其主，大王誰與取天下乎？且六國無彊於楚，若立其後，仍復屈撓而從楚也。大王焉得而臣之？誠用此謀，大事去矣。」漢王啜食吐哺，大罵曰：「豎儒妄為籌策，幾乎敗我之事！」急令工匠銷鎔其印。酈生被王叱辱，負愧數日。張良知其為酈生之謀，因以言撫之曰：「良實為國家，不避私隙，不意乃酈生之謀。今始知之，良心甚不安。但論事當觀時勢之強弱。今漢雖得楚之半，而項王尚在強勝之時，豈可封六國以自立？此先生惟見漢與湯、武同，而未見漢之所以異也。」酈食其曰：「謹受公之教矣，豈敢有隙耶！」後史官有詩曰：

從諫如流漢主賢，轉圜吐哺得機先。張良更有調和術，能使君臣上下全。

生一日又與良復議：「楚得滎陽而棄敖倉不守。欲漢復取滎陽。此議如何？」良曰：「此議甚善，先生當急與漢王言之。」酈食其因與張良復又言於漢王曰：「王者以民為天，而民以食為天。夫敖倉，天下轉輸久矣，聞其所藏軍需甚多。楚拔滎陽而不堅守敖倉，乃引兵而東，此天所以資漢也。願急進兵，復取滎陽，據敖倉之粟，塞成皋之險，杜太行之道，距蜚狐之口，守白馬之津，以制諸侯形勝之勢，則天下知所歸矣。」王因顧張良而問曰：「此議如何？」良曰：「此議乃確論也。」漢王遂起兵復取滎陽。不知如何，下回便見。

總評　漢王多疑多忌，日欲奪信之權，此回適合其意。

第六十七回　楚霸王復取外黃

不說漢王復取滎陽，韓信屯兵趙地。且說霸王離成皋，一日到彭城。不意王陵圍彭城十餘日，密差人探聽前路消息。聞霸王已離成皋，王陵乘機即退兵，從北路投滎陽僻路而回。霸王入彭城，安撫宮眷，筵宴群臣。忽人報：「彭越下梁十七城，屯兵外黃，搶虜居民，郡縣望風歸降，地方因而作亂。」霸王曰：「朕前日屯兵滎陽，被彭越絕楚糧道，至今痛恨於心。今又侵擾梁地，堪恨外黃守令不能據守城池，遂爾降越。前滎陽紀信、周苛、樅公抗義守節，寧死不屈。何朕躬所養諸吏，無一人為朕守節者？朕若復取外黃，決盡將一城之人屠之，以雪此恨。」項伯、鍾離昧諫曰：「陛下久征在外，有勞聖體。不若且遣龍將軍統兵，代陛下東行。陛下暫屯兵休息，料彭越一勇之夫，亦不足以成大事。」霸王曰：「不然。英布助漢作亂，韓信下齊甚急，彭越大擾梁地，尤為切近。見今田廣屢次求救，朕欲差龍且救齊，以安唇齒。彭越作亂，非朕不足以勦滅此賊。」遂整點三軍，次日啟行。

卻說彭越差人探聽霸王人馬從那路來，以何人為前驅，務要哨探停當回報。去人數日回，說道：「霸王徑趨東路而來，臨近郡縣，已開城復降。止有外黃六郡縣尚閉城相距。將軍可急遣兵迎敵，前驅並無先鋒，止是霸王親統大兵殺來，人馬浩大，勢不可敵。」彭越聞說，急召欒布等眾人相議曰：「霸王親來，其鋒不可當。不若北走穀城，復取昌邑，待楚兵回而還奪梁地，此為上策。如力孤，恐不能勝，專屬意於漢，合兵距楚，此為中策。若恃武勇，與楚交戰而決雌雄，倘一破而入孤城，恐不能固守，為楚所破，此為下策。」彭越曰：「據汝等所議，不若北走穀城，為上策。」仍令副將周苴、外黃令仇明守城。「虛立旗幟，四門緊閉，使項王不知吾遠遁，我得以盡力取昌邑，以為根本。不然，則楚兵撓其後，不惟昌邑不得，而我兵亦恐罷乏不足用也。」欒布曰：「將軍所見甚高。尤當乘楚兵未至，今夜輕騎就好出城，勿令臨封郡縣知之，庶為嚴密。」仇明曰：「將軍遠去，得以自便。倘孤城失守，外黃之民決遭屠戮。」側邊立一小童，挺身而出曰：「此事無憂！倘城破之時，吾往說之，管教項王倒戈而息爭，全城而免害也。」彭越大驚曰：「此子乃何人也？」仇明曰：「此某長子仇叔也。今年一十三歲，母生時，夢太庚入胎。年五歲能詩，七歲讀書，過目成誦，人呼為奇童。某每有賓客滿坐，遍能酧答，或詩或文，隨口成章，不差一字。平日極有膽氣，觀今日要見霸王，足知其莽壯矣！」彭越謂童子曰：「汝見霸王，有何說？」童子附耳曰如此如此。越大喜曰：「爾雖年小，足能救一城百姓。將來福德不可限量矣！」越至晚，整點三軍齊備，各啣枚出北門，徑趨穀城。隨到開城投降，復取昌邑旁縣二十餘城，共得粟十餘萬斛。陸續差人押解滎陽、成皋，接濟漢食。漢王得以從容聚兵，軍需不至缺乏。

彭越離外黃十餘日，項王方到。見城上旗幟嚴整，四門緊閉，並無一人答話。霸王曰：「且著三軍安營，看城內有甚消息？」一連三日，不見動靜。項伯曰：「此必彭越不在城內，虛設旗鼓，陽為聲勢。可催三軍攻打，看他如何。」霸王曰：「然。」隨傳旨，著三軍加力攻打。金鼓大作，火砲震天。

城內百姓聞見，一齊哀哭，來告令尹仇明曰：「霸王一怒，千里火飛。眼看此城目下打開，我等百姓皆是死數。望眾大人可憐百姓無辜，遭此鋒鏑之苦，早早開城歸降。若得霸王回心，一城生靈，又得再造也。」周萓、仇明眾人計議，四門各插降旗，兩邊俱設香案。遂開了城，令百姓高聲曰：「我外黃原是楚地，豈敢抗拒天兵。情願請車駕進城。」

霸王聞說，即揮動三軍進城，與項伯等計議曰：「外黃圍困數日，方爾投降。朕欲將男子年十五以上成壯丁者，逐於城東，盡阬之，以雪此恨。」百姓聞之，大放聲嚎哭。有舍人仇叔，急止之曰：「爾百姓不必嚎哭，恐驚動項王，反致其怒。待我親往說之。」仇叔詣楚營，請見霸王，巡哨卒報入中軍，霸王曰：「著來相見。」只見一幼童，生得眉清目秀，自外從容而來。霸王曰：「汝小兒年未十二三，乃敢不懼軍威而遽來見乎？」童子曰：「臣為陛下之赤子，陛下乃臣之父母。以赤子而見父母，戀戀之懷猶恐不及，何軍威之足畏乎？」霸王大喜曰：「汝小兒不畏軍威而來見，欲下說詞乎？」童子曰：「臣欲陛下德比成湯，功同堯舜，開天地之心，垂好生之德，四海一家，萬邦稱慶，豈敢於陛下前搖唇鼓舌，為說客耶！」霸王曰：「汝既不下說詞，即今大兵扎營，欲將壯丁阬殺於城東。汝來有何話說？」童子曰：「臣聞愛天下者，天下人愛之；惡天下者，天下人惡之；利天下者，天下人利之；害天下者，天下人害之。愛惡利害，皆起於上之人，而下固隨之也。昔彭越甲兵一至，強劫百姓。百姓懼其誅戮，不得已而歸降。終日翹首拭目，專望大王天兵到來，以解倒懸，如赤子望父母也。今聞陛下欲盡將一城壯丁阬之。前日百姓畏彭越而歸降，今日百姓望陛下而解救，陛下又復欲阬之，則百姓將何所歸乎？是陛下不愛此百姓矣！不獨外黃百姓不蒙陛下之愛，從此大梁以東，尚有許多郡縣，聞陛下阬外黃，則皆閉城堅守，或盡數逃走，天下由此不愛陛下矣。如此，則誰與陛下守天下乎？」霸王聞童子之言，甚是喜悅，即傳旨：「人馬不許毫釐侵擾，百姓盡赦其罪。」

須臾周苛、仇明等伏罪朝見，霸王盡赦之。只見一城百姓歡聲滿道，深感舍人之德。霸王在外黃屯人馬五日，即起身。彭越所下十七城，復歸於楚。

嘗謂項王昔阬降卒二十萬於新安，未有人極諫之者。使當時誠如外黃兒極口苦諫，寧有不動其心者乎？惜范增終日徒勸羽殺沛公，然沛公卒不可殺，而增已死彭城矣。何七十之老，反外黃兒之不若耶？蓋見道無拘於早暮，而心術實藏於隱微。增特戰國之士，未聞湯武仁義之說也。宜其所見，止於殺沛公而已，何其陋哉！

霸王悉定梁地，與群臣商議，要追趕彭越。鍾離眜、季布曰：「彭越乃疥癬之疾，不足為患。見今劉邦復取滎陽，拒奪成皋，大司馬曹咎恐難固守。陛下當乘勝即解成皋之危，克復關東，阻漢兵不得長驅，使韓信遽難救應，陛下可獲全勝。若少遲緩，漢王安定根本，恐難圖也。」霸王曰：「成皋有曹咎堅守，已分付不可出戰。待朕親往，卻開城出迎，內外夾攻，漢必走矣。」鍾離眛曰：「臣先領一枝人馬攻滎陽，陛下親統大兵救成皋，復取此二處，卻遠定關東而歸彭城，則大事定矣。」霸王曰：「善。」於是差鍾離眛領兵一萬復取滎陽，自統大兵救成皋，不題。

卻說漢王軍臨成皋，先令王陵攻城。曹咎堅守不出，一連三日，並無動靜。漢王曰：「此必項王曾分付曹咎，堅守成皋，待他定了梁地，卻來解圍，就與我兵交戰。吾聞曹咎，乃楚大司馬，為人性剛，最不耐事。」急令三軍城下百般辱罵。或坐於地上，或裸身而立。又舉白紙幡，上書曹咎之名，一連毀罵五六日。曹咎聞之，忍耐不住，遂領一萬兵，開了城門，放下吊橋，沖殺出來。漢軍盡棄衣甲，或棄旗鼓，向汜水渡河而走。曹咎忿怒，催動人馬，亦渡汜水。方渡一半，只見兩岸無數漢兵搖旗吶喊，分頭而來。為首四員戰將：周勃、周昌、呂馬童、灌嬰，將楚兵四面圍住，殺死一半，截在汜水一半。曹咎左沖右突，不能得出。四將各舉兵器，來戰曹咎，曹咎戰未數合，抵當不住，勒馬要走。四將圍住，如何得脫。自思：楚兵已破，前有漢將截住去路，後有汜水又不能渡，進退兩難之地。遂自刎於汜水之上。漢王急鳴金收軍，催人馬進城。成皋百姓，見漢王進城，盡皆歡悅。

漢王復得成皋，又得楚寶貨，遂筵宴大小將官。忽有人報：「英布自陳留會合太守陳同，共領兵三萬，助漢取成皋。」漢王大喜曰：「吾欲復取滎陽，正無人守成皋。今得英布來，正合吾意。」隨召英布等入見。英布領陳同入見王，行禮畢，王撫諭曰：「前過陳留，得太守取糧；今又同英布而合兵趨成皋。二君之功他日當紀太常矣。吾復取成皋，正無大將把守。二君此來，適合吾意。」王遂命英布、陳同守成皋，領大兵復取滎陽。未知如何，且聽下回分解。

總評 彭越趨穀城，最有理。

第六十八回 酈食其說齊降漢

漢王大兵至滎陽，先差王陵探聽城內消息。城中雖有官吏守城，而無兵馬，聞漢兵臨城，守令吳丹召父老曰：「漢王長者，不可失也。吾等當開門投降，不可使動干戈，徒遭鋒鏑。」眾父老曰：「惟命是從。」於是守令吳丹即率諸父老出城迎接漢兵。

漢王統大兵進城，安撫百姓畢，鍾離眜兵方到。探聽人報漢王曰：「鍾離眜領兵一萬，離滎陽三十里下寨。」王曰：「鍾離眜遠來，人馬疲乏，正好統兵截殺。不可待彼安定營寨，恐一時難以攻擊。」隨差王陵、周勃、灌嬰、周昌四將，各領三千人馬，分頭殺出，圍住鍾離眜。鍾離眜扎營未定，見四面漢兵沖殺而來，急出迎敵。左有王陵，右有周勃，前有灌嬰，後有周昌，四面夾攻。鍾離眜如何抵當得住，棄營逃走，四將領人馬追趕。楚兵見無主將，先自亂動，四潰奔走。漢兵盡力追殺，生擒活捉不計其數，馬疋器械盡皆得之，諸將各相爭取。以此鍾離眜領敗殘人馬，得投大路而去。諸將回見漢王，王大喜，重賞四將訖。

霸王親統大兵趨成皋。聞曹咎自殺，漢已得成皋，命英布、陳同把守。鍾離眜攻滎陽，被漢殺敗。

兩處俱失利，霸王遂屯兵廣武。以此兩家相拒，各未交敵。韓信屯兵趙地，因見霸王三路起兵救成皋、滎陽，尚未攻齊。齊王田廣聞韓信大兵將欲攻齊，甚患之。百姓一日常有十數驚。

後傳至滎陽。有酈生知此消息，暗思：「齊王如此驚惶，若往陳利害，彼定然歸降。不動聲色而卒能下齊七十餘城，吾之功不小也。」遂來見漢王，密言曰：「今燕趙已定，惟齊未下。諸田宗族最強大，近楚，多詐。雖遣數萬之師，未可以歲月破也。臣仰仗大王明詔，憑三寸之舌，陳其利害，說齊降漢，使為東藩。不勞張弓矢而能屈人之兵，所謂謀之上者也。」王曰：「先生果能說齊歸漢，彼此免動干戈，一國蒼生之福，百世無窮之利也。乘韓信人馬未動，先生正好急趨齊說之。」

於是酈生帶領從人，辭王赴齊國來。一日到齊，不入館舍，徑投府來。令人傳說：「有漢使酈食其特見齊王，陳說利害，救一國生靈。」門吏奏知齊王，齊王請酈生入內。酈生由中門而行，徐徐進內，旁若無人。齊王怒曰：「爾來吾國，欲下說詞，乃敢抗禮入見，欺吾國無尺寸之兵乎？」酈生曰：「漢王帶甲百萬，威震中外。韓信屯兵趙地，即欲席捲而來。齊民如魚遊釜中，危在旦夕。大王此位，亦難保矣。吾之此來，一則救萬民之命，一則保大王無虞。實齊國之盟主，上國之使命，非有求於大王，何屈禮❶以見之耶？大王如不欲保齊國，即殺吾以正臣禮。如欲為百姓計，安得不從吾所好乎！」齊王曰：「吾齊國地方數千里，國富兵強。南阻楚、淮之勢，北鎮燕境之雄，西有魏趙，東接海隅，內有文臣致治，外有武將安邊，按甲屯兵，坐觀勝負，如何危在旦夕？」酈生歎曰：「大王何欺人之甚耶！大王自

❶ 屈禮：與地位不相稱的卑下的禮節。

度與項王勇武如何？項王得關中而不能守，走彭城而不能敵，五國皆叛，關中盡失。今齊以千里之區，而欲抗全勝之漢，不亦誤乎！」齊王沉吟不語。酈生又曰：「大王不必沉吟，先須觀天下之所歸，而後知興亡之所決。某不知大王果能識天下之所歸乎？」王曰：「不知也。」生曰：「大王若不知天下之所歸，宜乎以我為抗禮❷也。方今事勢，楚若強而實弱，漢似弱而實強。以天下封疆，漢得七八矣！楚僅二三分耳，不知修德，尚爾縱橫妄為，不自退省。今漢王以縞素為資，為義帝發喪，布恩威於天下，而天下莫不信從，明並日月，德同堯舜。見今據敖倉之粟，塞成皋之險，拒蜚狐之口，杜太行之道，守白馬之津，撫安百姓，虎視天下。吾知天下之所歸者，誠在漢，不在楚也。大王急早歸附，倒戈卸甲，開城納款，全一城之生靈，為萬世之長策。臣之此來，實為齊，不為漢也。大王宜熟思之。」齊王聞生語，起身謝曰：「先生此來，實為寡人。適語言冒瀆，幸望恕罪。請問，如何歸降？」酈生曰：「大王先差人賫降表，臣且在此候漢王到來，與大王一同請見。」有田橫在側，便道：「韓信見屯兵趙城，恐一時前來，大王不曾準備，何以禦之？」酈生曰：「某此來，非私行，乃奉漢王明詔而來。韓信豈敢抗違？」齊王曰：「先生可寫書與韓信，約會退兵，庶可準信。」生曰：「臣就寫書，達知韓信。」酈生修書一封，差從人同齊使赴趙，止韓信進兵。

卻說韓信在趙屯兵日久，正欲計議伐齊，忽有人來報：「酈大夫差人來下書。」韓信令至帳下，其人曰：「酈大夫奉漢王詔，與齊陳說利害。齊王願罷兵請降，今已具表赴成皋，齊七十餘城盡歸漢矣。有書在此，上見元帥。」韓信接書拆封，書曰：

---

❷ 抗禮：不遵禮節。

漢大夫酈食其頓首書奉韓元帥麾下：生奉王旨，出使於齊。罷兵息爭，委心帖附，順天休命，悉歸王化。皆仰仗漢王之聖明，實賴元帥之威德，不動聲色，下齊七十餘城，免三軍汗馬之勞，救一國生靈之命。茲遣小啟❸上達，乞罷干戈。旋師成皋，休軍養威，舉眾伐楚，六國景從，恢弘大業，元帥之功，銘刻彝鼎，某不敢貪天功為己有也。食其再拜。

韓信看罷書，大喜。對來使曰：「既大夫已下齊矣，我即旋師歸成皋，與漢主會兵伐楚。齊王打聽漢兵到徐州，隨遣兵來協助，共力破楚。」信寫了回書，打發來使回齊國，報知酈生。酈生得書，來見齊王。齊王甚喜，乃與酈生終日高歌飲酒，遂不理國事。

韓信自得酈生書，即與張耳計議，起兵回成皋會漢王，合兵一處伐楚。方欲發落三軍，只見階下一人高叫：「不可！不可！若聽酈生之言，誤了元帥大事。我有一計，使齊七十城唾手而得，其功盡屬元帥矣。」其人為誰，乃燕士蒯徹，字文通。信曰：「爾何所見，不可旋師？」通曰：「公帶甲數萬，將一歲餘矣，止下趙五十餘城。今酈生乃一儒士耳，掉三寸之舌，憑一篇之言，下齊七十餘城。以將軍之威德，反一豎儒之不如。旋師入成皋，何面目以見漢王耶？以臣愚見，乘齊不作準備，整點三軍，直抵齊境，干戈一指，齊必瓦解。」信曰：「酈生之行，非是私行，乃奉王命而行。我若復又舉兵而東，恐拂王命，且或不利於酈生也。」通曰：「漢王初命將軍取齊，其意已定，今又遣酈生說齊，此必酈生奪將軍之功，而以言語鼓動漢王，初非王之本意也。將軍若旋師而回，諸將亦歎將軍為無能。此後漢王輕

❸小啟：書信謙詞。

將軍而重儒士也。縱使破楚，亦無光矣。將軍熟思之。」張耳曰：「文通之言，深為有理。將軍專閫外之權，何王命之足拘乎？」信聽蒯通之言，即時整點人馬，徑奔東齊而來。後史官有詩曰：

不動干戈獲上謀，一言城下實良籌。文通利口傾邦國，高士遭烹怨未休。

班固曰：仲尼曰：惡利口覆邦家者。蒯通一說而有三害：敗田橫，亨酈生，矯韓信，而齊之百姓不能安其生，所謂一言可以喪邦，其斯之謂乎？

韓信從蒯通之言，整率人馬，同張耳等不回成皋，復來攻齊。酈生性命如何，且聽下回分解。

總評　韓信忌功，然因兵而有，說功未始不歸信也。何妄聽文通耶？

第六十九回　亨酈生韓信背約

卻說韓信人馬離趙北行，過黃河，由大路進發，所過郡縣，望風逃避。將近齊境，早有人報入臨淄。齊王終日正與酈生飲酒高會，見人來報，大驚，急忙召田橫等商議。橫曰：「韓信大兵三十萬，長驅而來，其勢甚盛。若出戰，必為彼所破，不若深溝高壘，相拒勿戰，急差人求救於楚。待楚兵到，卻出齊兵夾攻，信可破也。」齊王曰：「酈生何以處之？」田橫曰：「且未可傷酈生，待漢兵到城下，看酈生再與韓信講解。倘可回兵，亦不失初意。若信不退，那時斬酈生不遲。」齊王曰：「暗思酈生既說我降漢，韓信今又起兵前來，顯是使我不作預備，卻令韓信乘無備而來，甚為可惡。」橫曰：「韓信雖來，未見虛實。待到城下，看酈生有何話說。」

齊君臣正議事間，左右來報：「韓信大兵已到，離城三十里下寨，旗幟嚴整，金鼓大作，其鋒不可當。」齊王急召酈生曰：「先生前日有書，說韓信回成皋。今如何又來取齊，反覆不定？顯是通同相謀，智賺寡人，使我無備而取之也。」酈生曰：「臣來非私行，乃奉漢王明詔而來，今韓信背約，復起攻齊，非惟賣臣，實欺漢也。」齊王曰：「先生既著我歸漢，今韓信大兵又臨城下，先生雖非欺詐，其跡可疑。煩先生可寫書與韓信，如果退兵，先生實為不欺；如兵不退，即是合同欺我，似難容情。」酈生曰：「寫書恐或不的，待臣同齊使往說之，料韓信決退矣。」齊王笑曰：「先生此去，若信依其言，尚可望其復來。若信不依，是縱虎入山矣，豈有復來之理耶。正欲留先生為質耳。」酈生曰：「既王疑臣，臣即修書往達之。死生存亡之幾，實決於此。」於是酈生修書，差從人叮嚀分付：「再三拜復元帥，雖不以我為重，而王命差我說齊，豈不足為重耶！」差人出城，徑投漢營來。

巡哨小校傳報入中軍，韓信正陞帳。差人呈上書，信拆書觀看。書曰：

酈食其頓首再拜韓元帥麾下：前蒙手書，即旋師成皋，齊王得書甚喜，隨寫表，差人申報漢王。今將軍復統兵取齊，似與前書不合，致使齊國君臣，以我為欺詐，將欲斬首以雪其恨。某死不足恤，而王命差遣，齊表已行。今又反覆變更，使漢使遭誅，而王命不能取信於天下，將軍獨能安於心乎？某命懸於旦夕，惟將軍其垂救焉。食其頓首泣血拜。

韓信看罷書，沉吟不語。蒯徹曰：「將軍猶豫不決者，將欲從酈生之言乎？」信曰：「酈生奉王命而說齊。我今破齊，齊必殺酈生矣，恐於王命有礙。」徹曰：「王命先遣將軍伐齊，而無止將軍之詔。將軍伐齊，奉王初命也。若既遣將軍，而又復差酈生，其失在漢王，不在將軍也。將軍何惑焉？」信曰：「若齊殺酈生，是吾殺之也，吾心實不忍焉。」徹曰：「一人之命可捨，平定一國之功難再遇也。輕重大小之分，昭然可見，又何區區為兒女子之態耶！」信曰：「如子之言，酈生之請不可聽也。」遂發回書與來人，而語之曰：「酈大夫前日下齊之時，須先討漢王明詔，令我暫屯兵趙境，然後由趙適齊。待齊王已降漢，仍過趙，令我旋師回成皋，方為從長之議。爾大夫不使我知，私竊說齊，貪為己功。齊實懼我大兵在趙，不得已而歸降，非其本心。今日雖降，不久決然復叛。那時，又勞人馬遠征，往返之費，甚為不便。不若今日一鼓而滅齊，以除後患。雖傷大夫一人之命，而成我平定一國之功，他日論功行賞之日，大夫子孫亦得裂土而封，勿以今日數數怨我也。」

差人進城，將韓信之言具說一遍。酈生大罵曰：「我被胯夫賣了也！」齊王聞知大怒曰：「豎儒既不能取信於人，乃敢私竊過齊，欺侮寡人。」急喚左右設油鑊，拏住酈生，以囊裹其首，撞入油鑊烹之。後胡曾有詩曰：

路入高陽感酈生，逢時長揖便論兵。最憐伏軾東遊日，徒下齊王七十城。

楚漢爭鋒血刃汙，高才挾策欲洪圖。誰知鼎鑊遭烹日，何似高陽作酒徒。
楚漢紛紛百戰餘，酈生遊說入齊墟。連城七十須臾下，卻恨韓侯一紙書。

齊王烹了酈生，傳入漢營。韓信大怒，親催三軍，攻打齊城十分緊急。齊王驚惶，召田橫計議：「即今彭城救兵一時難到，齊指日可破，如之奈何？」田橫曰：「與其坐而待虜，孰若今夜開城，決一死戰，勝負未可知也。」齊王從其言，隨就點就人馬。近晚，先差數小校，到城上探看，漢營燈火照同白日，刀斗不亂，隊伍整齊。小校下城回報。田橫曰：「若復畏懼，何以破敵？」即率大兵，開了東門，殺出城來。此處正是曹參巡哨，一邊飛報入中軍，一邊整點本部人馬，與田橫對敵。田橫手撚長鎗，一馬當先，大罵曰：「胯夫偶爾得志便敢欺人，快出與吾決一死戰。」曹參大怒，舉刀直取田橫。田橫舉鎗交還，兩家戰在一處。戰到二十回合，未分勝負。韓信揮動大勢人馬沖殺來。田橫抵當不住，保護著齊王，殺開條路，一擁而出。夜黑之際，韓信分付，不必盡力追趕，恐防伏兵。且又旗鼓難辨。以此田橫保齊王，同大小三軍，徑投高密縣來。

卻說韓信次日統兵，殺入城來，安撫百姓，休養士馬，再議追趕齊兵。

有齊王到高密，接連馬上差三起人，不分晝夜急往彭城，催討救兵。一日，差人到彭城，見霸王，備道齊王被韓信圍困，十分緊急。呈上表文，表曰：

齊王田廣稽首上言：國不可以獨治，勢不可以孤立。獨治則不足以弘化，孤立則不足以禦侮。仰惟陛下威德所加，海內順附，一統之基，可立而得。豈意劉邦作孽，疆宇振動，韓信弄兵，封埴侵擾。三秦既失，二魏敗亡，燕趙新破，諸侯瓦解。惟齊乃陛下之孤注❹，楚國之喋喉。苟復為漢所得，則陛下孤立而獨治，欲圖大統弘濟，恢復皇猷，非歲月可計也。伏乞早遣大將，統率精兵，拯溺救焚，以解倒懸。若齊封一破，沿路郡縣迎刃而下。彭城亦恐搖動也。萬惟陛下速賜乾剛，急為明斷，齊國幸甚！百姓幸甚！

項王覽表畢，急召龍且、周蘭曰：「爾可領楚兵三萬，前到臨淄、高密等處，破漢救齊，星夜兼行，早奏凱歌，勿得遲延。倘有緩急，早差人前來奏知，朕親領大兵救援。」龍且曰：「陛下放心。臣此去，決斬韓信首級，獻於御帳下。」霸王大喜，即將所著狐裘，賜與龍且。又斟御酒，人各三杯。龍且、周蘭謝恩，辭霸王，離彭城，前來臨淄救齊。正是：

雄雌帳下奮神威，號令風霆建大旗。指看臨淄鋒鏑解，笑談田氏出重圍。

畢竟龍且如何與韓信對敵，且聽下回分解。

總評　酈生以口舌貪功，亦宜知會淮陰。漢高用游說下齊，便當詔止軍旅。

❹ 孤注：傾其所有以為賭注。

第七十回　韓信囊沙斬龍且

一日龍且大兵到高密，離城三十里扎營。齊兵正與漢兵相距高密，城將已攻破，正在危急之時。韓信聞龍且兵到，暫勒兵退五里，召諸將曰：「龍且乃楚之名將，仗武勇而來，可以智取，不可以力敵也。爾諸君當如此如此，則龍且可破也。」眾將各聽令，依次而行。

卻說龍且陞帳，與周蘭計議曰：「吾平生知韓信易與耳！寄食於漂母，無資身之策。受辱於胯下，無兼人之勇。其人不足畏也。」周蘭曰：「不然。韓信自下三秦而來，所到之處，無不風靡。雖霸王亦曾被車戰敗走彭城。其人足智多謀，變詐莫測。將軍當仔細防備，不可輕敵。雖乞食受辱，乃信自知有今日，不欲與群小相較，未可以為無能也。」龍且曰：「韓信雖所向得勝，但未遇勍敵耳。若遇智勇兼能之士，信豈能用其謀哉！」即差人下戰書。

差人到漢營，見信呈上書。拆書曰：

楚大將軍龍且書付漢諸將知會：韓信用兵，未遇勍敵，如魏豹不聽周叔之諫，以致喪師。陳餘不用左車之謀，而斬泜水。燕王畏聲勢而暫降，非心之服。三秦失地利而偶敗，非戰之罪。吾今受命救齊，與信決戰，則非諸國可比。爾等速延頸以待，勿自退悔。

韓信看罷書，大怒，要斬來使。諸將勸免。仍痛決三十杖，遂於面上以朱書「來日決戰」四字，放回差人。差人到楚營，哭告龍且，說：「韓信百般辱罵，將某要斬，諸將勸免，痛打三十，面上批四字，放回。」龍且大怒，就要出戰。周蘭再三勸住。

過了一宿，次日早起。三軍造飯畢，龍且結束威嚴，耀武揚兵，來到陣前，單搦韓信出馬。韓信一馬當先，與龍且答話。龍且曰：「汝原是楚臣，今背主降漢，擅作威福。已侵擾關中數大郡矣，尚不知止，乃敢抗拒天兵。快早下馬投降，免汝一死。」信大笑曰：「汝來送死，尚爾不知，乃敢搖唇鼓舌耶！」龍且大怒，舉刀直取韓信，信挺鎗交還。二馬一來一往，兵刃並舉。戰到二十回合，龍且精神倍加。韓信卻詐敗，向東南奔走。龍且笑曰：「吾固知信怯也。」遂盡力追襲。周蘭拍馬隨龍且之後，望濰水而來。到河邊，見濰水盡掣去，信兵過河。周蘭大疑之，急向龍且馬前阻之曰：「濰水乃長流大河，今卻無水。此必阻上流而不行，使我兵過河，放水而下。將軍何以禦之？」龍且曰：「韓信已大敗，逃命不暇，豈有深謀？況河水隨旱澇而為多寡，當此十二月隆冬之時，正水涸之際，河內以此無水，何足為異？」又見漢兵前驅大進，忽有人來報：「韓信只在前面不遠。」龍且聞說韓信相近，揮動人馬過河，盡力追趕。到中流，遠望見高懸一燈毬❺，如斗大。龍且急到燈毬邊，見立一木牌，上書六大字，云：「吊燈毬，斬龍且。」周蘭等眾軍士俱來，週遶看牌。龍且曰：「此必韓信因我大兵追趕甚急，欲阻我兵退，故設此牌，以惑軍心耳。」周蘭曰：「夜深之際，豈能一時便有此牌。此必韓信誘引我兵，追至此處，想有埋伏，故設此燈毬為記，使漢兵望燈毬而來。不若將燈毬砍倒，漢兵自亂矣。」龍且舉刀即將燈毬

❺ 燈毬：圓形燈籠。也作燈毬。

砍倒。只見兩邊無數漢兵吶一聲喊，濰河上流水，滔滔洶湧而來，波翻洪浪，疾如箭發，霎時就到。楚兵正在濰河中流，大水一至，如何阻當，盡將楚兵淹沒。龍且聞水聲相近，急策馬前奔。龍且馬乃千里駒，一躍已到北岸。纔然得去，當頭一聲砲響，閃出曹參、夏侯嬰衆將，圍遶上來，龍且圍在中間，不能得出。夜晚之時，難辨彼此，惟舉刀沖殺，怎當衆將各舉兵器，一擁齊上。龍且措手不及，被曹參一刀斬於濰水北岸。此是韓信因龍且驍雄，又性烈如火，先令柴武為萬餘囊，滿盛圩沙，壅住上流。濰水中間，懸掛燈裘為記，明寫六字，使龍且看見，定然發怒，砍倒燈裘。燈裘一落地，即去沙囊，則大水自上流而下，疾如飛箭，遂將楚兵淹死。岸上埋伏衆將，圍住龍且，不能得脫，以此斬龍且於此處。周蘭乘夜黑，亂軍中逃走，不知去向。後史官有詩曰：

韓信奇謀妙若神，囊沙高壘阻前津。龍且不識孫吳策，恃勇亡身不足論。

韓信斬了龍且，走了周蘭，軍威大振。齊王在高密，如坐針氈，急召姪田光並田橫商議曰：「龍且如此驍將，尚被韓信殺了。我兵勢孤，豈能保守？不若乘漢兵未曾圍城，統率人馬入海島避難。待承平之時，看楚漢兩家已決成敗，那時再作區處。目今雖欲投降，漢王亦不準信。」君臣一夜商議停當，次早領率人馬，開了東門，一擁而出。早有人報入中軍，韓信急點大兵追趕。行二十里，卻有夏侯嬰因追周蘭不上，人馬正回，卻撞遇齊兵，攔住去路，就將齊王田廣捉住，綁縛了。田光、田橫不敢戀戰，殺開條路，徑往海島避難。夏侯嬰將田廣解回，正遇韓信大兵，備說捉了田廣，走了田橫。信曰：「可惜田橫走了！」大兵遂回高密。安撫百姓畢，行文各郡縣，望風歸降。

齊地悉定，韓信仍將大兵，移於臨淄駐扎。韓信見齊王宮殿華麗，心下甚喜。蒯徹在側，已解韓信之意，即近前進言曰：「齊地當五嶽之東，憑負山海，東有瑯琊，西有濁河，海岱之間，為都會之地，四塞之固，東道之雄也。將軍今悉平定，軍威大振，郡縣畏服。可差人上表，請假齊王印以鎮之，為將軍根本之地。機會適逢其時，不可失也。」正相議間，忽人報漢王差使命至。韓信急迎使命入內行禮畢，使命曰：「有王手詔在此。」韓信急捧詔開讀。不知詔內有何話說，下回便見。

總評　韓信所遇皆勇，而所用皆智。

第七十一回　蒯徹說韓信背漢

卻說韓信正與蒯徹計議，欲討齊王印，為假王以鎮之，其心欲占齊地以為根本。忽有人報漢遣使命賫詔至。韓信率領大小諸將佐，遠迎詔。入城行禮畢，左右開讀，詔曰：

寡人用將軍計，得楚十數大郡，勢亦少振。而霸王久稽太公，志尚不悛，使我父子離間，方寸❻日亂。近又欲會兵成皋，與我鏖戰，以決雌雄。但相距日久，士馬益困，遽與爭衡，恐難取勝，

❻ 方寸：內心。

非假兩勢之威，何以成萬全之策！茲差使星馳，召將軍急來相議，協力破楚。料將軍以勝齊之師，而克久困之楚，兼以奇謀妙算，其奏績可立而待矣。將軍宜速來，以慰惓惓。

韓信讀罷詔書，款待使命，急欲整齊三軍啟行。蒯徹曰：「將軍正好乘此機會，差人同使命討齊王印，急立為王，然後興兵，同力伐楚，此正有所挾而取之也。倘過此時，恐難遽得。」韓信曰：「正合吾意。」次日，信請使命至中軍，備道：「齊民多詐，反覆不常，須假齊王印，先在此鎮撫定，然後興師伐楚不遲。吾欲使命同我差人往滎陽一行，未審使命之意如何？」使命曰：「就與差人同往。」信大喜，即出金帛，厚贈來使。就寫表，差周叔與使命同行。

不一日，來到滎陽。使命同周叔入見漢王，呈上韓信表文。漢王拆表觀看，表曰：

漢大相國臣韓信，稽首頓首上言：國無其主，難與化理。民非權令，何以制服？臣仰仗天威，隨到克捷，斬龍且於濰水，擒田廣於成陽。軍威雖振，而民心未定。古嘗稱齊地多變詐之國，反覆不常，恐或為亂。臣願請齊王印，暫為假王以鎮之。待民心寧輯，即統兵隨車駕伐楚，則疆宇奠安，海隅賓服，世為漢土，於變時雍矣。臣未敢擅便，賫表上請定奪。不宣。

漢王看罷信表，怒罵曰：「孺子乃敢欺詐如此？吾困於此日久，旦暮望爾來佐我，乃欲自立為王耶！」張良、陳平急近前，躡王足，附耳語之曰：「大王雖得楚數十大郡，見今楚兵屯於廣武，目下攻漢，漢方不利，寧能禁信之自王乎？若不因而立之，使信自相保愛，卒為大王用也。不然，使或自變，則復生一大患矣。」漢王亦悟，因復罵曰：「大丈夫定天下，制服諸侯，即為真王，何以假為？」遂召周叔近前，問韓信如何取齊，酈生如何被烹。周叔備將韓信、酈生往來，二次書札，並吊燈裘斬龍且、擒田廣，一一從頭說了一遍。漢王跌足長歎曰：「酈生自高陽相見，一向與寡人相處，凡事多賴匡輔，未得補報。一旦乃齊王烹之，甚可憐惜。」即召記錄官從公備錄酈生功績：「他日論功封賞之時，看酈生有幾子，皆照功封廕。」隨寫手敕，封韓信為東齊王。因遣張良佩齊王印，赴臨淄來。

一日到齊，與信相見。敘禮畢，良曰：「將軍欲討齊王印為假王，王以將軍破趙下齊，其功不小，當即為真王，何以假為？因差小子賫印符，封將軍為齊王，鎮撫三齊，制服諸侯。就召將軍整飭兵馬，急解成皋之困，還兵伐楚，早定天下，將軍亦得坐享太平也。」韓信遂接印符，捧讀手敕。敕曰：

建國親侯所以連屬天下，而成其治，三代之制也。相國韓信屢建奇功，克定疆宇，不世之勳，當銘鍾鼎❼。新破齊地，甚難制服，不有隆爵重權，何以號令群下？即封信為齊王，俾治齊地，以安東土。仍調本部人馬，克日期會，戮力伐楚。汝其欽哉。故諭。

韓信讀罷手敕，向南謝恩畢，連日設筵宴，款待張良。其餘諸將佐，俱行拜賀禮。張良因辭信曰：「漢王屯兵滎陽，日夜思念太公不得還國。又聞項王要攻打成皋。見今王欲起兵與楚會戰，救取太公。足下可急早起身，不可緩也。」信曰：「待文檄轉行各郡縣知會，旬日內即啟行。先生徑於王前，善為我辭焉。」就復遣周叔預先謝恩，隨後人馬，陸續進發。

---

❼ 不世之勳當銘鍾鼎：不朽的功績，應該鐫刻在鍾鼎之上。

韓信擇日陞齊王殿，具冕旒，受所屬大小百官朝賀。後史官有詩，單說韓信挾漢，欲請齊王印為假王。漢王不得已封信，非其本心也。韓信惟知急立為王，以圖目前之富貴，不知漢王後來斬信於未央者，先因睢水之敗，徵信不至，後來成皋被困，不行救援，今又請假王。所以漢王記恨在心，以此斬信，有由也。詩曰：

築壇拜將恩非淺，躡足封王怨已深。隆準❽早知同鳥喙❾，將軍應起五湖心。

一激風塵萬里降，委心何事更徬徨。既能棄楚歸真主，何必居齊作假王。

躡足封王已見疑，將軍神算罔知機。空勞十載慇懃苦，反作漁樵問是非。

不說韓信在齊為王。卻說龍且敗殘軍士有逃回彭城的，急報與霸王，備說韓信斬龍且，追周蘭，大破楚兵，虜齊王田廣，逼田橫不知所往，下齊七十餘城。見今屯兵臨淄，指日與漢王會兵，要來與楚決戰。霸王聞說斬了龍且，驚訝不已，急召鍾離昧、項伯曰：「不意韓信果能用兵如此，即今漢王屯兵於滎陽、成皋之間，兩處遽難為敵。朕欲差一能言之士往說韓信，使復歸於楚。但無此能言之士為朕使命耳。」鍾離昧、項伯曰：「若陛下此舉，乃社稷之福也。臣一向有此意，不敢進言。況韓信原是楚臣，使復歸於楚，極為順理。今有大夫武涉，智過蘇秦，辨如子貢。陛下可差此人往說韓信，管交信俛首納

❽ 隆準：高鼻也。代指劉邦。劉邦生來，隆準龍顏。

❾ 鳥喙：形容人嘴尖如鳥嘴，代指句踐。句踐臥薪嘗膽滅吳復國後。范蠡遂去，自齊遺大夫文種書：「越王為人，長頸鳥喙，可與共患難，不可與共樂。子何不去？」文種稱病不朝。句踐殺之。

降，與陛下解憂也。」霸王急召武涉，備金帛之物，令往臨淄說韓信。

武涉領王命，前赴臨淄，令左右報知韓信。信曰：「此人素能唇舌，想此來必下說詞。」召進相見。武涉見信，行禮畢，即將霸王所與金帛之禮，持上稱賀。信曰：「昔與大夫同力事楚，為一國之臣。今各事其主，相與敵國。具此禮，欲何為哉？」武涉曰：「大王統百萬之師，為一國之王。威德所及，遠近畏服，非敢言昔日在楚為臣也。今具此禮，乃項王仰大王之名，贖昔日之罪，欲與大王共享無窮之富貴。先具此禮，以通二國之好。」信曰：「極貴莫如為王，吾今既為齊王，人臣之位極矣，又何他求哉？」涉笑曰：「大王若依臣言，齊王之位可保。不然，則今日滅楚，明日則不能保此位矣。」信曰：「汝欲何說？」武涉曰：「霸王差臣來說大王者，欲與大王連和，三分天下，鼎足而立，各守封疆，大王奇謀廟算，尤出二王之右。大王若從其說，富貴可常保矣。未審高見以為何如？」信曰：「大夫之言雖若有理，以我中心度之，昔在楚事項王，官不過郎中，位不過執戟，言不聽，計不用，故背楚而歸漢。漢王授我上將軍印，予我數萬眾，解衣衣我，推食食我，言聽計用，故吾得至此而為齊王。我漢王其親信於我如此，我苟背而復歸於楚，不祥也。雖至死而此心不易。幸煩大夫為我深謝項王。」仍將金帛付武涉。涉見韓信不可以言動也，遂辭信回楚去訖。

蒯徹知天下大權已歸於信，因來說信曰：「臣昔日曾遇一異人，授以相法，請為足下相之。連日相君之面，不過封侯。若相君之背，貴不可言。」信曰：「先生何為發此言耶？」徹曰：「昔天下初起之時，最難為力，憂在亡秦而已。今楚漢分爭，使天下之人，肝膽塗地，暴骸中野，不可勝數。楚人乘力，席捲五國，威震天下。然迫於西山而不得進者三年矣。漢王距鞏、洛，阻山河，一日數戰，無尺寸之功。

此二王智勇俱困之時也，其命皆懸於足下。莫若兩利而俱存之，三分天下，鼎足而立，其勢莫敢先動。足下據強齊，從燕、趙，因民之欲，西向為百姓請命，則天下風走而響應矣。蓋聞天與不取，反受其咎。時至不行，反受其殃。足下熟思之。」信曰：「漢王遇我甚厚，吾豈可以嚮利而背義乎？」徹曰：「始張耳、陳餘，相與為刎頸之交，及爭張黶、陳澤之事，張耳遂殺陳餘於泜水之南，頭足異處。今足下交於漢王，必不能固於二君之相與也，而事多大於張黶、陳澤者。故臣竊以為足下必漢王之不危己，亦誤矣。野獸已盡，而獵狗烹。願足下深慮之。且勇略震主❿者，身危。功蓋天下者，不賞。今足下戴震主之威，挾不賞之功，欲持是安歸乎？」信曰：「先生休矣。吾方念之。」

數日，蒯徹復來說信曰：「夫時者，事之候也；計者，事之機也。苟聽過計失而能久安者，鮮矣。故智者，決之斷也。疑者，事之害也。審毫釐之小計，遺天下之大數，智誠知之，決弗敢行者，百事之禍也。夫功者難成而易敗，時者難得而易失，時乎時乎，不再來。」信猶豫不忍背漢，又自以為屢建大功，漢王終不負我，料齊地可保也。蒯徹方說罷，只見殿下一人高聲大叫：「大王不可聽蒯之言，有失人臣之節。我與蒯徹見漢王去，要見明白。」諕得蒯徹魂魄不知有無。其人未知是誰，且聽下回分解。

總評　韓侯畢竟無主意，所以蒯徹敢嘵嘵進言。

---

❿ 勇略震主：因勇武超群，謀略蓋世而使得君主擔憂。

第七十二回　霸王伏弩射漢王

卻說其人為誰，乃太中大夫陸賈也。賈曰：「善言事者，先度其勢，次觀其形。苟勢強而形弱，非弱也。形勝而勢衰，實衰也。以方今言之，楚若勝矣，形之勝也。漢似弱矣，形之弱也。元帥當強弱勝衰之間，而未定也。以今漢王雖暫時不利，而天下之勢，已得八九，人心歸附，天命默祐。蕭何有宰相之才，而忠貞不二。良、平有孫吳之智，而機變莫測。兼之以英、彭、樊噲之勇，周勃、王陵、絳、灌諸將之強，福德綿綿，萬世不拔之基已定矣。爾乃不觀形勢，遽憑一時口舌之功，必欲元帥背漢，倘元帥一時聽從，是畫虎不成反類狗者也。不亦誤乎？」蒯徹被陸賈一篇言語說得如痴似醉，半晌無言可答。因尋思：「我若隨韓信一同伐楚，縱有功勞，倘有人將我勸韓信背漢之言，傳到漢王耳邊，酈生之烹指日可見矣。」自此，遂佯狂於市，自歌自笑，非復昔日之蒯徹也。韓信亦知彼微意，遂不計較。即傳令大小將佐，擇日統大兵赴滎陽，會諸侯伐楚，不題。

卻說漢王終日思念太公，無計可施，因語良、平曰：「太公家眷久稽彭城，不得還國，此心鬱鬱不能舒。縱有天下，不可一朝居也。卿有何策，使太公得歸，此不世之功也。」良曰：「霸王以太公為質，豈肯放歸。必是大鏖戰一場，然後心服。那時，卻使人講和，庶有還國之禮。」正議間，忽有人來報：「蕭相國率領一枝北番人馬，同一番將，自關中來，助漢伐楚。」王曰：「番兵遠來，破楚必矣！」急召何，入內相見。蕭何領番將入內，行禮畢，王問曰：「番將從何而來？」何曰：「番將姓婁名煩，北貉燕人也。慕大王之德，由沿邊投咸陽而來，情願同力破楚。臣審究的實，因催攢糧儲，就帶領來見大王。此人善騎射，有萬夫不當之勇。」漢王看婁煩身高一丈，面目猙獰，王甚喜，就賜衣一襲，金百兩，著令帳下聽用。

且說霸王因龍且被韓信殺了，十分忿恨，急點人馬，徑赴滎陽來。早有人報知漢王，備說霸王因韓信斬了龍且，急起十萬大兵前來，與漢要決勝負。漢王大驚，召群臣計議。蕭何曰：「新來番將婁煩，正好與楚對敵。王陵等諸將協力幫助出戰。韓信即日將到，兩下夾攻，料此陣管交破楚必矣！」漢王遂撥王陵等四隊，幫婁煩出戰。

卻說霸王人馬到滎陽，離城三十里安營，先使人謂漢王曰：「天下匈匈，徒以吾兩人相拒不寧也。願與王決雌雄，毋徒疲天下赤子為也。」漢王笑謝來使曰：「吾寧鬥智，不能鬥力。」霸王聞之，大怒，即令丁公、雍齒、桓楚、虞子期諸將出馬，與漢挑戰。漢遣婁煩出戰。眾將鼓譟大進，並不答話，各舉兵器，齊攻婁煩。婁煩舉大刀相還，左撥右逼，前擋後沖。戰五六十合，婁煩刀法愈緊，氣力倍加，眾將抵擋不住，早敗下陣來。楚營中有護駕四將：季布、李蓄、張月、項昂，各挺兵器，與婁煩截殺。婁煩並無毫釐懼怯，就舉刀與四將對敵。漢營中王陵、周勃等見婁煩交戰許久，恐一時有失，急出馬，沖殺過來。楚將被眾將沖來，撥回馬便走。婁煩按下刀，壺中取箭，連發四矢。李蓄、張月早中箭落馬。季布見二將中箭，伏鞍走回本營。項昂見二將落馬，欲回馬救援，不防面上早中一箭。急用手拔箭，卻被王陵近前一刀，斬項昂於馬下，大殺楚兵，四散逃走。

霸王聞之，大怒，自披甲持戟，來戰婁煩。婁煩方欲拽開弓放箭，霸王瞋目大叱一聲，舉戟便刺，嚇婁煩馬倒走十數步，目不能視，手不能發矢，遂逃入漢營。霸王急追趕，只見漢兵風靡而走。漢王問左右：「追煩者為誰？」左右曰：「項王也，將入漢營矣。」王大驚，急起退入後寨。漢諸將死命抵住。項王勒馬大叫：「漢王出馬，與吾答話。」於是漢王亦披甲出馬，來到陣前，左右前後，眾多漢將防護。項王曰：「自與爾爭鋒數年以來，未嘗自相交戰，以決勝負。吾今與爾對敵，以定雌雄，勿得終日相拒，以苦三軍也！」漢王曰：「吾非好與爾相拒，但汝罪惡貫盈，神人共怒。因此，同天下諸侯共伐無道，為民除害也。且略節數汝之罪，使三軍靜聽：汝背懷王之約，左遷我於漢中，罪之一也；矯殺卿子冠軍，罪之二也；救趙不報，而擅劫諸侯入關，罪之三也；燒秦宮室，掘始皇墓，私其財物，罪之四也；殺秦降王子嬰，罪之五也；詐阬秦子弟二十萬於新安，罪之六也；王諸將善地，而徙逐其故主，罪之七也；放逐義帝，自都彭城，奪梁地以自王，罪之八也；使人陰弒義帝於江南，罪之九也；為政不平，主約不信，天下所不容，大逆無道，罪之十也。吾以義兵從諸侯，誅殘賊，使刑餘罪人，以擊匹夫，吾何乃與爾挑戰耶？」霸王怒甚，舉戟便刺。漢王脫身便走，眾將各舉兵器遮護。有鍾離眛伏弩數千矢，一聲號砲，眾弩齊發，一矢正中漢王前心。幸賴有軟甲遮蔽，止傷胸膚。王覺疼痛，不能忍，恐驚疑人心，遂以手捫足曰：「偶被楚賊中吾足指，幸無傷也。」諸將見漢王被傷，無心戀戰，各退下陣來。

霸王揮動三軍，亂殺漢兵，急欲攻打漢營。正在危急之際，只見東南一騎馬飛報說：「韓信人馬已到成皋，彭越又阻楚糧道。」諸將聞知，不戰自亂。霸王遂傳令：「且著各自收兵回營。」

張良、陳平諸將入帳，看視漢王。王雖未內傷，而胸膚已破，遂臥病不起。良曰：「楚勢已弱，韓信大兵到成皋。大王當強起，以安士卒，就趨成皋，與信會約。破楚大事，決於此矣。」漢王從其言，急起以勞三軍。張良分付諸侯：「楚兵被彭越阻絕糧道，三軍無糧，決難存駐，只一二日便走。汝等隨後徐徐進發，赴成皋，與韓信會兵破楚。」諸將各得令，準備行裝啟行。

卻說霸王與諸將商議曰：「見今楚軍缺糧，韓信人馬又到成皋。滎陽一時難破。不若屯兵廣武，差人催攢糧運，庶不脫節。」鍾離昧曰：「陛下聖見極當，今晚就好起身。陛下須親統一枝人馬斷後，以防追襲。先差諸將率領大兵前驅，當從山南僻路進發，以防韓信奸計。恐前路有阻，則首尾不相接應。」各分付停當，到晚，眾將領大兵先行，霸王斷後。一夜人馬退盡。

巡哨小校報入漢營曰：「楚兵一夜退盡矣。」良曰：「不出某所料也。」遂傳令，著諸將先啟行。漢王臥於車中，徐徐進發。行未一二日，韓信差夏侯嬰、周叔領一萬人馬來滎陽，請漢王入成皋，會兵破楚。正遇漢王，夏侯嬰、周叔急下馬，到車駕前啟奏：「韓信命臣兩人請大王車駕幸成皋，會兵伐楚。」漢王甚喜，就令夏侯嬰等合兵一處。

不日到成皋，韓信率領大小將佐，出郭遠接漢王入城。王陞殿，受韓信等百官朝拜畢。漢王曰：「元帥遠征在外，屢建奇功，多有勤苦。今被項王累次侵擾，已經七十餘戰，百姓不得安生，將士不得寧輯⑪。今得元帥大兵遠來協助，料此會，勝楚必矣。但太公不得還國，終日食不下咽。元帥若救太公還國，父子完聚，萬世之功也。」信曰：「項王若不大戰一場，心終不服，豈肯放太公還國。臣今與大王會兵，務與項王決個雌雄。目下管交太公還國，大王放心。」王曰：「寡人專望元帥早奏凱歌，以慰懸懸。」

⑪ 寧輯：安寧。輯，和諧。

韓信辭王，率領大兵出城外，平川曠野之處扎營，操演人馬，擇日赴廣武，與楚會戰。未知楚、漢勝負如何，下回便見。

總評　天之生項羽也，惟射得漢王一矢親切耳。

第七十三回　廣武山楚漢會兵

不說韓信操演人馬，擇日破楚。卻說霸王屯兵廣武，與項伯、鍾離昧等諸將計議曰：「見今漢兵會各處諸侯，總集人馬，要與朕決戰。但楚軍缺食，難以持久。爾等有何良策？」項伯曰：「太公拘禁於此，未曾還國。何不取來，令太公修書一封，下與漢王，令彼退兵，然後放太公回成皋。若仍前與楚相拒，定將太公誅戮，使劉邦為萬世之罪人也。陛下若依此計，可抵百萬雄兵也。」項王依項伯之言，差人往彭城取太公。

不一日，取太公到廣武，來見霸王。霸王召太公入帳，王以言撫之曰：「汝子劉邦，終日與我相拒，略不以汝為念。我今取來，命汝修書一封，著汝子罷兵息爭，我就放汝同呂后回成皋，使汝父子、夫妻相聚。汝以為如何？」太公曰：「劉邦自幼貪財好色，不顧父母。今乃以富貴為重，遂棄我於此，如陌路人一般。恐書去亦不濟事，為之奈何？」霸王曰：「汝且修書寄去，看他如何，再作區處。」太公於是修書一封，呈上霸王。霸王看罷書曰：「劉邦見此書，若不退兵，真所謂禽獸衣冠者也。」即差中大夫宋子連賫書赴成皋。

一日到成皋，有人報漢王曰：「楚遣大夫賫太公家書在外。」漢王聞說太公有書到，即召張良、陳平曰：「楚遣中大夫宋子連，賫太公家書到來，此是何意？」良曰：「此是霸王欲為退兵之計，故使太公付家書，欲大王退兵。大王見書，切不可哀泣，只依如此如此回答，管交旬日內太公還國。雖在楚，亦不至有傷。」漢王依良、平之言，遂召宋子連入見，呈上太公家書。漢王拆書捧讀。書曰：

太公付書漢王劉邦：嘗謂虞舜大孝，棄天下如敝屣。汝以富貴為重，視我如路人。自睢水遭虜，今經三年，幸蒙霸王垂好生之德，不即誅戮，拘處公所，日給飲食，得延性命。王后呂氏，思想太子，淚不能乾。汝任意縱橫天下，略不以為念，所謂鐵石心腸、土木形骸⓬也。即今霸王取我至廣武，累次要誅，欲懸頭成皋，以彰汝不孝之名。我再三哀告，特修家書付汝。汝可思此身從何而來？世間萬物以何為重？若解此理，便如大舜，棄天下如敝屣耳。作速罷兵，取我還國，使父子、夫婦完聚，豈不美乎？若仍前屯兵相拒，我命決難保。汝縱有天下，是捨父命而圖富貴，萬世唾罵，汝心豈能自安耶？臨楮⓭泣書，汝當自省。

漢王宿酒未醒，看罷家書，醉眼矇矓，若不經意，便說：「我與項王同北面事懷王，結拜為兄弟。我之

⓬ 土木形骸：喻人如土木，沒有情感。

⓭ 楮：紙。

父即汝之父。我父在楚，就如在我漢營一般，何必較論彼此？若是霸王殺了我父，不獨天下人罵我，亦罵汝霸王也。前日霸王陰使季布弒了義帝，尚惹天下諸侯至今切齒；今若殺了我父，豈不惹天下唾罵？昔孟子嘗說『殺人之父，人亦殺其父』，所差一間耳。汝回去，上覆我太公，且寬心在楚營住些時，就如在我漢營一般。」更不說罷兵息爭，只混說⓮了一篇，就著兩女子扶去帳後歇息。大夫宋子連欲去，未得討個實信；欲不去，漢王已入內不出。張良、陳平眾人設酒款待宋子連，以言催促，回廣武去訖。

卻說霸王專俟宋子連回話。忽左右來報宋子連回營。霸王宣入，宋子連將漢王所言，從頭備說一遍。項伯在傍曰：「觀漢王所為，終不足以成大事。大王只準備與他交戰，料漢亦不能取勝也。」霸王曰：「劉邦乃酒徒耳，視父母妻子如草芥，豈可與彼較是非哉！」宋子連曰：「臣入見漢王時，尚宿酒未醒，看了書，通不以太公為念。」霸王曰：「太公且著在楚營伺候，緩急尚有用處。」隨召諸將選精兵二十萬，各安營寨，預備漢兵到來。

且說韓信操練人馬已畢，漢王病傷已平復，召信計議伐楚。信曰：「霸王屯兵廣武，持久力懈，正好作速攻擊。臣人馬操練已精，請大王進發。」王曰：「此行全仗元帥調遣。」於是韓信統領大兵先行，漢王人馬陸續前進。

一日到廣武，離楚營三十里下寨。信分付諸將用心防守，各營遠來，恐有攻劫。隨後漢王亦到，與韓信對面安營。至晚，漢王與張良、蕭何、陳平等商議攻守之策，因差人召韓信一同籌畫。差人回說：「韓元帥不在營寨。聞左右傳說，今晚領數十輕騎，投東南而去，不知所往。」王大驚曰：「楚漢相拒，

⓮ 混說：不著要領的亂說。

數十萬甲兵屯駐於此，主將夜晚逃遁，不知所往。莫非懼楚兵之強，而遠遁乎？或是賺我於此，而欲與霸王連和乎？」王甚疑慮不決。張良等亦相議，不知何謂。王復使小校打聽信營動靜。小校回報：「營中更鼓甚明，防備甚嚴，但不知元帥往何處去。」王曰：「爾可近營探看，得消息回報。」王掌燈坐守。將過三鼓，月已沉西。小校急走回報：「元帥回營矣。」王猶豫半晌，差蕭何往問之。

何帶領數從人，徐步前往，只見灌嬰巡哨，問：「丞相何往？」何曰：「欲見元帥。」嬰曰：「元帥尚秉燭未寢。」即同何到中軍與信相見。信曰：「丞相深夜相訪，其必有疑於心乎？」何曰：「元帥今晚遠出，至夜深而歸，不知何所往也？」信曰：「平川對敵，徒恣野戰，霸王武勇，恐難取勝。因親往尋一誅項王之處，明日好分遣諸將，各認方向。臨時隨機應變，自有妙策，雖君臣父子之間，亦不可先傳也。主上同丞相諸公，看信明日破楚擒項王，便知方略。」蕭何聽說，甚喜，回見漢王，備說前情，漢王大喜。

卻說次日韓信召諸將聽候軍令，樊噲、灌嬰作第一起，周勃、周昌作第二起，靳歙、盧綰作第三起，呂馬童、楊喜作第四起，張耳、張蒼作第五起，婁煩作第六起，夏侯嬰、王陵作第七起，曹參、柴武第八起，英布第九起，漢王同諸將第十起。各近前，密切相議停當，各領精兵五千，照定地方駐扎，以砲響為號，急出攻戰。待項王引入廣武，已無出路，這十起人馬總會一處，環山圍遶，可擒項王矣！韓信調撥人馬已定。

卻說霸王帶領諸將蜂擁而來，差季布索漢王答話。漢營中韓信出馬，請霸王相見。霸王一馬突出軍前，大呼曰：「韓信，爾原是楚臣，前日使武涉召爾復歸楚，汝何執昧不從？今日爾勿得再施奸計，與爾對敵，決個勝負。」信曰：「陛下當代帝王，正宜高拱清穆，遣將調兵，以禦外侮，可也。豈可親操戈矛，與臣下較論勝負，自取屈辱耶？」霸王曰：「爾能說敢與我戰十合，便倒戈息爭，將天下讓與漢王。」信曰：「勇不可自恃，強不可持久。倘陛下百有一挫，敗於臣手，枉壞一世英雄之名，悔無及矣。願請良將，與臣決戰，陛下且回御營，不失威儀也。」霸王聽信言，大怒，挺鎗直取韓信。韓信虛掩一鎗，向東南便走。霸王催動三軍，大叫：「今日定捉此胯夫，以雪我無窮之恨！」鍾離眛、項伯、項莊、周蘭、虞子期、桓楚、丁公、雍齒、周殷等，分頭隨霸王追趕韓信。信引霸王漸漸入廣武山，鍾離眛急向前曰：「廣武山止有此出路，倘緊關之處，用兵阻塞山口，我兵決受困矣。陛下且未可盡力追趕，略少待後軍到來，暫且扎營於此，以觀事機，何如？」言未罷，前軍忽報：「韓信不知所往，前面俱是土山，再無別路。」霸王曰：「既前無出路，且暫屯軍於此，待後軍扎定陣腳，徐徐退後。」忽見後軍來報：「後軍人馬被漢將樊噲、灌嬰截了一半，不得進發。」只聽四面八方，金鼓震天，盡是漢兵，合圍把住山口。鍾離眛曰：「前有大山之阻，後有漢兵圍遶，陛下不可在此屯兵，當就此時殺出重圍，以救後軍。不然，則首尾不能相應。楚兵一散，陛下遽難收拾矣。」霸王曰：「山口把住，決有重兵圍遶。一時沖殺不出，反被圍住，我兵受害矣。若不仍照追趕韓信舊路，殺過山去，必有走路。後軍陸續，汝等催攢前來，庶脫此重圍也。」項伯曰：「但恐山路崎嶇，大兵不能前進，又將奈何？」

正相議未定，四面火砲齊舉，不知多少漢兵，捲地而來。正北上樊噲、灌嬰、周勃、周昌，正西上靳歙、盧綰、呂馬童、楊喜，左哨張耳、張蒼，右哨夏侯嬰、王陵，中軍漢王同諸將一擁湊來。楚兵不戰自亂，諸將按納不住。霸王大怒曰：「吾敗秦兵之時，破釜沉舟，未嘗敗北。今遇漢兵，何乃自怯如此？」揮動人馬，沖殺出來，正遇九江王英布，攔住去路。霸王大罵曰：「叛國之賊，有何面目相見！」布曰：「放殺義帝，乃汝所為，致使天下諸侯罵我。我今正誅此悖逆，以明心事。」舉斧直取霸王。霸王舉鎗交還。霸王與英布戰五十回合之上，婁煩人馬一沖而來，楚軍遂亂。季布、桓楚急舉兵器出馬，高叫：「陛下且少歇，臣殺此賊！」霸王暫收住鎗，撥轉馬，回到山阜，看二將出馬，英布、婁煩就勢與二將對敵。正鬥間，曹參、柴武人馬又到，四面漢兵又圍遶上來。鍾離眛近前，請霸王仍向前，殺過山去。雖路徑狹小，卻人馬覺少些，似無預備。霸王急挽轉馬，仍照舊路趨廣武山。天漸昏黑，近山，見韓信在山頂上，扎營高坐，兩邊笙歌齊發，作歡飲酒。霸王見之，大怒曰：「胯夫乃敢欺我如此。」急令左右諸將催動人馬，分頭上山，務要捉拏韓信。諸將得令，方欲鼓譟上山，忽見山上擂木砲石打將下來，軍士俱不能上。霸王切齒嗔目，便欲親自上山。季布諫曰：「不可，此正韓信設此奸計，欲陛下動怒，親自上山。恐夜黑之際，須防砲石流矢。不若且暫過一宿，候明日天曉，看那路兵少，撞殺出去。」霸王勒回馬，方待少歇，只見漢兵翻江攪海而來。四邊高阜處，樹木皆被火砲燒著。黑晚火起，照如白日。楚兵大亂，吶一聲喊，都走了，被漢兵殺的殺了，擒的擒了，止剩霸王並諸將，有百十餘騎，圍在中間。霸王見漢兵勢重，奮勇殺透重圍，正遇婁煩。婁煩舉鎗攔住霸王，霸王舉鎗交還。戰未十合，被霸王將婁煩一鎗刺於馬下，合攏眾將撞殺出陣。方欲行，又遇柴武、王陵各舉兵器，攔住去路。霸王力戰二將，殺到南山腳下，天色甚黑，聞澗水潺潺，馬不能進，忽漢兵復又圍遶上來，霸王自思：「前有川水之阻，後有漢兵圍遶，又是月黑之時，不辨東西，吾必危矣！」

正在急中，只聞後軍亂竄，紛紛退避，有二將殺入陣來。火把之下，認是楚將周殷、桓楚，原領五千人馬，不曾失散。聞霸王在山南受困，因此領本部人馬策應，果見霸王在此被困。霸王乘周殷二將人馬，復又沖殺出來。天漸發亮，舉頭四望，皆是漢兵，殺得楚兵屍橫遍野，流血成渠。猶聞金鼓震天，旗幟沿山一帶連絡不絕。霸王與周殷相議曰：「朕自會稽以來，與諸侯交兵，何止三百餘陣，未見如韓信用兵，利害如此！」周殷曰：「陛下先聲已久，韓信因此預備這個陣勢，誘楚兵進山，四面圍遶，遂中此奸計。陛下與臣等須冒險沖殺出去，庶脫此難。若再俄延一時，恐漢兵復又攻擊入來，以逸待勞。我兵疲乏，何以抵當？」霸王曰：「吾沖前陣，汝收後腳。」霸王遂奮然突出，漢兵見者莫不四下逃避。周殷、桓楚隨後掩殺。約行五里，只見山凹下，鼓角齊鳴，喊聲大震，一彪軍出，為首兩員大將，乃周勃、周昌也，驟馬攔住，大叫曰：「大王趁此下馬投降，免致取辱！」霸王大怒，拍馬舉鎗來迎二將。戰不數合，二將敗走，不敢追襲。望山北大路沖來。一聲鼓響，四下伏兵又起，楚兵漸次又傷一半。走不到五七里，前面喊聲又舉，為首兩員大將靳歙、盧綰，阻住楚兵。霸王復戰二將，按下鎗，舉鞭打二將，二將遮架不迭，盧綰左臂上著一鞭，打落下馬。眾軍士急救回，靳歙望陣後逃走。霸王又行五七里，忽見伏弩齊發，楚軍五千人俱被伏弩，十損七八。周殷、桓楚捨死隨霸王，策馬急急殺出。霸王鞭法，神出鬼沒，因此伏弩不得近身，遂出重圍。周殷、桓楚身被傷數處，一路接連收拾敗殘軍馬，並楚將季布、鍾離眛等，陸續從大路尋覓而來，正遇霸王，合兵一處，徑回楚營。

漢兵追襲二十里而回，韓信大獲全勝。漢王回營，請韓元帥會議。韓信整衣急來見漢王。王起身，稱謝曰：「寡人賴元帥行師，大破楚兵，幾獲項王。使彼他日聞吾兵至，不戰而膽落矣！」信曰：「仰仗天威，大克全勝。但項王未就擒獲，須急擊勿失，使無復再回彭城可也。」王曰：「元帥當留意，作急攻取。寡人拱聽凱旋，使三軍早得休息，彼此亦自安也。」於是，韓信復整三軍，來攻楚營。未知如何，且聽下回分解。

總評　淮陰如此用兵，何愁天下不定？只是未能學道，故恃功取禍耳，惜哉！惜哉！

第七十四回　置太公挾漢退兵

不說韓信復欲起兵攻楚。卻說霸王同諸將回到楚營，中軍坐定。查計損折人馬，三萬有零。周殷、桓楚、季布、虞子期俱中傷，帳後調理，「諸將暫休息，數日出敵。」

傳令畢，不覺過了二日。有細作小校，打聽漢營消息。回報曰：「韓信整點人馬，一二日又來與楚交兵。各處諸侯軍馬，陸續湊來。見漢兵共有五十餘萬。蕭何運轉糧儲，積聚滎陽，自成皋相連五百里，俱是漢兵。」霸王聞說，召鍾離眛、項伯等商議曰：「漢兵勢重，又兼韓信善能用兵。我兵在此，不可久持，況又絕糧，似難與爭鋒。爾等有何長策？」鍾離眛曰：「太公見在楚營。明日陛下出陣，置太公於俎上，使漢王見之，父子之情，自然傷感，著他退兵，免太公一死。如不退兵，決將太公入烹。漢王見時，必然哀求請免。或有別議，此為長策。若恃勇與戰，恐復蹈廣武之困。願陛下裁之。」霸王曰：「烹太公亦不難，但恐人恥笑。」眛曰：「欲為退兵之謀，何惜人恥笑？」相與議定。

次日，霸王整率人馬，將太公綁縛在馬上，殺奔漢營來。早有人來報：「霸王將太公綁縛在馬上，不知何謂。」漢王聞之，放聲大哭，曰：「我生不能以奉養父母，因為爭天下，反致我父如此受苦。不若急早降楚，以救我太公還國。」張良、陳平急止之曰：「大王何執一如此耶？此是霸王因見漢兵圍困甚急，故將太公來，欲大王退兵耳。況今大事已定，豈可遽然歸降？大王不可心急，須以智勝之。」漢王曰：「聞說太公綁縛在馬上，不覺此心十分哀痛。縱天下得與不得，亦何要緊！救我太公，實第一件大事。」良、平曰：「霸王到陣前，定將太公置於油鑊之上，逼要大王退兵，大王但如此如此，管教項王不敢烹太公也。」

言未罷，人報霸王到陣前，請大王答話。韓信聞霸王來，預備於平川之上排下陣勢，週圍列下戰車，兩邊旗幟嚴整，靜靜肅肅，鴉雀不飛，刁斗不鳴，甚是威武。楚兵見了，先自懼怯，霸王遂勒住兵不動。漢王到陣前大呼曰：「霸王兵窮勢困，急早歸降，庶得裂土，世為楚王，免今目下受戮！」霸王大怒，叱之曰：「劉邦匹夫，乃敢出此大言，以辱我耶！」急舉鎗直取漢王。漢王背後樊噲、灌嬰、周勃、王陵四將突出，擋住霸王，霸王力敵四將。正在酣戰之際，忽漢陣上一聲砲響，中軍黃旗麾蕩動，只見四面八方，合圍上來，把霸王圍裹在陣中。四將各回方位，霸王左沖右突，不能得出。眾軍士隨著霸王，亦無走路。霸王定睛看那陣時，四望如連城之狀，不分東西，難辨出入，愁雲漠漠，慘霧濛濛。尋思：「又中韓信之計，吾聞戰而誤入其陣者，當以外應破之。不然，一時妄動，必遭擒矣！吾營中將士，必有識此陣勢者。待外邊打入，卻乘機殺出，庶脫此陣。」纔自思畢，只見季布、周蘭、周殷、鍾離眛從陣東門打入，霸王急乘機接應，君臣五人，奮力踴躍，蕩開一條血路，沖倒漢兵，一擁而出。韓信亦不敢追趕。

霸王回到楚營，召諸將問曰：「何人識此陣法？」周蘭近前奏曰：「韓信此陣，乃太乙陣也。有生門，有死門，有陰陣，有陽陣。雖有向背，而四面合一。若八卦，其實非八卦也。如走生門而入陽陣，必得活路。若不知而妄入，必遭擒獲。臣少從華山李少仙學道，嘗聞太乙陣之法。臣以此領諸將從生門打入，策應陛下，遂出此陣。」霸王聞說大喜。於是，鍾離昧曰：「陛下且將太公回營，今日不必與漢交兵。容一日，卻將太公置陣前號令。待漢兵退後，陛下回彭城招集兵馬，休養士卒，再作良圖。」霸王遂回營。

卻說張良、陳平商議救太公之策，遂於楚降卒中選一伶俐小校入帳中，以言撫之曰：「我觀汝相貌，將來亦有功名。但汝雜於眾軍卒之中，何日得顯？我今差汝幹一要緊大事，若成此功，定有封賞之貴。」小校曰：「軍師有何分付？」良曰：「我寫書一封，差你做細作，往楚營捎與大司馬項伯。因你原為楚軍，定有相識親故。你可乘空，便將此書密密遞與項伯，就說是我捎與他的，他有甚言語，你可來回我話。須要小心仔細。」小校曰：「此事甚易。軍師快寫書來，我就往楚營，見項老大王，管交下書，得信回話。」良大喜，賞勞小校。將書札就貼肉藏定。小校仍前楚軍打扮，前來楚營。

有巡哨軍士看見小校原是楚軍，便問：「你如何得回？」小校曰：「我前日陣前被漢兵活捉去，我暫時歸降。我父母妻子皆在彭城，如何降漢？因此逃回。明日煩你眾位，引我見項伯將軍報名，好入隊伍。」

次日，項伯正點閘軍士畢，巡哨軍引小校見項伯曰：「這個軍士前日被漢兵虜去，今日逃回。我等不敢隱藏，引來見老大王。他仍要入隊伍，我等不敢擅專。請自尊裁。」項伯召小校近前，問曰：「汝在漢營，曾見張良否？」小校曰：「我就一向伏侍張軍師，時常說老大王名姓，甚是看顧我。只因我父母妻子在彭城，終日思想，以此逃回。」項伯曰：「張良如何時常說我？」小校見項伯問的緊，回顧左右無人，近前，卻將身邊取出書來，密密遞與項伯，曰：「我臨來時，張軍師分付：『將此書呈上老大王。』」項伯接書，拆開觀看。書曰：

舊交故友張良書奉大司馬項老將軍麾下：昔承館穀之恩，後託雲水之遊，自意富貴無心，功名絕念；豈料志有齟齬，不遂所願，羈縻於此，不過苟延歲月，非有他望也。但漢王仁厚長者，終成大業，不忍捨去。以此戀戀左右，如鳥依人，人自愛之，安得兀然高坐，不畫一籌耶！因昨有霸王欲烹太公，實為退漢兵計耳。漢王駐兵於此，實無所歸。漢兵不退，霸王必烹太公。太公被害，不可復生，他日漢王與將軍復藍田之約，成秦晉之好，將軍何相見乎？良因託鴻便，馳書上瀆，倘太公欲烹之時，望一言力阻。得賜救援，太公蒙再造之德，漢王免不孝之名，恩義兼至，仁覆無窮矣。如允所請，乞付回音，以慰漢王惕厲望救之懷。下情無任懇切惓惓之至。

項伯看罷書，便分付小校曰：「汝既與張子房捎書，想是他帳下心腹。」小校曰：「不敢欺老大王，我是張軍師所使，實為下書而來，非逃回也。若大王有回書，我仍捎去回話。」項伯犒賞小校，亦寫數字，密付身邊。著左右心腹，押小校出營。

小校徑來漢營見張良，備說入楚營見項伯，即以軍師分付的事，俱幹停當，徑來回話，就將項伯回書呈上。張良拆書觀看，書曰：

久盼素好⑮，心切遐思⑯。來示教言，敢不如命⑰。但罷兵講和，乃益國家耳。太公久稽於此，某實朝夕維持，料供給不至缺乏。然不剖意息兵，太公豈得還國？某雖救援，不過為一時之計。近左右每勸殺太公，倘一怒不回，恐難永保，願足下籌之。

良看罷書，大喜，重賞小校，仍著軍政司紀姓名，令紀功錄報功，待封賞之時，查名重用。

且說霸王親統大兵復到漢營，列成陣勢，命軍士抬油鑊設於軍前，將太公置於俎上，令軍士傳呼曰：「漢兵早退，免烹太公。如不退，烹太公。」漢王急出陣前，亦大呼曰：「吾與霸王俱北面事懷王，結為兄弟，吾翁即若翁⑱。如若烹而翁，幸分我一杯羹。」言罷，語笑自如，似無哀戚之意。霸王大怒，即欲烹太公。項伯急向霸王前，止之曰：「凡為天下者不顧家。昔大禹，聖人也，有父名鯀，而治水無功，被堯王殺之。大禹仍治水三年，三過家門而不顧。今漢王與陛下爭天下，前太公被拘禁三年，漢王略不相顧者，正是以天下為重耳。若今陛下殺太公，既無益於勝，急之決反，使天下說陛下殺人之父，是為盛德之累也。不若陛下且收兵回營，再為別圖。何必挾殺太公，然後為退兵之計。陛下威武震於天

⑮ 久盼素好：一直盼望著與長期以來相好的朋友見面。
⑯ 心切遐思：心中深切地思念著遠方的朋友。
⑰ 如命：從命。
⑱ 若翁：你的父親。

下，何乃聽此以示怯也。」霸王急令勿烹太公，遂收兵回營。是日，兩家俱未經交兵。

漢王回到營，大哭曰：「太公雖得暫救，一時不能還國。我誠天下罪人也。」後史官有詩曰：

楚漢交兵置鼎烹，太公危急尚分羹。幸逢項伯軍前諫，幾免空桑過死生。

史臣嘗評高帝分羹之說，乃良、平之計。使當時無項伯一言救援，則太公為俎上之肉，漢高雖有天下，而不能示人以孝。由是悖逆之徒，將接踵以為常，而天下不知有父子也。漢之不得為醇王，有由然哉。

漢王召良、平等議救太公還國。良曰：「若要太公還國，必須差人與楚講和。況楚方缺糧勢弱，必從其議。但無此能言之士，往楚為使命耳。」言未畢，有一人上帳曰：「臣願往，與楚講和。」王見其人大喜，就令往楚講和，救太公還國。未知如何，且聽下回分解。

總評　看漢王之於太公也，可謂不孝乎！抑亦可謂至孝乎！

卷七

第七十五回　指鴻溝割地講和

卻說欲願往楚講和者，乃洛陽侯公也。侯公世家洛陽，遭秦亂，不仕。少負豪氣，一日有鄰家兄弟分家私，不相和睦，爭訟數年不決。侯公往與和解，用一篇話，勸兄弟二人各相涕泣，遂義讓不爭。自此，鄉人甚愛敬之。後漢王東征楚，過洛陽，同董公三老杖策見漢王，條陳國政，極切時弊。漢王甚喜，遂留帳下聽用。今見漢王欲差人往楚講和，因此上帳，願為使命。張良、陳平曰：「霸王性暴氣剛，人不可輕犯。賢公欲往說之，倘一言不合，恐致彼怒。太公既不得還國，賢公必遭其害，那時，反辱君命矣。公當三思，不可造次。」侯公曰：「若據先生之言，霸王終不可見，太公決不可還，視某為匏瓜❶，亦無用矣。大王養我輩，將何濟乎？」王曰：「公既敢去，必濟吾事。」遂修書，付侯公。侯公辭王赴楚營，來見霸王。

霸王聞侯公來，知是漢王差來講和，遂命刀斧手列於兩邊。霸王仗劍坐於帳上，瞋目向外虎視。侯

❶ 匏瓜：葫蘆。因葫蘆外不太堅硬，內不可載重，故為無用之物。

公自外從容而入，大笑不止。霸王大怒曰：「汝為漢使，來下說詞，乃敢大笑不止者，欲尋死耶？」侯公笑而言曰：「陛下為萬乘之君，天下之主，威武震乎寰宇，號令布於四方，何人不畏。今見一貧寒之士，貌不及乎中人，才非逮於管、毅，卻乃刀手列於左右，陛下仗劍而坐，示威於外，意欲假此以制敵國。殊不知，陛下雖不示威，而何人不畏懼？若預備威令，臣反致疑，所以大笑也。」霸王遂擲劍於地，喝退刀斧手，便問：「汝來欲何為耶？」侯公曰：「臣此來，欲陛下罷兩國之兵，成楚、漢之好，休養士卒，保國安民，非為無事而見陛下也。見今有漢王書奉大王。」霸王回嗔作喜，接書展開，書曰：

漢王書奉項王麾下：邦聞，天之立君，所以為民也。苟民生未遂，徒以干戈擾攘，使天下日蹈鋒鏑，而不能安其生，何足以為君，何足以為民也？邦與王爭衡數年，經七十餘戰，白骨暴野，積屍如山。有父母之心者，獨能忍乎？今遣侯公與王講和，以鴻溝為界，鴻溝之西屬漢，鴻溝之東屬楚。各定疆宇，罷兵息爭，永保富貴，不失兄弟之情，尚存懷王之約。使百姓安於枕席，吾二人亦得坐享燕樂。而諸將士，亦少為寧息，以安妻子，勿徒為蒼生苦也。王熟思之，以為進止。

霸王看罷書，自思：「一向與漢交戰，兵疲糧盡，久困於此，終難取勝。不若從其言，還兵彭城。日醉玉樓，不亦樂乎？」遂召侯公曰：「本欲與漢王決戰，以定雌雄。今觀來書，似亦有理。」即差人約會，各立封疆。與漢王俱到陣前，將合同文字，各收一角，永為執照。汝且回去，朕於明日，與漢王相見。」

後胡曾有詩曰：

虎倦龍疲百刃秋，兩分天下指鴻溝。項王不覺英雄挫，欲向彭城醉玉樓。

侯公辭霸王，到漢營見漢王，備說前事。王大喜。隨有楚使至，約會照樣寫合同文字各一紙，待兩家相見之時，各傳遞收照。王曰：「明日吾與霸王相見，仍復前日兄弟之好，不必陳設大兵，亦不可身披甲冑，煩使命再同侯公，致意霸王，必須將太公並家眷還國方見講和之意，若太公仍在楚營，恐他日復又變更，似非盟好也。」使命曰：「臣就同侯公再啟奏霸王，料無留太公之理。」王重賞來使，就遣侯公復同到楚營見霸王。

霸王曰：「侯公如何復來？有何話說？」侯公曰：「漢王再三致意陛下，蒙允講和，深感盛德。但陛下明日交遞合同之時，不必身披戎服，不必陳設甲兵。況講和之際，復前日兄弟之好，正要雍容揖遜❷，以禮相接，非復前日龍爭虎戰之秋也。又啟奏陛下，太公、呂后，久質在楚，今既講和，須令還國，使漢王父子親睦，夫妻完聚。此陛下推及仁愛之至，使天下諸侯聞之，皆以陛下不殺人之父，所以廣其孝也，不汙人之妻，所以昭其潔也，拘久而復與，所以明其義也。三者盡，而聲名洋溢乎中國矣。」霸王聞侯公之言，甚喜，乃曰：「明日講和之際，就將太公、呂后還家，汝可傳與漢王知道。」侯公曰：「臣之命實懸於陛下一言之下。臣今回營，就將陛下玉音傳知漢王。漢王必以陛下之言，如綸如綍，金石不易也。倘復更變，臣命休矣。惟望陛下憐之。」霸王曰：「大丈夫一言既許，如壁立萬仞，豈有失信之意。汝可速回，勿多煩聒。」侯公辭霸王，回營。

❷ 雍容揖遜：外表溫文，待人有禮。

鍾離昧、季布諫曰：「陛下雖當與漢講和，且未可將太公還國。漢王反覆無信之人，恐有更變，則陛下無復管束矣。」霸王曰：「久拘太公在楚，使諸侯聞之，皆以我無破漢之策，惟將太公為質，似太怯矣。況一言已出，豈可復回？」項伯曰：「太公在楚，陛下久禁不殺，足見陛下之仁。今若釋放，漢王深感陛下之恩，自無更變之理。」霸王曰：「卿言是也。」

次日，霸王命文武將士，各穿常服，列於兩邊，太公、呂后，俱隨馬後。漢王亦無甲兵，惟文武將士，相隨而行。二王各對面行禮畢，就將手字合同兩相傳遞。霸王曰：「自今與王各分疆界，無相爭奪。朕將解而東歸矣。」就命左右引太公、呂后，交付與漢王收領。漢王見太公、呂后過來，即趨近前，迎接過漢營。仍拜謝霸王曰：「太公在大王麾下，久蒙恩養，深荷至德，所謂『生死而肉骨』❸者也。」二王各辭回營。

霸王收兵東歸，漢王亦欲收兵西行。張良急來諫曰：「大王數年苦戰，諸將士在外日久，從大王游者，俱要指望東歸，以光故土。今大王一旦與楚講和，又復西行，人人皆思父母妻子，必相逃回。大王孤立於此，誰與守天下乎！況今太公、王后俱已還國，兵勢大振，四方從風，其成敗勝負之機實在大王。若今兩分天下，權各有歸，又不知孰為君、孰為臣，使天下諸侯無所專主，禮樂征伐不統於一人，豈是帝王混一之治？臣嘗聞古人云『天無二日，民無二主』。今漢已得天下十有其八矣，不即勦滅，卻使項王解而東歸，倘養成銳氣，兵馬復振，大王獨能安處西土乎？所謂養虎遺患，終成大害。王當熟計，不可失也。」王曰：「鴻溝之約，已有盟誓。今若變更，不足以取信於天下也。」良曰：「拘小信而失大義，

---

❸ 生死而肉骨：使死人復生，枯骨生肉。比喻恩施之深切。

明智者不為也。昔湯、武之得天下，若拘君臣之跡，則桀、紂不當誅，天下終不可得也。王今以盟誓自拘，倘洪基為項王所得，大王徒苦半生，臣雖勞，亦無益矣。」陳平、陸賈、隨何諸謀士皆曰：「子房之言，極為有理。臣等隨大王勞苦，奔走數年者，願大王一統疆宇，為四海之主，使天下諸侯，北面朝王，臣等亦得仰觀混一之治，而為盛世之臣也，豈不美哉！」於是漢王從其言，遂與楚背約，復整兵馬，要與楚決戰。後史官有詩曰：

鴻溝割地罷紛爭，楚漢東西約已成。養虎一言終累德，張良何事太無情？

又嘗評：張良始終為是為韓報讐，不計其他，殊不知天下終是漢所得。若是當時不與楚講和，少遲數月，垓下之敗，楚亦難免。今既講和，會盟已定，豈可變更？須待楚自敗而漢取之，庶不失大義。此張良雖有儒者氣象，而有此謀，終始有戰國縱橫氣習，程子所以不取也。

不說漢王復整兵馬與楚背約。卻說霸王歸到彭城，筵宴群臣，終日與虞姬登樓歡飲。分付諸將，各回宅安息，遂宴然以為無事。周蘭上疏諫曰：

自古聖帝明王，安不忘危，治不忘亂。雖當無事之時，未嘗廢弛武備。況今漢王劉邦新結盟好，心志未定，謀臣詭詐，事多變更。陛下尤當整飭兵馬，訓練甲士，日修文德，閑習武備，精選智謀勇敢之士，賢明練達之才❹，以充將佐之用。臥薪嘗膽，恒如會稽起兵之時，戰驚惕厲，以戒

---

❹ 練達之才：精明幹練的人。

不虞。縱使外侮有變，陛下號令一行，則攻無不勝，戰無不克。威武可以制服乎天下，又何外患之足慮哉！若今苟安於一隅，而略不為備，倘劉邦聽謀臣變更之議，復鼓而東，陛下何以禦之？臣猥有所見，實本愚忠，惟賜采納，臣不勝戰慄恐懼之至。

霸王覽疏，沉吟半晌，召周蘭近前曰：「劉邦既定盟約，豈有更變之理，卿慮似太過。」又召鍾離眛等曰：「周蘭上疏勸朕勿廢武事，意恐漢王有變，汝等可照常訓練三軍，以防漢兵。」鍾離眛領旨，操練人馬。

未及半月，早有滎陽人來，傳說：「漢王屯兵固陵，調取各處兵馬，要與楚決戰，不遵盟約。前日講和之意，止為誘取太公、呂后之計，非是真與楚兩分天下也。」霸王聞知大怒，曰：「劉邦村夫，乃敢欺侮朕躬如此。前日周蘭之言，真有所見。」就召諸將，即欲起兵復與漢決戰。季布諫曰：「不可。傳來之言，未為實的。陛下只可整點三軍，預備出戰，不可先動。若陛下先起人馬，是我先自背約，其屈在我。必待漢王動兵，是漢王違約背楚，其屈在漢。陛下卻聲其罪而伐之，則師出有名，戰無不勝矣。」霸王從其言，遂整點人馬，預備漢兵，不題。

卻說漢王與良、平諸謀士計議：「今欲與楚背約，但前日講和之後，韓信等各處人馬，俱已發回。今復調取，似又反覆輕率，恐諸侯難以準信，為之奈何？」張良曰：「大王且一邊差人下書，與楚背約，一邊差人調取各處人馬。待楚兵將到，那時，各路人馬亦可陸續到來。就說前日與楚講和，實為取太公、呂后之計。今太公、呂后已還國，豈可縱楚坐享東土而不為混一之治❺乎？大王檄文到日，料諸侯決來，卻與楚會兵，只此一陣，可以破楚矣。」漢王從其言，即命陸賈修書，差人往彭城，約楚會兵，以決勝負。未知如何，且聽下回分解。

總評　漢王喜用詐，而子房式成之。看起來，漢王若當鴻門會宴之日，必殺項王矣。

第七十六回　會固陵楚漢交兵

卻說陸賈修書畢，即欲往楚投下。漢王曰：「不可。項王性暴，見我背約，豈肯優容。汝若往，必遭害矣。」賈曰：「憑臣三寸舌，料見項王，一言之間定交他起兵前來，臣亦無事。」良、平曰：「非陸大夫不可遣也。」漢王遂遣陸賈為使。

賈辭漢王。一日到彭城，傳報：「漢使入見霸王。」霸王曰：「陸大夫來，有何講說？」賈曰：「前日漢王智賺太公還國，詐與陛下講和，今復更變仍與陛下固陵會兵。群臣苦諫不聽，遣臣為使。臣思陛下威武重於天下，誰人不知。今得東西為界，於漢足矣。漢王不自知足，又欲變更，與陛下會兵，遣臣為使。臣知陛下天顏咫尺，不敢冒干，不得已而馳書上見。」霸王曰：「朕一向知劉邦背約，不待汝來亦欲與彼會戰。」陸賈即將書呈上，霸王看書。書曰：

❺ 混一之治：治理統一了的國家。

漢王劉邦書上霸王麾下：前太公、呂后在楚，亦承優養。但久羈不令還國，臨陣又置於俎上，蓄恨懷怒，非止一日。欲舉兵極力征討，又恐投鼠傷器。睹前顧後，持此兩難，不得已以講和分界，實乃為太公、呂后歸漢計耳。蓋人子為親，無所不至，雖捐軀，亦所不恤，況用智乎？所謂利以惑愚，詐以諂貪，成吞鉤之謀，濟引獵之計。王乃不悟，遂以為然。今太公呂后俱已還國，無所管轄。大張旗鼓與王會兵固陵，王如不懼，速起兵前來決戰。勿違。

霸王看罷書，大怒。遂將書扯破，大罵曰：「劉邦反覆小人，將太公哄誘還國，卻乃負盟背約，欲與我決戰。想我自會稽起兵，身經三百餘戰，所向無敵，天下諸侯，莫不帖首歸服。今劉邦匹夫暫時得志，便敢欺侮。爾可速回，分付劉邦洗頸伺吾決戰，不殺此匹夫，誓不頒師。」

陸賈拜辭霸王，回固陵見漢王，備說霸王甚怒，定要起兵前來。想目下到固陵，王當預備，速催韓信、英布、彭越前來合兵會戰。王聞賈言，甚憂，召良、平議曰：「戰書雖下，霸王決來，韓信又不見到，為之奈何？」良、平曰：「大王兵馬頗多，且分撥諸將，預備與楚交戰。再差人催攢韓信諸將，作急前來接應，料亦無事。」

數日後有探聽小校飛報，霸王統兵三十萬，出徐州，長驅而來。一路郡縣官吏逃避，人遭兵戈之苦。踏踐田禾，民不安生。後史官歎楚、漢交兵之時，民無定業，終日急急忙忙，再無寧歲。較之太平之民，安居樂業，何等快活。因作詩以詠之。其詩曰：

太平時節醉高歌，風日晴和車馬多。綠柳浮煙笙管沸，明花疑露燕鶯過。

不聞野外將刁斗，祇見樓前列綺羅。回視交兵當楚漢，眼前何日不干戈。

霸王人馬，到固陵三十里，安下營寨。探馬報入漢營。漢王曰：「霸王人馬初到，鋒芒正盛，未可交兵，少待數日，看聲勢如何，那時出戰不遲。」陳平曰：「大王所見甚當，且多栽鹿角，嚴立烽火，差人四面巡哨。」一連十餘日，不與楚交兵。霸王曰：「漢王既差人下戰書，今到固陵，卻又堅壁不出者，何也？」季布、鍾離眛曰：「此必漢王鈍兵❻之計。意欲待陛下兵疲，那時方與交戰。」周蘭曰：「不然。陛下遠來，利在速戰，漢兵駐扎於此，利在觀望。又況韓信人馬未到，故此延遲，以挫楚兵銳氣。陛下明日當鼓譟，與漢交兵。不可任彼遷延。」霸王曰：「周蘭之言是也。」

次日，霸王嚴整隊伍，多張旗幟，金鼓大作，殺奔漢營。漢王急遣王陵、樊噲、灌嬰、盧綰四將出馬，與楚交戰。霸王親臨陣前，要漢王出馬答話。四將曰：「漢王遣我四將立擒大王，置於俎上，以報前日欲烹太公之意。」霸王大怒，舉鎗直取四將。四將各舉兵器交還，戰三十回合。四將抵當不住，退下陣來。不等霸王追趕，漢陣上靳歙、周昌、高起、呂馬童等十餘員齊出，接霸王交戰。楚陣上有鍾離眛、季布、桓楚、虞子期亦各持兵器，協力助攻。兩邊金鼓震天，直殺到日西。楚營中一聲砲響，周蘭率領一枝人馬擁出，沖殺過漢營來。漢陣上諸將，被周蘭人馬沖殺來，四散奔走。霸王精神倍加，盡力追殺漢兵。漢王駐扎不定，急來同眾將向西逃避。楚兵追至固陵城下，漢兵進城，四門緊閉。霸王分付：「今番不可放過，務要攻破固陵，擒拏漢王，以雪此無窮之恨。」諸將曰：「陛下從早攻殺一日，況今

❻ 鈍兵：使對方的銳氣挫傷。

天晚，且暫扎營，屯駐人馬，安歇一夜，明日務要齊心協力攻打。料此孤城，比成皋、滎陽不同，三日決可打開。」霸王曰：「今晚安營，各要醒睡，須防劫寨。」諸將曰：「陛下聖見極明。」眾將安營已定，不題。

卻說漢王進城，與良、平諸將計議：「固陵城小，難以久持。楚兵勢重，一時打開，玉石不辨。爾等有何妙策？」張良、陳平曰：「此城孤小，實難堅守，乘今晚楚營未定，況一日苦戰，三軍疲乏，可差人上城四望，看那門軍少，先著數健將，沖殺開大路，再著數大將斷後，大王當趨成皋，以避其鋒。料楚兵夜晚，決不敢遠追。」漢王曰：「事在危急，不可遲緩。」就傳令著諸將同大小三軍，預備出城。先令小校看那門軍少。小校看畢，回說：「北門軍少，路徑又大，可以殺出。」漢王命樊噲、周勃、柴武、靳歙四將，領精兵開放北門，先沖殺出去。隨後漢王同大小將士接續攻殺。楚營中桓楚巡哨，當此夜黑之時，三軍一日疲乏，又無準備，人馬又不多，如何抵當？及各門知覺，調轉救應，漢兵已沖殺出來。鍾離昧急奏霸王曰：「夜黑之際，恐防埋伏，不可四散追趕。不若且守營寨，任他逃走，待天明之時，再作區處。」霸王傳令：「不可四散追趕。」以此漢兵得以盡力遠遁。

行八十里，天色方明。良、平曰：「三軍雖是辛苦，不可停駐，當極力前奔。」漢王曰：「楚兵隨後復到成皋，仍四面圍困，一時救兵不到，又何以禦之？」張良曰：「大王到成皋，不消三日，楚兵決退。」漢王曰：「先生有何奇策？使楚兵不戰自退。」良曰：「楚兵每戰不能久持者，以糧餉不便，又得彭越常絕楚糧道，以此不得取勝。臣見楚兵圍困固陵，恐久而必破，前日與楚交兵之時，密令張蒼、臧荼領精兵五千，乘亂暗從小路前遶到楚積糧之處，夜晚劫燒積聚，以絕楚糧道。臣料楚兵到成皋，或後邊軍糧不接，決然回兵。大王可急走以防追襲。」於是漢王傳令：「著三軍一晝夜行三百里。數日可到成皋。」

卻說霸王分付諸將，乘漢王敗走，當極力追趕，縱使到成皋，亦攻打可破。諸將得令，統領三軍，追趕漢兵不題。

卻說漢王到成皋，大兵進城二日，楚兵隨後亦到，將成皋圍了，催攢三軍，攻打甚急。正在將破之時，只見季布、鍾離昧急來奏霸王曰：「見今軍中缺食，今早有人飛報柳村所積軍糧，盡被漢兵劫燒盡絕。又聞韓信人馬將到，陛下若不乘此回兵，倘韓信攻其外，漢王攻其內，楚兵又缺軍糧，決難支持。」霸王曰：「朕常憂楚糧不給，今被燒絕，軍中乏食，豈能持久！不若傳令，且回軍，仍著桓楚、虞子期斷後，以防追襲。」當日，大小三軍正憂無糧，聞傳說回軍，即時人馬，如風捲雲退，不消半日，大軍盡數退回。桓楚、虞子期斷後，徐徐照次東行，隊伍亦不錯亂。

漢兵在城上巡哨，見楚兵退回，急來報知漢王。漢王曰：「不出子房之見，楚兵果退回矣。此必張蒼等燒絕糧道以此楚兵退回。此時可命大將追趕。」陳平曰：「不可。楚兵退去，必有強將斷後，倘我兵追襲，恐彼截殺，反中其計。況楚兵非戰敗而回，不過因缺食徐徐退去。三軍亦不驚懼，豈可追趕！」漢王曰：「平言是也。」於是楚兵退去，漢兵亦不追趕。

霸王大兵回到彭城，追問看守軍糧之人，不行用心防守，以致漢兵燒毀。將為首者梟首示眾。自此重整兵馬，預備出敵。

且說漢王駐兵成皋，召良、平計議曰：「韓信、英布、彭越三將，屢召不至，奈何？」張良曰：「韓信雖封為王，而未有分地；彭越累建大功，亦無封爵之賞；英布背楚投漢以來，未加優禮。況三人見利忘義，貪而自矜。苟隆爵殊恩，裂土封賞，使各有郡邑所轄，彼皆爭相用力，自為之戰。王命一臨，即趨而來，孰有不奉命者哉！」漢王曰：「先生之言，洞見三人肺腑。就煩先生持符檄三道，加封韓信為三齊王，臨淄一帶郡邑，皆屬統理。凡一應租稅錢糧等項，悉供齊王支用。正所謂分地定制，各植界限。英布加封淮南王，凡淮南所產之物，悉為英布供給之費。彭越封為大梁王，凡梁地所出皆為彭越收管支用。」檄文已寫就，交付與張良佩而行之。張良辭漢王，逕往三處分封。未知如何，下回便見。

總評　漢王原該檄至韓信兵，然後交戰，不宜如此之驟。

第七十七回　張良會諸侯伐楚

卻說張良領漢王符檄，先到齊國，傳報與韓信。信即請入內相見畢，復邀至便殿，與良分賓主之禮。良曰：「今非昔比。元帥為一國之主，坐鎮七十餘城，豈可分賓主而坐？」韓信笑曰：「信非先生，何以致此？況先生當賓師之位，信當以師禮事之可也，豈敢以王爵相尚哉！」張良遂將漢王符檄與信開讀。信謝恩畢，筵宴款待張良。良曰：「目今霸王勢孤力弱，主上已悔鴻溝之約，與楚交兵，燒絕糧道，項王逃回彭城。命良分地以給元帥，元帥當急早會兵破楚，以定干戈。元帥亦得坐享王封，收萬世之功，立子孫之業，圖畫廟廊，為開國元勳，豈不美哉！若楚漢未定，元帥亦不得自安，雖居齊地，而懸於二王之間，終無定止。想高明必有灼見。」信曰：「前日廣武會兵，楚將破矣。主上乃欲太公還國，遂與楚講和，兩分天下，使信等未有分地，因此鬱鬱不樂。今聞先生之言，實切心肺。指日就起兵，務要滅楚，以成一統之業。使主上坐中國，撫四夷，登大寶而朝諸侯，乃信之素志，非徒為口說也。」張良起謝曰：「元帥若有此心，乃社稷之福也。元帥正當承此時，急早起兵，與漢王約會伐楚。良亦辭元帥，往英布、彭越二處調兵，協助元帥。」信大喜曰：「信目今就起兵前赴成皋。料先生回時，信操練人馬已完備矣。」

張良辭信，到淮南見英布，布接良入內，相見甚喜。良將漢王符檄開讀，加封英布為淮南王，自九江迤南一帶，俱屬英布收管。布向西行君臣之禮，謝恩畢，款待張良。良曰：「將軍裂土為王，人臣之位極矣。但項王未滅，將軍之心終有未安，蓋項王實將軍讐人，讐人尚在此位能保其無虞乎！即今韓元帥大兵已赴成皋，將軍當急領三軍協助，早奏功績，將軍得以同享富貴，真烈丈夫之所為也。」英布大喜，就領命點閘人馬起身，前赴成皋去訖。

張良同從人向大梁來見彭越。一日到大梁，彭越正與客飲酒。聞張良至，急整衣出迎，請入內相見。禮畢，張良將漢王檄文並封梁王詔書付彭越。越接書，命左右設香案開讀，詔曰：

分茅胙土，所以為建國之典；錫予蕃庶，用以報康侯之功。爾魏相國彭越，屢撓楚後，絕其糧道，不避矢石，為漢立功，久在梁地，未有分王。茲封爾為大梁王，凡五十郡城，皆爾統理。尊以王爵，隆以厚祿，子孫世蔭，萬年永懷。爾其益勵初心，勿違所命。

彭越讀罷詔書，叩首謝恩，心下十分歡悅。遂分付設筵宴，款待張良。良曰：「將軍累建大功，主上久未酹報，欲差他人賫詔，恐未的確，特差某親來封拜。就命將軍急早整點本部人馬，前赴成皋會齊，一同韓元帥伐楚，不可遲誤。某亦不敢久住，就欲辭回。」彭越再三苦留，少住數日。

張良因出城信步觀看大梁風景：鎖天之中區，控地之四鄙，岡阜繚繞，龍盤虎伏，渴河限其北，清洛貫其內，提封萬井，都會四達，為九州之咽喉，實中夏之閫域，六街三市，人煙輻輳。張良遊玩不盡，因歎霸王不都咸陽，而都彭城。不守大梁，而守徐州，不取敖倉之粟，而使楚軍乏糧，此天下之所以失也。後人曾有詩詠項王不能擇地建都，所以不知形勢之盛。其詩曰：

西秦梁魏帝王都，沃野千封入書畫。堪歎項王知識淺，只於楚地戀膏腴。

張良住數日，辭彭越，回成皋，不題。

卻說韓信接檄文，傳報各郡縣，即擇日起兵，赴成皋。有蒯徹一向佯狂在外，通不來見韓信。適聞信將起兵赴成皋，遂急趨到府前，令左右通報與韓信，信即召入相見。信曰：「先生久不相見，因前日不聽教言，遂爾見絕。今復來見，必有高論。」徹曰：「某受足下知遇之恩，不忍足下蹈無涯之禍。以此不避愧赧，復來相見，想足下亦不見責。」信曰：「何為無涯之禍？」徹曰：「足下駐兵於此，漢王被楚圍困固陵，累次召取，乃抗拒不行救援。因無法驅使，不得已，遣張良賫檄文加封足下為三齊王，就以分地與之。此乃利以啗之，使足下自為戰也。非為足下有功之甚，而加以不次之賞，實欲足下破楚以圖天下。吾知天下平，豈容足下高拱王位，晏然以享太平之樂乎？必追思足下累次抗挾之讐，又恐足下復起圖王之志，決設計以害足下，除心腹之患，而為子孫無疆之謀也。不若今日乘此二王困敝之時，足下獨占齊境，三分天下，鼎足而立，可以永保無事。若仍前不聽臣言，破楚之後，必遭無涯之禍。足下當熟思之。」信曰：「張良親來召我，已面許起兵破楚。若今不往，一則抗違君命，二則食言賣友，三則受恩負德。縱得齊國，天下諸侯非議，他日何面目以見漢王乎？先生之言，雖為明哲，而信之心實不忍背漢也。」徹曰：「足下不聽臣言，他日被害之時，尚有後悔也。」韓信拂袖而入，遂令人將蒯徹扶出。蒯徹復佯狂如病，行走市上，因而作歌以歎之。歌曰：

隆準遭困兮公罔救，加以厚封兮乃出師。楚若存兮公勢重，羽若亡兮公必夷。李斯東門兮思黃犬，酈生被烹兮念酒卮。臨危思安兮悔已晚，遇難始悟兮意已遲。何如據齊土，登高而視卑，成敗可立見，漁人收兩持。功成一翻手，何乃不自為？捨此萬世業，冒彼湯火危。吾言本金石，奈何不三思。佯狂以自廢，恐為涅所緇。我歌君且聽，不聽吾何之？放蕩南海上，遠害全鬚眉。

蒯徹行歌於市，左右有聞之者，傳報與韓信。信笑曰：「不過前日所常談也，又何聽焉！」遂發號起兵。不日到成皋，朝見漢王，復又謝加封分地之恩。隨安營，操練人馬，仍掛元帥印，不題。

卻說張良辭彭越，起身之時，又再三囑之曰：「將軍可作速起兵，一同韓元帥破楚，不可有誤。」彭越慨然應之。良遂回成皋見漢王，備道前事。王曰：「若非先生此行，三將恐難賓服。」良曰：「非臣之力，乃大王威德所及，彼自順從也。」張良又聞韓信已到十餘日，甚喜。不旬日內，英布、彭越前後亦陸續俱到。朝見謝恩畢，漢王用好言撫恤。著令隨處各安下營寨，總聽韓元帥節制。此時，各處諸侯，亦依期前來約會。自成皐、滎陽一路，相連數百里，皆是漢兵。韓信查點燕王兵十五萬，英布兵五萬，彭越兵五萬，兩魏兵二十萬，蕭何兵十五萬，臧荼兵三萬，韓王兵三萬，洛陽兵五萬，三秦兵六萬，漢王原領大兵二十萬，韓信原統齊兵十五萬，總會兵一百萬有餘。諸名將如英布、彭越、樊噲、周勃、王陵等八百餘員，左右輔弼大臣，並各謀士五十餘員。韓信總攢各路諸侯，並文武將士，及大小三軍，造成文冊一本，啟奏漢王。王見此數目，心下甚喜。遂命蕭何、陳平、夏侯嬰將敖倉之粟並三秦所運糧米，給散與三軍支用。其中有隨營病故陣亡者，給與賞賜棺木埋葬，仍許子孫世蔭受賞。三軍蒙此恩澤，莫不歡欣踴躍。此是漢王美政，綱目大書以與之，見漢之所以興也。後史官有詩曰：

百萬貔貅似虎狼，漢高一念布春陽❼。養生送死存餘澤，國祚綿延帝業長。

漢王整點大兵已畢，召韓信計議曰：「即今人馬俱已齊備，元帥有何方略？」信曰：「人馬雖整，尚未分派諸將部領，各占方向。臣須照諸將項下，該領多少人馬，占定何處方向，作何應敵，一一調遣停當，那時方請主上車駕啟行。」王曰：「還是著人下書，誘項王親來，以逸待勞，可獲全勝。」信曰：「項王累次遠來，糧餽不便，以致取敗。今聞諸侯大兵在此，豈肯親來？不若主上親往，離彭城百里外安營，誘項王提兵前來。臣將操練過人馬，布成陣勢，使項王此來無復再往之理。」王聞信言，大喜。

❼ 春陽：春天之陽光。比喻恩澤。

韓信遂領諸將并大小三軍，聽候征進。未知如何布陣，且聽下回分解。

總評　天心在漢，韓信即背之，終不能自立。此時默有造化，蒯通何不憚煩？真不揣天心，而徒測人事者。

第七十八回　漢王大兵出成皋

卻說漢兵一百萬，雖各諸侯部領❽，皆是韓信約束，隊伍不亂，旗幟嚴整，坐作進退，各有法則。漢王遣張良賫賞賜羊酒犒勞。韓信拜領，張良因便問曰：「元帥人馬調度齊備，目今即可興師，尚不進發，何也？」信曰：「行師須卜吉地，然後可以屯兵。連日差人踏勘陽武一路，前至徐州，未有善地。惟九里山之南有垓下，高崗峻嶺，前有掩伏，後有遮蔽，漢王生旺之地，項王敗亡之所，此處極好屯兵。差人探看，尚未回復。待有的實，方好進發。」良曰：「某夜觀乾象，漢運甚盛。五星倍加明朗，紫微星與列宿更光耀，正應主上當成大業，鴻基綿遠，非近代可比。元帥可早建奇功，以安天下，使百姓解倒懸之苦，某等亦得攀龍附鳳，風雲幸際也。」信曰：「大兵在此，豈可久駐？只待差人回話，便請主上啟行。」張良辭信出營，將信言回復漢王，不題。

❽ 部領：率領。

卻說霸王早有細作報入彭城，說漢王會天下諸侯，總精兵一百萬，自滎陽至成皋，相連八百里，前後屯兵二百處。夜則火光照天，晝則旌旗蔽日，聲勢與往日不同。韓信終日調度操演，陳留、敖倉二處運糧不絕。聞說指日進發，從陽武大路而來，要在徐州駐兵，與陛下對敵。霸王聞差人之言，尋思：「當日范增曾說漢王志不在小，後日必成大事，勸我鴻門殺之，以除大患。不想今日果成此大害。」急召項伯、項莊、鍾離眛、季布、周蘭等計議：「漢王今起大兵與朕對敵，奈楚兵止三十萬，各處人馬俱未到，即欲與戰，恐不能取勝。」眾將曰：「江東乃陛下起兵之處，人心沾化日久，可差人自會稽以南，調取精兵數萬。舒六等處，見今周殷鎮守。一向陛下親征，周殷累次不來協助。可差人問罪，就著彼待罪統領本部人馬，前來約會破漢。如臨近郡縣急行檄文，調取民兵，可得數萬。」霸王曰：「周殷久在舒、六，聞說與英布甚相得。今英布降漢，惟殷獨存，狼子野心，終非籠中物也。不若賺來殺之，以除目前之患。」項伯曰：「陛下之言極當。」於是差千戶李寧，賚檄文一道，取周殷，調吳兵，疾去早回。

李寧一日到舒六，見周殷，即將檄文付殷。殷開讀檄文曰：

周殷久守舒六，兵馬想已精練。目今漢兵與楚會戰，差千戶李寧檄取爾星夜前來會兵，與漢決戰。不可如前徵取不至，以蹈防風後來之咎❾，實取罪戾。非假空言，故檄。

周殷看罷檄文，自思：「霸王勢已孤弱，性又暴橫，我若復去，必遭誅戮。不若因而起兵，獨占舒六，坐觀勝負。待漢王破楚之後，約會英布降漢，不失封侯之貴。」乃調李寧曰：「舒六多盜賊，我今在此

❾ 防風後來之咎：即遲到被殺之罪。大禹在會稽山召集群臣，防風氏後到，禹殺之。

鎮守，一時不可暫離。汝且回去，待平賊之後，方可動身。」李寧曰：「事有緩急，舒六雖有盜賊，不過一時之患。見今楚漢交兵，事在危急。將軍不作速往救，乃以舒六為重耶？」周殷曰：「在汝以彼為重，在我惟知此地為急。霸王不聽亞父之言，輕信反間，多生疑忌，置我於此地，我正借此為養老計耳，豈可暫離？」李寧知周殷心志已變，不敢再言。遂辭殷過江。

一日到會稽，會稽太守吳丹，接檄文開讀畢，知霸王調取吳兵，約會與漢交戰，隨召左右計議，轉行吳下諸侯，調取人馬。旬日內，共起兵八萬，會副將鄭亨管領，同千戶李寧，赴彭城見霸王。具說：「周殷抗拒不行起兵，止到會稽及各郡縣，共會兵八萬，前來復命。」霸王聞說周殷無狀，甚怒。就要起兵先殺周殷，以檄韓信，然後破漢。項伯曰：「周殷乃疥癬之疾，何足為慮？漢王乃心腹大患，陛下當急早發兵征進，豈可自緩？」霸王從伯之言，整點三軍，並臨近人馬，俱已會齊，共大兵五十萬，預備與漢交兵。

卻說韓信差人踏看九里山地勢。其人寫就圖本，呈與韓信觀看。信看畢，甚喜。略請李左車商議曰：「九里山乃天生一戰場，左山陵，右川澤，前有照應，後有隱伏，調兵遣將，最好布置。但不知霸王何以賺到此地？先生必有妙算，請與謀之。」左車曰：「霸王雖欲起兵進發，左右謀臣必有阻之者。彼若深溝高壘，坐守不戰，我兵勢重，費用不貲，豈能久駐！彼卻乘其敝而與之戰，我兵必敗。為今之計，須用一人詐降，投入楚營，假作嚮導，蠱惑其心，利而誘之。而霸王為人易於信讒，輕於左導。起兵一來，必入陷阱。若霸王此來，決不出元帥之計，破楚之功，在此一舉。」韓信大喜曰：「詐降之人，非先生不可。先生原趙臣，素有重望，若肯善為一言，彼必聽信。霸王倘中計而來，吾戰必勝，先生之功不小矣。」左車曰：「某久在帳下，深蒙知遇之德，圖報無由。若賜差遣，依命就行。但元帥今當早發大兵，某到彼，用數句言語，管交霸王投九里山而來，助元帥成破楚之功也。」左車遂辭韓信，帶領原舊趙國數從人，徑往彭城來。先到客店安歇。

次日早起，到大司馬府，見項伯門吏，具說某乃舊趙國廣武君李左車，投見老大王一面。門吏入內，稟復項伯。伯思：「李左車，乃趙謀士，今來相見，有何話說？」遂令左右請相見。左車與伯相見，行禮畢。伯曰：「聞賢公在齊，與韓信為幕客，今何下顧？」左車曰：「趙王不聽臣言，遂命陳餘與信交兵。被韓信背水陣破趙，斬陳餘於泜水。臣無處棲身，一向在韓信帳下為謀士。豈料韓信因漢王封為齊王，妄自尊大，凡有籌畫，皆自決斷。在帳下者，言不聽，計不從，逃去者，十常八九。臣聞楚王見今起兵，與漢交戰。願投麾下，早晚或有何計議。臣雖不才，圖效犬馬，料韓信之謀，不出臣之機括也。」伯曰：「兩國交兵之際，詐謀奇計甚多。恐先生此來，或詐降以探楚之虛實，不敢信也。」左車曰：「大王誤矣。臣不過一謀士，又不能披堅執銳，沖鋒破敵。惟在左右，為大王畫計耳。聽與不聽，在大王。楚之虛實，韓信時常有人探聽，不待臣詐降而後知。大王若疑臣，是臣誤投其主，為不明也。一身飄蕩無依，為不智也。不若死大王之前，以絕其望。」遂拔左右所佩劍，欲自刎。項伯急抱住，負罪曰：「是某當此擾攘之時，先生從漢營而來，安得不疑？先生亦不可深怪。但某語言粗率，似非待賢之禮，幸望恕罪，恕罪。」即請左車入坐，相與款飲，留宿一夜。

次日，引左車朝見霸王，備說左車投降之意。霸王曰：「朕左右正少一謀士，得左車歸降，適合朕心。」隨命左車入見。霸王曰：「朕素聞廣武君之名，當時尚欲趙國取來，為朕畫謀。今日得侍朕前，足有裨益。」左車曰：「臣在趙，趙王不能用臣，臣遂為韓信謀士。韓信又不用，一身無依，四海無家，特來投陛下，如嬰兒望父母也。陛下如留臣，臣竭盡駑駘❿，為陛下效死。陛下若疑臣不用，臣將蹈東海而死，亦不欲為天下棄人也。」霸王曰：「汝既實心歸我，當朝夕奉侍左右，吾將與子有所謀焉。」自此，項王留左車為謀士。又見左車語言出眾，容貌動人，霸王甚喜，遂居然不疑矣。

且說漢王屯兵日久，召韓信商議曰：「大兵屯駐日久，恐糧食不給。此時正好出師，未知元帥以為如何？」信曰：「連日人馬調度齊備，目今就請車駕啟行。」漢王曰：「大兵雖陸續進發，但前驅必須精選兩員大將為先鋒，庶仰體寡人之意，又不可騷擾居民。今預先曉諭前路郡縣，凡有順心投降者，即便安撫存恤，使仍舊在彼管理地方，秋毫勿得干犯，如此，方是良將。不知元帥帳下有此等人否？」信曰：「臣前破趙之時，在彼駐扎人馬，因招集四方敢勇之士。臣得兩員大將，皆有萬夫不當之勇，一向調用，甚得其力，且為人忠直，行事安靜。若命為先鋒，足能與主上建功。」王即召二將相見。二將到帳下，行禮畢。立於王前。王看二將身材凜凜，相貌堂堂，便問：「將軍鄉貫姓名？」二將曰：「臣等自幼不務恒產，惟好弓馬，因秦亂，埋名於泰山登雲嶺。聞韓元帥招納四方壯士，臣願投於帳下。臣一人姓孔，名熙，一人姓陳，名賀。孔熙先祖原蓼縣人，陳賀先祖費縣人。後移居東齊，遂家焉。」王大喜，即封孔熙為蓼侯，封陳賀為費侯，命總領精兵三萬，為前路先鋒。二將叩頭謝恩畢，就領兵先行。隨後，漢王大兵出成皋，相連數百里，人馬接續不斷。端的百姓安堵如故，秋毫不犯，所謂王者之師也。但不知此行與楚交兵，未審勝負如何。

---

❿ 竭盡駑駘：竭盡微薄的力量。駑駘，劣馬。

總評　漢王以安撫百姓為主，便副當時之望。

第七十九回　周蘭諫霸王出師

大漢五年秋八月日，漢王大兵出成皋。韓信為大元帥，統領諸將進發。一路孔熙、陳賀為先鋒，秋毫不犯，所到郡縣，望風歸服，二將著令照舊管理地方。百姓簞食壺漿，以迎王師。大兵不覺早到九里山。相連數百里，各立營寨。孔熙、陳賀就朝見漢王，且說：「仗大王威德，一路不動聲色，郡縣望風歸降。」王賞勞二將，就令左右安兩營，守護大營，命蕭何催攢糧儲以供軍需，又差兩起細作探聽彭城消息，有信急早來報，好作準備。漢王行師如此周悉，可謂「師出以律，好謀而成者也。」後史官有詩以讚之，詩曰：

百萬雄兵入會垓，旌旗東指蕩塵埃。秋毫無犯民安樂，盡備壺漿導引來。

卻說漢王大兵到九里山，先於沛郡屯駐人馬。沛郡城內有一樵樓，甚高大。韓信傳令，樵樓上懸一面大牌，牌上書八句詩，詩曰：

倡義會諸侯，平將無道收。人心咸背楚，天意屬炎劉。

指日亡垓下，臨時喪沛樓。劍光生烈燄，截斬項王頭。

不說漢王屯兵於此。早有彭城細作，打聽漢王屯兵於沛郡，星夜報與霸王。就將此詩抄寫，密密呈遞與霸王。霸王看罷詩，一手扯碎，望西指而大罵曰：「吾不殺此胯夫，誓不頒師。」便要分付三軍，剋日就起兵。季布、周蘭諫曰：「不可。此韓信誘軍之計。恐陛下按兵不行，故設此牌，使人傳報，以激陛下動怒。若一起兵，必中奸計。」霸王曰：「朕縱橫天下，未嘗受一日之辱。今被此胯夫屢次穢言，若按兵不動，使諸侯聞之，豈不恥笑？」急欲傳旨起兵。周蘭復又諫曰：「漢兵勢重，又兼韓信詭計甚多，陛下不可輕敵。以臣愚見，只可深溝高壘，勿與之戰，發檄文調各處人馬，前來救援。今差人過江，借會稽各郡縣糧米，以為軍需。與彼相持日久，彼軍決疲乏，供給不便。那時，陛下以逸待勞，鼓兵而西，一戰可勝，使韓信無以用其謀，張良無以算其策。漢兵四散奔潰，楚兵相襲於後，滎陽、成皋唾手可得也。若陛下不依臣言，空壁而往，寡不可以敵眾。倘戰有不勝，陛下將何以適從乎？」霸王沉吟不決，遂回宮見虞姬。姬曰：「連日聞漢兵將近，陛下何以禦之？」霸王將周蘭之言訴說一遍。姬曰：「周蘭之言極為有理。如陛下從其謀，社稷可保無事。不然，恐難取勝，彭城亦不可守。陛下當思之。」霸王曰：「明日再與群臣計議。」

後史官評之曰：

此霸王無決斷處，所以取敗也。故居上莫患於無斷，無斷則不能以運謀而致勝。

次日霸王會群臣，復議之曰：「周蘭勸朕勿與漢戰，此議何如？」李左車曰：「陛下如不親往，漢兵知楚怯也，決進攻彭城。彭城倘不能守，陛下將何往乎？為今之計，陛下統兵急與之戰。如勝，則漢必走矣。如不勝，歸守彭城，以為根本，調取各處人馬救援，亦可接次而來。又兼漢兵久駐自疲，我兵乘其敝而攻之，漢兵決敗。陛下捨此必勝之策，而欲從群臣守株之計，不亦誤乎！」霸王曰：「左車之言，正合吾意。」遂傳令起兵，急往沛郡進發。方出城，忽大風驟起，將中軍寶旗折為兩段。三軍盡吃一驚。霸王所乘烏騅馬，行至玉樓橋下，大嘶數聲。周蘭、項伯見霸王此行，各相議曰：「大旗被折，龍馬長嘶，此非吉兆，何不扣馬⑪，以止前進。」又著虞子期於後車急奏虞后，勸止進兵。

且說霸王行到十里西關，只見項伯、周蘭等大小文武眾臣，俱在駐節亭，請霸王暫且少憩。眾臣肘膝近前，啟奏曰：「陛下方出城，大旗折倒，龍馬長嘶，此行兵之所忌也。不若旋師，少待數日，再差人打聽漢兵消息，看緩急如何，然後進兵不遲。」霸王曰：「紂以甲子而亡，武王以甲子而興，何驗於彼而不驗於此？大抵風折旗，馬長嘶，亦偶然耳！豈可大兵既出，內外皆知，復又回師，反教百姓猜疑。倘漢之細作知之，使傳聞於彼，決笑朕之怯也。」隨起身，揮動軍馬，方欲前進，左右來報虞娘娘差人上書。霸王笑曰：「御妻差人上甚書？有何話說？」拆書觀看，乃虞后親筆車中所就也。其書曰：

文王聽后妃之諫而成聖；大禹讀塗山之箴而興夏。自古帝王，未有不從諫而成治也。妾本婦人，無遠大見。比聞漢將韓信詭詐百出，須當預為防備。周蘭等之言，字字有意，實為效忠，陛下不

⑪ 扣馬：牽住馬不使前進。

可不聽。況今日之行，大風折旗，烏騅頻嘶，此上天示警。陛下尤當退省，豈可謂尋常之兆而忽之耶？

霸王觀書，方有趦趄之意。忽李左車急趨近前，曰：「適有臣家人過沛郡，親見漢王領一枝兵回成皋，信亦有回兵之意。臣料漢兵人多，軍糧不敷，恐陛下大兵一臨，決難支持。兵法有云『兵多將累』，況無糧乎！陛下若乘此三軍無糧而往征之，不戰自亂，必克勝矣。」霸王聞左車之言，遂決意西向，無復留戀。又見前部人馬，已行五十里之外，難於挽回，長驅前進，再無有敢攔阻者。

不日，早到沛郡，離城五十里安營畢，差人打聽漢王在否？韓信消息如何？去人不多時回奏：「漢王大營在城外六十里棲鳳坡，終日高歌飲酒。各處人馬相連結營，絡繹不絕。韓信大營在九里山之東，操練人馬，亦無回兵之意。城中四門不閉，隨人往來。」霸王聞說，急召李左車，連呼數次，不知所往。左右來報：「昨晚李左車領從人併帶來行裝，徑自逃走，不知去向。」霸王大怒曰：「左車實韓信所使，詐來投降，以覷朕之虛實。」召項伯責之曰：「汝不審左車來歷，誤舉於朕前，以為可用。朕一時不察，信其巧言而聽用。誤吾大事者，皆汝之罪也。」伯曰：「臣聞左車素有虛名，因見投降，遂舉用於王前。誤中奸計，實臣之罪。」霸王怒氣不息。周蘭等勸諫曰：「項司馬這是忠心為國，一時未審奸計，輕於舉用。今既大兵到此，且理論出戰應敵之策，不必追悔前事。」霸王從其言，遂赦免項伯，乃重賞周蘭等。有間，當日回帳，見虞姬備說李左車詐降，誘我到此，悔不聽御妻之言。虞姬曰：「妾言不足惜，惟望陛下奮力出戰，恢復鴻基，獎率諸將，同心協助，早奏凱歌。其他不必較也。」霸王曰：「御妻之言，正合我意。」

次日陞帳，召諸將曰：「爾等從吾數百戰，未嘗敗北。今日漢兵勢重，不可輕敵，須要倍加用心。鍾離眛領兵三萬在左哨駐扎，季布領兵三萬在右哨駐扎，桓楚為前部，虞子期為後應，諸將隨朕出戰。若彼敗，不可遠追；若彼勝，四面救援。務要仔細隄防，各部保守，料一月之間，漢兵糧盡，自然走矣。」諸將拜伏曰：「陛下神算，非臣等所及也。」

後史官有詩言項王深知漢兵無糧，不能久持。不思楚兵無糧，亦不可自立。當時諸臣惟知項王足能算彼，卻乃不急為區處，以為久計，使垓下之敗若軍需不缺，未必遽至於亡也。其詩曰：

既能料敵知成敗，未審吾軍已缺糧。諸將若能周轉運，八千未必盡投降。

不說楚兵安營於沛城之東。卻說韓信調度諸將，各有方向，隨處各有隱伏，兵多而有紀律，將分而有定守，變化不常，隨機運用，十分嚴整，單等楚兵到來。只見小校報入中軍：「李左車回漢營。」韓信急請相見，備說詐降入楚，盡知霸王虛實。信曰：「若非先生此行，項王不來，吾兵豈可久駐，倘各處救兵再到，急難取勝。今幸項王到此，但不知何以使彼深入重地，以中吾計？先生必有方略，願聞金玉，以剖群疑。」李左車曰：「元帥想有妙算，故此下問。臣有一言，不知合否？」韓信遂拱手聽左車言計。未知有何議論，且聽下回分解。

總評　若無左車，則九里山之戰何日？

第八十回　九里山十面埋伏

話說韓信欲引項王深入重地，求計於左車。左車曰：「霸王屢次被元帥誘引，以致取敗。若復行此計，恐霸王識破，決不追趕。明日出陣，當請主上答話。主上以言語激之，向西急走，霸王性暴，決難容忍，定要追趕，如有左右諫止，臣請中途以身當之。彼想前日詐降之恨，豈肯干罷？臣大笑逃走，霸王愈加奮怒，必然前進。如此可引十數里，可入重地。元帥高見，不知以為何如？」信曰：「此論正合吾意。」隨同左車到漢王大寨，見漢王，具說前事。漢王曰：「吾左右須預備大將以當之。」信曰：「即著孔熙、陳賀二將為大王羽翼。王引項王可向西會垓而行，臣彼處，已有布置。」漢王大喜，君臣密密計議停當。

卻說韓信復到中軍，傳下將令，著大小三軍聽候發落。次日，諸將俱到帳下伺候。韓信曰：「主上自出褒中來，與項王五年之間親歷七十餘戰，勞師動眾，萬苦千辛。今項勢孤力弱，勝負之決在此一舉。諸君務要竭力報效，各圖裂地而封，以成萬年之業。進當奮勇，退當固守，麾左則左，麾右則右。聽吾指揮，共協王事。」諸將應聲而諾曰：「敢不如元帥號令！」於是，韓信按周易布陣，乾為天，令大將王陵管之，引副將十六員，大軍四萬五千，旗幟六十四面，在西北方埋伏。坎為水，令大將盧綰當之，引副將十六員，大軍四萬五千，旗幟六十四面，在正北方埋伏。艮為山，令大將曹參管之，照前引軍，在東北方埋伏。震為雷，令大將英布管之，照前引軍，在正東方埋伏。巽為風，令彭越管之，照前引軍，在東南方埋伏。離為火，令周勃管之，照前引軍，在正南方埋伏。坤為地，令張耳管之，照前引軍，在西南方埋伏。兌為澤，令臧荼管之，照前引軍，在正西方埋伏。前列八卦，後設五行，左輔右弼，各有方向。夏侯嬰領兵十萬，隨漢王後，為應接之兵。子房領兵十萬，在左掖為防護使，陳平領兵十萬，在右掖為救應使，孔熙、陳賀領兵二萬，為羽翼。呂馬童、呂況領兵二萬，為日月。靳歙領兵二萬二千，副將十二員，為十二方位。柴武領兵二萬八千，副將二十八員，為二十八宿。大將任敖領軍二萬五千，看守漢王大寨。劉澤領兵三千，在雞鳴山，虛張旗幟，遙為之勢。劉交領兵三千，巡哨後軍。薄昭、孫可懷、高起、張蒼、戚思等，各領軍一千，四邊催督人馬前進。陳豨、陸賈、傅弼、吳芮等，各領軍五千，從小路在彭城左近，待楚兵空壁出城，即乘勢入彭城，拘住霸王宮眷，安撫百姓，勿得擅自搶擄。四門拔楚幟，盡立漢幟。灌嬰佯敗，引霸王入會垓，待霸王敗後，中郎騎將楊喜，五軍都尉楊武，左軍司馬王翼，右軍司馬呂勝，在烏江左右埋伏。

諸將隨韓信擺成陣勢，各有方向，俱已完備。有王陵等近前曰：「元帥一向操練兵馬，布置軍陣，某等俱已明白。但今九里山去沛縣一百八十里，此時楚兵五十萬四面安下營寨。元帥欲令某等去九里山埋伏，不知從何路而去？在何處埋伏？又不知元帥在何處對敵？主上在何處引戰？請問其詳，以決群疑。」信曰：「某未來此處與楚交兵，預先數次差人踏看地方，細訪埋伏處所，然後分調諸君，各守方位。如不知去路，何以取勝？九里山在彭城城北，離城九里遠。霸王被左車詐誘來沛縣，心甚懊悔。今與吾戰，一敗之後，決奔彭城。某因算定此山極好埋伏，不待霸王進城，就令諸君布此陣勢，將項王圍困在內。

四邊皆是漢兵，使項王進無所往，退無所守，決欲過大江，以求救應。某又遣四大將在烏江埋伏，霸王亦難渡江，此處定然擒獲成功。諸君人馬可倒往西行，從固陵北路沿黃河岸邊，從歸德郡遶虞城縣二百里，倒轉入彭城九里山。此山舊名九嶷山，相連有四座山。城東北有雞鳴山，城西有楚王山；城北有聖女山，週迴有二百里。項王到彭城，見城上有漢兵旗幟，決不敢近城，卻從北走。諸君人馬，四合而來，豈能出此重圍？某已算定方向，然後敢誘楚兵至此，使往回勞苦，再無軍需，所以為必勝之道也。」王陵等拜伏在地曰：「元帥神機妙算，古今罕有也。」後史官有詩曰：

運算決策欺孫武，輔漢興劉勝管吳。十面奇功摧楚滅，山河萬里壯皇圖。

韓信發落諸將已畢，只見帳下一人高叫曰：「元帥何視人如土木耶？」信視之，乃舞陽侯樊噲也。信曰：「諸將皆有方向，獨將軍未有調用，非信輕將軍也。但有一大任，欲將軍管領，恐一時誤事，則百萬雄師，如無眼目矣。」噲曰：「元帥有何遣用？某竭力前進，如少誤事，決從元帥以軍法治之，雖死亦不敢怨恨。」信曰：「諸君大軍到九里山，當左者則麾左旗，當右者則麾右旗，當前者則照前而麾之。當後者則照後而麾之。四面八方，轉移布置，全看中軍大旗調度。目今諸事俱備，惟少此一節。欲勞將軍於九里山高岡之上，領精兵三千，執掌大旗，指揮三軍，各投方向。又全仗將軍眼明手疾，隨機應變，遠望霸王所向之處，以為動轉。」噲曰：「白日可望大旗，若晚間何以為號？」信曰：「晚間執一大燈籠，高豎於山頂上。卻看火把不動而各占方向者，為漢兵。若奔走而趨前不定者，為楚兵。揮轉燈籠，自有照應。將軍須當用心，不可有誤。」樊噲得令，同諸將向固陵密密進發。止漢王大兵，並左右前後四起，隨韓信與楚交戰。其餘盡數東行不題。

卻說霸王召季布等計議曰：「昨差人四邊探聽漢兵，委的勢重。汝等分為六起進發，仍著鍾離眛、周蘭隨朕防護，以為救援。朕親領兵二十萬，其餘三十萬，乃六起大將管領，著虞子期守護中軍。」霸王一騎馬，蚤出陣前：「傳與漢王，急早與吾決戰，兩家成敗在此一舉，不可仍前迴避，卻使韓信暗施詭計，非大丈夫之所為也。」於是漢王全裝甲冑，耀武揚威，來到陣前，要與霸王對敵。未知果與對敵否？下回便見。

總評　淮陰如此用兵，不惟項王怕，連漢王也怕。

第八十一回　楚霸王會垓大戰

卻說霸王出陣，只要與漢王決戰。漢王亦全裝甲冑，出到陣前，與項王答話，左右有孔熙、陳賀，簇擁而來。霸王大呼曰：「劉邦！前日固陵之敗，免汝一死，今整兵而來，定與吾決戰。況五年之間，經數十場，不曾一日交兵，亦不知汝武藝如何，今日務要決個勝負。」漢王曰：「用兵決勝，在謀不在勇。吾但與爾鬥智不鬥力。爾到處不過恃血氣之勇，終取橫亡，豈足為強？」霸王大怒，舉鎗望漢王刺來，孔熙、陳賀二將齊出，接著霸王對敵。霸王忿怒，與二將交戰。兩邊大兵，各退五十步，遠看霸王戰二將，與平日倍加奮力。二將戰霸王，各逞雄威，蕩起一縷征塵。殺到五十回合，勝負未決。霸王大叱一聲，如半空中起一個霹靂一般，驚得二將馬倒退數步。陳賀急用手趄回馬時，不防霸王一鎗刺中左脇，翻身落馬。孔熙急欲救應，霸王又一鎗刺來，急低頭閃過時，鎗已掤著盔頂，盔已落地。孔熙散髮逃走回陣，卻得靳歙、柴武二將抵住霸王，以此孔熙不曾被傷。

霸王見二將來救，正欲交戰。只見漢王勒馬立於高坡上，尚自未退。霸王撇了二將，徑奔漢王。早有夏侯嬰急引兵保定，向東北逃走。霸王揮動三軍，鼓譟前進，盡力追趕。未五里遠，兩邊漸漸漢兵圍遶上來。季布急止之曰：「漢王雖前行，人馬不退，聲勢益振，恐是詐計。陛下當收兵暫住，以防攻擾。」霸王從其言，正欲回首，只見李左車在前大叫曰：「臣在楚多蒙陛下眷顧之恩。今陛下已入彀中，不若投降，臣即引見漢王，免遭誅戮。」霸王大怒曰：「前日誤中匹夫之計，正要碎屍萬段，以雪此恨。今又復向我前巧說。」仍又策馬追趕。初時，李左車在前奔走，霸王在後緊趕。行了十餘里，李左車忽然不見，惟見漢兵四面殺來。楚兵不得動，急難收拾，被漢兵生力軍殺得四散奔潰。霸王已知深入重地，又聞砲聲不絕。須臾，韓信大兵四面八方殺來，圍住霸王。有季布、鍾離眛等，緊跟定左右，一同協助沖殺，不得脫身。又見靳歙、柴武、孔熙等，仍復分兵而出。霸王當此潰亂之際，無心戀戰，只得同諸將殺出重圍。後邊韓信大勢人馬風擁進發，如山崩海沸。霸王回看楚兵，不知截在何處，止有數千敗殘人馬相隨，望前奔走。正在忙中，忽見周蘭引本部大兵殺入重圍之中，接應霸王。霸王得周蘭這枝人馬，遂沖殺而出。漢兵紛紛攘攘，兩邊退去。

霸王殺至黃昏時候，方到楚營。虞子期接入中軍大寨，方喘息少定，與虞姬相見，備說漢兵勢重，恐難駐扎，不若今夜半之時，仍回彭城，再整兵馬，另作區畫。虞子期曰：「適間傳聞有漢兵一枝，往彭城搶擄宮眷，未知的否？今陛下欲回彭城，恐為徒行。不若乘大營人馬尚有二萬，並各處逃回者，尚有五萬，合兵一處。今夜起身，前往荊、楚、湖、襄一帶駐扎，重整人馬，養威蓄銳，尚可恢復舊業。不知陛下聖慮何如？」霸王曰：「許多宮眷俱在彭城，傳來之言，未為實的。我欲徑到彭城，取了宮眷，前往山東魯郡駐兵，相去不遠，庶好接濟軍需。」眾將曰：「陛下所見甚當。」隨暗傳令，著大小三軍快造飯，束裝回彭城。三軍造飯，飯畢，已過夜半矣。大兵望東一條大路回彭城。一日到蕭縣，離彭城五十里。早有漢兵陸續南路進發，遙望東山一帶，影影旗幟，布列無數人馬，在彼往來。霸王大驚，問左右曰：「此處亦何漢兵之多？想天下諸侯，俱會合在此，為之奈何？」鍾離昧曰：「前有漢兵之阻，後有韓信追襲甚急，各處諸侯，又屯兵在此，想彭城已為漢得矣。不若陛下同臣等領八千子弟，徑投江東，以圖再舉。不可戀戀於此，恐難脫身。古人云：『兵多將累，費用不敷。繫念勞心，決遭困憊。』陛下若不急從臣言，悔無及矣。」周蘭曰：「鍾離昧之言極為有理，陛下亦當俯就。」霸王性燥，大言曰：「朕自起兵以來，所到撲滅。今雖兵多，料漢諸將中，再無朕敵手。何乃棄兵逃遁，使諸侯聞之，不亦恥笑乎？汝等隨吾軍後，看我力戰漢將。若鋒芒少挫，即自殺以示其弱。」諸將見霸王性起，再無人敢諫，遂調動人馬前進。

將近彭城，早有小校來報：「彭城四門盡列漢赤幟，彭城已為漢得矣，四面俱是漢兵攔阻。」霸王遂下馬，重整戎裝，大叱一聲，向雞鳴山殺到九里山。只見山頂上一聲砲響，大旗麾動，四面八方，圍合上來。西北王陵，正北盧綰，東北曹參，正東英布，東南彭越，正南周勃，西南張耳，正西臧荼，各舉兵器，敵住霸王。霸王舉鎗敵住眾將，金鼓大作，殺氣沖天。霸王左沖右突，一上一下，一往一來，如龍騰於大海，虎躍於前崖，抖擻精神，力敵眾將。眾將退後，復有薄昭、孫可懷、高起、張蒼、戚思五將截住廝殺。霸王略無懼怯，戰二十回合，鎗刺傷孫可懷，馬沖倒戚思。正趕殺諸將，復有陳豨、傅寬、柴武、吳芮，自聖女山東谷口殺出，攔住霸王，各舉兵交戰。未及十合，諸將敗走。一日之間，霸王敵漢名將六十餘員，馬未倒退，鎗未點地。回視楚將曰：「我今與漢交兵，果力弱耶？」諸將曰：「陛下乃天神也！古今威武，再無可比。日將晡矣，陛下可暫安營於此，請娘娘少歇。」

於是，隨命虞子期請娘娘，到帳中相見。霸王曰：「御妻今日被漢兵圍困，一路甚是驚恐。」虞姬曰：「妾仗陛下天威，又得諸將防護，心有倚賴，忘其恐懼。又聞陛下一日戰漢將六十餘員，恐聖體勞倦，亦當安息。」霸王曰：「昔救趙之時，九戰章邯，數日未得飽食，尚獲全勝。今一日之間，何足為勞？」左右聞之，莫不駭然。周蘭等復近前奏曰：「陛下今日雖勝諸將，但漢兵勢重，四面圍困甚急。今晚須防攻劫，各營更要仔細守把。」霸王曰：「此言正合吾意。」隨傳令著大小三軍，今夜省睡，仍令八千子弟，俱在軍中左右防護。遂命行廚置酒，與虞姬夜飲。

不題霸王在此防守。卻說韓信見漢將敵霸王不過，急召李左車計議曰：「明日不必與霸王對敵，只將九里山大兵四面圍困，隨處多設戰車，遍插旗幟。相持一日，楚軍糧盡，人馬駐扎不定，自然內亂，四散逃走。霸王欲出不能，欲守無糧，正所謂內無糧草，外無救軍，安得不敗？若與對敵，霸王英勇，萬夫難當，徒自摧折，豈為良策？」左車曰：「霸王雖是英勇，所使者諸將與八千子弟耳。縱使三軍雖逃，而諸將與八千子弟相從日久，決不肯遽散。如有妙計，必得諸將解體，八千子弟離散。霸王雖有蓋世英雄，一人之力，亦難獨守。若今日諸將不去，八千子弟不散，雖是無糧，事急奮力，齊心沖殺，我軍不能抵當。霸王得出重圍，急過江東，再整兵馬，元帥又須一二年，方得平定。不若此時極力攻取，一戰勝楚，大事定矣。」信曰：「先生之言，誠為有理。但無人解散楚軍，以施此妙計。須差人請子房來，看他如何。況子房機變最多，與之商議，定有奇策。」隨著陸賈入左哨，請張軍師來，有話計議。陸賈去不多時，只見子房策馬而來，遂與韓信、李左車相見。信曰：「連日見霸王英勇，諸將不能敵，又見楚將季布、鍾離昧等齊心協助，又有八千子弟相守不去，恐一時復出重圍，投向江東，急難取勝。夜深請先生求教，幸望不吝珠璣，願賜一言，以開茅塞。」張良曰：「此亦無難，只是使楚將解體，八千子弟分散，一人孤立，豈能持久！十日之間，項羽可擒，天下自定矣。」信曰：「韓某亦如此說，但無人施此妙計，敢請先生求教。想先生必有奇策，幸望明示。」張良遂起身，向韓信、李左車前密密道了數句言語，使諸將心志懈怠，八千子弟自然離散。但不知其言還是如何？

總評　運籌決勝，楚不如漢。

第八十二回　張子房悲歌散楚

卻說韓信求計於張良，張良移席近前，密與韓信、李左車曰：「某少游下邳，曾遇一異人，善能吹簫，音調悠揚，呂律哀切，因與會飲終日，向異人學簫。傳受一月，不覺亦能吹此簫。異人嘗說：簫乃古樂，其原本自黃帝。截竹為筒，長尺有五寸，按五行十二干支，八音克協，以和天地，乃中呂之氣。後大舜作簫，其形參差，以象鳳翼。古之善吹簫者，有秦女弄玉，僊人簫史，皆有重名。此簫一吹，使鳳凰來儀，又能致孔雀、白鶴舞於階下。故簫音足能感慨人心，以動歸鄉之志。故曰：『樂人聞之則樂，憂人聞之則憂。』今當深秋之時，草木零落，金風初動。遠鄉之人，情思最是悲切。某夜靜更闌之際，投雞鳴山一帶，吹動此簫，悠悠餘韻，耿耿悲聲，使字字為之斷腸，句句為之解體，管交一吹之後，八千子弟不勞元帥張弓隻矢，自然離散。」韓信即拜伏在地曰：「先生有此妙藝，雖秦女、簫史不能及也。」良即答禮，相約已定。

次日，遂按兵不與楚交戰，四邊多設戰車，增添甲士，嚴加巡哨。仍令蕭相國催攢軍糧，各路諸侯分頭運糧，以接濟軍儲。分付樊噲山頂上鳴鑼擊鼓，以擾亂軍心。仍令灌嬰時常在楚營左右埋伏，待霸王或出營沖陣，即令攔阻。催報各營，一齊奮力攻戰。

卻說霸王一連三日亦未出陣，有季布、項伯等入營，來見霸王曰：「即日三軍無糧，戰馬無草，軍士暗地埋怨，倘有詐變之人，蠱惑其心，必然生亂。事已到此，十分緊急。不若陛下領八千子弟，臣等領各營人馬，同心合力，殺出重圍，投荊襄或江東，隨陛下所往。」霸王曰：「軍已無糧，實難支持。不若殺出最是，但恐漢兵勢重，不能出耳。」季布曰：「臣覩八千子弟，一向隨陛下沖鋒破敵，最能當先。所到之處，無不取勝。漢兵一見，莫不風靡。陛下可領子弟兵沖殺頭陣，臣等各領本部人馬，保娘娘斷後。若頭陣陛下打開，後陣自然以次而退。臣等可出重圍矣。」霸王曰：「爾言甚當。」隨傳令：

「著三軍明日隨我沖殺漢兵，以出重圍。俱要奮力當先，勿得退後。」

軍士得令，暗地商議：「我等從軍日久，衣襖破綻，未得縫補。當此深秋之時，天漸寒冷，連日缺糧，救死不能，如何沖殺漢兵？」眾人捱到黃昏之後，將近一更之初，偶聞秋風颯颯，木落有聲。客思無聊，已動鄉關之念。況四野干戈，絕糧遭困，難當愁苦之懷。只見眾軍三個成群，五個一起，正在納悶之際。忽聽高山之上，順風吹下數聲簫韻。一曲悲歌，清和哀切，如怨如訴，透入愁懷，感動離情。淚下千行，百計難解。一聲高，一聲下，一聲長，一聲短，五音不亂，六律和鳴⑫，如露滴蒼梧，如鶴唳九皋，如風送玎瑽，如漏點銅壺。愈傷而愈感，愈聞而愈悲，雖鐵石之肝腸，亦為之摧裂；雖冰霜之節操，亦為之改移。離散英雄之心，消磨壯烈之氣。其歌曰：

九月深秋兮，四野飛霜。天高水涸兮，寒雁悲愴。最苦戍邊⑬兮，日夜徬徨。披堅執銳兮，骨立沙岡。離家十年兮，父母生別。妻子何堪兮，獨宿孤房。雖有腴田兮，孰與之守？鄰家酒熟兮，誰與之嘗？白髮倚門兮，望穿秋水。稚子懷念兮，淚斷肝腸。胡馬嘶風兮，尚知戀土。人生客久兮，寧忘故鄉？一旦交兵兮，蹈刃而死。骨肉為泥兮，衰草濠梁。魂魄悠悠兮，罔知所倚。壯志寥寥兮，付之荒唐。當此永夜兮，追思退省。急早散楚兮，免死殊方。我歌豈誕兮，天遣告汝。

---

⑫五音不亂二句：五音指宮、商、角、徵、羽，也叫五聲。律，定音器。相傳黃帝時伶倫截竹為管，以管的長短，分別聲音的高低清濁。樂器的音調，都以它為準則。樂律有十二，陰陽各六，陽為律，陰為呂。六律即黃鍾、太蔟、姑洗、蕤賓、夷則、無射。

⑬戍邊：把守邊疆。

汝其知命兮，勿謂渺茫。漢王有德兮，降軍不殺。哀告歸情兮，放汝翱翔。勿守空營兮，糧道已絕。指日擒羽兮，玉石俱傷。楚之聲兮散楚卒，我能吹兮協六律。我非胥兮品丹陽，我非鄒兮歌燕室。仙音徹兮通九天，秋風起兮楚亡日。楚既亡兮汝焉歸，時不待兮如電疾。歌兮歌兮三百字，字字句句有深意。勸汝莫作等閑看，入耳關心熟當記。

張良自雞鳴山吹至九里山，沿山吹數十遍。又令漢卒學此楚聲，隨處歌之。況當夜靜更闌之時，音韻淒涼，最能悲感。吹得楚營中人人涕泣，個個心酸。初聞時尚自流淚，情切而已。既聽之後，越思越想，遂發悲煩惱。各人便道：「此必是天遣神仙下降，救我等性命，故使吹此洞簫，欲我等逃命。我等若忍飢受寒，守此空營，倘漢兵一沖殺來，連日饑餓，如何抵當？俱是死數。父母妻子，不得見面。卻不是逆上天之意？不若乘此月明之際，早早逃走。倘漢兵捉住，就見漢王，備說連日楚營無糧，饑餓難忍。又見漢兵勢重，恐難逃生，情願各散回鄉，以見父母。哀告大王，乞賜放生。料漢王仁德，必不害我等性命。豈不強似橫死刀劍之下？」眾人商議已定，各束行李，不由諸將號令，一鬨都走，四散奔潰。不一時，八千子弟，各營軍士，十散八九。

諸將欲奏霸王，此時方三更時候，霸王與虞姬寢熟不敢啟請。諸將計議：「三軍已散，止我等十餘人，倘漢兵探看楚營空虛，四邊攻殺進來，霸王被擒，我等性命，亦難自保。不若雜在眾人逃走之中，夜晚不辨彼此，得出重圍，再與霸王報讐，還有生路。若同霸王一時受死，生既無益於國家，死亦與草木同朽矣。豈非愚之甚耶？」鍾離昧曰：「諸君之言甚當。」眾將遂棄馬，各束行裝，亦同眾軍士逃走。

惟項伯自思：「我昔日鴻雁川曾救張良一死，又與漢王結為婚姻，何不往投張良，求見漢王？仍結二姓之好，封拜為侯。不失楚家之後，庶宗祀不絕，豈不美乎？」遂仗劍尋問張良營寨，不題。

有周蘭、桓楚二將曰：「我等受霸王知遇之恩，雖死不可捨去。彼眾人皆是貪生懼死，假為巧說，豬狗禽獸不如也，豈足掛齒！我等糾聚楚卒，見有八百餘人，守定中軍，急請主上醒來，捨死沖殺出去，以圖再舉。若天不祚楚，或霸王遇難，我等一同赴死。生則君臣相聚一處，死則魂魄亦不相離，乃大丈夫之所為也。」二人獨立帳外，獎率八百楚卒，守住寨門。

卻說楚兵並諸將當此百萬漢兵圍遶，如何逃走？因是韓信於張良方吹簫之時，即分付灌嬰傳令，說與各營，待楚卒四散之時，任從逃走，不可攔阻。以此諸將雜於亂軍中，亦得逃走，遂出重圍。有周蘭、桓楚正欲飛報霸王，霸王已醒。披衣而出，觀望四壁，乃大驚曰：「漢皆已得楚乎？是何楚人之少也？」周蘭、桓楚急到帳下，悲泣曰：「楚兵被韓信用計，遍山吹洞簫數闋，吹散楚兵，諸將亦皆亡去。惟臣二人，糾聚楚卒，止八百餘人，聽候陛下。陛下正當乘此潰亂之時，同臣等急沖殺出去。尚可脫此重圍。不然，漢兵知楚營空虛，協力攻擊，兵微將寡，何以禦之？」霸王聞說，淚下數行。遂入帳中，來別虞姬。當此之時，雖鐵石心腸，寧能不動耶？未知如何？

總評　漢家猛將如雲，謀臣如雨，而項王屯寨於其中，尚爾酣睡乎？

第八十三回　霸王帳下別虞姬

卻說霸王見楚兵皆散，將士惟有周蘭、桓楚二人，勢孤力弱，不覺淚下數行。回到帳中，長歎曰：「天其亡我乎？」左右亦皆泣下，莫敢仰視。虞姬急起而問曰：「陛下何乃悲泣如此？」霸王曰：「楚兵將士，俱已散去。見今漢兵攻擾甚急，我欲辭爾沖殺出去。展轉反側，不忍遽捨。我思與爾相守數年以來，朝夕未嘗暫離。雖千軍萬馬之中，亦同爾相隨而行。今一旦欲與爾長別，戀戀之懷傷感於中，不覺淚下。」虞姬聽罷，相向失聲，哽咽半晌，遂告霸王曰：「妾蒙陛下眷愛，鏤心刻骨不能忘。今不幸遭此亂離，陛下欲捨妾長往，妾如刀割肝腸，豈容遽捨？」遂扯住霸王袍袖，淚珠滿面，柔聲嬌語，相偎相倚，甚難割捨。霸王遂命左右置酒，帳中與姬飲數杯。乃作歌曰：

力拔山兮氣蓋世，時不利兮騅不逝。騅不逝兮可奈何？虞兮虞兮奈若何？

霸王歌罷，復與姬飲數杯，又歌數闋。虞姬因而和之曰：

漢兵已略地，四面楚歌聲。大王意氣盡，賤妾何聊生？⓮

⓮ 漢兵已略地四句：據史記釋義，此詩為虞姬所作。

霸王與姬相和會飲，已五鼓矣。周蘭、桓楚帳外促之曰：「天將明矣，陛下可急急起行。」霸王復又泣而別姬曰：「吾將行矣，爾當保重！」姬曰：「大王已出重圍，置妾於何地？」霸王曰：「據爾姿色，劉邦見之，決留用，料不至殺傷也，爾何患其無地耶？」姬曰：「妾願隨大王之後，雜於眾軍中，可出則出，不可出則死於大王馬前，陰魂隨大王過江，葬於故土，妾之心也。」霸王曰：「萬軍之中，戈戟在前，甲士圍遶，驍勇者尚不敢進。況爾從來嬌媚，又不能馳騎，徒喪花容，半世青春誠為可惜。」姬曰：「願借大王寶劍，妾假裝男子，緊隨大王之後，務要出去。」霸王遂拔寶劍，遞與姬。姬接劍在手，泣而告曰：「妾受大王厚恩，無以報大王，願一死，以絕他念。」遂一劍自刎而死。霸王掩面，痛哭失聲，幾乎墜馬。周蘭勸曰：「陛下當以天下為重，何自傷如此？」後史官有詩曰：

妾本江南女，隨君已數年。蛾眉雙宛轉，雲鬢兩嬋娟。
玉貌傾城色，花容西楚憐。今朝垓下死，刎首落君前。

又詩曰：

薄女曾為西魏婦，國亡遽爾事劉君。虞姬千載昭青史，烈烈霜姿獨出群。

且說霸王領八百楚兵，沖殺頭陣。灌嬰即領本部人馬攔阻。霸王躍馬橫鎗，直取灌嬰。戰十餘合，灌嬰敗走。霸王不敢追趕，只徑透重圍，奮力沖殺。漢兵不能抵當，灌嬰急報入中軍。漢王同韓信統大兵，分頭追襲。樊噲在山頂上，麾動大旗，招八路漢兵，四面圍遶。有曹參正遇周蘭、桓楚斷後，急率副將劉賈、王燧、周從、李封截住去路。周蘭、桓楚回看楚兵，止有二十餘騎，勢已孤立。欲沖敵，眾將力不能支。又恐被漢兵所獲，仰天長歎曰：「臣力至此，不能支也。」遂引刀自殺。隨從二十餘人皆被害。後史臣有詩曰：

九里山前楚困時，雄兵數萬勢將危。八千兵散空歌楚，雙刃臨鋒敢自持。
一念孤忠昭日月，片言大議振熊羆。項王多少隨軍者，誰似桓周死不移。

不說周蘭、桓楚自殺，卻說漢王大兵分頭追趕霸王。霸王殺透重圍，急奔淮河。到河邊，有一小舟泊近河岸。霸王命軍士撐駕渡河，復將北岸軍馬陸續渡河，計點止有百餘騎。又走數里，遂至陰陵，迷失故道。霸王四望，俱是小溪夾路，又見四面塵土大起，金鼓振天。忽見一田父在道傍，霸王問曰：「從何處可往江東去？」田父見霸王甲冑異常，自思：「此必霸王也。都彭城數年，無德以及百姓，專行殺戮，民受其害。今被漢兵追急，迷失故道，欲往江東去，不可指說正路。」田父沉吟未答，霸王復又問曰：「田父勿得恐懼，我是霸王。因漢兵追趕在後，欲渡江往江東去，但不知從何路可往？」田父因欺其不知而紿之曰：「當從左路而往。」霸王遂向左走。行未一里，陷於大澤中，幾不能出。幸賴烏錐乃龍駒，一躍而起，遂出澤中。纔然前進，忽見楊喜一枝人馬先到。霸王知是楊喜，乃言曰：「吾今人困馬乏，又陷大澤中，方纔得出，力不能與敵。爾當時曾隨我數年，不若與吾同過江東，再整兵馬，封汝為萬戶侯，共享富貴，何必追我至此？」楊喜曰：「大王不納忠諫，不惜賢士，大肆無道，遂至於此。縱使過江，終不足以成大事。臣今事漢，真得其主矣。奉命追兵至此。念大王故舊，不敢無狀。幸即投降，同見漢王，不失封王之貴。」霸王大怒，舉鎗直取楊喜，楊喜來戰霸王。二馬相交，兵器并舉，戰到二十回合，霸王按下鎗，舉鞭望楊喜打來，楊喜急閃時，左臂上已著一鞭，打落下馬。霸王方欲舉鎗復往下刺，早有楊武、王翼、呂勝、呂馬童一齊俱到，扶楊喜上馬，退回後陣。眾將來敵霸王，霸王復與眾將交戰。後邊英布、彭越、王陵、周勃，分頭圍遶上來，霸王不敢戀戰，撥轉馬，向城東而走。回看相隨者，止二十八騎。自度不能得脫重圍，又覺身體困乏，天漸昏黑，路小山多，樹木叢雜，左右曰：「大王連日驅馳，未得飽食。臣等隨大王萬死一生，亦未得食，馬俱未沾水草。乘此樹木叢雜之中，漢兵圍遶在外，且因路狹樹多，彼未敢遽進，大王可到前村，尋一民間，暫歇半時，捱到天明，方好行走。況如此昏黑，倘急奔前進，或誤入溪澤中，人馬疲乏之甚，決難逃生。」霸王從其言，遂徐徐尋路。遙望林木間微露燈光，知是人家。霸王與眾人及到大林邊，不見燈光，止有一古院。眾人便道：「院中亦可暫歇，請大王下馬。」霸王到大門邊，忽聽潺潺水聲，勒馬看時，乃一溪清水，遂策馬近前飲水。又令一小卒將所持寶刀，在溪邊大石上磨錫，以備來日沖陣。小卒力弱不能舉，霸王下馬，自將寶刀石上往來磨錫。力大，將石推在一邊，石下泉水湧出，遂成古泉。此處乃興教院，離烏江七十五里，大林顛石之間，至今有項王飲馬泉、卓刀⓯泉，古跡尚在。

霸王同眾人進院，兩廊尋問人，俱不見。尋到退居，見數老人圍爐而坐。小卒便問：「院中如何不見眾人？」老人曰：「看院者，原有二十人，近聞楚漢交兵，遂皆逃去。我等是近村人家，各人恐院中遺失家事，遂倩我等年老無用者，在此看守。但不知汝等是何人？夜晚至此，有何事幹？」小卒曰：「如

⓯ 卓刀：立刀。卓，豎立。

今有西楚霸王，被漢兵追趕到此。夜晚不能前進，欲投院中暫歇一宵，明日早行。汝等有飯可進與王用？」眾老人聽說是霸王，急起身出到門外，拜伏在地，請霸王進屋內設座。眾老人近前又拜曰：「山野村民，不知禮體⑯，乞大王恕罪。」霸王曰：「汝眾老人在此，有米糧否？可做飯與眾人用。待過江時，用汝一石，當以百石補之。」內有一老人素讀書，近前曰：「大王建都彭城，此處皆楚地，正是大王所管之處。費用些須糧米，豈敢望補。」霸王聞說，大喜。眾老人遂湊米一石有餘，付與眾軍士，擔水生火做飯，拔野菜煮熟，先進飯與霸王用。然後，眾軍士分用畢，霸王遂寢。將至夜半，忽見天邊一輪紅日，浮於江面，見漢王乘五色彩雲，翱翔而來，將紅日抱於懷中，駕雲而起。但見相連雲腳之後，有萬縷祥光，接續不斷。霸王見漢王抱日而起，急撩衣涉水而上，來奪紅日。被漢王雲中一腳，迎面踢來，將霸王踢落江中，徑抱紅日，向西而去。霸王忽然驚覺，卻是一夢。霸王歎曰：「天命有在，不可強也！」纔言未了，只見小卒急報：「漢兵又殺到林前，請大王可急起前進。」霸王緊束衣甲，扣鞴鞍馬，殺出林來。不知脫身如何？

總評　看此一回，而兒女情、英雄氣兩兩可憐，令人淚下數斗。

⑯ 禮體：禮貌。

第八十四回　楚霸王烏江自刎

卻說霸王聞漢兵又殺到林外，緊束衣甲，扣鞴鞍馬，殺出林來。天已平明，漢兵分在兩邊，一將舉兵器迎來，乃灌嬰也。霸王方與嬰交戰，隨後楊武、呂勝、柴武、靳歙相繼而來。霸王不敢戀戰，奮怒向前沖殺，三軍不能當。諸將隨後追襲。行五十里，前至烏江。霸王勒馬四望，只見漢兵重重疊疊，圍遶上來。又思今夜夢警，知天命有在，不可逃。乃謂其騎曰：「吾自起兵至今，凡八歲矣。身經大兵七十餘戰，所當者破，所擊者服，未嘗敗北，遂霸有天下。今卒困於此，此天之亡我，非戰之罪也！今日固決一死戰，必能三勝之。先與爾等沖殺重圍，斬將刈旗，知天亡我，非戰之罪也。」乃分二十八騎為四隊，與漢兵相向。漢兵鼓譟大進，復圍繞數重。霸王又謂其騎曰：「吾為爾先殺彼一將，令爾四面馳騎，期約至東山之下，為三處，不可違也。」諸軍曰：「願從大王之命。」於是，霸王大呼，疾馳而下，漢兵皆披靡，遂斬漢一大將。是時，楊喜前日被鞭打，未重傷，已得平復，懷恨於心，一馬躍出，攔住霸王。霸王瞋目大叱之，楊喜人馬俱驚，辟退走數里。霸王遂與其騎，約會東山下，分為三處，霸王雜於其中。漢兵不知所在，又分兵三起圍遶之。霸王舉鎗往來馳驟於三處，以身為羽翼，復斬漢將李佑、都尉王恒，殺漢兵數百人。及查楚卒，止亡其二騎。呂勝、楊武望見霸王殺漢兵，忿怒曰：「項羽至此猶殺吾漢兵，何乃如此之勇耶？」二將遂舉兵器，沖殺而來，與霸王交戰。未及十合，二將敗走。一日之間，凡經九戰⑰，殺漢大將九人，殺兵一千餘人。乃謂其騎曰：「吾之與漢戰，果何如？」眾騎皆伏曰：「大王真天神！皆如其言也。」後史官有詩曰：

自古爭雄者，無如楚霸王。會垓三百里，江上一舟航。
當此身遭困，能令漢將亡。至死心猶壯，於今劍有光。

霸王一日九戰，遂沖出重圍，到大江北岸，地名烏江。霸王欲渡江，烏江亭長艤船近岸相待，乃謂霸王曰：「江東雖小，地方千里，大王素有重名，可聚得數十萬人，亦足王也。願大王急渡無失。況今臣獨有此舡在此，若漢兵至，臣駕舡抵中流，彼決不能過，任王行也。」王歎曰：「天之亡我，我何渡焉？且籍江東子弟八千人渡江而西，今無一人還。縱使江東父老憐而王我，我何面目見之？縱彼不言，籍獨不愧於心乎？」亭長亟為之言曰：「勝敗乃兵家之常，昔漢王睢水與大王交兵，被大王一陣殺漢兵三十餘萬，睢水為之不流。此時漢王獨身逃難，落於井中，幾不能免，遂忍而至此。大王今日之敗，猶夫漢也。何必區區以八千子弟而言，是何所見之小耶？故曰『圖大者不矜細行』，王可急渡，漢兵將至矣！」霸王曰：「汝言雖善，吾心獨甚愧。若漢兵至，惟付之一死耳！」亭長歎惜不已，後唐人杜牧之有詩曰：

勝敗兵家不可期，包羞忍恥是男兒。江東子弟多豪俊，捲土重來未可知。

---

⑰ 九戰：在距滁州九十五里的江畔，有一山名九里山，或云九頭山。傳說項羽敗走，與漢兵交戰，斬將刈旗，一日之間，經歷九戰，故有其名。

霸王見亭長艤舡相待，久而不去，知其為長者，乃謂曰：「吾知公為長者，吾有此馬，騎坐數年以來，所向無敵，嘗一日行千里。今恐為漢兵所得，又不忍殺之。公可牽去渡江，見此馬，即如見我也。此亦不相忘之意。」遂命小卒牽馬渡江，那馬咆哮跳躍，回顧霸王，戀戀不欲上舡。霸王見馬留連不捨，遂涕泣不能言。眾軍士攬轡牽馬上船，亭長方欲撐舡渡江。那馬長嘶數聲，望大江波心一躍，不知所往。眾人大驚，亭長亦痴呆半晌，面如土色，遂放舟而去。後史官有詩，單讚戀主如此，真良馬也。其詩曰：

馬能戀主真龍骨，回首依依更可憐。多少楚臣貪厚祿，甘心誰肯念當年。

霸王見馬投江而死，歎惜不已。復與眾軍士俱步行，持短兵與漢接戰，又殺漢兵數百人，霸王身被十餘鎗。忽於眾漢將中，見大將呂馬童，曰：「爾非吾故人乎？」馬童近前側視，不敢正面，恐被短兵所傷。乃言曰：「臣實大王故人，不知大王有何相囑？」王曰：「吾聞漢購我頭千金，賞萬戶侯，吾與爾舊有恩德。」遂拔劍刎而死。隨楊喜、楊武、王翳、呂勝等俱到，各以項首獻功。項王以始皇十五年己巳生，乃於大漢五年十二月烏江自刎而死，年三十一歲。後唐、宋諸賢有詩曰：

爭帝圖王勢已傾，八千兵散楚歌聲。烏江不是無舡渡，恥向東吳再起兵。

誰謂江東豪傑多，其如殘暴更如何？要知此地能亡國，未必移舟可渡河。

帳下紅粧空對泣，江邊白刃不須磨。獨夫牧野難恢復，九里山前已散歌。

不修仁政枉談兵，天道如何向力爭。隔岸故鄉歸不得，十年空負拔山名。

太史公曰：吾聞之周生曰：舜目蓋重瞳子。又聞項羽亦重瞳子。羽豈其苗裔耶？何興之暴也？夫秦失其政，陳涉首難，豪傑蠭起，相與並爭，不可勝數。然羽非有尺寸，乘勢起隴畝之中，三年，遂將五諸侯滅秦，分裂天下而封王侯。政由羽出，號為霸王。位雖不終，近古以來未嘗有也。及羽背關懷楚，放逐義帝，北面自立，怨王侯叛己，難矣。自矜功伐，奮其私智，而不師古。謂霸王之業，欲以力征經營天下，五年卒亡其國。身死東城，尚不覺悟，而不自責，過矣。乃引「天亡我，非用兵之罪也」，豈不謬哉？

又述贊曰：亡秦鹿走，偽楚狐鳴。雲鬱沛谷，劍挺吳城。動開魯甸，勢合碭兵。卿子無罪，亞父推誠。始救趙歇，終誅子嬰。違約王漢，背關懷楚。帝遷上游，臣迫故主。靈壁大振，成皋久拒。戰非無功，天實不與。嗟彼蓋代，卒為兇豎。

卻說漢將呂馬童等五將，持項王頭見漢王。漢王起身看項王頭，面目如生。漢王泣曰：「吾與王曾拜兄弟，後圖取天下，遂與王有隙。然王雖虜太公、呂后，恩養三年，凜未敢犯，此古烈丈夫之所為也，吾實不能及焉！不意王今死矣，吾甚惜之。」左右聞漢王言，皆泣下。

後史稱項王雙目重瞳，力能舉鼎，勢可拔山，喑噁叱咤，千人自廢。其英雄驍勇，亙古以來未之有也。觀鴻門累欲殺沛公，略不介意。雖天命有在，亦可謂有人君之度矣。睢水之戰，獲太公、呂后於軍中，三年無殺害之心。及圍成皋，置太公於俎上欲烹之，聞漢王約為兄弟之言，即捨之。呂后在楚三年，未嘗一念相犯，此尤人所難也。帝泣而語左右，乃良心所發，亦足以見霸王真古之豪傑也哉！

項王已死，楚地已定。遂封呂馬童為中水侯，封王翳為杜衍侯，封楊喜為赤泉侯，封楊武為吳防侯，封呂勝為涅陽侯。烏江立廟，命有司四時享祭。後宋紹興間，金主亮欲渡江，謁項王廟，乞杯珓不從。亮怒，欲焚其廟。俄有大蛇遶出屋梁之間，林木中鼓譟發聲，若有數千甲兵。亮大驚，左右駭散。後許表詩曰：

千載興亡莫浪愁，漢家功業亦荒丘。空餘原上虞姬草⑱，舞盡春風不肯休。

皇明舜原楊先生過烏江廟，有詩曰：

荒墳雄枕烏江頭，誰為荒墳構祀樓？用范初心結未泯，滅劉遺恨付長流。
迅雷暴雨還舒憤，衰草寒煙應帶愁。幸有刻碑真像在，椒漿鄉國歲悠悠。
古木森森插太虛，荒墳原近野人居。光搖樹杪疑靈在，聲震江波似怒餘。
獨霸山河已粉碎，興王事業未鋪舒。奈何灞上南還日，不重英賢只重璵。

漢王命有司立廟，不題。卻說項伯離楚營，投奔張良。張良因見大兵擾攘，未敢啟奏。漢王今既滅楚，事已平定，引項伯來見漢王，曰：「項伯前日楚歌散兵之時，即來投臣左哨。臣念伯故舊，又兼前

⑱ 虞姬草：徐州一地有草名虞姬，傳說為其魂靈所化。

日鴻雁川有功，遂留住營中。不敢擅專，引來投見大王，乞賜收錄。」王曰：「項公累有大功，又是至親，我正欲尋訪，不意不棄，自來相見，深合我心。」遂封伯為射陽侯，賜姓劉氏。伯喜，謝恩。後史官譏伯不能為楚死節，甘心受漢封爵，又改姓為劉，亡國求榮，無恥之甚。有詩曰：

會垓兵散楚歌聲，楚將甘心背主行。項伯同宗更先叛，受封賜姓枉偷生。

楚滅，天下大定，獨山東魯國未下。漢王曰：「魯，小國也，何足掛齒，且置之度外。」遂欲起兵，會議河南建都。張良入見王，曰：「大王未可班師。魯國雖小，隱伏後患。王若置而不論，他日復起干戈，大王悔之晚矣。」漢王大驚曰：「量一魯國，何乃如此利害？」張良近王前，遂道出數句言語來，便知魯國雖小，不可輕視。未知如何，下回便見。

總評　項王蚤知天命，必不至自刎。昔有云楚雖三戶，亡秦者必楚。豈得以魯為小縣而忽之？子房之說，大是裨益。

第八十五回　漢王改韓信封楚

漢王問張良：「魯國乃小國也，如何隱伏後患？」良曰：「魯國乃禮義之國，昔懷王封項王為魯公，魯乃項王原封根本之地。大王若置而不論，魯乃倡率義兵，為項王報讐。鼓兵過江，糾合東吳豪傑，借以為勢，下荊、楚，占湖、襄，大王豈能一時得乎？況項王起兵會稽之時，甚得東吳之心，魯若一舉兵，必為響應。安得不為後患？」漢王即悟曰：「若非先生之言，幾忽略此事。」遂起兵徑趨山東。果見魯城緊閉，遍豎旌旗。漢兵到城下，四面圍困，攻打數日，不見動靜。止聞城內有弦歌之聲。漢王急躁，欲多設火砲火箭，極力攻打。張良諫曰：「不可。魯乃周公之後，禮義之國。孔子生於尼山，為萬代帝王之師，天下瞻仰。今觀大王兵臨城下，尚聞弦歌之聲，為主死節，豈可以勢力強之耶？大王但以項王頭號令城下，示以大義，彼自順附。」漢王從其言，急取項王頭，號令城下。只見城上父老，盡皆哀泣。漢王令人諭之曰：「項王放弒義帝，大肆暴虐。漢王倡天下諸侯兵，為義帝發喪，衣皆縞素，為天下除此殘逆。今楚已滅矣，魯何不降？是逆天不知大義，有愧聖人之教。」父老聞曉諭之言，遂同諸儒開城，迎漢王大兵進城。漢王安撫百姓畢，即將項王屍首，以魯公號葬於穀城東十五里，亦命有司立廟享祭。楚地悉平，韓信引大小諸侯、文武將士與漢王賀喜。次日，即傳旨，令眾諸侯各調本部人馬還國去訖，其餘大小文武將士盡赴洛陽，聽候論功行賞。

漢王因思韓信所居齊地，七十餘城，國大權重，恐為後患。惟楚偏於一隅，為荊蠻之地。一時起數萬甲兵，亦難湊辦。較之齊地，強弱相去甚遠。遂召韓信，撫之曰：「吾自得將軍以來，累建大功，此心終不能忘。但恐將軍功高權重，為小人所忌嫉，則不能安其位矣，似非我所以待將軍始終之意。將軍可封還將印，就鎮守楚地，以安人心，保全君臣之義，為萬世子孫之業，不亦美乎？」韓信聞漢王之言，莫知所措，遂將元帥印交還漢王。其大小將士各退回本營，總聽漢王分處。信復奏王曰：「齊國蒙大王封錫日久，今一旦改封，恐非所宜。」漢王歎曰：「將軍誤矣。昔楚漢交兵，人心未定，齊地乃反復之國，姑令將軍鎮守。今天下大定，四海一家，無地不可。況將軍淮陰人，封將軍為楚王，即以父母之邦，為將軍食采之地⑲，最為相宜。將軍勿得視為輕重⑳也。」韓信復將齊王印交還與漢王，仍領楚王印，赴楚之國。差人尋訪漂母，並辱己惡少年。旬日，漂母、惡少年至，拜伏於殿下，莫敢仰視。信令左右賜漂母以千金，母拜謝而去。召惡少年授以中尉。少年曰：「向者愚陋粗鄙，不知大貴，誤犯麾下。今蒙不即加誅，已領洪度㉑，何敢遽受封賞？」信曰：「吾豈小丈夫之所為哉？懷私忿以為報復，狥德怨以為喜怒耶？汝其領受，勿致多辭。」少年遂謝恩而出。信因謂左右曰：「此壯士也！方辱吾時，吾若殺之，何乃有今日？吾遂忍而至此，是少年助我以建功也。吾之所以封少年，豈徒然哉？」左右曰：「大王賜漂母金，封惡少年官，非人所能及也。」後史官有詩曰：

韓信游淮下，一飯哀王孫。漂母非望報，信豈忘母恩。千金以酧德，古人大義存。惡少非母比，狂悖豈足論。庸授中尉官，無乃開兇門。一忍遂至此，千里王侯尊。君子重忍德，百世垂後昆。

大漢六年正月，趙王張耳、楚王韓信等，率文武將相，請尊漢王為皇帝。漢王曰：「吾聞：帝，賢者有也。空言虛語，非所守也。吾不敢當帝位。」群臣皆曰：「大王起自微細㉒，誅暴逆，平定四海，

---

⑲ 食采之地：封地。

⑳ 輕重：此處意為輕視。

㉑ 洪度：寬洪大度。

有功者，輒裂地封為王侯。今大王不即尊號，何以示信於天下？臣等敢以死守，必願大王加尊號也。」漢王三讓，不得已，曰：「諸君必以為便，幸相與有益國家者為也。」於是，於二月甲午，漢王即皇帝位於汜水之陽，文武群臣朝賀呼譟畢，遂設宴，封功臣，以詔天下。詔曰：

朕惟周宗不祀，秦僭大統。六國兼併，四海紛擾。三世益衰，天命乃絕。朕本沛民，賴上天眷祐，祖宗靈庇，資爾文武之力，克秦滅楚，平定天下。群臣議欲尊朕為皇帝，為生民主。乃於楚漢六年二月甲午，告祭天地，即皇帝位於汜水之陽，定天下號曰大漢，改楚漢六年為大漢六年。是日，恭詣太廟，追尊四代考妣，為太上皇帝。立社稷於洛陽，封呂氏為皇后，長子劉盈為東宮皇太子。凡秦、楚苛刻之刑，悉皆赦除。布告天下，咸使聞知。

尹氏曰：自三代而下，漢得天下為正。誅無道秦，一也；討項籍罪，二也；天下已定，始即尊位，三也。後世有僅得蕞爾之地㉓，而妄自尊大者，視此可為少愧矣。

夏五月，帝置酒洛陽南宮，宴賞群臣。酒行數巡，帝曰：「列侯諸將，毋得隱諱皆言其情。吾所以有天下者何？項氏之所以失天下者何？」高起、王陵對曰：「陛下慢而侮人，項羽仁而愛人，然陛下使人攻城略地，所降下者因以予之，與天下同利也。項羽妒賢嫉能，有功者害之，賢者疑之，戰勝而不予

㉒ 起自微細：起於平民百姓。

㉓ 蕞爾之地：小地方。

人功，得地而不予人利，此所以失天下也。」帝曰：「公知其一，不知其二。夫運籌帷幄之中，決勝於千里之外，吾不如子房。鎮國家，撫百姓，繼餉餽，不絕糧道，吾不如蕭何。連百萬之軍，戰必勝，攻必取，吾不如韓信。此三者，皆人傑也。吾能用之，此所以取天下也。項羽有一范增而不能用，此其所以為我擒也。」言訖群臣拜伏曰：「誠如陛下所言。」遂復各飲數巡，君臣宣暢一堂，甚相歡洽。

韓信乘帝喜，因奏曰：「臣昔日背楚入褒中，路經棧道，有樵夫指路，臣恐楚兵追及，遂殺之，臣得以立功報陛下也。後至孤雲、兩腳山，遇義士辛奇，後隨臣伐楚，屢有大功，值廣武大戰陣亡，至今未有封賞，敢奏陛下，乞將樵夫立祠，命有司享祭，贈辛奇官，以及子孫，此陛下恩被枯骨，湯武之大德也。」帝曰：「非卿今日奏知，朕豈知樵夫指路之義，辛奇陣亡之功？幾失此二忠良也。」群臣辭帝出內。次日，帝傳命，急為樵夫建祠致祭，當日，贈辛奇為建忠侯，子孫世廕。張良奏帝，請立韓王後孫姬信為韓王，都翟陽，立韓宗廟。王陵奏帝，為母立祠。漢王曰：「陵母大賢，知朕終有天下。」即立祠，月給香燭，命有司致祭。至今陵母祠遺跡尚在。

徙衡山王吳芮為長沙王，都臨相。淮南王英布、梁王彭越、燕王臧荼，俱如舊。大封同姓劉賈等，皆為王。封功臣蕭何等二十餘人，俱為侯。其餘有爭功不決，往往坐沙中偶語。帝登高望見，甚疑之，乃問張良。良曰：「陛下用諸將，以取天下。今所封者皆親愛，所誅者皆仇怨，因恐懼不自安，欲相聚謀反耳！」上曰：「為之奈何？」良曰：「陛下平日所甚憎惡與群臣所共知者，為誰？」上曰：「雍齒乃我所甚惡者。」良曰：「急封雍齒為侯，則人心定矣。」帝從其言，即封齒為什方侯。群臣皆喜曰：「雍齒且侯，吾屬其無患矣。」於是，群臣悉定。張良又奏曰：「群臣志向已定，惟田橫逃於海島，恐為後患。陛下當除之。」上曰：「以先生之言，當用何策，以處田橫？」良向帝言不過數句。使田橫自然歸附。未知如何。

總評　改封韓信於楚，韓信乘此有自全之道。何不智耶？

第八十六回　齊田橫義士死節

卻說張良奏帝曰：「田橫，齊之義士，遠遁海島，靜觀強弱，其志不小。陛下若遣兵征進，洪濤萬頃，勢若滔天，一時遽難取勝。以臣愚見，差人賫明詔，陳說利害，赦其罪而召之，仍謂復齊之後，以存田氏。彼聞復齊之後，必慕德而來，橫可致也。不然，徒費甲兵，橫豈可力致哉？」帝即從其言。於是差上大夫陸賈賫詔，前往海島召田橫。陸賈一日到海島，四望風景，只見羅山亙其東，濰水阻其西，神山距其南，渤海枕其北。洪濤巨浪，一望無涯。尋問郡人，有老父曰：「田橫居海島，在即墨縣東北一百里，四面環海，去岸二十五里。陸大夫見田橫，須駕大舡，沿海順風而入，方可見橫。若此處尋訪，豈可得見！」陸賈聽老父之言，即同從人前到即墨，吩付收拾大舡，多差水手，乘順風，一時就到海島。田橫聞漢使至，先著人拒住寨門。陸賈乃諭之曰：「漢王平定西楚，天下歸一。獨汝主未附，特差天使賫詔曉諭，作速出寨相見，勿得抗拒。」田橫聞賈之言，即出相見，開讀詔書。詔曰：

夷齊恥食周粟，而周武王卒有天下；介子推不欲事晉，而晉卒霸一國。田橫雖居海島，終為漢土，獨能超出人間，而與夷齊、介子推齊名乎？否則，可速來，大則為王，小則為侯，永保田氏，不失宗祀。不亦愈於遠處海涯，與魚鱉為友乎？如執迷不反，舉兵而東，身為俘馘，滅絕田宗，其愚甚矣。幸其速來勿誤。

田橫讀罷詔書，隨款待陸賈，因相議降漢。左右曰：「不可，漢帝外寬而內實嚴，量大而心實刻。大王遯居㉔海島，久未賓服，今遣使賫詔而來，就然往見，倘帝一怒，大王欲從而不可，欲歸而不能。那時，悔之晚矣。不若嚴加防備，多設營寨，沿海一帶預備火箭火砲，以抵漢兵。吾輩齊心協力，與大王把守營寨，料漢帝雖有雄兵百萬，臨此洪濤巨浪，豈敢犯乎？大王得以優游自得，坐觀強弱，豈不快樂？」田橫曰：「不然。吾與諸公相處於此，未有恩德相及，倘漢帝召我不去，必舉兵而來，乃勞諸公親冒矢石。或一時不勝，使諸公遭罹兵革，吾實不忍也。」遂領二客，同陸賈乘傳㉕至洛陽。相離三十里，因自思曰：「漢王昔殺齊王，吾因而逃居海島。今漢已有天下，差人召我至此，我若俛首歸降，受其封賞，大丈夫不能報主之讐，而北面屈膝以事他人，有何面目立身於天地間耶！」遂乃自殺而死。

二客同陸賈收橫屍，來見帝。帝深加歎惜，以王禮葬於洛陽城東。召二客，封為都尉。於是，二客出朝相謂曰：「橫之自殺，一則不欲事漢，一則恐五百義士，遭漢圍擾，遂乃自殺。真大丈夫之所為也！

㉔ 遯居：隱居。

㉕ 乘傳：古代驛站用四匹馬拉的車。這裡用作動詞。

吾二人豈可苟圖富貴，而不死其難乎？」遂穿橫塚傍，自刎而死。

次日，帝聞知大驚曰：「田橫自殺固難，二客穿塚同死，則尤難也。田橫得人心如此，恐海島五百人，平日受橫恩義，知橫自殺，必將作亂。」急差人入海島，召眾人投降。五百人聞田橫自殺而死，遂皆相向痛哭曰：「大王為我等赴漢而死，我等獨求生於此乎！」遂皆自殺而死。漢使見眾人仗義死節如此，急歸見漢帝，具奏前事。帝益驚曰：「天下何有如此尚義之士？古今之所難也！」遂差人收五百人屍，埋瘞於海島。後人慕田橫之義，遂名其處為田橫島。至今有田橫廟，有司四時享祭。史官有詩曰：

遐荒效死平生志，屈志何顏更事人？一德感人應有素，百夫從義古稀聞。
生前誤應關中召，死後難歸海上群。心不漢臣身漢土，千年遺恨洛陽墳。

按：橫之德無所考，但觀其門客，愛之而不忍叛，則橫之義可覘知矣。噫，不圖五百人之節，乃如此之壯，而其心乃如此之堅耶？自古皆有死，五百人至今有耿光。彼或背父忘君，若項伯等諸人，不亦汗顏矣乎？

帝曰：「田橫久居海島，吾甚患之。今皆自殺，除吾心腹之疾矣。但季布、鍾離眛，一向不知潛住何處？昔朕睢水之敗，彼二人甚窘辱我。可傳布中外，有能訪獲者，予千金。仍令各國務要嚴加尋訪，如有匿而不出首者，其罪同。」

不說帝嚴加尋訪，卻說季布初藏於咸陽周長家。周長因聞帝購布甚急，乃謂布曰：「漢求將軍甚急，倘知藏匿吾家，非惟負累吾族，亦且無益於將軍。今特請將軍從長計議。」布曰：「賢公無憂，我自有掩飾之計。」遂將自己頭髮盡行削去，鉗首為奴，自賣與魯國朱家。朱家見布雖鉗首為奴，而舉止動靜，與尋常不同，心知其為季布也。忽一日，聞漢購求布甚急，因喚而問曰：「汝乃楚將季布也。今帝頒詔，購汝甚急，汝乃藏匿吾家，恐累吾族。欲將汝投獻於洛陽，汝以為何如？」布曰：「某實楚季布也。因埋名，鉗首為奴，自賣於公家，公與我甚厚。今漢既購求我急，公可執我見帝。如得千金之賞，乃我所以報公也。」朱家歎曰：「我豈陷人於死而求千金之賞耶？縱得大富，心實不忍也。吾有一友人夏侯嬰，見在洛陽，與某自幼交厚。吾為子往見此人，救汝性命如何？」布謝曰：「若明公肯拔救我如此，所謂生死而骨肉者也。」朱家備行李，一日到洛陽見滕公。滕公知故人遠來，甚喜，施禮畢，置酒相待。朱家因說曰：「季布何罪，而帝乃求之急耶？」嬰曰：「昔嘗數窘辱帝，以此求之急耳！」朱家曰：「臣各為其主用職耳！今上始得天下，而以私怨求一人，何示人不廣也？且以季布之賢，漢求之急，不北走胡，必南走越耳！此棄壯士以資敵國也。公可言於帝，赦布，以廣求賢之路，則天下之士，莫不延頸，願為帝臣矣。」

於是滕公入朝見帝，奏曰：「季布無罪，陛下何求之急耶？」帝曰：「數窘辱於我，安得無罪？」嬰曰：「季布各為其主，比時惟知有楚，而不知有陛下，此正季布之忠。使漢臣皆如布，陛下又何患天下之不大治耶？願陛下赦一人而用之，則天下之盡如布者，皆欲願立於王之朝矣。且萬乘之尊，四海之廣，何乃不容一季布耶？」帝曰：「如卿之言，布既無罪，鍾離昧亦無罪也。」遂頒赦一款，俱赦楚臣季布、鍾離昧等罪。許即投見，仍照舊還職，勿得以前故違，定行誅戮。滕公回見朱家，且說赦二人罪，仍照舊還職，許即投見，勿得疑懼。朱家大喜，拜謝，遂回魯國見季布，備說前事。布甚喜，拜謝，預備行裝，赴洛陽投見漢帝。帝曰：「汝四海無家，一身髡首，何遠遁不早見我乎？」布曰：「國破君亡，恨不能與霸王同死烏江，何面顏以見陛下？」帝曰：「汝當時何窘我太甚？」布曰：「臣報效於楚，惟恐窘陛下不甚。」帝歎曰：「季布可謂忠矣。」遂授以郎中。布叩首曰：「亡國之臣，髡首垢面，不堪任事。伏望陛下賜以不死，足矣，官不敢受。」帝曰：「辭官而不肯受者，汝之不忘楚德。憐忠而予爵者，朕之所以厚下而與其進也。汝既安居吾土，何得不受吾官乎？」布遂受官，拜謝而出。左右進言曰：「季布既來投見，獨鍾離眛尚不知所往？」帝曰：「鍾離眛為楚名將，勇冠三軍，才智不出范增之下，若留之，終為後患，當急為我捕之。」左右傳布曉諭洛陽內外，急尋訪鍾離眛。忽見一人，布袍草履，遊於洛陽城下，見左右，大笑曰：「量一鍾離眛，何足為慮？吾有一大事，欲見帝言之，但無人引進。」左右見其人異常，又聞語言不同，即入內，具奏帝前。帝即召相見。未知其人是誰，見帝有何話說？且聽下回分解。

總評　布之受官，與田橫自盡何如？

第八十七回　婁敬議遷都咸陽

卻說其人欲見帝，陳說大事。此人為誰？乃齊人，姓婁名敬，戍隴西，過洛陽。因見漢帝購求鍾離眛甚急，遂大笑，語左右曰：「量一鍾離眛，不過亡國之臣，何足以起大事！吾今欲有一言，為漢家立萬世之業，衍子孫不拔之基，使天下如磐石之固，但無人引進。」左右因以告帝，帝命召見。左右語敬曰：「汝布袍草履，恐非見君之禮。」敬曰：「市井草莽，自有常服。吾衣布袍草履，正為常服，不可易也。」於是入內見帝。帝曰：「汝欲見朕，有事相議，不知何事可言？」敬曰：「昔霸王不從范增之言，捨關中而都彭城，後韓生極諫，遂遭烹，項王以此失天下。今陛下建都洛陽，固非彭城可比，然陛下之意，必欲與周室比隆也。」帝曰：「然。」敬曰：「陛下取天下與周不同。周自始於后稷，積德累仁數百年，至武王伐紂有天下。及成王即位，以洛邑為天地之中，四方諸侯納貢述職，道里相均，有德則易以興，無德則易以亡。故周盛時，諸侯四夷莫不賓服。及其衰也，天下莫朝，周不能制，非謂德薄，乃形勢弱也。今陛下起自豐沛，卷蜀漢而定三秦，與項羽戰滎陽、成皋之間，大小七十餘陣，使天下之人肝腦塗地，傷夷未起，而欲比隆周室，臣竊以為誤矣。夫秦地披山帶河，四塞以為固。卒然有急，百萬之眾，可立具也。夫與人鬥，不扼其吭而拊其背，未能以全其勝也。陛下若捨此而必欲都洛陽，倘他日或勢弱，不能以制天下，使諸侯阻關中之險，則秦政、項籍之強，可立見矣。此天下大事，臣為陛下言之，所謂萬世之業，子孫不拔之基㉖也。」帝乃問群臣，群臣皆山東人，爭言：「周世建都洛陽，數百年不衰，始皇都咸陽，不二世即亡。洛陽東有成皋，西有殽澠，背河向洛，其固亦足恃也。」帝又問張良。良曰：「洛陽雖有此固，四面受敵，非用武之國。關中左殽函，右隴蜀，沃野千里，阻三面而固守，獨一面制諸侯，此所謂金城千里，天府之國。婁敬之言是也。」於是，帝從敬之言，擇日車駕遷都咸陽。號婁敬為奉春君，賜姓劉氏。頒詔天下，以正月建寅為歲首。自此，遂建都咸陽，天下無事，群臣上表稱賀。表曰：

陛下以神武戡定四方，以威德制服萬國。華夷混一，禮樂同文，垂山河帶礪之盟，慶龍虎風雲之會。建昭昌運，衍大宗小宗之蕃；肇立皇圖，成一世萬世之統。前臨沙苑，浮旺氣以蘢蔥；後枕滸岡，鎖煙雲而出秀。藍田右繞，華岳東還，依終南以為城，乃天造巍然之險。順涇渭而為守，實地設自然之雄。奠安天府，坐享金湯，臣等得以共沐王猷。同瞻夏紀，允升蓬萊之境，隨登鳳翥之臺。臣等不勝慶賀欣躍之至。

漢帝覽表甚喜，大設筵宴，犒賞群臣畢，各散。

帝獨坐便殿，因思鍾離昧久不來見，恐包藏禍機，終為後患。次日，召群臣問曰：「鍾離昧久不來見，汝等獨無一人知之者？」季布出班奏曰：「臣當時與鍾離昧逃避之時，曾問彼欲往何處避難？彼亦不隱，就說韓信與彼舊交甚厚，欲投信處藏避。但不知此時還在否？」帝聞布言，愈加憂疑。召陳平問

㉖ 不拔之基：堅不可摧的基礎。

曰：「韓信隱藏鍾離昧，必有深意，欲差人尋訪的實，捉來以除後患，但不知必用何計可得獲？」平曰：「此事不可太急，亦不可緩。急則必轉移於他處，恐難得獲，緩則養虎成患，終必生亂。陛下須差一心腹之人，假託別事，暗行體訪，如果在信處，用言調撥，令彼自殺，庶為善處。」帝即差隨何，分付：「前往郴州，修造義帝陵寢，順路過西楚，見韓信，打聽鍾離昧消息。如果在彼，爾可如此如此調撥，使韓信殺鍾離昧，以除後患，乃汝之功也。」隨何領帝命，即往楚國來。

一日到楚，見韓信，備說前赴郴州，修造義帝陵寢，因想大王舊日恩德，特來一言。信甚喜，設酒相待。信閑問朝中大小事務，隨何一一告知。因看左右無人，何近前附耳曰：「前有人告大王隱藏鍾離昧在府，漢帝乃叱之曰：『楚王受一國之封，豈有容叛臣之理？』帝雖不信，但左右俱有譖言，又聞季布說，鍾離昧曾約會大王處隱藏，今滿朝人盡知之矣。蕭丞相再三回護㉗，帝尚猶豫之間耳。某受足下知遇之恩，不敢隱諱，特此為足下言之。足下當急為之處，庶塞人言。不然，恐此事一漏泄，足下徒重友道，而難免負國之名，開國之功，遂成畫餅。足下其熟思之。」韓信被隨何一篇話，說得半晌無言，深自懊悔。徐而言曰：「據大夫之言，必是何如，可以決帝之疑，塞眾人之口？」隨何曰：「惟殺鍾離昧，獻上咸陽，則自然無事矣。」信曰：「鍾離昧乃我數十年故舊，何忍殺之？」何曰：「足下若重友道而輕國法，禍不旋踵矣。」信曰：「大夫之言是也，容吾思之。」於是，韓信復與隨何飲數杯，相別而出。韓信急到後花園小閣中，見鍾離昧，具道前事。昧曰：「將軍必何以處我？」信曰：「惟遵國法，將子首級獻上咸陽，庶我無禍矣。」昧曰：「我若存，漢王尚不敢害將軍。我若亡，漢王必隨手殺將軍

㉗ 回護：用言語開脫。

矣。」信沉吟不決，遂有不殺眛之意。隨何住數日，見無動靜，即密差人馳書回報帝，遂辭信赴郴州而去。後史官有詩曰：

虎豹深藏人自畏，一朝入檻不須驚。鍾離未死韓侯在，虢逝虞亡事更明。

不說韓信不殺鍾離眛。且說帝早朝畢，正與群臣議事，忽左右來報，有一人告機密事見帝。帝召相見，其人近帝前奏曰：「韓信自封楚之後，奪民田以葬父母，陳兵馬以擾郡縣，隱藏楚亡將鍾離眛，不行出首。久懷異志，實欲謀叛。臣體訪的實，星夜飛報陛下，請陛下急早除之。」帝聞奏，召陳平等曰：「韓信恃功妄作，此時本欲據齊以圖大事，後因改封於楚，心實怨謗。今觀隱鍾離眛，不行投首，愈見有謀叛之意。」群臣聞帝言，各奮然要領兵往擊之。陳平因進言曰：「不可。韓信非他將可比，所居之地，正當淮、蔡之衝，帶甲數十萬，倘一生變，其勢不可當，豈特項王之強而已哉？汝諸將一時不平之氣，欲與韓信爭衡，吾知不戰則已，戰必取敗。」帝曰：「如先生之言，當何以處之？」平曰：「以臣愚見，韓信當以智擒，不可以力取。」帝曰：「其智安在？」平曰：「臣有一計，不動干戈，使韓信束手就擒，陛下自然銷將來之患。」未知其計如何，下回便見。

總評　陳平必乘間害人，無一委曲周旋，何以得保首領？恐不有人禍，必有鬼責！

第八十八回　漢高帝僞遊雲夢

卻說帝問計於平，平曰：「韓信變詐百出，人不可測。以臣愚見，惟陛下僞遊雲夢，可以擒信耳。蓋古者天子，按四時巡狩，隨東西南北，各有所適，以觀民風。陛下命駕出遊雲夢，會諸侯於東楚西界，傳制，如出巡，有不至者，命將統兵伐之。韓信聞陛下駕幸東楚，必出郊候駕。待謁見之時，陛下隨令武士擒之，此特一人之力耳。不尤勝於諸將勞師動眾，以決勝負耶？」帝聞平言，甚喜。乃降詔告東路諸侯：「朕於庚子六年冬十二月駕幸雲夢，會諸侯，以省方觀民，欲采四方風俗，著為令典，以示天下，如有不至者，命將統兵征討。」帝乃領文武群臣，出離咸陽。至陳、蔡，英布、彭越等自東路迎接漢帝，不題。有韓信聞帝詔旨，與左右計議曰：「前日隨何傳說，漢王知我隱藏鍾離眛，有人讒言害我。欲殺鍾離眛，以塞人口，我念鍾離眛乃故舊，不忍加害。不意帝出遊雲夢，倘知我隱藏鍾離眛，決疑我有他意。不若還依隨何之言，殺眛以見帝，庶解帝疑，而塞人言也。」於是，到後花園見鍾離眛，備說漢帝出遊雲夢，恐知汝在我處，決疑我與汝交通㉘，不惟無益於汝，亦無益於我。今欲殺子以獻於帝前，以釋我罪。此出於不得已也，汝亦不可怨恨。眛曰：「將軍不可自誤，今日殺吾，不日即隨手殺將軍，前日之言非紿將軍也。」信曰：「寧帝負我，我決殺汝，以表我無叛心也。」眛乃大罵曰：「胯夫！何乃

㉘ 交通：有往來。

無情如此，全不念我昔日之義，恨吾不見汝死之日耳！」遂引刀自刎而死。後史官有詩曰：

芝蘭㉙氣味別，君子交相親。松柏凌霜操，君子日與鄰。
豈若薄情子，相愛原非真。富貴同繁花，濃密爭三春。
一旦遇患難，惟知全吾身。反面忘大義，利刃傷至仁。
其如父子交，骨肉與相狥。千載永不忘，至死不可憐。

卻說鍾離昧自殺，韓信遂將昧首，前來雲夢見帝。帝曰：「鍾離昧隱藏許久，見我出遊雲夢，事機已露，然後來見，非汝本心殺昧也。」喝令武士將韓信縛了。韓信大叫稱屈。帝曰：「汝如何稱屈？」信曰：「臣乃陛下開國功臣，無罪而縛之，豈不是冤屈？」帝曰：「汝葬父母而侵奪民田，使百姓敢怒而不敢言，怨聲載道，非所以藩屏王家，其罪一也。無事陳兵出入，以示威武，使四方見之者，莫不寒心，其罪二也。鍾離昧為楚臣，爾無故隱藏在家，意圖為心腹爪牙。其罪三也。有此三罪，反狀已露，以此縛汝，汝復何說？」信曰：「葬父母，陳兵出入，隱藏鍾離昧三事，皆有分解。臣昔布衣時最貧窘。父母死，無葬地，偷殯於他人地上。今受封王爵，正欲榮顯父母，遂起造墳墓，相鄰民地，修築墻垣，未免少為侵占，臣初不知，非敢有意侵奪之也。陳兵出入，非敢無事擾民，蓋為陛下初得天下，楚之餘孽尚在，若不示其威武，則人心不知畏懼，恐復生亂。臣時常領兵出巡，正欲為陛下除殘賊，以安地方耳。鍾離昧與臣舊交甚厚，臣在楚時，項王屢欲殺臣，深得昧救免。臣不敢背德，以此隱藏在家，正欲

㉙ 芝蘭：靈芝、蘭花，兩種香草的名稱。

面見陛下，開陳其賢，欲期留用。今聞陛下聽信讒謗，遂不得已殺之，投見陛下。臣無他意，何為有罪？」帝曰：「汝昔日伐齊，不顧酈生說降之功，必欲矯詔得齊而求假王，汝意已有擅專之僭。後我被楚兵圍困成皐，屢次求救，汝坐觀勝負，略無救援之意。既改封於楚，終日怏怏不樂，汝心反復不定，終必作亂。今我出巡雲夢，知汝必來相見，就此擒之。汝有何說？」信聞帝言，乃長歎曰：「誠如人言：『高鳥盡，良弓藏；狡兔死，走狗烹；敵國破，謀臣亡。』天下已定，我固當烹。」帝聞信言，尚猶豫不決。遂收楚王印，仍縛於車後。後史官有詩曰：

築壇拜將成何濟，破楚封王事已虛。堪歎韓侯知識淺，何如范蠡五湖居。

帝車駕行至雲夢，離三十里，天色漸晚。帝下車，乘白龍馬，按轡行到一大林，方入林，忽龍馬咆哮不入。帝曰：「龍馬咆哮，想林中必有刺客。」急令樊噲帶百人入林探看，噲入林搜看，見一壯士，年近三十，彎弓帶箭，藏於林中。噲即捉住見帝。帝曰：「汝何人？在此隱藏。」其人曰：「臣乃淮陰一少年，蒙楚王韓信厚恩，昨聞陛下不知因何罪縛信，以此藏於林中，待信過，欲劫奪之耳。」帝曰：「汝非劫信，實欲射我。幸賴龍馬示驚，未遭汝害。若我誤入林中，必遭毒手矣。」令左右擊死。左右舉金瓜，將壯士打死。後人有詩曰：

張良空擊秦始皇，為韓報讐壯士亡。少年何事林中藏，一籌未展徒遭戕。少年感恩終不泯，奮身豈惜萬乘強。君不見項王徒養八千士，楚歌一曲皆徬徨。少年激烈似非智，一心圖報真忠良。至今淮下有孤塚，令人見之猶悲傷。

韓信在車後，聞少年藏林中被害，甚悼惜。於是，帝車駕宿翟陽。

次日啟行，過洛陽，抵關中。群臣朝見畢，大夫田肯上言曰：「陛下得韓信，治關中，以成不世之業，其功甚偉。乃聽人言，偽遊雲夢，械繫信以歸，臣見之，不敢諱。且關中乃秦形勝之國，帶山河之險，懸隔千里，持戟百萬，秦得百二焉。地勢便利，向下而臨諸侯，猶居高屋之上建瓴水也。夫齊地東有瑯琊、即墨之饒，南有泰山之固，西有濁河之限，北有渤海之利，地方二千里，持戟百萬，懸隔千里之外，齊得十二焉。此二國，皆信之功。今陛下坐享秦土，他日皆封親子弟以為齊王，卻乃聽人言，而欲誅信，臣以為陛下甚寡恩也。」帝曰：「大夫之言，誠為有理。但信久懷異志，恐終為亂，朕心不能無疑。」田肯曰：「陛下如疑信，但使住居咸陽，不假兵權，則自然無他慮矣。」帝從其言，即差人押韓信入內，當時釋放。復面諭曰：「將軍自背楚歸漢，朕築壇拜將，付以重任，朕待將軍不薄。後封齊改楚，受封王爵，報功之典，可謂甚厚。不意將軍乃蓄養楚臣，意在他圖。今繫縛於此，本欲重處，念開國元勳，姑免其罪，仍封為淮陰侯，隨朝聽候。如果洗滌舊行，赤心報國，尚照王爵封賞，決不負將軍破楚之功。」韓信遂謝恩出朝，悒怏不樂，稱病不朝，蓋羞與絳侯等同列也。

自此，帝在咸陽無事，命叔孫通典禮，蕭何定律，立宗廟社稷，冊劉盈為太子。帝五日一朝太公，如家人父子之禮。太公左右家令曰：「天無二日，民無二主。今帝雖為人子，乃天下之主。太公以一家論之，則為父子。以國家論之，則為君臣。豈可以人主而拜臣下耶？」太公始悟失禮，遂於一日帝朝見時，太公擁帚立於門側。帝見之大驚，急扶太公曰：「大人何乃行此禮耶？」太公曰：「帝，人主也，豈可以我一人而亂天下之法？」於是，帝命群臣議尊太公為太上皇，頒詔曉告天下。詔曰：

人之至親，莫親於父子。故父有天下，傳歸於子。子有天下，尊歸於父。此人道之極也。前日天下大亂，兵革並起，萬民苦殃，朕親披堅執銳，自帥士卒，犯危難，平暴亂，立諸侯，偃兵息民，天下大安，此皆太公之教訓也。諸王、通侯、將軍、群卿、大夫已尊朕為皇帝，而太公未有號，今上尊太公曰太上皇。

群臣各稱賀。

帝設筵宴，燕會群臣。忽有大使來報：「馬邑縣令，差人飛報聲息。言說韓王信，因匈奴攻急，遂帶本部人馬同謀反，侵占太原白土。曼丘臣、王黃等，議立故趙將趙利為王，聚兵三十萬，搶虜郡縣，民不安生，乞請陛下發兵勦除。」帝聞奏，急召陳平等會議，有要調臨近兵馬會同截殺，又有要遣將徑往太原征討，眾人紛紛議論未定。帝曰：「汝等所見，未足以制服群兇。朕須親統大兵到彼，調取各路人馬攻擊，庶得直擣北地，使賊寇無復猖獗矣。」未知御駕親征如何，下回便見。

總評　偽遊雲夢，非信也；改封奪印，非禮也；誅戮有功，非仁也；疾之已甚，非智也；親統大兵，非勇也。漢高之待韓信，無一可取。然韓信請王、遲援、攻齊、藏眛，不議君臣大義，徒長於用兵耳。

卷八

第八十九回　漢高帝兵困白登

卻說帝欲親征韓王，預先差十千戶，前往太原、白登等處探聽虛實。帝隨後領精兵三十萬，大將曹參、樊噲、靳歙、盧綰等二十員，命蕭何守關中。卻說韓王姬信居晉陽，冒頓居代谷，兩處俱知帝差人探聽消息。卻將精壯人馬，並牛羊頭畜俱存匿於山後。止將老弱士卒、羸瘦牛馬顯露營外。十人見了，急回奏。帝已駐兵於趙城，即欲起兵前來。陳平等諫曰：「匈奴包藏詭譎，又兼姬信相與烏合，恐有變詐，仍須差的當人打聽的實，方可進兵。」帝曰：「冒頓、姬信之強，較之項羽、六國為何如乎？」曰：「冒頓亦皆勍敵，不可輕易。」帝又差劉敬探看。敬去數日，回奏帝曰：「兩國相敵，正宜矜誇❶，乃見其所長。今冒頓屯兵之處，皆是羸瘠老弱之兵，惟見其所短而未見其所長，此必是強而示之以弱也。故將奇兵勁卒隱藏於他處，而使老弱者顯露於外。欲陛下見而不以為強。倘不知而誤犯其境，必遭圍困。陛下當遣將哨探，果得的實，陛下然後進兵不遲。」帝叱之曰：「汝以口舌得官，今乃妄言強弱，阻吾

❶ 矜誇：驕矜誇飾。

軍情，使人心搖動，汝必受韓王私屬，故此惑吾耳！」遂命左右，將劉敬械繫於趙城。急傳旨，著三軍拔寨起兵。

一日到平城，先著樊噲探看，果見冒頓人馬欠整，兵勢甚弱。屯兵於城北小松山，大約不過數萬。回奏，帝笑曰：「劉敬與北番相通，恐朕大兵親臨，遂回說有奇兵埋伏山後，欲朕按兵不動，彼卻夜遁遠去。看此猥鄙，真拉朽之易，吾何畏彼哉？」即揮動三軍，急趨進城。帝到中軍，方坐定，點聞三軍已畢。將黃昏時候，只聽城外四邊，沖天炮響，不知多少人馬，蓋地而來。帝急差人上城探看，回報：「周城一帶，無數番兵，與昔日楚軍大不相似，有百萬之勢。遠望數十里，俱火把相連不絕。」帝聞報大驚曰：「悔不聽劉敬之言，果中此奸計。」召陳平曰：「孤城被圍，番兵勢重，為之奈何？」平曰：「番兵喜爭而樂鬥，臨陣之時，敢勇奮前。我兵決不可以力沖出，只可以奇計惑之，庶出此圍。不然，恐難敵也。」帝曰：「其計安在？」平近前，附耳曰：「臣聞冒頓平日最寵愛閼氏❷，凡事悉聽閼氏張主，寸步不相離。冒頓再不敢納別室。臣今帶一人姓李名周，其人極善畫工，連夜著此人畫一美人圖，五色粧飾，極其妍美，密令一二人，付千金，私出買求番營左右。餘外再備金珠，並此圖轉與閼氏，卻說冒頓若攻城緊急，就將此美人投獻解圍，乞夫人轉道。閼氏若見此美人圖，恐冒頓納用奪寵，定勸冒頓退兵。待冒頓人馬一退，陛下統大兵而出，則可以脫此圍矣。」帝曰：「此計甚妙。」

於是陳平即使畫工，連夜畫成美人圖。遣的當一二人，身藏金珠，先密密出城，買求左右，引入閼氏營。次後，卻將金珠、美人圖獻上。閼氏曰：「金珠我可收用，這美人何用？」差人曰：「漢朝皇帝

❷ 閼氏：匈奴皇后。

因見冒頓大王圍困甚急，願將此美人獻上，先將此圖與娘娘轉達，日後以為照應。」閼氏看罷圖，自思：「若漢家進此等美人來，冒頓定寵愛他，卻將我置於何處？不若著冒頓退兵，放漢天子回去，他定捨不得美人投獻，卻免此後患。」遂對差人曰：「你拜上漢天子，不必進美人來，吾明日就著大王退兵，不可交他勾惹❸大王。」差人曰：「若娘娘肯勸大王罷兵，漢天子年年與娘娘進貢，亦不肯將美人進來，著娘娘生氣。」於是閼氏至夜謂冒頓曰：「漢天子今圍七日矣，許多人馬在內，不見動靜，此是天祐神助，非同小可。又且天下諸侯拱手歸服，不可圍困他，倘各處兵馬來救應，卻不惹起事來，你與我不得常久快樂。」冒頓曰：「你也說得是，我明日就放他。」

次日，韓王姬信聞冒頓有放帝之意，急過東營來會話，便說：「大王已將漢帝圍在城中，聞說今日要放他，卻是放虎歸山，終必有患。我又聞說漢帝差人獻美人圖，引誘大王，卻密使夫人向大王方便。大王今日只可問他，要有美人，方許釋放。若無美人，仍舊圍城捉他。他決是無美人，不過假說以欺哄大王耳！」

冒頓從姬信之言，即差人城下答話，便說：「你漢家說有美人，如在城上，獻出美人之面來，我大王便放漢天子出城。若是妄說，今日便著實用力攻打，決不放你。」城上人聞說，奏知漢帝。帝即召陳平曰：「冒頓要美人親看，方許放出城，此事如何？」平笑曰：「臣已算定，冒頓決要美人看。臣前日已作木偶人，粧辦五色，穿好衣服。捱到近晚，恍忽於燈下，獻出城上，使他見之，決放陛下出城矣！」帝大喜，即著人回說：「美人今晚俱到城上，任大王看模樣揀取。」冒頓聞說甚喜，等到將晚，冒頓親

---

❸ 勾惹：勾引。

到城下。觀望城上，只見燈光之下，列美女二十餘人，俱花容月貌，真天仙也。冒頓見之，神魂蕩樣。即分付開放大路，放漢帝出城。

即時，帝同大小眾將並人馬，盡數沖圍而出，星夜前走。又令樊噲、曹參、周勃、王陵四將，領三萬人馬斷後，以防冒頓追兵。冒頓待漢兵退出之後，急上城取美女，燈光之下，近前觀看，卻是二十個木偶人，掩於城垜之傍。冒頓看了大怒，即遣大將王壙等，領兵追趕。纔然前進，未到三十里遠，卻被樊噲等四將分頭沖出。王壙不防有兵，被噲舉戟，大喝一聲，遂將壙刺於馬下。番兵大敗奔潰。眾將不敢戀戰，隨撥轉人馬，回太原大路，趕上漢帝，一同趨趙城。帝到城，取出劉敬，即時釋放，撫諭之曰：「朕一時不聽汝之言，誤入白登，圍困七日，幾至敗事，幸賴陳平設計，逃走出城。朕初被十輩所誤，故有此行。」遂將十輩拘來殺之，重賞劉敬，加封為建信侯。

次日，起兵南行。帝過曲逆縣，見城池壯麗，六街三市，人煙湊集，鄉村鎮店，相連不絕。因語左右曰：「壯哉！此曲縣也！吾行天下，惟見洛陽與是耳。」乃召陳平曰：「朕得卿屢出奇計，皆成大功。今白登又賴卿之謀，得出重圍，就以地封卿為侯。」平曰：「非臣之能，乃陛下洪福，隨到自有嘿助。」是日，敕封陳平為曲逆侯。平叩首謝恩。

王氏曰：陳平六出奇計：請捐金行反間，一也。以惡草具進楚使，二也。夜出女子二千人，解滎陽之圍，三也。躡足封齊王信，四也。請偽遊雲夢，擒韓信，五也。今解白登之圍，六也。愚按：六計雖奇，不過詭詐機巧，行之一時可也。若王者以道治天下，自有正大光明之業，何用此詭計耶？至如偽游雲夢，壞古巡狩之典，又何足以為奇哉？陳平特戰國之流耳。較之以聖賢弼君以正者，則未也。

後史官有詩曰：

機變權謀偶立功，帝王事業總成空。後來諸呂移炎祚，束手隨波智已窮。

帝大兵還至長安，見蕭何治未央宮甚壯麗。乃怒曰：「天下方洶洶，勞苦數歲，成敗未可知，正當節用，以示民儉，可也。何乃制度過侈，以傷民財耶？」何曰：「天子以四海為家，非壯麗無以示威。且無令後世，復有所加益也。」帝曰：「今宮室既成，朕豈敢以獨享？」即令左右迎請太上皇至未央前殿，大設筵宴。太上皇車駕幸臨，見其金碧輝映，殿閣崇高，洞府瑤池，亦不過是。又見水陸大備，笙簧節奏，錦衣花帽，列於階前。王公宰相，奔走堂下。心中十分歡悅。帝乃奉玉巵，起為太上皇壽曰：「始大人常以臣無賴，不能治產業，不如仲兄❹之力，今邦之業，孰與仲多？」太上皇大笑曰：「尚不如也。」帝亦大笑。群臣皆呼萬歲，亦皆大笑。父子君臣宣暢一堂，真古今所罕有也。筵宴畢，帝同群臣送太上皇回宮。次日，帝驀然想起韓信，因問左右曰：「近日韓信稱病不朝，朕思其平日之功，欲召一見。」隨令左右，召韓信入朝相見。未知相見之時，有何話說，且聽下回分解。

總評　按白登之困，即宋時所謂以金注也。君之失居十之七八，臣之失亦居二三。

---

❹ 仲兄：二哥。

第九十回　張良託赤松子遊

卻說帝思韓信，欲召相見。信聞召，即入朝見帝。帝曰：「卿久不相見，朕甚思之，召欲一見耳。」信曰：「昔臣破楚之時，每十餘日未得飽食，因積久成病。今無事閑居，舊疾又舉發，臣亦仰思天顏，恨不能常常朝見。」帝曰：「卿有疾，當迎醫調治，不可延緩。」信曰：「臣平日居家無事，便生疾病。苟多事之時，則無疾矣。」帝曰：「卿乃有用之才，故能幹濟事變，不可棄置耳。」又與從容論諸將，何人可以禦敵，何人可以將兵，何人可以將兵之多，何人可以將兵之少，信一一陳說，皆中肯綮。帝甚喜，又問曰：「如我能將兵幾何？」信曰：「陛下不過能將兵十萬耳。」帝曰：「我與將軍何如？」信曰：「臣多多益辦耳。」帝大笑：「多多益辦，何乃為我擒也。」信曰：「陛下不能將兵，而能善將將，此臣所以為陛下擒也。且陛下乃天授，非人力所能及也。」帝聞信言，益喜，而心實疑忌，恐終為亂也。仍令私宅養病，而卒不大用。信辭帝回家，悶悶不語。後有詩曰：

假病何如託病歸，五湖風月樂漁磯。韓侯不解高皇意，猶自談兵較是非。

按：高帝欲召見信，正欲觀其志向何如耳！信當時正宜借此以病力辭，示無可用，帝自不疑。信乃以多多益辦為言，而又校論諸將優劣，益騁才能。蓋信之心本欲望帝復用，而不知帝之所深忌者，在信之能，恐諸將不可為敵耳。信不知而以才能騁於帝前❺，愈起帝之疑忌矣。他日一聞信反，未究其實，而即密令呂后殺之，居然不疑，蓋亦信自取之也。古人明哲保身如范蠡者，其得天之道乎！惜信未之知也。

不說韓信閑居，卻說張良自韓王姬信謀叛之後，每託病閑居，終日辟穀。有人相見者，便說：「人生天地間，如白駒過隙，百年一瞬息耳。吾欲退處深山，訪仙學道，為長生之計。一切功名如浮雲，往來漠然，無動於中。但今蒙帝眷顧，未忍捨去。其實此心終不欲夸金紫，戀繁華，居高堂，列鼎食，而貪人間之富貴也。又況一身多病，血氣日衰，若不急早修養，恐他日精氣既耗，神不完體，雖欲藏修，亦無及矣。」左右亦將此言時常奏帝，帝以此每見良稱疾不朝，亦不甚疑。一日，帝因探之曰：「朕自得先生之教，累見奇功。欲以大國封之，以報先生也。」良曰：「臣始從陛下入關，言聽計從，多偶中。殆亦天授，非臣之能也。今封臣為留侯，此布衣之極，於臣足矣。顧受封之後，已領陛下洪恩。即棄人間事，欲從赤松子遊，導引不食，為長生計耳。如金紫輝映，玉食滿前，人所深願而不可得。但臣弱體多病，實不堪此榮貴，非敢負聖恩也。」帝見良辭意懇切，遂准養疾，仍令一月一入朝，就令居咸陽僻靜之處。良自稱病之後，杜門謝客，修真養性，一月止隨群臣朝參一次。退朝之後，凡百不繫於心。

一日，良閑居，有子張辟強進言曰：「阿翁今為帝師，累建大功，位至三公，正當玉食萬鍾，安享富貴，與國咸休，為萬代元勳，亦非過分，何乃閉門謝客，處此寂寥之地，甘受清苦，其意何謂？」良

❺騁於帝前：在帝前顯露。

曰：「是非爾所知也。世之貪富貴者，樂功名之既成，喜榮華之眩目，坐享崇高，一呼百諾，妻妾滿前，笙簧盈耳，遂謂平生之志，此為極矣。豈知位極人臣，天下所忌。處高未有不危，處滿未有不溢。君疑其權重，天惡其太盈。投間抵隙者，得以用其心。起讒生謗者，得以乘其弊。一旦天顏動怒，眾口交攻❻，無計可挽，無地可逃，身既就戮，妻子為奴，富貴榮華，轉眼皆空矣。豈如我今日靜觀雲水，笑傲江湖，醉裡乾坤，壺中日月，閑居一室，萬慮沉消。雖處寂寥之濱，而胸中快樂。雖甘藜藿之食，而物外逍遙。寵辱不驚，無關利害。閑來養老氏之玄虛，靜時觀萬物之自得。足以保身惜命，以樂天年。使爾等安居常業，永為良臣。不亦愈於春花之富貴乎？」辟強拜伏曰：「今日始悟阿翁辟穀之意，乃明哲保身之道也。」後張良每閑出遊，往谷城之東，忽見黃石一片。乃悟曰：「昔圯上老人曾說，他日谷城遇黃石一片，即我也。今果見黃石，則前日之言應矣。」因俯伏向石而拜，遂建祠以祀之。後史官有詩曰：

始受黃公已得傳，保身明哲得機先。當時多少英雄者，誰似先生性命全。

不說張良導引辟穀❼，修真養性，卻說單于因帝以美人計哄誘出圍，遂糾合大勢人馬，侵擾邊庭，搶擄郡縣。屢有飛報奏帝。帝甚患之，劉敬進言曰：「陛下天下初定，士卒疲於兵，不可以武服也。冒頓殺父代立，妻群母，以力為威，未可以仁義說也。誠能以適長公主妻之，彼必慕以為閼氏。他日生子，必為太子。冒頓在，固為子婿。冒頓死，則外孫為單于。豈聞外孫與外祖抗禮者哉？」帝曰：「堂堂中

❻ 眾口交攻：眾人競相攻擊。

❼ 導引辟穀：古稱行導引之術，不食五穀，可以長生。道家方士，乃附會為神仙入道之術。

朝，奄有四海，況兵甲尚強，國勢不弱，再無他策以禦外敵，乃以我公主而為腥臊犬羊之配，是何道理？使諸侯聞之，不亦恥笑寡人乎？」敬曰：「白登之圍，陛下所親見。況數年以來，與楚七十餘戰，百姓殺傷者，不知幾百萬。陛下今為天下之主，當以民命為重，何苦終日興師動眾，以疲天下，則百姓何所望乎？今日請和，雖屈一時，實為天下百姓。且如陛下不欲以公主妻之，急令人密密取庶人之女，藏於宮中，假為公主，臣即為使，賫詔奉公主前與講和，使彼罷兵息爭，陛下無北顧之憂，豈不為長策乎？」帝從其言，即令劉敬賫詔，奉假公主前往太原，與冒頓講和。

一日劉敬到太原，先差人與冒頓答話，備說漢帝以公主為妻，結為婚姻，盟約為親，誓不相侵。冒頓聞說，甚喜，即出城，迎接詔書。請劉敬入城，先將公主安歇於公館，冒頓與敬相見，開讀詔曰：

> 五帝相禪而道隆。三王德威而服遠，中外雖殊，咸歸正統。茲者冒頓，兵入太原，寇侵中土，跋扈罔恭，似非率命。昔者，白登之圍，誤中詭計。今已明章紀律，振赫王師。張皇北伐，欲雪前憤。群臣屢叩闕上言，勸朕講和，復前日美人之盟，結胡越一家之好。仍封爾為單于王，以長公主配爾為后，永結絲蘿，百世不逾。詔書到日，勿違朕命。故茲詔示。

冒頓讀罷詔書，望南叩首拜伏。即差人領胡樂番姬，導引公主入內，置酒款待。自此，冒頓遂與漢和親，皆敬之力也。後史官有詩曰：

關月夜懸青塚鏡，寒雲秋薄漢宮羅。君王莫信和戎策，生得胡雛慮更多。

按：劉敬以女妻單于，欲為目前之計。而後世以明妃和番，皆敬為之俑❽也。其策甚疎，其為害甚遠。而國家紀綱，亦何有哉？君子之建議，不可不慎也！

卻說劉敬和親畢，回朝見帝。帝大喜，重賞劉敬。敬因言：「秦中新殘破，地饒民少，況又北近胡虜，東有六國，強族一日有變，陛下亦未得高枕而臥也。願遷徙齊、楚、燕、趙、韓、魏之後，及豪傑名家，開墾肥田，住居關中，無事以備羌胡，有事可以東征，此強本之術，長久之策。」帝曰：「善。」於是徙六國之後，並諸豪傑十萬餘口。是時關中無事，帝每輟朝，寵幸戚姬。又見所生趙王如意年已漸長，資性聰敏，見太子盈柔弱，欲廢之，要立趙王如意為太子。遂與諸大臣商議，群臣皆諫諍，數日不決。時有上大夫周昌，執笏上殿，大叫曰：「不可！不可！陛下此舉，乃取亂之道也。」眾人大驚。不知周昌如何諫帝，且聽下回分解。

總評　太子柔弱，恐不勝重，誠足以煩帝慮。然開國之初，便易樹子，又不堪為後世法。

第九十一回　陳豨監趙代謀叛

❽ 俑：偶人。引申為倡始之義。

卻說帝欲廢太子，群臣力諍，不能決。周昌執笏上殿，面折廷諍曰：「臣口不能言，然臣已預知其不可。陛下欲廢太子，臣實決不奉詔。」上遂大笑，知昌為忠諒，從其言而罷。帝入宮，備將群臣之言，告知戚姬。姬曰：「陛下如肯憐愛如意，不在一時，徐徐後日圖之。」帝曰：「愛卿之言是也。」

不說帝不言廢易太子。卻說趙、代郡守差人飛報：「大勢番兵搶擄代州，人民逃竄，郡縣不能禦。若不急為剿捕，恐燕、趙之地，亦不能保。」一日之間，有三五起來報。帝急出朝，召群臣計議。陳平曰：「當此之時，英、彭各建都梁、楚，一時不可遽到。韓信致仕，又無兵權，亦不可用。惟相國陳豨足智多謀，武勇出眾，可堪為將。其餘不足以禦番軍也。」帝即召陳豨，撫之曰：「朕久於兵馬，倦此遠行。今番兵侵擾代州，聲勢頗大。特差汝統十萬精兵，就將韓信平日所製兵器，付汝管領，代朕一行。汝當用心征討，成功之後，就封汝為代王。」豨曰：「臣奉陛下詔命，敢不策勵前進。但兵馬尚少，恐不足以禦番兵。」帝曰：「付汝符印，隨到之處，如兵馬短少，可行文移調取，亦足為用也。」豨領帝命，即辭帝，領兵十萬，赴代州征番。因過韓信私宅，豨想：「我平日受韓信恩德，又蒙指教兵法，至今不能忘。我就一見，以求良策。」隨將兵駐扎城外，遂領數十從人，來見韓信。各施禮畢，豨曰：「臣奉帝命，領兵前往代州征番，仰公之盛德，敬來一見，欲求良策，以為破番之計。」信就留豨小飲數盃，以手相挈，辟退左右，因長歎曰：「君今征番，成功之後，與我破楚之功，孰為大小？」豨曰：「破番之功，一小圖耳！破楚之功，乃萬世之功也。豈敢論大小哉？」信曰：「我以如此之功，一旦廢置不用。君若破番奏凱，朝為王公，暮則匹夫，就如我今日為樣子也。」豨曰：「必如尊公，有何指示？」信曰：「君所居，天下精兵之處也。況君又為陛下親信之幸臣也。人言君叛，主上決不信。若有傳報疊至，主上必怒而親往征之。我卻為君從中起，兩勢夾攻，天下可圖也。乘此可為之時，不可自失。」豨曰：「謹奉尊公之教。」二人相別，議定而去。

陳豨至城外，領兵啟行。一日，大兵到趙、代，陳豨分付安營：「且未可輕動，待我探看番兵虛實，然後方好進兵。」諸將各扎駐營寨，陳豨差人扮作番人去緝訪。差人去數日，回復陳豨，說道：「番兵有四個大營，每營有五萬人。番王在代州城外，另立一老營，約有三萬人馬。沿四營之外，又有騎兵百萬巡哨。遍山滿峪，通是番兵，聲勢甚大。如今番王手下有一大將，名叫哈延赤，使一柄大斧，有萬夫不當之勇。元帥若先致服了此人，番兵自然遠遯矣。」陳豨聞差人之言，甚喜，重賞差人。隨令部將劉武、李德、陳產、楚招等眾將近前曰：「番兵勢重，不可力敵，當以智取。爾諸將當如此如此，方得取勝。」諸將得令，各領兵而去。

次日，陳豨領兵出陣，搦番兵交戰。番王一馬當先，與陳豨答話。王曰：「爾漢主與冒頓講和，又將公主與他為妃，卻如此怕他。我的人馬又多，偏不得漢主一些兒便益。我今統兵來，要與漢主對敵，你是無名小將，我不與你交戰。」陳豨大怒曰：「我漢主是天朝皇帝，如何與你番奴相見！」陳豨就舉刀直取番王。番王背後惱犯了一員大將，舉斧徑出陣前，與陳豨交戰。二馬相交，兵器並舉，一往一來，一沖一撞。戰到二十回合，陳豨虛掩一鎗，往南落荒而走。番將不捨，拍馬隨後追趕。走了十里遠，只見前面一座高山，山下一道大溪。陳豨策馬過溪，番王人馬亦追趕過溪。初時，溪水甚淺，番兵過後，不覺溪水洶湧，溪下浪勢泛漲，阻其歸路。番將急欲勒兵退時，前面高山，後邊溪水，遂將人馬夾在中間。陳豨在高阜處，放起一聲砲響，山谷兩邊閃出兩枝精兵來，鼓譟近前。箭如飛蝗，無處藏躲。番將策馬，欲上山來戰陳豨，被山上一擂木打來，正中番將馬腿，把番將撞下馬來。從上而下，番將遂死於亂石之下。此番將正是哈延赤也。番王隨後領番兵策應，來到溪邊，見水勢甚大，遠望番兵在山下，被漢兵追殺，不得過溪救應，只在溪邊叫苦。纔然未了，番卒來報：「漢兵窺大王領兵來策應，隨有兩枝人馬將老營攻破，把糧草盡數燒毀。四營人馬，見老營火起，正要來救，漢兵一沖，首尾不能相顧，殺得七斷八截，各自四散，不知去向。」番王聽說，不敢回營，徑領本部人馬，復投北番大路而去。陳豨見番王退去，知番營已中計，遂令軍士仍將溪口，用石填住，不一時，水勢仍舊細流，漢兵遂過溪。諸將同到大營，各報功次，大獲全勝。此是陳豨用計，破番兵四十萬。次日進城，大設筵會，款待諸將。酒至半酣，陳豨執盞，告諸將曰：「番兵大敗遠去，雖我之用智，實賴諸君贊襄之力，所以成此大功。但漢帝可以同患難，不可以共太平。就如韓信，五年血戰，十大奇功，如今廢置不用，尚每欲尋事謀害。況我等些小功勳，豈敢望封侯建節？以我愚見，不如駐兵於此，阻其要害，聚草屯糧，招集豪傑，各相戮力，以圖天下。況漢王春秋漸高，厭於兵馬，縱諸將統兵而來，料非韓元帥之匹，吾亦不懼。倘王業既成，諸君封王爵，共享富貴，未審諸君以為何如？」諸將皆曰：「願從將軍之謀。」

是年七月，陳豨傳檄，約會王黃等諸將，各起兵策應。豨遂自立為代王，劫掠趙、代，郡縣逃竄，所過皆被殘壞。有西魏王知陳豨謀叛，具表飛報入長安。帝覽表，大驚。即召蕭何、陳平等問曰：「陳豨，朕待之不薄，如何謀叛？」蕭何曰：「陳豨素有謀略，兼武藝精熟，目下諸將，皆不足以禦之。惟英布、彭越方是對手。當作急發詔，令二將領兵討豨，豨可擒也。」帝即草詔，差人催二處人馬討豨。一面差人往關東諸路，遣兵防守。

卻說韓信聞陳豨反，又聞帝草詔取英、彭二國人馬討豨，隨密寫書二封，差心腹左右星夜賫書，預先通報與淮南、大梁二國，著二國不可遣兵救應。英、彭二處得韓信書，備說：「我有大功，見今廢置不用。二公若應詔討豨，早擒豨，暮即殺二公矣。蓋漢主可以同憂患，不可以處太平。當憂患之時，則思重用。當太平之後，則思殺害。且豨之反，亦因我廢置不用，今雖成功，知無濟也，遂以趙、代二處謀叛。二公若破豨之後，決生事謀害，豈能安居淮南、大梁而享富貴乎？信恐二公不悟，誤投陷阱，所以星夜差人，吐心布露。幸二公詳察，不可如有今日之悔。」英、彭二處得書，遂託病不至。

差人回奏，漢帝甚患之。即召蕭、陳議曰：「英彭二王託病不來，奈何？」平曰：「陳豨謀叛，其說有三。豨平日最懼韓信，今知信已罷閑，其餘諸將非豨之對，豨遂自恃才能，再無他慮，所以謀反，一也。又以陛下久於兵馬，不欲親自征討，乘此厭怠，遂放心恣肆，所以謀反，二也。趙、代乃精兵之處，易於發動，所以謀反，三也。今陛下不恤遠征，且暫命蕭何與臣同娘娘守關中，親統大兵，以周勃、王陵為先鋒，以樊噲、灌嬰為左右翼，以曹參、夏侯嬰為救應，使天威下臨，群兇懾膽，方能取勝。且使天下諸侯畏服。不然，徒廢兵馬，豈能以致勝乎？」帝曰：「此論實善耳。」於是點四十萬大兵，命周勃、王陵為先鋒，領精兵十萬先發行。

帝入內，呂后迎接入宮，設御宴為帝壽。帝曰：「今陳豨謀反，侵佔趙、代，自稱為王。發詔取英、彭二王，託病不來。在朝諸將，非豨之對。朕欲領兵親征，又患韓信廢置於此，久懷異心，恐倡兵中起與陳豨為應。其勢可煩憂。煩御妻權國，早晚有緩急，當與蕭何計議。如畫策定計，有陳平可與謀也。朕此去，料陳豨無能為也。」后曰：「陛下不必遠慮，韓信當日有兵權，似難制服。今閑居獨處，一匹夫耳，何足為患？倘陛下有命，管交片時著韓信就擒，審有反狀，殺之亦不難也。陛下又何患焉？」帝甚喜，不知如何，下節便見。

總評　信義不足以服臣，而每致屢功之臣疑叛。高帝之罪，亦不容免，然總是不學所致。

第九十二回　漢高帝邯鄲駐馬

卻說帝與呂后，一夜商議停當。次日，召蕭何上殿，諭之曰：「朕今統兵前往趙、代討陳豨，關中無人管理，卿乃開國元勳，當朝故老，特命卿與娘娘權國。凡有籌畫，仍與陳平計議。凡一應大小國事，卿須用心裁處，無負委託。」蕭何叩首，曰：「臣敢不竭盡駑駘，以圖補報。惟乞陛下早發凱旋，以慰臣民之望。」於是帝車駕啟行，大小文武群臣送帝出城。自此，呂后與蕭丞相權國。

帝一日大兵至邯鄲，入城下營，帝坐中軍，諸將列左右，臨近郡縣官吏，俱來朝見。帝問曰：「陳豨見今屯兵何處？有多少人馬？為將佐者幾人？」郡令奏曰：「陳豨屯兵曲陽，本部人馬並各處糾合散軍，共五十餘萬。為將佐者，有劉武等二十餘人。各郡縣皆望天兵下臨，以救民水火。臣等聞陛下車駕親征，急來朝見，如大旱之望雲霓也。」帝大喜，乃謂群臣曰：「此邯鄲乃中州總路，陳豨不據邯鄲，而阻漳河，卻乃屯兵曲陽，可見識見淺近。又兼糾合疲散之卒，終無能為也。諸將且據兵在此。」急令周昌遍於邯鄲臨近郡縣，揀選數人以為嚮導。

周昌去數日，選取四壯士來見帝。帝方帳中飲酒，忽見昌領四壯士來見，帝笑而嫚罵曰：「汝輩敢為我前驅作嚮導耶？」四壯士曰：「陛下天兵遠來，其勢雖銳，而未諳地利，不可輕進。必須臣等深入重地，探其虛實，陛下知彼淺深，然後干戈一指，必克全勝。」帝又罵曰：「汝等雖善為唇舌，恐非真見。」壯士曰：「陛下天威咫尺，豈敢欺誑？」帝即與四人俱授千戶之職，又重加賞賜。四人欣躍而出。左右曰：「四壯士未見寸功，陛下一旦俱授重職，又重加賞賜者，何也？」帝曰：「重賞之下，必有勇夫。倘四人果如其言，與朕探知虛的，即為軍功。況豨前日羽檄徵天下，兵未有至者，今計惟邯鄲中兵耳。吾何惜四千戶，而不以慰趙子弟耶？賞一人而眾人勸，吾之用兵，非爾等所知也。」左右拜伏曰：「陛下所見，乃天授，誠非臣等所知也。」於是四壯士各裝為代民，前到曲陽，探聽陳豨虛實。

四人去數日，回至邯鄲見帝曰：「陳豨所用將佐，皆商賈之人，極貪金帛。陛下肯捐數百斤金，買求左右，使各不用命，則豨必就擒矣。」帝大喜，復賞四千戶去訖。乃召群臣問曰：「誰人與朕詐入陳豨營，賄買諸將佐？就打聽消息，使彼內變，則豨不待戰而自亂矣。」帳下一人出班曰：「臣願往。」帝視之，乃中大夫隨何也。帝曰：「卿若去，朕無憂矣。」隨何領金百斤，帶數從人，先具書一封，詐言帝招安納降，徑到豨營。傳說：「帝遣大夫隨何下書，招撫納降。」豨曰：「隨何乃說客，此書乃詐也。」即命左右請何入。何與豨相見，行君臣禮。豨曰：「大夫與豨，一殿侍臣，為何行此大禮？」何曰：「足下統兵百萬，威振二國，與帝爭雄，以圖天下，豈敢抗禮以試利刃耶？」豨笑曰：「大夫抑過矣。豨今據兵於此，實出不得已耳。蓋因漢主猜疑忌刻，忘人大功，難與共享富貴，所以有此舉也。但不知大夫此行，有何見諭？」何曰：「臣奉帝命，招撫足下，欲罷兵息爭，就封足下為代王，不知足下之意以為何如？」豨看書畢，知帝乃詐計，若納降，必受擒矣。因揚言曰：「漢主既統大兵前來，未與豨交戰，如何便差大夫下書招撫？恐非實意。」何曰：「主上初來，實欲與足下交戰，以決勝負。今因左右計議曰：『全軍為上，破軍次之；全國為上，破國次之。』今差何與足下招撫者，正欲全軍全國，以安民命，非有他也。足下若不納降，臣即辭回見帝，亦不敢強。」豨曰：「我與韓信功勞大小如何？韓信實無反狀，尚偽遊雲夢被擒。我若歸降，帝必疑我，尤有過於韓信，豨實不敢奉命。幸以此言，回復漢主。」隨何故意與豨俄延半日，從人俱已將金買囑將佐。諸將佐得金甚喜，隨何徐徐與豨相別。回營見帝，具將前事奏知。

帝次日親領兵出陣，與豨答話。豨見帝，馬上欠身而言曰：「陛下春秋漸高，何苦親身以冒矢石耶？」帝曰：「朕未嘗負汝，汝何謀叛？」豨曰：「陛下誅戮功臣，殘忍少恩，踵亡秦之法，效項羽所為，臣何為不反？」帝大怒，回顧諸將曰：「何人殺此逆賊？」樊噲、周勃二馬徑出到陣前，與豨交戰。戰二十回合，王陵、周昌二將並力夾攻，陳豨大敗。領人馬望南逃走，指望劉武等救應。劉武等被隨何以金買囑，俱無心救援，各拔寨四散奔走。帝見豨兵錯亂，急令大勢人馬，掩殺追趕。將三十里遠，只見前面旗幟整齊，隊伍不亂。卻是另立一大寨，四門俱列戰車，週圍設下鹿角，中軍一聲砲響，四門俱開，人馬風擁而來。陳豨卻回馬，當先反沖殺漢兵。漢兵大勢已行動，急難收煞，被陳豨大殺一陣。帝後哨人馬已到，急扎駐營寨，分頭遣兵救應，豨兵方退後。此時天色已晚，兩家俱各收兵。帝傳令：「今日人馬雖疲倦，不可安寢，須防劫寨。」眾將得令，各自預備。

卻說陳豨回到營坐定，召劉武等責之曰：「汝等未與交戰，便四散奔走，幸賴我預先設下這老營，以防追兵。若無此營，我兵決大敗矣。爾等若再退後，決以軍法從事。」諸將惶恐無地，各退帳後安歇。一夜無事。

次日，帝陞帳，諸將列於左右，王陵進言曰：「陳豨用兵，皆模倣韓信。觀昨日預設營陣，儘有調度，據今與之交戰，恐難取勝，況又糧草不敷。以臣愚見，且退兵據住邯鄲，再調各路人馬，盡力與彼決一勝負。料天威所臨，非豨所能及也。」帝曰：「恐我兵一退，豨兵追襲，反致取敗。」陵曰：「今日且按兵不動，待晚徐徐退去。卻著兩枝精兵埋伏於左右，彼若追趕，兩路人馬沖出，彼必大敗。臣料豨善於用兵，我兵若退，彼決不敢追趕。」帝曰：「善。」於是延至將晚，帝分付三軍，各飽飯後，準備行李，銜枚啟行。著樊噲、王陵、周勃、灌嬰四將，分為二枝，埋伏在左右。其餘人馬，盡數隨帝回邯鄲。有人飛報與陳豨，陳豨召諸將曰：「此帝屯兵於此，不便於戰陣，又且糧草或不敷，想退兵於邯鄲，調各路人馬，與吾決戰。」諸將曰：「臣等正好追殺。」豨曰：「帝久於戰陣，深有謀略，左右必有埋伏。汝若追趕，必遭沖擊，不可追也。」即差人探聽左右，果有重兵埋伏，諸將皆服。帝人馬徐徐回邯鄲，樊噲等四將見無追兵，亦各退回。自此兩家各相拒不戰。

卻說帝初大兵出長安時，韓信稱病，不隨帝出征，後打聽陳豨屯兵曲陽，乃默思：「陳豨當拒邯鄲，阻漳河為上策，豈可屯兵曲陽？帝若據住邯鄲，豨必敗矣。」陰使心腹人寫書與豨，令遣將領精兵抄小路，徑攻長安，我卻從中起，使帝首尾不能相應，必獲全勝。書去，未知如何，下回便見。

總評　韓信真非英雄，何也？隋末虬髯，以匹夫有中國之志。一見世民，心醉神死，默然逃遯於扶餘，而不與中原劉黑闥輩兵戈馳逐，此所謂識時務者。安有紫氣龍文、豁達大度，於逐鹿鼎沸之秋？既知真主所在，而天下大定，復生覬覦，則其人之識量意見，終不為具眼。故曰：韓信非英雄也。

第九十三回　呂后未央斬韓信

卻說心腹人出城，有信家僕謝公著設酒送行。兩人飲酒，不覺沉醉。公著相辭至晚回，信怒曰：「一日不見汝，不知幹甚事？」公著帶酒觸言曰：「我又不曾與外國通情❾，緣何幹甚事？」信聞言大驚，便著左右扶公著入房內安歇。自思：「此人既知此事，不可留也，當殺之。」信入寢室，有夫人蘇氏問信曰：「謝公著緣何來晚，致使尊公動怒？」信曰：「公著言太無狀❿，吾欲殺之。」蘇氏曰：「公著帶酒，口出妄言，豈可計較？待酒醒時，問明處置亦未遲，何必夜晚殺之，反致左右驚疑。」信曰：「夫人之言是也。」於是，信就寢。

❾ 通情：這裡指暗通外國。
❿ 無狀：無禮。

卻說謝公著五更酒醒，其妻曰：「汝晚歸來，韓侯甚怪你，你口出狂言，甚是無狀。」公著曰：「我說甚言語？」妻曰：「你說：『我又不曾交通外國，緣何幹甚事？』」韓侯驚訝入內，晚間計議要殺你，你可急早逃走出去，庶免一死。」公著聞妻言，驚惶不已。便起來穿了衣服，預備行李，躲避在夾道傍等候。剛開宅門，側身而出。此時信尚未起，公著走到城邊，欲出門，自思：「韓侯家僕甚多，若知我逃走，決差人四下跟尋，如何得脫此性命？不若將此機密事，往蕭何丞相府告變。雖是害了他，我卻得保全性命。」公著遂轉迴身，徑到丞相府告變。

蕭何連日正接得高帝手敕，分付用心防備韓信。如遇便當，計議殺之，以除後患。蕭何領手敕，奏知呂后，正無計可施，卻聞謝公著告變。急著進府內，近前密問曰：「汝有何事告變？」公著曰：「韓侯與陳豨交通，結連謀反。」何曰：「汝告變須要的實⓫，不可輕易。若不實，汝亦難免死罪。」公著曰：「此事豈是小事，某亦不敢輕易。前日陳豨征番之時，實無反意，皆是韓侯勸陳豨反，以此陳豨到趙、代遂反，亦曾有書來相通。昨者韓信又密寫書，著家僕傳與陳豨，教遣將調兵，從小路來取長安，韓侯卻從中起，以為內應。此事一毫不敢虛假。我因醉後露出話來，韓信要殺我，被我逃走，徑來告變。如不實，甘當重罪。」蕭何聞公著之言，即引來見后，備說前事。后大驚曰：「韓侯已實反矣，丞相作何計議？」何曰：「此事且按下，不必題，就將著暗藏於臣家。明日可密差人往牢中揀一重犯，與陳豨模樣相似者，斬首。假著人報捷，只說主上已得勝，殺了陳豨，將首級傳入長安，號令關中。群臣聞此，決來賀喜，韓信必然出朝，因而擒之，隨娘娘處置。」后曰：「此計甚妙。」即暗差人牢中取一重犯來，

⓫ 的實：確實。

斬首，用匣盛了。一面著人來報捷，就傳諭中外。

眾群臣聞帝有捷音，皆到蕭何相府，會議明日入朝稱賀。丞相曰：「諸君須會齊，就約韓侯一同入賀。韓侯官雖與諸君同，然不過暫時廢置。聞帝回朝，仍有加封之意。況韓侯開國之功，帝常思念，豈終碌碌與眾人等耶？」眾人聞何之言，亦來與信相約，就將蕭何之言，告知韓信。信聞眾之言，亦自思：「蕭何必知端的，想帝回朝，必有加封之意。」遂與眾人約齊，明日入賀。

眾人辭出，韓信到內庭見蘇夫人，備說帝有思念之意。明日須同眾人入朝稱賀。夫人曰：「前日帝遠行討陳豨，公託病不同行，一向又未得見呂后。今聞捷音至，卻去稱賀，呂后疑怪，恐至陷害，公當斟酌。」信曰：「若今不去朝見，帝早晚回朝，如何相見？況蕭丞相在左右，決然維持，料亦無事。」夫人曰：「連日見公氣色不甚好，恐出朝或不利。公宜仔細。」信曰：「呂后一婦人耳，蕭何大識見，我已約定人，豈可失信？」

次日，韓信同群臣入朝稱賀畢，后曰：「群臣且出，著蕭丞相留淮陰侯入便殿後，有密事計議。」蕭何急下殿，邀韓信入內。信方放步入宮，只見兩邊走出四五十武士來，將信捉住，就綁縛於長樂殿下。信曰：「臣得何罪，娘娘縛臣？」后曰：「帝拜汝為大將，後因有功，封汝為齊王，改封楚王。聞汝謀反，出遊雲夢，雖擒來，亦念汝有功，不曾加誅，又封汝為淮陰侯。帝未嘗負汝，汝何結連陳豨謀反？又差人往彼交通，著陳豨寇長安，汝卻為內應。如此設謀，天地鬼神所不容也。」信曰：「有何指實？」后曰：「汝家僕謝公著告變在此。」信曰：「此公著詐言，娘娘亦當詳察。」后曰：「帝破豨，營中已搜出汝親筆密書，陳豨已招認，汝尚敢口強？」信聞后言，低頭再不復辨。后將信綁於未央宮鍾室，令武士斬之。信臨死，乃曰：「吾悔不用蒯徹之計，乃為兒女子所詐，豈非天哉？」

按史：大漢十一年九月十一日，斬韓信於未央宮長樂殿鍾室之下，盡夷其三族。是日，天地昏暗，日月晦明，愁雲黑霧，一晝夜不散。長安滿城人盡皆嗟歎，雖往來客商，無不悲愴。人言蕭何前日三薦登壇，何等重愛！今謝公著告變，亦當在呂后前陳說開國之功，可留他子孫，方是忠厚，反立謀擒信。及夷族之時，卒無一言勸止，何其不仁甚哉！

野史中有一絕句，單說蕭何，其詩曰：

韓信胸中智略多，蕭何三薦定山河。豈知勳業翻成怨，成也蕭何敗也何。

又史官歎韓信之功，其詩曰：

可惜淮陰侯，能分高祖憂。三秦如破竹，燕趙一時休。
北堰沙囊水，烏江逼項頭。功成飛白刃，千載恨悠悠。

又譏韓信不及留侯，其詩曰：

受鉞登壇起漢中，三秦還定捲如風。收燕破趙千鈞力，滅楚平齊十大功。
已會龍飛成汗馬，不如鳥死棄良弓。千年妙算留侯計，爭得逍遙伴赤松。

又譏蒯徹不諫信早退，其詩曰：

鼎足三分空漫陳，搖唇鼓舌枉勞神。洪圖天意歸劉氏，豈若當時勸退身。

太史公曰：假令韓信學道謙讓，不伐己功，不矜其能，則庶幾哉，於漢家勳業，可以比周召、太公，血食後世⓬矣。不務出此，而天下已集，乃謀叛逆，夷滅宗族，不亦宜乎？

按：遷史評信之所以夷族，乃其自取。然信之罪，殺之可也，夷族則過矣。惟致堂胡氏以為功過當相準，誠為確論。而綱目不書有罪，乃書殺而不去其爵者，蓋以信有定天之功，受封未幾，無故見執，以致怏怏無聊，遂陷於此。非信負漢，實漢所以負信也。

後人有詩詠高帝少恩，其詩曰：

迎陳未必懷殊志，拒蒯曾何有叛心？帶礪山河宜世胄，丹書金石可同簪。
奈何王國遷侯爵，無故元臣受虜擒。長樂劍光空血染，千年遺恨到於今。

呂后斬韓信畢，命蕭何寫表，并韓信首級，申奏帝知。后差陸賈賫表并信首級，飛馬馳報。一日，陸賈到邯鄲見帝，帝拆其表觀看，表曰：

大漢十一年九月日，皇后呂雉上言：伏以刑以繩下，用彰邦國之典。法以勑眾，懋昭王者之威。

⓬ 血食後世：享受後代人的祭祀。

仰惟皇帝陛下，神武布於萬方，威德加於四海。迺有淮陰侯韓信，既食漢祿，不守臣憲，輒生異志，頓改初心，交結陳豨，大肆謀叛。家奴告變，實有顯跡。密從蕭何之請，明揚國法之公。斬首未央，夷其三族。傳報邯鄲，曉諭北伐。使陳豨以之喪膽，奸宄為之消魂。天兵下臨，指日奏凱，臣妾不勝欣忭⑬之至。

帝覽表甚喜。既而追思韓信十大功勞，心甚傷感，因謂左右諸將曰：「韓信始歸朕之時，蕭何屢次薦舉，朕拜為大將，其後累建大功，諸將不能及，乃天下奇才，雖古之名將，亦未為過也。朕解衣賜食，待之甚厚。豈可與陳豨交通，謀為不軌，亦心術太不良耳。后既殺之，朕甚悼惜。自此，再無如信之能。」帝不覺淚下數行，左右亦皆涕泣。遂將信首級傳布遠近，人人莫不嗟歎。

卻說陳豨正遣兵從小路會韓信，攻取長安。兵未發行，忽聞人言：「韓信事已敗露，被呂后斬於未央宮。命陸賈賚表奏帝，就將首級傳至邯鄲，見今懸於轅門之外，曉示三軍。」陳豨聽罷，大叫一聲，氣倒於地。左右急近前扶救，未知性命如何，且聽下回分解。

總評　淮陰一案，前史多有疑。信倘如此書所敘，亦只該誅其身而免其族，如後世所論始當。

⑬ 欣忭：高興。

第九十四回　陸賈智調蒯文通

陳豨因聞韓信死，哭倒於地。左右諸將救起。陳豨曰：「我數年來多得韓侯之教，雖為異姓，實同骨肉，豈意今日為我遭此誅戮！一聞其死，不覺十分傷慟。又且吾事不能濟矣，為之奈何？」諸將曰：「韓侯雖死，大王豈可自懈。我等願同大王殺上邯鄲，與漢王決個勝負。」陳豨曰：「且不必進兵，吾料一二日，漢兵決來，不若只在此預備交戰。」言未罷，有細作來報：「漢兵統各處調來人馬，殺奔曲陽來。離此不上百里，我等徑飛馬來報，大王可作速準備。」陳豨分付諸將，不可如前一敗，便先逃走。諸將曰：「我等隨大王一同出陣，不必各分營寨，恐難救應。」豨曰：「汝等只分左右為羽翼，待我與彼交戰，汝卻兩路沖擊，彼兵自亂，可以取勝。」諸將得令，各分兩路伺候不題。

卻說帝屯兵日久，又見各路人馬俱到，知陳豨見殺韓信，逆謀已破，決無心固守。乘此機會，統兵徑趨曲陽。一日大兵抵曲陽，離城三十里下寨。帝傳命：「著樊噲、王陵二將，今夜密領精兵一萬，各啣枚暗投曲陽北路，左右埋伏，待豨敗走，爾卻出此奇兵，可以擒豨。」又命：「周勃、周昌二萬在營後，待豨左右有救兵，可出此兵以禦之。隨我諸將，先著灌嬰與豨對敵，正在酣戰之際，爾諸將盡力協攻。彼敗走，盡力追趕，決獲全勝。」諸將得令，各分付預備。

次日，灌嬰領兵出馬，與陳豨答話。陳豨一馬當先，大叫曰：「漢兵前日已大敗，尚不納降，乃敢復來送死？」灌嬰大罵：「逆賊，自不知死，尚敢逞強。」舉刀迎面劈來，陳豨舉鎗交還。二將鬥到二十回合，只見陳豨左右諸將，急領兵沖殺來。這漢陣上周勃、周昌不待豨兵到來，亦各出精兵奔前截殺。陳豨又鬥嬰不下，正急躁之際，漢諸將一齊併力協助殺來，陳豨如何抵敵得過，往北逃走。豨諸將見陳豨敗走，無心戀戰，亦各四散奔潰。帝率諸將合兵一處，盡力追殺，豨兵已知勢弱，各倒旗投降。劉武等諸將俱被周勃、周昌等追殺，遂死亂軍之中。陳豨正逃走中間，忽聽一聲砲響，樊噲、王陵二枝生力人馬突出。陳豨被漢兵追趕正急，無處躲避，一時措手不及，被樊噲一戟刺於馬下。大勢漢兵俱到。見刺了陳豨，帝大喜。遂將首級馳去懸於趙、代二處，彼處知豨死，皆望風歸服。帝傳命，如有投降者免誅戮，仍招撫各郡縣，趙、代悉平。

帝車駕赴洛陽，呂后遠來迎接，帝相見甚喜。備問韓信臨死，有何話說。后曰：「信言：『恨不聽蒯徹之計，乃為兒女子所詐，豈非天哉？』」帝問左右：「蒯徹乃何處人？」陳平曰：「蒯徹乃齊人，極有機變，韓信行兵時，寸步不相離。聞此人曾勸韓信以齊反，信不聽，此人遂佯狂於市。其人當以智取，若陛下以法拘之，恐難力致，則必假為風狂而死矣。」帝即問左右：「誰人往齊國調蒯徹去？」言未畢，陸賈出班奏曰：「臣願往。」帝即命賈引十數從人，往齊國調蒯徹。

一日到齊，有郡守李顯接賈於驛中安歇。賈問：「蒯徹今在何處？」顯曰：「此人每自歌自笑，遊蕩於街市中，人皆以為風魔。某嘗以禮相請，彼終不就。此等人，主上何須用他？枉著大夫遠來，恐徒勞神也。」賈曰：「君知其一，未知其二。蒯徹之風狂，乃其詐耳。汝可著一能言之士，與之飲酒。彼必歌笑狂飲，著其人但如此如此誘引，待他痛哭之時，我卻有言語調他，他自然不敢風狂，管教他隨我見帝。」李顯即選兩個能言之士，與了錢鈔，分付他：「如此如此誘引蒯徹，待他哭時，向十字街便請陸大夫相見。」

其人領命，即到市上，見蒯徹散髮狂笑，遊行於市，乃為之歌曰：

> 六國兼併兮，為秦所吞。內無豪傑兮，罔遺後昆。秦殆自失兮，滅絕於楚。楚罔修政兮，屬之漢君。烏江逼項兮，伊誰之力。十大奇謀兮，豈容獨存。乃不自悟兮，尚思國爵。一朝遭烹兮，禍福無門。佯狂沉醉兮，且自昏昏。

歌罷向南而去。李顯差人尾之於後，近前，乃挽徹手，亦大笑不止，曰：「我今與子亦病狂矣。願請入酒店中，市沽三杯。」徹喜。亦隨二人入酒館。二人曰：「我今數日後，海外遨遊，不居人間，與世相違。不欲戀功名，貪富貴也。」徹見二人語言不凡，乃曰：「我之病狂，其意有在。汝之病狂，果何意耶？」二人曰：「我之病狂，非子所知也。且與子飲酒，不必多言。恐為人所聞，則非病矣。」徹見二人言甚蹺蹊⑭，遂改容而正言曰：「二公決非等閑人，願求大名。」二人曰：「我二人原係趙國人，聞韓侯之賢，前隨楚地，日侍左右，言聽計從，遂為心腹。不意韓侯無故為家僕所誣，被呂后斬於未央，夷其三族。臨死之際，言不絕口，只說悔不聽蒯徹之言。我等見侯屈死，恨不同為之死，遂棄功名，逃走於此。聞子狂歌於市，知其為蒯先生也，因與三杯以敘衷曲。吾思韓侯十大功勳，為當代元臣，一旦被家僕所誣，死於陰人之手，子孫誅滅，一脉不留，豈意韓侯遭如此之苦？我二人想其儀容，念其恩，

⑭ 蹺蹊：不尋常。

思往日威振三齊，何等英雄？今翻為畫餅，豈不痛哉？豈不哀哉？」二人言罷，淚如雨下，感動蒯徹心事，不覺搥胸跌腳，放聲大哭，曰：「韓侯何不早悟耶？何不早悟耶？乃至見殺，使我一身無主。我何以為生耶？」正哭之間，忽見一人自外搶入，劈頭揪住，便道：「你終日裝狂，今日卻漏出本相⓯來也。」蒯徹嚇得面如土色，便問：「你是何人？」那人曰：「我是中大夫陸賈也。奉漢帝命特來拏你。」言未畢，只見郡守李顯率領從人將徹縛住，就帶到公廳。陸賈解其縛，以禮相接曰：「蒯先生不必如此佯狂，快整起衣冠，赴洛陽見帝去。方今四海一家，萬姓皆子，與其依信而空死，孰若歸帝而報忠？智者必能識時，賢者則能擇主。漢帝乃當代真命，以張良世世相韓，尚封侯為漢臣，況其他乎？先生當自思之。」蒯徹曰：「某佯狂許久，今被公倒說了我也。」遂整飭衣冠，預備行裝，隨陸賈赴洛陽見帝。

一日，到洛陽。帝方與群臣議事，忽見陸賈引蒯徹來見，拜伏在地。帝曰：「此是何人？」賈曰：「乃齊人蒯徹也。」帝曰：「昔日汝曾教韓信反耶？」徹曰：「然。是臣教信反也。秦失其鹿，天下共逐之。高材捷足者先得焉。跖之犬吠堯，堯非不仁，犬故吠非其主。當是之時，臣惟知有韓信，而不知有陛下也。若信果聽臣言，豈有今日？信今既死，臣亦不欲獨生。陛下如欲烹臣，臣即就死，亦不敢避。」帝笑謂左右曰：「徹之言，亦信之忠臣也。彼各為其主耳，朕今即釋汝之罪，授汝以官，汝以為何如？」徹曰：「官非臣所願也，惟願陛下念信平定天下之功，乞將信首付臣，葬於淮陰，仍封為楚王。放臣與信守墳墓，以終餘年。此萬代帝王之德，陛下可以衍億世之洪基⓰於無窮也。」帝曰：「賢哉，蒯徹也。」

⓯ 本相：本來面目。
⓰ 洪基：洪大的基業。

即日將信首級付蒯徹，仍傳命有司造信墳，仍封為楚王。蒯徹不受官，任其閑散快樂。後史官有詩曰：

勸信圖王志已疎，敢言折帝不忘初。辭官仍作東齊客，始信人間烈丈夫。

不題蒯徹辭官，卻說帝仍回長安，蕭何率文武群臣接見。帝大設筵宴，犒賞軍士，忽有左右來報：「朝門外有一告機密事，伺候投見。」帝曰：「陳豨事方定，又有告變者投見，傳命著進來。」其人入內見帝，道出這個人來，未知是誰，且聽下回分解。

總評　陸賈之善調，蒯通之壯直，兩擅之矣。

第九十五回　欒布洛陽哭彭越

卻說來報機密者，乃梁太僕也。太僕因彭越醉後辱罵，歸家忿恨，曰：「我本與越同為漢臣。彼因僥倖成功，帝封為梁王。今倚恃王爵，累次辱我。況我又無家小，不若赴長安告變，使他王爵不能自保。」當夜收拾行裝，徑赴長安告變。帝問曰：「汝是何處人？告甚機密？」太僕曰：「臣雖事梁，實為漢臣。昨見梁王招集軍馬，指日欲以梁地謀反，一也；前日，陛下征陳豨，徵兵協助，彼又托病不來，其反狀二也；昨聞韓信死，哭之甚痛，就欲整率三軍，早晚發行，其反狀三也。臣為漢臣，見彼謀反，臣特來告變。」帝聞太僕之言，急召平等商議。平曰：「彭越見帝誅了韓信，所以謀反。今可差一的當人，奉令宣召，如來，則無反志，但廢置可也；如不來，則謀反必矣。然後遣兵征討，則師出有名也。」帝復命陸賈前赴大梁召越。

賈領帝命，至梁見越。越與賈相見，問曰：「大夫此來為何？」賈曰：「梁太僕告王，王有異志。語言錯亂，前後不對。主上疑彼與王有隙，故託此告變。即監候，欲召王與彼面對。且就與一見，以敘君臣之好。」越曰：「此人一向政事俱廢。我因辱罵，彼遂逃走，赴長安告變。既主上召我，我即奉命，到長安與彼面對。凡事須要指實，豈可憑一面之辭，便陷人於不義耶？」賈曰：「王之所見甚高。」當日，彭越置筵宴，款待陸賈。

次日，預備人馬啟行。有大夫扈徹諫曰：「大王不可去，去則有禍。前日擒韓信，便是樣子。漢帝可與同患難，不可同富貴。大王若去，必有韓信之難。王切不可去！」越曰：「韓信有罪，我無罪。我若不去，則太僕之言似為著實。主上以我為真反矣。」扈徹曰：「功高者必忌，位極者必疑。王之功高矣，王之位極矣！主上正在疑忌之間，王雖無反狀，而此去必尋事陷害，性命終難保也。」越聞徹言，沉吟不語。賈曰：「扈大夫之言，不過目前之計也。今日王若不去，帝必統大兵親來征討。王比陳豨如何？陳豨足智多謀，雄兵五十萬，又占住趙、代二國，尚不能取勝。況梁地素畏帝威，帝若一臨其地，郡縣歸服，王豈能獨立耶？」賈說得彭越閉口不言，遂決意與賈啟行。梁國父老人等送越出城。纔然前行，只見扈徹懸門而諫。越見之，即令人解徹下城。越曰：「大夫何又如此苦諫？」徹曰：「臣今有倒懸之苦，王見而救之。王若去，必有倒懸之危，誰與王救之？臣今不欲大王如韓侯悔蒯徹之言也。」越謝曰：「大夫之言雖為確論，但我此心只欲見帝。故大夫之言雖善，其如吾之不聽何！」遂與賈徑自長行。扈徹嚎泣而回。

卻說越一日見帝，帝出巡洛陽。聞越至，召入內相見。帝怒曰：「昔破陳豨之時，徵汝，汝何不至？」越曰：「臣本有病，豈敢抗違？」帝曰：「今太僕告汝謀反，汝有何說？」越曰：「此人不能理事，累被臣之辱，因是懷恨，故以詐言誣害。陛下明見萬里，當審其詐，勿為小人所欺也。」帝命御史臺勘問。尚未報，忽有一人於朝門外，要見帝。左右不敢隱，奏知帝。帝傳命著其人進內。帝曰：「汝何人也？」其人曰：「臣乃梁大夫扈徹也。」帝曰：「汝來何說？」徹曰：「陛下受困滎陽，若非梁王絕楚糧道，主上豈有今日？梁王累有大功，今陛下聽一時無稽之言，遂殺有功之臣，恐天下人人自危也。」帝意少回，扈徹尚立於帝前不退。帝曰：「本欲殺越，但因爾之言有理，姑廢彭越為西川青衣縣庶人⑰，就在彼安置。」乃封徹為大夫，徹曰：「梁王受貶，臣若受官，犬豕不如也。願放歸田里，於臣之志足矣，官不敢望也。」帝遂置之不論。

卻說梁王越當日出內，即備行裝，赴西川而來。一日，潼關遇呂后，越見后，哭之曰：「臣本無罪，帝乃貶臣於蜀，願娘娘解之。」后曰：「爾隨我引汝見帝，以解前罪。」越叩首，謝曰：「此娘娘再造之恩也。」后至洛陽，見帝，行禮畢，因奏曰：「彭越乃壯士，今既調來，即當除之，以絕後患。豈可使之入蜀，所謂放虎入山，後必傷人。臣妾於途中相遇，與之俱來，暗令人告越謀反，陛下當殺之，庶無後患。若今優柔不決，他日作害，則悔今日也。」帝曰：「后之言是也。」於是，呂后密令人告彭越

⑰ 庶人：平民。

反。帝令人拘彭越，送張蒼勘問。蒼曰：「昔帝取汝起兵征陳豨，汝聽韓信之言，稱病不來，帝已有殺汝之心矣。昨幸貶汝入蜀，此是帝莫大之恩。汝心不死，復隨娘娘來見帝。帝復生猜疑，知汝終是作亂，不如殺之，以除後患。所謂禍福無門，唯人是招。此非帝與娘娘寡恩，實汝自取之也。汝今如虎入檻，決無逃生之理。不若招承，以決一死，免致苦刑，終難解脫。」越長歎曰：「公之言極中我病。但恨不聽好人之言，果有今日。公既開斷明白，我亦不敢費辭，只得屈招，任主上處我。」張蒼即將越口辭成案，申奏漢帝。帝與后計議：「越罪當誅。就照韓信例，斬首示眾。」后曰：「天下諸侯因見陛下仁慈，所以玩法者甚多。今將彭越醢為肉醬，以賜諸侯，使天下震恐，庶後人不敢謀反也。」帝曰：「然。」於是，將越斬首示眾，仍醢為肉醬，以示諸侯。後胡曾有詩曰：

關東新破項王歸，赤幟悠揚日月旗。從此漢家無敵國，爭交彭越受誅夷。

按：彭越只是貪心所使，一切死生利害，所不計也。使當時貶入蜀，徑自長往，不戀戀於呂后，豈致有殺身夷族之禍？智不出此，而尚欲隨后見帝，昧然不悟，何其愚之甚耶！

卻說帝斬了彭越，遂夷三族。仍梟首於洛陽東門。忽見一人麻衣布帽，腰繫麻繩，分開人叢，踏折長竿，抱定彭越頭，放聲大哭。曰：「冤哉！屈哉！」左右有守衛者，即將其人捉住，來見帝。帝問曰：「汝何人也？」其人曰：「臣乃欒布，大梁昌邑人。為梁大夫。不忍梁王屈死，故來哭之。」帝曰：「梁王謀反，何謂屈死？」布曰：「昔陛下受困滎陽，楚兵四十萬，攻城甚急。韓信在河北不至，當時危若墜旒。使梁王助楚，則漢必亡矣。臣下書，說梁王阻楚糧道，以撓其勢。後又助糧數十萬石，漢乃滅楚垓下。五年之間，梁王受盡辛苦。今天下已定，指望與陛下共享富貴，傳之子孫無窮。豈料陛下聽信讒言，既斬首，而復醢其身，又夷其三族，用刑太慘，與暴秦尤甚。前日蕭何所定律令，於今安在？漢廷諸臣，再無一人敢諫者。臣懷不平之心，願來投死。臣恐此後功臣人人自危，誰與陛下守太平之業？」言罷，又放聲大哭不止。左右文武聞之，無不下淚。帝半晌不語，遂命釋放。即日，傳命封布為都尉，布叩首力辭曰：「臣不願為官，惟願收拾梁王頭骨，還葬大梁，陛下之洪恩，微臣之至願⑱也。」帝許之，欒布遂將彭越頭骨包裹，出洛陽而去。

且說帝醢彭越為肉醬，傳布天下諸侯。一日使臣將肉醬到淮南，傳與英布。布正在望江樓臨江宴諸臣，方酒酣，見帝賜肉醬，起身拜領。謝恩畢，便問使臣：「此肉醬何肉也？」使臣詐言鹿肉，布遂開罌嚐之，不覺心動，胸中瞶亂，探身於江邊，遂哇而出之。英布心大疑，即追問使臣：「何肉也？汝當實說。」使臣見英布有怒容，不敢隱諱，即以實告。布大怒，將使臣一劍斬之，便起兵作反。未知何如，且聽下回分解。

總評　漢高之誅功臣，獨於梁王尤為稱冤，從古所未有者。此等舉動，亦亡秦之續耳。

---

⑱ 至願：最高的願望。

第九十六回　淮南王英布反漢

卻說英布殺了使命，就點起精兵二十萬，屯於城外。仍招集四外軍士。

一日，欒布麻衣扶杖來見英布，備說彭越屈死：「想當日與大王同力建功，今成畫餅。使漢主無韓侯、彭王與大王，安得滅楚有天下？今無故將韓侯、彭王殺死，僅存大王一人。若不極力起兵，與二王報仇，則大王亦有二王之禍矣。」英布曰：「吾已殺使命，見今屯兵城外，早晚發行，幸得大夫來贊助，吾成功必矣。」費赫曰：「舉兵當先據地利，不可輕動。大王若傳檄燕、趙，據守山東，先立根本，次決勝負，以為長策。若恃一時之忿，徑與交戰，漢有良、平之智，絳、灌之勇，帶甲百萬，控連四海，決致取敗。」英布怒曰：「汝何妄為議論，阻我軍情？方今漢主春秋已高，韓、彭已死。」遂叱退費赫。於是，舉兵東取吳，西取上蔡，與楚王劉交、劉賈戰於吳楚之間。布兵強盛，一戰遂虜劉交，斬劉賈。聲勢大振。

報入關中，帝大驚，召諸將問計。諸將曰：「英布豎子，何能為乎？天威下臨，必克全勝。」汝陰侯滕公曰：「臣有一門客，乃楚令尹薛公也，足智多謀。聞英布反，深笑其不能為也。想彼必有籌畫。」帝乃急召薛公問之，薛公對曰：「使英布出於上計，山東非漢之有也；出於中計，勝敗之數未可知也；出於下計，陛下安枕而臥矣。」帝曰：「何謂上計？」對曰：「東取吳，西取楚，并齊取魯，傳檄燕趙，固守其所，山東非漢有也。」「何謂中計？」「東取吳，西取楚，并韓取魏，據敖倉之粟，塞成皐之口，勝敗之數未可知也。」「何謂下計？」「東取吳，西取上蔡，歸重於越，身歸長沙。陛下安枕而臥，漢無事矣。」帝曰：「汝料英布出何計？」對曰：「布決出下計。」帝曰：「何以知之？」對曰：「英布乃驪山之徒，無深謀遠慮，一旦高居王位，皆為身計，不顧其後，故知決出下計也。」帝大喜，即封薛公為千戶。遂傳命大小三軍，整率人馬，隨帝東征，留蕭何守關中。

大漢十二年冬十月，帝大兵駐蘄西，正遇英布人馬渡淮，兩軍相遇，各立營寨。帝升中軍坐定，有探聽小校回奏：「英布東取吳地，有吳郡太守呂瑋畏布威勢，即開城納降。布從江下渡淮，取蔡。今兵抵西蘄，正與陛下大兵相遇。見今扎營於五十里甕山之下。」帝聞奏，笑曰：「不出薛公之所料也。」遂命王陵先領一枝人馬哨探，續差灌嬰、周勃接應。

卻說英布聞漢兵西來，親領一枝兵，轉過甕山迤西，正遇王陵領兵相對。陵曰：「汝乃驪山徒夫，一日位至王爵，不思安享富貴，乃欲謀反，自來尋死。」英布怒罵曰：「汝等乃沛縣酒徒，得我等贊助之力，今成大事。前年殺韓信，今年殺彭越。我三人同功一體之人，他二人既被害，早晚決尋到我，我如何不反？乘此時，汝快與我一同起義，免汝後日之悔。」王陵更不回話，舉刀直取英布，英布舉斧劈面交還。二將戰有二十四合，王陵刀法漸怯。灌嬰、周勃二將人馬已到，就勢出馬沖殺來。英布陣上，欒布領眾諸將也都殺來，兩邊混戰。漢兵大勢人馬拔寨都到來，接連交戰。布兵抵當不住，望山後四散奔走。帝乘白龍駒，隨大勢人馬一概追趕。不防欒布側身在山凹處，見帝過來，彎弓搭箭，想誅彭越之恨，盡力一箭，正中帝右肩，翻身落馬。有詩曰：

漢帝負勳臣，圖王鮮至仁。韓彭遭赤族，黥布動煙塵。
暮年猶遠駕，宵旰每傷神。流矢蘄西路，應多切齒人。

諸將聞漢帝被流矢所傷，傳知遠近。諸將無心追趕，各扎駐人馬安營，扶帝入中軍，用醫敷藥調治，幸未大傷。

帝次日扶病陞帳，召諸將曰：「英布知我中箭，決不作預備，汝等可乘機一戰，決取勝矣。」陳平曰：「今日人馬且未可出戰，待數日後且不出，英布決疑帝中傷，定親來搦戰。那時，卻乘機沖殺，著他不作隄備，方可取勝。」帝令曹參領兵三萬，去長沙，絕布糧道；令灌嬰領兵二萬，前往陸安，捉拏英布老小；令紀通領精兵二萬，劫布大寨；令周勃等把住淮江渡口。各處調派停當。

英布果見帝數日不出，大喜，曰：「此必漢主被箭射傷太重，不能出戰。吾正好乘機攻取，必獲大勝。」欒布曰：「恐有別計，須當仔細。」英布分二枝人馬，殺上漢營來搦戰。漢陣上不見人馬，一連二日，英布曰：「果帝傷重，無人主張。今晚可劫營，決無準備。」欒布曰：「陳平等多詭計，恐中間有詐。」言未畢，後哨人來報：「大營被漢將紀通劫了！見今周勃等把住江口，灌嬰往陸安暗取大王老小，曹參斷了糧道，見今軍中缺糧。」英布聽說，大驚，急收回人馬，望山後安營。人馬方動，只見漢營中一枝人馬沖出，為首大將樊噲高呼：「英布，急早投降，奏過主上，免汝一死。」英布大怒，急勒回馬，與噲大戰，交馬五十回合。漢兵陸續增添越多。布不敢久戰，望東南逃走。帝傳令大勢人馬追趕。至大江，布引百十騎渡江。漢兵遂屯軍於江北，暗使人探聽英布投何處去。

卻說英布過江，徑至吳國投吳芮處安身。吳芮正出城外，採獵未回。吳芮姪吳成，曾被英布之辱，每懷忿恨。見布止領百十騎人馬來投，自思：「布平日恃勇，獨霸淮南，恣意妄為。今謀反，被漢主一陣殺敗，卻來投奔安身。我若容了他，即是通同叛臣。不若乘叔採獵未回，暗地殺之，投見漢帝，此莫大之功也。」於是，迎接英布入府。行禮畢，分付左右置酒款待。布問：「令叔何往？」成曰：「阿叔無事，即往南山畋獵，或三五日方歸。今日不知大王降臨，早晨已出矣。」布曰：「前日兵出吳地，幸賴令叔率眾歸降，一路過江，並無阻滯，遂取上蔡，直抵蘄西。不料被漢兵劫營，遂爾失利。今復過江到此，且暫住數日，待令叔回，再糾聚人馬，與漢決戰。如得成功，富貴與令叔共享。」吳成只是佯為應答。飲酒至晚，英布大醉，即投公館宿歇。將至二鼓之後，吳成同四十個武士，各執利刃，從公館後門暗地越牆而過，徑到英布寢歇處，只聞英布鼾睡如雷。吳成看得較近，用力一劍，將布斬首落地。耳房中有十數從人知覺，便叫道：「大王房中如何有人？」急起身搶出。被四十個武士攔住，盡行殺死。

次日天明，吳成將英布首級過江來見漢帝。帝聞英布被吳成殺死，甚喜，急召入，令吳成持英布頭捧上驗看。陳平諫曰：「不可。英布乃世之驍將，今被暴殺，魂魄未散，恐有惡氣沖犯龍體。」帝曰：「朕自起兵豐沛，十數年來，經百十餘戰。大小首級，不知見幾千萬個，豈懼英布首級耶？」遂捧上觀看。帝乃大罵曰：「黑面賊，不安守臣節，卻要謀反。今被斬首，汝再敢縱橫吳、楚之間耶？」言未畢，只見布頭睜圓怪眼，鬚髮直豎，一陣惡氣將帝沖倒。未知性命如何，且聽下回分解。

總評　捧頭驗看，乃武夫悍將所為，豈是君人之度！

第九十七回　四皓羽翼定太子

漢帝被惡氣沖倒，左右急扶帝入寢室。諸將到帳下問安。帝臥病不起，命醫調治，數日方愈。後人有詩曰：

漢帝緣天佑，臨危仗默扶。韓侯空妄想，彭越信糊塗。
布首雖為惡，炎基已壯圖。湯池連萬里，赤幟應真符。

帝重賞吳成，遂封為忠毅侯。仍行手敕曉諭吳芮，用心把守江夏一帶。以劉仲之子劉濞，就封為吳王，鎮守江東。

十一月，帝過魯，聞闕里乃生孔子之處，有孔子廟庭並孔林，帝即率文武群臣，以太牢之禮⑲祀之。內封其子孫。遍遊泰岳勝境，復詢問顏、孟遺址，嘉歎不已。後史官有詩曰：

天下衣冠仰聖門，萬年垂統道常存。詩書不事如高帝，禮樂猶知啟後昆。

⑲ 太牢之禮：盛牲的食器叫牢，大的叫太牢。太牢盛三牲，因之也把宴會或祭祀時并用牛、羊、豖三牲，叫太牢。太牢之禮，是級別很高的禮節。

入境弦歌聞百里，傳家奕葉衍諸孫。孔林一拜誇千載，文運於今更獨尊。

按：尹起莘以為，漢氏四百年基業，其精神命脈蓋在於此。自是而後，儒道稍稍振起。除挾書之禁，置博士之官，開獻書之路，迭見於繼世之後，亦足以見當時崇尚之意。故綱目特筆予之，亦見天理之在人心，自有不可得而泯沒者也。

帝祀孔廟畢，還過豐沛，置酒沛宮，悉召故人、父老、子弟，縱酒笑樂。又招致沛中幼童，得二百人，教之歌舞，竟日作歡飲酒。酒至半酣，帝起擊筑自為歌，詩曰：

大風起兮雲飛揚，威加海內兮歸故鄉，安得猛士兮守四方！

令歌兒皆和習之。帝乃自起歌舞，慷慨傷懷，泣數行下。謂父老曰：「遊子悲故鄉。想吾幼時，終日與鄉人同處，綣戀不想捨。後起兵豐沛，遍遊海內，乃經百餘戰，遂有天下。至今不覺老矣，爾等亦皆皤白。追思往日，情甚傷感。吾今雖極貴，萬歲後，吾魂魄猶樂思豐沛。遂以沛縣為朕湯沐邑，悉免租稅。」父兄、諸母、故人日與歡樂，帝恐太勞擾，欲啟行。父兄又固請留帝。帝曰：「吾人馬眾多，沛縣乃小邑，恐供給不敷，無久為民苦也。」帝不得已，又住三日，大兵起身。

一日，過洛陽，直抵關中。呂后、太子、戚姬、如意並文武群臣迎接車駕入內，大排筵宴，犒賞諸將。自此，天下無事。

帝寵愛戚姬益甚，呂后每懷嫉怨，因尋事嗔怪戚姬，姬不能自安。一日，帝有疾，入姬宮。見帝一向多疾，因奏曰：「陛下春秋漸高，若聖意不早以定議，吾母子恐他日死無葬地矣。」帝曰：「此事甚易，待朕徐徐圖之。」姬命左右置酒，與帝歡洽。帝大醉，枕姬膝上，遂熟寐。呂后密令人探看，知帝在姬宮飲酒，后乘輿即過西宮。有守宮門近侍急報姬曰：「呂娘娘至矣。」姬因帝枕膝睡熟，不敢驚擾，坐床未起。后忽至，大罵曰：「賤婢！每見我，恣肆無狀。今入爾宮，尚高坐不起，是何道理？」姬曰：「妾見后，豈敢不遠迎？因帝睡熟，不敢驚寢，以此失禮。」后曰：「賤婢！每見我，便以帝為辭。他日萬歲後，定著汝為虀粉。」遂大怒，罵詈而去。戚姬半晌無言，惟哽咽墮淚，不意淚點滴於帝面上，帝覺來，酒醒，見戚姬墮淚。帝驚問曰：「愛卿緣何墮淚？」姬曰：「適間陛下枕妾膝睡熟，不料呂后自外來，臣妾恐驚陛下寢，不敢動身。后怪不起，嗔怒而去。欲待陛下萬歲後，欲致臣妾為虀粉。妾因此啼泣，誤以淚點汙陛下龍顏，妾該萬死！」遂跪伏在地，嬌容愁貌，萬種風姿。帝急以手攬衣，撫之曰：「汝放心，管交汝無事。明日出朝，與群臣會議，定易太子。汝必為皇后，如意必為天子，呂后豈能害汝耶？」戚姬叩首拜謝。

帝商議已定。次日出朝，文武群臣朝參畢，帝下手敕，著令群臣再議：「更易太子，務合公論，勿執己見。」帝遂退朝。群臣赴丞相府商議。

呂后知覺，因召呂澤入內曰：「帝寵戚姬，不念舊德，累次詔群臣要易太子，此事如何？」呂澤曰：「臣識見淺小，不足以謀大事。娘娘欲要籌策，須差人密問張子房，看他有甚識見。」后曰：「張子房導引辟穀，一向不出，豈可為我畫策？」呂澤曰：「臣與子房子張辟強交好，央他轉與子房通達，料子房一言之間，便可主意。」后即令呂澤同張辟強往問張良。良初不欲言，呂澤曰：「臣奉后命，問公畫計。今公不言，臣何以復后命？臣但有死而已，必不能出公之門也。」良曰：「此事非敢不言，但不可以口舌爭也。」澤曰：「出公之口，入澤之耳，何不可言之有？」良乃附耳謂澤曰：「帝平日所重者有四人，一向徵聘，其人堅志不欲來，隱於商山之南。此山離長安三百里，山勢最險，多出芝草。閑來採芝而食，鑿泉而飲，飄然與世相忘。帝深慕其人，而不能力致。每欲除之，又恐天下人非議，亦且阻塞賢路，遂任彼自樂。今娘娘差人卑禮厚幣，辭意懇切，務求此四人以羽翼太子。帝一見之，則自然不敢言廢立矣。若得此四人來，勝百員強將，抵十萬精兵，不動聲色，而太子有磐石之固矣。」澤曰：「願求四公姓名？」良曰：「此四人：一名姓唐，字宣明，居東園，遂號為東園公；一名姓綺，名里季，邯鄲人，初隱商南，後與東園為友；一名姓崔，名廣，字少通，齊人，隱居夏黃，遂號夏黃公；一名姓周，名術，字元道，河內人，號甪里先生。爾就將此四人奏知娘娘，急早懇求。若得他下山，太子之福也。」呂澤聞張良之言，拜謝。急來奏知娘娘。呂后隨差內使李恭等四人，預備西蜀錦四十疋，黃金四千兩，名馬四匹，前赴商山，求見四皓。

四皓方山中採芝而歸，見使命各備厚禮，跪於山坡之下，俯伏而言曰：「方今皇太子仁孝誠敬，著聞於天下。素仰四公之名，特差某等卑禮厚幣，乞請四公下山，輔教太子，以成太平之治。他日嗣登寶位，富貴與公共之，願公勿辭焉。」四皓初有難色，見使命哀求懇切，拜伏在地不起，遂將禮物收下，留使命在山中暫歇一宿。

次日，四皓收拾行囊，同使命下山，來見太子。呂后即傳命，排設筵宴款待四人。自此，四皓朝夕與太子相伴，不題。

卻說帝陞殿，召群臣曰：「朕前日命卿等，會議更易太子，連日未見回奏。」叔孫通、周昌等諫曰：「昔晉獻公以驪姬之故，廢太子，立奚齊，晉國亂者數十年。秦以不早定扶蘇，令趙高得以詐立胡亥，自使滅祀。此陛下所親見。今太子仁孝，天下皆聞之。陛下必欲廢嫡而立少，臣願先伏誅，頸血汙地也。」帝遂拂袖而入，群臣皆散。

帝正欲幸長信宮，過便殿，適見太子自文德殿而來，四老人隨太子後行。帝怪問曰：「此四人自何而來？」四人近前，各言其姓名。帝乃驚曰：「吾久以卑禮敦請四公，皆逃避不欲來。今公何從吾兒游乎？」四人曰：「陛下輕士嫚罵，臣等義不受辱，故恐懼而亡匿之。聞太子仁孝恭敬，禮賢愛士，天下莫不延頸願為太子死者，故臣等願委身以事太子。」帝曰：「煩四公幸調護太子。」四人各為壽，望帝拜伏。衣冠甚整，器度奇偉，真當世之神僊也。帝相望而去。後胡曾有詩曰：

四皓忘機飲碧松，石巖雲電隱高蹤。不知俱出龍樓後，多在商山第幾重？

帝至長信宮，戚姬接見。帝備道叔孫通、周昌等力諫，不欲更易。又曰：「太子有四皓為之輔佐，羽翼已成，難動搖矣！」戚姬不覺淚下。帝諭之曰：「吾封如意都善地，料根本已固，定無事矣。」姬拜謝。不知帝封如意何處去，下回便見。

總評　太子安，而呂氏熾，遂使呂妖幾變易社稷。昔人云：「南軍不袒左邊袖，四皓安劉是滅劉。」信哉。

第九十八回　高帝封趙王如意

帝因戚姬涕泣，遂撫諭之曰：「我前日征英布，駐兵邯鄲。我見此地風土淳厚，人民庶富，前有燕臺之阻，後有漳河之險，地方千里，人多豪傑。若在此地建都，亦不在長安之下。我明日出朝，就封如意為趙王，建都邯鄲，使彼終身快樂。且又離關中甚遠，乃重耳遠害之道也。」姬曰：「封如意為趙王，深感陛下洪恩。但如意幼小，須得一人輔之，庶可以保守疆土。」帝曰：「待明日於群臣之中，揀選一奇謀之士以輔之，料萬安無事。」姬拜謝，置酒與帝歡飲。

次日，帝陞殿，與文武群臣會議：「太子既不可易，但如意年漸長成，不可久留宮中。朕欲封如意為趙王，建都邯鄲，卿等以為何如？」群臣曰：「若封如意為趙王，甚合公論。」帝曰：「封如意為趙王，須得一老成大臣輔之，庶得朝夕教導。卿等以何人足當此任？」蕭何曰：「唯御史大夫周昌。其人公正明爽，足可以輔之。」帝曰：「正合吾意。」於是召周昌，欲同如意赴趙建都。昌曰：「陛下既命臣輔佐，敢不從命？但須依臣三事，仍望陛下寫手敕以戒之，庶保無事。」帝曰：「那三事？」昌曰：「第一，不可復入朝，恐地方無人保守，又防人謀害。第二，退守本國，謙以自御，聽臣諫勸。第三，不可時常與戚娘娘通問音信，恐被人識破，則母子不能自保。若依此三事，臣方可輔之。」帝曰：「此三事亦甚易。」隨寫手敕，付趙王收照，遂命車駕送如意出城。

如意臨行，來別戚姬。姬曰：「吾與爾今日別離，又不知何日相見？」母子抱頭，放聲大哭，左右無不墮淚。是日，如意出城，帝送至郊外，洒淚而別。周昌亦同趙王赴邯鄲，不題。

卻說帝正欲進城，只見一人手執詞狀，向帝駕前，聲言：「蕭丞相將上林中空地召民耕種，以公家之物而要買人心，實懷不忠，乞陛下察之。」帝聞奏，大怒，曰：「蕭何受賈人財物，卻將吾上林空地與民佃種，甚非臣道！」急令廷尉械繫之。

蕭何被繫，亦不分辨，遂下獄。數日，有王衛尉叩闕上言曰：「蕭丞相有何罪？陛下乃械繫下獄耶？」帝曰：「受賈人財物，以吾苑地求媚於民，吾故繫之。」王衛尉曰：「有便於民而請之，真宰相事也。且陛下距楚數歲，後陳豨、英布反，以關中託丞相鎮守。當是之時，若關中以西，少為搖動，則國家非陛下有也。丞相不於此時為利，今卻乃利賈人之金乎？陛下忌小過而忘大德。臣不避死，敢叩闕上言之，幸陛下察焉。」帝沉思半晌，回報曰：「此寡人之過也。」是日，使近侍即持節赦丞相蕭何出獄。何入內，向帝謝恩。帝曰：「丞相為民請苑，真宰相之事也。吾不知而加罪，吾不過為桀紂主。丞相下獄，亦不分辨，則為賢宰相也。吾之繫公，正欲百姓聞吾之過也。」何曰：「陛下聖明！臣罪當繫獄，又何分辨之有？」帝歎曰：「賢哉！何之為相也！」遂將妄告者殺之。

按：瓊山丘氏曰：古者，刑不上大夫。秦以法持世，待其公卿，無以異於庶士、庶人。然蕭、曹皆起自秦吏，習見其故，而不知改。其後，二人皆躬自當之，後世遂習用以為常。噫！士亦不幸，而生於三代之後也哉。

計，乃我所為，倘帝知之，吾罪亦難免矣。」遂尋訪四皓計議，欲往終南求仙，以避其難。各人約會相同。

張良聞何下獄，遂歎曰：「韓、彭、英布既誅，蕭何下獄，吾雖導引辟穀，尚處關中，況易太子之

次日，張良同四皓見帝，曰：「方今天下一統，四海晏然。太子仁孝，素聞禮賢下士，足可以繼萬年之統。臣四皓年各八十，不能起居；臣良衰病日侵，亦不堪任用。欲辭陛下，臣等前往終南山訪道，一切功名富貴，漠然無關於心，遠觀雲水，了身達命。得延數年，皆陛下之所賜也。」帝曰：「朕得先生以來，屢建奇功，未有酬報。前封為留侯，先生又未領受。今乃辭寡人而去，不識繼此可復得見乎？」良曰：「不敢請耳，固所願也。」帝又謂四皓曰：「卿等輔教太子，正望久相調護。今相從未久，亦欲遠遁山林，復埋名韜跡，是何心哉？」四皓曰：「君子滿朝，善人當道。臣等衰朽之人，亦何益於國家？惟望陛下放歸田里，得休息餘年，臣等沒齒感恩，當何如耶？」帝見眾人辭意懇切，去念已決，遂贈金帛之物，親步行出殿門之外，以目遙送。只見四皓、張良飄然而去，帝歎息不已。後史官有詩曰：

扶杖倚柴關，長安見帝還。雨中耕白水，雪外斸青山。
有藥身長健，無機性自閑。即應生羽翼，華表在人間。
開創奇謀第一功，韓讐已報破關東。見機先識漢高祖，悟道能從黃石公。
天外雲山隨往復，水中萍梗任縱橫。古今達者如君少，三復高蹤仰德風。

姚合題山居之樂曰：

喜得山中住，閑眠夢不驚。時泉和雨落，秋草上牆生。
因客始沽酒，借書方到城。新詩聊自遣，豈是趁聲名。

四皓、張良歸山不題。卻說漢帝因見張良歸山，一日，追思開國功臣，其間有與朕起自布衣者；有背楚歸朕，建立大功者；有續後隨朕征進，屢有奇謀妙算，足成偉績者。雖曾犯罪，或遭誅戮，然與劉滅楚之功，實不可泯。朕欲建立一閣，將功臣名姓、容貌，圖畫於上，以示後世子孫，使不忘其初，亦見我大漢人才之盛也。即命工匠建立功臣閣，圖畫容貌。

閣成，遂引太子觀看，一一開說功臣出處來歷。看到紀信，太子便說：「陛下若無此人，安得有今日。」又看到夏侯嬰，太子便說：「臣若無此人，亦豈得今日為陛下子耶？」帝曰：「吾兒可謂不忘其本矣！」是日，即召紀信子紀通、夏侯嬰，重加賞賚。二人領受，謝恩出內。人人讚歎，盡說太子仁德。帝聞之甚喜。

忽有一人大叫曰：「陛下與殿下念紀信、夏侯嬰之功，獨不念臣父有莫大之功，而不復約，是陛下獨忘之矣！」漢帝看其人，未知是誰，且聽下回分解。

總評　項東誇父之有功於漢，正所謂出父之醜也。

第九十九回　長樂宮高帝拒醫

其人為誰，乃項伯之子項東也。東曰：「陛下昔日屯兵灞上，與楚相距。楚王欲起兵劫寨，臣父以子房故舊，遂忘同姓，親冒矢石，直抵漢營，報知陛下，相與結好。續後回到楚，復又與陛下解釋，以此霸王息兵。次日，鴻門設宴，臣父與項莊舞劍，極力與陛下維持，陛下得以無事。其後成皋，霸王置太公於俎上，又得臣父以言力阻，太公得以保全。臣父之功不在紀信、夏侯嬰之下，陛下今日與殿下論功，一言不及臣父，因此臣隨侍從，遂冒死，敢為陛下言之。」漢帝聞東之言，茫然自失曰：「寡人久欲結昔日之盟，復二姓之好，但連因各處征討，未有暇時。今聞汝言，使我自愧。」是日使傳命以少華公主與項東結親，令叔孫通議禮，擇日成婚，永結盟好。項東自此與公主合親，住居隆慶府，封東為昭信侯不題。

卻說帝因征英布，為流矢所傷，舊疾復作。又屢幸戚姬，遂成重疾。呂后宮嬪議曰：「帝今有重疾，又終日尚在西宮，倘有不虞，何以定後事？」宮嬪曰：「此事當召絳、灌諸臣，同殿下往西宮，勸帝回長樂宮養病，此是正理。若娘娘諫勸，恐帝終不聽。」后曰：「汝等所見甚有理。」即召審食其、呂澤傳命，召絳、灌諸大臣，同殿下赴西宮，請漢帝回宮。諸大臣曰：「娘娘所見甚有理。」眾人即同殿下前到西宮，候於福順門之外，傳與宮嬪。

宮嬪報知漢帝，帝曰：「此必呂后見我有病，以此著太子同群臣，欲請我回宮。」戚姬曰：「陛下若回宮，捨我在此，終被呂后所害，臣妾再不得覩天顏矣！」言罷，淚如雨下，拜伏於御榻之前。帝曰：「待諸臣進內，我自有話說。」遂傳命，著太子諸臣進內。

太子與群臣入內，見帝面容黃瘦，四體沉重，叩首於御榻前，哀告曰：「陛下春秋已高，又兼有疾，久在於此，雖朝夕歡樂，似非養聖躬之所。臣等愚見，欲奉迎陛下回正宮靜養，以保萬年，則太子之大孝，臣等之至願兼盡之矣。」帝曰：「我之得疾，蓋因久於兵馬，此懷終日鬱鬱，所以困而成疾。今居於此，自覺心志舒暢，或可以保安，豈可復遷改他處！倘愈加潰亂，非汝等所以慰我也。」有樊噲續到，拜伏於地曰：「陛下起自布衣，遍歷天下，誅秦滅項，何其壯也！今乃顧戀戚姬，遂忘初志，想娘娘與陛下同其患難，共成大業。不得與陛下相處正室，失天地配合之宜。臣等甚為陛下不取也。今殿下與群臣，冒罪哀請。陛下若復執一不回正宮，又失父子之情、君臣之義，陛下何以示法萬世乎？」帝見群臣哀請之至，不得已，遂起，扶病過長樂宮養病。戚姬送帝回正宮，拜見呂后畢，仍回西宮，不題。

且說呂后與群臣計議，欲請醫看帝疾。陳平曰：「此去長安二百餘里，有櫟陽，北山下有一醫人，極知脈理，善療諸病。娘娘可差人以禮請來看視，或能治之也。」后即具禮，差人前赴櫟陽請醫。

一日，醫人至長安，入內，先見呂后。呂后備將帝所得病症，一一告知。醫人曰：「此病雖沉重，然帝元氣素壯健，若以良藥漸漸調理，敢保萬安。」后喜曰：「汝若能治之，必重加封賞，富貴不輕也。」后遂引醫入內見帝。醫奏曰：「陛下之疾，亦不難治，料加以良藥，旬月即愈。」於是，帝嫚罵曰：「何乃引此山野匹夫，妄為可否耶！我起自布衣，提三尺劍，遂取天下，豈非天乎！我命在天，雖扁鵲神醫，亦何益哉？」帝堅意不使醫治病，遂賜金五十斤，仍發回櫟陽。

漢帝自此飲食少進，病益沉重。呂后朝夕侍於左右，因問陛下：「萬一萬歲後，蕭相國若死，誰可以代之？」帝曰：「曹參可。」又問其次，帝曰：「王陵可。陵少戇，陳平可以輔之。陳平智有餘，然難以獨任。周勃重厚少文，然安劉氏者，必勃也，可令為太尉。」呂后復問其次，帝曰：「此後亦非我所知也。」太子亦入內問疾，帝曰：「吾老矣，此疾不可起。汝仁厚有餘，足可以保天下。但趙王如意母子之命，皆賴爾保全。父之所愛者，子亦愛之，然後為孝。汝當識之。」太子曰：「君父之恩，手足之情，二者皆不可失。陛下善保龍體，他念不足慮也。」帝遺囑之後，病勢愈重，遂不復言。乃於大漢十二年夏四月甲辰，帝崩於長樂宮。原高帝生於秦昭王五十一年，崩於是年，壽六十三歲。

班固贊曰：漢帝本系，出自唐帝，降及於周，在秦作劉，涉魏而東，遂為豐公。由是推之，漢承堯運，德祚已盛。斷蛇著符，旗幟尚赤，協於火德，自然之應，得天統矣。

敘傳曰：皇矣漢祖，纂堯之緒⑳。實天生德，聰明神武。秦人不綱，網漏於楚。爰自發跡，斷蛇奮旅。神母告符，朱旗乃舉。粵蹈秦郊，嬰來稽首。革命創制，三章是紀。應天順民，五星同晷。項氏畔盟，黜我巴漢。西土宅心，戰士憤怨。乘釁而起，席捲三秦。割據山河，保此懷民。股肱蕭曹，社稷是經。爪牙㉑信布，腹心良平。龔行天罰，赫赫明明。

---

⑳ 纂堯之緒：為堯之後裔。

㉑ 爪牙：得力的輔佐者。

班彪王命論曰：蓋在高祖，其興有五：一曰帝堯之苗裔，二曰體貌多奇異，三曰神武有徵應，四曰寬明而仁恕，五曰知人善任使。加之以誠信好謀，明達聽受，見善如不及，用人如由己，從諫如順流，趣時如嚮赴。當食吐哺㉒，納子房之策；拔足揮洗，揖酈生之說；寤戍卒之言，斷懷土之情。高四皓之名，割肌膚之愛，舉韓信於行陣，拔陳平於亡命。英雄陳力，群策畢舉。此漢祖之大略，所以成帝業也。

初，高祖不修文學，而性明達，好謀能聽。自監門戍卒，見之如舊。祇順民心，作三章之約。天下既定，命蕭何次律令，韓信申軍法，張蒼定章程，叔孫通制禮儀。又與功臣剖符作誓，丹書鐵券㉓，金匱石室，藏之宗廟。雖日不暇給，規模宏遠矣。

後史官有詩曰：

沛郡生神異，規模迥不同。條章明敕法，師紀戒兵窮。
納諫如圜轉，知人似鑑空。殷湯周武後，開創建奇功。
赤幟高懸映日紅，山東旺氣正籠蔥。始皇徧歷空勞想，項籍經營枉自窮。
天命默符真命在，人心響應素靈通。長安百二山河壯，四百年來漢業隆。

㉒ 當食吐哺：哺，口中咀嚼著食物。此句用周公吐哺的故事。韓詩外傳說周公「一飯三吐哺，猶恐失天下之士」，意思是說，周公忙於接待天下賢士，吃飯也沒有時間。

㉓ 丹書鐵券：帝王頒賜功臣使其世代享受免罪特權的契券。因其以丹書寫於鐵板之上，故名。

帝崩四日後，呂后祕不發喪，召呂澤、審食其計議，立意要謀害功臣。未知如何，下回便見。

總評　呂妖真當碎剮為醬。

第一〇〇回　呂太后謀誅功臣

漢帝崩四日，后祕不發喪。召呂澤、審食其議曰：「方今在朝功臣，強梁跋扈，各懷異志。若知帝崩，決然作亂，豈肯委身以事少帝？我欲假傳帝病甚重，召大小諸臣入內，分付遺囑，不拘在內在外，通要入內。卻埋伏下武士，因而殺之，以除後患，此計如何？」審食其曰：「娘娘須草詔，傳布中外，著令大小群臣入內。仍要委一心腹大將領率武士，方好下手。若防備不嚴，倘群臣作變，反惹起事來，不同小可。」后曰：「左右大將，惟酈商可託心腹，汝可召來計議。」呂澤即往召酈商。商急來見后，后將前事密與酈商說知。商曰：「此事甚非長策。娘娘若草詔傳布中外，倘群臣各生疑忌，共起異志，則天下危矣。況陳平、灌嬰前領精兵十萬把守滎陽，舞陽侯樊噲、太尉周勃領精兵二十萬前定燕代，其餘諸將散處四外，各據精兵，勢已固立。若知帝崩，又聞娘娘賺入內謀害，彼各連兵還向以攻關中。諸大小群臣在內者，知外有兵變，若復協力內叛，娘娘雖有百萬雄兵，亦難支持。只一場變亂，豈是等閑。娘娘須當裁處，不可輕舉。」后曰：「如爾所言，真是有理。為今之計，將復如何？」商曰：「以臣愚見，急領詔中外，傳說帝崩，大赦天下，召樊噲、周勃、王陵等防護關中，上不失先帝萬年之業，下可以保少帝安享太平。娘娘開創之功勒銘彝鼎，子子孫孫傳頌不朽也。」后曰：「既是如此說，即令叔孫通草遺詔，傳布中外。」詔曰：

朕起自布衣，還定關中，艱苦三十餘年，大業始定。方欲安享隆平，以臻至治，不意寢疾不起，遂爾遐逝。幸賴爾大小文武臣庶，共贊皇猷，克成鴻謨。仍冀輔佐太子，嗣登天位，保守海宇，統衍萬年。天下元元，奠安漢土。如有弄兵潢池，不遵王化者，即命一二大將，統兵征討，竭力勦除，毋負朕命。發喪之禮，勿太費侈，恐傷民財，非朕初意。故茲詔示，咸使聞知。

詔布中外，大小群臣悉來舉哀。丁未發喪，丙寅葬帝於長安故城。

己巳立太子盈為皇帝，頒詔天下，詔曰：

朕迺帝長子，冊立已久。帝崩，群臣遵帝遺詔，立朕嗣皇帝位。朕自諒德薄，恐不足以勝天下之重。但帝命簡在，不敢固遜，乃於大漢十二年夏四月己巳，入登大寶，昭布中外。惟賴爾大小文武諸侯，匡朕不及，以共保鴻業，期統續於萬年，衍子孫於不拔。故茲詔示，咸使聞知。

惠帝頒詔畢，叔孫通率群臣上表朝賀。又議尊漢帝為高帝，以明漢祖為創業之主也。惠帝曰：「爾等欲尊帝為高帝，此亦子孫尊祖之孝。但不知於禮亦有合乎？」群臣曰：「先帝起自微細，撥亂反正，平定天下，為漢太祖，功業最高，上尊號為高皇帝，深合三王之禮，允協天下之情。」惠帝曰：「爾群臣既議停當，急上尊號，以示中外。」於是，群臣議尊漢帝為高皇帝，令郡國諸侯各立高廟，以歲時祭享。又思高帝嘗悲歌於沛縣，即於沛縣原發跡之地，立高帝廟。就令原教習歌兒二百人，每祭祀之時，即歌舞，以為享神之禮。如有名缺，輒令有司補之。後人有詩曰：

高帝歌風豐澤村，洋洋廟祀尚招魂。而今多少衣金紫，忘卻家山是本根。

惠帝即位後，各處諸侯俱來朝賀。惟燕王盧綰聞高帝崩，即率眾結連匈奴謀叛。惠帝乃遵高帝遺詔，即召樊噲、周勃統領精兵二十萬伐盧綰。樊噲、周勃領帝命，揀選精兵二十萬，前赴燕代。

一日，兵到漳河，先差小校探聽盧綰消息。差去小校數日回復曰：「盧綰大勢人馬屯駐燕北，兩路人馬共五十萬，接連三百里不絕。」樊噲聞說，與周勃計議曰：「盧綰兵馬既多，不可力敵，須當智取。公可領精兵五萬，由漳河東北趨太原，以撓其後。吾領兵前赴燕南，與盧綰對敵。彼惟專意於前，不防其後。公乃急攻其後，使彼兩勢不能相應，綰可擒矣。」勃曰：「匈奴見今屯兵燕北，倘聞吾兵攻擊，或來接應，不惟無益於我，亦恐無益於將軍矣。」噲曰：「不然。我兵往攻燕南，與盧綰對敵，匈奴決向前救應，與綰合兵，與我相敵，豈有顧後之理？公若舉兵撓亂其後，彼必驚潰而走，疑我從天而降矣，一陣決可取勝。」周勃從其計，即領精兵五萬，由漳河東北而去。樊噲亦催動三軍，徑趨燕南大路而來，離盧綰營五十里下寨。盧綰知樊噲領兵到來，急報知匈奴，作急領兵來燕南救應。樊噲扎營三日，不與交戰。盧綰與匈奴商議曰：「樊噲乃漢之名將，今漸年老，來此三日，不敢出戰，想見我兵勢重，有怯敵之意。我明日與彼交戰，汝可出奇兵以沖擊之，彼必敗走，可盡力追趕，決然取勝。若樊噲一敗，漢將再無出力者。倘關中撓動，我與爾舉兵而東，長安可得也。」盧綰計議停當。次日，出馬搦戰。

卻說樊噲分付騎將張榮、李鼎、馬和、党奉四將，各領兵四萬左右埋伏，待我詐敗，汝可併力截殺，彼必潰亂。四將得令，引兵左右埋伏。樊噲卻一馬突出陣前，與盧綰答話曰：「漢帝與汝起兵三十餘年，愛汝如子，今封汝為燕王，可謂極貴。汝尚不知足，乃結連匈奴造反。今天兵到來，急早受死，免三軍塗炭。」盧綰曰：「漢帝誅戮功臣，呂后尤甚，因此起兵，以圖天下。汝若見機，即與我合兵一處，免遭未央之苦。」樊噲大怒，舉戟直取盧綰，綰舉刀交還，兩家戰在一處。金鼓震天，塵籠四野。戰到三十回合，樊噲詐敗，勒回馬落荒而走。匈奴人馬亦沖殺過來，盧綰併力與匈奴追趕。纔然前進，兩邊一聲砲響，左右突出兩枝人馬來。為首四員大將截住燕、代人馬，奮力沖殺。樊噲復調轉人馬，併力夾攻。盧綰大敗，向後奔走。樊噲揮動三軍，連夜追殺。又有燕北人來報：「漢兵不知多少，自太原沖殺前來。已將老營輜重盡數燒毀，相離止五十餘里。」盧綰大驚，急趨燕城，又有樊噲緊追在後，不得脫身。追及天明，漢將周勃人馬已到，將盧綰、匈奴圍住，箭如飛蝗，匈奴急下馬投降。盧綰見勢不可支，遂引刀自殺。

眾軍士將匈奴綁縛至軍前聽候。樊噲鳴金收軍，同周勃進城，安撫百姓，犒賞軍士。周勃稱賀曰：「果不出將軍之所料也。」樊噲曰：「匈奴雖擒，乃單于一支，未可誅滅，可監押赴長安見帝，與群臣計議，正好乘此與單于相和。況帝初即位，首擒此臣寇，亦足以壯國威也。」勃曰：「將軍所見甚當。」於是引本部兵二十萬，并降兵十五萬，奏凱歌而回。有詩曰：

沙漠風寒禦敵難，將軍威武更桓桓。匈奴束手軍前伏，一掃胡塵萬國安。

樊噲、周勃帶領匈奴，一日到長安，見惠帝，備說盧綰自殺，匈奴歸降，燕、代悉平。帝甚喜，重賞二將。即令匈奴解去捆縛，候次日朝見。比有叔孫通奏曰：「臣有一言上奏，欲使外國明日朝見之時，仰瞻上國君臣之禮。陛下當陞大殿，令武士陳列儀仗，以彰威武。」帝曰：「此奏甚合朕意。」隨密傳旨，著文武大小群臣，各具錦繡服色，次日早朝。未知如何盛張朝儀，下回便見。

總評　漢高崩後，一賴酈商得免大臣之變，二賴樊噲速剪盧綰之逆，不幸中之幸也。

第一〇一回　漢惠帝坐享太平

卻說叔孫通因匈奴朝見，奏知惠帝，要盛張朝儀，嚴整武士。又密傳旨，著文武群臣，各具錦繡服色侍班，正使外夷見我中國威儀。惠帝准奏。

次日，樊噲引領匈奴並大小酋長百餘人朝見。是日：

瓊樓瑞靄，御路香生，戈戟輝芒，旗旛雜彩，有日月雷電之形，有龍虎風雲之狀。車有十二車：有指南車、記里車、白鷺車、鸞旂車、辟惡車、皮革車、耕耘車、安車、四望車、羊車、黃鉞車、豹尾車；輅有十二輅：有蒼輅、朱輅、青輅、黃輅、白輅、玄輅、玉輅、金輅、象輅、革輅、木輅；輦有七輦：有大輦、鳳輦、大芳輦、小輕輦、芳亭輦、小玉輦、大玉輦；輿有三輿：五色輿、常平輿、雲羽輿；駕有三駕：有大駕八十二乘、法駕三十六乘、小駕一十二乘；麾有黃麾、有青麾、有赤麾、有白麾、有皂麾；竿有龍頭竿、有懸帛竿、有信竿、有長竿；旛有降引旛、告止旛、演教旛、通旛、信旛；幢有朱雀幢、玄武幢、青龍幢、白虎幢、羽葆幢、碧油幢；節有金節、豹尾節、龍節、虎節、響節；傘有紫羅傘、黃羅傘、青羅傘；扇有單龍扇、雙龍扇、雉尾扇、繡花扇；有內教坊、有外教坊；有堂上樂、有堂下樂。笙簧節奏，律呂和鳴。左列二十五隊朝天軍，右列二十五隊護駕軍，盡是銀盔銀甲，錦袍金帶，都執著大將軍儀仗。丹墀下有三公：太師、太傅、太保；有三孤：少師、少傅、少保；有六卿：冢宰、司徒、宗伯、司馬、司寇、司空；有九寺：太常、光祿、衛尉、太僕、廷尉、鴻臚、宗正、司農、少府；有兩省：中書省、門下省；有三臺：中臺、外臺、銀臺；有六軍：左羽林、右羽林、左龍武、右龍武、左神武、右神武；有八校：中壘校、屯騎校、越騎校、長水校、胡騎校、射虜校、虎賁校。三軍肅整，萬姓騰歡，驚破外夷之心，懾服匈奴之膽。天下太平，百司承命。大殿上坐漢天子，頭帶十二旒平頂冠，腳踏雙彩鳳無憂履，身著日月袞龍袍，手執朝天白玉璧。駝鼓齊填，虬鐘響應。真天上人間，實蓬萊仙島。始知聖主之尊，乃見漢儀之盛。

匈奴並眾酋長，見漢朝威儀，十分欽服，拜伏曰：「於今始知中國之盛。我外夷遠處沙漠，生長邊方，從來未嘗見此朝儀也。」惠帝傳宣：「著光祿設宴，款待匈奴。」帝遂朝散歸宮。自此，天下無事，萬國咸寧。以呂后為太皇太后，呂澤等侍太后在上，專擅權柄，出入禁門。諸呂皆封列侯，諸大臣莫敢諫。

丞相蕭何老疾舉發。帝知何有疾，親往視疾。蕭何急令家人淨掃廳堂，排設香案，迎接惠帝入寢室。何將朝服冠冕置於身邊，望帝叩首。帝曰：「丞相得何疾？」何曰：「臣老疾日侵，飲食少進，死期不遠。乃蒙陛下車駕下臨，臣粉骨碎身，何以報德？」帝曰：「丞相善加調理，命醫看視，料亦保安無事。」何曰：「臣隨先帝晝夜經營方略，調度軍需，費盡心力，五臟皆傷，以此致疾，豈能遽安？」帝不覺淚下，何亦涕泣。帝曰：「丞相百歲後，誰可代公，以輔佐朕躬？」何曰：「知臣者，莫如帝。」帝曰：「曹參何如？」何曰：「陛下言及曹參，真得其人矣！參乃先帝舊臣，素忠誠，可任大事。臣死之後，急當以參為相。前日先帝亦曾論及，陛下當任用也。」帝曰：「丞相再有何見諭？」何曰：「先帝立法甚善，王陵、周勃等諸舊臣，皆先帝所委用。陛下惟遵行先帝之法，任用舊臣，守而不失，則天下自然無事。此外，非臣敢多言也。」帝遂回朝進宮。

何過數日薨逝。帝聞之，甚傷悼，遣官致祭、營葬。急差人取曹參，代何為相。

卻說曹參聞蕭何薨逝，告家人：「急備行裝，吾將入相矣！」數日後，果有使命召參為相。初，曹參與何交最善。後，何相，勢位懸絕，遂與參有隙。及何推舉賢能，首以曹參為言。曹參亦知蕭何不以私隙廢公舉，對家人言，知何必薦己為相也。曹參遂入朝見帝，帝撫之曰：「蕭丞相首薦卿可代己任。先帝臨崩，亦曾念及。卿當盡心王事，無負委用。」參曰：「臣敢不竭盡駑駘，以圖報稱！」

及曹參為相，凡事無所變更，惟遵何約束。擇郡吏，皆訥於文辭。老成持重者選用，凡深刻浮薄、專務聲名者，一皆斥逐之。見人有細過，專掩匿覆蓋。終日惟安靜無事。府中惟一二吏伺候，再無迎送參謁之煩。

帝差人體訪，見參府中無事，因召而問：「卿為丞相，當天下大任，何乃終日靜坐，不見所治何事？」曹參奏曰：「陛下自察聖明神武，孰與高帝？」帝曰：「朕安敢望先帝耶？」又曰：「陛下觀臣之才能，孰與蕭何？」帝曰：「君才似不如也。」參曰：「陛下之聖明既不如高帝，臣才又不及蕭何，高帝所定之法令，陛下當遵守。蕭何所為之善政，臣等當奉行。君臣同心，遵而不失，使海宇清寧，四方無事，民安其業，天下太平。陛下高拱清穆，臣等各安其位，各盡其職，不亦可乎！又何紛更以多事哉？」帝曰：「善。」於是，曹參居相位三年，一遵何約法。民俗漸淳，士多忠厚，百姓相安於治。閭巷之間，民相歌曰：

蕭何為法，較若畫一。曹參代之，守而不失。載其清淨，民以寧一。

曹參持政既久，每告子弟曰：「吾從高帝起自豐沛，與秦楚交兵四十餘年，身經百十餘戰，萬死一生。不意今日位極人臣，坐享太平，子孫世世承廕，於分足矣。此位不可久貪，當推讓賢能，庶保永終。」乃上言，備：「臣年老多疾，不堪任使，乞放歸故山，以終天年。」初，帝不允所請。參再三辭，意哀懇，躬候闕下，瞻望不退。帝知參意已決，遂允所請。仍以宣平侯加封宣平公，食邑十萬戶，子孫俱世廕，持驛回籍。

帝乃遵高帝遺詔，以王陵為右丞相，陳平為左丞相，周勃為太尉，樊噲等訓練兵馬，朱虛侯劉章制服諸呂。宰相以治內，大將以治外，蠻夷順附。自此，天下無事，謳歌載道，無復昔日傷夷愁歎之聲矣！

後史臣長篇一章，單道高、惠創業守成之善，其詩曰：

高帝發跡山之東，懷王遣西封沛公。豐澤嘯命生豪傑，奮庸熙帝多羆熊。
彤雲鬱鬱芒碭間，素靈夜夜悲關山。東井龍變五星聚，當道蛇分草徑間。
赤旗西指定寰宇，隨地和風降時雨。關東父老壺漿迎，西秦子嬰啣綬組。
不動干戈國已平，長安衰草更回生。三章約法嬴民喜，共願賢君早正名。
項氏火飛千里滅，河北黔黎盡流血。背盟強欲霸關中，掘墓焚宮秦種絕。
左遷漢主都南鄭，人心響應歸天命。群雄奮怒出褒中，韓侯拜將施威令。
三秦傳檄一時收，水勢滔滔灌廢丘。五國強兵盡東向，燕齊趙魏屬炎劉。
會垓一陣重瞳敗，楚歌兵散烏江界。力窮勢竭別虞姬，蓋世英雄空自壞。
一統山河漢業隆，汜陽五位始居中。叔孫綿蕝初成禮，蕭相咸陽新案宮。
東征車輒還沛里，大風一歌悲游子。誅韓醢越似傷恩，獨有留侯早知止。
託病終南伴赤松，遨遊四海任從容。古今達者知音少，誰似先生絕宦蹤。
帝崩孝惠承漢業，蕭曹秉政志相協。百姓咸歌守法同，海宇清寧陰陽燮。
四百鴻基享國長，漢治近古持法良。規模自足垂弘法，千載仁風永不忘。

總評　威儀雖盛，而君臣真意已薄矣。

東漢演義

謝詔著
朱恒夫校注
劉本棟校閱

卷一

按鑑：平帝大臣，姓王，名莽，字巨君，大名元城人，王曼之子也。曼兄弟八人，俱任公侯之位，惟曼早死未封。莽自幼孤，伯叔王鳳、王崇等撫養。及長，莽恭儉勤身，經書博覽，常好整飾衣冠，人謂曰「儒生也」。外交英俊，內事諸父，曲有禮意❶。因元帝選其姑入宮得寵，立為孝元太后，故封莽為新都侯。爵位益尊，節操愈謙，虛名隆洽❷，勝壓諸父。至平帝即位，莽生一女，姿容絕色，貌質超群。進與平帝為妃，遂加莽為皇丈、太師、安漢公，兼領樞密院事。由是莽得專寵，威勢日震，國政朝綱，悉握其內。時莽生形顏古怪，氣象巉巖❸。為人心奸性躁，疾妒賢能，長有窺圖漢室之心。後帝再加以九錫之封❹，兇狂愈肆，則平帝竟遭其弒，而篡奪位焉。

後詩言王莽虛譽：

---

❶ 曲有禮意：折節謙恭，禮貌待人。

❷ 隆洽：盛多，廣大。意為讚譽的話很多，並來自於四面八方。

❸ 氣象巉巖：容貌嚴肅，威氣逼人。

❹ 九錫之封：傳說古代帝王尊禮大臣所賜予的九種器物，即加服、朱戶、納陛、輿馬、樂則、虎賁、斧鉞、弓矢、秬鬯。錫，賜與。

周公恐懼流言日，王莽謙恭下士時。假使當年身便死，一生真偽有誰知。

第一回 奸計圖王侵寶位

乙丑元始五年臘月八日，平帝壽旦，文武百官各整朝衣象笏，肅俟午門之外，待駕臨賀。是日平帝登殿，群臣班列，拜舞揚塵，俯伏金階之下，慶賀萬壽。山呼禮畢，左班倏❺有一臣，紫袍金帶，象簡烏靴，手捧金盃，趨上金鑾，跪於帝前，啟曰：「我主萬壽，臣無稱觴之舉，特具椒酌❻一盃，以表君臣之義。願我王鑒臣微意。」帝聞奏，視之乃皇丈王莽也。帝思：「此人昔有不平之意，恐生毒害。」乃佯狂顛位，推醉不受。莽見帝辭，踴身奮起，扯住龍袍，以酒灌入其口，半傾於身。帝不得已而飲之。未半，御身倒下龍床，七孔皆流鮮血。殿上百官，各各驚駭。悉在勢下，畏不敢言。嗚呼！平王之命，不幸墮於奸佞之毒手，良可痛哉！

總評　王莽不足論，獨怪殿上百官，竟束手以視，亦可恨，亦可憐。

❺ 倏：忽然。

❻ 椒酌：即椒酒。用花椒浸泡的酒。古代習俗，於農曆元旦向家長獻此酒，以示祝壽拜賀之意。

第二回　忠言罵賊死金鑾

卻說殿上百官，見王莽將毒酒灌死平帝，無一人敢言，但吁惜而已。

忽御屏風後，閃出一人，身長八尺，面顏紫色，相貌堂堂，身穿盤龍袍，腰繫白玉帶，手持金簡，足履烏靴，乃皇叔劉登。見王莽將鴆酒灌死平帝，大罵：「讒賊，漢家有何負汝？安敢逆天行事，殺戮吾君。」莽曰：「爾上祖奪取秦朝天下，享此數百年之榮，又且淩辱大臣，無端極甚。今天歸於我，汝何言哉？」劉登罵曰：「欺天反賊，不思漢王，以汝官高爵極，富貴難言。今日忘其大恩，弒身奪位，天理不容。」言訖，手持金簡，怒若雷霆，向王莽便打。忽傍邊閃出一將，仗劍趕來，大罵：「無知賊子，敢欺君越法，若不斬首為示，恐難服眾。」遂拔劍一砍，登死於地。諕眾將，俱不敢言。

吟窗士詩讚劉登：

踴出金鑾勢莫當，昂昂志氣壓群芳。雖然身被奸雄挫，罵賊聲名萬古揚。

總評　此君大不可少。

第三回　仗劍立階扶寇主

卻說斬死皇叔劉登者，乃殿前大將軍蘇獻也。王莽大喜曰：「將軍與我同心，恢復天下，官居極品，與國同休，而不敢忘今日之盛德也。」獻聽之，其喜不勝，遂按劍立階而言曰：「從今日之令：如有不服者，夷族滅身；竭力匡扶者，封侯拜爵。」眾官聽罷，一齊應聲：「願同佐護。」王莽曰：「傳國玉印，不知今在何處？」蘇獻曰：「孝元太后收藏。」王莽即令蘇獻與弟王尋去取。

太后正在後宮，不知弒君之事。有宮女急入報曰：「今王莽將鴆酒灌死帝王，蘇獻殺死皇叔，娘娘尚不知故。」太后聞言大驚，頓使魂飛氣絕，悶死於地。宮娥急救多時方醒，放聲大哭，幾甦幾絕，乃大罵：「賊臣，我漢與汝素無冤仇，何故反君奪位？」言罷，復思此賊既殺吾君，必來取印，遂抱往投澆花井死。

方將至井，蘇獻、王尋二人趕至，截住叫：「太后將印何往？」太后曰：「往前殿投獻王莽，爾等何故攔當？」蘇獻知太后詐言，向前欲奪。太后見其來奪，思將玉印打死此賊，以報殺帝之冤。遂輪起玉印，望蘇獻便打。被獻躲開，一聲響處，中於太湖石上。獻欲近斬首，太后恐被其辱，急投井而死。

按：蘇獻，字萬高，宋州下邑人。平帝初，王莽保為殿前大將軍。

第四回　提兵入禁斬嫦娥

卻說蘇獻見太后自投井死，即捧玉印於手，見損壞一角，以金鑲之，獻與王莽，具說前事。王莽聽罷大怒，令弟王欽領三千羽林軍，搜入宮中，將平帝家屬并八百嫦娥美女盡行誅戮。有詩為證：

有如春暮起狂風，花落殘英遍地紅。殺氣衝開金鳳闕❼，昏雲閉盡廣寒宮❽。

總評　閱至此，王莽即粉身碎首，不足償美女之冤也。

第五回　假帝沽名圖社稷

卻說王莽傳令，俱絕漢朝之室女，盡滅劉氏之宗枝，宮中老幼、皇親國戚，悉皆殺盡。王莽親自仗

❼ 金鳳闕：皇宮。

❽ 廣寒宮：傳說月中嫦娥居廣寒宮。這裡仍指皇宮。

劍往於前殿，忽見一小兒走出，視之，美貌端然，丰姿俊偉，隱隱君王之像。乃欣然抱之於懷，呼眾文武俱往前殿，拜立新君。

按鑑：小兒乃漢宣帝玄孫，廣戚侯勳之子，年三歲，名曰孺子嬰也。平帝崩，無嗣。王莽見其年幼，乃迎而立之。在位三年，莽篡位，廢為安定公。

丙寅三月，王莽親抱子嬰坐於龍榻之上，眾百官文武拜伏金階，山呼禮畢。蘇獻出班言曰：「今漢朝已罷，天下盡屬吾王，又將子嬰為帝，為何如耶？」莽曰：「汝不知故，劉氏宗枝，未能悉滅，關外尚有王者甚多。今假立為標❾，使劉氏來朝。如到者，即殺之；不赴朝者，以兵伐之。學取周公旦攝朝之規，使不知吾反漢之策，除卻劉氏禍根，免生後患。」眾皆然之。遂立為帝，改年號居攝元年。五月，詔莽稱「假皇帝」。

丁卯二年，莽依周書作大誥，令人遍諭天下，言平帝昏庸不堪重責，今已返位於孺子嬰也。由是，吏士攻義破之❿。

戊辰三年，王莽自謂威德日盛，大獲天人之助，遂召蘇獻等入，坐後殿具議即真之事。莽曰：「漢室已傾，吾假子嬰為帝，今枉受一虛名，將何如耶？」獻曰：「我主威鳴海外，聲震京都，天下吏民，

❾ 標：標誌；符號。這裡有幌子的意思。

❿ 由是吏士攻義破之：按此句與上文不連貫，語意亦不明確，疑有脫誤。據漢書翟方進傳，這一年東郡太守翟義起兵討王莽，立劉信為天子。王莽發兵擊義，義兵敗而死。

悉皆畏服。且子嬰乃漢朝枝葉，不可久立為君。倘後養成威銳⑪，我王空費前心，莫若乘盛滅之，自取天下，豈不全乎？」王莽久有是意，但未可自專。今見蘇獻所發，乃欣然答曰：「將軍所言甚當。」時十一月，以居攝三年改為新始元年，莽即真天子之位，定天下之號曰新。加陞蘇獻為大司馬，兼領行省事。御弟王尋為大司徒，兼領樞密院事。王欽、王邑為左右大將軍，王豐為司天太監。文武百官悉封贈訖，各各謝恩而退。

按鑑：子嬰在位，詔莽稱假皇帝，至是始即真天子之位，故曰假帝三年。

總評　玩假之一字，亦是王莽真心發見處。惜其不終耳，雖然即此空名亦不可少。

第六回　全忠硬節老風塵⑫

是日王莽親迎漢臣龔勝至殿，謂曰：「久聞太師負經緯之才，故請為太子師友。可為小心誨導，開塞茅茨，倘能立志於朝，則泉下亦難忘矣。」龔勝淚下而言曰：「吾受漢皇重爵，不能為彼支持。今國

⑪威銳：不可抵擋的力量。

⑫老風塵：久歷風塵。這裡意為老英雄。

破君亡，罪宜速死，尚何圖顯背主而欲生哉？」王莽曰：「太師非不能忠。今漢皇死者，天數⑬然也。太師若肯扶孤創業，亦不失宰相之名，以為子孫相承之爵，今何苦執之耶？」言罷，不由所願，強入東宮。即令太子王禹侍聽講讀，慢慢制服其心。龔勝見逼不得已而入宮，嗟吁悶坐，不就飲食，遂餓十四日而死，壽年七十有九。太子王禹急至前殿，報知王莽，言太師龔勝不食自死。王莽喟然嘆曰：「真良士也。」遂傳敕令葬東門之外。

是時清明之士，又有紀逡、薛方、郇相、唐林、唐遵，皆以明經飭行，顯名於世。莽聞其賢，遣使召之。紀逡、郇相、唐林、唐遵，即詣入朝，莽宣至殿下，山呼禮畢。謂曰：「久聞卿等明智賢士，未獲親覩。今幸不棄而來，吾之願也。」答曰：「陛下聖德仁君，臣等庸才淺薄，不能明政決事，以佐主於優游，乞陛下姑納為用。」莽曰：「有是才，則有是用。卿等明經博覽，特請為太子侍讀，何故謙耶？」言罷，令入東宮。四人謝恩，即入而去，遂為太子師友。

莽見薛方未至，遣使安車以迎。使者見薛方曰：「吾主王莽久愛賢士，渴想心垓。今特遣吾車迎，請賢士早赴，慰彼之望。」方謝曰：「堯舜在上，下有巢由。今明主方隆⑭唐虞之德，小臣欲守箕山之節。」使者見不願，遂回見王莽，具說其言，不強致之。詩讚云：

細評賢士漢誠微，名節雙高世所稀。視死鴻毛輕不易，清風猶邁首陽薇。

⑬ 天數：命運。
⑭ 隆：興起。

總評　班固曰：王貢之才，過於龔勝，守死善道，勝實蹈焉。貞而不諒，薛方近之。此論蓋許龔薛而深惡唐林諸君也。我意亦然。

第七回　乘威據職侵英主

己巳，新建國元年春正月，王莽登殿召眾文武議曰：「子嬰原立，今朕為帝，則有二君，將何如耶？」蘇獻出班奏曰：「天下國家，不可二主。且陛下新居寶位，未見清政，再與肩立竝朝，恐後爭鳴角勝，百姓怨望。依臣愚度，陛下可滅子嬰而取歸一統，庶使萬民清樂，四海宴采，願陛下詳察。」莽曰：「子嬰原朕立之，若再復滅是不仁也。」獻曰：「陛下既不忍滅，可廢之為公職⓯，何如？」王莽准奏。命蘇獻賫旨入後殿，廢子嬰為安定公，孝平皇后為安定太后。

第八回　假制施仁歛小民

⓯ 公職：公爵的職位。

卻說漢承平舊之業，府庫充實，百官之富，群蠻賓服⑯，天下宴然。莽廢子嬰而盡得之，其心意猶未滿足，欲狹小漢家制度，更為疏闊。故召蘇獻問曰：「朕聞古之帝王有分土養民之良法，方一里為一井，其田九百畝，中畫井字，界為九區。一區之中，為田百畝，中百畝為公田，外八百畝為私田，八家各授私田百畝，而同養公田，是九分稅一。所以國給民富，而頌聲興作，則刑措不用於世也。至若秦壞聖制⑰而廢滅井田，則天下人民兼併而起貪濫，強者規田以千數，弱者曾無立錐之居。漢氏減輕田租，三十而稅一，常有更賦罷癃咸出，而豪民各相侵陵。貧者無活，則借賃富者田耕，共分所取。富者被上逼稅而侵陵劫奪多取下租。上取乎中，中取乎下，名為三十稅一，實乃十而取五也。故富者囊餘金玉，廩盛粟糧，肥馬輕裘，驕而淫肆；貧者衣無足體，食缺充餐，不厭糟糠⑱，窮而奸諂。當此之時，民俱陷於無辜，則刑用而不錯也。今朕欲更名天下之田曰王田，奴婢曰私屬，貧者不得賣，富者不得買。其男口不盈於八，而過田一井者，分餘田與九族，使民者得食，王者得安。卿意若何？」蘇獻曰：「陛下之仁，勝於文武，無一不當。今若除舊虐政，而復古禮，則天下不日而化也。尚何言哉？」王莽大喜，遂傳旨周諭天下。鄰里鄉黨敢有不遵，非井田聖制者，投諸四裔⑲，以禦魑魅。於是萬民斂怨，士卒苦勞。

⑯ 群蠻賓服：指周邊的少數民族服從朝廷的統治。
⑰ 秦壞聖制：秦朝破壞了聖人的制度。指商鞅變法，廢井田開阡陌而言。
⑱ 不厭糟糠：連糟糠都吃不飽。
⑲ 投諸四裔：流放到邊境地區。

總評　井田，良法也。王莽行之，適足以亂天下耳。

第九回　三諫不從應至敗

辛未三年，王莽自廢子嬰之後，恃有府庫之富，欲立威武，驅服匈奴。是日設朝，文武百官揚塵拜畢，莽即傳旨，令孫惠等十二將率兵攻伐匈奴。嚴尤急出諫曰：「陛下不可輕敵。匈奴為害，所從來久矣，未聞上世之君，有必征之者。後世三家周秦漢率兵征之，曾無得勝於上策者也。周得中策，漢得下策，秦無策焉。周宣王時，玁狁內侵至於涇陽下寨，宣王命將征之。全獲大勝，盡境而歸。其視玁狁之侵，譬猶蝨蝱，滅之於一指之易，而不勞力。故天下咸稱宣王之威，是為中策。至若漢武帝時，選將練兵，約賫輕糧，深入遠戍，雖有克獲之功，胡輒報之。所以兵連禍結三十餘年，則中國消磨，疲敝日甚。後匈奴犯界，武帝起兵破之，殺其將士一半，平定邊疆，而天下稱武，是為下策。秦皇不忍小恥，而輕民力，北築長城，延袤萬里，於渭南起建阿房宮，高數十丈，五步一樓，十步一閣，并填海修嶺等事，疆境既全，而中國內竭以喪，社稷終不能保，是為無策。今我王即位，天下未安，且值年歲凶荒⑳，人民飢饉，北邊兵馬精壯，臣甚憂之，願王思察。」莽不從言，率兵前進，以孫惠為先鋒，王尋為元帥，

⑳ 年歲凶荒：一年中發生多次自然災害。沒有收成。

王邑、王欽為左右使。是日，點起大軍五萬，各披重掛，分道並出，金戈耀日，赤幟遮天。行經數日，至邊下寨。

卻說匈奴單于主，聽知莽兵臨界，急引十萬大軍至邊迎敵。兩軍對陣，孫惠出馬，頭頂白銀盔，身穿鎖子甲，手提黃龍鎗，坐下烏錐馬，大喝一聲，叫「靼奴決戰！」匈奴單于聞言大怒，急提方天戟，跨上追風馬，立於陣前，罵曰：「弒君賊子，安敢大言？昔漢帝時，兵強將勇，尚有畏吾之心，年年遣使進貢。汝主莽賊，侵奪劉氏江山，殘虐天下百姓。今反敢率兵與吾爭戰，三合捉汝，以雪平帝之冤。」孫惠曰：「⿰羊喿靼賊奴，不識英雄好漢，早下馬降，庶留殘命。」言罷，兩邊擺開陣勢，金鼓齊鳴，角聲響處，戰馬嘶風。二人交鋒，共鬥十合。孫惠敗走，單于趕殺。王邑、王欽出馬夾攻。二人戰無兩合，飛走回陣。單于率兵追趕，混殺一陣，王兵大敗，各逃躲閃。匈奴收兵進入中原安下。

卻說王尋等，走至一山坡，收點殘兵，傷折一半，暫屯安歇。尋謂眾曰：「頗奈㉑⿰羊喿靼輸吾一陣，又入中原境界，將如之何？」孫惠曰：「元帥少憂，匈奴雖得一勝，則無遠智深謀。吾等今夜趁其未備，可去偷劫營寨，必然破之。」王尋大喜。至夜二更，即令孫惠等，分軍五隊，按轡潛行㉒。至寨周迴一遍，見其都已睡濃，砲響一聲，四門齊入，喊呼震地，叫殺連天。驚起匈奴，昏濛黑蔽，不識東西。單于荒忙上馬，引軍望北殺出，被孫惠截住，兩馬相交，共戰十合。單于回東奔走，又遇王尋攔路。約戰三合，被單于撞出陣去。王尋勦掠其後，一齊趕上混殺。匈奴大敗，遍野伏屍山積，滿坡血漲河流，怨

㉑ 頗奈：亦作頗耐。猶言可惡、可恨。
㉒ 潛行：祕密行軍。

氣漫天，號悲鬼泣。王尋將軍安寨頓歇。

卻說匈奴單于走至雁門關屯扎，殘兵敗卒，不上千數之餘。十萬軍來，俱被傷折。至次日回胡，整集匈奴二十餘萬，復入北塞，擾亂中原，殺牛奪馬，虜掠生民。王尋等知匈奴復整軍至，懼怯勢大難敵，急班師回朝而去。有詩為證：

奸雄恃富欲威名，惹動兵戈角勝爭。北野空虛堆暴骨，中原擾亂斂民生。
也知勢弱難驅大，始信匈狂未可輕。負殺當時三諫策，今朝纔把智愚評。

總評　嚴尤之見大是，惜莽不聽，使中國之民，流為盜賊，而莽亦以亡。天耶？人耶？

第十回　千金和議可為痴

卻說王尋等回至長安，入朝見帝，奏曰：「臣領陛下敕旨，北伐匈奴，不意其兵勢大，人馬精強，五萬軍兵，被其傷折一半。後臣夜往劫寨，苟得一勝。今匈奴又聚大軍二十餘萬，已入中原境界，劫掠財物，殺害生民。臣等兵微將寡，不能抵敵，故此大敗而回。乞我王急將何治㉓？」王莽聞奏大驚，惶

㉓ 急將何治：用什麼辦法來緊急處理此事。

惶無措，乃長聲歎曰：「不聽嚴軍師之言，今日果有是惱。」嚴尤復進奏曰：「陛下勿憂。臣有一計，可退匈奴。」莽曰：「卿何高謀？早為寡人釋悶。」尤曰：「自古匈奴，志在財幣。陛下廣將金帛遣使議和，免使黎民枉遭塗炭。」莽聞大喜，即將黃金千兩，緞絹百車，遣司天太監王豐賫旨講和。

王豐領旨，即日出朝，上馬前行。至北邊塞，令人報知匈奴。單于出馬，問曰：「汝來何幹？」豐曰：「吾主王莽，聞君入界，故遣賫旨，解送黃金千兩，緞匹百車，特來和貢大王，免使生民受害，軍卒苦勞，乞大王海量恕納微貢。」單于聞言大喜，即將金帛收下，罷甲收兵而去。

卻說王豐講和匈奴，即日回朝。跟兵護卒，唱凱謳歌，入朝見莽，奏凱兵事。王莽大喜，急令光祿排筵，宴勞王豐，重加金帛，酬謝勞苦。有詩為證：

北邊數載感堯風㉔，遍野黎民鼓腹中。王莽欲鳴威塞險，反將財幣去和戎。

第十一回　肆兇王莽人民怨

卻說王莽和議匈奴之後，愈加暴肆作威，苛法復興，軍民殘虐。四月征夏稅，八月起秋糧。獄訟不決，侵刻小民。富者不能自保，貧者無以自存。劇而枯旱、蟲蝗，飢饉日熾，於是諸處並起為盜。荊州

㉔ 堯風：聖明的時代風氣。

新市王匡、王鳳，南陽馬武，潁川王常、成丹，共聚藏於綠林。多者十數萬，少者七八千，擾亂中原，生民塗炭未有甚於此時者也。

十二月，王莽召眾臣問曰：「朕自登基之後，未見刻寧㉕。但聞群奸乘釁，旱澇不均，四時失序，民皆怨望，何也？」司天監王豐出班奏曰：「陛下欲安天下，可備香燭，拜禱於南郊之外，懺雪罪過。自然風調雨順，黎庶咸安。」莽准奏，傳旨著弟王欽監軍立造。

王欽領旨，即往南郊建起高壇三層，每層高一丈九尺，按四時九曜星辰於上，宰三牲取血，按天地人三才，列金木水火土於五方。東方甲乙木，列一百二十人，穿青袍青甲，青馬青鞍，按青旗；西方庚辛金，列一百二十人，穿白袍白甲，白馬白鞍，按白旗；南方丙丁火，列一百二十人，穿絳袍朱甲，赤馬紅鞍，按紅旗；北方壬癸水，列一百二十人，穿黑袍黑甲，黑馬黑鞍，按黑旗；中央戊己土，列一百二十人，穿黃袍黃甲，黃馬黃鞍，按黃旗。壇左二十五人，壇右二十五人。

是日，文武百官各各擁護王莽至郊，扶莽上壇。王莽端正平天冠，身掛袞龍袍，腰繫白玉帶，足踏無憂履，手執白玉圭，立於中壇，正視乾宮，禱曰：「莽承天命，撫職山河。遭此旱歉之年，賊風競起。願天早賜太平，救拔萬民生命。」祝罷，望北而拜。忽御林軍中一人，躍馬飛出，高聲大罵：「不殺反漢之賊，天下何時太平？」遂於飛魚袋取出射鵰弓，搭上雕翎箭，大喝一聲叫：「反賊，看弓！」弦響處，射中王莽，倒於地下。眾臣急救，未知性命若何，有詩為證：

㉕ 刻寧：一刻的安寧。

欲把金戈挽落暉㉖，軍前大喝展雄威。雕翎一箭傷王莽，驚殺群奸不敢依。

按：放箭者，姓蘇，名成，字伯和。祖居長安，乃蘇武之後人，上界計都星也。原任左衛將軍之職，後光武封為鎮國上將軍、曲臨侯。

第十二回　叛國蘇成將卒驚

卻說蘇成射王莽一箭，中平天冠，不致其命，武士拿下，推出斬首。王莽聽言，反漢天下不寧之事，無可答。蘇成笑莽曰：「汝好有福，予命反遭汝手。」莽笑曰：「匹夫小寇，吾賜黃旗一面，御筆親書『奉敕叛國降漢蘇成』八字與汝，再賜白馬一疋，放汝出叫，看有從否？」蘇成得令，拍鞍上馬，手執叛國黃旗，直奔御林軍中，高叫：「王莽今日賜我黃旗一面，御筆親書八字於上，著吾叛國。今南陽見有漢室明君，汝眾等敢叛莽興漢者，跟吾同去。懼怯莽賊休來。」眾軍聞成之言叫，從叛者大半。

蘇獻見軍中意變，急奏王莽，言軍中一變，後恐難服，可急斬成為示，以嚴旨令。帝曰：「吾旨著其自叛，不可復拿。」言訖，罷壇。眾文武簇駕回朝，各散而退。

㉖ 欲把金戈挽落暉：此句詩出自於元虞集輓文山丞相，原文為：「徒把金戈挽落暉。」淮南子覽冥：「魯陽公與韓搆難，戰酣，日暮，援戈而撝之，日為之反三舍。」此處以「落暉」比喻漢王朝。

至次日，王莽設朝。忽一人急趨上殿報曰：「正陽門外，眾民大喊一聲，見一大禽飛下，立高丈餘，諸鳥遮護，請陛下觀是何物？」王莽聞說，即引文武百官，直出正陽門外，視之。果見禽高壯大，紅嘴人眼，口叫殺聲，諸鳥隨從。蘇獻奏曰：「此禽非凡，乃靈鳥鳳凰也。聖人云：『國家將興，必有禎祥。』文王時，鳴於岐山，故生文王。乃賢聖之君，能立周朝八百載之基。今我王新創帝業，遇此祥瑞之物，亦如是也。」莽聞大喜。復有欽天監王豐奏曰：「此乃上天雄鳳，又如鸑鷟，觀其殺伐之聲，定主刀兵旱澇。」帝曰：「若此將何治之？」獻曰：「無妨。可用三般物祭之，則見凶兆。」帝曰：「用何三物？」獻曰：「可用人頭、水、穀，觀其所食何物。若食人頭，則主刀兵競起。若食水穀，則主旱澇飢荒。」帝聞奏，傳旨「令殺小軍取頭及水、穀等物於此，待吾親祭。」王豐急奏曰：「陛下不可。今天下未寧，百姓怨望之甚，若再殺人取首，是不仁也。但可以粉假作，何用實首而歛怨哉？」帝准奏，令將三物列於門外。設罷，其禽即下，先食其穀，次食其水，後食人頭。食訖即飛而起，向王莽頭上，以翼一打，御林軍見，忙將皂蓋遮護，其禽即望東南上奔飛而去。王莽見其禽翼打頭，心甚疑慮，即罷入朝，急宣文武商議，恐生不測之患。市上小兒謠言：「可更天鳳元年。」眾民皆言鳳凰來至，遂號天鳳。

三年，司天監王豐復出奏曰：「臣昨夜觀星象，見天星交雜，紫微光曜，後引二十八宿、四聖、九曜諸星，俱臨北闕，與我爭取天下。」帝曰：「今在何方？」豐曰：「見在東南方，雙女宮下。」王莽復問豐曰：「若此之異，漢帝生在何方？」豐曰：「上臨雙女宮，應臨楚地。依此斷決，已生南陽地界矣。」蘇獻出班奏曰：「此無妨礙。今天下已非漢世之景，尚何憂哉？既有妖星犯闕，臣能治之。」莽曰：「卿何能治？」獻曰：「可效秦始皇御駕遊厭，自然不應。」王莽准奏，遂令姓王者三千，姓蘇者八百，同陰陽官引五千軍馬於東南方，紫微應曜並二十八宿跟護之處，御駕親厭。王豐聞言，急出奏曰：「陛下不可。堯天之年，尚有旱澇之災。我王但可施仁設政，省刑薄稅，自然反禍為福。且星乃天之靈氣，照曜四方，人豈能厭之哉？」言未訖，忽御弟王尋飛出奏曰：「王豐說者大迂，蘇獻奏者尤謬。國之根本，誠在於民。民為邦本，本固邦寧。天既生大難，人莫能逃。陛下若欲安民，莫先急於圖治。今四方擾亂，賊盜競起，可傳敕旨遍曉各州郡縣，開下文武科場，招選天下賢士，鎮守諸邦。縱有紫微生降，二十八宿擁護，不能興創而立也。願陛下詳察。」王莽聞奏大喜，謂曰：「卿言極當。」即傳旨頒詔，令百官遍曉天下，再將黃榜令掛胡陽城內人煙集處。眾將領旨，是日將榜掛訖。忽一老人躍馬如飛，前來看榜。

按：老人姓劉，名良，字次伯。為王莽篡國，將劉氏家屬老幼人等盡行除滅，逃者皆異其姓。良乃漢景帝之後人，哭投白水村下，後改姓金。

卻說劉良見王莽榜招賢士，不覺淚下，大哭而回至白水村，下馬坐於草堂之上，大罵王莽而哭曰：「恨我漢家無主創業復仇。」時二姪劉縯、劉仲聞叔於草堂之上哭嘆，二人忙出問曰：「叔父為何泣歎？」良曰：「叵奈㉗反賊王莽，滅吾漢室宗枝，又將榜文張掛胡陽，招納天下賢士。吾今日往視，恨不能殺賊以恢漢業，故有是泣。」縯、仲答曰：「姪等二人可嗣漢否？」良曰：「汝等只好為臣，無帝王之福。」言訖，見一人於莊外直履草堂而來，見老人與縯、仲等各施禮畢。良曰：「汝何姓名？」答曰：「吾乃

㉗ 叵奈：亦作叵耐、頗奈。可恨、可惡之意。

漢祖九世孫，出自景帝，長沙定王劉發之後，劉欽之子，名秀，字文叔。九歲時為王莽反漢，令奸賊蘇獻領軍搜捉，滅吾宗室，逼秀父母俱投井死。秀獨奔逃，昏迷去路，是禱祝穹蒼，將腰間玉環擲於地下，得一黑鴉引路，遂得至此。」縯、仲聞說，謂秀曰：「吾乃汝兄劉縯、劉仲是也。」三人抱頭大哭。劉良見其龍顏鳳準，燕頷虎威，有若君王之像，心下微微暗喜，乃謂秀曰：「吾恨漢無人矣，豈料尚存汝哉。」遂納縯、仲、秀三人為子，改姓曰金。長曰金縯，次曰金仲，幼曰金和，居隱白水為農。

按鑑：縯、仲二人，乃上界左輔右弼星也。後死，光武敕贈。

秀自隱居農業，常有紅光罩體，紫霧遮身。相士曾言：「異日必有九五之君。」村中自秀居後，田豐五穀，麥秀兩岐。南陽境內，連年荒旱，餓死人民，屍橫遍野。惟有白水村中，田禾豐稔㉘，一年有兩歲之糧。

時光武年二十二歲，見叔父劉良有不樂之意，問曰：「叔父為何朝夕憂悶？」良曰：「我前者去胡陽城，見莽賊出黃榜，選納英才，使吾有不悅之意。」秀曰：「是何言也？此國家之正理。聖人云：『得賢者昌，失賢者亡。』何故憂之？」良曰：「國家之恨未報，社稷之仇未復，故吾憂之。」言未已，忽有一人於門外，直履神堂上來，乃南陽新野之人，姓鄧名晨，字韋卿。父為江夏太守，乃秀之姐夫，劉元之夫也。入見文叔等，禮畢。良問曰：「來者何意？」晨曰：「實不相瞞，奈小莊今歲旱死禾苗，缺乏糧食，特來公處，求借應濟，即奉銀還。」良見說，急令光武裝上三車，與晨回用。文叔曰：「別後

㉘ 豐稔：豐收。

多年，未遭一會，吾與姐夫同往探取吾姐，以敘姐弟之情。」二人遂行。

至晨莊上下馬，請入堂中，與姐劉元各施禮畢，晨令置酒款待。文叔三人同飲，元姐倏覺淚下，謂文叔曰：「父母被賊逼投井死，侵吾漢室江山，今尚不報，更待何時？」文叔曰：「弟久有此意，奈身居一農耳，焉能為事？」姐曰：「太祖高皇，亦事農業，何能興立漢室？」文叔曰：「太祖有蕭何、張良、韓信，世稱三傑，神機莫測，妙算有餘，故能創成大事。弟今欲行，奈無三傑扶治，豈能獨立而成哉？」晨曰：「天既賦以如是之人，必有賢士護佐，何患無乎？」文叔曰：「今天下軍兵，悉歸王莽。吾等兄弟，孤身力寡，豈能與彼爭耶？」晨曰：「不足為慮。吾舉一人，胸涵豹略，腹蘊神機，真乃興劉滅賊之士，覷王莽如糞土，視蘇獻若嬰孩。若得其至，則天下易同反掌矣。」有詩為證：

早年韜略飽胸中，筆下能施造化工。妙策還能輸呂望，雄機端可敵黃公。
星辰玩列知衰咎，卦象粧成判吉凶。願得熊羆飛預兆，定教三箭立元功。

總評　君臣遇合自有奇緣。

第十三回　鄧晨薦傑扶新主

文叔聽言大喜，問曰：「何如人也？」晨曰：「遭漢大亂，隱名遜世，但知吾同姓，未知其何名也。」二人遂乘騎而行，至其莊門下馬。

卻說其仙長，正於草堂之上，讀取周易，向瓶內取出蓍草㉙四十九根，於爐煙內薰過，即叩齒三通，遂象一卦以得乾宮三爻。復分而象之，又得一乾，乃驚而言曰：「適纔紅光罩日，紫氣貫天，今又占得一乾，依此斷決，必有君王臨降。」筮畢，乃作一歌而歎曰：

天下惶惶兮，百姓倒懸。王莽簒國兮，理位尊權。漢室中興兮，真人出現。撥亂反正兮，須算來年。

卻說文叔、鄧晨二人於柴扉之外，覷見草堂之上，有一仙長，身長八尺，童顏鶴髮，穿一領綠藍衫，束一條青絲條，正於堂上焚香筮卜。文叔熟視，堂堂異貌，隱隱奇才，喜不自勝。謂晨曰：「觀此人，智不亞於韓信，機不減於張良，真乃興劉滅寇之士。」言訖，二人遂入參見。有詩為證：

高蹈渾忘寵辱心，故將名避隱山林。天教龍虎風雲會，再整瑤琴續好音。

按鑑：鄧禹乃上界角木蛟，二十八宿班頭也。

卻說仙長姓鄧，名禹，字仲華，南陽宛城人也。見文叔、鄧晨二人至，忙整衣冠出接，邀入草堂，

㉙ 蓍草：草名。多年生草本植物，一本多莖。可入藥。我國古代常用以占卜。

各施禮畢。禹問文叔曰：「曾與兄長安同窗，別後條經數載之餘，未能一會，今幸屬降，非天緣乎？」各敘闊別之情。文叔曰：「弟此來，非為別故。漢室江山被莽寇所奪，弟欲恢復，以報先帝之寃。奈無賢士輔佐，不能成事。特來相謁尊兄匡護，弟倘能苟復先業，須啣環以相報矣。」禹曰：「弟乃一涼薄之士，不堪重責。兄既欲為，弟舉一人，立成大事。」文叔曰：「可似兄乎？」禹曰：「乃弟之師也，比禹高過十倍。通六壬㉚，會兵法，達龍虎豹韜書，胸藏鬼谷之謀，腹蘊太公之策。若得此人，不過半載之多，可興漢室。」文叔曰：「何方人氏？」禹曰：「會稽餘姚人也。姓嚴名光，表字子陵。因天下混亂隱名遯跡，不聞見于世也。」文叔聽言，謂曰：「此人曾與吾交，今幸存寓於此。」遂令鄧晨先回。

二人上馬前往，穿從山過，行至一村，見其景致甚美，乃嘆曰：「真乃神仙所居之地。」文叔二人，策騎行至草菴前下馬，遶屋游玩。見其清幽條暢，塵土不沾，水自竹溪流瑟，風從松嶺吹簧，盼不盡江山之錦繡，遊不到野外之嬌嬈。二人玩罷，轉過柴扉之側，忽聽琴聲韻美，真個動人。有詩為證：

一室清幽晝掩扉，寶爐風細篆煙微，客來為問人間事，除卻琴聲總不知。

㉚ 六壬：古代迷信用陰陽五行占卜吉凶的方法之一。和遁甲、太乙合稱三式。六十甲子中壬有六個：壬申、壬午、壬辰、壬寅、壬子、壬戌，叫六壬。其占法分六十四課，用刻有干支的天盤、地盤相疊，轉動天盤後得出所值的干支及時辰的部位，以此判別吉凶。

第十四回　光武求賢會故人

卻說仙長見文叔、仲華二人至，即罷琴整冠出迓，笑謂二人曰：「吾昨夜觀帝星朗朗，下照孤村，今日纔將午候，果有是兆。」急令道童淨掃室堂迎接御駕。三人挽手並行，至廳下各施禮畢。文叔見其動止威儀，言談異巧，喜不自勝。暗思今日之會，天假良緣，使吾得遇賢士。漢室江山，從此可定。子陵遂邀文叔、鄧禹入於草堂之上，依序而坐。子陵曰：「自與公子相游別後，常懷尊炙，未暇一會。今蒙屈賁，頓使蓬蓽生輝。」文叔曰：「故人久別，今幸重遇，誠乃天緣也。豈尋常哉？」有胡曾詩云：

七里灘清映石層，九天星像感嚴陵。釣魚臺上無絲竹，不是高人孰可登？

第十五回　嚴光卦卜知真主

三人各敘闊別之情。子陵問禹曰：「文叔此來，有何意也？」禹曰：「特求吾師處求發一課，問取興復漢室之事，命運若何？」子陵曰：「吾尚記得文叔八字，建平元年十二月甲子夜生。」細將八字推算。謂文叔曰：「真帝王之命也。二十一歲小旺，至三十歲上大旺，富貴不小。依此命決，則三年之內，大成發跡。」秀曰：「先可為何？」子陵曰：「先臣後君。若依愚見，今王莽開下文武選場，招賢納士，公子可往一試。倘獲納用，以待時運將至，一舉而恢復之，何難之有？」文叔曰：「先生言者是也。奈予一身，單寡無所倚靠，恐有一失，如之奈何？」子陵曰：「吾弟仲華跟助主公同去，庶保無事。」禹曰：「弟願隨往，請勿憂慮。」

言未畢，見一人徑入堂來，生得身材短小、形貌非常，姓嚴名奇，山中村人，原與子陵同姓，拜為兄弟。至堂與眾各施禮畢，謂子陵曰：「今聞長安試武，弟欲赴選，特來哥處求發一課，看取吉凶若何？」子陵遂發一課，見爻象大凶，謂奇曰：「作課不祥，勿宜輕往。依此課決斷，若去必恐傷命。」奇不信言，遂辭而去。

文叔曰：「奈何無伴侶，何能獨行？」子陵見說，遂再發一課，見爻象甚吉，大喜曰：「主公合當發跡也。依此爻判，即有同伴。」言未訖，果見二人，自外而來，未知是誰。

第十六回　王莽科場選俊英

卻說二人入奔堂上，望子陵即拜。禮畢，見文叔問曰：「此賢士何人？」子陵曰：「主公劉文叔也。」二人即與施禮。文叔問曰：「二公尊姓？」答曰：「吾等馮異、王霸是也。」三人共話君臣之義，文叔大喜。

按鑑：馮異，字公孫，潁川父城人也。乃上界箕水豹，後光武封為征西大將軍、武津侯。王霸，字元伯，潁川潁陽人也。乃上界鬼金羊，後光武封為上谷太守、淮陽侯。

時天色已晚，子陵謂文叔曰：「今夜天氣清朗，吾與主公同玩星斗。」文叔即隨。是夜君臣五人，同上子陵釣魚之臺，各立方位。子陵指示紫微帝星，言與文叔，後有二十八宿跟護。文叔曰：「吾往長安而去，則此星若何如耶？」子陵曰：「主公若去，眾星亦護同往，豈有拋離也哉？」文叔曰：「恐生不測，將何為治？」子陵曰：「無妨。主公既疑，可厭此星而去。」言訖，令將水盆於前，乃披頭仗劍，望天密念。眾人並不知所道何事。須臾，只見一星落於盆中，各誇其有神異。

至次日天曉，四人拜別子陵，往奔長安。子陵謂文叔曰：「吾與主公取過一名去。」文叔曰：「何名？」子陵曰：「可名光武。」

按鑑：謚法云：「能紹前業曰光，克定禍亂曰武。」

話說四人上馬登程，行經數日，至長安投下歇店，遂往街上閑遊。至午門前，見眾人各齊預立，光武頻有不忿㉛之心，乃言曰：「他時若遂風雲志，破莽重教漢室興。」言訖，以手指於午門之上：「道好，道好，有日冤仇必報！」鄧禹等三人聞言大驚，急推光武於後僻處去。禹曰：「主公是何大言？」

㉛ 不忿：不平；不服氣。

馮異、王霸二人恐其惹出事來，各自退避。禹同光武，又往東街遊戲。見一人威儀壯凜，搖擺過街。問禹曰：「此乃何人也？」或人言：「是王莽丞相蘇獻也。」文叔聽言蘇獻，頓然怒起，思此賊當時逼吾父母雙投井死，今日撞遇於此，奮拔寶劍，趕上殺之，以雪父母之冤。鄧禹急忙挽住，謂曰：「主公何得願乎？若惹出事來，吾等都難救護。不記臨行之時師傅囑付言語，教主公依聽，方可成事。」鄧禹即將其語呈獻文叔，囑歌曰：

當殺不殺，當射不射，殺之有損，射之有危。

光武讀罷大喜，謂禹曰：「誠哉此言，若非公等相勸，吾禍必有。」二人遂回歇店。其街市人冗相撞，混散兩離。禹等三人不見文叔，急上街尋。正行之間，忽一隊人過，都言午門外道好者漢子被獻斬之。禹等三人大驚，謂曰：「若主公遭難，吾等當往急救。」各相仗劍，奔往法場而去。行至將近，果見斬首於地，諕殺三人低頭無語，乃嘆曰：「可惜英雄智主挫於反寇之手。」有詩嘆曰：

天邊雲暗紫微星，可惜英雄一旦傾。辜負釣魚臺上客，倚闌空望漢重興。

卻說鄧禹、馮異、王霸三人，見斬首於地，復近熟視，乃嚴光之弟嚴奇也。三人回悲作喜，即還旅歇。見文叔醉倒於店，方纔睡覺，起榻而坐，問曰：「主公何來？」文叔曰：「吾於街上遇舊友人，請飲數盃，是醉臥於此，方纔醒起。」禹曰：「吾等被主公一驚。」文叔曰：「為何驚也？」禹曰：「人言主公被蘇獻所害，吾三人仗劍，急往法場相救，見被殺者，乃師父之弟嚴奇，吾等方樂意而回。」文叔曰：「師父真乃神人也。當時此人求課，師父不許其來，今日果遭非命。」言未訖，忽聞街上武士人等道，來日南門外教場演試。

卻說王莽傳旨，令軍師開教場親臨演試。眾卒領命，急往南門講武殿上，高結綵亭，四圍紅索解斷，許百姓繩外觀看。是日，王莽駕臨，坐於綵亭殿上。文武眾官，班列兩傍。帝即傳旨：「著天下英雄壯士俱入演試。」

卻說文叔君臣四人同至教場門外，見軍士肅整，各執兵刃，侍立兩傍。馮異、王霸曰：「吾二人先進，看其事體若何？主公姑於是看。」言訖，二人遂從左翌門進。忽遇三人同入，問曰：「三位賢士何姓？」答曰：「吾等李忠、王梁、方修是也。敢問二公何姓？」異曰：「吾等馮異、王霸是也。」

按鑑：李忠，字仲都，東萊黃縣人也。乃上界星日馬。後光武封豫章太守、中水侯。王梁，字君蘇，西川人也。乃上界昴日雉，後光武封為河南尹、阜城侯。方修，字君遊，扶風茂陵人也。乃上界張月鹿，後光武封為引駕大將軍、成事侯。

五人話訖，同至講武殿下請試。帝令五人於場上，各獻武藝，先施弓弩，後掤鎗刀。五人演訖，各中納用，即令上葵花亭赴宴。

時文叔於外，見五人俱中，頓起大怒，思言「莽賊奪吾漢室江山，享此榮貴，不如射死，以雪先仇。」遂搭箭奮射，不覺氣烈猛加，雕弓拽折，驚殺文武眾臣，心寒膽戰。帝見大怒，急令金爪武士拏下。問曰：「汝何人氏，安敢欺君越法？故討死乎？」文叔曰：「吾乃南陽人也，姓金名和，特來投軍赴選，有何欺君？」帝令推出斬首。時右丞相竇融，急出奏曰：「陛下不可，臣恐斬訖此人，門外未試武士，不敢進演。雖有蓋世英雄，勿納為用，有何妨焉？乞陛下姑恕其罪。」帝准奏，令軍卒趕出教場之外，再勿容進。忽又四人直入，名曰邳彤、景丹、蓋延、堅鐔，王莽俱納為用。

按鑑：竇融，字周公，扶風平陵人也。乃上界西斗星，後光武封為大司空、安豐侯。邳彤，字偉君，信都人也。乃上界翌火蛇，後光武封為太常卿、靈壽侯。景丹，字尉卿，溧陽人也。乃上界女土蝠，後光武封為驃騎大將軍、潁川侯。蓋延，字周卿，漢陽人也。乃上界虛日鼠，後光武封為虎牙大將軍、安平侯。堅鐔，字子伋，潁川襄城人也。乃上界危月燕。後光武封為鎮殿大將軍、棘陽侯。

選畢，又見一人身長九尺，面如紫玉，目若朗星，從左翼門進，直奔綵亭殿下。帝問曰：「汝何人氏？」對曰：「吾乃棘陽人也，姓岑，名彭，字君然。聞陛下招納賢士，故來投選。」

按：岑彭，乃上界尾火虎。後光武封為征西大將軍、武陽侯。

帝聞，令選硬弓三張，與彭扯拽，後射朵心[32]。岑彭欣然起拽硬弓，連斷二把。再拽第三張，見其頗硬，乃言曰：「此弓略可為用。」遂奮身兜起，連發三矢，俱中紅心。帝大喜曰：「真將軍也。」即封彭為武舉狀元。近臣奏曰：「陛下少止，門外武士未赴選者還多，恐有高才雄略，不服居後，可再令

---

[32] 朵心：靶心。

搠走一遭。」言未訖，忽蕤花亭上，一將名景丹，見岑彭得中武舉第一，頓有不忿之心，踴上教場，大叫曰：「誰敢奪吾狀元？」帝見爭講，令其比試。二人聽旨，披掛上馬。岑彭絳袍朱甲，赤馬紅纓，使偃月大刀。景丹青袍短甲，白馬青纓，使丈二長鎗。二人約戰數合，被岑彭展起金標，搠景丹於馬下。帝見彭勝，問曰：「卿此兵器何名？」彭曰：「此乃將軍之暗器，名金標也。」帝聞，再封彭為西手將軍。彭謝恩起，忽蓋延出曰：「吾與汝一決。」二人上馬，亦鬥數合，被岑彭一鞭，打於馬下。堅鐔見延敗，亦出與戰。未經數合，被岑彭一箭射中，落地而走。帝喜謂岑彭曰：「武狀元定矣。」蘇獻奏曰：「還恐有未試者，再令彭走一遭，方纔可定。」言未訖，見眾人內閃出一大漢，身長九尺五寸，面如活蟹，鬚若鋼針，大喝一聲，言「狀元留待我來，何人敢占？」未知是誰，有詩為證：

濟濟英才赴選場，人人爭奪狀元郎。雖然未許人攀折，今古男兒當自強。

第十七回　王莽選材嗔武醜

帝見其人勇烈，宣至殿下，問曰：「汝何人氏？」答曰：「吾乃南陽胡陽人也，姓馬，名武，字子張。久是立侍，未蒙選用，見陛下封小將為狀元，願與略決輸贏。」

按鑑：馬武，乃上界奎木狼。後光武封為捕虜大將軍、揚虛侯。

帝准言，令二人比試。馬武欣然而起，即穿青錦袍，青龍鎧，跨上青驄馬，提起青龍刀，躍出教場，大叫：「岑彭，敢與吾決戰否？」二人交鋒，共戰二十餘合，不分勝負。帝見二將勢勇並驅，無一於下。乃叫曰：「二將暫止。」二人遂下馬，至殿前。帝謂武曰：「狀元定於岑彭，封汝為觀榜。」馬武聞言，心不甘服。復進曰：「小臣之才，不在岑彭之下；岑彭之才不在小臣之上。此狀元當與小臣，陛下何苦賜與岑彭？願乞再試，可決輸贏。」帝准言，令其再試。道罷，二人齊拍上馬。鬥至五十合，馬武佯敗詐走，岑彭趕上。馬武提起紅綿套索，將岑彭一挽。彭見，接住其索，奮力拖扯，力並無一折動。兩下廝拒多時，不分勝負。

忽葵花亭上一人言曰：「吾與此二人解戰。」遂張弓搭箭，望其套索一箭，射到兩斷，閃二人落於馬下。

按鑑：放箭者，乃上界第二星宿亢金龍。姓吳名漢，字子顏。後光武封為大司馬、廣平侯。

二人復欲上馬，帝急止之曰：「狀元定矣，不必再爭。」武曰：「臣不減於岑彭，豈肯屈居其下？」帝曰：「論汝武藝，可與並肩。但貌不及於岑彭，固如是也。何苦競乎？」馬武曰：「陛下但言武略選試，並非以相貌取人。早知如此，吾致死亦不來也。」帝怒，令趕出教場而去。

時光武在傍，見趕馬武出，徐徐後從至午門前。馬武怒而言曰：「大丈夫當棄暗投明，揚清於後，豈枉名而事賊寇。」言訖，書下反歌於壁而去。光武跟至柳陰之下，細將實情，訴與馬武。馬武大喜曰：「今日漢家有主，吾屈志可伸。」遂請文叔受拜。禮畢，武曰：「主公且回，不可久停於此，恐事露難以展施。臣他日再會，共決謀事。」二人遂別各回。

卻說王莽車駕還朝，至宣聖廟前，見十數個書生伏呼萬歲。帝問曰：「汝等有何事言？」答曰：「臣等於太學中，見一後生，困臥榻上，有金龍護體，紫霧遮身，不知是何怪異，請陛下視之。」帝聞奏大喜，遂下車仗劍步入廟中。果有一年少後生，游戲講堂之上，望見帝來，慌忙欲走，王莽急趨扯住，謂曰：「汝勿驚懼，與吾到殿為君。」卻說其後生，乃王莽之子王禹，自幼分出東宮，離久至長，貌異不識。王莽見書生奏言金龍之現，恐是劉族復生真命，故欲立其為帝。慢圖滅之，以絕後患。遂引眾文武百官回朝至殿，安排香燭，更立新君。

忽一人忙上金鑾奏曰：「午門壁上有人書下反歌一十四句，請我王聖鑒。」帝聞奏，急往觀之，果然。其歌曰：

胸中萬丈虹霓吐，失志男兒愁萬縷。腹懷惠子五車書，十年費盡青燈苦。誰知天下誤儒風，一旦棄文身就武。吾心勤意學六韜，千里長安來應舉。指憑一躍上青雲，富貴功名談笑取。莽賊白眼慢賢人，為嫌醜陋將吾逐。此間無處可容身，手提長劍歸真主。

後寫「南陽胡陽縣馬武謹題」。自後有人題者亦多，不似此人膽大，和姓名書下。

王莽讀歌大怒，急令蘇獻出街捕獲。蘇獻領旨，徑往歇店搜尋，不見其人奔往何去，即拿店主來問。

帝曰：「醜漢馬武，停歇汝家，今在何處？」店主答曰：「早從出外，至今未回，小人不知何往？」帝聽其不見，遂放回歸。

復還前殿，呼出後生為帝。後生曰：「陛下何言？」帝曰：「太學院書生，都言汝有金龍護體，紫霧遮身，乃真命天子，是立汝為君，何得推說？」後生笑曰：「父王錯矣。臣乃東宮太子王禹，父王豈遺識臣哉？」王莽聽言熟視其貌，果然。乃大笑曰：「吾兒果有帝王之分。」群臣曰：「乃東窗之下，一人姓劉，名秀，字文叔，從南陽而來投赴舉者。言曾教場拖折官弓，假說姓名金和，曾於太學讀書，見形異者，即其人也。」帝曰：「卿不早言。」急令蘇獻領軍往太學搜捉，將四圍城門閉上，令軍卒各巷巡察。再傳旨遍曉百姓，如有隱藏妖人劉秀并醜漢馬武者，滿門誅戮；有拿獲獻上者，萬戶封侯。城中百姓悉皆諭訖。

卻說光武早離太學，往投集賢館明林巷裡居宿。倏知王莽出榜曉諭，閉城搜捉，驚得惶惶無措。但見巡軍若虎，哨馬如飛。當日天晚，急出逃躲，見一堵高牆，以手攀住，踴身一躍，跳入其內，視之，乃花園也。即喜曰：「此處可暫安身，以待天明，再作區處。」至夜深人靜，忽一皓首官長步入花前，列案對月燒香。光武恐使知覺，慌忙欲躲，被其望見，拿住問曰：「汝何人氏？焉敢夜入吾園盜竊物件？」言訖，扯上花亭而去。

第十八回　崔亭揭榜獻蘇雄

卻說光武被官長拿至花亭之上，勘問來因。光武細將實情告訴。官長聽說，倏覺雙眸淚下，言曰：「我道漢已無人矣，今幸遇汝，可復先王之恥。」文叔曰：「官長何故出此言也？」答曰：「吾乃漢室劉唐，為王莽篡國，滅我宗枝，故改姓陳，權受太常卿之職。汝父劉欽，乃吾兄也。」文叔聽說，急請叔父受禮。各敘話畢，唐曰：「汝且權入吾府，停歇數日，待其寧息，再作區處。」

二人話間，被本家廚子崔亭曉覺，急至街上揭榜，奔投蘇獻請賞。蘇獻聞言大喜，即上金鑾，奏知王莽。莽聞傳旨，著蘇獻領軍二百，往劉唐府內搜捉。蘇獻領旨即至唐府圍捕。唐知事發，急出問曰：「丞相何意？」獻曰：「汝家奴僕崔亭出首，道汝隱藏妖人劉秀。天子傳令著吾搜捉。汝急獻出，免致禍淩。」唐曰：「既有是事，請司馬任搜。」蘇獻令軍遍室尋捉，並無蹤影。再令搜入後園，光武正於花亭觀望，見其軍來，忙向後牆爬走，被二人趕上拿住，推入後巷無人處去，假捏劉秀化作金龍脫走，大叫眾軍急趕。光武回頭視之，乃馮異、王霸用計救出。此名調虎離山之計。有詩為證：

鳳出丹山暫失梧，頻遭野鳥笑身孤。天教幸際風雲會，騰踏飛黃快去途。

總評　孰謂漢無人哉?!

第十九回　蘇獻百端讒烈士

卻說馮異、王霸二人救出光武，復回本帳。蘇獻喚出問曰：「汝等拿住劉秀，今在何處？」二人答曰：「吾等追至欲捉，被他化作妖烝，咬脫走去，不能復趕。」獻曰：「吾親見汝等拿住，故欺君賣放，妄揑妖邪，宜得何罪？明日奏帝，斬汝為示。」言罷，回車而去。

卻說光武得馮異、王霸救脫，急奔十字街走。忽見一人，忙近抱住道：「主公休慌，小臣特來相救。」光武視之，乃友人竇融也。言罷，邀入府中，各施禮畢。

按鑑：竇融，原與光武為朋。因光武赴舉正陽門外，與鄧禹、馮異、王霸失散，即此人邀入飲酒，光武大醉回店。至光武為帝時，陰皇后生一子，名喚龍哥，竇融生一女，名喚鳳姐，與光武結為婚姻。

光武曰：「前者教場被辱，蒙君奏恕。今又遇際，無可酬恩。」融曰：「此乃臣職所當。但不能匡復天下，以死報君。主公何所說哉？」光武曰：「吾欲急回，恐再露發，無可奔逃。」融曰：「主公勿慮。在小臣之府，無人知覺。暫停數日，以待王莽心罷，送主還鄉。」

卻說蘇獻至次日，將前事奏知王莽。莽聞大怒，急令取過錦袍一領，支起九鼎油鑊於階，呼陳唐至而脅之㉝曰：「汝言劉秀今在何處居宿？指示捉獲，即賜錦袍，官加極品。如隱藏不說，即入油鑊。」陳唐大笑而罵曰：「王莽反賊，簒吾漢室之位，今有真主復出，旦夕可報深冤，尚何貪顯而昧先帝地下之望耶？」言訖，跳入油鑊而死。後讚劉唐詩曰：

異姓捨身全骨肉，此生此世更何人？朝雲一去悄無夢，夜月庭陰花自春。

第二十回　竇融累奏拯明君

卻說王莽見劉唐道罷，欣然入鑊而死，纔知假姓為陳，急令軍卒拿捉家小。再問蘇獻曰：「劉秀為何走脫？」蘇獻奏曰：「陛下要知其故，可問把守後牆軍卒，見其走出何去。」帝曰：「何人把守後牆？」答曰：「馮異、王霸二人，領軍圍守。」王莽聽知大怒曰：「此事都有詐弊。」急宣二人至殿下，問曰：「汝等不以實言，都入油鑊。」二人答曰：「吾等見其越牆欲走，趕上拿住，被他化作金龍脫去，未知奔往何方？」帝曰：「汝等故欺君賣放，詐說妖誣。」喝令推出斬首。竇融奏曰：「我王錯矣。榜上都言妖人劉秀，不可妄斬此人。城中百姓人等，悉知劉秀金龍護體，此事誠然。乞陛下姑恕其罪。」帝聞奏，略息威怒，遂赦二人罪畢。

㉝ 脅之：威脅他。

卻說竇融至九月九日，重陽節屆，把文叔粧作夫人，坐於車籓之上，送出潼關，二人拜別。

光武正行之間，見一夥客人道：「捉得妖人劉秀，即時富貴。千金賞，萬戶侯，強如做個大客。」光武暗思，不干百姓之事，乃王莽出諭，故使人如此。不理而去。行至天晚，忽見正南上一隊軍兵追至，即跳下馬與文叔施禮。文叔問曰：「官長何名？」答曰：「吾乃劉唐之弟劉浪是也，權為新安縣之宰。聞主公於此，特來相迎，同到小縣安歇數日再行。」言未訖，忽見林內一隊軍兵追近，乃陰陽官望有妖氣透天，與蘇獻領軍趕來。文叔驚戰不止。劉浪曰：「主公往後門走，我往前迎蘇獻。」

文叔急往後門上馬，由新安街行。忽聽後軍趕近，急前問路，穿過林中。大喝一聲，叫「漢子休走！」踴出數十名軍卒，將文叔拿住扯至林內，見一大王。問曰：「汝何人氏？敢來此處閑走。」文叔細將實事告之曰：「吾乃漢室劉秀，被王莽出榜遍捉，逃奔於此。乞大王恕命。」其大王聽說，慌忙抱起文叔，坐於正席，頓首拜而言曰：「臣該萬死，乞主公恩宥。」文叔曰：「公是何人，出此言也？」答曰：「臣乃南郊臺上放箭射倒王莽，奉敕叛國漢將蘇成是也。久尋主公不見，今幸逢遇，請主公可就於此，佐立君王，然後勦寇。」文叔曰：「蘇獻兵追至近，如之奈何？」蘇成曰：「主公勿憂，穩坐於此。臣殺退蘇獻，立主公為帝。」言訖，蘇成提刀躍馬而去。

文叔不依其言，亦上馬從東南奔走，潛於山林之間，至夜復行。時秋雨大降，見路傍一廟，遂入躲避。視之，乃禹王廟也。文叔即拜而祝曰：「秀避難投宿於此，有瀆尊神，勿令見責。望神靈陰護，早脫災危。」祝罷，潛步西階，對月吟歎：

雲天暗淡詩人苦，風景蕭疎旅客愁。林鳥問花幽更絕，從容徐步出西遊。

總評　可喜可喜，固是傳奇之體。第塵埃中能識真主，一二足奇，此何多奇也。

第二十一回　古廟潛逢擎國柱

卻說光武於廟中投宿，至三更時分睡覺，見殿門大開，心驚膽懼，恐有人知覺來捕，慌忙起走，潛步視聽。見東廊月影下履聲響處，轉過一人，直入殿來，見文叔即拜。謂曰：「主公因何獨宿於此？」文叔問曰：「壯士何名？」答曰：「吾乃潁川郟縣人也，姓銚名期，字次況。」文叔曰：「足下為何夜入廟來？」期曰：「前日，有一仙長言說後三日此廟中，有一真命帝王投宿。是以小臣特來迎接，請主公暫至小莊安歇。」文叔大喜曰：「有勞足下，無可報恩。」二人遂往至宅，銚期引見施禮畢。至次日早，銚期謂文叔曰：「主公於此消停數日，臣往城中探問消息，方可再行。」言訖，銚期上馬而去。

按：史記，期父銚猛，為桂陽太守。因王莽篡位，抱忠而亡，期奉母逃於此地居處。後光武封為衛尉將軍、安成侯。

卻說莊外一人，姓高名萬，與數個後生議道：「銚大郎引一面生之人於家，莫是妖人劉秀並醜漢馬武。」言訖，齊至期家問曰：「爾家堂上後生是誰？」期母答曰：「是吾親屬。」萬於門隙窺覷，見其面貌非俗，乃謂眾曰：「此人活像圖影一般，正是妖人劉秀。」言罷，與眾擁入拿住綁押送縣，誅殺期母，向前告不肯放，一齊簇出而去。忽見前途疋馬奔走如飛，至近視之，乃子銚期也。老母急謂期曰：「適纔高萬統人拿縛主公，押送縣去。汝快往姐家，潛宿幾日，莫待事發難逃。」銚期聞說，忙搭雕弓躍馬飛趕。

時高萬拿獲光武，喜不自勝，謂眾曰：「吾昨日占卜一卦，合有官做。今日拿住妖人，功勞非小。」行至村店，眾押人等，沽酒相賀，盡歡痛飲，都醉半醒。忽一人身長九尺五寸，面如活蟹，鬚若鋼針，自外而來，謂眾曰：「汝等為何喧鬧飲酒？」高萬答曰：「吾等拿獲妖人劉秀，送官請賞，故有此歡。」其人聽說，不言而出，眾亦罷飲，押秀往縣。至楊柳岸，古堤岡上，高萬大喊一聲道：「我等今日千金賞，萬戶侯。」銚期追至，聽其眾喊，即攀弓箭，叫：「高萬，佐得何官？」弦響箭到，射中高萬左目。殺退眾人，救出文叔。有詩為證：

群賊奸貪萬戶封，拿君解縣氣如虹。
豈知冤路重相踏，一箭翻身墮馬終。

第二十二回　平坡暫別棟梁材

卻說馬武見高萬捉獲光武，於店內大歡飲酒，不言而出，遂至古堤岡等候。忽見銚期亦趕將至，馬武遂出，一齊助殺，救出文叔，解下綁索。君臣三人坐於林下。光武曰：「若非公等相救，吾命遭於小寇之手。」

話畢，卻說莊家二人，往郟縣告狀於林間經過，見三人坐敘，知是劉秀，行至前途，遇二官策馬而來。二人急跪告曰：「前途林下坐著妖人劉秀及醜漢馬武。」官人問曰：「在何林下？」莊家遂引至林前，指曰：「三人坐者疏是。」官人視之，果是劉秀。恐其前面再說，遂張弓搭箭，射死莊漢二人。至林下馬，見文叔大哭曰：「叔父朝夕憂悶，不知賢弟消息，故使吾二人遍處尋訪。」各敘話畢，銚期問曰：「二公何人？」文叔曰：「吾兄劉縯、劉仲是也。」二人聞說，即與施禮。馬武曰：「主公異日興兵滅寇，臣助軍十萬接應。」銚期曰：「臣事老母終年之後，竭助主公匡復天下。」文叔曰：「吾身孤力寡，全賴公等匡持。」言訖，忍淚分別。有詩為證：

攜手河梁話別時，徘徊路側恨何之？數聲風笛離亭晚，君向瀟湘我泣岐。

第二十三回　別逢共訴情難已

卻說文叔與銚期等分別，遂同縯、仲回至白水村，見叔父劉良。拜畢，良曰：「自汝別後，使吾朝夕牽掛，並無消息。今日安回，愁腸頓釋。」文叔曰：「姪到長安，不祥太甚。叔父劉唐為秀一人，悉遭誅戮。」文叔具說前事，倏覺淚濕雙眸，二人抱頭大哭。良曰：「子陵著二哥送一文書來，汝曾見得否？」文叔曰：「姪接至未看，不知何說？」遂拆而觀之，乃四句詩也：

待時真命隱藏難，姑向南陽暫守寒。自是嚴光無覓處，直將兵敗救孤鸞。

第二十四回　配合應知分所為

卻說秀自長安回至白水村，與叔兄等話訖前事，乃自思曰：「從此之後，再不信人妄言，但事農而已。」

時南陽大荒，一穀不成，惟白水村豐厚。正遇秋熟之時，忽宛城二人至，劉良迓入施禮。問曰：「二公何幹？」答曰：「吾等非別，特為令郎作伐㉞。」良曰：「甚人嬌媛，肯配寒兒？」答曰：「本城裡上戶㉟陰長者，一女名喚梨花。聞令郎三秀才賢達，特遣小弟為伐，未知公意若何？」良曰：「既承相拔，敢不樂從。」遂令人載米一車往宛城糶銀為聘。

文叔正出，忽見三人至莊外下馬，良接入堂禮坐。其三人問曰：「此莊何名？」良曰：「名號白水村。」復問曰：「老長何姓？」良曰：「老人姓金，名良是也。」再問曰：「汝家還有甚人？」良曰：「老夫生有三兒，大者金縯，次者金仲，幼者金和。敢問三位官長何名？為甚輕身至此？」答曰：「吾等甄阜、梁丘賜、蘇伯可是也。為上司差來，挨拿劉秀。陰陽官蘇伯可見秀有真命之像，隱不肯言，故尋至是。」言訖，遂別而去。

按鑑：蘇伯可，後光武封為司天監。

卻說文叔見三人別去，引車兩乘往宛城糶米。至長街上，眾人一齊搶奪。莊人大罵，文叔急止之。忽見南街一官，擺道而來。眾人肅侍兩傍，不敢喧擾。至近，見文叔狀貌奇異，暗思必是劉秀也。遂下馬長揖。

按鑑：後漢若非此人，則天下難復立矣。

㉞ 作伐：做媒。

㉟ 上戶：有錢有勢的人家。

總評　梨花后，是為陰后也。陰當為殷，梨花當為麗華。光武即位以後，娶之。光武常感殷麗華之美，後見執金吾車騎甚盛，歎曰：「仕宦當仕執金吾，娶妻當娶殷麗華。」今作梨花陰后，真可謂善於諧俗者矣。

第二十五回　少翁預卜聖君臨

揖罷，即請入縣衙遜坐，置酒款待。謂曰：「吾乃此邑之宰，姓李名通，字次元。敢問賢公何姓？」文叔曰：「吾乃白水村金和是也。」通曰：「賢公何得詐乎？吾聞小兒於市上謠歌說：『禍全福全，白水升天。劉氏復興，李氏輔焉。』賢公既非金龍護體、漢室金枝劉秀，吾豈屈身而迎哉？」文叔見道實情，遂將其事逐一告知。李通大喜，慌忙下席，請主公受禮。謂曰：「主公興兵，臣助壯軍五百。」二人酒至半酣，徹畢。文叔曰：「吾今娶陰長者之女，缺乏禮儀，因裝糧米於此糶發。聞說此市一仙長曾對陰長者所說，吾命頗貴，故將其女配我。今欲訪謁其人，未知在何居住？」通曰：「主公欲往，臣將侍行。」言訖，二人上馬同至長街。見一卦舖，書著聯偶二句：

今日不過午，定算一龍虎。

光武視之，遂湊二句於後。其聯曰：

風雲未會時，特訪神仙祖。

第二十六回　訪推命運何時泰

卻說仙長見李通引一人至舖前，見門上聯偶，其人遂湊二句於後。仙長大驚，急整衣冠出接，邀入舖中施禮。各尊坐畢。文叔曰：「素聞先生靈課，特來求占一卜。問取命運窮通㊱，重當酬謝。」仙長曰：「願求尊命先看，後占卜筮。」文叔遂將八字付與。仙長推罷，大笑曰：「果應我今日之兆也。」文叔問曰：「有何兆焉？」答曰：「吾今日卜占一卦，應天子臨門。觀此八字，真帝王之命。」文叔曰：「吾乃一村農耳，焉有此分？」答曰：「休得隱諱，在小舖無妨。吾曾道與銚期廟中接駕，果如言否？」文叔聽說，暗思此人如神，遂將實情告與。仙長聽罷，慌忙下拜，復呼萬歲。文叔急下攙起，問曰：「仙長何名？」答曰：「老夫姓蔡，名少翁。」文叔曰：「吾昨夜來一夢，不祥，敢瀆先生圓解㊲。」少翁曰：「夢如何也？」文叔曰：「夢與王莽交戰，吾大敗步走。忽遇五隻大羊，四隻逃走，被吾拿住一隻，

㊱ 窮通：窮蹇困頓，命運通達。

㊲ 圓解：即圓夢，對夢中的景象作解析。

騎於背上。拿住其角，角落，挽住其尾，尾亦落。覺來將夜半矣。未知吉凶何如？」少翁曰：「此夢甚吉，主公可得南陽五縣。羊去其角尾，乃一王字也。主公若取此五縣，即時富貴，可作君王。」文叔聽解大喜，遂與卦錢。少翁曰：「主公異日登位，臣要司天太監，要此卦錢何用？」李通曰：「何日可除王莽？幾時得做君王？」言未訖，忽聽一人叫道：「誰敢發此大言？」李通見之，大喝一聲，其人方回而去。後讚少翁，詩曰：

易中造化出天機，筮卜初從太昊時。何事先生名獨擅，端能審象與機宜。

卻說文叔見李通喝退其人，而問曰：「是何人也？」通曰：「此乃吾弟李軼，有始無終，主公休怪。」言訖，二人遂別少翁，回至李通宅首。文叔告歸，言娶陰長者女事。李通遂將財物贈之，令之搬上二十箱，載於車中，二人拜別。

文叔行至其姐莊上，遂入相見。鄧晨置酒款待。飲至半酣，撤畢，文叔告歸。其姐劉元見秀酒醉，叫夫鄧晨送回。文叔與姐拜別。

二人坐於車上，行至半途，見一隊軍馬，喝道將近。文叔於車上帶酒言曰：「輕避重，何不知禮？」其官人曰：「賤避貴，豈故越法？」文叔曰：「汝何貴於我，我何賤於汝？」官人曰：「俺是鳳城官宦子！」文叔曰：「吾乃龍閣帝王孫！」官人曰：「俺父朝中宰相！」文叔曰：「吾祖國內君王！」其官人乃蘇獻之子蘇和，引陰陽官於南陽地界遍察劉秀。聽罷其言，大怒曰：「此人正是妖人劉秀。」喝令左右擒下，至新香亭勘問。

第二十七回　故假威名即日興

卻說文叔被蘇和拿下，詭殺莊人，推車急走，回至白水村，見劉良，細將前事告訖。劉良聽說大驚，遂將車上貨物抬下，開箱視之，並無毫末金銀，都是衣甲頭盔，鎗刀弓箭。急喚劉縯、劉仲點起壯士五十餘人，各執匾擔禾叉，同往亭上相救。良謂縯、仲曰：「汝二人先入與說，如其不然，即先圖之。」

二人聽言，遂引五十壯士，急奔新香亭上。見蘇和正將文叔勘問，道：「你實說姓名，免遭刑迫。」光武不言。鄧晨跪上告曰：「此人姓金，名和，見沾風魔之病，以此亂言，有逆公子，萬乞見憐，姑恕其罪。」劉縯、劉仲於亭外見鄧晨跪告不放，遂與眾人哭訴於階下，亦不聽說。縯、仲二人一步一拜至月臺上哀告：「乞大人見憐，恕其殘命。」二人哭至席前，哀告不放。劉縯拔劍踴身而起，大喝一聲，將蘇和斬首於地，殺退左右人等。眾壯士一齊大喊叫：「殺王莽，以復漢世之仇。」有詩為證：

養真數載屈衡茅，今日方鳴出鳳巢。天地生才寧肯負，震雷終奮蟄潭蛟。

卷二

按鑑：世祖光武皇帝，名秀，字文叔，長沙定王劉發之後，劉欽之子也。景王生發，發生買，為春陵節侯。買生少子外，為鬱林太守。外生回，為鉅鹿都尉。回生欽，為南頓令。欽娶胡陽樊重之女，生三子名縯、仲、秀也。時秀生，南頓有嘉禾，一莖九穗之瑞，故名秀。隆準日角，燕頷鳳目。為王莽篡國，逼其父投井死，兄弟俱投白水村，叔父劉良，納為己子，改姓金。秀性勤於稼穡。縯性剛毅慷慨，素有大節，不事家人生業，常憤憤欲復社稷，好結天下雄俊，每見秀事田業，輒非而笑之。仲亦有大志，秀嘗嘆其不如仲之勤也。秀嘗過蔡少翁家，少翁言：秀異日當為天子。時宛城李守嘗謂其子通曰：「劉氏當興，李氏為輔。」李通遇秀，助其甲兵，竟從白水起，盡發春陵子弟而興焉。

第二十八回　光武中興恢漢業

卻說光武於白水村與叔父劉良等，議集興兵之事。是日，劉縯、劉仲點起子弟壯兵，凡得七八千人，一齊大喊而發。劉良高聲叫曰：「吾非姓金，乃漢室劉良是也。吾三子劉秀，真命帝王。今日舉兵伐莽，以復先帝之仇。」言罷起事。

卻說蘇和手下走脫者，急奔胡陽報說。行至半途，見一隊軍馬，牽羊解酒而來。視之，乃胡陽縣官迎接蘇和把盞者。其人即跪下，告曰：「今白水村劉秀，興兵殺吾公子蘇和，以叛天下。」縣官聽說大驚，慌忙回入城中，點軍來白水村前搦戰。劉良聽知，急令壯士千餘人各執禾叉、棒棍，出於寨前，擺列陣勢。劉縯披掛，縱馬橫刀直出。有詩為證：

首出南陽孰敢當？今朝陣上立分黃。英雄奮起拔山力，整復山河舊帝王。

第二十九回　堅鐔一戰復劉基

卻說縣官領軍於白水村前排列陣勢，叫劉軍搦戰。劉縯聽知大怒，縱馬直出。二人交鋒數合，劉縯敗走。縣官躍馬趕上，忽聽寨中高處大喊一聲，抬頭視之，見光武立於高處觀望，遂牽弓欲射。只見金龍護體，箭不能施。大叫曰：「漢室冤仇，汝何苦乎！」其人聽說，暗思：劉秀誠乃真主之命，王莽出諭，遍拿未獲。其人遂下馬拜降，而言曰：「臣助主公興漢。」有詩為證：

疋馬出疆場，威風凜雪霜。單刀歸漢主，名義兩傳揚。

第三十回　聚兵白水屯營寨

卻說光武見其人下馬受降，慌忙出寨，迎入莊內，各施禮畢，問曰：「公何姓？」答曰：「臣乃姓堅名鐔，字子全。」光武大喜，遂令置酒招待。

卻說李通從弟李軼謂通曰：「今四方擾亂，漢當復興。南陽宗室劉伯升兄弟汎愛容眾，可與決謀大事。」通大笑曰：「汝之言，正合吾意也。」遂遣軼往迎劉秀，與其約定謀決。二人話別。

軼至白水村，見光武，各施禮畢。問曰：「公至小莊，必有奇幹？」軼曰：「吾兄李通遣軼特來迎接主公，共議謀決之事。」光武大喜，遂上馬同往。至其宅，見李通，約定舉兵之事。

復回白水村來，與兄劉縯議起舂陵子弟，與通會兵。時堅鐔出曰：「主公既欲舉舂陵子弟，必先設一筵會，招集眾議。布立五花營寨，分作五隊軍兵，每一隊列著五十人，二十面戰鼓，二十面旌旗，多造兵器，於內積草屯糧。再令二十人，掃地叫殺，豈不兵堅寨固。然後一鼓而興，可破王莽於反掌矣。」光武聞說大喜，曰：「此計甚妙！」即令宰豬置酒，會集白水百姓。凡有姓劉者，悉皆赴宴。言未訖，其村中壯士，不期而會❶者千餘，各列坐定。劉良出席把盞，而謂眾曰：「汝等竭力匡扶，破除莽賊，悉係皇親國戚，官封不小。」眾人聽說大喜，一齊鬧聲應曰：「吾等都願死助。」宴罷，各散。

時白水村中，未過半月，招集壯士二千餘人。堅鐔曰：「有軍無器，難以為敵。主公可往宛城李縣宰處借弓箭刀鎗，方可動兵。」光武曰：「然。」即假裝一客，上馬徑往。至城下，正入，被把門軍卒拿住，奪下其馬。言曰：「今白水村妖人劉秀起兵作反，官中正要馬用。汝快丟下，休得再取。」光武曰：「此乃李縣宰之馬，汝等搶奪何用？」眾人見說，即拿送縣衙見李通，看其實否。李通見文叔至，遂迎入後堂施禮。眾人慌忙各退。文叔謂通曰：「今日立起五花營寨，招集軍兵頗多。奈缺少兵器，難以行事。特來公處求買，萬乞憐濟。」通曰：「此事不難。」遂引於後花園內，開一室與看，都是盔甲、鎗刀，謂文叔曰：「此器乃王莽著令修造，暗藏於此。」又引至一室，見其內有百十壯士，俱是無謀不能決略之人。通曰：「汝等衣甲頭盔，都與此人，帶汝重用。」眾人聽說，一齊應聲：「願同跟往。」文叔大喜，謂通曰：「今有良將，必要硬弓為用，奈何得之？」通曰：「何難之有？局官申屠建處甚多，可與求買。」二人遂往。

至局中，見申屠建。問曰：「聞總官有好硬弓，特來求買一張，不論價錢多少。」申屠建即取一張，力重五百餘斤。文叔見之，大喜。通曰：「力重二百斤者，見求一張。」建即令將至。又曰：「同此一樣者，再求一張。」申屠建見其多買，暗思必有緣故。大怒而言曰：「此莫妖人劉秀，買此硬弓造反。」通曰：「總官是何言也！」有詩為證：

❶ 不期而會：事先沒有預約而聚會一處。

昨夜西風透小窗，村前雪擁壓梅粧。一枝漏泄春消息，挽復乾坤舊太陽。

第三十一回　遇將長安脫困籠

卻說局匠令史知是真主劉秀舉兵滅寇，買弓為用，見申屠建生疑，恐洩其事，故出解之曰：「總官錯疑。此乃李縣宰兄弟，襲破妖人劉秀，要此硬弓為用。」通曰：「然也。」建聽說纔已，謂通曰：「現有硬弓三百餘張，修造未完，不應為用。」通遂轉過一室，喚出弓匠王立，責之曰：「爾何閑幹？不竭力於工，故違上應。」王立曰：「硬弓難造，以此慢遲，乞姑恕罪。」通曰：「再限三日，如無應用，重責問罪。」言罷，遂與文叔回衙去訖。

時局官申屠建復至，問曰：「官弓完否？」王立曰：「適纔李縣宰叫小人急造硬弓三百餘張，限三日要用，以此未暇。」建聞，大驚曰：「李通必然造反。早間引一漢子來買硬弓者，定是妖人劉秀。」忙出上馬，見尉司龐能，道訖前事。倏阜城縣尉崔亭至，言李通安排軍兵，扶立妖人劉秀，白水村造反。龐能聽罷，大驚曰：「誠有是說。」急令閉上四圍城門，兩縣弓兵，俱入李通衙搜捉。

通知事露，急將盔甲與文叔穿上，頭頂沖天冠，身掛烈火袍，手提安漢刀，坐下白龍馬，引五百名壯士，各披盔甲，每人帶上三付於身，大喊一聲，齊擁光武出衙。李通當先開路，前迎龐能，戰脫，望東門出走。奔殺至近，見城門緊閉，急回南走，南門又閉。再投北出，北門亦閉。跟護軍馬，各奔出散，惟丟下光武一人，單刀疋馬，獨望西走。其街上人家見至，即將磚石拋打，光武輪刀遮護。正懼之間，忽見城上一人仗劍走下，劈開門鎖，放出光武而去。有詩為證：

昔年世祖困樊籠，天遣英雄踏會逢。打破玉雕飛綵鳳，頓開金鎖走蛟龍。

第三十二回　勢危馬死罹兵困

卻說文叔走出城外，問其救者何人。壯士答曰：「吾乃局匠令史，姓任名光，字伯光。聞主公有難，特來相救。」言訖，光武躍馬急走。

後軍趕上。文叔叫曰：「可憐漢世冤仇，足下何苦追趕？」答曰：「若放汝去，則廢吾千金之賞，萬戶封侯。」文叔問曰：「汝何人也？」答曰：「吾乃太常卿之僕，崔亭是也。前者揭榜獻上，即發軍搜捉，被爾爬上後牆，化作金龍走脫。王莽即封我為阜城縣尉。今若再拿汝獻，定有公侯之位。」文叔聽言，大罵：「背主忘恩之賊，今日還敢追我！」遂撥馬輪刀，大喝一聲：「斬除此賊，以報叔父之冤！」崔亭見其勢勇，急回馬奔走。龐能躍馬又趕，文叔告曰：「乞憐漢世孤窮，冤盆覆蔽，公何無惻隱之心乎？」龐能不聽。趕近，二人交鋒，約鬥二十餘合，文叔詐敗，急走。後軍追至，攀弓搭箭，射中其馬，倒地而死。文叔遂拖刀步走，至一大林內隱藏。申屠建、龐能二人趕上，分兵四面圍住。

至晚，光武仰天告曰：「秀本受命於天，為生民作主，舉兵滅寇，以雪漢世之仇。願天早脫秀圍，不負先人地下之望。」祝罷，倏覺一陣風過，見一紅牛降下，生得獨角雄壯，立於其前。文叔即上牛背，輪刀躍出，遂脫其圍。後窗士詩言光武之迍：

纔脫兵圍又困圍，恍同秋雁失南飛。皇天若不垂青象，安得紅牛跨紫微？

第三十三回　運泰牛生出敵圍

卻說文叔騎上紅牛，提刀殺出，圍軍把卒各各逃散。

漢鑑曰：騎牛奪馬殺龐能。

得出，紅牛已在前。秀遂騎馬於後，出陣而行。

至天晚，其牛不動。忽見一老人，松身鶴髮，皓首龐眉，立於其前，謂秀曰：「先生留下紅牛還我。」文叔慌忙下馬施禮，告曰：「公若肯賣此牛，不辭高價。願乞慨賜，以助上陣之功。」老人曰：「汝背後何人也？」光武回頭，復視，只見老人駕著紅牛，化一陣清風而去，留下白紙一張。光武拾起，拆而視之，乃四句詩也：

乾坤有意定升平，何用干戈日夜鳴。二百炎劉從此始，紅牛直上五雲程。

第三十四回　歌聲未已明君至

卻說文叔讀罷其詩，歎曰：「真乃天助吾也！若非降此紅牛相濟，安能破賊而脫陣哉！」遂將其詩藏於袖，上馬尋路，前望白水村回。穿入山間，見有茅庵一所，從其門外經過。忽聽內有人聲，作歌自歎，乃駐馬聽之，其歌曰：

對月彈空瑟，當天作短歌。漢皇難會面，何日起干戈？

第三十五回　話國纔終義母亡

卻說鄧禹見王莽不仁，侵謀漢室，乃避名遯跡，隱於山間茅庵之內。朝夕悶坐，思與劉秀長安別後，未知流落何地，不能一會。正於其內作歌自歎，忽文叔自宛城逃難經過，聽得歌聲歎息，乃大叫曰：「是何仙長，乞濟孤窮！」鄧禹聞知庵外人叫，急出門視之，乃文叔也。遂邀入草堂之上，施禮尊坐。文叔曰：「先生為何獨遇於此？」禹答曰：「自長安與主公別後，天下擾亂，漢室未興，故隱名避姓，斂跡於此。朝夕縈繫主公，不克❷會面，共議舉兵之事。今幸得遇，使吾歡不自已。但不知主公為何孤身獨奔？」文叔遂將白水起義，布立五花營寨，騎牛之事，逐一告知。禹大喜曰：「真乃天助主公，非人之力！」文叔曰：「意欲舉兵，奈無上陣之將，不能勝敵，將何為也？」禹曰：「主公勿憂。今西山莊前有一壯士，英雄過人，言與主公交來，可去求謁相助。若得此將扶持，則不日成功矣。」光武聞言大喜，遂與同往。

二人行至莊前下馬，銚期正於門首獨立。見文叔、鄧禹二人至，慌忙迎入草堂之上，施禮坐定，謂文叔曰：「主公何來？」文叔細將前事告知。鄧禹曰：「今主公白水起義，特來相訪足下，匡扶漢室，公意若何？」期答曰：「奈老母年邁，無人侍養。待終年之後，竟助主公。」期母聞言謂曰：「吾兒可竭助漢，以就丈夫之志。莫為一老母而殞萬世之名。」言訖，見期意終不去，假托廚中炊飯，乃自思曰：「吾兒極有孝心，若母在日，豈肯拋棄從往？吾不如早盡，待彼竭力全忠，以成大義。」言罷，遂繫頸而死。期見母於廚中去久未來，急往詢視，見母懸梁而死，驚得魂飛魄散，放聲大哭，幾絕於地，慟不能止。光武聞哀，謂鄧禹曰：「吾殺之也。」二人盡皆垂淚。遂與銚期備棺裝斂，葬於莊門之外。期欲守孝，光武親為心喪❸，以折三年之服，期遂同往。後窗士讚期母之賢：

---

❷ 不克：不能。

節氣稜稜世所稀，忠君愛子蕩然歸。姓名汗簡千年赫，常使人瞻淚洒揮。

第三十六回　李軍陣上擒王將

卻說銚期安葬母畢，遂與秀等三人同往白水村去。正行之間，被王立領軍攔路。銚期大怒，躍馬橫鎗，直取王立。二人鬥不數合，王立敗走。銚期趕至一林中，見前面大軍衝至，都披重甲重盔，活捉王立。將近視之，乃李通、李軼兄弟領軍來至。銚期欲與爭功，文叔止之。通曰：「遍遶宛城地界，尋覓主公不見，使吾惕惕於心，頃刻驚觸。」秀曰：「自宛城失散，命在須臾。」遂將騎牛之事逐一告之。李通大喜，曰：「神助主公，若此之異，立破王莽，何難之有？」言訖，遂同文叔等至白水村。

見劉良，話訖前事，劉良即令置酒筵會。鄧禹曰：「此處有軍無城，難以存濟。主公可急取胡陽為本，安頓軍兵。縱臨大敵，則不為懼。然後發兵取索南陽三十六城，猶反掌之易矣。」文叔曰：「善哉，此言也。」遂選日起軍，攻擊胡陽。

---

❸ 心喪：舊時長輩死，晚輩守喪，不穿孝服，只在心中悼念，稱為心喪。史記孔子世家：「孔子葬魯城北泗上，弟子皆服三年。三年心喪畢，相訣而去。」

第三十七回　韓宰城中卻漢兵

卻說光武會集諸將，即日起軍。封銚期為先鋒，點起精兵一千五百，至胡陽城下攻擊。其縣宰韓刀見劉秀兵至，即上城告曰：「吾等通願歸降，不勞攻擊。乞限三日，待吾整備軍糧，開城拜獻。」文叔依言，遂回軍三日，復至城下。令小軍叫曰：「早獻納降，免遭災害。」韓刀於城上聽言，叫曰：「教劉秀出陣答話。」文叔躍馬而出，見城上喊叫一聲，諕文叔落於馬下。未知何故。

第三十八回　無計脫奸全叔命

卻說韓刀於城上見光武兵臨，將一老人推出而言曰：「若再攻城，將汝叔父即斬。」諕光武墮馬而叫曰：「限吾三日，即來拜降，恕吾叔父之命。」言訖，回軍。

至白水村，與眾將商議：「奈叔父劉保墮於小寇之手，何以救之？」眾皆默然無計。文叔曰：「當以天下為輕，叔父為重。汝等既無可脫之機，吾當自縛拜降小寇，以全其命。」銚期大言曰：「主公是何言與！臣老母死者，為主公興漢，豈其故欲是也。今此一小事而喪其社稷之心，則吾母可復生乎？」

眾將勸之，不從，惟默默嗟吁而已。

忽人報曰：「外有投軍壯士，未敢擅入，乞主公發旨。」文叔曰：「著他休入，吾等都欲散罷，尚來何用？」其軍人攔擋不住，奮激而入。見文叔，言曰：「聞主公真命帝王，小人特來投助，為何不用？」文叔曰：「非不用汝。奈今胡陽縣宰韓刀拿住叔父，逼要投降。吾等無計可施，欲罷歸寇，以全叔侄之義，不使名汙於後世也。」其人聞說大笑，對眾人言曰：「不能施此一計，枉為將相之材。」有詩為證：

英雄無計脫奸危，默默軍前更問誰？幸有陳平奇六出，陽春歌笑一時回。

第三十九回　施謀殺賊解君愁

卻說光武見其人大言彰說，欣然起而問曰：「壯士有何奇策？願施濟助。」答曰：「小人只用挑柴一擔，去胡陽城內叫賣。主公急領大軍，隨後跟至。韓刀見兵臨擊，必令百姓人等俱上城守。小人藏刀於身，密隨其後，使不知備，斬卻此人，殺退眾軍，開門迎主而入，豈不兩利而俱全也。」光武聞言大喜曰：「真良將也。」言罷，送出寨門。

其人挑柴直至胡陽城內叫賣。買者正與講價，言不賤賣。忽人報曰：「劉秀軍至。」韓刀聽知，急令軍士人等俱隨上城，擁護陣勢，將賣柴人等，一齊趕上城去。其人見韓刀正與劉秀打話，遂潛步立於其後，扯出短刀，安於柴擔之上，望韓刀脇下一刺，墮城而死。復趕眾人，各奔逃走。遂開城門迎入劉秀眾軍，安撫百姓。

至衙坐定，秀問其人曰：「壯士何姓？」答曰：「臣乃姓陳，名俊，字子招。」文叔曰：「今日非卿之力，難至於此。」遂重賞，賜畢。即令軍卒將家屬糧草，悉運入城，置酒宴勞，眾將一齊作賀。鄧禹曰：「雖得此城安頓，不可為喜。如近城申報朝廷，統領大軍攻擊，難以拒敵。莫若乘此一勝之機，取復諸州郡縣，使王莽兵至不能勝也。可著李通、堅鐔取宛城，劉縯、李軼取棘陽，主公同銚期取新野，每路統兵五百。臣守此城，方保全勝。」文叔曰：「公言當也。」遂令各路分兵前去。

按：陳俊，上界畢月烏是也。後光武封為琅邪太守、祝阿侯。

卻說光武同銚期統領大軍五百，至新野下寨，令小卒飛下戰書，來日上陣。戰書曰：

大漢皇孫劉秀應天順人，乘時舉眾，非干嘯聚山林之徒，誠復平帝子嬰之恨。蓋為王莽篡國，賊子專權，致使天生忿怒，旱澇不均。錢糧倍勒，逼黎庶遠竄於他鄉；律法苦刑，使賊盜競生於境內。秀豈敢自專帝位，若破王莽之後，選有德者為君。如不願從，乞軍對陣。諸官照示，垂拜不宣。

第四十回　新野兩軍聞仆偃

卻說蓋延、景丹二人正於城衙坐敘，忽人報曰：「劉秀領軍攻城，令小卒來下戰書。」二人聞說大驚，遂喚至其卒，接書讀罷，蓋延曰：「劉秀真命之主，吾等莫若早降，免使黎民受害。」景丹曰：「然。」二人遂開門拜降，迎接入城。文叔曰：「二公何名？」答曰：「臣等蓋延、景丹是也。」即引文叔等至衙，賞勞軍兵，安訖百姓。

第四十一回　棘陽二將顯威名

卻說劉縯、李軼二人領軍至棘陽，離城五里下寨，著小軍往下戰書。至其府前，令人報知太守。岑彭喚至，吏卒呈上其書曰：

縯聞：天生大聖，萬象咸歸；地產明君，百川會秀。今吾主劉秀，真命帝王，數年暫屈於山間，儲精養銳。今日威鳴於境外，滅虜清塵，攻縣收城，聞風仆偃❹。取胡陽如拾芥，克新野若攀枯。

天啟人歸，文匡武護，誠所謂有德之君也。況兼賞明信罰，納直親賢。足下早決獻降，必封重用，則不失於功名之望也。若有抗辭，必遭擒戮。大漢上將軍劉縯謹書。

岑彭接書，讀罷，大怒而罵曰：「叛國小寇，敢來侵吾境界。」遂扯破其書，重責小軍二十，趕出府門而去。是日，即點大軍五百，各各齊整。岑彭復入後衙，告知其母。其母諫曰：「吾兒休往！漢室劉秀乃真命之主，人人共知。汝乃一將之材，豈能獨力而破哉！」岑彭不聽，即領軍士出城搦戰。頭頂金鳳盔，身穿絳紅袍，披上黃金甲，坐下赤色馬，提著大捍刀，立於陣前，大喝一聲，叫「小將決戰！」李軼出馬，調彭曰：「將軍若肯順漢，不失公侯之位。」岑彭大罵：「反賊！立時斬汝。」縱馬橫刀，直取李軼。二人交鋒，約戰二十餘合，岑彭敗走。李軼趕上，被岑彭一箭射於馬下。眾將急救，扶歸本陣。劉縯出馬，又戰二十餘合，彭亦敗走。劉縯躍馬追趕，被岑彭展起金標，打中劉縯左臂。縯負痛，急回馬走。岑彭領軍趕上，掩殺一陣。

縯、軼二人大敗，走歸胡陽，見劉良，言棘陽太守勇不堪聞，箭射李軼落馬，標中劉縯敗回。良聽知，大驚。忽人報曰李通、堅鐔取服宛城，回至。良遂迎入，問曰：「二公上陣若何？」答曰：「吾等一至城中，官吏人等，悉皆望風偃服，未欲攻戰。」良大喜。忽文叔、銚期兵回，引蓋延、景丹至，與劉良等各參禮畢。良謂文叔曰：「劉縯、李軼，攻取棘陽，被驍勇太守岑彭標打箭射，敗陣而回。」文叔大驚曰：「驍將卻在於此。」良曰：「汝亦知其人乎？」文叔曰：「此將王莽封為武舉狀元、西首將

---

❹ 聞風仆偃：不作任何抵抗，如同風吹草伏。

軍，曾於教場中，與馬武並戰二百餘合，不分勝負。今復遭遇於此，何能拒之？」銚期大言曰：「主公專長他人之威風，弱自己之銳志。彼雖有萬夫不當之勇，吾克勝之，何懼之有？」鄧禹曰：「今既逢驍虎之敵，不得不懼。」遂分付眾軍守把城池，劉保守新野，劉仲把宛城，劉良守本城。各各遵命去訖。

是日，鄧禹同文叔點起精兵二千，數百名將，徑取棘陽。至城下搦戰，岑彭領軍對敵。文叔出馬，立於陣前，言曰：「自教場別後，少會尊顏，敢問足下安否？」岑彭曰：「莫非妖人劉秀乎？」文叔曰：「然也。敢告足下，矜念漢室孤窮，冤盆覆蔽。若肯助吾破莽，以報先帝之恨，泉下不忘。」岑彭怒而罵曰：「白水小寇，結黨相叛，還敢花言佞語，惑說忠良，再言即斬。」說罷，惱殺銚期，於陣中大罵：「村賊！有何能識？敢彰大語。纔交數合，忙走不禁。」岑彭聽知，奮激復出。銚期叫曰：「岑彭小材，焉能勝大！今吾主公愛汝之甚，莫若早降順漢，免致禍臨。」岑彭不聽，躍馬直出，又戰十合。文叔復出，告曰：「足下休迷，可助孤漢，以保將相之名。」彭竟不從。又交五十合，不分勝敗。文叔見二將頭上各現本像，岑彭尾火虎，銚期井木犴。乃自思曰：「子陵曾言，二十八宿助吾興漢。今岑彭終不肯順，奈何服之？待吾拽起雕弓，射其本像，看取若何！」遂搭上一箭，正中左膀。其虎奔東而去，岑彭亦敗回走。文叔嘆曰：「真乃天象也。」遂收軍回寨，令人復下戰書，來日再決。有詩為證，詩曰：

少年才傑兩英豪，躍馬臨鋒怒滚濤。寶劍指揮光電掣，旌旗閃動碧雲高。
威名殺逆空星現，戰鼓摧殘落日逃。社稷未平功未決，還擒玉兔剪霜毛。

第四十二回　岑彭設計偷營寨

卻說岑彭敗歸棘陽，眾將問曰：「太守與期交戰，未曾輸陣，今何速返軍回，不驅寇服？」岑彭曰：「非不堅持，奈左臂倏疾，不能舉動，故速回軍。」言未訖，人報曰劉秀差人復下戰書。彭曰：「令其回報，來日對陣。」小卒遂回，報知劉秀。

是日天晚，岑彭整集軍兵，分作五隊，偷劫劉秀之寨。至二更時分，到寨前遶遍，見其各各睡濃，乃大喊一聲，殺入寨去。驚得眾將奔逃四散，不識東西。文叔慌忙上馬，撞出陣去。走至胡陽城下，飛奔欲入。其馬不入，以鞭策之，亦不前動。遂抬頭一望，乃棘陽城也。急回馬望山岡奔走。岑彭趕至城下，有把門軍卒報曰：「劉秀望前山岡上去訖。」岑彭勒馬急追。

文叔走至天明，到一莊前，欲下馬暫歇。見有老人立於門首，而謂文叔曰：「公是何人？為甚慌至此。」文叔曰：「吾乃漢室劉秀，被岑彭追趕，投奔於此，無處可隱。」老人聞說，急迎入莊：「請主公受禮！」文叔抱起而問曰：「老人高姓？」答曰：「老夫杜顏是也。主公勿慮，岑彭曾從老夫學射，吾乃彭之師也。若彼追至，老夫自有主張。」二人話間，門下報曰：「岑彭至。」文叔驚懼欲走，杜顏曰：「主公休慌，我今歸順助漢。」言訖，岑彭自外而入，望杜顏即拜。二人禮畢，見文叔立於其傍，拔劍欲殺。文叔往後奔走。杜顏擋住，謂岑彭曰：「汝殺主公何也？」彭曰：「此乃妖人劉秀，朝廷出榜遍捉，拿獲者千金之賞，萬戶封侯。吾今富貴在手，豈不殺之而取乎！」杜顏曰：「劉秀乃真命之主，汝豈能殺之！莫若早歸降順，不失萬戶封侯，有何不可？」岑彭大罵：「老賊，敢發此言！」拔劍欲殺，杜顏急走。岑彭趕入後莊，迎著杜顏之子二郎。二人交戰三合，被岑彭一鞭，打二郎口中吐血，慌忙奔走。杜顏與二郎引文叔出後門，上山急走。岑彭追趕，轉過一山，迎著大郎杜貌。杜顏叫曰：「吾兒快救主公。」貌問曰：「是何人也？」顏曰：「漢王劉秀，被岑彭追殺。吾與二郎攔救，反被辱罵，打二郎口中吐血。今追趕至近，汝快出敵。」言訖，岑彭趕至，見杜貌，二人施禮。彭曰：「小弟特來送千金之賞，萬戶封侯。」貌曰：「何有是說？」彭曰：「吾捉妖人劉秀，追至於此。不時可獲。」杜貌大罵：「反賊！敢逆天行事！」彭大怒，提刀直取。二人約戰三合，杜貌敗走。岑彭追近，被杜貌輪起虎鎖口，望岑彭一打，中倒於地。未知性命若何。

又詩讚杜貌：

虎鎖輕輪起，君親脫火煎。堪誇英勇將，忠孝兩能全。

第四十三回　鄧禹圖謀進棘陽

卻說岑彭被杜貌打傷，急還棘陽去訖。杜貌父子三人遂與文叔至莊，收拾家眷，引三十壯士，載往胡陽。見劉良，參拜禮畢，良大喜。即點殘兵，折其大半。

是日設宴，會集諸將。秀問禹曰：「今棘陽岑彭勢勇，將何服之？」禹曰：「不難。可令劉縯領軍三百，離城五里下寨，與岑彭搦戰。令杜顏領軍五百，先埋伏於彼。縯若敗陣，杜貌出助，舉旗為號，四下伏兵一齊併殺。令銚期領軍三百，勦殺其後，彭必回救。再令景丹領軍三百，截住其路。若被衝過，令蓋延領軍三百，於西山埋伏，待其將至，齊出掩殺，必望東走。再令李通、陳俊領軍五百，分作兩處，截其去路。使彼東衝西撞，人困馬倦，再令各隊追殺，雖不能拿住，亦殺敗其勢。後再攻襲，則可擒矣。」光武大喜，遂令各隊分兵去訖。

卻說劉縯領軍五百，至棘陽城上，令小卒報知岑彭。彭聽罷，大笑曰：「劉縯送死於我。」時主簿在傍諫曰：「太守不可輕料，恐遭其計。」彭曰：「小寇之材，有何計略？」遂入後堂辭母。母曰：「吾兒莫違天命，可歸助漢，以全大節。今若再戰，必有一失。」彭曰：「母親休管。」母曰：「汝既不聽，可先送我出城，免受驚懼。」彭遂令軍士安車載母，送出山莊而去。即日點起大軍一千，出城對陣。

劉縯出馬，岑彭叫曰：「汝來送死乎？」劉縯曰：「前日誤輸一陣，今日再決，方顯輸贏。」二人交馬，約戰十合，劉縯敗走。彭笑曰：「小寇豈禁大敵。」言未訖，忽聽金鼓旗幡，杜貌出馬，大叫曰：「岑彭小將，認得吾否？」彭曰：「豚雞食粟，自重其口。今日陣上若再獲贏，方知汝勝。」杜貌大怒，縱馬直取。二人約鬥十合，杜貌敗入本陣。岑彭躍馬趕上，杜貌展開旌旗，叫彭曰：「小將看上何陣？」彭抬頭視之，見旗上書著「天羅地網之陣」。杜貌曰：「急早下馬拜降，免遭擒捉。」岑彭大怒，橫刀再戰。忽小軍飛近報曰：「被銚期劫殺後軍，將軍快忙回救。」岑彭大驚，急撥馬回。見四面八方，團團圍住。有詩為證：

不聽忠言慈母諫，寧甘百戰苦琖心。兵窮勢敗重圍裡，難免軍前陣上擒。

卻說岑彭正回之間，前逢景丹攔路，二人掩殺一陣，撞出直走。行不數步，忽聽大喝一聲，蓋延出馬，叫「小將休走！」二人交鋒數合，亦被衝過。又遇李通擋住，大殺一陣，亦衝出去。望前急走，又逢陳俊出馬，二人交戰數合，亦衝撞出去。見前有大林一所，遂引軍入內，暫停歇息，殘兵敗卒，不上半百之餘。忽聽金鼓齊鳴，喊聲震地，一隊人馬奔走如飛，乃杜貌領兵圍住。彭曰：「今累戰於此，人困馬乏，又被圍上，奈何得脫！」馬成曰：「太守勿憂，吾往城中點取救兵來助，免此危也。」彭曰：「難出陣去。」成曰：「何懼之有。」遂上馬大喝一聲，衝撞而出，前望棘陽進走。行不數步，忽遇陳俊當頭截住去路。二人交戰數合，被馬成撞出陣去。約行二里，見銚期領軍攔路，急回馬，望小路而走。見前有大樹一林，縱馬直入。不覺坡上絆索，馬倒於地。正欲起走，忽聽大喝一聲，軍人踴出，將馬成擒下，綁縛入林，獻上光武。鄧禹急令解縛，問曰：「將軍肯順漢否？」馬成即伏於地，謂文叔曰：「願主公納為小卒。」文叔問曰：「將軍何名？」答曰：「馬成是也。」遂令入軍營去訖。

卻說岑彭望至天晚，助軍不到。乃上馬獨衝出陣，望棘陽進走。山前路後，累遇軍人攔擋。殺至天明，纔到城下。躍馬直入，見旗上寫著「漢室乾坤」，大驚而走。

第四十四回　軍排鉅鹿戰蛟龍

卻說岑彭走至棘陽，被馬成先降漢室，開城納獻。欲回出走，被大軍攔住，奮力戰至十字街。文叔出令：「如有傷著岑彭者即斬。」岑彭殺至南門，有苗曾見出令旨，放彭而出。光武遂安頓城中百姓，令軍卒緊把城門，各遵令訖。

卻說岑彭一人一騎，奔往山莊，見母而告曰：「兒不聽老母之言，致有今日之敗。」言訖，拜別，遂上馬投泚水，見蘇元帥。

行至府前，令人報知元帥，遂召入帳下。施禮畢，岑彭細將前事逐一告知。元帥聽罷，大怒而言曰：「汝不堅守城池，固有是敗，還敢至此巧飾。」令左右擒下斬首。時副元帥梁丘賜、甄阜二人急出，言曰：「元帥不可。今劉秀正雄，若斬訖此人，無人上陣，乞姑恕之。」蘇元帥見二人力救，遂免其罪，令掛先鋒印。

卻說光武領軍來破泚水，令人報知蘇元帥。元帥聽知大驚，急令甄阜、梁丘賜領軍迎敵。二人出寨對陣，銚期出馬大喝一聲：「小將焉敢上陣，叫岑彭出戰！」甄阜曰：「殺雞焉用牛刀！」銚期大怒，躍馬直取。二人交鋒，戰上三十合，甄阜敗走。梁丘賜出馬，銚期欲戰，忽小軍報曰：「岑彭取卻小長安。」光武聽知大驚，遂令鄧禹守陣，光武親自引軍三百，急救小長安。至城中見兵戈撩亂，躍馬奮入衙前。岑彭正出，光武大怒而言曰：「小將安敢犯吾境界。」二人交馬，未知勝負何如。詩曰：

鼓角鳴天震，征塵蔽日昏。長安都市上，龍虎奪乾坤。

第四十五回　為國捨生全大義

卻說光武至衙前，與岑彭交戰十合。岑彭領軍入衙，將人頭獻出，叫光武認是誰否。光武視之，乃叔父、嬸娘、兄弟之首，看罷大驚。岑彭復入後衙，將劉氏家屬三百餘口盡皆殺取，復領軍出衙，與光武交戰。二人又鬥十合，光武抵敵不住，撥馬急走。奔至堤圈，被甄阜軍兵四面圍住。蘇元帥曰：「今番決捉劉秀。」光武苦戰，困至垓心❺，馬被射中一箭。眾軍叫曰：「馬帶箭者，便是劉秀。」光武仰天叫曰：「天殺劉秀也。」忽一將衝至陣前，跳下馬叫曰：「主公急走上馬。」光武視之，乃二哥劉仲也。光武曰：「吾死合得，豈害於汝？」苦不忍上。仲曰：「我死何害？汝乃君王之命，豈肯挫於賊子之手！」言罷，遂托文叔上馬，以鞭策之。其馬奔走如飛，衝出陣去。劉仲步殺數人，身死於地。後光武敕贈魯大夫。有詩以讚其名：

❺　垓心：被圍困在中心。

青雲懸器業，白日貫忠貞。多少英豪傑，誰能脫死君？

第四十六回　興邦求士復深仇

卻說光武衝出重圍，哭至胡陽城內，見叔父劉良，告曰：「今小長安被岑彭侵占，殺卻劉氏家屬三百餘口，奈何服之？」良聽罷大驚，二人抱頭相哭。忽眾軍皆至，惟折小卒百餘。文叔謂眾將曰：「若此之敗，漢室何日得興！」鄧禹曰：「主公勿慮！今宜秋山新市、平林有十個大王，每一個有軍一萬。主公可往借之。若得此軍到日，立破王莽。」光武從之，遂扮粧一客，上馬而行。

至宜秋山下，有一酒店，即下馬步入。問店主沽買幾盅，以消途渴。正坐之間，只見其地來來往往賊徒人等，經過甚多，心懷恐懼。或人疑曰：「此莫妖人劉秀？」言訖遂去。忽見一將自外而入，見文叔即拜，言：「主公受禮！」文叔抱起，問曰：「將軍高姓？」答曰：「臣乃姓王，名常，字顏卿。敢問主公欲將何往？」文叔曰：「為小長安敗失，徑投新市、平林十大王處，求借兵用。」常曰：「平林十大王，乃吾之兄弟，吾乃第九名。第十名大王言曾與主公為友。」光武問曰：「姓甚名誰？」常曰：「彼言西魯胡人，則無姓名，教俺眾人叫他十哥便是。主公今日往投借軍，除俺、十哥二人，其下八個，只好殺人放火，劫掠財物，豈有安天下之志？主公休往。」文叔不從，遂至其寨。只見八王，名曰朱鮪、長昂、胡殷、遼贈、陳本、曹宣、王匡、王俸并王常九人，不見第十名。常曰：「此乃漢皇劉文叔，特來俺兄弟處求借軍用，後以貴謝。」朱鮪曰：「劉秀將多少金銀寶物，請俺眾等做何大官？」文叔曰：「太平之後，教將軍高選重用。」

言罷，忽人報曰：「今有王新室，差使命賫詔，將十疋青驄俊馬、金寶段帛，招撫大王重用。」朱鮪等聞知大喜，遂接詔拜畢。問使臣曰：「公何姓也？」答曰：「申屠建是也。」朱鮪曰：「可捉妖人劉秀獻與王新室，請受公侯之位。」王常曰：「汝等何言！此乃十大哥之友人，恐其見怒。」朱鮪不從，令小卒將文叔綁縛，一齊上馬，押送下山。

約行數里之地，忽聽金鼓齊鳴，山坡後千軍閃出，當頭一將，身長九尺五寸，面如活蟹，鬚若鋼針，大喝一聲，攔住去路。未知何人，有詩為證：

膽氣曾經百戰場，指呼卒伍走群羊，
風聲壓倒群芳長，應放寒梅報一陽。

第四十七回　碎膽奸雄歸馬武

卻說馬武正於外面遙望，見一陣軍官喧鬧而來，躍馬向前，擋住去路。至近視之，乃寨上朱鮪等，綁押光武解京。大喝一聲，眾人都懼。遂解下其縛，扶起，拜畢而問曰：「主公為何至此，遭於賊寇之手？」文叔細將其由訴與。馬武曰：「若非臣，主公難脫此患。」文叔曰：「多感將軍救拔。敢問寨上言有無名第十大王，曾與秀舊交來，不見此人是誰？」馬武曰：「小臣便是。流潛於此，恐酒後遭其拿獻，故不言姓。」話畢，見面生人立於其內，武乃明眾曰：「此何人也？」眾答曰：「王新室差來使命，中屠建是也。」馬武聽罷大怒，提刀趕近，斬死於地，而謂眾曰：「汝等還願順王，還願順漢？」眾人一齊應曰：「都願順漢。」馬武大喜，遂引眾人擁護光武至寨，令眾軍將山寨改為金闕，草寇變作公卿：「請主公於此立受君王，以從人望。」眾人正欲山呼，忽一人淚下而言曰：「汝今為帝，使我作何？」文叔視之，急下階而拜。未知是誰。

第四十八回　畏名賊子立劉玄

卻說其人姓劉，名玄，字聖公，乃文叔族兄也。為王莽篡國，流於新市、平林為軍師。見眾人欲立光武為帝，頓有不忿之心，乃淚下而言。文叔聽見，急扶於帳下同坐。有朱鮪言曰：「聖公既乃主公之兄，可先為帝。然後主公，則是禮也。」光武大喜曰：「公言極當。」馬武曰：「不可。吾等俱助主公，何得二焉！」文叔曰：「將軍惑矣。此古聖人之法，行之當然。何以為二？」馬武聽言，遂於寨中權立聖公為君，號為更始皇帝，改年號更始元年。封八賊為八輔宰相，文叔為元帥，王常、馬武為先鋒。

是日，文叔、馬武招集新市大軍，回至胡陽城。見劉良等，參拜禮畢，良大喜。即令排宴賞勞諸軍，眾將一齊賀喜。鄧禹曰：「今主公有此大軍，決定可破王莽。」文叔曰：「小長安被岑彭所奪，泚水蘇元帥合兵共守，更有良將甄阜、梁丘賜之勇，奈何破之？」禹曰：「前者宛城為泚水所失，今復欲取，必先破此。」文叔曰：「敢問軍師，計將安出？」禹曰：「可著王常、馬成二人領軍五萬，埋伏於泚水兩傍，主公親領大軍臨敵。岑彭聞知，必來助陣。主公舉旗為號，四下伏兵應起，一齊掩殺，使其不能出陣，其兵自破，則宛城可取矣。」文叔聽罷大喜曰：「軍師神機妙算。」遂令王常、馬成二人領軍五萬，埋伏去訖。

是日，文叔同鄧禹統領雄兵十萬，戰將千員，至泚水下寨。令人報知蘇元帥。時岑彭亦在泚水，與蘇元帥合兵共守，封岑彭為先鋒。蘇元帥聽知劉秀兵至，急同先鋒岑彭領軍出寨迎敵。兩邊金鼓齊鳴，擺開陣勢。文叔出馬，謂岑彭曰：「良禽擇樹棲，賢臣擇主佐。今吾更始劉玄寬仁大度，納諫如流。足下文武兼備，若肯歸助漢室，保為重用，不枉屈於莽賊之下，而汙萬世之名節也。」彭曰：「爾乃白水小寇，焉成大用！」馬武怒而言曰：「大丈夫當棄暗投明，以事真主，使無遺臭於後。汝今雖為王莽寵用，但與反寇同流，何足羨哉！」言罷，二人交馬，約戰十合，岑彭敗走。鄧禹將旗幡展開，四下伏兵併起，一齊掩殺。彭兵大潰，東投西竄，無路奔逃。馬武擒下蘇元帥，杜貌捉住甄元帥，王常拿下梁丘賜，至寨見光武，喝令將三人斬訖。

卻說馬成一人望見一隊軍來，約四五百之多，旗上寫著蘇龍、蘇虎。馬成躍馬趕上，更不打話，提起宣花斧，大喝一聲，殺將進去，衝其軍兵四散。蘇龍、蘇虎抵敵不住，撥回馬急走，馬成追趕。蘇龍二人走至天明，到一山莊，下馬覓歇。見莊下一壯士，迎二人於堂上，施禮坐定。問曰：「二公何姓？」

二人答曰：「吾乃蘇丞相之子，蘇龍、蘇虎是也。」壯士聞言，遂拔劍斬死二人。馬成追至莊下，見斬訖二人，遂問壯士曰：「汝何名？為吾除害。」壯士答曰：「姓吳，名漢，字子顏。敢問將軍為何至此？」答曰：「吾乃光武輔將馬成，追趕二人於此，不想壯士為我除之。」吳漢聞言大喜，遂同馬成回見光武。接至帳下，施禮畢，吳漢將斬訖二人之事，告與光武。光武大喜曰：「多感將軍之力。」

言罷，鄧禹出曰：「今岑彭敗入小長安，人困馬乏。吾等可乘勝擊之，莫待縱虎歸山，養其銳氣，難以驅破。」文叔曰：「然。」遂引大兵，至小長安城下安寨，令人報知岑彭。彭聽得劉軍又至，急點殘兵三百，出城迎敵。文叔出馬，謂彭曰：「足下累交未勝，可歸順漢，免使百姓臨災。」彭曰：「龍遭涸水，尚有風雲之日。今彭雖誤敗於汝，豈肯屈身而事小輩乎！」馬武大怒，躍馬橫刀，直取岑彭。二人交鋒，約戰十合，岑彭敗入城中，堅守不出。光武收軍至寨。

忽一人自宛城山上飛馬而來，光武視之，乃王霸也，遂邀入寨。施禮畢，光武曰：「今與岑彭歷戰不降，將何奈之？」王霸曰：「主公勿憂。臣使岑彭歸漢。」遂扮一先生直至長安衙內，見岑彭正於廳上悶坐。忽王霸至，二人施禮畢，問曰：「故人為何悶坐？」彭曰：「國家之事，請勿言之。」王霸曰：「劉秀著吾特來降汝。」彭聽言大怒，拔劍欲殺，有太史傅俊勸曰：「將軍不可。」彭不從，太史扯劍而言曰：「今日不從，遂即斬首。」有令史任光并伺候人等一齊叫曰：「可殺彭順漢。」彭見眾人俱變，慌忙步戰數合。忽令史拿出岑彭老母，并其妻子，言曰：「若不順漢，即斬汝母等。」諕岑彭不敢動手，低頭受縛。眾人將彭一齊擁出，至寨見光武。

光武急下帳，親解其縛。彭即拜伏於地曰：「臣該萬死，望主公姑宥。」光武曰：「久愛將軍，渴思甚矣。何得是說？」遂引兵入城，安撫百姓。眾將曰：「就請主公今日為帝，以從人望。」文叔曰：「新市、平林已立聖公為君，不可復改。」

二月辛巳，遂立聖公為更始皇帝。以伯升為大司徒，光武為太常、偏將軍。眾朝文武，羞愧流汗，舉手不言。由是豪傑失望，其間多不服。

卻說光武新服宛城，更始命其手下四將，可定先鋒。杜貌、銚期、馬武都言：「比試高者掛印。」惟岑彭不語。光武曰：「君然何不爭乎？」彭曰：「新降無功，故不敢爭。」光武曰：「但可竭力當先，豈有是說。」鄧禹曰：「各人誇能，不可為定。方吾有一議，使汝等心服無爭。近有四城未順，汝等四人各取一座。如先到者即為先鋒。」言訖，四人飛馬而去。

次日，火牌速報：「岑彭第一，杜貌第二，銚期第三，惟馬武未至。」即令岑彭掛受先鋒之職。

卻說馬武、王常二人，引軍至武陽城下對陣，其首將出馬答曰：「汝非敵手，叫劉秀、鄧禹、王霸出陣。」馬武聽罷，大怒曰：「小將敢彰大話！」輪起青銅刀，縱馬直取。其將不戰且走，馬武趕入陣去。忽見強風大起，塵土遮天，不能前進。欲回，又不能退。其將令軍卒四面圍上。馬武曰：「此天困吾也。」

第四十九回　名臣重會圖謀策

卻說其將困住馬武於垓心，而謂王常曰：「汝可出陣去，急叫劉秀來救，方免久困於此。」王常聽罷，即令小軍至小長安去報。

光武聽知，急引鄧禹、王霸至武陽城下打話。其將見光武至，慌忙下馬施禮。光武視之，乃馮異也，謂曰：「自教場別後，未獲一會，不想將軍今遇於此。」馮異曰：「臣有萬罪，乞主公恩宥。」二人大喜，遂解馬武之圍。馬武曰：「汝真小人氣象❻，既有助漢之心，何不早開城獻？」馮異曰：「若早獻降於汝，則不顯吾君臣之義。」馬武笑曰：「然也。」言罷，遂與文叔領軍同回小長安。至城中，安頓人馬，大設宴會，賞勞諸軍。眾將勸飲，各酒至半酣，馬武又言要作先鋒。光武曰：「岑彭第一到，汝乃第四到，尚何言哉！」馬武怒而言曰：「主公既不重用，反歸去也。」遂與王常引部下軍卒一萬，出城而去。小軍報曰：「馬武反出城去。」光武知其意，遂不聽所說。

卻說馬武引軍從潁川城經過，有王莽弟王顯見而問曰：「馬將軍何往？」武詐言曰：「今光武只愛岑彭，不用馬武。吾等歸山落草去也。」王顯曰：「將軍休去。若肯歸助王室，保為重用。將軍意下若何？」馬武曰：「吾教場赴舉，曾寫反歌罵彼。今若再順，必然見殺。」王顯遂折箭為誓。馬武即順。

---

❻ 小人氣象：小家子氣。

王顯邀入城中，安排筵宴。二人正飲酒間，有人報曰：「劉秀趕馬將軍，兵至城下搦戰。」馬武罵曰：「劉秀肉眼不識好人，還敢追趕！」遂與王顯領軍出敵。至門下，王顯不識其詐，被馬武一刀砍於地下，唬眾將軍卒悉皆畏服。遂開城迎接，漢兵一齊擁護光武而入。光武大喜，謂武曰：「將軍誠乃安邦之略，濟世之才也。」馬武曰：「臣貌醜才疎，不堪重用，何足為羨！」光武曰：「將軍休罪。吾以軍師之計，使汝等無傷於義，非有他說。且岑彭新降之將，未得寵愛。吾與將軍布衣為交，情意相孚，心無疑慮之懷，故以彭為先鋒。」馬武大笑曰：「主公用人甚當。」遂將潁川衙內改為偏將軍之府，光武掌兵於是。

後詩言馬武烈義：

提兵怒激兩分岐，決策還瞻拯漢危。奮欲拔山揮白刃，勇思背水建朱旗。
爭名兢職非身顯，殺將圖城為主支。自是君王相契美，史聲留作萬年規。

卷三

第五十回 紫微躍奔求名將❶

卻說光武會集諸將議曰：「若此久困於城，何時得解？」鄧禹曰：「主公可引銚期、馬武、杜貌、岑彭四員勇將，二百雄兵，往江夏劉嘉、劉隆處求救借兵。此二人亦係漢室宗枝，因王莽篡國，號為銅馬賊。主公若到，彼必相扶，共復仇恨。若求得數萬軍來，昆陽可解矣。」光武曰：「難出此圍。」禹曰：「臣有一計，使主公安然可出。」光武曰：「敢問何計？」禹曰：「臣領眾軍往西門劫寨，主公往南門出走，使彼不疑。」光武依其言，令軍卒各披盔甲上馬。至夜三更，引四將領軍二百從南門而出。鄧禹引李通、堅鐔、郅惲、傅俊等領軍五百，開西門虛劫王尋之寨。門外金鼓喧天，喊聲震地，驚起王兵，悉奔西門搦戰，四將保出光武而去。鄧禹等殺至天明，王兵大敗，急令鳴金收軍，入城緊把。

卻說光武出城，約行二十餘里，忽聽山後鼓角喧天，軍兵湧出。遙望當頭一將，身披皂袍鎖子甲，

---

❶ 紫微躍奔求名將：此回與上回文字不相連貫，疑有脫文。因昆陽之戰是中國古代著名的戰役，也是劉秀奠定勝基的一戰。雙方都出動所有精銳兵力，戰況非常盛大。故此回之前，當有一回演述昆陽戰前的圍城場景。

頭頂雉尾白銀盔，手提昆吾寶劍，坐下抱月烏騅。銚期四將，各執鎗刀，排列陣勢，立等拒敵。其將飛奔至近，望光武慌忙下馬，拜伏於地。光武視之，乃老將卓茂也。攙起問曰：「汝何至此？」茂曰：「臣於小長安聞主公昆陽受困，徑出江夏求兵救接。主公何幸得遇於此？」光武大喜，再問：「長安更始若何？」茂曰：「更始皇帝被八名賊臣百般欺侮，萬計相戕，行不仁之事，禍亂朝廷。」光武聽罷，目盼長安，頓然淚下而歎曰：「莫非劉朝不合興創，故使賊臣操柄，顛亂朝綱？」馬武勸曰：「主公於途中少懷憂悶，且奔前行。」卓茂曰：「主公今將何往？」光武忍淚而言曰：「往江夏求借救兵，以解昆陽之急。」卓茂遂與同往。

行至其城下馬，令人報知。劉嘉、劉隆等慌忙出迎，接入衙內施禮，各敘宗祖之情，乃光武之姪也。二人頓首再拜，光武攙起，依序而坐。二人謂曰：「敢問皇叔此來，必有奇幹？」光武曰：「為賊臣王莽侵謀漢室，剪滅劉氏宗枝。秀起三軍於白水，立聖公於宛城，欲恢先朝之業，以復平帝之仇。奈王莽勢大，難與拒敵，故此昆陽敗困，不能脫釋，特於姪處求借雄兵數萬，以濟燃眉之急。倘破王莽，復成基業，公等皆不失乎王爵之位，而慰祖宗地下之望。姪意若何？」劉嘉曰：「姪有數萬之軍，未曾操練，恐難為用。待姪明日親自教演，即與皇叔應用。」

至次日天曉，點集眾兵。正於場上練習，有首將宋禮出曰：「大王不可輕動軍兵，自家尚恐力有不贍，奚暇為他人救援？去若獲勝，彼得成功創業。倘有一失，豈不自傷害哉！」言罷，閃出一將，大喝一聲，而罵曰：「匹夫小卒，安敢違慢軍情！」遂拔劍一砍，頭落於地。光武大驚，視之，乃劉隆也。諕眾將俱不敢言。有詩為證：

袞袞青雲塞要津，已聞聖主用賢臣。奸邪不識英雄漢，故向軍前自殞身。

第五十一回　列宿紛臨助聖君

卻說劉隆斬卻宋禮，奮怒騰騰，就欲起兵前往。忽聽城外炮響一聲，軍如虎奔，俱頂重盔堅甲，執短戟長鎗，當頭一將，面紅鬚黑，膀闊腰長，身披紅錦袍，腰繫絲鑾帶，手執降魔杵，坐下燕色馬，湧身若箭，舉步如飛。光武覷著，甚有驚懼之心。岑彭急扯昆吾劍，馬武忙執青銅刀，銚期搭上雕翎箭，杜貌持起捌神鎗，列於教場，待臨陣敵。其將至近，見光武忙奔下馬，拜伏於階。光武攙起，問曰：「將軍何姓？」答曰：「小將紀敞是也。聞主公昆陽戰敗，特引部軍五百，接助除奸，不意幸逢於是。」光武大喜，遂令同往。

是日起軍，劉嘉守江夏，劉隆引五百人馬與光武等即行。

前奔數日，奈糧草缺乏。光武令人往街糴買。忽人報曰：「此處糧食都被兩員大將收貯。村西山下屯營立寨，買馬招軍。將軍可往彼處求買。」光武遂領眾軍齊往。

至其寨門，見兩員大將，正於教場練習，一人身披紅錦袍，金鎖甲，頭頂白銀盔，玉鳳纓，手提丈八矛，坐下胭脂赤馬。一人身披白羅袍，白銀甲，頭頂金煉盔，纓雉尾，使著方天戟，坐下銀鬃馬。騎兵步卒，個個精強。光武熟視，心中暗喜，思再得此二將，可解賊兵。有人報知，二將急出問曰：「何方將士，到此甚幹？」馬武曰：「非敢擅踏將軍之所，奈漢皇劉主，戰敗昆陽，向江夏借兵，於此缺乏糧食。敢告將軍，回買多少，以濟急用。」答曰：「莫非劉族文叔乎？」光武出應之曰：「然也。」二人聽罷，慌忙下馬，拜伏於地。光武下馬，攙起問曰：「二將軍何姓？」答曰：「臣乃賈復、臧宮是也。聞主公昆陽受困，臣於此處，積草屯糧相助。」遂請入寨，大設宴會。有詩為證：

鐵衣數載枕寒戈，今日筵間暫樂歌。聖代中興賴公等，洗兵須為挽天河。

總評　劉隆雖有一段激烈之氣，然行兵大是鹵莽。設無賈、臧二將之救援，且坐困矣。

第五十二回　拖腸屢戰心無懼

是日，賈復等拔寨起軍，同光武至昆陽城南滙水下寨。光武曰：「誰人敢往城內下書，報知鄧禹？」賈復出曰：「小將願往。」光武遂將文書付與。賈復接之，藏於箭袋，上馬飛行。殺至城下，叫上開門。鄧禹登城，問曰：「汝何將士？」復曰：「吾乃光武部下降將，賈復是也。」禹曰：「有書來否？」復曰：「有。」遂開袋取，則不見矣。乃叫曰：「因陣中衝殺，不覺錯射去矣。」鄧禹曰：「既無文約，則難奉命。」復思無奈，勒馬再回，殺至陣中，圍軍把卒若浪衝波，兩開奔散。復衝出陣，至寨，見光武，言訖前事。光武又將文約付與。

復接。遂藏於懷，上馬復出，衝入其陣。不覺王林藏於軍中，暗算一鎗，刺中左脇。賈復力戰，不知疼痛，殺至城下，叫門上接書。遂兜弓帶箭射入城去。鄧禹即令開門接入，見復被傷，驚而言曰：「公露腸矣。」復垂首，視之。果出，顏色不異。禹急令人托入，親以束帛裹札。復曰：「軍師急付文約，與吾回報。」禹曰：「將軍帶此重傷，姑安養疾，待吾別差人去。」復曰：「無妨。還欲斬除此賊，以顯陣上之名。」禹見堅不肯停，遂將回書付與。

復接，飛身上馬。鄧禹登城，擂鼓助壯其威。復殺入陣，又遇王林當住。二人交馬，戰不兩合，被賈復一鎗刺於馬下，眾軍各逃奔散。復遂衝出其圍，至寨見光武，具告前事。光武視之大驚，頓覺雙眸淚下。扶入寨中，仰天祝曰：「劉秀舉兵復業，得此將相助。今被賊子所侵，帶傷回寨。若果合誅王莽，以從眾望，願教此將早得安康。」祝罷，解下裹帛，以手徐徐按入，用藥護傷，謂復曰：「將軍為吾解急，罹人大災，倘若太平之後，或我男汝女，我女汝男，誓結為親。」言罷，扶歸養疾。此名曰「拖腸大戰」。有詩為證：

憶昔昆陽大戰時，拖腸斬將世間稀。劉君誓結為親約，永與山河壯帝居。

第五十三回　斬首堆橫氣愈雄

次日，光武引軍至昆陽入城。王邑、巨無霸領兵攔住。光武曰：「小寇還不退兵，尚敢搦戰！今日陣前，立斬汝等。」王邑大怒曰：「白水反賊，敢言大話！」縱馬提刀，直取漢將。岑彭、馬武、杜貌、銚期、劉隆、臧宮、紀敞等，衝入其陣，巨無霸、王邑、廉丹、呂傲、李忠眾將一齊對廝❷。金鼓喧天，喊聲震地。城中鄧禹放出雄兵一千，猛將二十，外攻內掠，王軍大敗。殺得屍橫山積，血漲河流。巨無霸急將聚獸牌敲動，虎豹犀象一齊助陣。光武急領眾將，殺開血路而走。正得通州軍卒運糧送至，一齊擁出城去。惟岑彭追殺王邑，趕出陣去。約行五里之遙，見嚴尤於山下路側。丟下王邑，且捉嚴尤。躍馬走近，不覺粧挖陷坑，連人帶馬墮入其內。此名陷虎之計也。後詩為證：

將軍勇略振天才，跨海奔鯨躍浪開。未識奸謀暗垂餌，一鉤吞上釣魚臺。

❷ 對廝：捉對廝殺。廝，相也。

第五十四回　佞賊空謀囚漢將

卻說嚴尤粧陷岑彭，令大將以鉤拖出。綁縛押至元帥寨中。王尋大喜，謂彭曰：「我王新室未有負汝，何故反主降劉？今命遭於吾手。」岑彭罵曰：「群豚豎子！詭計陷吾，何足為羨！」王尋令將陷入囚車，著末將李忠點兵三十，押送高安，見帝親斬。

李忠領軍星夜押出，行經數日，到一高山。忽聽砲響一聲，坡後千軍閃出。當頭一將，金盔銀甲，玉帶絳袍，手提大捍刀，身跨紅鬃馬，黃旗上書著「敕賜反國漢將蘇成」。大喝一聲，攔住去路。李忠出馬，告曰：「元帥王尋，著吾長安運取糧草，大王休得阻當。」蘇成曰：「汝乃王莽之軍？」忠曰：「然也。」蘇成聽是王軍，提刀趕殺。二馬相交，戰不兩合，李忠敗走。蘇成不趕，奪其囚車，往山而去。至寨視之，乃岑彭也。遂解其縛，扶出謂曰：「不想故人遭於賊子之手。非吾遇此，難脫其難。」彭曰：「多感大恩救拔，惟結草啣環，以相報也。」有詩為證：

岑彭追戰墮王兵，蘇將途逢救故人。
斂卒傷民無止息，皇圖竝立日同明。

總評　岑彭若不遇蘇成，則昆陽之績，何由建？此天之巧作其緣，以匡明主，以救忠臣也。

第五十五回　英雄勢逼反王軍

卻說李忠引殘軍奔走長安，入朝見帝，奏曰：「小臣陷捉岑彭，押至半途，被敕賜反將蘇成奪去，殺害軍兵。臣不能抵敵，故有敗還，乞我王姑宥。」王莽聞奏，大怒曰：「能捉不能堅押，則有怠慢之心，以欺主上。」喝令擒下處斬。竇融急出奏曰：「蘇成世之勇將，小可難敵。用人之際，不可損壞軍將，乞陛下仁宥。」帝准奏，遂赦其罪。再令押軍二十萬，搬運糧草，送往寨門。李忠謝恩出朝，即起軍糧回寨。

行經數日，至潁川山口，遙望一隊軍馬，飛奔趕來。誂殺李忠，惶惶無措。至近視之，乃岑彭領軍攔路。李忠欲撞戰，岑彭叫曰：「吾助王莽之時，漢起白水，其勢力極小。吾與累戰小長安，終不能勝彼之敵。今漢雖受困昆陽，比於白水之戰，力增萬倍。將軍難與天違，莫若棄王歸漢，以全一世功名。若不從願，吾必奪糧。將軍若空回營去，王尋為將不明，兼此二理所壓，必見處斬，豈不功名兩失，而身受辱哉！願將軍思之。」李忠聽罷，低首無言，喟然歎曰：「非吾不能全忠，實難與天意相違！」遂下馬施禮，將二十萬糧草并眾軍馬，悉歸順漢。岑彭遂與蘇成引李忠軍馬，護送入城。光武迎接，大喜，謂彭曰：「因禍而反福也。」後有詩讚曰：

赤心耿耿貫長虹，百戰昆陽第一功。奪輅反軍歸凱日，揚鞭策馬氣豪雄。

第五十六回　爭名奪利空呈表

卻說王尋於寨中聽知李忠降漢，急寫表文，令呂傲賫報朝廷。呂傲上馬，行經數日，至長安入朝。近臣奏知王莽，言元帥王尋令人上表。王莽宣至，呂傲呈上，

表曰：

臣領陛下敕旨，取拔昆陽，克志勵精，心懷惕惕❸。日伏兵於西城，夜整軍於北塞。晨昏擊戰，旦夕操戈。殺將士於疆場，屍橫山積；斬軍兵於塞野，血漲河流，蔽日愁天，昏雲黑地。因此，數月之餘，未能攻破。臣等非不堅心圖治，奈漢兵驍勇，勢力難驅。前者捉獲岑彭，令末將李忠解送陛下親鍼❹。不意途逢賊子，搶奪囚車，以致功勞埋沒，名譽掩藏。又聞陛下著軍解糧，濟臣之急，亦被反將岑彭，驅服李忠降漢，糧車草輅❺，俱奪入城。使臣等眾軍束手無措。今劉秀

❸心懷惕惕：常懷著不能完成使命的憂慮。

❹親鍼：親自處以極刑。

❺草輅：裝草的大車。

兵多食廣，日益威名，臣不辭萬罪，敢瀆天顏。願陛下再發大兵，協同攻擊，則妖人可破於旦夕矣。臣王尋誠惶誠恐，稽首頓首百拜，謹奉表上聞。

帝覽表，讀罷大驚，謂近臣曰：「若此之失，如之奈何？」呂傲奏曰：「寨軍勞苦數月，俱未蒙賞，糧草又被漢軍奪卻，眾皆失望。恐一朝心變，難以服之。乞我主參詳。」帝聞奏，傳旨，令呂傲押送老牛、膳羊，往寨賞軍。再起大軍二萬，同往助擊。

呂傲謝恩出朝，即點大兵，押送老牛十萬，膳羊十萬前行。至昆陽山下，一陣大風，其羊皆化為石，眾皆大驚。再至西山河過，老牛皆投入水。眾將束手無言，空回營寨而去。後詩為證：

國衰妖孽至，勢敗禍相纏。羊化為江石，牛奔入渚淵。

按：其羊化之地，後名曰羊石。牛入水之處，今名曰牛潭，皆自此始。

第五十七回　創業興王遍事賢

卻說光武與眾將議曰：「王兵雖弱，不禁大敵。有此妖人怪助，何日可解重圍？」馮異曰：「主公勿慮。臣舉一人，可除妖害。」光武曰：「公舉何人？」異曰：「舊日漢臣馬忠之子馬援，字文淵，見為陳州太守，能使硬鐵飛鎚，遠過百步。若得此人，至日，從使妖牌聚獸，其鎚可破。牌碎妖亡，則昆陽不戰而解矣。」光武同馮異上馬，往陳州而去。

卻說馬援正於廳堂理事，手下稟曰：「府外有一先生來謁太守，未敢擅入。」馬援出迎，乃師父嚴子陵也。接入後堂，施禮坐畢，問曰：「師父來者何意？」子陵曰：「大漢文叔昆陽受困，不能解脫。君肯救助，王軍必敗。且文叔寬仁智士，若興漢室之後，決以重酹。君意何如？」援曰：「吾父原任漢臣，既師父親至，願往匡扶。」正話之間，一陣風過，見有紅光貫日。子陵乃袖占一課，謂援曰：「今日午後，文叔必至也。」馬援聽說，即安排位次，共子陵雙騎出迎西門而去。

卻說光武約行十數里之地，遙望一簇人馬，擺道而來。至近視之，乃故人子陵也。忙跳下馬施禮。馬援伏於光武之前，光武問曰：「此何官長？」子陵曰：「吾弟子馬援也。」光武聽罷，忙近抱起，謂曰：「久仰將軍，未能一會。」援曰：「未獲遠迎，乞我主宥罪。」光武謂子陵曰：「秀經數年，不能成就漢業。奈何治之？」子陵曰：「搏虎先投其食，釣魚惟備其餌。君若不有昆陽，王軍百萬，難破敵之。今幸困守於城，盡引其兵攻襲。若此之破，大勢已去，彼何能為！取長安易於反掌耳，豈足憂哉？」言訖遂邀入城。馬援急令設宴，筵會三日。馬援點軍三千，同光武等行至昆陽，入城而去。有詩為證：

未入飛熊兆幕帷，已求賢士拯時危。雖無滅楚三英傑，也有陳平六出奇。

第五十八回　明賢一舉妖人破

卻說光武於昆陽城內聚集大軍十萬，號為二十萬之多。問子陵曰：「師父可施何計，破此急危？」子陵曰：「王尋兵按西門，可令吳漢、岑彭、臧宮，引軍一萬從東往，渡滙水河劫寨，使彼不覺。再令杜貌、劉隆、紀敞領軍一萬，往北從西，劫王邑之寨，使此二將，不能出戰。令賈復、銚期領軍三千，往西山下埋伏。令馬援領軍三千，與巨無霸搦戰，詐敗，引至西山，舉旗為號，四下伏兵併起，一齊掩殺。主公與馬武、傅俊、卓茂引軍六萬，持勢後襲，則無霸可擒矣。」光武大喜曰：「師父雄才，猶高呂望。」即令眾將各領大軍，埋伏去訖。

卻說王尋令無霸領軍百萬，為前隊，王邑、嚴尤領軍五十萬，為中隊，王尋領軍二十萬，為末隊。至城下叫漢將出陣。馬援出馬，身披青袍水銀甲，頭頂雉纓白寶盔，手提丈八鎗，坐下青鬃馬，立於陣前，罵曰：「妖邪賊子！三合捉汝，顯我英雄。」無霸曰：「無名賊子，敢來對陣。」援曰：「吾漢朝歷代功臣，陳州太守馬援將軍是也。」無霸令廉丹出馬。二人交不兩合，廉丹敗走。無霸奮怒，輪刀直取。二人交戰十合，馬援詐敗，無霸追近。又戰三合，馬援敗走。引至西山下，旗旛展處，坡後伏兵併起，金鼓齊鳴，喊聲叫殺。銚期、賈復二人，兩邊攻挾。無霸困於垓心，不能衝出。銚期叫曰：「怪顏妖賊，早下受降，免遭擒斬。」無霸大怒，輪刀再戰。銚期、賈復、馬援三人夾攻，無霸抵敵不住，拿起聚獸牌，正欲敲動，被馬援略起飛鎗，大喝一聲，牌響鎗中，碎作火光飛散。銚期急扯弓，望無霸腦後一箭，化陣狼煙而起，黑雲內昏濛不見。有詩為證：

萬甲藏胸壯氣昂，馬前一踴破天荒。飛鎗略起狼煙散，害國妖人聚獸亡。

又言巨無霸詩曰：

力賽英雄項楚王，可憐一命喪昆陽。縱教聚獸能驅虎，豈敵垓前大會場。

第五十九回　勇將齊迎敵寇亡

卻說王尋、王邑見殺敗巨無霸，急退兵回寨。銚期、賈復、馬援促兵追趕，撞衝陣殺。岑彭、臧宮、吳漢、杜貌、紀敞、劉隆等伏兵四起，擒捉王尋。光武見勝，急引傅俊、馬武、卓茂大軍六萬，合併擊殺。城中鼓譟而出，內外合攻，喊呼戰殺，聲動天地。王軍大潰，走者自相踐，伏屍百里，時大雷風作，屋瓦皆飛，雨傾如注，滍水漲溢，虓山中虎豹足戰心驚。天為助雨，水為不流。士卒赴溺死者，數萬之餘。惟王邑、嚴尤，輕騎乘死人渡水逃去。光武等盡獲其軍實、輜重、盔甲、珍寶，不勝其數。後有詩曰：

靄靄征雲蔽日光，天愁地泣鬼神藏。血流河漲屍山積，尤勝垓前困楚王。

總評　按鑑：更始元年，王尋百萬之軍，被光武大破殺之。於是，關中聞知震恐，海內豪傑響應，皆殺王莽州府郡牧，自稱將軍，用大漢年號，以待詔命。縯、秀兄弟，威名日盛。昆陽巨鹿一戰成功，真足令英雄動魄。

第六十回　敵破也知居士好

卻說嚴子陵解脫昆陽之難，私奔出城，潛入山中，隱名避世。

第六十一回　成功猶有故人思

是日，光武收軍入城，設宴會將，賞勞諸軍，惟不見子陵，甚懷憂切。鄧禹曰：「主公少慮。子陵素愛隱樂，不求聞達。今為主公解除急難，喜不自勝，必歸山避世去也。可暫舍之。」光武從勸，遂寫表文，令人申奏更始。表曰：

昔高皇創業，徒步布衣，伏三尺劍而安天下。則有張良、蕭何、韓信三傑之謀。而楚竟莫能與之爭也。不意呂后專權，操機設變，斬忠臣而戕骨肉，則天下幾乎息矣！幸文帝頗聞善政，繼續江山。傳至平皇，賊臣握柄，奪其位而弒其身，殞其名而滅其姓。蓋為昏蒙弱甚，不能制理奸謀，使祖宗萬載洪基，一旦墮於莽賊，天下紛紛，生民塗炭。秀幸存於白水，起集義兵，效文王聘姜渭水❻，竊高祖拜將郊壇❼。略服南陽，少安兵甲，遂立陛下為君，以嗣先王之業。庶不失乎天下之望，而有利於社稷之福。今尚寇害未除，安危難一，願陛下亦宜勵精圖治，刻志於朝，納直去奸，參謀決略，務致太平，則臣等之萬幸矣。諒陛下聖德仁威，不勞臣慮。今秀昆陽擊拔，旦夕操戈，久困寇攘之圍，不能施征脫釋，城糧罄盡，兵卒饑亡。感上天垂恤孤窮，幸濟危途之急，頓使陽回幽谷，枯木生稊❽，略集眾兵，銳精日益。破無霸於西山，斬王尋於北野，雷風大作，雨注成河。趕王邑、嚴尤，輕騎渡走；驅廉丹、呂傲，溺水淹亡。虓虎豹山崖戰股，感平坡水亦不流。聲震天關，威鳴地府。秀苟全一勝，略獲娛情，皆陛下仁恩所被，而致臣等之幸也。臣秀誠惶誠恐，頓首百拜，謹奉表上聞。

更始覽表，讀罷大喜，欲飛詔加封劉秀功勞。時八名賊臣朱鮪等見秀表奏，大獲勝功，乃私相議曰：

❻ 效文王聘姜渭水：仿效周文王聘呂尚於渭水邊事。呂尚，姓姜。相傳釣於渭水邊，周文王出獵相遇，與語大悅，同載而歸。

❼ 高祖拜將郊壇：指漢高祖劉邦築壇拜韓信為大將軍事。

❽ 陽回幽谷枯木生稊：陽光照到了幽深的山谷中，枯死的樹木又長出了新芽。

「今劉秀兄弟掌握兵權，威名日盛。恐聖上寵他之能，厭吾之薄。莫若囑帝除之，使吾輩得為重用。」眾皆然之，遂私入後殿見帝，陰讒其事。更始聽罷，沉吟不敢形發。部將劉稷聞之，立起怒曰：「更始何不仁也！伯升兄弟為此東征西討，北伐南攻，受盡百千汗馬之勞，圖成大事。又推義讓之心，推居帝位。今汝安平宴享，彼甘士卒之身，而返言欲害之，是何理耶？」更始聞言，即宣劉稷至殿，喝令擒下斬首，不容再語。劉縯急上奏曰：「陛下且止。今王莽未除，不可先壞己將，恐眾士異心，難同舉略。乞陛下仁宥。」朱鮪在傍譖曰：「陛下斬者尤當。今劉縯兵威勢大，與稷同謀，欲奪陛下之權，就彼兄弟之職。陛下可將二人除之，以絕身邊之患。」更始准奏，令將縯、稷一同斬首。武士得令，揻下金階。劉縯仰天歎曰：「今吾大事已成，恨未能掃除內賊，以清國政，則雖死而無憾矣。」言罷，引頸受刃。

有詩為證：

威名凜凜震華夷，四海來蘇望義旗。一旦命罹奸佞手，忍聲抱恨殞丹墀。

總評　君側有佞臣，則邊將無功。千古同慨！獨惜伯升兄弟以血戰成功，反為昏主所害。恨不能借尚方劍，斬佞臣頭，一腔熱血，正不知洒向何地也。

第六十二回　智士規宏終大器

卻說光武於昆陽聞知兄縯被賊臣朱鮪譖殺，頓使魂飛氣絕，悶倒於地。眾將急救，多時方醒，放聲大哭曰：「吾兄威揚四海，聲震京華，不意遭賊子所害，失我群行。」眾將聞悲，俱各掩泣。

是日，光武思兄被害，坐臥不安，即起軍，馳詣宛城，安服更始。諸州官屬，悉出接迎。秀端容勵色，不與交接私語，眾皆畏服。及至朝見更始，和顏悅色，低聲相應，未嘗以取伐昆陽之功為念，亦未以兄之見害為懷。孝服不施，喪哀不舉，言談飲食，坐笑如常。惟枕席之上，則有涕泣而已。更始見其寬洪如此，大慙而愧之，遂封秀為破虜大將軍，封武信侯。仁主之心，於此可見。

第六十三回　小人狹隘豈成材

卻說王邑、嚴尤，走至長安，入朝見帝，泣而言曰：「臣該萬死！圍守昆陽，被嚴子陵設計，引馬援數將，能使飛鎗，打破聚獸牌，殺死先鋒無霸，斬卻元帥王尋。不覺雷風迅作，雨下成河，將卒軍兵，悉遭淹溺。惟臣等乘死人渡水，幸脫殘生。乞陛下將何禦治。」王莽聞說，心驚足戰，無計可施，乃長歎曰：「吾起大軍百萬，擬立成功，豈料敗於妖人之手，而致有今日之憂哉！」頓足搥胸，吁嗟不已。退朝悶坐，若醉若痴。終日不能進食，但以魚鰒酒啗而已。玩讀兵書，亦無精意。倦困昏傭，憑几伏寐。不復安於枕席，而有時惕之惶。有詩為證：

默默無言欲斷魂，搥胸跌足懶傾樽。當時恨不回頭早，今日應知有此顰。

第六十四回　聞風競獻歸仁里

卻說光武起軍，攻拔長安，以鄧禹為元帥，岑彭、銚期為先鋒，馬武、杜貌為左右使。是日，統領大軍十萬，戰將百員，砲響一聲，齊擁上馬出城。旌旗蔽日，塵土遮天。約行數里，忽前一陣軍兵，飛躍走近。當頭二將，望光武忙奔下馬，伏呼萬歲。光武曰：「汝等何方將士？」答曰：「臣乃成紀隗囂、周宗是也。聞主公舉兵滅寇，小臣二將先破隴西、武都二郡，帶領部軍十萬，特來迎接，乞主公納用。」光武大喜，遂封二將為左右引駕師。二人謝恩，上馬前引。

卻說茂陵公孫述，聞漢兵臨，聚大軍於成都，自稱輔漢將軍兼益州牧，前來迎秀。至武關欲攻，關上三輔將鄧曄、于匡二人，知漢兵至，急開關門迎入。於是，諸州郡縣不征自降，各稱漢將，應接獻貢糧者，難悉其數。至潼關，未開獻接。鄧禹掃下戰書，令將射入關上。書曰：

禹聞：秦朝失政，賊子當權，蓋以斯、高❾二佐之奸，而致扶蘇❿非命之死。是天之所以速秦之滅也。今奸臣王莽弒戮平皇，奪其帝位自尊。苛法復興，天下蒼生失望，士卒罹災，以致旱澇不均，賊荒競起。今吾主劉秀，聖智明君，德澤高沾於四海，仁風遠播於群方。略集義兵，起居白水，欲為先王雪恨，黎庶清憂。感天神之祐助，賴將士之匡扶，掠郡攻城，望風仆偃。殺蘇雄於泚水，斬王將于昆陽，諸縣官軍，悉稱漢應。今武關已下，潼⓫豈能存？如書到日，早省開降，莫待火急燃眉，悔思晚矣。大漢元帥鄧禹謹書。

把關首將，接書讀罷，三思而歎曰：「非吾不能全忠，乃天意也。人豈能違哉！」遂令軍卒開門，親出關外迎接。望光武伏於馬前告曰：「小將接遲，罪該萬死，乞主公恩宥。」光武大喜，問曰：「汝何姓名？」答曰：「小將祭遵是也。」言罷，請入關中，安下軍馬。有詩為證：

皂蓋朱幡擁翠貂，風威肅草動山搖。天河未挽兵先洗，城郭咸歸將已饒。

總評　按更始遣入關者，王匡、申屠建。開關迎建者，析人鄧曄。光武未嘗先入關。祭遵已久為光武軍市令，未嘗開關納降，此何以說耶？

---

❾ 斯高：秦朝丞相李斯、趙高。

❿ 扶蘇：秦太子，後為李斯、趙高矯命賜死。

⓫ 潼：潼關，長安之門戶，在今陝西省臨潼縣。

第六十五回　雪恥爭迎掃賊奸

卻說王莽設朝，會眾文武，正議敗兵之事。忽大使奏曰：「我主事急！祭遵把守潼關，獻降劉秀，兵馬都入關下寨。乞陛下早發兵禦，莫待臨城，難與攻掠。」王莽聞奏大驚，急令蘇獻為元帥，邳彤為先鋒，盡起御林大軍二十萬，名將數十員，御駕親征，出城至長樂坡屯駐。

卻說光武知王莽兵至，急引大軍出坡對陣。王莽出馬，謂光武曰：「秦傳漢，漢傳王，天數然也，非吾霸奪。子若肯罷戰休兵，即指潼關為界，東屬劉氏，西屬王朝。立為兩國，有不可乎？」光武曰：「若欲和兵兩國，除有平帝、子嬰并劉氏三千餘口活卻還我，即時罷戰。」馬武出曰：「王莽反賊！記得教場演試，嗔嫌醜漢馬武將軍否！」王莽怒而叫曰：「誰拿醜漢！」邳彤應聲而出。手提方天戟，坐下雪蹄馬，立於陣前，大叫言曰：「汝縱有拔山之力，過天之勢，今日斷欲拿汝，以復王尋之仇。」馬武大怒，躍馬輪刀，直取邳彤。二人交鋒，敵戰五十餘合，不分勝負。王莽軍中急令王瞻、李順、孫通、高密、李建、李顏宗、王卿、王煥、王武等助戰。九將聽旨，飛奔入陣。光武見王軍助陣，亦令銚期、陳俊、劉隆、傅俊、朱祐、馮異、岑彭、祭遵、景丹、王常等一齊混戰。王軍大敗，岑彭活捉蘇獻。王莽撥回馬走，光武引兵追趕。王莽入城，令卒緊閉。光武眾將一齊圍上。

九月戊申，城內竇融獻開宣平西門，迎接漢兵。光武傳令，不許傷害百姓，如違者即斬。眾將肅然而進，毫無干犯。邳彤知軍入城，急領東宮王禹開東門走訖。光武眾軍放火燒著午門及未央宮，搜王莽家屬。皇親國戚，盡皆誅戮，惟不見王莽。光武傳令，曉諭百姓，如有隱藏王莽者，九族皆誅。有拿獲送獻者，千金賞賜。許令諸人入宮搜捉。時有客人姓吳，被王莽罰錢賞軍，不能還家。聽得旨諭，許人民共搜。即提菜刀一把，尋入東宮而去。

卻說王莽見火連內禁，急至宣室，旋席隨斗而坐，乃歎曰：「天生德於予，桓魋其如予何！今漢兵以火焚宮，吾避於此，豈奈我哉！」庚戌旦，復於漸臺之上，閉閣而坐。至申時，吳公搜尋入內宮，見有高臺二所，殿閣深宮，四圍水遶，乃曰：「王莽必在此臺之上。」放下吊橋而過。至上閣內殿，見著黃袍玉帶，以腳排開其門，進前拿住王莽，謂曰：「賊子，今遭吾手。」王莽告曰：「吾將錦包袱賜汝，內有寶物，乞留殘命。」吳公接著錦包袱，又扯下臺，忽太尉李清走至，將吳公打倒，拿下王莽，出見光武請賞。光武大喜，正欲賞清，吳公走至。告曰：「小人拿住王莽，被彼搶來。乞主公詳察。」光武曰：「汝有何證？」吳公曰：「小人有。」遂將錦包袱獻上。光武解開視之，乃國朝玉印。鄧禹曰：「今日江山還歸我王。」光武大笑，遂賞吳公萬錢。吳公叩首拜謝而出，乃曰：「為此賊久淹於是，使吾拋妻數載，棄母多年，今日纔償舊恨，得轉家鄉。」言訖，遂回而去。

卻說光武是日與眾將士登於漸臺殿上，書起十二帝王之靈，擺列香燭於席，祭雪仇恨。將王莽、蘇獻推跪神位之前，聽宣祭奠，令文官高聲朗讀。其祭文云：

漢室山河，二百餘年。平皇勢弱，賊子當權。弒君殺父，抗敕違宣。秀恢天下，聘士求賢。奸臣捉至，細割刀千。一酧君恨，二雪父冤。香花祭畢，聖祖升天。

祭畢，將蘇獻斬首，莽淩遲細割，分散其屍，爭相殺者，數十人。以莽首懸於城市，百姓觀者，或擲之於地，或切食其舌，人人共惡而誅之。後言王莽詩曰：

百計徒勞苦戰疆，江山依舊屬劉皇。粉屍碎骨誠堪恨，擊首拋骸亦可傷。
斗酒何能稱奠祭？荒碑誰為泣銘堂？當時解省回頭早，免使龍泉劍下亡。

總評　王莽故一時之雄，何至此竟如嬰兒就縛，束手待斃。豈罪惡已深，天奪其魄耶？吁！此烏江之靈，所以至今不死也。

卷四

第六十六回 操謀蔽主心過望

卻說光武將王莽、蘇獻斬訖，大設筵會，宴賀功臣。眾將飲於席上，唧唧噥噥，欲立光武為帝。光武知其意，仗劍出席而言曰：「汝等眾人再有交頭接耳胡道言者，即斬！」諕眾將無一敢言。是日，即請更始坐於長安，眾臣朝拜。禮畢，加封秀為大司馬，著行司隸校尉。於前殿整修宮府，與秀等諸將議事於內。朝罷各散。

時八賊朱鮪等議曰：「今劉秀破卻王莽，國家重柄都在其手，兼其部下諸將不離左右，我等將何奈之？」胡殷曰：「吾有一計，可害其命。」鮪曰：「汝有何計？」殷曰：「來朝奏帝，令劉秀部下眾將封出各郡為官，使劉秀身無一措，不能成立大事，然後慢而圖之，何難之有？此乃張良左遷諸侯之法也。」朱鮪聽言大喜。

次日入朝，見帝奏曰：「今劉秀破除王莽，皆其部將之力，建此大功。陛下若不封出為官，恐惹眾臣之怨。乞陛下聖鑒。」更始准奏，敕令尚書省檢功加職，擢出各處為官。是日，傳旨光武，令其眾將各封外郡鎮守，不得久停於府。各謝恩畢，鄧禹曰：「此又賊臣之計。欲害主公，故散吾眾將，彼得行事。」光武曰：「縱乃賊臣之計，不可違逆聖旨。」眾將忍聲聽命，出登任所。光武送至霸陵橋，淚下分首，自歎回府而去。鄧禹謂眾將曰：「汝等須從旨命，暫散為官。務宜精探消息，匡救主公。不枉汝等英雄之志，中於賊子之謀。」言罷，各赴任去。

卻說胡殷見散劉秀之將，乃大喜，謂眾曰：「果中吾之計也。」眾答曰：「雖然散其部將，奈劉秀帝之寵臣，何能殺害？」朱鮪曰：「吾有一計，使劉秀自殺。」眾問曰：「汝何計也？」鮪曰：「見今諸州賊盜競生，劫財殺命。可奏上更始，著其巡按河北，但與三五百人跟往。劉秀若到，賊必殺之而劫其財，豈不自送命乎？」張昂曰：「劉秀仁揚天下，德播萬方，人皆瞻仰而服，豈有害彼之心？若欲果行，可令一人假裝劉秀，先往河北諸州，拷刑官吏，勒騙軍民，使劉秀到日，人皆共惡而誅之，方能害也。」眾皆大喜，遂依其計而行。

惟胡殷貌類劉秀，即日私離京地，假扮巡行。經州過縣，俱要羊酒接迎。拷逼官民，勒財揹物，有陳詞告狀者，不令近見。凡出街市，百姓觀者，俱要低首兩傍，不許抬視。

牌至懷州報知太守張國期，言「司馬劉秀各處查制官吏，拷逼軍民，有錢者得活，無錢者受災。太守亦要預備，免遭刑迫。」國期聽罷而言曰：「人道劉秀德量齊天，今行此不仁不義之事，乃得一虛名耳。」言未訖，人報劉秀按至。國期大怒，急引壯軍五百，各披盔甲上馬前迎。行經數里，到一山坡，遙望劉秀擺道而來。國期接上，仍依法禮施行，看其動靜果否。劉秀曰：「汝何不備羊酒遠迎？故此遲來，則有慢上之心。」喝令重打。國期見果有如是，大叫眾軍下手。言罷，一齊擁出，四圍掩殺，誅胡殷勒馬急回軍走。國期催趕追上數里，未及，即罷兵回府。

胡殷走至長安，見眾人具說前事。各皆大喜，謂曰：「劉秀此回，必遭吾計。」遂入朝見帝，奏曰：「今河北州郡盜賊群生，黎民遭害。陛下可令大司馬劉秀巡撫州縣百姓，庶保天下太平，我王安居帝位。」更始准奏，即傳旨賫敕，令司馬劉秀領軍五百，親往河北巡撫，待按完復命。時朱鮪八賊急先令人報知洛陽太守，言光武不仁，可用機暗殺，以貴酧功。

是日，光武領敕，上馬離朝，徑望河北進發。眾軍前呼後擁，地震山驚，行將洛陽地近，令人賫牌報知太守，道臨城下。董期忙奔出接迎至館驛，設席宴待。至日天晚，董期喚出一人，名焦休雄，謂曰：「今上司文書言光武不仁，令吾暗害其命。汝若能幹是事，賞銀十錠，後報朝廷，再加官職。」休雄曰：「太守嚴命，小人即行。」遂藏短劍於身，徑入驛去。故言排席為由，潛於窗子之下。

夜靜二更，見光武秉燭獨坐，玩取刺客荊軻之傳，喟然歎曰：「刺客好無決斷，誤汝性命。」休雄聽罷，膽戰心驚，不知書內有此說話，只疑道彼，慌忙伏於其前，告曰：「不干小人之事，乃太守董期接奉上司文書，言爺爺不仁，故使小人為刺，暗害爺爺。乞留殘命。」光武曰：「前番來者非吾，乃賊臣胡殷假扮出巡，故使天下官民怨歸於我。」休雄曰：「若爺爺肯恕小人之罪，小人先往各州郡縣備說情由，使不枉負爺爺之德。」光武曰：「此乃賊臣之計，非汝之罪。但下次休行是事。」休雄叩首謝恩，急奔諸州報說情由。

次日，牌到懷州。太守張國期急整人馬，自領僚屬官吏出城遠接。光武問曰：「汝等何處官吏？」答曰：「懷州太守張國期，帶領本府官吏人馬，迎接主公。」光武曰：「懷州至此路途頗遙，汝何是遠迎耶？」國期曰：「昨日焦休雄報說，前者案臨非主公親體，乃賊臣胡殷假裝計害。今主公親臨，小尹故速遠迓，乞大恩宥罪。」光武大喜，遂令前行。至城入府，國期淨整察院，請入安坐，大設席宴。有詩為證：

屏開丹孔雀，褥隱繡鴛鴦。玉盞斟瓊液，金爐爇寶香。

總評　閱此一段，凡奸人用心，與仁主度量，班班可見。

第六十七回　杖策追君意遠圖

光武正宴間，忽人報說：「禍事已到，請太守將何禦拒？」國期聞說，慌忙無措，問曰：「何處軍兵？」答曰：「椀子城混天大王。今兵馬都已入城，請太守急作區處。」誚光武等各各驚懼。國期急備人馬防禦，同光武潛出視之，見其從西門街擺隊飛來。當頭一將，頭頂金盔，身披鎖甲，手提丈八蛇矛，坐下駱駝神驥，見光武，忙奔下馬，拜伏於前。光武見是大將銚期，即回驚作喜，邀入衙內，各施禮畢。問曰：「旨命著汝為官，為何起兵至此？」期曰：「自長安與主別後，日夜縈繫，並未赴登任所，只於椀子城聚兵探信。今聞主公巡按河北，領軍三千，特來保護駕往，庶免主公憂懼。」光武大喜，宴罷同往河北。

從白渡經過黃河，至東山下，小軍報曰：「前有大隊軍兵，兩員大將攔住去路。主公將何治之？」光武聞報，親出探視，乃馮異、王霸也。亦言未赴任官，只於是處屯軍，探知主公消息，特往跟隨。光武聞言大喜，遂令合兵前行。

至近鄴城，縣官各出迎接。安於司坐，大設宴會。凡所過州郡考察官吏，黜陟能否，平遣囚徒，除莽苛政。吏民皆悅，各各爭持羊酒迎接宴勞，秀皆不受。

卻說南陽鄧禹聞秀巡按河北，杖策急追趕至鄴縣，令人報知光武。光武急出迎接，攜手並入。至公廳，各施禮畢。光武曰：「破除王莽，吾得專封拜贈。先生遠來，寧欲仕乎？」禹對曰：「非也。但願主公威德加於四海，禹得效尺寸之功，垂功名於竹帛，臣之願也。」光武大笑，遂留同宿，禹進書一緘，呈與光武。書曰：

昔文王治世，施仁政，諸侯來朝。紂王續基，好淫佚，忠臣棄國。今我主親破王莽，天下未安，赤眉起青瀆之南，銅馬聚滹沱之北。中原擾亂，群庶號悲。且朝中更始乃弱寡常才，不自聽斷。諸將皆庸人崛起，志在財幣。角勝爭鳴，威力相讒，疾侮忠良，非有明智奇謀，遠圖深慮，欲尊主而安民也，但朝夕自快而已。主公素有大德，已立威名。諸士聞風遠至，萬民仰德歡迎。軍政肅齊，信明賞罰。臣愚淺慮，主可精詳。欲為今之早計，莫如延攬英雄，悅服民心。觀歸社稷，立高祖之業，救萬民之命，則天下不足定也。臣鄧禹頓首百拜，謹奉書。

光武覽書，讀罷大喜，因令鄧禹常宿帳中，與定計議。每使諸將等軍，皆要詢訪於禹，以當其才。鄧禹復進曰：「臣聞邯鄲城小鎗賊，果係漢室宗枝。若主公到彼，其人必降。」光武依言，遂與眾將領軍前行。

至邯鄲下寨，令人報知。劉林忙出城接，邀入後衙施禮。各敘宗派，則光武為兄，劉林弟也。是日，大設宴待。劉林私問銚期眾將：「今朝廷更始若何？」眾答曰：「更始不明信讒，八賊疾賢妒能，顛頹國政❶，使天下紛紛而無定也。」林曰：「君既不明，難任重責，莫若於此佐立吾兄為帝，以從人望。汝等若何？」眾將聞說，齊聲相應曰：「公言極當。」遂選日邀光武坐於正堂，眾將列班於下。林謂秀曰：「哥皇起義除奸，身經萬苦，未被思酬顯爵，反遭賊計所侵。況且更始非明智之君，信讒毀直，使天下英雄豪傑悉皆失望。恐一朝有變，則國屬他人，而費吾哥之力也。依愚所見，請哥皇就此為君，以從眾願。」言訖，眾將一齊拜舞，頓首山呼。光武見劉林串同眾將逼立為君，頓顏大怒，拔劍一砍。劉林忙走一傍，誠眾將四散躲閃，光武怒氣吽吽❷，還寨去訖。

---

❶ 顛頹國政：使國家政治混亂不堪。

❷ 吽吽：大叫聲。吽，音ㄏㄡˇ。牛鳴也。

第六十八回 惑拜王郎欺正葉

卻說劉林見光武不從，獨於廳上閑坐。門人報曰：「有一先生來謁大王。」劉林遂出迎接，見其狀貌非俗，有若神仙之象。問曰：「先生來者，有何貴幹？」先生答曰：「吾因觀望貴氣，尋至於此。故敢冒謁❸尊顏，乞姑恕罪。」林曰：「既有是言，敢煩一相。」先生曰：「觀足下之貴，不過王公之位，豈當是哉？」再遊觀望，謂曰：「貴氣落於南市。」

劉林遂與同出衙，尋行至南街上尤庵前，見一賣卜先生，舖上書著「成帝子劉子瑜，新居北市賣卜」。二人入舖，望賣卦先生伏呼萬歲。劉林遂請至衙問曰：「主公因何自苦於是？」答曰：「吾因王莽篡國，隱姓一十八年，更名王朗，今日略定，方纔顯露。」

是日，劉林遂立王郎子為帝，改號興隆元年，國號大漢皇帝，以國師桓法欽為左丞相，桓就克為右丞相，王赤龍為元帥，御弟劉林、張美、李獻為末將。將四圍城門緊閉。

光武知意，急領軍至城下，叫劉林問故。劉林曰：「前者立汝為君，險被所害。今已立卻成帝之子劉子瑜也，免勞復顧。」光武曰：「既然如是，敢問皇帝聖壽多少？」林曰：「二十八歲也。」光武曰：「兄弟錯矣。成帝在位二十六年，壽四十六崩。傳位哀帝，在位七年，壽二十六歲崩。又立平帝，在位

❸ 冒謁：冒昧謁見。

五年，壽十四歲，被王莽鴆殺。再立子嬰三年，王莽十五年。算至此，則子瑜四十六歲也。豈不詐乎？兄弟休信他人惑言，多是王莽枝葉，故假我漢名養銳，以嗣王莽之業，可不自察。」王郎聽說，大叫曰：「吾非漢室子瑜，眾將豈能掩飾，故立我哉。汝雖劉姓，乃假漢妖人，非正枝葉。」言罷叫眾將：「誰敢先出拿此反漢劉秀？」忽元帥王赤龍應聲出曰：「小將願敵。」言罷，引數員猛將，五百雄軍，飛身上馬，使一柄大桿刀，立於陣前，叫小將對敵。銚期出馬，二人交戰十合，赤龍敗走。張美、李獻二人忙出，夾戰銚期。戰無數合，二人敗走不禁。光武率兵趕殺，其將都入城去。光武叫曰：「劉林兄弟休被他人誘惑，骨肉相戕。可早省察，共佐更始，立祖宗之業，顯後世之名。」劉林不聽，緊閉城池。

光武分兵圍守一月，不服心降。王郎子問眾將曰：「劉秀兵多將勇，何以退之？」劉林曰：「主公勿慮。河中府大鎗賊處有軍十萬，乃吾兄劉庭也。臣往求借，彼必相助。若得此兵至日，即破劉秀。」王郎子曰：「今被困守月餘，正有危險。汝若往借，須要急回助救。」林曰：「不勞致囑，臣當竭力匡扶。」言罷，上馬衝出陣去，前望河中進發。

至蒲關，令人報知，劉庭急出迎接。施禮坐畢，劉林具說借軍之事。庭曰：「起軍容易，奈少先鋒當陣，將何如耶？」言未訖，一將飛出應曰：「小將可任先鋒。」眾視之，乃上將邳彤也。劉庭大喜，遂令邳彤領軍一萬前行。劉庭、劉林領軍九萬後往。

行經數日，至邯鄲城下。光武急分兵對陣。銚期出馬調曰：「吾與汝等無仇，何故逆天助寇，枉勞力乎？」邳彤曰：「為王新室報仇，故來擒汝。早下馬降，可全生命。」銚期大怒，躍馬橫鎗殺入其陣。二人交戰二十合，不分勝敗，各收軍歸陣，來日再決。

邳彤領王莽太子王禹撞至城下，叫：「開門，救兵都至。」王郎子城上望見，認是東宮王禹，思放其入，恐泄己事，遂攀弓搭箭，射死王禹，墮於馬下，不放邳彤軍入。邳彤見射死王禹，痛哭卻兵，衝殺出陣，奔往他方而去。

卻說劉庭、劉林後軍將至，光武親領大將對陣。王郎子見救兵都至，急放城中一萬人馬出助。兩下夾攻，光武大敗，引軍回走。王郎子同桓法欽、劉庭、劉林引軍急趕。光武望南正走，小軍報曰：「前有三員大將，領軍攔路。」光武大驚。至近視之，乃臧宮、王爲、賈復是也。有詩為證：

塵途逢主主逢臣，臣主相逢喜自新。攜手並歸軍營裡，君臣相遇古難親。

第六十九回　傾扶漢主滅奸邪

卻說賈復等三將迎著光武，邀入臺城，安撫百姓，頓歇軍兵。忽聽砲響一聲，桓法欽引軍圍城。光武曰：「此處又困，何能退之？」鄧禹曰：「此城無糧，不可虛守。莫若乘其未備，早開走出，再作區處。」光武然之，遂引眾將等軍，棄城出走。

奔至元城將近，小軍報曰：「前有大將領軍攔路，不能衝過，如之奈何？」光武聞報，歎曰：「吾今休矣。」忽見其將飛至，叫曰：「小臣耿純特來迎接主公，休得驚懼。」光武大喜，遂同入城。純令大設筵席宴待光武。忽人報曰：「王郎子兵至。」光武謂眾將曰：「誰能退卻王兵？」耿純大聲應曰：「臣有一計，可立斬王郎子。」光武問曰：「將軍何計？」純曰：「王郎子未知臣佐主公。今既兵來，臣領本部人馬一千五百，內藏賈復、臧宮，遠遠迎接，彼必無備。主公引軍後至，內攻外掠，必破之也。」光武大喜，遂令引軍前去。

約行十里之地，迎著王郎子兵。問曰：「汝等何人？」耿純曰：「吾等特來迎接聖駕，休得阻當。」王兵遂放其入。再至第三隊，被其當住，不容進見。臧宮、賈復等俱入中隊，見其攔當不放，乃大喝一聲，齊呼殺進。光武聽知，急引大軍助陣，裡應外合，叫殺連天。銚期、馮異、王霸撞入其陣，攪軍混戰。王兵大敗，王郎子、桓法欽當敵不住，忙撥馬走。銚期等率軍趕殺，追將數里未及。光武急令鳴金收軍。入城安歇。鄧禹謂眾將曰：「今雖勝此一陣，王兵未曾傷折。倘若聚會，必乘敗勢來攻，使吾不備。汝等務宜謹守。」言未訖，忽聽砲響一聲，桓法欽將城圍上。耿純進曰：「漁陽海馬賊劉顯處有軍十萬，其人亦係漢皇枝葉，主公可往求借。若得此兵至助，必破王郎子也。」光武曰：「奈賊寇緊圍，不能夠出。」純曰：「臣夜開南門，與王兵對敵。主公開北門出往，何足憂哉？」光武大喜。至夜二更，純引兵開南門，大喊一聲，鳴金擊鼓，叫殺連天。光武引眾將開北門，飛走而去。耿純二下正廝殺間，有軍卒報知桓法欽，言：「光武開北門走出去矣，尚何空戰？」法欽聞報，急收軍趕。

卻說光武奔行十里之遙，忽聽山坡後砲響一聲，軍騎擁出，當頭一將，領兵截路。見光武龍顏鳳準，有帝王之像，即下馬施禮。問曰：「公非漢劉文叔乎？」光武曰：「然也。」其人聞說，忙伏頓首，告曰：「臣接慢遲，乞主公宥罪。」光武攙起，問曰：「將軍何姓？」答曰：「臣乃幽州刺史耿弇是也。」

光武大喜。

忽聽後軍追至，耿弇急令其子耿耳退兵，齊護光武入城，引見劉顯。劉顯接至後堂施禮，各敘宗派。顯乃光武之叔，問曰：「賢姪為何忙奔於此？」光武垂淚而言曰：「秀因巡按河北，至邯鄲城，不意劉林被人哄惑，言王郎子是劉子瑜，扶立為帝。又至河中串誘劉庭，共起大軍，反漢助王，與秀爭鋒。秀兵寡難敵，故投叔處借兵。乞念祖宗之仇，急相援濟。倘或成功，雖泉下亦不忘也。」劉顯聽罷，亦垂雙淚，謂秀曰：「吾有大軍十萬，即起往救。」令弟劉李點兵，自陪宴待光武。

忽人報有別駕至，言奉御敕來，要投謁見，未敢擅入。顯令喚至，接於廳上施禮。其人見光武不言而出，暗統大軍一千將衙圍住。光武知急，令眾將披掛，與劉顯上馬出衙。見別駕苗曾，光武問曰：「汝等圍此衙者有何故也？」苗曾曰：「報小長安殺兄苗蒙之仇。」光武聞言大怒，率兵拒戰。忽王郎兵至，衝殺入城。光武眾將一齊潰戰。鄧禹見其兵大，兩相夾攻。急令眾將領軍共保光武，衝殺出陣，奔投東海而去。王郎、苗曾夾攻劉顯，衝其各逃四散，收軍閉城。郎加苗曾為本郡太守，鎮撫漁陽。

卻說眾將引軍二百，保護光武出走，詐稱王郎兵過。行經數日，至近海地，小卒報曰：「前有一員勇將，領軍飛來，乞主公觀是何人？」光武大驚。其將奔至，觀是光武，滾鞍下馬，拜伏於地。言：「主公何苦若甚？」光武認是堅鐔，急進攙起。二人相抱涕泣，哭訴前因。堅鐔曰：「臣與主公別後，旦夕憂懷，故假名於海上為盜，探望消息。今聞主公出巡河北，與王郎廝戰，竟來尋護，不覺幸遇於此。」言訖，遂合兵共往。有詩為證：

山隔萬里音信杳，月明千里故人來。人生聚散猶萍梗，或向風前浪裡回。

第七十回　民感仁威歸聖主

卻說堅鐔、光武合兵前行，至一村莊，鐔見光武面帶饑色，遂屯駐人馬，令軍侍膳。忽聽喧嚷之聲，一隊軍至。光武驚懼，急欲披掛，見其至近，乃賈復引軍來也。二人大喜，遂將麵餅獻與光武。光武問曰：「此物何處得來？」復曰：「臣於王郎子軍中奪來。見主公饑餒，故敢進獻。」光武笑曰：「將軍真乃虎口奪食。」忽銚期、王霸、馮異、馬成、耿耳俱領殘軍趕至。光武大喜，遂合軍前行。

至三河縣，耿耳進曰：「此屬幽州之地，乃臣父所管之民。主公可詐言趕捉劉秀，入城安下。臣有區處。」光武許之，遂入城安訖。耿耳對縣官實將其事說知，縣官大喜，遂出參見。城內百姓人等知是光武，各皆歡順。有詩為證：

劉君勒馬過三河，州縣笙簫鬧綺羅。四海仰瞻蘇雨露，萬民俱唱太平歌。

總評　光武每到窘急時，便有不速之客來相救援。雖曰天助明主，實手足腹心之報也。不然，英雄熱血，自有賣處，豈輕為人用哉？

第七十一回 天憐弱寡退邪兵

卻說光武於城內纔安半月之餘，又被桓法欽趕至，將城圍住。光武引軍棄城出走，法欽擋住，調秀曰：「汝早下受降，免使朝攻暮擊，同扶漢室江山。如不願從，立時斬首。」銚期等一齊大罵：「奸詭賊徒，假吾漢室之名，貪榮立寇。若擒到手，把作王莽一般分屍碎首。」法欽大怒，罵其眾將曰：「弱寡孤窮，安持大眾？」鄧禹曰：「群鴉小啄，豈敵鳳凰？」光武催軍搦戰，鼓噪旗幡，眾軍交馬，殺得天昏地慘，鬼哭神號。光武將雖雄勇，奈三千兵卒，豈敵二十萬之軍？光武正在危乏，力氣不加，仰天嘆曰：「常道真天子下降，則有百靈咸助。今吾累困賊兵，曾何應乎？」言未訖，忽正南上狂風大作，飛石走沙，王軍將卒各皆掩面四散。其後耿弇引領三千大軍，衝陣混殺，王軍大敗逃走。鄧禹急令收軍，耿弇進曰：「主公勿慮，今遼東烏桓國有軍數萬，臣同耿耳往彼求借，接助主公，斬除此賊，早安天下之民。」光武許之，耿弇父子上馬去訖。

光武領軍從西南而往，經過州縣，俱屬王郎所管。行至昆陽，鄧禹曉會諸將詐稱王郎軍兵，立於城下叫上開門，遂入衙安下，令縣官高戶急炊飯食。高戶與手下議曰：「恐是劉秀軍兵。待飯熟後，探聽虛實，方可與食。」但見來軍累累催逼，高戶愈生疑心，不令與食，其軍通入亂搶。高戶言曰：「正是劉秀兵也。」急至後衙，擂鼓催軍圍捉。光武知，慌忙披掛上馬，引眾將往南門出走。高戶領軍趕襲，光武正至門下，高戶叫城上放下砍棧❹。銚期聞說，縱馬飛至門下，合手一托，光武遂免其害。有詩為證：

略舉擎國手，支持漢乾坤。若此英雄漢，誰堪與並論。

第七十二回　王霸合冰援帝難

卻說光武等走出其城，鄧禹曰：「為此一餐小食，險失國家大事。」正欲前行，忽聽王郎軍至，勒馬復奔南走。晨餐夜宿，不敢入城，或食於道傍，或安於空舍。

奔至蕪蔞亭時天寒嚴凍，光武甚有饑色。馮異徑往民家，求得豆粥一碗，進與光武略充腹餒。再至曲陽經過，聞王郎領兵後趕，從者皆有恐懼之心。行至滹沱將近，小軍報曰：「前有大河阻隔，上無橋梁，下無船渡，又聽王軍後趕，如之奈何？」光武聞報，乃長聲歎曰：「前阻後逼，天亡吾也。」王霸進言解曰：「臣乞往視，看可渡否？」光武令其急往。王霸飛至河邊，見江水泛漲，浪滾滔天，安能得渡？遂仰天祝曰：「吾主劉秀仁德塞乎四海，與民除滅妖奸。奈賊兵勢大，力寡難敵，戰敗逃此經過，又逢大江阻隔，不能得渡。願天憐祐，護過此河，庶亡賊兵之手。」祝罷，回報。光武忙相謂曰：「河

❹ 砍棧：吊橋。

可渡否？」王霸恐驚眾將，乃徐言跪而進曰：「冰堅可渡。」跟護官屬聽知皆喜。光武笑曰：「候吏莫妄說也。」遂促兵前往，果見河冰凍合。光武大喜，即躍馬縱轡而過。王郎催兵趕至河岸，見光武渡冰而去，眾將一齊爭功，競奔躍過，未及至中，忽一陣風過，凍冰粉碎，王郎十萬軍兵，俱溺河死。有胡曾詩曰：

光武經營業未興，王郎兵急勢相凌。須知後漢功臣力，不及滹沱一片冰。

第七十三回　仲華爇火燎君裳

卻說光武渡過滹沱，望前奔行。至南宮地界，遇大風雨，渾身俱濕，引軍趨避道傍空舍之中。馮異抱薪，鄧禹爇火，光武對竈燎衣。馮異見光武面帶饑色，遂往農家求得麥飯一碗進與光武。光武大喜，自食一半，餘與眾將解饑。

再往南行，馳赴信都。忽見城內眾官悉出迎接。光武遠望，認是任光、朱祐、景丹、蓋延、寇恂、祭遵，迎入城中後衙，各施君臣之禮，共話間別之情。大排筵宴，賞勞諸軍。忽人報曰：「王郎軍離城三里下寨，次日決戰。」眾將聞報，即欲對陣。任光進曰：「不可輕敵。況且是處東皋西皋俱集軍將，結合王郎，其勢甚大。既欲勝彼，可先令一饒話之士，說連東西二皋。若肯合兵相助，則可破矣。」光武聞言，即令寇恂往說。恂領命，單騎前往。至東皋門下，令人報知，劉植出接。邀入正堂，施禮坐畢，問曰：「將軍為何至此？」恂曰：「為漢司馬劉秀原係長沙定王之後，劉欽之子，起兵破滅王莽，扶立族兄聖公為帝。今被王郎反漢，難與對敵。將軍若肯助漢，則更始基業可興，劉朝不絕後也。」劉植曰：「所憐者劉秀仁德也。且吾亦係漢族，豈有他哉？」欣然即順，二人遂往西皋而去。

至門下，令人投報。王梁接入，與卓茂等各施禮畢。問：「此公何來？」恂曰：「因司馬劉秀為賊兵侵擾，使愚特來投告將軍，乞兵救濟。倘能功就，以貴酧謝。」王梁大喜，即從應順。卓茂曰：「主公今在何處？」恂曰：「見在信都屯下。」卓茂聽言，就欲王梁起兵。劉植曰：「可再往漁陽太守劉顯處求借軍兵。其人亦係漢族，聚有雄兵十萬。倘求合會共往，則破王郎如反掌矣。」寇恂聞說，遂與劉植、卓茂、王梁四人上馬同往，前望漁陽進發。

行經數日，至其地界。忽見一隊遊獵軍兵，都執輕弓短箭，堅甲重盔，至近問曰：「何方將士，投此經過？」恂曰：「司馬劉秀使吾投往漁陽太守處求借救兵。」其首將乃是苗曾，聞說是漢將，大叫：「眾將拿捉。」眾將得令，一齊混捉。寇恂急勒回馬，望北奔走，苗曾領軍後趕。約走五七里地，忽前一隊軍兵，書著大漢旗號，當頭三將，飛騎而來。寇恂高叫：「將軍救吾！吾乃漢將寇恂，被賊兵趕追。」三將乃杜貌、吳漢、馬成，聞恂叫救，一齊喊殺，活捉苗曾。眾軍各逃奔散，遂脫寇恂之危。

三將引兵擁入漁陽城去，安撫百姓。至衙內坐敘，調恂曰：「汝往何來，遭賊所追？」恂曰：「因投漁陽皇叔劉顯處借軍，路逢此賊。若非公等來至，險墮其手。」吳漢曰：「足下不知其故。漁陽皇叔，主公亦投此處借軍，被苗曾暗投王郎相擊，各衝混散。王郎因封苗曾為此太守。適纔追趕，被吾擒者，即苗曾也。」寇恂大喜，吳漢遂令左右推出苗曾斬首。忽人報皇叔劉顯兵至。眾將各出衙接，邀入後堂施禮，挨序而坐。吳漢問曰：「皇叔許久何來？」顯曰：「自此混散，吾於諸處聚集軍兵，已得二萬之餘，特來破滅苗曾。汝等為何先奪？」吳漢曰：「吾已捉獲苗曾。」令人推至。劉顯大喜曰：「為此小賊，使吾君臣混散。」遂援劍下階，砍為八段，令人拖出溝壑。有詩為證：

擾擾干戈角勝爭，人民荒亂各逃生。寇恂已入漁陽裡，擊斬苗曾直世平。

總評　滹沱冰合，事奇；爇火燎衣、解饑分食，事正。滅漢助漢，縱賊斬賊，亦正亦奇。

第七十四回　天啟雄兵經日會

卻說劉顯斬卻苗曾，令軍大排筵席，眾將一齊賀喜。正宴間，忽報耿弇父子兵至，眾皆出接，至衙禮坐。弇曰：「吾領壯軍徑來勦殺苗曾，想被公等擒滅。」劉顯曰：「吾等除矣。」耿弇大喜，遂合兵會數，借得二十萬有餘。推劉顯為元帥，吳漢為副帥，杜貌、馬成為先鋒。

是日，即起軍行。吳漢傳令：「眾軍不得傷戕百姓，如故違者，即斬。」眾皆應諾。砲響一聲，出城前往。干戈耀日，旗鼓番天，所過州縣，不攻自服。

行經數日，至信都，離城五十里下寨。吳漢令小軍打探王郎子兵圍城否？又令寇恂報知光武。寇恂上馬，飛至城下，叫開門。光武急令放入。寇恂具說所集軍兵、約謀攻掠之事。光武大喜，遂與眾將約議，准同接應，令寇恂回報。寇恂上馬出城，回至寨中，見吳漢等話訖前事。

卻說光武登城，叫劉林、劉庭等打話❺。二人遂至城下。光武曰：「汝等二人莫失兄弟之義，早省入城，共除妖賊。莫待禍急燃眉，悔之晚矣。」二人不聽，回寨而去。

是夜，鄧禹領軍五萬，出城偷劫王郎之寨。眾將各遵分兵四門圍伏。待至三更時分，王軍昏目睡濃，鄧禹令軍放火，砲響一聲，四門齊殺入寨，驚起王軍不知去向，東投西竄，自相踐踏。桓法欽急引王郎，殺開血路奔走，殘兵敗卒，衝混四散。鄧禹收軍入城。

光武知勝，急開門接見。銚期馬上橫擔一人，龍袍玉帶，活似王郎之狀，心中微喜。至近以火燭之❻，乃弟劉林也，與王郎一樣裝扮。光武放聲大哭，眾將勸解未已。

卻說桓法欽招集殘軍，尚有五十萬餘，屯下營寨。聽得吳漢於寨宰牛殺馬，朝歡暮飲，不理軍情之事，遂令劉庭、張美、李獻引二萬大軍，夜劫吳漢之寨。三人遵命，領軍徑往。撞至寨內遍遶，乃一空寨，急撥馬回，四圍伏兵齊起舉火高燒。王兵不能衝出，望西門撞走，被王梁截住，急退東走，賈復擋住。杜貌、劉植挺鎗混殺，斬劉庭於寨內，杜貌活捉張美，劉植擒下李獻。光武領軍攻襲王郎之寨，桓法欽領軍急望西走。光武收軍，杜貌等拿張美、李獻來至。光武曰：「軍中唆哄，通是此兩匹夫。」喝

❺ 打話：說話。

❻ 以火燭之：用火照看。

令斬訖，率兵再趕。

卻說王郎點軍損折三十餘萬，又聽後軍趕近，急奔前走。忽聽砲響一聲，耿純領軍截住，二人交馬混戰。光武、鄧禹領軍趕至，劉葦、彭滿殺入陣中。見桓法欽騎龍騰空而起，法欽拔劍趕上，殺死彭滿。望光武再砍，頭落於地，光武躲開，乃馬首也。有詩為證：

百計混中原，扶王欲併吞。奸謀徒惑世，依舊漢乾坤。

第七十五回　月明妖婦駕雲來

卻說光武見其邪術騰空，心懷驚懼，急收軍卒下寨。與眾將議曰：「纔破無霸之妖，又逢法欽之孽，將何治耶？」眾皆默然無計。

至夜二更，月明如日。光武策杖出帳，徐步游觀，忽見空中有一婦人騰雲駕霧，金冠朱履，披帶仙衣。謂光武曰：「吾乃滹沱河神聖母是也。王郎真命之主，汝休趕襲。若與天道相違，則性命難保。」銚期在傍聞說，遂攀弓搭箭，射落其婦。眾將忙近擒下，綁縛入寨。銚期問曰：「汝何妖婦，敢來戲侮主君？」婦人答曰：「妾乃王郎之妃。因桓法欽能行此法，使妾駕霧於此，乞天恩姑恕。」鄧禹令殺犬血汙之，使不能行。

光武催軍急趕。王郎知其兵至，忙領眾軍走入宋子城去，堅守不出。光武追至城下，分兵圍住。鄧禹見城上桓法欽以草龍與王郎子共乘欲起，急用子房道法，解壓其邪，使不能起。圍經半月，光武率將攻城。法欽夜出城走，陳俊、方修、紀敞等三軍截住。法欽急引王郎奔入邯鄲城去。光武諸將趕至城下，分兵圍住。王郎軍兵十傷九死，只有數百之餘，甚懷憂切。法欽曰：「主公休悶，西太山賊處有軍數萬，可往求借。若得其助，可破劉秀。」王郎從說，即令彭充往借。

充遂上馬衝撞出陣，行至其寨，令人報知。二人接入施禮，問曰：「君為何來？」答曰：「吾主劉子瑜被劉秀趕擊，特來二將軍處求借救兵。倘成功後，將軍皆有王爵之報。」其二將乃岑彭、李忠，聞說大怒，言曰：「汝主王郎賊子，假吾漢室之名，欲爭天下。今使詭計，惑說忠良。」拔劍奮砍，充頭落地。

總評　從來邪不勝正，王郎固不足言矣。劉林、劉庭以宗室兄弟，反而事賊，卒至隕身喪首，大可痛惜。

第七十六回　奸計誣良誅佞賊

卻說岑彭、李忠斬卻彭充，領軍至寨見光武，光武大喜。眾將齊議，欲立光武為帝。光武曰：「不可。吾兄更始尚在，若奪其位，是不仁也。待其崩後，方可受職。」

卻說朝中八賊朱鮪等奏上更始，言劉秀按臨河北，眾將反立為帝。更始聞奏大驚，急問近臣曰：「誰為寡人除憂，破滅劉秀？」鮪曰：「今秦趙二州馬武、王常，原與陛下為友，得此二將，立時可破。」更始准奏，急令宣至。朱鮪謂曰：「聖上加封劉秀征北大司馬，今按臨河北，反漢自稱為帝。聖上特宣將軍往伐其罪，後以重報，將軍若何？」馬武故言曰：「劉秀如此不仁，則天亦不容也。」遂允應其言。敕賜費明為元帥，龐貴為副將，馬武為監軍，王常為先鋒。是日，起軍十萬，上馬前行。

至河北地界，有人報知光武，言：「更始皇帝敕令費明領軍十萬，今將至近，未知何故？」光武曰：「更始兵卒助吾勦滅王郎，有何意也？」鄧禹進曰：「主公休信。未曾表奏朝廷，請求軍助，無故自來，恐是賊臣之計。可令王梁迎出十里之外，著其屯於彼地，探取虛實，然後合兵未遲。」光武從言，即差王梁領軍二萬前往。

行經五十餘里，迎著王常等軍，兩下排列陣勢。王梁出馬，橫刀問曰：「汝領眾軍將何所往？」費明曰：「來助司馬劉秀破滅王郎。」梁曰：「既乃聖上軍助，鄧禹將令，遣吾迎接，教汝等屯駐此地，來日合會。」馬武故出言曰：「吾奉聖旨差遣，豈由汝便？」梁曰：「吾奉司馬將令，誰敢故違？」言訖，二人交馬❼，約戰十合。王梁敗走，馬武趕追。王梁勒馬再戰，兩軍混殺一陣。王梁引軍回寨，見光武具說前事。

光武急引眾將，素衣束手，戈甲不身，上馬出見費明。約行數里，撞遇其軍。光武叫曰：「請費元

❼ 交馬：交戰。

帥相見。」費明出馬，光武問曰：「元帥來者為何？」明曰：「為汝反漢自立為帝，聖上著我來拿。」光武聞言，遂下馬請罪。龐貴持刀，忙欲近殺，光武跪伏受死。銚期在傍，奮怒躍出，大喝一聲，罵：「賊臣，誰敢持刀來殺？」挺起長鎗，躍馬直取費明、龐貴。二人交鋒，都無兩合，忙走不禁。眾將挾托光武上馬回寨。鄧禹曰：「果乃賊臣之計。非銚期將軍在傍，則主公幾乎息矣，何能復乎？」馬武等趕至，鄧禹曰：「誰出對陣？」銚期應聲飛奔而出。馬武輪刀與期故戰二十餘合，不分勝負，各罷歸營。

馬武共王常計議，至夜，入帳斬卻元帥費明并副將龐貴。次日天明，二人提其首級，曉喻眾軍，言：「有不助秀者，此首為令號。」眾將俱言往助，馬武、王常即引十萬大軍，提頭入寨見光武。光武大喜，遂合軍一處。

時有小軍走回長安，入朝見朱鮪等，具報前事。朱鮪大驚，又聚眾賊商議，遼贈曰：「吾有一計，可殺劉秀。」鮪曰：「何計？」贈曰：「前者聖上著軍討秀，反被殺害不從。稱此違逆上命，假賫聖旨一道，令使者將藥酒往彼問罪，叫劉秀隨使入朝。若從不逆，則無反意；如不遵命，即將藥酒度與，逼其快飲。再令護軍邳彤引軍五萬，隨後擒捉，亦言上命差來，使見聖旨迭迭，決不敢違。豈不中吾計哉？」眾皆大喜，即依計行。先令使命賫旨前往，後著邳彤領軍，各各遵令去訖。

卻說光武正於帳中議事，忽小軍報曰：「聖旨又至，請主公迎接。」光武急令安排香燭迎接開讀。旨云：

朕叨天眷❽，職掌山河。奈初登帝位，黎庶未安，故此遣汝巡按河北，撫恤郡州，托天下重事，悉付於卿。豈意聽信小人之言，反國自稱為帝。前者朕遣費明監軍問罪，夜令奸人暗殺，奪吾十萬之兵，足見昭然之變，明顯欺君。今再遣使賚旨施行。如無反朕之心，即當隨使入朝，同理國政，共決民憂，庶使朕無懷懼，以釋既往之愆❾。若不信從，毒槳快飲。故茲詔示，想悉宣知。

光武接詔，宣讀已畢，謂眾曰：「吾當隨使入朝，請釋枉罪，使不逆上而屈義也。」鄧禹進曰：「此乃賊臣之計，欲害主公。彼得寵用專握，主公不可信往。恐有一失，則有負天下豪傑之望，而漢室不能復興矣。」其使者李煙見鄧禹阻諫，即取金鍾，滿斟藥酒，度與光武，逼其快飲。光武遂接欲飲。忽左邊一將怒若雷霆，飛躍走近，奪下酒鍾，擲之於地，火焰燃起三尺，拔劍砍死使者。光武視之，乃大將銚期也。眾皆大喜，有詩為證：

何事君王意倒顛，每聽八賊害忠賢。暗中敕使傳宣旨，一劍翻身命染泉。

❽ 天眷：上天的照顧。

❾ 以釋既往之愆：使以往之罪過得到解釋。

第七十七回　忠言服將鄧英賢

卻說邳彤領軍將至，有人報知光武，光武急領軍迎，行經數里相遇。光武出馬謂彤曰：「將軍今將何往？」彤曰：「為汝信讒，反漢自專為帝，聖旨著吾特來擒捉問罪。」光武曰：「吾無是意，何得誣乎？」彤曰：「既無是意，又何違逆旨命，殺害使者？」鄧禹曰：「此乃賊臣之計，將軍何苦信之？古云：『良禽擇樹棲，賢臣擇主佐。』將軍文才武備，勢力過人。竭助王莽，不能成立；後護王郎，又經敗失。今與賊類同謀，欺摧漢室金枝。豈不想更始榮顯，為何而得？皆吾主劉秀於亂世中創就基業，讓彼為君，反信八賊唆哄，戮殺皇兄劉縯，後破王莽，賊盜平除，又聽賊臣所謀，欲圖吾主，散其部下諸將，著巡河北，千謀圖害，萬計相戕。今見王郎未除，乘勢促兵迭捉，可見更始仁乎？將軍早思回首，共立吾主為君，庶不失乎功名之望。將軍若不願從，難出禹之手也。今禹十萬雄兵，三十大將，已把二百里之地矣。將軍縱有萬夫不當之勇，則寡難敵眾。莫待擒捉歸降，掩藏名義。將軍可自思之。」邳彤聽罷，低首無言，遂下馬拜降。

光武大喜，即令合軍回寨，聚同二十八將，乃二十八宿。并南北諸星，悉會於是。當日，光武聚集諸將，大設筵會，宴勞功臣。席間，眾將都勸光武就位，光武不從。忽耿耳呈一表章，進而言曰：「我主可早成計，莫待眾心解散，駟不能追。願吾主察臣愚意。」言訖呈上。表曰：

臣聞：人之惡，不可不除；人之善，不可不納。吾主新破王莽，天下未安，社稷日危，山河旦夕⑩，非周武高皇之君，不能興創是業。今吾主仁德兼備，智度恢宏，正所謂堯舜之君也。願吾主早繼江山，慰群渴望，救生民之塗炭，解黎庶之倒懸。主若再辭避位，則天下眾豪失望。況且更始在朝，昏蒙愚弱，不思吾主義讓之心，但圖彼專榮顯之地。聽信賊臣唆哄，迭傳聖旨欺誑，則吾主幾被其陷。今再若不相從，漢世山河必喪，士卒散離，噬臍何及⑪。臣不辭碎首之誅，敢瀆天威之犯，願吾主聖鑒。臣耿耳頓首百拜，謹奉表上聞。

光武覽表，讀罷微哂⑫，言曰：「待破王郎之後，為帝未遲。」鄧禹見其堅執不從眾意，且率兵攻城。桓法欽急引王郎駕霧投北而走。鄧禹領軍後襲，趕至高邑縣，分兵圍住，令軍殺犬取血，塗汙其城。

又圍半月不出，解兵暫退。離城三十里屯下營寨。光武見有高臺一所，上書「千秋」二字，不識其意，遂問鄧禹曰：「此臺何用？」鄧禹曰：「千秋者，謂軍多也。」光武遂同眾將上臺，遍歷遊觀。玩畢下寨。

至夜二更，光武策杖私巡軍帳，忽聽小軍議論，言：「元帥將令，來日於千秋臺上立帝。」光武聞

---

⑩ 山河旦夕：比喻政權不穩，如同早晚的時光，不斷交替。

⑪ 噬臍何及：意為到時後悔也來不及了。

⑫ 微哂：微笑。

說大驚，回帳自思：「若待天明，眾人不由我願，不如出寨，奔回長安而去。眾軍豈奈我何？」遂上馬徐行，潛往南門出走。時御弟劉植把守嚴謹，見光武欲出，忙近扯住其轡，告曰：「臣奉元帥將令，若放主公出去，小臣該死。望主公仁宥。」光武見不放出，乃拔劍自刎。諕劉植駭然，急放轡去。走入元帥帳下報知鄧禹。鄧禹大驚，忙引眾將越地追趕，不知往何路去。

卻說光武夜出，策馬南行，忽見其地兩人並立，俱道來日太平，眾立光武為帝。光武聽知大怒，仗劍躍馬，望二人一砍，化作火光，迸散於地。光武近視，乃二石人也。遂歎曰：「天賦吾以如是之人，則山河社稷皆順，非人願乎？」

是日，光武走至柏鄉城，望前南行，忽聽後軍趕至，乃鄧禹等眾將飛馬走近，勒住光武之轡。告曰：「主公夜私出寨，欲將何往？」光武曰：「回朝見帝，汝管何為？」鄧禹曰：「賊臣屢謀未獲，主公送入虎口。」叫眾將不由其意，一齊促擁回寨。

是日，起軍攻城。桓法欽見漢兵入城，急引王郎駕霧騰雲，復還邯鄲而去。光武率兵追趕至城下，分兵圍住。數日不出。鄧禹曰：「吾有一計，可擒妖賊。」光武問曰：「元帥何計？」鄧禹曰：「不可攻城，恐其見逼，駕邪又走。吾等退軍十里，彼見兵解，必望南走柏鄉城去。可令銚期、王霸領軍五萬，往南離城十里山坡下埋伏，再令王常領軍二萬，於南山高阜處探望。若法欽走至，吾等隨後追襲，王常舉旗為號，坡後銚期、王霸伏兵齊起，前攻後襲，斷然可擒。」光武大喜，遂退軍十里，令各隊分兵埋伏去訖。

卻說桓法欽見漢兵解退，急謂王郎曰：「今城中糧缺，不可久存。喜得漢兵解退，吾等可乘風急出，投奔柏鄉城去，其中糧草甚廣，方好交兵。莫要待漢兵復至，難出其圍。」王郎聞說，遂與法欽領軍開南門出走，前望柏鄉進發。鄧禹知出，急同光武等將領軍追殺。趕至南山坡下，王常擂鼓，舒展旗幡，銚期、王霸伏兵齊起，箭如雨下。王郎欲回，馬武截住。眾將軍卒喊殺連天，王兵大潰，左衝右突，無路奔逃。桓法欽駕霧正起，被銚期一箭射落於地，眾將忙近擒下。王霸躍馬趕上，活捉王郎。斬軍殺將，屍伏如山。光武收軍，凱歌罷戰，回入邯鄲城去。有詩為證：

奸雄百計望遺才，誑使王郎戰九垓。直待滿營空應月，東風依舊綠雲槐。

第七十八回　平除賊詔蕭王職

卻說光武等至衙坐定，眾將綁縛王郎、法欽推跪階前。光武謂曰：「為汝一賊，傷吾兄弟之情。」喝令擒出斬首。是日，大排筵席，宴勞功臣。搜檢吏民與郎交通書籍，凡得數千餘章，光武會將燒之，令反側子⑬自安。秀部分諸將吏卒，皆言願隨大樹將軍⑭。

⑬ 反側子：指對光武不忠之人。

⑭ 秀部分諸將吏卒二句：按此二句與上文不連貫。大樹將軍指馮異。後漢書馮異傳：「異為人，謙退不伐。行與諸將相逢，輒引車避道。每所止舍，諸將並坐論功，異常獨屏樹下。軍中號曰大樹將軍。及破邯鄲，乃更

忽小軍報曰：「更始皇帝遣使賫旨，已在東門停下。請主公出接。」光武聞言，急令排列香案，整笏上馬，與諸將臣等俱出東門迎接。至衙，伏聽宣旨。詔曰：

朕承天命，冒職龍居⑮，上繼先王之業，下安黎庶之心。幸喜莽賊勦除，寃仇洗雪，皆仗卿力恢為，而致朕於是位。近聞劉林結黨，扶立王郎，假吾漢室之名，詐捏成帝之葉，東偷西劫，北犯南侵，社稷幾危其手，人民斂寂傷容。今卿蕩滅，整復王基，正所謂壯士能挽，天河淨洗，甲兵不用，功勞蓋世，勳業無雙。朕特遣使飛臨，故授蕭王之職，邊疆撫息，罷甲回兵，免使朕懷縈繫，以慰渴想心埃。故茲詔諭，宜悉知行。

光武接詔拜畢，眾將功臣齊賀新居王職。耿弇進曰：「百姓患苦王莽，復思劉氏速興。今更始雖為天子，而賊將擅權，未有導王於正，但以自貴為常，劫掠民財，疾讒忠赤，使士卒斂容。更思莽日，是以知其必敗也。今我王功名已著，義讓兩全。尚何久居是位而自苦哉？且我王以義征伐天下，可傳檄而定也。天下至重，王可速取。莫待群奸侯釁，他姓得之，則我王枉勞前力，豪傑空瞻。願王精察。」蕭王聞言，微笑而辭曰：「王郎雖滅，河北未平。姑待四方寧息，即帝未遲。」其心終不能徵二於更始。

卻說諸處群賊名曰銅馬、鐵脛、尤來、大鎗、上江、青犢、富平、獲索等，各領部兵，合共數百萬人。所在州郡攻掠，劫奪民財。銅馬聚於鄡縣。時值秋月，蕭王會集諸將，商議攻擊銅馬。鄧禹曰：「此

部分諸將，各有配隸。軍中皆言願屬大樹將軍。」

⑮ 冒職龍居：冒充有才德之人而坐上皇帝的位置。

賊驍勇，不可輕敵。主公欲進，須起大軍，連城攻擊，方可破賊。」蕭王曰：「然也。」遂拜鄧禹為元帥，岑彭、馬武為副將，以銚期、杜貌為先鋒，馮異、王霸為左右使。是日，點起大軍十萬，名將千員，砲響一聲，齊奔上馬，出城前行。干戈耀日，旗影蔽空，步卒騎兵，擺施⑯百里。至鄗縣，離城五里下寨。

忽南上一隊軍兵飛奔來至。蕭王視之，乃大將吳漢，會清陽軍來也。問曰：「來軍多少？」漢曰：「三萬有餘。」蕭王大喜，遂合為一處。於是士馬益盛，糧草盈餘。鄧禹分兵擊城，叫賊徒決戰。銅馬聞言大怒，領軍五萬出城迎敵。兩邊擺列陣勢，銅賊出馬，立於陣前，言曰：「白水村寇，吾素與汝無干，今來犯界，則討死乎？」馬武大罵：「鼠掠小寇，不思立名於世，以就男子之規。但以劫財圖食，同以禽類度日，豈足為羨？今若早知降順，則有恩爵之榮。如拒抗頑，殘生不保。」銅賊大怒，輪起方天戟，躍馬直取。二人交戰十合，鄧禹急令銚期、杜貌、岑彭、吳漢等將一齊助殺，喊聲震地，金鼓連天。眾將混戰，銅馬大敗，急收殘軍，走入城中，堅閉不出。

蕭王分兵圍住，困經半月，銅馬食盡糧空，夜開西門奔走。吳漢截住，兩軍大殺一陣，被其衝過。又逢岑彭攔路，二人交馬，共戰十合。銅馬敗走，奔投東北而去。蕭王領軍追殺至館陶縣，被其走入城去，令卒謹把。

蕭王分兵圍住。又經半月，鄧禹曰：「此城糧多草備，難可輕掠。主公暫且退軍，離城五里，立起營寨，然後與彼攻襲，吾等將兵則有本矣。」蕭王曰：「然。」遂退軍五里，屯布堅營。忽一陣風過，

⑯擺施：擺列連接。

鄧禹進曰：「此怪風也。今晚賊兵必來劫寨，吾等須謹備之。可令布起空營一所，四面埋伏軍兵。銚期、馬武守東門，岑彭、杜貎守西門，賈復、臧宮守南門，馮異、王霸守北門。再令祭遵、邳彤、寇恂、朱祐等軍伏於兩傍接應。吳漢、傅俊、耿耳、王常保護主公於後營內，高燭明燈，讀觀兵略。銅賊兵至，必望南進。臣與馬援伏於南山高阜處探望，待彼盡入，臣以火砲為號，四下伏兵齊起，使彼縱有撥天之手，不能出吾鐵束之圍。」蕭王大喜，謂禹曰：「先生誠有鬼神不可測之機，天地難可量之計。」遂依其行，令眾將分兵各伏去訖。

卻說銅馬聚集諸將議曰：「今劉秀兵雄將勇，兼且鄧禹高謀，吾與累戰，未克一勝。今又圍城，日夜攻擊，如之奈何？」忽小軍報曰：「劉秀退軍十里，布立營寨，大王可率兵破之。」銅馬聞言大喜。至夜二更，點起大軍五萬，各披堅甲重盔，長鎗硬弩，上馬出城，悄聲寂步，至其寨首，徑從南門而入。見蕭王坐於後營，秉燭觀書，率兵急進。至中營，見無動靜，勒馬遍觀，乃一空營。銅馬大驚欲退。山上鄧禹、馬援望見賊兵俱入，急令擂鼓。砲響一聲，四門伏兵齊起。吳漢、傅俊、耿耳、王常四將自內殺出，旗旛鼓震，地泣天愁。銅馬急望東走，被銚期、馬武截住；回奔西出，杜貎、岑彭當住，大喝一聲，兩軍混殺。復欲南回，被馮異、王霸、賈復、臧宮等諸將一齊夾攻。銅馬大敗，乃高聲叫曰：「吾願歸降，可休罷戰。」蕭王見賊叫順，急令眾將休持。銅賊即奔下馬，拜伏蕭王之前，告曰：「小將罪該萬死，乞主公仁恩寬宥。」蕭王大喜，遂封首將為列侯，令合兵一處。銅馬叩首謝恩而退。

卻說馬武、銚期等眾將議曰：「今銅馬雖服，未可全憑。其乃劫賊之身，豈有忠心傾向，恐其假順，暫脫死危，悉未能盡信。」銅馬等聞其所議，甚愧流汗，雖得封用，亦不自安。蕭王知意，謂降者曰：

「汝等休疑，但可竭力當先，成就功業。吾豈懷舊恨哉？」遂傳敕令，各歸營整點兵刃。眾皆大喜而退。至夜人靜，蕭王自乘單騎，案行諸部，聽得降者更相語曰：「蕭王推赤心置人腹中，安敢不效死乎？」由是皆服。蕭王回帳。

至次日天曉，悉以降者軍兵分配諸將，眾遂數十萬餘，南徇河內，故關西號秀為銅馬帝。有詩為證：

蕭王推赤置人心，天下蒼生若望霖。自是關中清鎮後，民歌擊壤頌堯音。

總評　歷觀帝王之興，皆由豁達大度，推誠待人。彼始皇、項羽積疑剛愎，安能成大事乎？

第七十九回　薦舉能封太守權

是日，蕭王親領諸部將卒，南人河內。忽人報曰：「今有赤眉大賊樊崇等，起軍十萬攻擊長安，禍在旦夕，乞我王急發兵救。」蕭王聞言大驚，急調鄧禹曰：「赤眉兵勢極大，非智謀之士，則難破敵。吾欲托公往伐，淨掃煙塵，救萬民之塗炭，蘇四海之來瞻。公意若何？」禹曰：「臣但無張良之智、韓信之謀，敢不效死而當先乎？」蕭王大喜，遂拜禹為前將軍，中分麾下精兵三萬，跟護鄧禹西人關征。復問禹曰：「今河內境界雖然富實，奈其險要之地。吾徇河北，欲擇諸將禦守，而難有是人，將何如耶？」

禹曰：「我王勿慮，臣舉一將可保萬全。」王曰：「何將？」禹曰：「部將寇恂文武兼備，有牧民禦眾之才，非此子莫可使也。」蕭王聞言歎曰：「公善識人。」即拜恂為河內太守，行大將軍事。王謂恂曰：「昔高祖留蕭何守關中，吾委公以河內，務當竭力匡護，廣給軍糧，益卒厲士，人馬防遏他兵，勿以怠慢北度而已。」恂曰：「既食君祿，當盡臣忠。今王有所托，臣豈敢憚而辭哉？」遂謝恩而出。再令馮異鎮守孟津，各分付訖，蕭王親送鄧禹至野王，分別各往。鄧禹既西，蕭王亦北。

　　卻說寇恂領蕭王之敕，為河內太守，終日乾乾，夕惕若厲。伐淇園之竹，為矢百餘萬，養馬二千疋，收租四百萬，軍糧兵刃各各齊整。雖使遠征近伐，未常乏絕。

　　卻說更始以赤眉之亂，使大司馬朱鮪及舞陰王李軼等屯兵洛陽。鮪謂眾曰：「今聞蕭王北擊，而河內孤寡，且河內之地，民富財殷，正乃興兵之所。吾等可急取之，使後蕭王復至，將士無糧，不能征戰。吾等乘勝擊之，必然可破。」眾皆大喜。遂令討賊將軍蘇茂并副將賈彊統領精兵三萬，南渡鞏河攻溫。寇恂知鮪犯界，即勒兵馳出。令人告喻近連諸縣，發兵會於溫下合擊。軍吏諫曰：「今洛陽兵渡鞏河，前後不絕，宜待眾軍畢集，乃可出也。」恂曰：「溫乃郡之藩屏，失溫則不能守。正宜速進，何懼之哉？」遂馳兵詣赴。

　　忽人報曰：「偏將軍馮異起軍來助，請太守出接。」寇恂聞言，急出相迎。馮異曰：「蕭王委吾二人鎮守諸處。今聞賊兵犯界，吾恐負囑之言，特來相助將軍，共清塵虜，不枉吾等英雄之名。」寇恂大喜。二人攜手共入，令設宴待。席畢，即起兵行，共合十萬有餘。及諸縣齊至，士馬四集，幡旗蔽野。恂令士卒鼓譟大呼，言劉公兵到。蘇茂軍聞之，皆有懼怯之心。

恂異二人分兵鞏河兩處布陣。蘇茂、賈彊出馬，謂恂曰：「小將何名？早降免死。」寇恂罵曰：「豚犬賊子，不識河內寇恂將軍，故來犯界。三合斬汝，顯吾上將。」蘇茂大怒，縱馬橫刀直取。二馬相交，約戰十合，蘇茂敗走。寇恂躍趕，賈彊截住，戰不兩合，被寇恂一刀砍於馬下。河上旗幡一舉，馮異急出，兩處伏兵夾同攻擊，呼聲海沸，殺震山崩。蘇茂敗走，馮異、寇恂趕殺。追至洛陽，連擊大破之。茂兵自投河死者數千，生獲萬餘人。

恂遂收軍，入寨安歇。謂異曰：「此賊雖破，奈李軼、朱鮪未除，將何如耶？」異曰：「李軼初與蕭王謀約，吾遣將遺書說服此人，則朱鮪不難矣。」遂掃書一緘，遣人送下。書曰：

愚聞明鏡所以照形，往事所以知今。昔微子[17]去殷而入周，項伯[18]叛楚而歸漢，周勃迎代王而黜少帝[19]，霍光尊孝宣而廢昌邑[20]。彼皆畏天知命，觀存亡之符，見廢興之事，故能成功於一時，垂業於萬世也。苟令長安尚可扶助，延期歲月，疏不間親，遠不踰近，季文[21]豈能居一隅哉？今

---

[17] 微子：名啟，紂之庶兄。周武王伐紂，微子拿著祭器，肉袒面縛，來到軍門。武王乃釋其縛，復其職位。

[18] 項伯：項羽的叔父，固與張良友善，多次迴護劉邦，項羽戰死，降漢。

[19] 周勃迎代王而黜少帝：少帝，漢孝惠帝與宮女所生之子，名弘。惠帝死後，周勃以弘非惠帝之子，廢黜之，迎立代王。

[20] 霍光尊孝宣而廢昌邑：漢昭帝死時無子承其帝位，霍光於是迎立武帝的孫子昌邑王劉賀。賀無道，霍光廢之而立宣帝。

[21] 季文：李軼字。

長安壞亂，赤眉臨郊，王侯搆難，大臣乖離，綱紀已絕，四方分崩，異姓並起。是故蕭王跋涉霜雪，經營河北。方今英俊雲集，百姓風靡，雖邠岐慕周，不足以喻。季文誠能覺悟成敗，亟定大計也哉？論功古人，轉禍為福，在此時矣。如猛將長驅，發兵圍城，雖有悔恨，亦無及已。汝豈不想初與蕭王首約而起乎？願早思之，無為後悔。大漢偏將軍馮異書拜。

李軼覽書，讀罷低首無語。自思原與蕭王首結謀約，加相親愛。及更始所立，吾與共陷伯升。故知長安已危，不能持立，欲待降秀，恐懷舊恨。心思交側，不能自安。乃長聲歎曰：「可恨當時與賊子同議，而致今日噬臍無及。」乃修書令使回報，不復與爭。書曰：

軼本與蕭王首謀興漢，勠服寇兵，結榮枯之計，誓生死之盟，意契情孚，肝膽相照。軼當銘骨於衷，致死相報則可。何如是乎？恨誤聽賊子之唆，而傷失君臣之義。誠羞愧汗，悔亦何追？軼故知長安頹怠，更始難支。欲待肉袒負荊，恐上心懷舊恨，是以展轉之際，不能以自安也。今軼守洛陽，公鎮孟津，俱據機軸㉒之要，豈可背慝而相戕哉？千載一會，思成斷金㉓，唯深達蕭王，願進愚策，以立國安人，愚之願也。漢舞陰王李軼謹書回奉。

馮異接書看畢，謂恂曰：「今李軼說服，可乘銳進兵，攻擊朱鮪。莫待眾心思散，難破此賊。」恂

㉒ 機軸：機，弩之牙。軸，車之軸。皆極為重要之處。以這兩物比喻鎮守之地的重要。

㉓ 思成斷金：即同心協力之意。易曰：「二人同心，其利斷金。」

曰：「公言是也。」遂起大軍南下，河南成皋東十三縣及諸處屯聚軍卒聞漢兵至，不征自服，降者十餘萬眾。

卻說鮪將武勃知諸縣兵叛，急將萬餘人馬南下攻擊。人報馮異，異知急引部將渡河救殺。行至東皋，兩軍相對。武勃出馬謂曰：「吾討諸縣反賊，與汝無干。今何率兵於是？」異曰：「河南諸縣盡屬吾掌。汝尚詐言不省，來投死乎！」言罷，二將交馬，約戰十合，武勃敗走，馮異、寇恂亟兵追殺。趕至士公亭下，馮異大喝一聲，斬武勃於馬下。眾將齊衝混戰，斬首五千餘級，殘兵敗卒，悉拜順降。馮異收軍，安寨頓歇。

卻說李軼自與異通書後，不復爭鋒。故異大顯威勝，及斬武勃等將，軼獨閉門不救。鮪聞大怒，令人暗入帳下，刺殺李軼。由是城中離析，多願降劉。鮪自將兵數萬，攻掠平陰。馮異、寇恂引軍對陣，朱鮪出馬。馮異罵曰：「背主反賊，朝廷有何負汝，故來犯境侵疆？今日斬汝陣前，以絕漢家之患。」言訖，激若雷怒，躍馬提刀，飛奔入陣。二人交敵，戰無三合，朱鮪大敗，撥馬急走。馮異、寇恂率兵追襲，趕至洛陽。環城之下，眾將一齊攻擊。征雲蔽日，殺氣騰天，逃兵踐足，戰士相衝，賊兵大混。朱鮪拚命撞出，走入遼東而去，餘兵將卒悉降拜伏。於是寇恂、馮異連破賊眾，威震鄰邦。洛陽境面，膽落神驚。是日班師，渡鞏唱凱歌還。

卻說蕭王與鄧禹於野王分別，親引大軍五萬進擊河北，忽人報曰：「今有大彤、青犢十萬餘賊，聚屯射大，擄財殺命，擾亂京城。乞大王急往除之，救拔生民之害。」蕭王聞言，即發兵進。大彤、青犢主帥陳堅聞蕭王兵至，急引十萬賊出城迎敵。兩軍相對，銚期等眾將一齊出馬，對陣混殺。戰至日中，賊兵不退。蕭王見士卒皆饑，謂眾將曰：「可飯再戰。」賈復曰：「先破賊兵，然後就食。」言訖，奮勇當先，賊兵見其勢勇，各散奔逃而去。蕭王遂急收軍，進擊北平。

卻說尤來、大鎗、五幡等賊正於城中歡宴，忽聽蕭王兵至，急引五萬人馬出城對陣。銚期出馬謂曰：「吾主蕭王寬仁大度，納諫如流。汝等早降拜伏，重加官職，不使遺臭於萬世也。今若不從，則性命是亦難保矣。」眾賊聞言，大罵：「妖人草寇，焉成大用！」躍馬橫刀，直取銚期。光武急催馬武、岑彭等出陣助殺。眾將齊衝混戰，賊兵大敗回走。眾將追殺，大鎗撥馬復戰，被岑彭一刀砍於馬下。銚期趕上，活捉五幡。尤來撞陣出走，吳漢急催耿弇、景丹、蓋延、杜貌、耿耳、王常等一十三將，四圍掩殺。尤來欲奔西走，吳漢躍上，大喝一聲，砍於馬下。眾將混攪入陣，斬首三萬餘級，伏屍百里，亂墮坡岡，餘賊混散逃入遼東西而去。蕭王收軍入城，宴勞眾將。

卻說五校賊兵招集數萬人馬，攻擊真定。人報蕭王，王曰：「若此之亂，天下何能得服，清正黎民？」賈復進曰：「我王休慮。今大賊平定，何患小哉？臣願乞軍三千，一人往服。」蕭王曰：「將軍累戰受苦，未息一安，今待吾差別將，汝且暫停。」復曰：「為人臣子，當盡耿忠，豈可畏難而苟安哉？」遂不聽所言，上馬勒兵而去。行至真定，兩敵相迎。五校首將出馬，謂復曰：「汝何將士，敢來衝突吾陣？」復曰：「匹夫村寇，還不知大漢都護賈將軍名姓，故來討死。」賊兵聞說，膽落神驚，欲回退走。賈復橫刀躍馬，大喝一聲，斬於馬下，眾隨將卒忙伏馬前叫降。賈復大喜，遂令合會班師，三千軍出，四萬兵回。於是諸邦震恐賈復之名。有詩為證：

大將平蠻勢若波，旌旗雲湧照山河。煙塵掃蕩班師日，鳴鳳青天唱凱歌。

賈復回至北平，蕭王急出迎接，挽手歸幕。問曰：「將軍平賊若何？」賈復具言所事。蕭王大喜，謂曰：「將軍一舉，即破天荒。」遂令大宴酧勞。

至次日天曉，軍人報曰：「賈將軍傷發瘡疾，甚在危篤。請大王急將何治？」王大驚曰：「吾所以不令賈復別將者，為其輕敵也。果然失吾名將。」親至帳下問疾。見復甚篤，蕭王垂淚言曰：「吾常懼將軍懷忿，為此故也，今日果然。」復曰：「以死事君，臣之當分，何足為恨？但臣未能繼嗣，無可祀宗。今妻雖懷有孕，未知成否若何？倘或有嗣，乞我王念臣之意，扶持教道，終臣不孝之名，則復死而無憾矣。」蕭王聽言，不覺慟聲謂曰：「將軍所失者，為吾勦除賊寇，恢復江山。今秀恨不能以身代，豈敢忘乎相從於患難之中也。既若細君身孕，生女耶，吾子娶之；生子耶，吾女嫁之。將軍且重保養而致身寧。豈足憂於妻子乎哉？」言罷，令復安養。自出勒兵徇薊，至城安歇。

卻說賈復疾愈，引軍急追蕭王至薊。令卒報知蕭王，蕭王忙出迎接。邀入帳下坐敘，二人甚悅。

至次日，諸將進曰：「我王聖鑒。今河北盡平，百姓俱服。王可就此為帝，以慰眾望。」蕭王不聽，再起軍行，至范陽，馬武進曰：「天下無主，如有聖人承敝而起，雖仲尼為相，孫子為將，猶恐不能有益。反水不收，後悔無及。我王雖執謙退，奈宗廟社稷何宜？且還薊，即尊帝位，以議征伐。今此無主，而賊相亂，擊之乎？」蕭王驚曰：「何將軍出是言也？可斬首為示。」馬武曰：「諸將皆然，非一人也。」蕭王使武出曉，眾將俱畏不言。

是日，蕭王引軍從薊還至中山。諸將復上奏曰：「漢遭王莽奪位，宗廟悉被滅絕。豪傑憤怒，生人塗炭。王與伯升首起義兵，推尊更始為帝，而不能奉大統，敗亂綱紀，盜賊日多，群生危蹙。大王初征昆陽，王莽自潰，後拔邯鄲，北州弭定，三分天下而有其二，跨州據土，帶甲百萬。言武力，莫之敢抗；論文德，則無所並。臣聞帝王不可以久曠，天命不可以謙拒。惟大王以社稷為計，萬姓為心，何得累拒而苦乎？」蕭王又不聽言。

行至南平棘，諸將復固請之。蕭王曰：「寇賊未定，四方尚敵，何速欲正號位乎？」諸將進言不從，且暫出。耿純進曰：「天下士大夫捐親戚，棄土壤，從大王於矢石之間者，其計固望攀龍鱗，附鳳翼，以成其所志耳。今功業既定，天下亦應，而大王留時逆眾，不正號位，臣恐士大夫望絕計窮，則有去歸之思。我王不可久自苦也。若大眾一散，難可復合。時不可留，眾不可逆。願大王察臣愚衷，早蘇眾望。」蕭王見純奏言甚誠切當，深復感之。乃曰：「待吾將思。」

行至於鄗，召馮異問曰：「四方動靜若何？」異曰：「三王反畔，更始必敗，宗廟之憂，在於大王。今宜速從眾議，上為社稷，下為百姓。」王曰：「吾昨夜夢乘赤龍上天，覺悟，心中動悸。此意若何？」異聞言下席拜賀曰：「此天命發於精神也。心中動悸，大王重慎之性也。此天速大王登位，不可延遲。」蕭王聞言，微微而哂。馮異遂退，會儒生彊華自關中奉赤伏符，詣進於王曰：「劉秀發兵捕不道，四夷雲集龍鬥野，四七之際火為主㉔。」群臣因是復進奏曰：「受命之符，人應為大。萬里合信，不議同情。

㉔ 四七之際火為主：四七，二十八。自高祖至光武初起，合二百二十八年，即四七之際也。漢火德，故火為主也。

周之白魚㉕，曷足比焉？今上無天子，海內淆亂，符瑞之應，昭然著聞。我王宜答天神，以塞群望。」

蕭王於是准言，命有司設壇場於鄗南千秋亭五成陌。軍卒得令，笑喜不勝，即往南郊築壇，建起高亭。四圍結綵，中建御座。以黃包裀褥鋪於金龍椅上。前焚寶鼎，後展繡屏。完畢，至縣復命。六月己未，文武百官各整朝衣象笏，先臨壇所，立待早朝。有詩為證：

驄馬五更寒，披衣上繡鞍。東華天未曉，明月滿闌千。

第八十回　五夜禁寒扶帝王

卻說馮異、耿純、銚期、馬武等眾將各先肅俟壇外，待駕登殿。是日，蕭王車至，諸將扶上千秋亭。蕭王令列香案於前，親祝告天。祝曰：

皇天上帝，后土神祇：眷顧降命，屬秀黎元㉖。為人父母，秀不敢當。群下百辟㉗，不謀同辭，

㉕ 周之白魚：尚書中侯：「武王伐紂，度孟津，中流白魚躍入王舟，長三尺，赤文有字，告以伐紂之意。」

㉖ 屬秀黎元：把人民交給我劉秀。

㉗ 百辟：公卿諸侯。

咸曰王莽篡位。秀發憤興兵，破王尋、王邑於昆陽，誅王郎、銅馬於河北。平定天下，海內蒙恩，上當天地之心，為元元所歸。讖記曰：「劉秀發兵捕不道，卯金㉘修德為天子。」秀猶固辭，至於再，至於三。群下僉曰：「皇天大命，不可稽留。」秀敢不敬承。

祝罷，眾將扶上寶位。鴻臚唱喝山呼，文武揚塵拜舞，齊伏金階，聽宣敕命。改年號為建武，大赦天下，眾將功臣各受封贈。帝令文武功臣各插金花，於殿侍宴。眾臣聽罷，欣然即從，一齊戴上，手捧金杯，跪於帝前。告曰：「陛下新登寶位，臣等無可稱賀，敢獻野芹杯酒，以表君臣之義。願我王萬萬高壽，永撫黎民。」帝大喜曰：「朕居是位，俱賴卿等匡持，而致今日之顯。」言訖即下位，令各侍於兩傍。有詩為證：

侍臣各顯廟廊才，齊祝君王萬壽杯。酒灩金波浮日月，歌聲喜氣一時回。
殿前侍酒浮香醁，高品傳宣修膳珍。聖主御筵猶未飲，便令須賜及儒臣。

總評　帝王順天應人之日，正男子垂青書帛之時也。觴祝萬年，功成汗馬，濟濟英英，極一時之盛。不圖今日復覩漢官威儀，後此者弗可及矣。

㉘ 卯金：即「劉」字半爿的拆讀。

卷五

第八十一回　赤眉鄭北扶盆子

卻說赤眉樊崇等西入長安至鄭。進謂劉盆子兄劉恭曰：「更始荒亂，政令不行，故使將軍得至於此。今將軍擁百萬之眾，西向帝城而無稱號，名為群賊，不可以久。不如立宗室，挾義誅伐，以此號令，誰敢不服？」遂令眾將於鄭北高設壇場，選日立帝。

六月三日，眾將擁護盆子上壇，南面而坐，文武皆唱山呼。時盆子年十五歲，原在軍中主家牧羊，被髮徒跣，敝赭汙衣。今見百官拜舞，心懼恐怕欲啼。兄劉茂謂曰：「陛下休驚。此乃天之當分，為萬民之主，何故憂懼？」即與總髻，半頭赤幘，乘軒車，駕大馬，四圍絳帳遮護，退居閑室，猶從牧兒遊戲。崇雖起勇力，而為眾將所宗，然不知書理，難任相位。時徐宣乃故縣人也，原為獄吏，能通易經，共推宣為丞相，崇為御史大夫，逄安為左大司馬，謝祿為右大司馬。文武群臣各封贈訖。

卻說鄧禹領蕭王之命，自箕關將入河東。河東都尉守關不開，禹攻十日破之，獲其輜重千餘乘。進圍安邑，數月之久未能攻下。更始大將軍樊參聞知禹圍安邑，乃引大軍五萬人，渡太陽攻禹。人報知鄧禹，禹曰：「狼野小賊，安敢犯大？」即遣諸將分兵對陣。樊參出馬，調禹曰：「更始未有負汝，何得唆反劉秀為帝，今又起軍侵犯吾境，欲盡爭乎？」禹曰：「本圖大事者，劉秀兄弟。東蕩西除，破滅奸賊。於亂世中，創成基業，讓彼為君。今更始荒政不理，故使汝等賊心日熾，串合赤眉，假立盆子為帝，欲奪漢室江山。今再不斬汝等，更待何時？」樊參大怒，躍馬持刀直取。鄧禹急率諸將出陣，兩邊混戰，金鼓齊鳴。樊參敗走，禹率兵趕至解南，眾將四圍擊殺，大破之，斬參首於地，敗卒各逃。禹遂收軍下寨。

卻說更始知赤眉立劉盆子於鄭，使定國公王匡、陳牧、成丹、趙萌屯新豐李軍，共兵五十萬眾，往鄭攻伐。時張昂、廖湛、胡殷、申屠建等與御史大夫隗囂議曰：「今赤眉扶立盆子為君，將雄兵勇，更始勢敗，難復支持，又且累行不仁之事，荒政虐民。吾等早思長計，莫待後悔無及。可於立秋之日，乘其祭社未備，吾等劫殺更始，會合赤眉兵入長安，共佐盆子，則不失乎功名之望，又且為子孫長久之計也。大夫若何？」隗囂大喜曰：「吾亦有是意，但未會公等約議，不敢決行。」

正話間，忽侍中劉能卿知覺，即往前殿告知更始。更始聞言大驚，歎曰：「恨自不識奸佞，久容賊子唆謀，疾害忠良之將，而今日果倏釁起。」言罷退殿，託病不出。

至次日天曉，召張昂等欲盡殺之。昂等皆入問疾，惟隗囂不至。更始狐疑，謂眾曰：「吾召汝等，必有事幹，何隗囂不至？」張昂答曰：「陛下少怒，隗囂隨後即至。」更始曰：「汝等四人且於外殿聽候，待齊同入，朕有事付。」四人遂退。張昂、廖湛、胡殷見更始言異，疑恐有變，即突出殿外而去，獨申屠建在內。更始知急，傳令將建斬首，建告曰：「小臣無罪，陛下何故變心，致臣於死？」更始曰：

「朕無負汝，何與眾謀造叛？」不容再說，令武士推出斬訖。

卻說張昂、廖湛、胡殷三人勒兵叫叛，劫掠東西財庫。至晚舉火燒門，入戰於宮中。更始大敗，明日令安車騎百乘，將妻子載上，東奔趙萌新豐而去。更始復疑王匡、陳牧、成丹與張昂等同謀，乃傳旨召入。陳牧、成丹隨召至殿，更始令將擒下二人，並皆斬之。王匡知懼，將兵入長安，與張昂等合擊更始。更始急同趙萌領兵五萬，共攻匡、昂於城內。兩軍混戰，喊殺連天，匡等敗走，趙萌趕上，王匡躍馬出城，奔投東走而去。更始收軍徙居長信宮。

第八十二回　帝敕關西拜鄧臣

卻說鄧禹於關西解城陞帳獨坐，忽帝使使者持節至，令人報知鄧禹。鄧禹急出迎接，至衙內，安排香燭，整笏聽宣。詔曰：

制詔前將軍鄧禹，深執忠孝，與朕謀謨，運籌於帷幄之中，決勝於千里之外。孔子曰：「自吾有回，門人日親❶。」正此謂也。今朕有將軍，山河且復。自與將軍野王分別，掠服寇軍，再至於鄗。諸將不時逼請，是六月己未，不得已而即帝位也。向託將軍西伐，歷苦勤勞，斬將破軍，山

❶ 孔子曰三句：據史記孔子世家云顏回年二十九，髮白，早死，孔子哭著說：「自吾有回，門人益親。」

西平服，功名已著，德譽已垂。百姓不親，五品不遜，汝作司徒，敬敷五教❷在寬。今遣奉車都尉授印綬，封為酇❸侯，食邑萬戶。汝敬之哉，故茲詔示，宜就毋違。

鄧禹接詔，拜舞禮畢，即令使者回鄗。是日，親勒大兵五萬，渡汾陰河，入夏陽，進攻赤眉。

卻說更始中郎將左輔與都尉公乘歙會同十萬大軍，共進攻禹。至汾陽河，兩軍相遇。鄧禹出馬問曰：「汝何將士，敢來阻路？早伏受降，保汝重用。」左輔曰：「更始知汝反漢，共立劉秀為帝，故遣吾等特來討伐。還敢巧飾，惑我忠良。」言罷躍馬輪刀，大叫眾將掩殺。鄧禹急率諸將出陣，兩軍混戰，金鼓鳴天。左輔等大敗，撥回馬走，鄧禹催軍趕上追殺數里，未及，即罷回兵。有詩為證：

汾陽河遇戰中郎，戟列鋒芒耀日光。殺氣騰空陰霧蔽，威聲震野賊兵藏。

第八十三回　王匡結賊侵更始

卻說赤眉樊崇等起軍至高陵，忽聽砲響一聲，山坡後一隊軍兵，當頭一將，金甲銀盔，長鎗白馬，

❷ 五教：五常之教，即父義、母慈、兄友、弟恭、子孝。
❸ 酇：縣名。今屬湖北省。

手執降旗，上寫「定國公王匡迎順」。樊崇急出，下馬施禮。謂曰：「遠勞將軍至此，少獲迎接，乞勿見咎。」匡曰：「將軍扶德伐暴，天啟人歸。吾久欲起兵接應，共佐明君，奈天未假願。今聞將軍兵至，故冒道❹相迎，萬乞姑納為用。倘名成後，雖泉下亦相戴矣。」崇曰：「將軍文武拔萃❺，何是故謙？今幸不屈英才，肯護孤獨，豈敢背逆而忘哉？」言訖，二人大笑，遂合兵共連而進。

人報更始，更始大驚，急令李松領兵三萬出城迎敵。兩軍排列陣勢，金鼓齊鳴。王匡出馬謂松曰：「更始殘暴日肆，誣斬忠良。汝尚何苦力護而取辱哉？」李松大罵：「背義匹夫，不思更始與汝王侯之位，貪心猶未滿足，交串賊兵，欺天反主。三合斬汝，以酧君恨。」王匡大怒，縱馬直取。李松奮挺長戈，衝陣對敵。二人交鋒，共戰十合，王匡敗走，李松躍馬趕上。樊崇見匡敗走，急出助戰。二人亦交十合，不分勝負。再令擂鼓，又戰十合，樊崇詐敗，李松追殺。趕至山坡，樊崇大叫，王匡等諸將，十萬軍兵齊出，四下夾攻。李松將寡，遮抵不住，勒馬回走。樊崇率兵趕上，王匡兜弓搭箭，望李松奮射，中馬而倒。樊崇急近拿住，令軍綁縛囚陷，餘卒皆降。

崇等乘勝亟兵攻城，至東門，把守校尉乃李松之弟李汎。赤眉令人謂之曰：「今吾主將樊大將軍拿縛汝兄李松，囚陷於是。汝若早開門獻，則活其命。倘再抗拒，汝兄難活。」汎聞，即開降獻。九月，赤眉入城。

人報更始言：「李松出陣，被赤眉大將樊崇活捉。復進攻城，把門校尉李汎開降。赤眉都已入城，

---

❹ 冒道：擋道冒犯。

❺ 拔萃：傑出；優秀。

陛下急將何治？」更始聞言大驚，心惶無措，急跨上馬單騎奔逃，從廚城門出。妻妾婦女隨後哭趕，連聲呼曰：「陛下既欲出逃，當下馬謝城而去。」更始即下馬，望城泣拜，復上馬而去。

卻說朱鮪復聚兵於洛陽，殘害百姓，苦虐軍民。帝遣大司馬吳漢、朱祐、岑彭、賈復、堅鐔等十一將軍，領軍五萬進擊洛陽。各遵旨命去訖。

卻說更始棄城奔至高陵，妻子裸袒流落道途。帝聞大驚，心甚憂憫。乃遣使下詔，封為淮陽王。詔曰：

朕嘗力諫，皇兄不自省察奸佞，而果賊釁相凌，禍起蕭牆❻，悔思無及。今赤眉攻迫，棄位捨城，妻子裸袒於道傍，妾婦流落於村徑。朕聞塗炭，甚切憂思。故茲頒詔飛臨，封授淮陽王職。再諭吏士人等，敢有仍前故違詔旨，暗相賊害者，罪同大逆。故茲詔諭，宜悉宣知。

更始正於城衙獨坐，悶想嗟吁。忽人報曰：「帝遣詔至，請大王出接。」更始急排香案，整笏接入，俯聽宣讀。仍依君臣禮行拜畢，眾將擁扶就職。

卻說吳漢等諸將領軍至洛陽，分兵圍伏，令人報知朱鮪，言：「吳將軍四圍排布陣勢，兵如鐵束，將軍縱能插翅騰飛，今番決要拿斬。將軍莫若早降，不失原職。如不願從，禍臨眼下。」朱鮪聞言，默默無語，遂開城出降，接入漢兵。至衙，安撫百姓。

十月癸丑，帝親駕入洛陽，吳漢、岑彭、賈復、朱祐、堅鐔等十一將軍，引朱鮪降者齊出迎接。朱

---

❻ 禍起蕭牆：禍害起於內部。蕭牆，門屏，古代宮室用以分隔內外的當門小牆。

鮪進曰：「小將罪該萬死，乞陛下仁恩宥恕。」帝大喜，遂封鮪為洛陽太守。鮪頓首謝恩，各護車駕入城。幸南宮，見殿宇壞，遂令堅鐔監著校尉整造宮府而定都於是。

卻說鄧禹於汾河擊走左輔等。時劉盆子兵過，肆暴殘虐，吏民百姓不知所歸。鄧禹乘勝獨克，而師行有紀，皆望風相伏而迎，一日之間，降者以千數，餘眾號百萬，合會即行。禹遂止之輒停車馬，以勞來之。其地觀者，父老童稚，垂髮戴白之人滿車下，莫不感悅。於是，鄧禹名震關西，諸將豪傑皆進勸，告禹曰：「今赤眉已占長安，擊走更始，將軍可急進兵，莫待養銳鋒，益難與禁持。」禹曰：「不然。今吾眾雖多，能戰者少。前無可仰之積，後無轉饋之資。赤眉新拔長安，財富充實，鋒銳未可當也。然其盜賊群居，無終日之計，財谷雖多，變故萬端，豈能堅守也哉？今聞上郡、北地、安定三郡土廣人稀，谷多畜眾。吾且休兵往北，就糧養士，以待赤眉勢敗，乃可圖也。」遂不聽諸將之言，引軍望北進發。行至栒邑，凡所諸營郡邑，皆開門歸附。西門太守宗育聞禹兵至，即領三萬大軍出降。鄧禹大喜，遂令合兵一處。

卻說帝於洛陽憂思關中未定，而禹久不進兵。乃遣使賚敕往北催禹急取長安。敕曰：

朕聞司徒鄧將軍德服諸郡，可並堯也。今亡賊不攻，則同桀也。前者朕託關中於將軍，則天下重事悉從所發。奚何捨政而竊小哉？長安更始自赤眉侵入，棄妻逃走，吏卒人民遑遑無倚。宜速進兵，勦除寇攘，解百姓之倒懸，繫萬民之心望，一慰朕躬之思，二利兵家之快。今則久駐他邦，騷州擾縣，而自專據，何其理乎？故茲敕諭，宜即加兵。倘再延捱，欺慢上意，垂示不又。

鄧禹開赦讀罷，微微笑曰：「主上豈知吾意？」竟不從言，遂分遣將兵，且攻上郡。令馮愔、宗歆守栒邑。二人爭權，一齊上馬持戟相攻，共戰十合。宗歆敗走，馮愔躍馬趕上。大喝一聲，斬歆於馬下。回至縣衙，勒兵反漢。復進攻禹。禹急令使往洛陽，奏聞帝主。

使者至，帝宣入問，使者具奏所事。帝曰：「愔所親愛者何人？」對曰：「護軍黃防，極與善交。」帝度愔、防二人不能久和，勢必相忤，即令使者回報，言：「殺愔者，必黃防也。」乃遣尚書宗廣持節詐降馮愔。

廣領命上馬即往。行至栒邑，令人報知馮愔。馮愔大喜，急出迎接，邀入衙內禮坐。謂曰：「公若竭力相扶，創成功業，富貴共之。」廣曰：「蒙君不棄，當死相報。豈庸常哉？」至經月餘，防果執愔奔於洛陽獻帝。帝大喜，乃赦其罪。

卻說劉盆子居於長樂宮，諸將日會，各爭論功，交頭接耳，亂擾席前，並無一人畏服。至臘日，崇等設宴大會，請盆子坐正殿中，黃門更卒持兵跟護其後，文武公卿皆列坐殿上，令女樂筵前歌舞，品竹調絲。酒未至中，一人出一書簡，言欲謁賀。其餘不知書者皆起，請為書名，各各屯聚席前，更相背向。忽大司農楊音按劍罵曰：「諸卿皆老傭也。今日設君臣之禮，故下攘亂，不遵法律，兒戲尚不如此，何其對君飲乎？皆宜格殺。」眾人聞說，競相班鬥，各奮持兵，互相殺傷無數，殿上盆子莫能止之。衛尉諸葛穉聞之，遂勒兵入殿，殺百餘人，方纔定息。盆子惶恐，日夜啼泣，獨與中黃門同榻共臥，但得內觀主閣，而不聞外事。向時掖廷中宮女數百千人，自更始敗後，幽閉殿內，乏糧無食，掘庭中蘆菔之根，或捕池魚而食。有餓死者，因相埋於宮中。忽劉盆子至，各伏階前，泣相告曰：「陛下登位，妾等數百千人幽閉宮中，無食忍餓死者，不可勝數。乞陛下仁憐，救妾眾人殘命。」盆子聽罷，頓足嗟歎，遂令中黃門給米，每人數斗，各皆叩首謝恩。後盆子去，悉餓死宮中不出。

第八十四回　盆子哀臣避赤眉

卻說劉恭見赤眉眾亂，知其必敗，自恐兄弟但遭所禍，密教盆子解下璽綬，與眾辭讓告歸。盆子欣然即從，建武二年正月朔，大會諸將，劉恭先謂崇等曰：「向蒙諸君共立恭弟盆子為帝，德誠深厚。奈且未週一載，混亂日甚，想不足成大事，恐命死於他人之手，反無所益也。願退為庶人，無窮感戴。」崇等聽言，頓首啟曰：「此皆臣等罪也。願勿疑慮。」恭復堅請。崇曰：「眾立天子為生民之主，撫育四方。今式侯固為請拒，寧欲事乎？」恭大慙而退。盆子乃下龍牀，解璽叩頭告曰：「今諸郡縣官遣吏貢獻糧物，而賊盜依舊，輒見劫奪。流聞四方，莫不怨恨，不復信也。向且所立，皆非其人，不由所願。今寧乞骸骨歸鄉，以避殺害之難。諸君乞哀憐耳。」言訖，淚下而哭。崇等諸將莫不哀憐，乃皆頓首告曰：「臣等無負，陛下何苦憂思？請自今以後，不敢復肆縱欲。」因共抱持盆子，扶上寶位，帶掌玉璽。盆子號呼不得已而受之。既罷各出，盆子閉宮自守。從此日起，三輔諸將翕然無競，皆稱天子聰明智度，百姓人等爭還長安市里。

纔滿二十餘日，赤眉貪嗜財物，復肆前兇。混相劫奪，城中糧盡，放火焚燒宮室。遂載寶物，引兵西過，祠南郊。車甲兵馬最為猛盛，眾號百萬。盆子乘王車，駕三馬，從者數百騎，望南山進發。

行至郿城。更始大將軍嚴春知引兵三萬出城對陣。盆子曰：「何人出拿此賊？」樊崇高聲應曰：「小臣願往。」言罷，飛馬而出。兩軍擺列陣勢，金鼓齊鳴，二將交馬，約戰十合，嚴春敗走。樊崇躍馬趕上，大喝一聲，連人帶馬斬為兩段，殺散眾軍，遂入安定北地。

至陽城，途逢大雪，坑谷皆滿，士卒凍死者數百多人。勒兵復還，毀掘墳墓，劫取重寶，汙辱呂后之屍。侵掠生民，貪無厭足。

鄧禹知其自亂，急引兵進擊。南至長安軍昆明池，乃大饗士卒。一日升帳，召諸將謂曰：「吾欲選日親謁高帝之廟以祀十一帝王之靈。汝等眾人各要齋戒，共入奠祭。」眾將俱諾，遵命而退。次日，鄧禹沐浴，潔整朝服，往謁神位。諸將各各淨身，跟護入廟。祀畢，禹令使者收起十一帝神主，送詣洛陽。使者遵命，即日起奉去訖。

禹遂引兵進擊延岑，至藍田，兩相撞遇。延岑出馬，頭頂金鳳盔，雉毛纓，身披絳紅袍，白銀甲，手提方天戟，坐下赤色馬，立於陣前大叫劉軍搦戰。鄧禹出馬，謂曰：「汝知漢司徒鄧將軍名否？」岑曰：「小雞豚書，何足為羨？」鄧禹大怒，急率諸將進擊。兩排陣勢，擂鼓搖旗，兵戈戟接，人馬相衝。延岑大喊一聲，攪軍混亂。鄧禹見勢將敗，急收軍走。延岑亦不追趕。

鄧禹奔至雲陽，忽小軍報曰：「前有兩員大將，一人紅袍白甲，雉尾銀盔，手執丈八長鎗，坐下紅鬃鐵馬。一人白袍金甲，鳳翅煉盔，手執降魔鐵杵，坐下燕色烏騅，領軍數萬，截住去路，如之奈何？」鄧禹聞言大驚，親自勒騎向前，望見紅袍鐵馬者，乃漢中王劉嘉也。禹遂高聲叫曰：「來者莫非漢中王劉將軍乎？」劉嘉聽說，慌忙下馬施禮，謂曰：「將軍為何至此？」鄧禹具將長安赤眉及諸處所敗之事，逐一訴知。劉嘉大驚，復問鄧禹曰：「主公事勢若何？」禹曰：「自赤眉起入長安，遣吾關西守禦，後再未同一會。今帝即位於鄗而遷都於洛陽矣。」劉嘉大喜，各敘間別之情。劉嘉遂引李寶相見。禹問嘉曰：「此將軍何人也？」嘉曰：「丞相李寶是也。」二人遂施禮畢，劉嘉令合兵，邀入城衙安歇。

住經數日，李寶常恃相位之勢，凡見禹等諸將，倨慢無禮。一日，鄧禹會集諸將於廳衙議事，寶亦自尊。禹曰：「同僚相遇，何得是倨？」寶曰：「吾居相位，除使君王之外，誰敢與並職乎？」禹曰：「吾受公侯之位，兼領大司徒之職，尚未敢倨自尊。汝乃自僭其位，未沾上命所賜，安敢與吾並立而玩法哉？」言訖，喝令左右擒下斬首。劉嘉力勸不從，推出轅門斬訖。寶弟李珍知禹戮殺其兄，即點兄部諸將，交攻擊禹，殺其將軍耿訴。禹思兵寡不與拒敵，乃收軍走入高陵而去。

禹自馮愔反後，威名漸損，又乏糧食，軍士饑餓難忍者，皆食棗菜❼，累與賊兵交戰不利，歸附者日益離散。禹甚憂切慚愧，思無計奈，遂令使者報聞朝廷，取兵助擊。使者領命上馬而去。

卻說帝姊湖陽公主新居孀寡，一日，帝於後殿請出問曰：「吾欲選擇賢臣匹配尊姊，庶免久居隻鳳，獨宿孤鸞，姊意何如？」答曰：「恐無賢德，莫若自守。」帝曰：「朝臣英佐隨意所覷。」主曰：「惟大臣宋公威容德器，群臣莫及。」帝遂設朝，令主坐於御屏風後，召宋弘至殿。謂曰：「諺云：『貴易交，富易妻。』人情乎？」弘曰：「臣聞『貧賤之交不可忘，糟糠之妻不下堂』，臣家有前妻，不敢再娶。」帝聞弘奏，歎曰：「真義士也。」遂不復強，乃顧謂主曰：「事不諧矣。」

❼ 棗菜：棗及蔬菜。見後漢書鄧禹傳。

總評　盆子一劇大是可觀。恨今日登場者，不能演出此景。

第八十五回　未破赤眉重拜將

帝見宋弘謹執綱義，即加陞為大司空，弘叩首謝恩而起。忽一人趨殿奏曰：「鄧司徒遣使來至，久待午門之外，未敢擅入，乞吾王傳旨。」帝令宣入。至殿，問曰：「來使為何？」答曰：「鄧司徒自馮愔反後，與赤眉等戰敗，走入高陵，又無糧食，士馬饑亡，歸附者日益離散。特遣小使報知陛下，乞早發兵相助。乘赤眉之亂而進擊破之，莫待復聚，難與相持。乞陛下聖鑒。」帝聞奏，令使先回報說：「隨後發兵來助。」使者慌忙叩首謝恩而出。

帝召偏將軍馮異至殿，謂曰：「今赤眉侵入長安，勢大難敵。故鄧司徒累被所敗，不能一勝。朕托將軍勒兵往助，願為竭心攻擊。若破除賊後，沒世不忘。」異曰：「臣蒙陛下厚恩，無能可報。今既所托，須死亦可也，奚敢望逸而憚哉？」言罷遂出。點兵十萬，俱披重甲堅盔，長鎗硬弩，砲響一聲，出城上馬。旌旗蔽野，殺氣騰空，步卒騎兵，千里不絕。帝親乘車駕，送至河南，乃敕之曰：「三輔遭王莽、更始之亂，重受赤眉、延岑之害，萬民塗炭，百姓禍殃，激竄他方，無所依訴。將軍今奉辭討諸陰謀，反掠不道，如小賊聚寨降者，令其首師先至京師見朕，散其小民各就農業，壞其宮壁，無使復聚征伐，擾亂鄉方。且今托將軍所事，非必略地屠城，要在平除賊盜，安撫民庶。朕昔部下諸將，非不能健鬥取勝，然好勇敵，不在安集。將軍素有濟世養民之才，故托所往，莫為勞苦所厭，而空負朕願。」馮異頓首受命，拜別引兵西行。所過州縣，群賊皆稱將軍，望風偃伏，降者數千人。

卻說鄧禹敗至高陵，日夜憂切。一日，獨於廳上悶坐，忽人報曰：「使者回來，未敢擅入，乞將軍傳令。」禹聞報，急令喚至，問曰：「見帝若何？」使者答曰：「帝令小人先回，隨後發兵來助。」鄧禹大喜，令使退。忽人報聖旨到，鄧禹急排香案，跪伏聽宣。詔曰：

> 人情得足，苦於放縱，快須臾之慾，忘慎罰之義。惟將軍業遠功大，德著名垂，誠欲傳於無窮也。今日累戰賊兵，身經萬苦，日披堅甲，夜枕寒戈，朕甚懇切。故茲特詔遠安，慎毋與寇爭攘，赤眉無谷，自當來服。朕以飽待饑，以逸待勞，折箠笞之，非諸將憂也，無得復妄進兵。將軍可急還朝，同評國政，則朕無憂於萬一也。臨楮拳拳，無復再示。

鄧禹聽宣拜畢，甚慚受任而功勞不遂。再點饑卒，復至長安，與賊累戰不利，乃還軍悶坐。

卻說馮異軍至華陰，與赤眉約期會戰。異召軍中壯士數百人謂曰：「汝等變更衣服，與赤眉一樣裝束，埋伏道傍。待兵交戰，齊出接應，使赤眉混亂不知，方可破矣。」壯士遵命去訖。忽人報曰：「赤眉萬人圍擊前部，將軍急發兵助。」異曰：「無妨。」遂少令數百人馬出救。賊見異兵寡弱，盡起同攻。異見赤眉俱出，親領大軍撞入其陣，與樊崇交馬，二人共戰十合。崇敗回走，馮異趕上，攪陣混殺。戰至日中，賊氣衰倦。馮異舉旗一展，道傍伏兵齊起，衝陣混攪，衣服相亂。赤眉不識別將，只道己兵，放心前戰，來者盡遭所殺，眾遂驚潰，各相逃去。馮異追擊，趕至谷底，大殺一陣，斬首數千級，降其男女八萬餘人。樊崇等餘將東走宜陽而去。馮異收軍，遂入長安城內，安撫百姓，令使賫表至洛陽，奏聞聖上。

卻說漢帝一日設朝，會眾文武，講議國政之事。正論間，忽一臣趨殿奏曰：「關西偏將軍馮異令使進表，乞陛下傳旨。」帝令宣至殿下，使者呈上。表曰：

五百年有王者興，仰聖人之在御，大一統而天下治，際景命之維新，盡驅寇賊之煙塵，誕布幅員之聲教，乾坤清肅，日月光明。欽維皇帝陛下天賦聖神，德全勇智，握赤符而啟運，仗黃鉞以興師。進攻武關，黎庶有來蘇之望；開基建業，英雄識真主之歸。顧豺虎之噬人，正龍蛇之起陸，爰飭徒旅，肅將天威。長安薄伐，莽賊碎首於漸臺；館陶略征，銅馬面降於塞野。逋逃驅而河北安，諸偽平而荊越定。立綱陳紀，治具畢張，發政施仁，民心大悅。東南已樂於生途，西北尚困於寇攘，推其所由，厥有端緒。惟彼赤眉眾賊始自窮荒，乘更始之釁終，突奸群而崛起。以劉盆而干天紀，以犬羊而亂華風，崇編髮而章甬是遺，紊族姓而彝倫攸斁。逮於既嗣，尤為不君。群賊欺其昏弱，亂政擅權；百姓累遭深害，劫奪財物。朝廷之政不綱，英雄之志斯奮。兵連寰宇，禍結中原，是用弔伐，以拯顛危。延舉安攘，而靖亂略。事非獲已，謀乃僉同。顧惟一芥之匪才，忝受總戎之重任，臨軒授鉞，俾救民於水火之中；分閫握機，幸折衝於樽俎之外。旌旗靡而關西下，金鼓震而淮陰平，黽池盡曳其兵，高陵競崩厥角。風驅雷轟，電掣星馳，鎮戍潰而土崩，禁衛嚴而瓦解。赤眉各竄於窮邊，君臣相謀於遁逃。朝集內殿之妃嬪，夜走北門之車馬。臣等勒兵，已入其都城。奉宣德威，以安黔黎，盡收圖籍，而封府庫。列郡之謳歌四集，百年之汙染一新。驅馳雖效於微勞，方略實遵乎成算，所以聿彰鴻烈，耆定武功。東滄海而西崑崙，南雕題而北窮髮，無有遠邇，莫不尊親。玉帛會，車書同，興太平之禮樂；人紀修，風俗變，正萬世之綱常。臣馮異頓首百拜，謹奉表上聞。

帝覽表讀罷，大喜。嘆曰：「此子誠有濟世安民之才。輕兵一舉，即蕩微塵。」遂遣使賫璽書，拜異為征西大將軍，及獎譽其名。

使者即上馬行至長安東門停下，令人入報。馮異正於堂上玩讀兵書，忽小軍報曰：「聖旨到。」馮異令軍急排香案，上馬出迎。接入衙內，俯聽宣讀。詔曰：

始雖垂翅回谿❽，終能奮翼黽池，可謂失之東隅，收之桑榆❾。朕初托鄧將軍討賊，累與交擊，未克取勝。今將軍一舉即破天荒，豈不猶鳥之垂翅而終解奮飛；人之未遂而晚當成也。朕蒙表達，喜躍不勝。惟念將軍平除寇攘，士卒苦勞，故遣使賫封璽綬，拜為征西將軍之職，及勞撫諸軍。寇害既平，宜急返兵。故茲詔示，想悉宣知。

---

❽ 回谿：又名「回阬」，其谿長四里，闊二丈，深二丈五尺。在河南省洛寧縣東北。異先曾戰敗，「棄馬步走，上回谿阪。」

❾ 失之東隅收之桑榆：比喻初雖有失，而終得成功。東隅，日出處。桑榆，落日所照處。

馮異聽宣拜畢，令使回朝。眾將齊相慶賀，大排筵席，宴勞諸軍。

卻說漢帝聞知赤眉餘眾走入宜陽，會集文武，共議御駕親征。以銚期為先鋒，郅惲為末將，王霸、堅鐔為左右護駕大將軍，點起雄兵六萬，戰將百員。帝傳旨軍中：「前途不許騷擾民士，擄掠財物，如違者即斬。」眾軍卒各遵聽諾。是日上馬出城，帝乘龍鳳車駕大馬，四圍珠簾遮護，上以皂蓋青羅，手執玉圭，足穿朱履，前呼後擁，左御右扶。凡所經過州縣，士民官吏遠遠歡迎。旄倪⑩觀者，伏滿兩傍，無不感悅。

行經數日，至近宜陽，令人報知赤眉。樊崇等聞言，惶惶震恐，不知所謂。急相議曰：「劉秀兵強將勇，吾等弱寡衰微，若再與拒，決難取勝。莫若拜降歸順，以免士卒之勞。」眾聞崇言，答曰：「將軍言者是也。」乃遣劉恭先出乞降。恭即出拜，至駕前跪伏告曰：「盆子將百萬之眾，自縛降順，陛下何以待之？」帝曰：「既能早省，待之以不死耳。」恭遂叩頭。回報，言帝寬洪之事。眾皆大喜，崇等遂與盆子及丞相徐宣以下三十餘人，肉袒拜降。所得傳國璽綬及更始七尺寶劍、玉璧等物，悉將獻上。帝大喜，令諸將護駕入城，安撫百姓，賞勞眾軍。

帝見宜陽城西積聚兵甲，與熊耳山相齊，遂令本縣廚子：「給食與十餘萬人，皆得飽飫。明旦，將兵器大陳操演。」至次日，帝駕車親引諸將臨洛水操練，令盆子君臣列於兩傍觀看。帝謂盆子曰：「自知當死否？」盆子叩首進曰：「臣罪應死，猶幸陛下相憐，姑赦之耳。」帝笑曰：「朕與汝同親室，豈無釋之者乎？」又謂崇、宣等將曰：「汝等莫悔降乎？朕今遣汝歸，當勒兵鳴鼓，與朕相攻，決其勝負，

⑩ 旄倪：老人和幼兒。

不欲強相服也。」徐宣等叩頭告曰：「臣等出長安東都門，君臣計議，歸命聖德，則百姓樂安，萬民喜仰。今日得降聖主，猶去虎口歸慈母，誠歡誠喜，無所恨也。乞陛下仁恩寬宥。」帝曰：「卿所謂鐵中錚錚，庸中佼佼者也。」又曰：「諸卿大為無道，所過皆夷滅老弱，溺社稷，汙井竈。然猶有三善政：破城邑周徧天下，本故妻婦無所改易，是一善也。立君能用宗室，是二善也。餘賊立君，迫急皆爭先降，自以為功。諸卿悉能完全，以付於朕，是三善也。」言訖遂封盆子為趙王，令崇等諸將各與妻子居住洛陽。每一人賜宅一區，共田二頃。眾將叩首，各謝恩退，帝亦還朝。於此尤見光武大度，既降服赤眉，先折以威，後揚其善，所以十萬餘人皆誠服而無後患也。有詩為證：

親征御駕出宜陽，赤賊聞風伏地降。更賜良田歸宅院，仁君自是智汪洋。

總評　高祖入關中，秋毫無犯。光武征赤眉，戒士卒無爭擄掠。亭長開基⓫，白衣創業。俱從下手處，得要著也。

第八十六回　復攻反賊再興師

⓫ 亭長開基：漢高祖劉邦曾任泗水亭長。

卻說劉永更始時立為梁王，更始敗後，據國起兵，以董憲、張步為大將軍，專據東方，自稱帝於睢陽。復立憲為海西王，步為齊王。故南事梁、楚，而步得專集齊地。據郡一十二焉。

帝聞，急召虎牙大將軍蓋延至殿，謂曰：「睢陽劉永反稱為帝，東據一十二郡，朕欲托將軍往伐，救拔萬民，將軍若何？」延聽言，欣然答曰：「臣即願往。」帝遂與兵十萬，親送出城，囑之曰：「將軍此行，則東方之土，悉付卿身。賴為竭力匡護。」延曰：「此乃臣之當分，不勞聖慮。」遂拜別上馬，前望睢陽進發。行將至近，到一平坦大坡，令軍扎下營寨，來日對陣。

卻說劉永一日會集諸將於廳議事，忽人報曰：「洛陽漢帝差遣大將蓋延，領軍十萬，來取睢陽，已在十里山坡下寨。請大王將何如治？」劉永聞言大驚，慌手無措。小軍又報：「漢兵臨城，請大王急發兵拒。」永遂披掛，同大將蘇茂領軍五萬，出城迎敵。

兩軍相對，蓋延出馬。劉永曰：「汝據北方、西郡，吾守東方，何得率兵犯界而討死乎？」蓋延大怒，罵曰：「背主逆賊！更始以汝為王，心猶未足，今又反漢、自稱為帝，竊掠州郡，不思賤賊微身，豈能當受天子之分？三合斬汝，以絕劉氏之患。」言罷，挺戈奮馬，直取劉永。二人交鋒，約戰五合，劉永敗走。蓋延趕上，蘇茂挺鎗截住。兩軍混戰，金鼓齊鳴。二將亦交數合，蘇茂抵敵不住，回馬急走。蓋延率兵趕擊，追至城下。永遂收軍，走入城內，堅閉不出。

蓋延分兵圍之，守經百日。延兵盡收糧谷，城中乏食。永、茂夜開西門出走，蓋延趕上截住。劉永勒馬復戰，未及三合，被蓋延奮砍一刀，連人帶馬，削為兩段。蘇茂見勢不利，保護永子劉紆奔東而去。蓋延收軍，復至城下。永弟劉防舉郭獻降。接入漢兵，扶蓋延於衙端坐，防伏於前，頓首請罪。延遂赦之。

卻說蘇茂保護劉紆走至蘄縣，與周建等共立紆為梁王。四年春月，蓋延引兵復擊。茂聞，即奔海西王董憲處去。

卻說平敵將軍龐萌，為人謙卑遜順，帝信甚愛之，嘗稱曰：「可以託六尺之孤，寄百里之命者，龐萌是也。」因使與蓋延共擊董憲。時有詔書，下延而不及萌。萌以為延有譖己之心，使不詔敕。自疑，遂反，襲破延軍。與董憲連和，自號東平王。帝聞之大怒，乃自將討萌。即遣使與諸州將士書曰：「吾嘗以萌為社稷之臣，將軍得無笑其言乎？老賊宜速誅之。」諸將接書，各厲兵馬，會於睢陽，待帝臨擊。是日，漢帝令前將軍王梁勒兵十萬，御駕親征。砲響一聲，齊奔上馬，擁護御駕出行。赤幟霞天，金戈耀日。既至，先入桃城安歇。

卻說董憲聞帝自討龐萌，乃與劉紆引兵去下邳，還蘭陵助萌，共擊漢帝。合兵三萬，急進攻城。帝聞，留下龍車輜重，自引輕騎二千，步卒數萬，夜赴任城而去，其地相隔桃城六十餘里。次日諸將奏曰：「賊兵所來者，氣勢弱寡。陛下可宜速攻，莫待延聚眾，益難與爭持。今若一下，則破於反掌矣，何懼之哉？」帝曰：「賊兵精壯，不可輕敵。且休士養銳，以挫其鋒。待眾方集，則可動兵。」城中百姓人等，見漢帝駕至，眾心歡悅，益固堅守。時大司馬吳漢、捕虜將軍馬武、漢中將軍王常、討虜將軍王霸等，俱在東郡。帝遣使召之。使者領旨，飛奔上馬而去。

卻說龐萌知帝夜走任城，悉起大兵進擊。至城下，分兵圍住。連攻二十餘日，不能得下。眾將軍士，悉皆疲困。

是日，吳漢等兵至，且入桃城安下。次日進軍，外作兩路並入，帝聞，縱兵而出。前後合擊，萌軍大混。馬武撞入陣中，正合龐萌，二人交馬，鬥無三合，龐萌敗走。眾軍一齊混戰，喊殺連天。董憲、蘇茂等急走朐山縣去。丟下劉紆一人，不知所歸，被軍士高扈斬首來降。

吳漢等率兵再趕，追至朐山城下，分兵圍擊，萌等堅閉不出。困經半月之餘，城中糧盡，無計可奈。董憲曰：「食盡不可虛守，兼且漢兵驍勇，難與對敵，莫若夜開西門，走奔東海，再作區處。」眾將皆諾。至夜二更，憲令軍士飽食上馬，潛步開門。出未將半，有人報知吳漢。漢急分兵截擊。龐萌正望山坡前走，忽聽砲響一聲，馬武、王霸領軍當頭截住。萌回後走，吳漢、王常等趕至，前攻後擊，左突右衝，龐萌拚命殺出，被馬武攔住，約戰兩合，馬武提起青銅刀，望龐萌腦後一砍，削為兩段。董憲乘勢衝出，吳漢趕上，大喝一聲，殺於馬下。蘇茂高叫：「將軍休戰，小將願隨鞭凳。」吳漢遂令罷陣，蘇茂跳下，跪伏馬前，告曰：「小將罪該萬死，望將軍姑恕。」吳漢大喜，遂令合兵一處，於是吳漢平定江淮、山東等處，聲震東都。是日班師，擁駕回京而去。

第八十七回　勒馬討兇安社稷

卻說馮異自入關中，赤眉平定，而眾寇猶盛。時涿郡太守張豐反，與彭寵等連兵擊異。異且戰且行，屯兵上林苑中。

延岑自稱武安王，欲據關中。引張邯、任良等大軍五萬，趕至上林攻異。兩軍對陣，延岑出馬。馮異罵曰：「狼野小毒，敢望大食！不思赤眉勢若利鋒，尚自面縛拜降，汝乃山雞野雉，安與靈鳳爭巢！早伏受降，免擒碎首。」延岑大怒，提刀直取。二人交馬，共戰十合。延岑敗走，馮異趕殺。張邯挺戈截住，戰不三合，忙走不禁。任良出馬，亦不三合，敗陣飛走。馮異率兵趕上，大殺一陣，斬首千人。延岑、張邯、任良等將俱各逃走。諸營保守留護延岑者，皆伏馬前，高叫：「將軍，小卒願降！」馮異大喜，遂收兵安寨。

卻說延岑等走至長岡，聚會殘兵，尚得二萬之數。即行攻析。異知，急遣復漢將軍鄧曄、輔漢將軍于匡分軍五萬往擊。二將領命，各披盔甲，上馬前行。鄧曄青袍鎖甲，白馬紅纓，頭頂白銀盔，手提方天戟。于匡紅袍白甲，赤馬青纓，頭戴金煉盔，手執昆吾劍。騎兵步卒各執輕戈，行至析縣，兩軍相遇。延岑出馬大叫：「小將對陣。」鄧曄、于匡二人分兵並出。不與打話，令卒擂鼓，兩協夾攻。左衝右突，攪軍混戰。鄧曄殺至陣中，撞遇任良，戰不兩合，被曄一刀砍於馬下。延岑見勢不利，勒兵奔走。曄、匡二人趕上，大殺一陣，斬首千級。逼其大將蘇臣等八千餘人，忙下拜降。鄧曄大喜，遂合兵入縣暫歇。

卻說延岑自武關走入南陽，時百姓饑餓，死者不可勝數。生者則割死者之肉充饑，人相食人，黃金一斤，止換豆粟一斗。道路斷絕，糧稅不輸。軍士悉以菓物而食。

帝聞，遣使持節至南陽，拜趙匡為扶風侯，令其安撫百姓，及整給軍糧。趙匡承賜，即將大兵五萬及軍馬糧草，往助馮異。異知，急出迎接，邀入帳下施禮，謂曰：「吾兵正在渴中，蒙君助濟，暗室生輝。」匡曰：「將軍威揚四海，德澤萬方。掃群賊若蕩微塵，清中原猶同拾芥，愚下識短才疎，無能智決。故不愧兼葭倚玉，而投事將軍，倘沐優容，則執鞭亦無恨矣。」異曰：「將軍故反言乎？」二人大笑。遂令設宴相待。馮異兵食漸盛，有豪傑不從令者，往攻擊之。降附有功勞者，褒賜賞之。遣其新順諸將，赴京見帝，散其小民，各歸農業。由是威行關中，有詩為證：

有志少年場，輕移寇虜亡。關中雷電震，凜凜翰遺香。

第八十八回　請兵伐暴拯時危

卻說耿弇憂切四方擾亂，競僭稱王，軍卒苦勞，人民怨望。一日趨殿從容奏於帝曰：「關中赤眉雖定，四方僭竊猶多。彭寵竊據漁陽，張豐反於涿郡，富平獲索擾害，齊地張步稱王。故此掠縣攻城，傷民斂卒。臣請北收上谷，平服諸方，民無怨望之心，王樂太平之世。願陛下聖鑒。」帝聞奏，慨然許之，壯其威勢。乃曰：「將軍誠有佐國之心，安民之志。」即令勒兵五萬，親送出朝。耿弇拜別，上馬前行。

至漁陽，離城五里下寨。彭寵知，急披掛上馬，引軍三萬出城迎敵。兩軍相對，耿弇出馬，寵曰：「無名小寇，故來犯界，以討死乎？」耿弇大怒，罵曰：「豚犬豎子，不識英將之名，敢竊疆土，兩合陣上，碎首微塵。」彭寵大怒，挺鎗直取。弇令擂鼓，催軍進擊。兩馬相交，約持三合，彭寵敗走。耿弇趕上，混殺一陣，斬首數千餘級，伏屍遍野，血漲平坡。彭寵大敗，走奔軍都而去。

卻說征虜將軍祭遵屯於良鄉，驍騎將軍劉嘉屯陽鄉。會弇起軍，協同攻寵。共兵二十萬餘騎，寵自引大軍五萬，分為兩路夾擊遵等。兩軍相對，祭遵出馬，謂寵曰：「豈不聞順天者存，逆天者亡。天既賦以如是之人，汝豈能與並哉？今能早思回首，下馬歸服，免致軍卒勞苦，黎民斂怨。一旦不失功名之望，而又顯於宗祖之光。莫待火急眉尖，噬臍無及。」寵曰：「彼丈夫也，我丈夫也，吾何畏彼哉！」言罷，兩邊擺開陣勢，金鼓齊鳴，二人交馬。約戰十合，彭寵敗走。祭遵趕上，彭寵舉旗一招，彭純引匈奴突出。耿弇、劉嘉見其兵助，亦往衝陣。攪軍混戰，喊殺驚天。匈奴首將突遇祭遵，交無兩合，撥馬回走。劉嘉截住，共戰三合，復回東走。耿弇兜弓望寵腦後一箭，射落馬下，劉嘉急近斬首。彭純亦撞出走，耿弇截住，戰不兩合，活捉彭純。餘卒皆伏降順。有詩為證：

日夜干戈擾塞邊，彭郎空執銳披堅。乾坤有意歸明主，何事身輕喪九泉。

耿弇等收軍入城，至衙坐定。眾縛押純推跪階前，弇令斬首。安撫百姓，大設宴會，賞勞諸軍。弇於席上言曰：「吾領敕命，進攻諸處反寇，漁陽寵賊趕投於此，感賴二將軍，協助破之。奈涿郡張豐未下，富平獲索未取，及齊地張步等處，如之奈何？」遵曰：「可先下張豐，後收東郡。」宴罷，勒兵還攻涿郡。

張豐聞知，勒兵親出對陣。頭頂金鳳盔，身穿烈火袍。紅纓白甲，玉帶烏靴。手執偃月刀，坐下追風馬。立於陣前，大叫小軍搦戰。祭遵出馬，謂豐曰：「昔高祖創業，當項氏拔山之勇，屢戰關間，卒天下猶歸於漢，而項氏逼刎烏江，竟莫能與相競。今汝乃一傭夫耳，安望大食？正所謂蛟龍未起，蝘蜓混池。」豐曰：「彼一時也，此一時也。豈不聞：『五百年必有王者興，其間必有名世者。』汝雖扶立妖人，與吾並驅中土，未知鹿死誰手。汝乃一村傭小寇，豈能料識成敗？三合斬汝，顯我英雄。」祭遵大怒，提刀直出。兩邊擂鼓，二馬交鋒。共戰十合，不分勝敗。再令擂鼓，又戰十合。耿弇、劉嘉一齊出馬，兩邊夾攻，張豐抵敵不住，撥馬回走，祭遵等催軍趕上，四圍掩殺，攪軍大混。張豐欲衝北出，被祭遵活捉，餘兵皆降。耿弇收軍，一齊擁入城去。

初豐好信妖術，有一道士言豐當為天子。將五綵錦囊，內藏白石，繫於張豐手臂。謂曰：「此石中有玉璽。」豐喜信之，遂反，自稱為王。今日之敗，則為妖誣所惑。

遵等至衙坐定，眾將綁縛張豐，推跪階前。遵曰：「不省良言，果遭吾手。」言罷，喝令斬首。豐曰：「且休下手，錦囊石中，還有玉璽。」遵聽其言，以刀破之，仍一白石。豐乃知術之詐，被惑陷身。仰天嘆曰：「當死無恨。」遵曰：「順漢若何？」豐曰：「將軍若肯姑容，願為帳前小卒。」遵大喜，親下解縛。張豐頓首拜謝，眾將一齊賀功。禮畢，各歸部帳而去。

第八十九回　馬援說奸專智主

卻說公孫述自更始敗後，據竊成都，自稱帝位。隗囂據隴右。馬援聞囂好用賢士，即往從之。囂甚敬重，每與馬援定決籌策。

一日，使援往成都觀述之意，可共連否？援素與述同鄉共里，交結甚厚。即上馬行，既至，令人報知，述令召入至殿。親下階接，挽手並行，交拜禮畢，退於後殿坐敘。述曰：「燈花輝焰，果報佳音。君不憚千里之勞，而輕身下顧，頓使蓬蓽生輝。」援曰：「自關中別後，曠久音疎，未能朝夕親問，乞希勿咎。」言罷，使援就外館居宿，令官侍宴，更為援疊製朝服冠衣，會百官於宗廟中，立舊交之位。述乘鸞車，旌旄擁護，速趨而入，饗祀禮畢。謂眾官曰：「馬援不棄舊交，千里顧盼，朕欲封授侯位大將軍之職，留其決策，以代朕勞。」眾皆樂然願留。援知，曉喻眾曰：「天下紛紛，雌雄未定，公孫述不能吐哺走迎國士，與圖成敗，反欲修整邊幅界限，如木偶人形，豈能久留天下之賢士乎？」遂辭謝而歸。

行至隴右，入見隗囂，各相禮畢。問曰：「將軍見述若何？」援曰：「子陽乃井底蛙耳，而妄自尊大。吾等不如專意東方，可圖長計。」囂遂使援奉書洛陽。援即拜別，上馬前行。

既至，入朝，帝在宣德殿南廡下，見援至，但以巾幘坐迎，笑謂援曰：「卿遨遊二帝間，今見卿，使人大慙。」援頓首辭謝曰：「當今之世，非但君擇臣，臣亦擇君耳。臣與公孫述同縣鄉里，自少相善。臣前至蜀觀探，述陳戟於階下，而後迎臣。臣今遠來詢問，非刺客奸人？陛下何簡易若是？」帝復笑曰：「卿非刺客，顧說客耳。」援曰：「天下反復，僭竊名字者，不可勝數。今見陛下恢廓大度，同符高祖，乃知帝王自有真也。」帝聞甚喜，留宿殿外。

己丑五年，帝遣太中大夫來歙持節，送援西歸隴右。帝親送出朝，馬援頓首拜辭。二人淚下分別，帝還朝殿。

卻說馬援回至隴右，天色已晚，欲待明早入見。囂知，急出迎接，夜與並臥。起而問曰：「東方傳言京師若何？」援曰：「前到朝廷，帝引見數十，每接私居燕語，自夕至旦，才名略勇，非人敵也。且開心見誠，無所隱伏。豁達大度，從諫如流，可與高帝同。經學博賢⑫，政事之辨，萬世無比。」囂曰：「卿謂何事可如高帝？」援曰：「不如也。高帝無可無不可，今上好吏事，動如節度，又不喜飲酒，豈但高祖而已。」囂意不悅，謂曰：「如卿言，反復勝耶？」然信援所言，遂遣子隗恂入侍光武。援因其往，悉將家屬隨恂同歸洛陽。

既至，援引隗恂入朝見帝。帝大喜，令宿外館⑬。援、恂辭出至館，住居數月而無職任，援以所居之處，地曠土沃，賓客往來之多，猥衰陋窄，不足觀瞻。乃上書求屯田上林苑中。帝許之，援即徙還而去。

第九十回　劉君遣將伐驍雄

卻說耿弇、祭遵、劉嘉等攻破涿郡，帝遣大司馬吳漢及建義大將軍朱祐，領軍五萬會耿弇等，同攻獲索。二人領敕即往，至涿郡，與弇等相見，合兵三十餘萬。各披盔甲，上馬前行。旌旗雲擁，照耀山

⑫ 經學博賢：對儒學有很深的理解與把握，並有高尚的品德。

⑬ 外館：宮外之賓館。

河。

行至富平下寨。獲索知，急引大軍十萬，出城迎敵。吳漢分兵五隊，列定陣勢，獲索首將出馬，謂漢曰：「吾與汝主，各據一土，並未干犯，何得故來侵界，以欺人乎？」漢曰：「聖主出興，萬邪皆滅，豈容賊子混世，而擾害民哉？」獲索大怒，輪刀直取。吳漢令卒擂鼓，展動旌旗，五路大兵齊出，四下掩殺。獲索大敗，撥回馬走。吳漢率軍趕襲，追至平原，四面圍住。獲索困於垓心，左衝右突，不能得出。耿弇張弓撞入陣內，望獲索首將力射一箭，穿過咽喉，落馬而死。眾將一齊混戰，塵土遮天，斬軍殺將，屍伏如山。餘卒忙跪馬前叫降，尚有四萬之數。漢遂收軍入城安歇。忽人報曰：「聖旨到。」耿弇等急排香案，俯聽宣讀。詔曰：

朕聞卿等摧堅撫順之方，運籌決勝之略，北收上谷，而平定漁陽。取服張豊，而滅除彭寵。趕董憲於佼彊，斬獲索於原郡。正所謂舜有臣五人，而天下治⑭。今諸州已定，惟張步據竊齊地未服，忿恨尚生，當即進討。且此賊頑性，詭詐多端，阻山扼險是其長計。攻戰之策，諸將軍必籌之熟矣。若再頓師宿旅⑮，非我之利。要在出奇制勝，乘機進取，一舉而定，再不勞兵可也。故茲特諭，宜速從命。

弇等接詔拜畢，謂眾曰：「聖旨促兵，不可久停。」遂收降集將吏及都尉劉歆，與太山陳俊共引大

---

⑭ 舜有臣五人而天下治：此語出自論語泰伯。

⑮ 頓師宿旅：駐軍不前。

軍二十餘萬，從東過朝陽橋，渡濟河進。張步聞弇兵至，急召諸將商議。令大將軍費邑領軍五萬，屯於歷下。又令費敢引兵五萬，屯伏祝阿。再令大軍十萬，戰將數員，於太山鍾城列營數十餘所，以待弇戰。勝負如何？

第九十一回 大將平齊賓仰服

卻說耿弇兵渡過河，先攻祝阿。費敢披掛上馬，分兵列陣，叫漢兵搦戰。陳俊出馬，敢曰：「無名小將，敢來對陣？星忙快退，叫耿弇答話！」陳俊大怒，罵曰：「村呆匹夫，不識陳將軍之名，故來投死。」言罷，激若雷霆，梃鎗飛出。二人相交，約戰十合。費敢敗走，陳俊趕上。混殺一陣，費敢大敗，引數百殘兵，走奔歷下而去。耿弇收軍，進攻巨里。

卻說費敢走至歷下，入見兄邑，謂曰：「頗奈漢軍部內一將，自言姓陳，甚是驍勇。弟與約戰十合，鎗如飛雨，殺我將卒，占我城池，弟故敗陣走回。吾兄將何治之？」邑聞大驚，急將五萬大軍，遣敢把守巨里。敢別上馬，引兵而去。

耿弇行將至近，使卒多伐樹木，揚言填塞坑塹，以險其軍。數日，有降者進謂弇曰：「邑聞將軍攻此，必來救援。將軍可謹備之。」弇曰：「然也。」遂嚴令軍中急修攻具。曉諭諸部，言後三日當盡力進攻巨里。人報知邑，邑至日，果自引精兵三萬來救。弇喜，謂諸將曰：「吾所以修攻具者，欲誘之耳。

今果來也。」即分三千人守巨里，耿弇自引精兵於山岡阪上排陣搦戰。兩軍相遇，費邑出馬高叫：「漢將不怕死者對陣！」耿弇出馬謂曰：「山溪水漲，洶湧浮波，及至大海，則無覓處。汝乃一村庸俗子，豈能扶寇而成大事？」費邑大怒，挺戈直取。二人交馬，未及三合，費邑敗走。弇催軍趕，陳俊等一齊掩殺。邑軍自混，走者各相踐足，死者疊墮山溝。邑望北衝走，被耿弇截住，大喝一聲，斬於馬下。餘卒悉皆逃散。弇遂收軍，令將費邑首級曉示巨里城中。城中軍見，各驚怯懼。費敢登城謂弇曰：「吾願拜降，將軍肯休兵否耶？」弇曰：「汝若肯順，保為重用。」敢曰：「欲開城獻，恐將懷恨而見斬首。」弇曰：「大人說話，豈有戲耶？」敢遂開門出接，跪伏馬前。告曰：「小將罪該萬死，望將軍憐宥。」耿弇大喜，下馬攙起，同入城中。安撫百姓，頓歇軍兵。有詩為證：

駿馬星馳踐北沙，劍揮光影掣金蛇。奸窮望絕無烽火，化作祥煙繞帝家。

時張步建都於劇，令弟張藍分兵二萬，據守西安。令都郡太守合萬餘人共守臨淄，相去四十里地。卻說耿弇令費敢守巨里，自引眾將進兵畫中，居二城之間。弇視西安城小而堅，且藍兵又精，臨淄名雖大而實易攻，乃傳令諸將曰：「汝等竭心相護，後五日且攻西安。成功之後，各有褒封。」眾將俱諾，願死相助，遵令各歸帳部。

有人報知張藍。藍大驚，即會諸將謂曰：「耿弇欲攻吾城，汝等須謹防禦。」眾將聽令，日夜儆守。至期夜半，弇令軍卒飽食，上馬而行。次日天曉，至臨淄城。近護軍荀梁等進謂弇曰：「將軍宜速攻西安，莫使彼思謀就，難復破之。」弇曰：「不然，西安聞吾欲攻之，日夜防備。今臨淄不覺，可先攻此，陡見吾等兵至，必自驚亂，半日可破矣。若攻破臨淄，西安孤弱，又且張藍與步隔絕，不能連救。若知，必然亡走歸劇，豈不擊一而得二也。若先攻西安，其城堅固，一時難克，累與加兵，死傷必多。縱然拔之，藍引軍奔還臨淄，合兵共勢，吾等反被其挫。觀人虛實而下，則可取勝。」眾將聞言，乃曰：「將軍真神算也。」弇遂令：「陳俊引兵五萬，埋伏城西山下，彼敗必從西望東奔走。」再令：「荀梁領軍二萬，於西山高阜處探望。若其將至，舉旗為號，陳俊伏兵齊起，截住去路。吾等後襲，可擒此賊。」眾將各遵去訖。

是日，耿弇親發大軍二十餘萬，分作五隊而進。至城下排列陣勢，叫小寇搦戰。步弟張壽見漢兵圍擊，慌忙無措，急引精兵十萬，披掛上馬，出城迎敵。兩軍相對，耿弇出馬謂壽曰：「小將能知死乎？」張壽罵曰：「匹夫小寇，有何高見，敢言大話？兩合陣前，碎屍萬段。」耿弇大怒，提刀直取。二人交馬，約戰數合，張壽敗走。耿弇率軍追趕，壽見勢迫，棄城從西而走。荀梁見其將近，忙將旗幡一展，陳俊伏兵齊出，大喝一聲，當頭截住。張壽欲回後走，耿弇趕上，前後相攻，衝陣大混。壽欲拚死撞出，陳俊躍馬趕近，望張壽脇下一鎗，刺於馬下。殺死眾軍不可勝數，餘卒皆降。弇遂鳴金收軍，入城安歇。

張藍聞知大懼，遂引眾將，舍城奔劇而去。人報知耿弇，弇大喜曰：「果遂吾意。」即傳令軍中，不可妄攻劇下。若張步至，則取城以激之。

卻說張藍走奔至劇，入見兄步，哭訴前情。張步大驚，嘆曰：「吾自起兵據東一十二郡，未嘗傷失。今逢此賊，殺我手足，占我縣池，不由人不惱。」言未訖，有人報曰：「耿弇據城，又欲與大王爭鋒。兵馬都已整備，王何拒之？」步聞大笑曰：「以尤來、大彤十餘萬眾，吾皆即其營而破之。今耿弇兵少於彼，又皆疲勞困倦，何足懼之？」言罷，與弟張藍、張弘及大彤首將董異等，兵共二十萬眾，即起攻弇。

行至臨淄大城東，分兵布陣。弇知，先引眾將出淄水上，突遇董異；欲戰，乃思挫其銳，則步不敢進，故示弱，以長其氣。遂還軍歸小城，陳兵於內，引其入戰。張步見弇退兵，乃曰：「小將豈敢當大？見吾一至，忙退還歸。」遂乘勢速兵而進。兩軍相遇，劉歆出馬。謂步曰：「村賊尚不知死，還敢率兵對陣？今若拿住，斬首革屍。」步曰：「蛟龍淺水遭蝦笑。汝乃一無名小寇，不禁三合之敵，敢自誇口！急退，叫耿弇對陣。」劉歆大怒，挺鎗直出。二人交馬，共戰十合，不分勝負。耿弇正於齊王宮中環臺之上觀望，見歆、步交鋒，急下引兵助殺，與陳俊等分兵兩路而進，衝入陣中攪殺。步軍大敗，各相混殺。張藍望東突走，陳俊當住。戰不兩合，被俊一鎗，刺於馬下。張弘望見，躍馬來救。陳俊奮身轉馬，望弘腦後一鎗，被其躲過，復馬再戰三合。弘敵不住，撥回奔走。劉歆攀弓趕上，望弘奮射一箭，穿入口中，墮馬而死。眾軍大敗，張步引兵退走。耿弇等一齊追殺，趕至東城下，張步見追漸近，急扯弓撥馬，望耿弇一箭。弇見以刀挺開，躍馬趕上。二人又戰十合，陳俊、劉歆兩下夾攻。步衝出走，陳俊欲趕，弇曰：「不可。今日兵馬勞倦，明日再戰。」遂令鳴金，收軍安歇。

是日，漢帝在魯，聞弇為步所攻，親引大軍來救。未至，陳俊謂弇曰：「劇虜雖敗一陣，兵馬猶盛。吾等且閉營休士，以須上來。」弇曰：「乘輿日到，臣子當擊牛釃酒以待百官，反欲以賊虜遺君父耶？」乃出兵大戰，俊謂步曰：「匹夫早下馬降，保為重用，莫待擒拿斬首，悔無及矣。」步罵曰：「小人苟得一勝，則自矜誇。今日再決，方顯輸贏。」言罷，二人交馬，共持十合，不分勝負。耿弇出馬，一齊掩殺。征雲蔽日，塵土遮天。自早交兵，至晚未罷。殺傷無數，城下溝塹，伏屍填滿。弇知張步困乏，乃退兵伏於兩傍，以待其出，夾攻剿殺。步見弇退軍靜，果引殘兵出走。耿弇將旗一舉，伏將齊趨挾殺。步軍丟旗棄鼓，各逃奔散。弇等諸將追至鉅昧上八十九里，僵尸相屬，收得輜重二千餘輛。步還劇都而去，弇亦收軍頓歇。有詩為證：

連日干戈擾塞疆，可憐士卒喪丘荒。無端百舌枝頭鳥，故向春風鬧夕陽。

卻說漢帝駕至臨淄，弇等皆出迎接。入城坐定，弇等諸將一齊參見禮畢。帝謂弇曰：「聞卿與賊交兵，未能取勝，朕親來相助，以代卿勞。」弇曰：「臣領陛下敕旨，討芟賊寇，惕惕於心，但不能智理天下，致主優游。今托陛下洪祐，賊盜俱平，惟張步敗逃劇去，容臣再討。」帝聞大喜，謂曰：「昔韓信破歷下以開基，今將軍攻祝阿以發跡。此皆齊之西界，功足相彷。而韓信襲擊已降，將軍獨拔勍敵，其功猶勝於信也。又田橫烹酈生，及田橫降高帝，詔衛尉不聽為仇。張步前亦殺伏隆，若布來歸命，吾當詔大司徒以釋其怨，又事尤相類也。將軍前在南陽建此大策，常以為落落難合，有志者事竟成也。」言訖，遂令設宴，大會群臣，賞勞諸軍。

至次日，耿弇復進軍攻劇。張步知，急披掛上馬，引兵出城迎敵。兩軍相對，耿弇出馬，不與打話，令卒擂鼓。二將交鋒，約戰十合，張步敗回本陣，欲進入城，陳俊截住，又交十合，耿弇衝陣混殺。張步大敗，急引殘兵，拚死殺出，奔投平壽。蘇茂聞知，即將萬餘人馬來救。

帝遣告聞步、茂等，若能相斬來降者，封為列侯，千金賞賜。步聞暗思：「漢兵勢大，吾身孤力寡，豈能與敵？莫若拜降，免勞軍卒。」遂夜入帳，斬茂首級，至弇軍門，肉袒負斧請降。耿弇大喜，遂令前行，入據其城。樹起東十二郡旗鼓，令步兵各立各郡旗下。眾尚十餘萬人，輜重七十餘輛。遂奏帝，封步為安丘侯，其餘皆罷遣歸鄉里。弇復引兵進攻城陽，其五校餘賊聞弇兵至，望風降伏。於是齊地悉平，振旅還京。

總評　按：耿弇為將，凡所平郡四十六，屠城三百，未嘗少挫其銳，真古名將也。今日東隅不靖，安得才智如將軍者，為國家吐氣哉？丘壑中人，日引領望之。

第九十二回　元臣述疏論興亡

卻說隗囂一日問於班彪曰：「往昔周亡，戰國竝爭，數世然後方定，實乃蘇秦、張儀⑯縱橫之術而致王興。吾今欲效以行之，可乎？」彪曰：「周之廢興，與漢殊異。周爵五等，則諸侯從政，而本根既微，枝葉強大，故其末流有縱橫之事，勢數然也。漢承秦制，改置郡縣，主有專己之威，臣無百年之柄。至於成帝，假借外家；哀、平短祚，國嗣三絕。故王氏擅朝，能竊號位。危自上起，則傷及下。是以即真之後，天下引領而嘆。十餘年間，中外騷擾，遠近俱發。假號雲合，咸稱劉氏，不謀同辭。方今雄傑

⑯ 蘇秦張儀：戰國時縱橫家，以遊說各國，連橫合縱為業。

帶州域者，皆無六國世業之資。百姓謳吟思仰，漢必復興，已可知矣。」囂曰：「汝言周、漢之勢，可也。至是但見愚人紛紛，並與劉氏驅立。若此之故，而謂漢復興，疏矣。昔秦失其鹿，劉季逐而掎之，時民復知漢可興乎？」彪見其強辨不聽，乃作王命論以諷之。論曰：

昔堯之禪舜，曰：「天之曆數在爾躬。」舜亦以命禹：「洎於稷契，咸佐唐虞。」……至湯武而有天下。劉氏承堯之祚，堯據火德而漢紹之⑰，有赤帝之符。俗見高祖興於布衣，不達其故，至比天下於逐鹿，幸捷而得之。不知神器⑱有命，不可以智力求也。悲夫！此世所以多亂臣賊子也。夫饑饉流隸，饑寒道路，所願不過一金。然終轉死溝壑，何則？貧窮亦有命也。況乎天子之貴，四海之富，神明之祚，可得而妄處哉！故雖遭離阨會，竊其權柄，勇如信、布，強如梁、籍，成如王莽，然卒潤鑊伏質，烹醢分裂。又況么麼⑲不及數子，而欲闇奸天位者乎？昔陳嬰之母，以嬰家世貧賤，卒富貴不祥，止嬰勿王。王陵之母，知漢必得天下，遂伏劍而死，以固勉陵。夫以匹婦之明，猶能推事理之致，探禍福之機，而全宗祀於無窮，垂策書於春秋，而況大丈夫之事乎？是故窮達有命，吉凶由人。嬰母知廢⑳，陵母知興㉑，審此二者，帝王之事決矣。加之高祖寬明

---

⑰紹之：繼承之。

⑱神器：天子璽符服御之物。

⑲么麼：細小。

⑳嬰母知廢：秦末，陳嬰為東陽令史，從眾起兵。眾人欲立為王，其母勸止說：「自我為汝家婦，未嘗聞汝先祖之有貴者，今暴得大名不祥，不如有所屬；事成猶得封侯，事敗易以亡，非世所指名也。」

而仁恕，知人善任使，當食吐哺，納子房之策㉒；拔足揮洗，揖酈生之說㉓。舉韓信於行陳，收陳平於亡命。英雄陳力，群策畢舉，此高帝之大略，所以成帝業也。若乃靈瑞符應，其事甚眾。故淮陰、留侯，謂之天授，非人力也。英雄誠知覺悟，超然遠覽，淵默深識。收陵嬰之明分，絕信布之覬覦，則福祚流於子孫，天祿其永終矣。臣班彪頓首百拜，謹奉論上。

隗囂接論讀罷，謂曰：「若卿之論，則古之帝王皆有預卜而後興乎？」遂不聽所言，退殿而去。

彪見屢諫不從，私避出城，奔往河西，令人報知竇融。融遂出接，邀入衙廳施禮。二人坐敘，融曰：「遠勞賢士下顧，必有事否？」彪曰：「為屢諫囂賊不從，故私離郭，竟來佐輔賢宰，望納為用。」竇融大喜，謂曰：「吾心久欲東向，奈以河西隔遠，如之奈何？」彪曰：「大丈夫當磊磊落落，決意而往，不可疑貳以墮其志。今漢帝威儀德著，仁智待人，誠所謂有德之君也。賢宰深明才略，博覽古今，決禍亂，察廢興，運猶反掌，豈可久淹自溺，而不見用於世？昔惠王幣聘，孟子千里而來。況此東郡界乎？」竇融聽罷大喜，因留宿帳中，共畫籌策，甚愛敬之。

卻說隗囂為人奸佞，詭詐百端，外順人望，內懷異心。一日與辨士張玄議曰：「吾欲效儀、秦之術，

㉑ 陵母知興：楚漢相爭時，王陵母親勸陵忠於漢王，她認為漢王劉邦一定能取得勝利。

㉒ 當食吐哺納子房之策：酈食其建議劉邦立六國之後，邦問張良。張良認為不可，邦輟食吐哺，對酈食其說：「豎儒，幾乎壞了我的大事。」

㉓ 拔足揮洗揖酈生之說：酈食其求見劉邦，邦正坐在床上，讓兩個女子洗腳。酈不拜，長揖說：「足下若真想誅滅無道之秦，不宜坐在床上見有德才的人。」

無是人。欲托賢士往河西，說連竇融，合兵共勢，公意若何？」玄曰：「臣但無儀、秦之辨，合縱之謀，君既有命，豈敢畏憚而違哉？」遂拜別上馬，隗囂送出郭外分手。

張玄行至河西，令人帖報，竇融迎入施禮，退堂坐敘。問曰：「賢士來者何意？」玄曰：「此來非別，特為賢宰興業。」融曰：「吾乃一庸才耳，豈當是任？縱能興舉，則勢力不及。」張玄曰：「賢宰不可疑貳，更始事業已成，尋復亡滅。此一姓不再興之效。今即有所主，便相係屬。一旦拘制，自令失柄。後有危殆，雖悔無及。且今豪傑競逐，雌雄未決當各據土宇，與隴、蜀合從，高可為六國，下不失尉佗㉔。」竇融聞言，沉吟未決，乃曰：「待吾思之。」張玄遂別而退。

融乃召眾豪傑及諸郡太守，計議其事。內有識者皆曰：「漢承堯運，歷數延長。今皇帝姓號，見於圖書。自前世博物道術之士谷子雲、夏賀良等，建明漢有再受命之符，言之久矣。故劉子駿改易名字，冀應其占。及莽末，道士西門君惠言劉秀當為天子，眾遂謀立子駿，事覺被殺。出謂百姓觀者曰：『劉秀真汝主也。』此皆近暴著，智者所共見也。除言天命，且以人事論之。今稱帝者數人，而洛陽土地最廣，兵甲最強，號令最明。觀符命而察人事，他姓則未能當也。」竇融聞言甚喜，遂與諸郡太守小心精詳，從容決策東向。五年夏月，遣長史劉鈞奉書詣赴洛陽。

卻說漢帝聞河西之地，民居稠密，財富谷盈，又且連接隴蜀，常欲招之，以逼囂、述。一日，遣使賚書遺融，途遇劉鈞，即與俱還見帝，具說其事。帝聞大喜，禮饗鈞畢。乃遣劉鈞賚持璽書，回賜竇融。鈞遂辭帝出朝，上馬回行，至河西入見竇融，將璽書呈上。竇融接視。書曰：

㉔ 尉佗：佗姓趙。陳勝起義時，佗為南海尉，秦亡後，即在南越稱王。

制詔行河西五郡大將軍事、屬國都尉：勞鎮守邊五郡，兵馬精強，倉庫有蓄，民庶富殷。外則折挫羌胡，內則百姓蒙福。威德流聞，虛心相望。奈道路隔塞，悒悒何已？蒙遣長史，奉書所至，深知厚意。今益州有公孫子陽，天水有隗將軍，方蜀漢相攻，權在將軍。舉足左右，便有輕重。以此言之，欲相厚，豈有量哉？諸事俱長史所見，將軍所知。王者所興，千載一會。欲遂立桓、文輔微國，當勉卒以功業。欲三分鼎足，連衡合從，亦宜以時定。天下未併，吾與爾絕域，非相吞之國。今之議者，必有任囂教尉佗制七郡之計。王者有分土，無分民，自適己事而已。今以黃金二百斤賜將軍，授為涼州牧，便宜輒言。

竇融讀罷，大喜。自璽書一至，河西咸驚，以為天子明見萬里之外，融即復遣劉鈞賫書，詣京上帝。書曰：

臣融竊伏自惟：幸得託先后末屬，蒙恩為外戚，累世二千石。至臣之身，復備列位，假歷將軍，守持一隅。以委質則易為辭，以納忠則易為力。書不足以深達至誠，故遣劉鈞口陳肝膽。自以底裡上露㉕，長無纖介。而璽書盛稱蜀漢二主，三分鼎足之權，任囂、尉佗之謀，竊自傷痛。臣融雖無識，猶知利害之際，順逆之分，豈可背真舊之主，事姦偽之人？廢忠貞之節，為傾覆之事？棄已成之基，求無益之利？此三者，雖問狂夫，猶知去就，而臣獨何以用心！謹遣同產弟友，詣闕口陳，伏冀親慈，俯垂昭鑒。

㉕ 底裡上露：把心底的話向上陳述。

帝覽書大喜，嘆曰：「竇將軍誠有忠心於國也！」即令鈞使回報，合會進兵。鈞遂拜別，上馬而回。行至河西，入見竇融，具說前事。融深知帝意，乃遣使賫書，至隴右責囂。書曰：

伏惟將軍國富政修，士兵懷附。親遇戹會之際㉖、國家不利之時，守節不回，承事本朝。後遣伯春㉗，委身於國。無疑之誠，於斯有效。融等所以欣服高義，願從役於將軍者，良為此也。而忿悁㉘之間，改節易圖，君臣分爭，上下接兵，委成功，造難就，去縱義，為橫謀，百年累之，一朝毀之，豈不惜乎！殆執事者貪功建謀，以至於此。融竊痛之！當今西州，地勢局迫，人離兵散，易以輔人，難以自建。計若失路不返，聞道猶迷。不南合子陽，則北入文伯㉙耳。夫負虛交而易強禦，恃遠救而輕近敵，未有見其利也。融聞智者不危眾以舉事，仁者不違義以要功。今以小敵大，於眾何如？棄子徼功，於義何如？且初事本朝，稽首北面，忠臣節也！及遣伯春，垂涕相送㉚，自起兵以來，轉相攻擊。城郭皆為丘墟，生人轉於溝壑。今其存者，非鋒刃之餘，則流亡之孤。迄今傷痍之體未愈，哭泣之聲尚聞。幸賴天運少還，而大將軍復重於難，是使積痾不得遂瘳，幼

㉖ 戹會之際：指漢遭王莽篡奪。
㉗ 伯春：隗囂子隗恂的字。
㉘ 忿悁：憤怒。
㉙ 文伯：即盧芳。
㉚ 涕相送：此三字據後漢書竇融傳補。

孤將復流離。其為悲痛，尤足慼傷。言之可為酸鼻，聞之頓愓寒心。庸人且猶不忍，況仁者乎！」融聞：為忠甚易，得宜實難。憂人太過，以德取怨，知且以言獲罪也。區區所獻，惟將軍省焉。

隗囂覽書讀罷，沉吟半晌，竟不從。常自矜己飾智，每比西伯之態。其將王元常以為天下成敗未可知，不願專心內事。遂進讒囂曰：「昔更始西都，四方響應。天下喁喁，謂之太平。一旦敗壞，大王幾無所厝。今南有子陽，北有文伯，而欲牽儒生之說，棄千乘之基，羈旅危國，以求萬全，此循覆車之軌，計之不可者也。今天水完富，士馬精強，北收西河、上郡，東收三輔之地。案秦舊跡，表裡山河。元請以一丸泥，為大王東封函谷關，此萬世一時也。若計不及此，且蓄養士馬，據隘自守，曠日持久，以待四方之變。圖王不成，其弊猶足以霸。要之，魚不脫於淵，神龍失勢，與蚯蚓同。」囂聞言甚喜，即依元計而行，遂遣人入侍。然負其險阨，欲專制方面。於是游士長者，稍稍去之。

總評　識時勢者，呼為俊傑。若隗囂者，可謂明於料己，而暗於料人者矣。師心自用，豪傑解體。即有山河之險，何足恃哉？

卷六

第九十三回　忠臣一示難存體

卻說馮異治關中，出入三歲，上林成都。異自以久在外，不自相安，遣人洛陽上書，言：思慕闕廷，願親帷幄。帝不許。後有人上章奏帝，言：「異威權至重，百姓歸心，皆號異為咸陽王。」帝聞奏，恐異有變，即將所奏之章，遣使賫入關中。示異。異見，惶懼不安，乃修書一封，遣人請京拜謝。書曰：

臣本愚生，遭遇受命之會，充備行伍，過蒙恩私。位大將，爵通侯，受任方面，以立微功，皆自國家謀慮，愚臣無所能及。臣伏自思惟：以詔敕戰攻，每輒如意；時以私心斷決，未嘗不有悔。國家獨見之明，久而益遠。乃知「性與天道，不可得而聞也」。當兵革始起，擾攘之時，豪傑競逐，迷惑千數。臣以遭遇，託身聖明，在傾危溷殽之中，尚不敢過差。而況天下平定，上尊下卑，而臣爵位所蒙，巍巍不測乎！誠冀以謹敕，遂自終始。今見所示臣章，戰慄怖懼。伏念明主知臣愚性，固敢因緣自陳。

帝覽書視畢，恐其不安，乃令人下詔以慰之曰：「將軍之於國家，義為君臣，恩猶父子，何嫌何疑，而有懼意？」

六年春月，異還京師。入朝見帝，朝拜禮畢。帝謂公卿曰：「是我起兵時主簿也。為吾披荊棘，定關中。」言罷，使中黃門賜以珍寶、衣服、錢帛與異。謂曰：「倉卒蕪蔞亭豆粥，滹沱河麥飯，厚意久未能報。」異稽首謝曰：「臣聞管仲謂桓公曰：『願君無忘射鉤，臣無忘檻車』，齊國賴之。臣今亦願國家無忘河北之難，小臣不敢忘巾車之恩。」帝大喜，遂與定議進兵圖蜀。留十餘日，令與妻子同還西夏而去。有詩為證：

別君征戰已三年，夜夢陞朝奉聖筵。今日笑蒙恩賜返，西風萬里著歸鞭。

第九十四回　賢士三徵不屈名

卻說漢帝思慕嚴光，自與昆陽別後，未知流落何地，朝夕縈繫，不能息已。一日登殿，文武朝罷，下詔徵之，及處士太原周黨。

使者賚詔遍界覓訪，不見光於何地。惟周黨隨聘至京，入朝參拜，伏而不謁。自陳願守所志，不就職任。博士范升奏曰：「伏見太原周黨、東海王良、山陽王成等，蒙受厚恩，使者三聘，乃可就車。及陛見帝，周黨不屈，伏而不謁，偃蹇驕悍，同時俱逝。黨等文不能演義，武不能死君，釣采華名，庶幾三公之位。臣願與坐雲臺之下，考試圖國之道。如不如臣，則伏虛妄之罪，而敢私竊虛名，誇上求高，皆大不敬。」帝曰：「自古明王聖主，必有不賓之士。伯夷、叔齊，不食周粟，太原周黨，不受朕祿，亦各有志焉。」言罷，令賜周黨段帛四十疋，罷之還鄉。

復思嚴光未至，乃令圖畫影像，曉掛各州：「有能尋覓者，賞銀四十。」後齊國一人，詣京上言：「有一男子，披羊裘，釣於澤中，活似圖像一般。」近臣奏知帝主，帝疑是光，即召齊人至殿，賞銀四十。齊人頓首拜謝而去。帝令安車遣使聘之，三反而後至。

帝聞光至，即駕車少迎，接入外館施禮，坐敘闊別之情。話畢，光臥不起，帝即其臥，以手撫光腹曰：「咄咄子陵，不可相助為理耶？」光乃張目熟視，曰：「昔唐堯著德，巢父洗耳。士固有志，何至相迫乎？」帝曰：「子陵，我竟不能下汝耶？」於是升輿，嘆息而去。

次日，復召子陵入殿，敘論舊故。相對數日，因與共床偃臥。光以足加帝腹之上，帝任所意，並無憎惡之心。明早，太史趨殿奏曰：「臣昨夜觀天象，見有客星犯入帝座，甚急，恐生不測。」帝聞奏，笑曰：「朕與故人嚴子陵同衾臥耳，有何礙焉？」太史即退而去。帝召嚴光至殿，謂曰：「朕欲拜生為諫議大夫，扶佐弱寡，生意若何？」光辭謝曰：「願守素志耳，陛下何苦逼焉？」帝見光苦不從，乃賜黃金百兩，段疋五車，送出還鄉。光曰：「臣以貧士居處，要此何用？」毫末不受，遂與拜別，去耕釣於富春山中，壽八十，終於家。後人名其釣處，號曰嚴陵灘。有詩為證：

世祖憂懷切訪賓，安車三召駕蒲輪。從容晝問名難屈，寧作荒臺舊釣人。

第九十五回　為國運籌書數讓

卻說馬援數以書記責譬於囂，囂反怨援背己，得書增惡，遂發兵拒漢。援乃遣人詣京，上疏陳己之衷。疏曰：

臣援自念歸身聖朝，奉事陛下，本無公輔一言之薦，左右為容之助。臣不自陳，陛下何因聞之？夫居前不能令人輕，居後不能令人軒❶，與人怨不能為人患，臣所恥也。故敢觸冒罪忌，昧死陳誠：臣與隗囂本實交友，初，囂遣臣東，謂臣曰：「本欲為漢，願足下往觀之。於汝意可，即專心矣。」及臣還反，報以赤心，實欲導之於善，非敢譎以非義。而囂自挾奸心，盜憎主人，怨毒之情，遂歸於臣。臣欲不言，則無以上聞。願聽詣行在所極陳滅囂之術，得進愚策，則退就隴畝，死無所恨。臣馬援誠惶誠恐，頓首百拜，奉表上聞。

帝覽表讀罷，嘆曰：「馬生誠心於我，豈可以二待乎？」遂遣使召援，入國議事。援即隨旨赴京。既至，

❶ 居前不能令人輕二句：詩云：「如輊如軒。」這句是說我對於別人無足輕重。

入朝見帝。揚塵禮畢，帝曰：「奈今隴蜀未清，干戈騷擾，故召將軍詣闕，共決機籌。願將軍明以教我，撫鎮邊疆，救生民之塗炭，免士卒之苦勞。」援曰：「陛下勿憂。隴右隗囂先以子侍陛下，雖欲相反，持疑二心。臣請再往說之。如其不然，以兵伐之，有何難哉？」帝聞大喜，遂將突騎五千，使援往說。

馬援即別，上馬而往，回至府中，令人賫書與隗囂之將楊廣，使其曉勸於囂。書曰：

春卿❷無恙：前別冀南，寂無音驛。援間還長安，因留上林，竊見四海已定，兆民同情。而季孟閉拒背叛，為天下表的。常懼海內切齒，思相屠裂。故遺書戀戀，以致惻隱之計。乃聞季孟歸罪於援，而納王元諂邪之說。自謂函谷以西，舉足可定。以今而觀，竟何如邪？援間至河內，過存伯春。見其奴吉從西方還，說伯春小弟仲舒望見吉，欲問伯春無他否？竟不能言。朝夕號泣，婉轉塵中。又說其家悲愁之狀，不可言也。夫怨仇可刺不可毀，援聞之，不自知泣下也。援素知季孟孝愛，曾、閔❸不過。夫孝於其親，豈不慈於其子？可有子抱三木❹，而跳梁妄作，自同分羹之事❺乎？季孟平生自言，所以擁兵眾者，欲以保全父母之國，而完墳墓也。又言苟厚士大夫而已。而今欲全者，將破亡之；所欲完者，將毀傷之；所欲厚者，將反薄之。季孟嘗折愧子陽，而

---

❷ 春卿：楊廣字。

❸ 曾閔：曾參、閔子騫，皆古時孝子。

❹ 三木：指桎、梏與械三種刑具。

❺ 分羹之事：魏文侯用樂羊伐中山。羊子仕於中山。中山君以其子逼合退兵。羊不從。中山君即殺其子，而遺樂羊羹。羊對使者飲之。而卒滅中山。

不受其爵，今更共陸陸❻欲往附之，將難為顏乎？若復責以重質，當安從得子主給是哉？往時子陽獨欲以王相待，而春卿拒之。今者歸老，更欲低頭與小兒曹共槽櫪而食，並有側身於怨家之朝乎？男兒溺死，何傷而拘游哉？今國家待春卿意深，宜使牛孺卿與諸者老大人共說季孟。若計畫不從，真可引領去矣。前披輿地圖，見天下郡國百有六所，奈何欲以區區二邦，以當諸夏百有四乎？春卿事季孟，外有君臣之義，內有朋友之道。言君臣邪，固當諫諍；語朋友邪，應有切磋。豈有知其無成，而但萎腇❼咋舌，叉手從族乎？及今成計，殊尚善也。過是，欲少味矣。且來君叔天下信士，朝廷重之，其意依依，常獨為西州言。援商朝廷，必不負約。援不得久留，願急賜報。

楊廣覽書，沉吟半晌，乃曰：「此生何惑人邪！」竟不回答。

卻說竇融以書責囂，不納，乃與五郡太守共厲兵馬，整給軍糧及鎗刀弓箭盔甲等件，悉以齊備。乃遣人詣京，上疏奏帝，請兵約期擊囂。帝深美之，乃遣使賜融以外屬之圖，及太史公五宗、外戚世家、魏其侯列傳等書。詔曰：

朕每念外屬，孝景皇帝出自竇氏；定王，景帝之子，朕之所祖。昔魏其一言，繼統以正❽，長君、

---

❻ 陸陸：即碌碌。

❼ 萎腇：軟弱。

❽ 魏其一言繼統以正：魏其，竇嬰，封魏其侯。時景帝未立太子，酒酣之時說：「我死後將帝位傳給梁王。」

少君尊奉師傅，修成淑德，施及子孫。此皇太后神靈，上天佑漢也。從天水來者，寫將軍所讓隗囂之書，痛入骨髓。叛臣見之，當股慄慙愧，忠臣則酸鼻流涕，義士則曠若發矇❾。非忠孝慤誠，孰能如此？豈其德薄者所能克堪！囂自知失河西之助，族禍將及，欲設間離之說，亂惑其心，轉相解搆，以成其奸。又京師百僚，不曉國家及將軍本意，多能採取虛偽，誇誕妄談，令忠孝失望，傳言乖實。毀譽之來，皆不徒然，不可不思。今關東盜賊已定，大兵悉於西，將軍其抗厲威武，以應期會。故茲詔諭，想悉宣知。

竇融接詔拜畢，即與諸郡太守議曰：「更始時，金城太守被封何所殺而據其郡，隗囂遣使多以金帛和連，與共結盟。奈此賊朝夕練將，曉夜屯糧，御駕若至，彼必助囂同擊。莫若乘其未備，吾等先進圖之，使後上臨，囂兵孤弱，不能取勝，方可破也。」眾皆答曰：「將軍所見甚明，即依計行。」

言未訖，忽人報曰：「金城封何來擊吾郡，已在十里山坡，布扎營寨，將軍何以治之？」融聞大驚，急令諸將披掛，親引大軍五萬，出坡迎敵。行至十里坡，兩軍相遇。封何出馬，頭頂白銀盔，身披青鎧甲，坐下黑色馬，手執雁翎刀。立於陣前，大叫小軍擂戰。竇融出馬謂何曰：「吾主劉秀，善任賢能，將軍文武兼備，智度超人。若歸扶漢室，保為重用，不枉將軍英雄而屈於賊寇之下。將軍如不願從，則功名兩失，而留汙名於萬世矣。將軍何如？」何曰：「人生天地間，要在立節。豈不聞古人有云：『士

竇嬰諫曰：「天下者，高祖天下，父子相傳，是多年的老規矩，帝為何傳給梁王？」景帝遂止。

❾ 曠若發矇：使愚昧者昭然明達。曠，明亮。矇，有眸子卻看不見。

窮立節義，世亂識忠臣。』吾與隗囂，共盟承約。汝主劉秀雖係漢室宗枝，乃是妖人崛起，吾豈背約而從寇乎？」融曰：「古之賢臣，皆擇主佐。昔商紂不仁，諸侯多叛。文王修德，親聘太公。起兵孟津，諸侯不期而會者八百。今吾主順天行道，伐暴弔民。王莽百萬之兵，片時掃除。天下三分，已得二矣。今將軍、隗囂據竊隴右，與漢爭鋒，汝縱有拿雲之手，沖天之志，則不過於王莽。將軍早思回頭，更有褒封。一旦揚清於後，二則遺計子孫。將軍不聽，難出融手。融兵十萬，戰將千員，已布四十里之地，陣如鐵束。將軍雖有萬夫不當之勇，難出此敵，願將軍思之。」封何不聽，橫刀躍馬，望融趕殺。融急催軍對陣。眾將飛奔出馬，一齊掩殺。金鼓齊鳴，喊聲震地。兩邊混戰，士馬相衝。何軍大敗，丟旗墮鼓，棄甲曳兵。封何撞出陣走，前路伏兵截住，欲回後走，竇融諸將趕上。夾攻一陣，大破之，斬首千餘級，得其牛馬千頭，穀粟萬斛，封何逃入隴右而去。於是竇融威武，揚震西河。有詩為證：

竇融一戰立元勳，威震河西四海聞。須信儒臣胸富甲，筆鋒輕舉掃千軍。

時大兵未進，融乃引軍還城，伺候車駕。

卻說囂將梁統知融會駕西征，乃使人夜入帳下，刺殺張玄，與囂絕約，解所假將軍印綬，起軍應漢。又酒泉太守竺曾思弟嬰原被隗囂昔日所害，乘漢兵起，乃殺屬國侯王徹，與弟報怨而去。竇融知，遂承制拜曾為武鋒將軍，共合大軍十萬，令眾將飽食，上馬即行。至姑臧，囂兵已退，融遂回軍。恐囂勢大，久守不出，令人上書，促駕急進。書曰：

隗囂聞車駕當西，臣融東下，士眾騷動，計且不戰。囂將高峻之屬，皆欲逢迎大軍。後聞兵罷，峻等復疑。囂揚言東方有變，西州豪傑，遂復附從，囂又引公孫述將，令守突門⑩。臣融孤弱，介在其間，雖承威靈，宜速救助。國家當其前，臣融促其後，緩急迭用，首尾相資。囂勢排迮⑪，不得進退，此必破也。若兵不早進，久生持疑，則外長寇仇，內示困弱，復令讒邪得有因緣。臣竊憂之。惟陛下哀憐，納愚衷曲。臣竇融頓首百拜，謹奉書上。

帝覽書甚喜，令使回報。

　　壬辰八年夏月，御駕親征隴右。以大司馬吳漢為元帥，征南大將軍岑彭為副帥，虎牙大將軍蓋延、建威大將軍耿弇為左右護駕帥，捕虜將軍馬武為先鋒，點起大軍百萬，戰將千員，炮響一聲，齊護駕而出。帝傳旨：「軍中不許騷擾良民。如違者，即斬。」眾將應諾前行。旌旗蔽日，塵土遮天。騎兵步卒，千里不絕。忽光祿勳郭憲急趨駕前諫曰：「東方初定，軍駕未可遠征。奈西地險阻，山谷崎嶇，且其兵將久練慣熟，吾等軍卒生疎，恐有一失，難相救護。願陛下納臣愚見。」帝不聽所言，促車前進。憲乃當車，拔刀以斷軸靷。帝亦不從。

　　西行至漆，諸將多有進告，言王師之重，不宜遠入險阻。帝猶豫未決，令召馬援問之。援即隨召夜至。帝見大喜，共坐帳下，且將所事質問。援曰：「臣因說囂將見有土崩之勢，兵進有必破之狀。臣是

---

⑩ 突門：守城之門。

⑪ 排迮：蹙迫；左右為難。

積米如山，以待君至。」細將其地形指示，眾軍所從何路出入，昭然可曉。帝聞言乃曰：「虜在吾目中矣。」

次日進軍，令吳漢等分兵兩隊並道而入。至隴右城下，布列陣勢，大叫囂將搦戰。囂知，急令大將王捷點兵十萬，各披盔甲上馬，出城迎敵。兩軍相對，眾將護車出陣。帝親打話，謂囂曰：「朕自白水起義，蒙天下豪傑歸護，均以兄弟相待，未有薄於彼而厚於此。後舉大軍進擊王莽，至武關，亦蒙汝與子陽約期接應。朕雖嗣職，未嘗有負汝之意。今何自據隴右，與朕爭耶？」囂聞帝言，低首無答。吳漢出馬，大罵：「賤賊！無福受祿，故自作孽。今見主上親至，尚不低首請罪，立時拿住，碎首分尸。」言罷，激若雷怒，踴身飛出。兩馬相交，戰不三合，隗囂敗走。吳漢趕上，王捷當住。亦無三合，忙回陣走。隗囂見敗，急催一十三員大將出陣助殺。眾將得令，飛馬而出。帝見囂兵助陣，亦令副帥岑彭、先鋒馬武及護駕耿弇、蓋延等，眾將四圍掩殺。金鼓震天，征塵蔽日。囂軍大混，伏塹墮坑，走者踐尸踏足，傷者棄甲丟鎗。隗囂見戰兵不利，急令小卒鳴金收軍，走入閉城不出。帝亦收軍下寨。

總評　此一段詔書，俱出史、漢，故煒煒可觀。

第九十六回　拯危決策將俱降

次日，漢帝陞帳，召諸將議論，恐長安有失，令征虜將軍祭遵與大司馬吳漢，分兵二萬，鎮守長安。二人領旨拜別，上馬前行。數日乃至，入城衙。次日陞堂，二人坐敘。遵謂漢曰：「囂必敗滅，其將牛邯與吾舊交，今見囂勢不利，有歸義漢家之意。吾欲遣使書諭說歸服，可行否乎？」漢曰：「既有是意，宜即歸之。」遵遂修書一緘，遣人往下。書曰：

遵與囂王歃盟為漢，自經歷虎口，踐履死地，已數十矣。於時周、洛以西無所統一，故為王策，欲東收關中，北取上郡，進以奉天人之用，退以懲外夷之亂。數年之間，冀聖漢復存，當契河、隴，奉舊都以歸本朝。生民已來，臣人之勢，未有便於此時者也。而王之將吏，群居穴處之徒，人人一掌，欲為不善之計。遂與孺卿日夜所爭，害幾及身者，豈一事哉？前計抑絕，後策不從，所以吟嘯持腕，垂涕登車。幸蒙封拜，得延論議。每及西州之事，未嘗敢忘孺卿之言。今車駕大眾已在道路，吳、耿驍將，雲集四境。而孺卿以奔離之卒，拒要持，當軍衝，視其形勢，何如哉？夫智者覩危思變，賢者泥而不滓。是以功名絡申，策畫復得。故夷吾束縛而相齊，黥布仗劍以歸漢。去愚就義，功名竝著。今孺卿當成敗之際，思嚴兵之鋒，可為怖慄。宜斷之以胸，參之有識。

大漢征虜將軍祭遵謹書。

郙得書，沉吟十餘日，乃謝士眾，歸命降漢。帝大喜，遂拜郙為太中大夫。郙頓首謝恩而出。於是，隗囂大將一十三人，與十六縣官吏，共會十餘萬眾，伏駕請降。

卻說隗囂累與漢戰不利，閉門斂坐，日夜憂悶。忽人報曰：「牛郙等一十三將與諸縣官吏會議，降漢去矣，大王若何？」囂聞大驚，諕得心寒膽落，魄散魂飛。自思無計可奈，急令安車先將妻子送出西城楊廣處去。令田弇、李育保守上邽，王元往蜀借兵，各遵去訖。

卻說漢帝下詔諭囂曰：「若能束手自詣拜降，則父子相見，保無他也。昔高皇帝云：『橫來，大者為王，小者為侯。』若遂欲為黥布者，亦自任也。」囂終不降。近臣奏知帝主，帝大怒，令將其子隗恂推出斬首。眾將得令，簇出轅門斬訖。帝曰：「此賊不可久停，宜速進兵。」即令征南將軍岑彭分兵五萬，圍擊西城，再令耿弇、蓋延引軍五萬，圍擊上邽。再敕岑彭等書曰：「兩城若下，便可進兵南擊蜀虜。人苦不知足，既平隴，復望蜀。每一發兵，頭鬚為白。」眾將遵命，帝駕東歸而去。

卻說岑彭兵至西城，圍守一月，楊廣死於其內。而隗囂窮困，望想救兵未至，甚切憂悶。其大將王捷別在戎丘，自思無計退兵，乃登城謂漢軍曰：「為隗王謹守城池者，皆必自死，而無二心。願諸軍急罷，不勞困守，吾等請以自殺，以明節義。」言罷，拔劍自刎而死。岑彭歎曰：「此烈士也。」再傳令軍中：「謹把城池，囂必困敗。」眾軍皆諾。

言未訖，忽聞囂將王元於蜀處求借救兵五千餘人，令卒鼓譟大呼曰：「百萬眾兵來至！」漢軍大驚，岑彭勒馬於高處觀望，見王元當頭，與數名戰將飛馬而來。彭即解兵，截住搦戰。兩軍相對，王元出馬高聲叫曰：「岑彭小將，尚不知死，還敢引軍對陣？今吾百萬之兵，千員勇將，汝縱插翅飛天，亦難逃出此陣。早省拜降，免遭擒斬。」岑彭聽言大怒，罵曰：「穴居鼠寇，敢出大言！汝雖有百萬之兵，吾亦不懼。吾曾昆陽疋馬單刀，殺蘇伯可片甲無存，一鼓而取其城。今逢小敵，豈足為懼？」言罷，令卒擂鼓，兩軍相交，約戰十合，王元抵敵不住，敗陣回走。岑彭趕上，周宗出馬截住，共戰三合，岑彭展起金標，望宗背後一打，落於馬下。王元、行巡急出挺住。荀宇扶宗上馬，回入本陣。隗囂聽知喊殺，震聞天地，急登城望，見是王元救兵來至，令卒開門，高叫：「王元罷戰，且入城來。」

王元聞叫，鳴金收軍，走入城中。與囂議曰：「岑彭世之勇將，難以對敵，且此糧草又盡，不可虛守。莫若夜開北門，從東走入冀城，再作區處。」隗囂從言，遂令軍卒飽食，至夜二更，各披盔甲上馬，潛出北門。行未半里，小軍走報岑彭。彭急引軍後趕，追至冀城。囂軍走入城去，岑彭分兵圍住。守經半月，岑彭食盡，放火燒其輜重，引兵下隴。於是安定、北地、天水、隴西復反助囂。囂病且餓，無食，出城食糗糒，恚憤而死。王元、周宗等收囂安葬，遂立其少子隗純為王。有詩為證：

囂將空謀望斗臺，秋風隴下久徘徊。長星不為奸雄伴，夜半流光落九垓。

總評　王捷等人儘自凜烈，惜事非其主，故死亦泯泯耳。

第九十七回　賊思君義誠傾服

九月，車駕還宮。帝於後殿悶坐，自思潁川等處賊盜蜂起，騷動京師，心甚恐懼。一日登殿，文武朝罷，帝召執金吾寇恂謂曰：「今潁川盜賊群起，擄掠生民，兼且迫近京師，當以時定，惟獨卿能平之。朕欲托卿復出，與國分憂，可乎？」恂曰：「潁川聞陛下出戰隴蜀，故狂狡之徒，乘間相語而亂。今若再聞陛下南向，賊心惶怖歸死。陛下可親出討，臣願執銳前驅，方全萬勝。」帝曰：「卿言是也。」遂令寇恂勒兵十萬，御駕南征。

眾將得令，各披重盔輕甲，硬弩長鎗，一齊擁護車駕而出。旌旗雲擁，山岳動搖。凡經過州縣，官吏各持羊酒珍味迎接。既至，群賊爭相迎降。帝大喜，竝不傷害一命。乃曰：「汝等因無食用，纔起是心。」言罷，每人賜銀十兩，令各歸事農業。眾皆歡悅誠服，叩頭謝恩而出。乃相私語曰：「漢帝誠有養民之心，寬仁之度。吾等本該死罪，反賜金銀，並無計較，吾等何能報乎？」言罷，各散而去。帝令恂為潁川太守，撫恤良民。寇恂不拜。百姓遮道疏伏駕前，告曰：「願從陛下，復借寇君一年，以清黎庶。」帝聞嘆曰：「寇恂誠然天理，仁及萬民。」乃留恂鎮撫，受納餘降。

卻說東郡濟陰，盜賊亦起。帝聞，急召大司徒李通、橫野將軍王常至帳下，謂曰：「今潁川已定，奈東郡復起，朕欲託二將軍往伐，救拔生民。將軍何如？」二將答曰：「臣等雖無才識，願死當鋒，以報陛下厚恩。」帝大喜，即分麾下精兵五萬，與二將往擊。二將拜別上馬，引兵而去。

帝復思耿純曾為東郡太守，威名著於衛地，遠近皆知，若得此將一往，不征可服。遂遣使持節，拜純為太中大夫，使純起兵合會李通、王常等，共擊東郡。使者至鄴，入見耿純，具說所事。耿純大喜，令使回報，即發大兵五萬，上馬而往。

東郡聞純入界，賊盜皆震。各相謂曰：「耿純將軍威振天下，聲震京都。原為此郡太守，以德化民，所以人人皆服，四海瞻蘇。吾等莫若迎上請降，則為上計。」眾皆大喜，言此計甚妙。是日，會聚九千餘人，當道拜伏，告曰：「小的眾人，自昏作孽，罪有萬死。望將軍仁恩寬宥，從今以後，再不敢非。」純曰：「吾豈喜欲是哉？但汝等不守生分，故此橫為，以致干戈騷擾，民庶遭殃。今肯誠心罷服，吾意甚悅。自此為戒，各以苦力營身。一則顯祖宗之光，二則揚親戚之美，雖不上達，亦無遺汙於子孫矣。」言罷，令各散歸。眾皆大喜，叩首謝恩而退。於是東郡賊兵不攻自服，震境班師，帝接大喜。仍以純為東郡太守，吏民悅服。李通等擁駕回京而去。

第九十八回　帝泣忠臣厚殮封

卻說漢帝還朝，次日陞殿，與眾文武議曰：「隗囂雖死，奈其子繼為王，將何如耶？」李通答曰：「大事去矣，何懼小哉？」

言未訖，一人趨殿奏曰：「征虜大將軍祭遵於隴下疾篤，死於軍中。今喪至河南縣，陛下可發兵接之。」帝聞所奏，頓使魂飛氣絕，倒下龍床。眾臣急救，多時方醒。乃放聲大哭曰：「此將為吾披堅執銳，敢死當鋒，未嘗酧其勞也。今不幸而疾逝軍中，安得憂國奉公如祭征虜者乎！」頓足搥胸，嗟吁不已。李通奏曰：「祭遵終世，天數然也。陛下為苦慟，損悴龍顏，今其喪至河南，陛下可傳敕殯，以表君臣之義。」帝傳旨，令百官皆披素衣出接。帝親披孝，素車白馬，迎出郭外，望其喪近，哭哀甚切。還至城門，觀者皆為流涕。帝下詔，停於午門外殿，再令河南尹護其喪事。

次日，漢帝陞殿，召眾文武論議喪事。忽翰林博士范升上疏，追稱祭遵。疏曰：

臣聞先王崇政，尊美屏惡⓬。昔高祖大聖，深見遠慮。班爵割地，與下分功。著錄勳臣，頌其德美。生則寵以殊禮，奏事不名，入門不趨⓭；死則疇其爵邑，世無絕嗣，丹書鐵券，傳於無窮。斯誠大漢厚下安人，長久之流。所以累世十餘，歷載數百，廢而復興，絕而復續者也。陛下以至德受命，先明漢道，褒序輔佐，封賞功臣，同符祖宗。征虜將軍潁陽侯遵，不幸早薨，陛下仁恩，為之感傷。遠迎河南，惻怛之慟，形於聖躬。喪事用度，仰給縣官。重賜妻子，不可勝數。送死有以加生，厚亡有以過存。矯俗厲化，卓如日月。古者臣疾君視，臣卒君弔，德之厚者也，陵遲已來久矣。及至陛下，復興斯禮，群下感動，莫不自勵。臣竊見遵修行積善，竭忠於國，北平漁

⓬ 尊美屏惡：宣揚美的，棄去惡的。論語堯曰：「尊五美，屏四惡，斯可以從政矣。」

⓭ 入門不趨：入宮後不用小步快走。疾行曰趨，用以表示恭敬。

陽，西拒隴蜀，先登坻上，深取略陽。眾兵既退，獨守衝難⑭。制御士心，不越法度。所在吏人，不知有軍。清名聞於海內，廉白著於當世。所得賞賜，輒盡與吏士。身無奇衣，家無私財。同產兄午以遵無子，娶妾送之，遵乃使人逆而不受，自以身任於國，不敢圖生慮繼嗣之計。臨死遺誡，牛車載喪，薄葬洛陽。問以家事，終無所言。任重道遠，死而後已。遵為將軍，取士皆用儒術。對酒設樂，必雅歌投壺。又建為孔子立後，奏置五經大夫。雖在軍旅，不忘俎豆。可謂好禮悅樂、守死善道者也。禮生有爵，死有謚。爵以殊尊卑，謚以明善惡，臣愚以為宜因遵薨，論敘眾功，詳案謚法，以禮成之。顯章國家篤古之制，為後嗣法。臣翰林博士范升頓首誠惶百拜，謹奉表上聞。

帝覽表，讀罷，愈加哀悼，若天喪己，不能自息。乃將升奏之表，以示公卿。即日至葬，帝駕素車，親披孝服。文武軍士，俱令衣白。擁護喪中，謚曰「成侯」。既葬，車駕復臨其墳弔奠。見遵夫人哀泣，帝甚悲傷。有詩為證：

如何宵起夢偏長，庭樹生寒風滿堂。落月屋梁情似海，此生無分識遵郎。

---

⑭ 衝難：險要之地。

第九十九回　馮異兵臨天水破

卻說囂死，其將王元、周宗等復立子純為王，徙居雁門。帝召征西將軍馮異往伐。異即引軍五萬，上馬徑往，前望西行進發。數日方至，令人報知吳漢、杜貌、來歙、王霸等，合兵共進。四將聞報，急出迎接。禮畢，即起軍行，共合二十餘萬。至天水，分兵列陣，令小卒叫純搦戰。

純知恐懼，急召大將王元計議。元曰：「大王勿慮，安坐城中。小臣等願死當先，斬首來獻。」言罷，飛身上馬，與趙恢、周宗、行巡、荀宇等，勒兵十萬，分作兩門而出。王元、周宗、行巡引軍五萬，先從南門出戰，令趙恢、荀宇分兵五萬從後，西門勦殺。言訖，各依計行。

王元等出城，與漢兵對陣。馮異出馬謂元曰：「鼠賊尚不知死！隗囂千謀萬計，未能成就，憤氣死於軍中。今汝一微塵耳，豈足為望？」元曰：「鵲在深林，而笑孤鳳，吾先王雖喪，後主猶勝。天下國家，世承相繼，豈能長於漢哉？汝今早降罷戰，不失功名之望。倘若抗頑，分尸碎首。」馮異大怒，掄刀躍馬，直取王元。二人交馬，約戰數合，王元抵敵不住，走回本陣。馮異躍馬趕上，周宗、行巡飛出截住，兩下夾攻。王霸望見，忙衝入陣，撞遇周宗。共戰十合，周宗敗走。王元舉旗一招，趙恢荀宇從西殺入。吳漢見其兵助，急催杜貌、來歙一齊躍馬而出，兩邊混戰，喊殺連天。隗兵大敗，趙恢欲撞陣走，被杜貌當胸一箭，射落馬下。荀宇望見，飛躍走近，挾上馬去。王元見勢不利，忙急鳴金收軍，入城而去。馮異分兵四面圍住。

卻說公孫述知純危迫，急遣大將趙匡引軍五萬來救。至城已近，趙匡先令一將報知城內，出兵應接。其將領命，躍馬飛行。見西門無軍把守，走至城下，叫卒開門，言西蜀起兵來救。把守吏卒未知真假，不敢妄開，忙入府內報王元。元自登城問曰：「汝既蜀兵，有書來否？」答曰：「有。」遂將來書帶於箭上，射入城去。王元接見，果然。謂曰：「吾准會應。」其將遂別而去，正欲出走，被漢巡軍趕上拿住，綁送馮異帳下。異問曰：「汝何將士，敢來打聽消息？以實告說，免受重刑。」其將答曰：「公孫述知將軍圍城，特遣趙匡引軍五萬來救，故令小人報知王元。小人罪該萬死，乞將軍姑恕，願隨將軍，提挈鞭鐙。」異聞笑曰：「子陽痴心，虛謀想大。」言罷，令將監候。曉諭眾軍，嚴兵待戰。

忽人報曰：「蜀兵來至。」馮異收軍，分作五隊而入。兩軍相遇，趙匡出馬，頭頂鳳尾盔，身穿青鎖甲，手執大桿刀，坐下紅鬃馬。立於陣前，大叫：漢軍搦戰。馮異出馬謂曰：「吾征隴右，與汝無干。今故速兵來至，欲討死乎？」趙匡罵曰：「匹夫村寇，不禁三合，敢出大言？若拿到手，粉尸碎骨。」馮異大怒，令卒擂鼓，展開陣勢，躍馬相交。共持十合，趙匡氣力不禁，忙回敗走。馮異趕上。趙匡撥馬又戰三合，被馮異一刀，砍為兩段。王元登城望見，急放軍出，兩下協攻，吳漢、王霸、杜貌、來歙見其兵助，四路一齊進發，掩兵混戰，塵土遮天。王元大敗，殺得尸橫山積，血漲河流。溝塹傷軍，聲號地震。隗純見勢危敗，急自鳴金，收軍入守。馮異收軍，四團圍住。

王元走入城中，點收兵數，傷折大半。隗純甚是憂切。周宗進謂純曰：「大王休罪，容臣所告。」純曰：「將軍何事？」宗曰：「漢將部下人馬精強，先王累與爭鋒，未能取勝。今大王兵微將寡，上陣者少，豈能敵勝彼哉？臣聞劉秀寬仁待士，卑禮迎賢。大王莫若獻降，保全金體。一則功名不失，二則民士得安。大王若何？」純曰：「吾父累與交兵，恐懷舊恨，何如？」宗曰：「岑彭先事王莽，除授宛城太守。劉秀起兵，與彭交鋒半載，殺秀軍士不可勝言，後彭拜降，反得加封重用，竝無憎恨之心。大王放心休慮，臣保萬全。」隗純許之。

宗遂登城謂漢將曰：「吾主隗純，今願獻城納降，將軍肯休容否？」馮異答曰：「若肯歸義漢家，保封原職。」宗曰：「恐帝心懷舊恨，將軍若何？」異曰：「若有差遲，是吾之過。叫彼放心無疑，保全重用。」宗遂回報，具說所事，隗純大喜。王元知，投入蜀中而去。

十年冬月，令卒獻開東門，自引大軍出接，跪伏道傍。告曰：「小將有萬罪之愆，百千之過，乞將軍憐宥孤獨，泉下不忘大恩。」馮異下馬攙起，謂曰：「公子今能歸義，名節永垂，豈有懷舊恨哉！」言罷，同入城衙，安撫百姓。

十一年春月，異攻落門，平服，病發薨於軍中。敕賜葬於洛陽，謚曰節侯，長子彰嗣。帝思異功，復封幼子訢為析鄉侯。

第一〇〇回　岑彭師震蜀川驚

卻說公孫述遣大將任滿、田戎、程汎等，引數萬人乘舫排，下江關，擊破夷陵、夷道，因據荊門。

漢征南將軍岑彭發兵拒敵，累戰不克。帝知，遣大司馬吳漢發荊州兵助彭夾擊。

吳漢即起大軍十萬，上馬前行。數日方至，共合二十萬餘。彭遂傳令軍中，令裝戰船千隻，各載火炮於內，逆流而上。眾將整集齊備，報知岑彭。彭與吳漢分兵上船，直衝浮橋而進。田戎等知，亦架小舟五百餘隻，擺陣對敵。兩軍相遇，岑彭、吳漢各立船頭之上。田戎叫曰：「小將降否？」岑彭罵曰：「隴右如山之勢，一掃平除。汝乃一微煙耳，豈騰大焰？」言罷，催櫓亟進，衝船混戰。是時，天風狂急，彭令軍各放火炮。風怒火衝，彭、漢順風並進。蜀兵大亂，火燒溺水，死者無數。任滿令軍搖船，欲泊東走。吳漢兜弓趕上，望滿腦後一箭，鎖入咽喉，溺水而死。程汎亦走，岑彭截住，生擒斬首。田戎走保江州而去。

岑彭、吳漢率臧官劉歆等，一齊上岸，長驅入下江關，傳令軍中，無得虜掠民財。所過地方百姓，皆奉羊酒迎勞。彭謂諸耆老曰：「大漢皇帝，哀憐巴蜀人民，久遭軍掠，故興師遠伐，為人除害，豈傷汝等財哉？」毫末不受。百姓皆大喜悅，爭開門降。彭遂安撫城中士庶，即下江州。見田戎食多城固，一時難取，乃留部將馮駿分兵五萬守之，自引兵乘利進攻平曲。

卻說中郎將來歙與蓋延、馬成等進攻述，述將王元、環安趕至河池下，大破之。乘勝再進，蜀人大懼。公孫述一日陞帳，召諸將議曰：「漢兵勢大，人人驍勇，州縣悉被攻破，如之奈何？」眾將默然無計。

忽帳下一小卒，名曰烏鑽，進曰：「大王勿慮，小人一計，可殺漢將來歙。」述曰：「汝有何計？」鑽曰：「小人學為刺客，夜藏短刀，潛入帳下，刺殺來歙，則蓋延易破矣。」述大喜曰：「我兒若能建功，封賞不輕。」

烏鑽遂同而往，至其帳前，以身藏於榻下，待夜三更，聽得來歙睡濃，潛步扯刀，望歙肚上一刺，飛奔出營而去。來歙痛覺，刀刺入肚，不能拔出，乃呼蓋延至。延見歙傷，放聲哀哭，不能仰視。歙張目叱延曰：「虎牙何得此邪？吾中刺客所傷，無以報國，故呼將軍囑託軍事，而反效兒女子涕泣乎？刃雖在身，還欲勒兵破賊，以復仇恨，何足懼哉！」延強收淚，以聽所誡。歙奮然起榻，修表申聞。表曰：

臣歙夜宿軍中，更闌靜後，為賊人潛刺，傷中臣身。臣不自惜，誠恨奉職不稱，以為朝廷羞。夫理國以得賢為本，太中大夫段襄骨鯁可任，願陛下裁察。又臣兄弟不肖，終恐獲罪，陛下哀憐，數賜教督，……

表未至終，投筆抽刃而絕。蓋延哀悼甚切，不自止已。見歙所修之表，雖未完就，亦將封下，遣人先報朝廷，以表其意。後令王良，護送喪還。

使者領命，飛奔至京。入朝見帝，呈上歙表。帝覽畢大驚，涕泣不已。軍報喪還洛陽，帝親披孝，素車白馬，傳使敕葬。謚曰節侯，子衰嗣。帝思來歙忠節，復封其弟田為宜西侯。

郤說岑彭攻破平曲，收其穀粟數十萬石。公孫述知，恐懼勢大，盡入其手，急使大將延岑、呂鮪、王元及弟公孫恢，發兵十萬，拒廣都及資中，又遣侯丹率兵二萬，守拒黃石。

彭知，使護軍楊翕與臧宮分兵十萬往拒延岑等，自引大軍十萬，襲擊侯丹。兵至黃石，兩軍相對。侯丹出馬，岑彭不與打話，提刀直取。二人交馬，約戰十合，侯丹敗走。岑彭趕上，大喝一聲，斬於馬下。眾將俱各走散，彭遂收軍。晨夜倍道，兼行二百餘里，徑拔武陽。及使精騎馳擊廣都，去成都十里，勢若風雨，所至皆奔逃散。

初，述聞漢兵在平曲，故遣大兵逆之。及彭至武陽，遶出延岑軍後，蜀地震駭。述大驚，以杖擊地曰：「是何神也？」時彭所立營寨之地，名曰「彭亡」，岑彭聞而惡之，欲改其名。至日暮，蜀將環安刺客，詐為亡奴降彭，彭遂納之。至夜二更，亡奴身藏短劍，潛入岑彭帳下，聽其睡熟，遂拔劍脇下一刺，岑彭痛醒，喊叫一聲而薨。眾將知覺，急起拿住亡奴，斬為八段。有詩為證：

如山號令想英雄，志掃氈腥屢建功。何事身罹奸計害，令人景仰嘆西風。

總評　不死於戰陣，而死於刺客之手，死更可憐。地名曰「彭亡」，其讖亦奇。

第一〇一回　吳軍克戰平巴蜀

卻說吳漢與公孫述之將魏黨戰於魚涪津，大破之，復進武陽，圍城攻襲。述遣弟公孫恢與子婿大將史興，引兵五千來救。吳漢知，解兵迎敵。兩邊擺開陣勢，史興出馬，大叫：「漢將答話。」吳漢出馬謂曰：「小將來送死乎？」興曰：「吾奉公孫敕令，特來擒汝，早下拜降，庶留殘命。」吳漢大怒，輪刀躍馬，直取史興。二將交鋒，約戰十合，吳漢輪起重刀，望興腦後一砍，連人帶馬，削為兩半。公孫恢見勢不利，引軍回走而去。漢盡獲其輜重，不可勝數。復進大軍，攻擊廣都，大破拔之。遣卒放火，燒毀廣都市橋。於是武陽東諸小城，爭相迎降。

漢又欲攻成都，帝知，遣人戒曰：「成都十餘萬眾，不可輕敵。但堅據廣都，待其來攻，勿與爭鋒。若不敢來，將軍轉營迫之，須其力疲，乃可擊也。」吳漢不聽，乘利勒兵十萬，進逼成都。離城十里，阻江北，布起營寨，造作浮橋。使副將武威將軍劉尚分兵二萬，屯於江南，相去二十餘里。帝聞大驚，急遣使讓漢曰：「前敕將軍據守，今又千條萬端，臨事勃亂，是何意也？即輕敵深入，又與劉尚別立營寨，事有緩急，不復相及。賊若出兵，暗背將軍，以大眾攻尚，尚破，將軍亦敗，幸勿他者，急引兵還廣都為上。」詔書未到，述果使大將謝豐、袁吉引兵十萬，分為二十餘營，併出攻漢。又使弟恢引萬餘軍，偷劫尚寨，令不得相救。

卻說吳漢聞知述兵至，急引眾將分作兩隊出敵。大戰一日，斬首萬餘。吳漢敗陣，回走入壁。豐等趕上，分兵圍之。漢乃召諸將厲之曰：「吾與汝等踰越險阻，轉戰千里，志所在於斬獲，遂深敵地，至其城下。而今與劉尚二處受圍，勢既不接，其禍難量。吾欲潛師就尚，於江南合兵共禦，汝等若能同心一力，當鋒決戰，大功可立。如其不然，敗必無餘。成敗之機，在此一舉。」諸將聞言，皆曰：「以死出力。」漢遂飽士厲馬。閉營三日不出，令卒多樹旗旛，使煙火不絕。至夜二更，各披盔甲上馬，潛步出寨。與尚合兵而去，豐等不覺。

次日，吳漢分兵五萬，與劉尚攻江北，自引大軍攻擊豐等。兩將相遇，謝豐出馬，謂漢曰：「認得謝將軍手段否？」漢聞，笑曰：「小將暗偷一陣，亦自誇口？」言罷，輪刀擺陣，金鼓齊鳴。二將交馬，約戰十合，謝豐敗陣回走。吳漢趕殺，袁吉出馬當住。共戰十合，吉亦敗走。吳漢躍馬趕上，大喝一聲，斬於馬下。謝豐見勢不利，引兵急走。吳漢張弓搭箭，飛馬追趕將近，望豐項下一箭，墜地而死。吳漢自早交兵，至晚纔罷。獲其盔甲無數，斬首五千餘級。自引兵還廣都，留尚拒述。自是，漢與述將戰於廣都、成都之間，八戰八克。有詩為證：

文武全才冠世雄，中興諸將孰能同？揮戈指日回天下，八戰成都八克功。

一日，公孫述陞帳，謂延岑曰：「自與漢將交鋒，屢未能勝，今又據守成都，事當奈何？」岑曰：「男兒當死中求生，豈可坐守窮乎？財物易聚耳，不宜有愛。」述曰：「然也。」遂依其言，將金帛散賞軍士，令五千人馬跟護延岑，往市橋伐木，虛架浮梁，令卒鳴金擊鼓，引漢對陣。述自潛出精兵，勦殺其後。言罷，各遵命去。

卻說吳漢見岑兵少，即引大軍出敵，兩軍相對，延岑出馬。吳漢不與打話，提刀直取。二將交鋒，約戰十合，延岑詐敗，引至橋邊。述兵隨後攻襲，吳漢奮力追殺，趕至橋上，不覺虛架橋梁，墮水淹沒。吳漢急以手援馬尾得出上岸，遂引殘兵還入廣都而去。

十一月，臧宮軍至咸門，人報知述。述視古書云：「虜死城下。」乃大喜曰：「吳漢在吾手矣。」自引大軍數萬，攻擊吳漢。使延岑分兵五萬，拒搦臧宮。各遵去訖。

卻說臧宮知岑兵至，急令眾將布列陣勢，待臨搦戰。延岑軍至，亦不打話，躍馬交鋒，兩邊混戰。

岑三合三勝，自旦及日中，軍士不得食，悉皆疲困。吳漢乘勢，急使護軍高午、唐邯中分銳卒數萬，突軍衝擊，述兵大亂。高午挺鎗躍馬，飛入陣中刺述洞胸，墮於馬下。延岑飛馬奔近，救入城中而去，吳漢分兵圍住。

延岑扶述臥於榻上，痛不能止。至夜二更，乃召延岑至帳下，囑之曰：「吾自起軍巴蜀，未嘗一折。今不幸遭於小將算，刺一鎗，命隳旦夕。奈子雛幼，不能伸恨，故託將軍扶祐。望將軍憐念舊情，莫忘今日。若子可護則護之，如不可護，將軍取之，莫令豪傑共笑而落於他人之後矣。」言罷，憤絕而死。

次日天曉，岑與諸將議曰：「今公孫述已死，吾等莫費心機，勞苦士卒，不如獻降為上。」眾將皆諾。岑遂登城謂漢曰：「昨晚公孫述死，吾等願獻歸降，將軍肯容納否？」漢曰：「既肯傾服，悉保重用。」岑乃開門與諸將迎出郭外，跪伏馬前告曰：「小將蠢庸，為公孫述所惑。不識將軍雄勇，故有今日之愆，罪該萬死。望將軍仁宥。」吳漢大喜，令岑前引，一齊擁入城去。

漢即傳令，著唐邯夷述家屬。邯得令，領軍一千，搜入宮中，將述妻子及共族人等盡皆誅戮。岑亦縱兵大掠，放火燒述宮殿。

吳漢斬述首級，令人傳送洛陽。帝見大喜，謂曰：「子陽不思富貴有命，妄自尊大，今日休於是乎？」言罷，忽一臣奏曰：「吳漢、劉尚雖獲大功，然其縱兵搜掠，毀焚宮殿，大非義也。乞陛下傳旨，杜其將來。」帝聞大怒，敕使往戒之曰：「城降三日，吏人從服，孩兒老母，口以萬數，一旦放兵縱火，聞之可為酸鼻。且尚宗室子孫，嘗更吏職，何忍行此？仰視天，俯視地，觀放麑啜羹⑮，二者孰仁？良失

⑮ 放麑啜羹：韓非子說林上：「孟孫獵得麑，使秦西巴持之歸。其（麑）母隨之而啼。秦西巴弗忍而與之。」

斬將弔人之義也！」

吳漢聽戒，傳令遂止，安撫城內百姓，賞勞諸軍。

總評　延岑、王元同係賊臣，至始終不二。主死主降，元寧奔無臣，其過延岑遠甚。不可以元經事賊臣，一概抹殺。

第一〇二回　漢帝追勳擢廟廊

卻說漢帝既平蜀定，乃思漢舊賢臣李業、譙玄、王皓、王加等俱被奸逑所害，心甚愍切。一日陞殿，眾官朝罷，傳旨：著黃門校尉建立祠廟，圖塑形身，受享春秋之祀。廟完，詔使擺列中牢禮物，御駕親入祭奠。令鴻臚司序班，朗讀祭文。曰：

惟神全才，忠義大節，如玉之潔，如日之光。一世之短，百世之長。於茲廟貌，景仰綱常。時維臘月，謹以牲漿，神靈英爽，來格來嘗。庶品用伸，伏惟尚饗。

祭畢，詔令校軍守護，不得毀壞宮牆，以違敕命。言訖，車駕還朝。

後以「放麑」為仁德之典。啜羹即樂羊故事。

遣使復徵賢士費貽、任永、馮信等陞用。詔書未到，永、信二人病卒，獨貽隨使入朝，至殿見帝，朝拜禮畢。帝曰：「寡人思卿久矣，未能得見。今幸屈至，喜躍弗勝。」貽曰：「臣恨無才佐事陛下。既蒙恩召，敢自違乎？」帝大喜，遂封貽為合浦太守。貽叩首謝恩而出。

卻說睢陽縣令任延謙卑守約，賞罰信明，帝甚愛之。一日，遣使召延至殿，謂曰：「朕以卿多能幹，政治良民，故擢卿為武威太守，撫察賢否。卿何言乎？」延曰：「臣雖無才，蒙恩敕賜，敢抗違哉？」遂叩首謝恩而起。帝戒之曰：「卿於任所，務宜善事上官，無失名譽。」延曰：「臣聞：『忠臣不私，私臣不忠。』履正奉公，臣子之節。上下皆同，非陛下之福。善事上官，臣不敢奉詔。」帝歎息曰：「卿言是也。」延遂拜別而去。

卻說外國使者來獻名馬一疋，日行千里，又獻寶劍一把，價值百金。近臣趨殿奏知帝主。帝大喜，令召使者至殿，賞金百兩，緞四十匹。使者謝恩回國而去。帝即頒詔，以劍賜與烈士，留馬駕車。

次日傳旨，御駕親出遊獵。文武遵詔，令中黃門校尉安整龍車，眾將武士嚴肅侍衛。須臾帝出，與鄧禹同坐車中，令賈復、李通為左右護駕，王常、陳俊為前後先鋒，各執利兵，擁車而出。前至南山坡阪，陳俊令軍拿獲田夫二人來問。田夫告曰：「小人無罪過犯，將軍拿縛何用？」俊曰：「汝等休驚。萬歲親出遊獵，但問何處有虎，指示捉獲，重賞金銀。」田夫聞言，欣然答曰：「此事不難。前面白鵝山內有一大虎，常出傷人性命，正要除此畜生，不能到手。今幸將軍來滅，小人願引。」陳俊大喜，遂令前行。既至，即賞田夫每人白銀十兩，二人叩首而出。帝見其山樹林深長，實險驚人。傳旨眾將四圍張網，擊鼓鳴金。唬虎戰驚，吼聲雷震。陳俊挺鎗，引眾將鳴金入坡，趕發。其虎飛奔出山，賈復攀弓望虎，當胸一箭，射中左肩。其虎漫山奔走，陳俊眾軍亂趕。賈復以藥再復一箭，其虎即坐而死。帝令軍卒搏屍砍肉，分賜眾將。

是日天晚，車駕回殿。至城下，上東門侯郅惲拒關不開。帝使人見惲，問曰：「御駕回朝，何得違阻？」惲曰：「火明燎遠，遂不受詔。」帝乃回車，從中東門入去。

次日，郅惲入朝見帝，諫曰：「昔文武不敢盤於游田，以萬民惟正之供。而陛下遠獵山林，夜以繼晝，如社稷宗廟何？」帝聞歎曰：「惲誠賢士也，中東門侯何能及之。」遂賜郅惲縑絹百匹，而貶中東門侯為參封尉。

於是大饗將士，定封功臣。以鄧禹為高密侯，食祿四縣。李通為固始侯，食祿四縣。賈復為膠東侯，食祿六縣。餘悉有差。眾皆謝恩而去。

第一〇三回　偃武修文圖致治

卻說漢帝在於兵間，久厭武事，且知天下疲耗，思樂息肩。自平隴蜀之後，非緊急之事，未嘗復言軍旅。

一日，皇太子親問帝曰：「臣久學於東宮，未諳世事，不能明決攻戰之策，願父皇教導。」帝曰：「昔衛靈公問陳於孔子，孔子不對。此非汝所能及之也。」太子遂退。

鄧禹、賈復知帝偃罷干戈，欲修文德，即與眾將集議，悉去兵甲，敦崇儒學。帝深然之，悉召至殿，謂曰：「朕自創業垂統，俱賴卿等力扶。攻城復縣，殺賊破奸，身經萬苦之勞，未嘗一息。至是隴蜀平服，天下太平。朕欲偃戈崇道，完汝功臣爵士，表朕微意。今聞卿等能自去兵偃甲，就職儒術，朕甚喜之。」言訖，遂罷左右將軍，悉以列侯就第。眾皆謝恩。

時建威將軍朱祐越班奏曰：「今天下雖定，國政未修。陛下可選有才德者，陞為宰相，佐助朝綱，庶使國家有政，民不失條，願陛下聖鑒。」帝曰：「奈無是人，將何如耶？」祐曰：「膠東侯賈復為人剛毅方直，多大節志。既還私第，闔門養威致重。況且文武兼備，誠宰相之才也。陛下宜陞之。」帝准奏，即封復為三公之職，而功臣竝不用之。

是時漢帝悉罷功臣不用，唯高密侯鄧禹、固始侯李通、膠東侯賈復三人，每與公卿參議國家大事，恩遇甚厚。帝雖制御功臣，而每能容，回宥其小失。凡遠方進貢珍甘物味，必先頒賜諸侯，而大官無餘。故皆保其福祿，不忍一旦而罷之意。故光武能保全功臣如此。

卻說大司馬吳漢平服巴蜀，振旅還京。一日，入朝奏帝，請封皇子，及還封諸侯行爵出祿，帝不許。次日，又上復奏。帝乃下詔，令群臣議處，再至復命。是日，詔下大司空竇融、固始侯李通、膠東侯賈復、高密侯鄧禹等集議。皆言吳漢奏者甚當，不可輕忽。眾遂修表一封，次日奏聞帝主。表曰：

古者封建諸侯，以藩屏⑯京師。周封八百，同姓諸姬竝為建國。夾輔王室，尊事天子，享國永長，

⑯藩屏：保衛；護衛。

為後世法。故詩云：「大啟爾宇，為周室輔。」高祖聖德，克有天下，亦務親親，封立兄弟諸子，不違舊章。陛下德橫天地，興復宗統，褒德賞勳，親睦九族，功臣宗室，咸蒙封爵，多受廣地，或連屬縣。今皇子賴天，能勝衣趨拜，陛下謙恭克讓，抑而未議，群臣百姓莫不失望。宜因盛夏吉時定號位，以廣藩輔，明親親，尊宗廟，重社稷，應古合舊，厭塞⑰眾心。臣請大司空上輿地圖，太常選擇吉日，整具體儀。乞陛下聖神詳察，納進愚策。臣鄧禹等誠惶誠恐，頓首百拜，奉表上聞。

帝覽畢，制曰可。夏四月傳旨令大司空竇融以太牢告祠宗廟，封贈皇子：

劉輔為右翊公　劉英為楚公　劉陽為東海公　劉康為濟南公　劉蒼為東平公　劉延為淮陽公　劉荊為山陽公　劉衡為臨淮公　劉焉為左翊公　劉京為瑯琊公

謚二皇兄：

劉縯為齊武王　劉仲為魯哀王

皇子各受贈訖，帝令大會群臣，文武悉皆朝賀。有詩為證：

玉陛鳴珂列鷺鴛，歡聲靄靄動乾坤。黃河正值澄清日，四海長沾潤澤恩。

⑰ 厭塞：滿足。

卷七

第一〇四回 覈田詔尹民遭害

帝以天下墾田頃畝及戶口年紀互有增減，多不以實。乃詔下州郡，各僉檢覈。於是潁州、河南、南陽諸州郡守接傳詔旨，巧詐橫為，假以丈田為名，聚民田中，並度量屋舍，起騙財物，村里人民遮道啼泣。有富豪獻錢者，則優而容之，貧窮無奉者，則刑而迫之，所以民間深受其害。

時諸郡各遣使者詣京奏事。帝見陳留一吏牘上有書，視之云：「潁川、弘農可問，河南、南陽不可問。」帝乃召吏問曰：「此書何人作也？」其吏不肯實告，乃托言答曰：「臣於長壽街上得來。」帝怒欲斬。時皇子東海公陽在幄後，言曰：「吏受郡守所敕，當欲以墾田相方耳。」帝曰：「既然如此，又言河南、南陽不可問者，何也？」皇子對曰：「河南者，帝之城郭也，多有近臣。南陽者，帝之鄉里，多有近親。所以二處田宅踰制，不可為準。」帝令虎賁將詰問其吏，吏乃首服，即如皇子之言所對。帝聞嘆曰：「東海誠有大志，深識遠謀。」由是益奇愛之。有詩為證：

東海公陽十二時，深明遠慮識奸非。親臣兩處田踰制，自是君王愛益奇。

卻說河南尹張伋接詔，言欲檢覈墾田頃畝，即與諸郡太守十數餘人坐田量度，民家有不以實者，皆下獄死。於是，郡國大姓及兵長群盜處處並起，攻劫在所，殺害官吏。人報知張伋，伋聞大驚，急與諸郡太守回府勒兵，以拒群盜，令人通曉各縣人會接應。張伋披掛，親出拒戰。賊將出馬，張伋謂曰：「聖上仁德撫民，有何虧汝，今故反乎？」賊將答曰：「非聖上之過，因汝欺君越法，假以丈田為名，暗騙財物，故此激變良民，特來討汝，為國除害。」張伋大怒，提刀躍馬，直取賊將。二人交鋒，共鬥二十餘合，不分勝敗。張伋令卒擊鼓再戰，未及二合，各縣軍馬悉令來至，一齊掩殺，塵土遮天。張伋衝入陣中，攪軍混戰，斬首千餘。賊將拚死殺出，各逃奔散而去。張伋收軍入城安歇。

卻說賊將復聚屯，結集青、徐、幽、冀四州一齊並起，擾掠甚盛。帝知，冬十月遣使者下郡國，聽群盜自相糾擿。五人共斬一人者，除其罪；吏胥逗遛迴避故縱者，皆勿問，聽以擒討為效。其牧守令長主界內盜賊而不收捕者，及以畏愞捐城委守者，皆不以為負，但取獲賊多少為殿最，惟蔽匿者乃罪之。於是更相追捕，賊並解散。徙其魁帥於他郡賦田受廩，使安生業。自是，牛馬放牧不收，邑門不閉。

總評　記得盜贈官吏詩云：「未曾相見心相識，敢道相逢不識君。一切蕭何今不用，有贓抬到後堂分。」驅人為盜，實是上始。此詩當與賊將數語參看。

第一〇五回　廢郭封陰子受榮

卻說郭氏皇后一日於宮中悶坐，自思帝意待己衰薄，惟愛陰氏，故此累懷怨恨之心。帝聞大怒，傳旨廢罷郭氏，乃立貴人陰氏為皇后。時郭后太子彊見廢其母，意不自安。

一日，郅惲進說彊曰：「殿下久處疑位，上違孝道，下近危殆。殿下莫若辭位，以奉養母氏為高。」太子從之。次日見帝，奏曰：「臣庸昏弱，短於才治，不敢就職大統，願乞以備藩國。」帝聞奏不忍。乃曰：「卿非怨廢母乎？」彊曰：「非也，臣素志耳。何敢怨乎？」帝遲回不決，太子遂退。

六月，帝下詔曰：「春秋之義，立子以貴。東海王陽，皇后之子，宜承大統。皇太子彊崇執謙退，願備藩國。父子之情，重久違之。其以彊為東海王，立陽為皇太子，改名曰莊。」二子叩首謝恩而退。

帝召桓榮至殿，謂曰：「卿負經濟之才，屈淹❶未用。今朕新立皇太子莊，特召卿為師友，願為明決治亂之機，廢興之策，以至入德之地，決相重報。」榮答曰：「臣但陋薄疎庸，難當重責，豈敢不竭心乎？」帝大喜，遂封榮為議郎之職。榮頓首謝恩，即就太學而去。

一日，車駕親臨太學會諸博士講論經義，惟桓榮辨別甚明，儒者莫之能及。帝甚奇之，特加賞賜。言未訖，忽人報曰：「大司馬吳漢病發，甚在危篤，特遣小軍報聞陛下。願陛下親往觀之。」帝聞

---

❶ 屈淹：受委屈而久滯於眾人之中。

大驚，即罷講學，駕車往視。漢聞帝至，仍以古臣禮待，以君視東首，己西面對。帝見嘆曰：「吳公常不失禮。」乃入帳下問曰：「將軍所欲何言？」對曰：「臣愚無所知識，惟願陛下慎無赦而已。」言訖，氣絕而薨。帝哀悼甚切，即發北軍五校輕車介士，送葬洛陽，謚曰「忠侯」。子哀侯成嗣。有詩弔曰：

雄才共擬柱中朝，凶讖俄興樹稼謠。經國謀謨成夢杳，英英壯氣幾時消？

是日，帝親臨墓，弔罷，車駕還朝。

時京兆杜陵一人姓杜名篤，字季雅。因與美陽縣令不和，被令誣陷，收縛解京，繫囚獄中。帝幾欲誅，為見其經義最高，言辭切當，乃美而赦之，賜其金帛重宇，授為議郎之職。一日，篤思帝以表裡山河，先帝舊京，不宜改營洛邑，乃修論都賦一篇，奏聞主上：

臣聞：知而復知，是為重知。臣所欲言，陛下已知。故略其梗概，不敢具陳。

昔盤庚❷去奢，行儉於亳，成周之隆，乃即中洛。遭時制都，不常厥邑。賢聖之慮，蓋有優劣；霸王之姿，明知相絕。守國之執，同歸異術：或棄去阻險，務處平易；或據山帶河，併吞六國；或富貴思歸，不顧見襲❸；或掩空擊虛，自蜀漢出，即日車駕，策由一卒；或知而不從，久都墝

---

❷ 盤庚：殷商君王，湯九世孫祖丁之子，繼兄陽甲即位。時王室衰亂，奢淫不絕，盤庚乃南渡黃河，遷都於亳。

❸ 富貴思歸不顧見襲：韓生勸項羽都關中，羽曰：「富貴不歸故鄉，如衣錦夜行。」乃都彭城，而高祖自蜀漢出襲擊之。

埆。臣不敢有所據，竊見司馬相如、揚子雲作辭賦，以諷主上，臣誠慕之，伏作賦一篇，名曰論都，謹並封奏如左。

陛下以建武十八年二月甲寅，升輿洛邑，巡於西岳。推天時，順斗極，排閶闔，入函谷，觀阨於崤、黽，圖險於隴、蜀。其三月丁酉，行至長安，經營宮室，傷愍舊京，即詔京兆，迺命扶風，齊肅致敬，告覲園陵。悽然有懷祖之思，喟乎思諸夏之隆。遂天旋雲遊，造舟於渭，北航涇流。千乘方轂，萬騎駢羅，衍陳於岐梁，東橫乎大河。瘞后土，禮邠郊。其歲四月，反於洛都。明年有詔，復函谷關作大駕宮、六王邸、高車廄於長安。修理東都城門，橋涇渭，往往繕離觀，東臨霸、滻，西望昆明，北登長平，規龍首，撫未央，覛乎樂，儀建章。

是時山東翕然狐疑，意聖朝之西都，懼關門之反拒也。客有為篤言：「彼埳井之潢汙，固不容夫吞舟❹，且洛邑之渟瀯❺，曷足以居乎萬乘哉？咸陽守國利器，不可久虛，以示奸萌。」篤未甚然其言也。故因為述大漢之崇，世據雍州之利，而今國家未暇之故，以喻客意。曰：

昔在強秦，爰初開畔，霸自岐雍，國富人衍，卒以并兼，桀虐作亂。天命有聖，託之大漢。大漢開基，高祖有勳，斬白蛇，屯黑營，聚五星於東井，提干將而破秦。蹈滄海，跨崑崙，奮慧光，埽項軍，遂濟人難，蕩滌於泗沂。劉敬建策，初都長安。太宗承流，守之以文。躬履節儉，側身行仁，食不二味，衣無異采，賑人以農桑，率下以約己，曼麗之容不接於目，鄭衛之音不聞於耳，

---

❹ 吞舟：大魚。

❺ 渟瀯：水小的樣子。引申為小的意思。

佞邪之臣不列於朝，巧僞之物不鬻於市，故能理升平而刑幾措。富衍於孝景，功傳於後嗣。是時，孝武因其餘財府帑之蓄，始有鉤深圖遠之意，探冒頓之罪，校平城之仇。遂命驃騎，勤任衛青，勇惟鷹揚，軍如流星，深之匈奴，割裂王庭。席卷漠北，叩勒祁連，横分單于，屠裂百蠻，燒罽帳，擊閼氏，燔康居，灰珍奇，收鳴鏑，釘鹿蠡❻，馳阬岸，獲昆彌，虜儌侲❼，驅騾驢，馭宛馬，鞭駃騠，拓地萬里，威震八方。肇置四郡，據守敦煌，并域蜀國，一郡領方，立候隅北，建獲西羌。捶驅氐、僰，寥狼邛、莋❽。東攡烏桓，蹂轔濊貊❾。南羈鉤町❿，水劍強越，殘夷文身，海被沫血。郡縣日南，漂概珠崖。部郡東南，兼有黃支。連緩耳，瑣雕題，摧天督⓫，牽象犀，椎蟂蛤，碎琉璃，甲玳瑁，戕觜觿⓬。於是同穴裘褐之域，共川鼻飲之國，莫不袒跣稽顙，失氣虜伏。非夫大漢之盛，世籍雍土之饒，得御外理內之術，孰能致功若斯！故創業於高祖，嗣傳於孝惠，德隆於太宗，才衍於孝景，威盛於聖武，政行於宣元，侈極於成哀，祚缺於孝平。傳世十一，歷載三百，德衰而復盈，道微而復彰，皆莫能遷於雍州，而背於咸陽也。宮室侵廟，山

❻ 鹿蠡：匈奴有左右鹿蠡王。
❼ 儌侲：國名，即肅慎。侲，養馬人也。
❽ 寥狼邛莋：寥狼，打擊之意。氐、僰、邛、莋都是西南部民族名。
❾ 濊貊：東方之少數民族名。
❿ 鉤町：西南方一民族名。
⓫ 天督：天竺國。
⓬ 觜觿：大龜。

陵相望，高顯弘麗，可思可榮。羲農以來，無茲著明。

夫雍州本帝皇所以育業⑬，霸王所以衍功，戰士角難之場也。禹貢所載，厥田惟上。沃野千里，原隰彌望。保殖五穀，桑麻條暢。濱據南山，帶以涇渭，號曰陸海，蠢生萬類。楩柟檍柘，蔬果成實。畎瀆潤淤，水泉灌溉，漸澤成川，粳稻陶遂。厥土之膏，畝價一金。田田相如，鐇钁株林。火耕流種，功淺得深。既有蓄積，阨塞四海。西被隴蜀，南通漢中，北據谷口，東阻嶔岩。關函守嶢，山東道窮；置列汧隴，擁偃西戎；拒守褒斜，嶺南不通；杜口絕津，朔方無從；鴻渭之流，徑入於河；大船萬艘，轉漕相過；東綜滄海，西網流沙；朔南暨聲，諸夏是和。城池百尺，阨塞要害。關梁之險，多所衿帶。一卒舉礧，千夫沉滯；一人奮戟，三軍沮敗。地勢便利，介胄剽悍，可與近守，利以攻遠。士卒易保，人不肉袒⑭。肇十有二，是為贍腴⑮。用霸則兼并，先據則功殊；修文則財衍，行武則士要；為政則化上，篡逆則難誅；進攻則百克，退守則有餘。斯固帝王之淵囿，而守國之利器也。

逮及亡新，時漢之衰，偷忍⑯淵囿，篡器慢違，徒以勢便，莫能卒危。假之十八，誅自京師。天畀更始，不能引維，慢藏招寇，復致赤眉。海內雲擾，諸夏滅微，群龍並戰，未知是非。於時聖

---

⑬ 育業：周始祖后稷封邰，公劉居豳，大王居岐，文王居豐，武王居鎬，並在關中，故曰育業也。

⑭ 人不肉袒：春秋時，鄭伯肉袒牽羊以降楚。此處說關中士兵易於守土而不投降也。

⑮ 肇十有二是為贍腴：關中有十二州，土地肥沃，物產豐富。

⑯ 偷忍：偷盜。

帝，赫然申威。荷天人之符，兼不世之姿。受命於皇上，獲助於靈祇。立號高邑，搴旗四麾。首策之臣，運籌出奇，虓怒之旅，如虎如螭。師之攸向，無不靡披。蓋夫燔魚剸蛇，莫之方斯。大呼山東，響動流沙。要龍淵，首鏌鎁，命騰太白，親發狼弧。南禽公孫，北背強胡，西平隴、冀，東據洛都。乃廓平帝宇，濟蒸人於塗炭，成兆庶之亹亹，遂興復乎大漢。

今天下新定，矢石之勒始瘳，而主上方以邊陲為憂，忿葭萌之不柔，未遑於論都而遷思雍州也。方躬勞聖思，以率海內，厲撫名將，略地疆列，信威於征伐，展武乎荒裔。若夫文身鼻飲緩耳之王；權結左衽鱇鍝之君；東南殊俗不羈之國；西北絕域難制之鄰，靡不重譯納貢，請為藩臣，上猶謙讓而不伐勤。意以為獲無用之虜，不如安有益之民；略荒裔之地，不如保殖五谷之淵；遠救於已亡，不若近而存存也。今國家躬修道德，吐惠含仁，湛恩沾洽，時風顯宣。徒垂意於持平守實，務在愛育元元。苟有便於王政者，聖主納焉。何則？物罔挹而不損，道無隆而不移，陽盛則運陰，滿則虧。故存不忘亡，安不諱危。雖有仁義，猶設城池也。

客以利器不可久虛，而國家亦不忘乎西都，何必去洛邑之渟瀯？就先基之大業，以為萬世法。臣杜篤頓首謹論。

帝覽畢，嘆曰：「篤誠辨士也！觀其所發先王守政之規，源源有緒，未嘗居一事而指也。」言罷，遂賜緞匹四十，黃金百兩，授為太常卿之職。篤叩首謝恩而退。帝召公卿至殿，將篤所奏之論，示眾參決。忽議郎桓榮趨上奏曰：「臣昨夜於太學中參考經義，人報外國交趾女子作反，甚是精勇。我王可早發兵除之，免生後患。」帝聞奏，顧謂眾曰：「卿等誰人可出收之？」竇融奏曰：「臣舉一將，立可破之。」帝曰：「何將？」融曰：「是任太中大夫馬援將軍，武略兼備，可令此將出伐，立成功也。」帝大喜，傳詔，令宣入殿。援即隨召而至。帝曰：「今交趾女子作反，擾掠邊城，朕托將軍往破，將軍何如？」援曰：「為人臣子，當盡忠以報國，豈可優祿而憚勞哉？臣即願往。」帝大喜，遂拜援為伏波將軍，以扶樂侯劉隆為副督，樓船將軍段志為末將，與兵十萬，車駕親送出朝。援等拜別，引兵而去。未知勝負如何。

第一〇六回　伏波標柱平交趾

卻說交趾麓冷縣雒將之女徵側，嫁與朱鳶人詩索為妻，甚是雄勇。因交趾太守蘇定以法繩之，徵側怨怒，與弟徵貳起兵造反，攻破其郡。於是九真、日南、合浦蠻夷等處皆接應之，寇略嶺外六十餘城，徵側自立為王。

一日陞帳，與徵貳議決出兵。忽小軍忙入報曰：「漢遣大將馬援引兵來攻吾國，已在浪泊上布陣，大王將何治之？」側聞大驚，急令弟貳勒兵十萬，親自披掛上馬，出城迎敵。

至浪泊，兩軍相對。徵側出馬，謂援曰：「吾與汝主各據一國，汝何故來犯界，以討死乎？」援笑而罵曰：「反常妖賤，不思婦人不出閨門，而肯將身混於男類之中，辱汙賤體，不自知羞急退，而想欲與決陣乎？且上古帝王，未有婦人據掠。今汝故作孽反，正與牝雞晨鳴無異。若早下馬拜降，保為將軍之妾，如不從願，碎首辱屍。」徵側大怒，提刀躍馬，飛出取援。二騎相交，約戰十合。徵側敗走，馬援躍趕。徵貳出馬截住。二人交戰未及三合，貳飛敗回陣走。劉隆、段志雙出挾擊，兩邊混戰，金鼓連天。徵側大敗，急引殘兵望東衝出。馬援趕上，大破之，斬首數千餘級，降者萬餘。徵側、徵貳走入禁谿城去。馬援追至，分兵圍之。數日，段志病卒，援令小軍護喪還京，自厲兵士守掠。

卻說徵側敗入城中，點軍傷折，不有數千之多，憂甚悶切，與弟徵貳議曰：「吾起十萬大軍，悉被驍將所破。今又圍城迫擊，如之奈何？」貳曰：「馬援世之勇士，不可輕敵。昔王莽大將巨無霸有萬夫不當之勇，千軍難近之勢，兼有聚獸牌，敲動虎狼妖炁助陣，與漢戰於昆陽，尚被其破。吾等勢寡力衰，豈奈彼何？」側聞，心愈惶懼。乃曰：「若此將何治耶？」貳曰：「依弟愚見，且回本國養聚將卒，再作區處。」側曰：「然也。」遂傳令軍中，飽食上馬。至夜二更，潛開西門出走。

馬援知，急令劉隆分兵五萬，於前山岡上埋伏，待其將至，截住夾擊。劉隆急伏去訖。援領餘軍潛步打聽，見側兵馬出盡，大喝一聲，趕上混戰。徵側不顧後卒，急望前岡奔走。忽聽坡下炮聲一響，人馬湧出，劉隆當頭截住去路，側欲向後回走，馬援又至。兩下交攻，側兵大敗。劉隆衝入陣內，撞遇徵貳當住，大殺一陣。戰未三合，被隆奮砍一刀，削為兩段。徵側見弟遭殺，拚死撞東出走。馬援趕上，大喝一聲，活擒回陣。眾賊悉皆逃散，援遂收軍入城安歇。

次日天曉升堂，援與隆坐論，令將徵側推跪階前，謂曰：「妖賤不聽良言，今日果落吾手。」徵側告曰：「妾非敢反，奈本郡太守不仁，纔致如是。乞將軍仁恩憐恤，姑恕殘命，願侍將軍提鋪枕席，雖死亦無憾矣。」援笑而言曰：「吾受漢皇重爵，美女無數，要汝一賤婦何用？」言訖，喝令左右擒下斬首，遣人傳頭詣送洛陽。帝見大喜，嘆曰：「馬援真良將也，百出百勝。」遂遣使封援為新息侯，食邑三千戶。

援受印敕，眾將齊皆慶賀。援乃擊牛釃酒勞饗軍士，從容謂官屬曰：「吾從弟少游常哀吾慷慨多大志，有言曰：『士生一世，但取衣食裁足，乘下澤車，御款段馬，為郎掾吏，守墳墓，鄉里稱善人，斯可矣。致求盈餘，但自苦耳。』當吾在浪泊西里間，虜未滅之時，下潦上霧毒氣薰蒸，仰視飛鳥跕跕墮水中，臥念少游平生時語，何可得也？今賴士大夫之力，被蒙大恩，重封贈爵，且喜且慙。」吏士聽言，皆伏稱千歲。援急止之。

是日宴罷，援傳令使將樓船大小二十餘艘，戰士二萬餘人，進擊九真之賊，及徵側餘黨都羊等，自無功至居風，斬獲五千餘人，嶠南悉平。復至交趾，乃立銅柱，為漢之極界，上書：「大漢伏波馬援將軍。」於是交趾等郡咸驚畏服。

二十年秋月，援振旅還京，將至，故人多出迎勞。次早入朝見帝，具奏所事。帝大喜，遂賜兵車一乘，加次九卿之職。援謝恩而退，回入府坐。

時平陵一人姓孟名冀，乃援之故人，知援勝回，乃將羊酒至賀。令人報知，援急出接。邀入禮坐，設宴相待。援曰：「吾望子有善言，反同眾人耶？今我微勞，猥饗大縣，功薄賞厚，何以能長久乎？先生奚用相濟？」冀嘆曰：「愚不及也。」援曰：「方今匈奴、烏桓尚擾北邊，吾欲自請擊之。男兒要當死於邊野，以馬革裹屍還葬耳。何能臥牀上，死兒女子手中耶？」孟冀曰：「諒為烈士，當知是乎！」

有詩為證：

男兒有志事邊場，誓死無虧敢自將。再向秋風舒翮翅，扶搖萬里快鵬翔。

總評　伏波馬革裹屍一語雖壯，然與其身死國辱，無益於事，不如悠悠於兒女子之側，反得安享太平快樂，以終天年也。畫凌煙垂竹帛者，幾人哉？

第一〇七回　郡守陳章奪虜權

二人宴罷，冀遂別援回家而去。卻說西域莎車王賢、鄯善王安等思漢威德，咸樂內屬，皆遣使奉獻於漢。賢使至，帝乃賜賢都護印綬。時邊郡太守王章言：「不可假以大權，恐有一變，難復收之。」帝即下詔，收還其印，乃賜大將軍之印。賢甚怨恨，猶思諸國知奪總印，恐不畏服，乃詐稱揚言大都護之職。諸國悉服屬賢，賢遂驕橫，欲兼併西域。諸國恐懼，一十八國俱遣子入侍漢帝，願請都護印綬。帝厚賜諸國，俱遣還其侍子。賢復使請原總印，帝卻之不許。於是賢深痛恨，復附匈奴，入塞擾掠。時戶部尚書陳忠上疏，請急禦之。表曰：

臣聞八蠻之寇，莫甚北虜。漢興，高祖窘平城之圍⑰，太宗屈供奉之恥。故孝武憤怒，深為久長之計。命遣虎臣，浮河絕漢，窮破虜庭。當斯之役，黔首隕於狼望之北，財幣縻於盧山之壑。府庫罄竭，杼柚空虛。算至舟車，貲及六畜。夫豈不懷慮久故也。遂開河西四郡，以隔絕南羌。收三十六國，斷匈奴左臂。是以單于孤持，鼠竄遠藏。至於宣、元之世，遂備蕃臣，關徼不閉，羽檄不行。由此察之，戎狄可以威服，難以化狎。西域內附日久，區區東望，扣關者數矣。此其不樂匈奴，慕漢之效也。今北虜已破，車師勢必南攻，鄯善棄而不救，則諸國從矣。若然，則虜財賄益增，膽勢益殖，威臨南羌，與之交連。如此，河西四郡危矣。河西既危不救，則不倍之役興，不訾之費發矣。議者但念西域絕遠，卹之煩費，不見先世苦心勤勞之意也。方今邊境守禦之具不精，內郡武衛之備不修。敦煌孤危，遠來告急，復不輔助。內無以慰勞吏人，外無以威示百蠻，蹙國減土，經有明誡。臣以為敦煌宜置校尉，案舊增四郡，屯兵以西撫諸國。折衝萬里，震怖匈奴。臣陳忠表奏。

帝覽表納之，乃以班勇為西域長史，引兵五萬，西屯柳中。勇遂大破之，悉皆平服。

秋七月，武陵五溪蠻夷復反，兵寇臨沅。馬成討之，不克，深入軍沒。馬援入朝見帝，請兵往擊。時援年已六十二歲，帝愍其老，未許之行。援曰：「臣雖年邁，尚能披甲上馬，何懼之乎？」帝曰：「將軍既欲往敵，可操試一番，與朕觀看。」援飛奔上馬，勒走一遭，乃據鞍顧盼曰：「臣可用否？」帝笑曰：「矍鑠⑱哉，是翁也！」遂遣援行，以捕虜將軍馬武、中郎將耿舒、劉匡、孫永等，起十二郡壯士，

---

⑰ 平城之圍：高祖劉邦曾被匈奴冒頓單于圍於平城，後用陳平計方得解圍。

及弛刑四萬餘兵，護援進征五溪。時援友人杜愔送援上馬，援謂愔曰：「吾受國家厚恩，年迫日索，常恐不得以死報國。今獲所願，甘心瞑目。但畏長者家兒，或在左右，或與從事，殊難得調。介介獨惡是耳。」言罷，遂別而去。

二十五年二月，軍至臨鄉，遇賊攻縣。援即分兵進擊，馬武等一齊出馬，四圍掩殺，賊軍大敗，填坑墮塹，屍積如山，斬首二千餘級，殘賊皆散，逃入樹林中去。

援遂進軍下雋，見有兩道可入，從壺頭則路近而水險，從充道塗夷而運遠。耿舒曰：「可從充道而進。」援曰：「充道路遙，糧費難運，不如進入壺頭，搤其咽喉，充賊自破。」眾將依言，遂從壺頭而進。時天氣酷暑，士卒多傷疫死，援亦中病而困。乃令軍卒穿崖為室，以避炎蒸。其賊每登險處，鼓譟揚言，援輒曳足以觀之。左右哀其壯意，莫不為之流涕。

耿舒見其疾重，乃修書一封，遣人報兄耿弇。書曰：

前舒欲先進充，糧雖難運，而兵馬得用，軍人數萬，爭欲先奮。今壺頭騎不得進，大眾俱疫而死，誠可痛惜！前到臨鄉縣，賊無故自致。若夜擊之，即可殄滅。伏波類西域賈胡，到一處輒止，以是失利。今果疾疫，皆如舒言。弟見援疾且篤，軍旅荒忘，故此遣人草報，急代主張，垂拜不又。

弇得書，遂整象笏，入朝奏帝。帝大驚，乃使虎賁中郎將梁松往代監軍。既至，援病已卒。松宿懷不平，常欲譖援，奈其貴寵，畏不敢語。今見援死，乃喜而言曰：「小將墮吾之手！」遂回朝奏帝陷之。帝大

⑱ 矍鑠：精神抖擻。

怒，追收新息侯印綬。

按：援常疾，松往視之，獨拜牀下。援不顧答。及松去後。諸子問曰：「梁松，帝之寵婿，貴重朝廷，公卿已下，莫不畏憚。大人奈何獨不為禮？」援曰：「我乃松父友也，雖貴，何得失其序乎？」由是松深惡，援卒，故奏而陷之。

馬援兄子嚴、敦並喜譏議，而通輕俠客。援前在交趾，還書誡之曰：「吾欲汝曹聞人過失，如聞父母之名，耳可得聞，口不可得言也。好議論人長短，妄是非正法⑲，此吾所大惡也。寧死不願聞子孫有此，不可行也。汝曹知吾惡之甚矣，所以復言者，施衿結褵，申父母之誡，欲使汝曹不忘之耳。龍伯高敦厚周慎，口無擇言；謙約節儉，廉公有威。吾愛之重之，願汝曹效之。杜季良豪俠好義，憂人之憂，樂人之樂，清濁無所失。父喪致客，數郡畢至。吾愛之重之，不願汝曹效也。效伯高不得，猶為謹敕之士；所謂刻鵠不成尚類鶩者也。效季良不得，陷為天下輕薄子，所謂畫虎不成反類狗者也。迄今季良尚未可知，郡將下車輒切齒，州郡以為言，吾常為寒心。是以不願子孫效也。」

時季良名保，京兆人也，官陞越騎司馬。保讎人上書訟保為行浮薄，亂群惑眾，伏波將軍萬里還書以誡兄子，而梁松、竇固與保交結。悉將扇其輕偽敗亂諸夏之書奏帝。帝召松、固至殿，以訟書及援誡書示之，松、固大懼，叩頭流血，遂免其罪。帝見援誡之書，言伯高名述可效，甚喜愛之。伯高亦京兆人也，原為山都長，由此陞為零陵太守。

⑲ 妄是非正法：妄議國家政治的好壞。

初，援在交趾，常餌薏苡實，能輕身，勝瘴氣。南方薏苡實大，援欲以為種。軍還，載之一車。時人以為南方珍怪，權貴皆望之。時援有寵，故莫敢聞。及卒後，有上書譖之者，言：「援前所載還之車，皆明珠文犀，匿藏不獻。」帝益怒，援妻孥惶懼，不敢以喪還舊塋，裁買城西數畝之地，槀葬⑳而已，賓客莫敢弔。援妻子詣闕請罪，帝乃出梁松奏章，及各所譖之書以示之。援妻方知所坐，乃叩頭哀哭，上詩一首，以訴前後之冤。詩曰：

銅柱高標險塞垣，南蠻不敢犯中原。功成自合分茅土，何事翻啣薏苡冤。

帝覽詩，見其所哀甚切，乃赦之。援遂得葬。

時雲陽令同郡朱勃詣闕上書，釋援之冤。書曰：

臣聞王德聖政，不忘人之功㉑。採其一美，不求備於眾。故高祖赦蒯通㉒，而以王禮葬田橫㉓。大臣曠然，咸不自疑。夫大將在外，讒言在內，微過輒計，大功不記，誠為國之所慎也。故章邯畏口而奔楚，燕將據聊而不下。豈其甘心末規哉？悼巧言之傷類也。

---

⑳ 槀葬：草草埋葬。

㉑ 不忘人之功：周書曰：「記人之功，忘人之過，宜為君也。」

㉒ 高祖赦蒯通：蒯通曾勸韓信叛漢。後高祖捕通，赦不殺。

㉓ 以王禮葬田橫：田橫初自稱齊王，漢定天下，猶率五百人守海島不降。高祖招田橫，橫於中途自殺。高祖以王禮葬之。

竊見伏波將軍新息侯馬援，拔自西州，欽慕聖義。間關險難，觸冒萬死。孤立群貴之間，傍無一言之佐。馳深淵，入虎口，豈顧計哉！寧自知當要七郡之使，徼封侯之福耶？八年，車駕西討隗囂，國計狐疑，眾營未集。援建宜進之策，卒破西州。及吳漢下隴，冀路斷隔，唯獨狄道為國堅守，士民饑困，寄命漏刻。援奉詔西使，鎮慰邊眾，乃招集豪傑，曉誘羌戎。謀如涌泉，勢如轉規㉔。遂救倒懸之急，存幾亡之城。兵全師進，因糧敵人。隴冀路平，而獨守空郡。兵動有功，師進輒克。銖鋤先零，緣入山谷。猛怒力戰，飛矢貫脛。又出征交趾，士多瘴氣。援與妻子生訣，無悔吝之心。遂斬滅徵側，克平一州。間復南討，立陷臨鄉，師已有業，未竟而死。吏士雖疫，援不獨存。夫戰或以久而立功，或以速而致敗，深入未必為得，不進未必為非。人情豈樂久屯絕地，不生歸哉？惟援得事朝廷二十二年，北出塞漠，南渡江海。觸冒寒氣，僵死軍事。名滅爵絕，國土不傳。海內不知其過，眾庶未聞其毀。卒遇三夫之言，橫被誣枉之讒。家屬杜門，葬不歸墓。怨隙並興，宗親怖慄。死者不能自列，生者莫為之說，臣竊傷之。

夫明主醲於用賞，約於用刑。高祖常與陳平金四萬斤，以間楚軍，不問出入所為，豈復疑以錢穀間哉！夫操孔父之忠，而不能自免於讒，此鄒陽之所悲也。詩云：「取彼讒人，投畀豺虎，豺虎不食，投畀有北。有北不受，投畀有昊。」此言欲令上天而平其惡。惟陛下留思豎儒之言，無使功臣懷恨黃泉。臣聞春秋之義，罪以功除。聖王之祀，臣有五義，所謂以死勤事者也。願下公卿平援功罪，宜絕宜續，以厭海內之望。

㉔ 勢如轉規：其勢如同在萬仞高山上轉下圓石。喻行事毫無阻難。規，圓形物體。

臣年已六十，常伏田里，竊感欒布哭彭越之義，冒陳悲憤，戰慄闕廷。

帝覽表，低首無言，惟長吁短息而已。遂重賜朱勃金帛，使還見職。勃謝恩出，乃作詩一首，以追馬援之業。詩曰：

天讒英雄佐國憂，君王薄義信讒謀。十年苦戰功勞沒，一旦翻啣薏苡讐。
青史謾勞書將略，重泉不復見宸遊。詩成忍向荒墳弔，月色寒波總是愁。

總評　光武待功臣遠過高祖，獨於馬將軍不無少薄。然即謂伏波自取其侮，可也。

第一〇八回　表請詔辭仁智度

卻說漢帝罷朝，獨坐後殿，細詳勃奏之章，援功誠大，默默憂愁，悔思無及。

一日登殿，文武山呼禮畢，忽竇融出班奏曰：「武威太守任延遣使來至，久侍午門，未敢擅入。乞陛下傳旨。」帝令宣入。使者至殿，俯伏階前。帝問曰：「使來何意？」答曰：「北匈奴單于遣使詣武威，請求和親，故來報聞陛下，乞陛下旨將何處？」帝聞奏，急召眾臣廷議，日中未決。皇太子劉莊奏曰：「南單于新附，北虜懼於見伐，故傾耳而聽，爭欲歸義。今未能出兵，而反交通北虜，臣恐南單于將有二心，北虜降者，且不復來矣。乞陛下詳察。」帝大喜曰：「太子之言，甚合吾意。」眾臣皆羨其當，遂遣使回報武威，勿受其使。使者領旨，叩首拜謝，出回而去。

忽朗陵侯臧宮、陽虛侯馬武詣闕上書，陳言匈奴之事。書曰：

匈奴貪利，無有禮信。窮則稽首，安則侵盜。緣邊被其毒痛，中國憂其抵突㉕。虜今人畜疫死，旱蝗赤地，疫困乏力，不當中國一郡。萬里死命，縣在陛下。福不再來，時或易失。豈宜固守文德，而久墮武事者乎？今命將臨塞，厚縣購賞。喻高句驪、烏桓、鮮卑攻其左，發河西四郡、天水、隴西羌胡擊其右。如此，北虜之滅，不過數年。臣恐陛下仁恩不忍，謀臣狐疑，令萬世刻石之功，不立於聖世。臣臧宮、馬武頓首謹上。

帝覽書微微而笑，乃曰：「二子豈知我乎？」遂下詔托黃石公㉖之說以自戒，而固卻之。詔曰：

昔黃石公記曰：「柔能制剛，弱能制彊。」柔者，德也；剛者，賊也；弱者，仁之助也；彊者，怨之歸也。故曰：「有德之君，以所樂樂人；無德之君，以所樂樂身。樂人者其樂長，樂身者不久亡。捨近謀遠者，勞而無功；捨遠謀近者，逸而有終。逸政多忠臣；勞政多亂人。故曰：務廣地者荒，務廣德者彊。守其有者安，貪其有者殘。殘滅之政，雖成必敗。今國無善政，災變不息，

㉕ 抵突：侵掠。

㉖ 黃石公：即張良在下邳圯上所遇到的贈兵書之老人。

百姓驚惶，人不自保。而復欲遠事邊外乎？孔子曰：「吾恐季孫之憂，不在顓臾。」且北敵尚彊，而屯田警備，傳聞之事，恆多失實。誠能舉天下之半，以滅大寇，豈非至願？苟非其時，不如息人，何自苦哉！故茲詔示。

自是詔下之後，諸將咸服，未有一人敢復言兵家之事者。

一日，帝召博士桓玄，授為太子少傅，賜其輜車乘馬金帛等物。玄謝恩而出。時桓榮大會諸生，參賀玄寵，陳設玄所得賜車馬印綬，乃曰：「今日所蒙，稽古之力也。」宴罷各散訖。

卻說御駕東巡，群臣上言奏曰：「陛下即位已三十年，可宜封禪泰山。」帝曰：「朕即位三十年，百姓怨氣滿腹，吾誰欺？欺天乎？曾謂泰山不如林放乎？何事汙七十二代之編錄。」於是群臣不敢復言。

四月，車駕還宮，帝獨坐後殿，玩讀河圖會昌符，書白「赤劉之九，會命岱宗」，帝玩其意，創然有感。乃召梁松等至殿，按索河圖讖文之書，言九世當封禪者三十六事。於是，張純等俱復奏請封禪，帝乃許之。遂傳旨，著司天監擇日親臨所祭。次日，眾臣列道，護駕登山，以璽親封，祭罷回朝。

是夏，京師忽有醴泉湧出，飲之者固疾皆愈，惟眇、蹇者不瘳。又有赤草生於水崖，郡國頻下甘露。群臣入殿奏曰：「地祇靈應，而朱草萌生。孝宣帝每有嘉瑞，輒以改元，神爵、五鳳、甘露、黃龍，列為年紀。蓋以感致神祇，表彰德信。是以化致升平，稱為中興。今天下清寧，靈物乃降，陛下情存損抑，推而不居，豈可使祥符顯慶沒而無聞？宜令太史撰集，以傳來世。」帝不納，常自謙言無德。每郡國所上，輒抑而不當，故史官罕得以記焉。

是歲，命有司監軍建起靈臺、明堂、辟雍，宣布圖讖於天下。帝以赤伏符即位，由是信用讖文，多以決定嫌疑。

一日遊於靈臺之上，忽議郎桓譚進曰：「父子君臣之倫，禮樂形政之具，無非性與天道，而讖非經典之制，皆以妄巧偽說。陛下何苦信之？」帝大怒曰：「桓譚非聖無法，將下斬之。」譚叩頭流血，帝纔息怒，遂免其罪，貶出為六安丞。譚慙而退。

二月戊戌，帝崩於南宮前殿，在位三十三年，壽六十二。遺詔曰：「朕無益於百姓，無得厚葬。但如孝文皇帝制度，務從省約。刺史、二千石長吏，皆無離城郭，無遣使及因郵奏。」葬於原陵山。太子莊即皇帝位。

按：帝每日視朝，日側乃罷。數引公卿郎將講論經理，夜分乃寐。皇太子見帝勤勞不怠，乘間諫曰：「陛下有禹湯之明，而失黃老養性之術，願頤愛精神，優游自寧。」帝曰：「朕自樂此，不為疲也。」雖身濟大業，兢兢如不及，故能明慎政體，總攬權綱，量時度力，舉無過事。退功臣而進文吏，戢弓矢而散牛馬。雖道未方古，斯亦止戈之武焉。

又贊曰：

炎正中微，大盜移國。九縣飆回，三精霧塞。人厭深詐，神思反德。光武誕命，靈貺自甄。沉幾先物，深略緯文。尋邑百萬，貔虎為群。長轂雷野，高鋒彗雲。英威既振，新都自焚。虔劉庸代，紛紜梁趙。三河未澄，四關重擾。神旌乃顧，遞行天討。金湯失險，車書共道。靈慶既啟，人謀咸贊。明明廟謨，赳赳雄斷。於赫有命，系隆我漢。

總評　漢孝文深得退一步法，故根腳穩實。其詔令不虛。光武每事一如孝文，亦善法祖者矣。

卷八

第一〇九回　告廟饗天明制度

是日，明帝登殿。文武班列兩行，揚塵拜舞，山呼禮畢。加封鄧禹為太傅，李通為大司空。眾臣各受封贈，大赦天下。

卻說東平王蒼以為中興三十餘年，四方寧息，宜修禮樂，遣使至京，奏聞所事。使者至朝，帝召入殿，問眾：「卿來何意？」使者具奏所事。帝甚喜，即召公卿共議。李通奏曰：「東平言者甚當。陛下新登寶位，可先設郊，祭饗天地，然後告祀宗廟，以明制度。」帝准奏。傳旨：「著中郎將梁松監領五校，於南郊設壇及修制先帝光武之廟。」詔下，松往去訖。帝思：凡所奉祀天地、社稷、宗廟、山川等神，欲為天下生靈祈福。恐百官齋戒，不致專精，乃下詔，令太傅桓玄作齋戒文，以示眾意。玄領敕命，即撰文曰：

凡祭祀，必先齋戒，而後以感動神明。戒者，禁止其外。齋者，正齋其內。沐浴更衣，出宿外舍。

不飲酒，不茹葷，不問疾，不弔喪，不聽樂，不理刑，此則名戒也。專一其心，嚴畏謹慎，不思他事，苟有所祭之神，如在其上，如在其左右，精白一誠，無須臾間，此則為齋也。大祀，齋戒七日。前四日為戒，後三日為齋。中祀，齋戒五日。前三日為戒，後二日為齋。故示。

自是眾臣各皆嚴肅。

卻說梁松領敕監軍，徑往城南郊野，建起高壇三層，每層高一丈九尺，四圍結綵，按天、地、人三才；五方樹旗，列金、木、水、火、土。香焚寶鼎，燭燦銀花。各備整齋，還宮復命。

次日早朝，梁松奏曰：「臣領陛下敕命，往郊設壇。今悉完固，請陛下往祀。」帝聞奏，傳旨百官，各更潔衣，同登壇祀。詔下，眾臣先臨肅侍。須臾，駕至。帝下龍車，端整平天冠，重更潔黃袍，立於中壇正座。文武班列兩傍。帝舉香祝曰：「大漢皇子劉莊，眷天上命，降中於民。致四海之來蘇，啟萬民之俯仰。惟冀神祇，鍾靈毓福，士民條暢，國祚昌榮。」祝罷，再拜。

忽近臣趨壇奏曰：「大司空李通病篤，今早氣絕而薨，乞陛下傳敕安葬。」帝聞大哭曰：「先帝起義舂陵，此將首助兵甲，披堅執銳，拯弱扶危，歷盡汗馬百年之勞，未蒙恩賜一息。今纔一樂，天何速其命乎？」斂蹙眉尖，吁嗟不已。太傅桓玄進曰：「陛下少憂，人寄塵寰，死生有命。李通既逝，不能復醒。陛下可念其功，敕賜重葬。何為痛苦哀之而損容乎？」帝遂少止，罷壇還宮。傳敕厚葬，謚曰恭侯，子音嗣。帝與陰皇太后，親臨墓弔，有詩哭曰：

先帝初逢世亂時，將軍誓死寄安危。旌旗萬里寒胡膽，梁柱今朝折棟支。

義節棱棱沖漢漢，忠精赫赫著銘碑。傷心多少英雄淚，忍向斜陽故國揮。

弔罷，車駕還宮。

二年春月，帝傳旨親往明堂，饗祀光武皇帝。百官一齊擁駕至臨。祭畢，帝登靈臺之上，觀望雲物，良久乃罷。幸辟雍，行初養老禮，以李躬為三老，桓榮為五更。禮畢，引桓榮及弟子等陞於明堂之上。帝正坐，自為講辨，諸儒執經問難於前。辟雍四門之外。百姓人等，各整衣冠，排列而觀。聽者凡有億萬之多，自早至晚，乃罷還宮。次日設朝，文武拜畢。傳旨修整學舍，令功臣子孫，及四姓末屬俱入講學。擇選高才飽讀者，以授其業。自橋門羽林之士，悉令通孝經章句。匈奴聞言，亦遣子入學，濟濟乎，洋洋乎，盛於永平矣。

卻說扶風茂陵一人，姓傅名毅，字武仲，家貧力學，博閱古今。一日於平陵習讀經義，聞明帝興學校，求賢士，因作迪志詩以諷之。詩曰：

咨爾庶士，迨時斯勗❶。日月逾邁，豈云旋復。哀我經營，旅力靡及。在茲弱冠，靡所庶立。於赫我祖❷，顯於殷國。二迹阿衡，克光其則❸。武丁興商，伊宗皇士❹。爰作股肱，萬邦是紀。

❶ 迨時斯勗：要及時勉勵自己。
❷ 我祖：指殷高宗相傳說。
❸ 二跡阿衡二句：說傳說功比伊尹，而能光大其事業。
❹ 武丁興商二句：武丁（高宗）之所以能興盛殷商，是因為他尊重有才德之士。

奕世載德，迄別顯考。保膺淑懿，纘修其道。漢之中葉，俊乂式序。秩彼殷宗，光此勳緒❺。伊余小子，穢陋靡逮。懼我世烈，自茲以墜。誰能革濁，清我濯溉❻？誰能昭闇，啟我童昧？先人有訓。我訊我誥，誨我嘉務，誨我博學，爰率朋友，尋此舊則。契闊❼夙夜，庶不懈忒。秩秩大猷，紀綱庶式❽。匪勤匪昭，匪壹匪測❾。農夫不怠，越有黍稷。誰能云作，考之居息❿？二事⓫敗業，多疾我力。如彼遵衢，則罔所極。二志靡成，聿勞我心。如彼兼聽，則溷於音。於戲君子，無恆自逸。徂年如流，鮮茲暇日。行邁屢稅，胡能有迄⓬。密勿朝夕，聿同始卒⓭。

傅毅復觀經義，朝夕不輟。帝聞其賢，善於辭賦，顧下詔徵之，毅即隨命入朝，見帝參禮畢。帝曰：「素聞卿負大才，未用於世。朕固召卿，濟扶孤弱可乎？」毅叩首謝曰：「臣庸無識，不堪重任，乞陛下姑納為用。」帝大喜，遂以毅為蘭臺令史，拜郎中令，與班固、賈逵共典校書。

---

❺ 秩彼殷宗二句：漢代像殷朝那樣，對傅氏許多有才德之人，予以重用，賜以封爵。
❻ 誰能革濁句：誰能清除我之汙濁，而用清泉洗濯我呢？
❼ 契闊：辛苦。
❽ 秩秩大猷二句：大道是多麼美好啊，它統率著一切綱紀。
❾ 匪勤匪昭二句：若不勤學修養，則不能理解大道；不專一，則不能探測未來。
❿ 誰能云作二句：誰聽說過有大量空暇的勞動者能有收成呢？
⓫ 二事：多事。所做的事情頭緒太多。
⓬ 行邁屢稅二句：駕車之人，不斷停車，何時才能走到目的地。稅，通「脫」。謂解脫駕車之馬。
⓭ 密勿朝夕二句：早晚自勉，始終如一。密勿，即黽勉。詩：「密勿從事，不敢告勞。」

毅謝恩而出，即往蘭臺與諸生修編史集。毅追美孝明皇帝功德最盛，而廟頌未立，乃依清廟作顯宗頌十篇奏上。帝甚奇之，由是文雅顯於朝廷，咸仰稱羨。

第一一〇回　圖形畫像著功多

三年春月，帝思貴人馬氏，賢德謙慈，乃下詔立為皇后。后德冠後宮，既正位宮闈，愈自謙肅。好讀詩書，常衣大練，裙不加緣。朔望，諸姬宮主入參朝謁，見后袍衣麤疏，以為綺縠，就視乃笑。后曰：「此繒特宜染色，故用之耳，何得笑乎？」眾皆嘆息而退。

一日帝獨閑坐，追思中興功臣，不可殞滅其像。次早登殿，文武朝罷。傳旨令畫二十八將於南宮雲臺，傳名後世。以鄧禹為首，次馬成、吳漢、王梁、賈復、陳俊、耿弇、杜貌、寇恂、傅俊、岑彭、堅鐔、馮異、王霸、朱祐、任光、祭遵、李忠、景丹、萬修、蓋延、邳彤、銚期、劉植、耿純、臧宮、馬武、劉隆，又益以王常、李通、竇融、卓茂，合三十二人，悉圖於上。獨馬援以椒房之親，不畫其像。一日，東平王蒼與帝遊於雲臺，觀遍，不見馬援之像，乃謂帝曰：「伏波將軍，功勞甚大，何故不畫圖之。」帝笑而不言。

總評　明帝謂馬援以內戚之故，不與功臣之列，欲以示公，不知適所以為私也。蓋義不當引聖人，猶自敘其績，豈可以椒房戚屬，而反掩烈丈夫之大節哉？

第一一一回　賢民避世勤耕織

帝與東平登臺玩罷，車駕還宮。卻說扶風平陵一人，姓梁名鴻，字伯鸞。父讓，王莽時為城門校尉。及卒時，鴻尚幼，遭世離亂，因卷席而葬。後受業太學，家貧而尚節介，博覽經義，無所不通。學畢，乃牧羊於上林苑中。不覺家中發火，延及鄰舍。鴻知，嘆曰：「是我累他。」乃歸，尋訪燒者，問所去失多少。其主言曰：「家財無一毫物。」鴻悉以羊償之，其主猶以為少。鴻曰：「吾無他財，願以身居傭作，以盡賠還。」其主許之。鴻為執勤，朝夕不怠。鄰家長者見鴻貌非常人，乃責其主，而羨鴻賢。其主於是始敬異焉，悉還其羊。鴻不受而去，歸鄉里。富豪之家，慕其高節，多欲以女嫁之。鴻並辭不娶。

時同縣孟長者，生有一女，名光，狀貌肥醜。而兼黑色，力舉石臼，擇對不嫁。至年三十，父母問其故，光曰：「欲得賢如梁伯鸞者。」鴻聞而聘之。光求作布衣麻履，織作筐緝績之具，及嫁始以裝飾。入門七日，而鴻不答。光乃跪牀下，請曰：「竊聞夫子高義，簡斥數婦，妾亦偃蹇數夫矣。今而見擇，不敢請罪。」鴻曰：「吾欲裘褐之人，可與俱隱深山者。汝今乃衣綺縞，傅粉墨，豈鴻所願哉？」妻曰：

「以觀夫子之志。妾自有隱居之服。」即更著布衣，操作而前。鴻大喜曰：「此真梁鴻妻也，能奉我矣。」與取字曰德曜。

居之半載，孟光曰：「常聞夫子欲隱避患，今何為默默，無乃欲低頭就之乎？」鴻曰：「然也。」乃共入霸陵山中，以耕織為業，詠詩書，彈琴瑟以自歡娛。仰慕前世高士，而為四皓以來二十四人作頌。因東出關，過京師，乃作五噫之歌以噫之。歌曰：

陟彼北芒兮，噫！顧覽帝京兮，噫！宮室崔嵬兮，噫！人之劬勞兮，噫！遼遼未央兮，噫！

帝聞鴻賢，令使安車持節以迎之。使者至，鴻迎禮畢，問曰：「使來何意？」答曰：「聖上聞足下賢能，特來相召，同匡國政，以濟天下之望。願足下早赴無拒。」鴻曰：「吾乃一庸夫耳，豈能明識國事。」竟辭不就。使者嘆息而回。鴻遂改易姓名，與妻居於齊魯之間。半年，又去。適其將行，乃作詩而嘆。詩曰：

逝舊邦兮遐征，將遙集兮東南。心惙怛兮傷悴，志菲菲兮升降。欲乘策兮縱邁，疾吾俗兮作讒。
競舉枉兮措直，咸先佞兮唌唌。固靡慙兮獨建，冀異州兮尚賢。逍遙步兮遨嬉，纘仲尼兮周流。
儻云覩兮我悅，遂舍車兮即浮。過季札兮延陵，求魯連兮海隅。雖不察兮光貌，幸神靈兮與休。
惟季春兮華阜，麥含含兮方秀。哀茂時兮逾邁，愍芳香兮日臭。悼吾心兮不獲，長委結兮焉究。
口囂囂兮余訕，嗟恇恇兮誰留。

既至吳地，乃依大家皋伯通，居廡下，為人賃舂。每歸，妻奉飲食，不敢仰視，於鴻前舉案齊眉而進。伯通察而異之曰：「彼傭能使其妻敬之如此，非凡人也。」乃方舍之於家。時鴻友人高恢少好老子，隱於華陰山中。鴻思，乃作詩以寄之。詩曰：

鳥嚶嚶兮友之期，念高子兮懷僕思，想念恢兮爰集茲。

二人遂不復見。恢亦高隱，終身不仕。

卻說高密侯鄧禹，一日朝罷歸閣，陡沾寒疾，臥榻不起。遂令長子鄧震奏聞明帝。帝大驚，累次親臨視問。及薨，帝傳旨，文武悉皆掛孝。帝亦白袍素車，親出送葬。謚曰「元侯」。有詩為證：

結髮行間見此公，兩河忠義佐元戎。勳成伊呂終方駕，算勝孫吳亦下風。

千載清名垂竹帛，一抔黃壤對松桐。英雄已死嗟何及，獨立西風看去鴻。

葬畢，車駕還宮。次日，宣禹十三子至殿，受封贈職。以長子震嗣父職高密侯，襲為昌安侯，珍為夷安侯，餘悉受贈，各謝恩退。惟少子鴻好謀籌策，封為小侯。引入後殿，與議邊事。鴻一一而答，帝甚喜，以為鴻能，拜為將兵長史。令五營軍士護鴻鎮守雁門關。鴻拜謝而去。

卻說尚書鍾離意聞全椒長劉平賢能，乃入朝奏薦，言：「平在全椒，仁政省罰，恩惠良民。或增貲就賦，或減年從役。太守行見其獄無繫囚，真可謂賢才之治也。陛下宜陞遷之。」帝准奏，下詔徵為議郎。

帝性偏察，好以耳目隱發為明。公卿大臣，每被殘辱。近臣尚書以下，或有不到之處，至見拖扭扯拽。常以事怒恨郎官藥崧。一日陞殿，眾臣朝畢，帝下龍床，以杖撞之。崧走入床下。帝怒甚，疾言：「郎出！」崧乃曰：「天子穆穆，諸侯皇皇。未聞人君，自起撞郎。」帝纔息恨，遂赦其罪。由是朝廷莫不慄慄，爭為嚴切，以避誅責。惟鍾離意獨敢諫爭，數封還詔書，臣下過失，輒救解之。

八年，北匈奴遣使詣朝，請求交和，不復為寇。帝許之，遂賞使，令還回報。乃遣越騎司馬鄭眾出使匈奴。眾領敕命，即上馬行，數日方至。令人報知。匈奴單于召入帳下。眾乃半揖而已。單于謂曰：「鄭生何為不拜？」眾曰：「汝非吾君，何得拜焉？」單于曰：「吾與汝主並肩，汝與吾臣相立。既奉使於吾，當行臣禮，何得自恃而越法乎？」眾曰：「南朝臣將，膝有黃金，豈肯屈身而下胡虜哉！頭則可取，志不可移。」單于大恐，止不復語。乃發還京師，眾即出回。

卻說南匈奴知漢與北虜交使，內懷嫌怨，欲起兵叛。遂密使人往北虜，令合兵共勢迎敵。鄭眾出塞，聞知其事，乃入朝見帝，奏曰：「今二虜連和欲叛，陛下宜置大將以防拒之。」帝准奏，遂令鄭眾監軍十萬，渡遼水，以鎮西域。眾即拜別上馬，領軍而去。

帝夜夢見金人，身長項大，有光明。次日登殿，問於群臣。或曰：「西方有神，其名曰佛。其形長丈六尺，如黃金色。」帝因使人往天竺求其道，得其書及沙門。以求其書，大抵以虛無之說為宗，貴慈悲不殺。以為人死，精神不滅，隨復受形。生時所行善惡，皆有報應。故所貴修練精神，以至為佛。善為宏闊勝大之言，以勸誘愚俗。精於其道者，號曰沙門。於是中國始得其術，建造殿宇，圖塑其像，以時奉祀。而王公貴人，獨楚王英最先好之。有詩為證：

出自西方曰竺天，中原由此鉢相傳。不生不滅神明妙，時放毫光照大千。

卻說明帝圖罷佛像，次日設朝，召文武共議匈奴之事。忽耿秉出班奏曰：「匈奴為害久矣，心無定制，或服或變，詭詐多端。若不以威加之，乘間擾害。臣願乞兵往伐，以絕後患。」帝准奏，令與竇固等，引兵十萬，分道並出。數日方至，離城五里下寨。令人報知匈奴。單于聽罷，大怒，急點匈奴十萬，披掛上馬。單于頭頂寶箱盔，身穿銀鎧甲，手執降魔杵，坐下燕色馬，引軍出城，排陣搦戰。竇固出馬罵曰：「羯鞨賊奴！漢王有何負汝，不時寇擾邊界？早降罷戰，庶免殘生。若再妄言，粉身碎骨。」單于大怒，躍馬直取。二將交鋒，共戰十合，不分勝負。耿秉出馬，兩下夾攻。金鼓齊鳴，喊聲震地，匈奴大敗。單于首將，撞東欲走。耿秉望見，攀弓趕上，奮射一箭，從其項下穿過，墮馬而死。單于見勢不利，急引殘軍，拚死殺開血路，走回本國而去。固遂令卒鳴金收軍，下寨安歇。於是聲震胡虜，畏不敢犯。

次日，固使假司馬班超與從事郭恂，分兵八萬，進使西域。超即拜別，上馬而往。行至鄯善將近，善王廣先奉漢詔，禮敬甚備，後忽疎懈。超見廣有怠慢之意，乃謂官屬曰：「此必有北虜使來，與相交通。明者覩未萌，況已著耶！不入虎口，不得虎子！」遂傳令軍士，夜以火攻虜營。眾軍得令，各整兵刃，披掛立待。至夜二更，一齊上馬潛往。既至，令卒放火，驚起虜使，亂奔出走。超遂躍馬趕上，拔劍望使一砍，首落於地，及斬從士三十首級，餘眾百十多人，悉皆燒死。次日天曉，乃還。召鄯善王廣，以虜使首級示之，一國震恐。廣叩頭言曰：「願附漢主，再無二心。」即令子入侍中國。超大喜，遂班師回京。見竇固，具說所事。竇固大喜。謂曰：「將軍誠大才也！」

次日，入朝見帝，具奏超功。帝甚奇異，復下詔令超出使于闐。超即上馬前行。既至，闐王廣德聞漢使至，忙出迎接，誠服歸降。於是，諸國胡虜，皆遣子入侍。

按鑑：西域與漢，絕六十五載。至是，乃復通焉。

卻說北虜匈奴亦反擾掠，俱入雲中地界。時太守廉范發兵拒之。吏士進跪告曰：「匈奴勢大，吾等兵少，不可輕敵。太守欲進，急宜修書，遣人先往鄰郡求救。待其軍來，合勢共出，則可取勝。」范不許。至日暮，乃召軍士謂曰：「汝等今夜各持火把，列於營中，使虜眾見，言我兵多。明早進擊，可破其勢。」眾將得令，悉依計行。至夜二更，高燭營中，火光沖漢。虜軍望見，都言漢兵救至。帥主大驚，待旦而退。是夜，范令軍中就牀飽食。天明，大軍分道並進。虜軍聞風逃竄，棄甲丟戈。廉范趕上，大殺一陣，得虜首百級，死者千餘人。於是廉范聲震邊塞，北虜不敢復向雲中。有詩為證：

料敵行兵數有方，神機妙策蘊胸藏。破胡滅虜鷹擒兔，出塞驅夷虎奔羊。

是日，廉范班師，唱歌回府，令人奏聞朝廷。帝大喜，遣使持節加范為大將軍之職。賜金百兩，緞疋五十，再賜白銀千兩，令賞軍士。使者上馬而去。

卻說益州刺史朱輔，為人慷慨，有大才略，好立功名。在州數歲，宣示漢主德威，以詵夷虜。自汶山以西，前世所不至，正朔所未加，白狼、唐菆、槃木等百餘國，戶百三十餘萬，口六百萬以上，舉種奉貢，稱為臣僕。唐菆作詩三章，歌頌漢德。朱輔修奏一封，遣使將其詩章獻上朝廷。疏曰：

臣聞詩云：「彼徂者岐，有夷之行。」傳曰：「岐道雖僻，而人不遠。」詩人誦詠，以為符驗。白狼王、唐菆等，慕化漢德，歸義，作詩三章，路經邛來大山零高坂，峭危峻險，百倍岐道，繈負老幼，若歸慈母。遠夷之語，辭意難正，草木異種，鳥獸殊類。有犍為郡掾由恭與之習狎，頗曉其言。臣輒令訊其風俗，譯其辭語。今遣從事史季陵與護送詣闕，並上言樂詩。昔在聖帝，舞四夷之樂。今之所上，庶備其一。臣朱輔頓首疏上。

遠夷樂德歌詩曰：

大漢是治，與天意合。吏譯平端，不從我來。聞風向化，所見奇異。多賜繒布，甘美酒食。昌樂肉飛，屈申悉備。蠻夷貧薄，無所報嗣。願主長壽，子孫昌熾。

遠夷慕德歌詩曰：

蠻夷所處，日入之部。慕義向化，歸日出主。聖德深恩，與人富享。冬多霜雪，夏多和雨。寒溫時適，部人多有。涉危歷險，不遠萬里。去俗歸德，心歸慈母。

遠夷懷德歌詩曰：

荒服之外，土地墝埆。食肉衣皮，不見鹽穀。
吏譯傳風，大漢安樂。攜負歸仁，觸冒險陝。
高山岐峻，緣崖磻石。木薄發家，百宿到洛。
父子同賜，懷抱匹帛。傳告種人，長願臣僕。

帝覽輔奏，見夷三歌之詩，甚嘉喜愛。遂令史官錄之於縢，遣使賚璽書往授輔為都護之職。使者拜別上馬而去。

卻說北虜單于遣西鹿蠡王，率兵二萬進擊車師。耿恭聞知，乃召諸將謂曰：「匈奴勢大，人馬精強，不可與彼交戰。且此國糧稀食寡，難濟軍用。吾聞疏勒城傍，有澗水頗固，莫若先出據之，可宜長守，以備胡害。」眾將俱諾。是日，耿恭入據疏勒。蠡王聞知，即使眾匈奴擁絕其澗水，使不得飲。恭於城中，令卒穿井深十五丈，不得水出。吏士渴甚，乃笮馬糞汁而飲之。恭遂潔整衣服，向井拜禱，仰天告曰：「恭領漢皇重命，職鎮邊疆。終日乾乾，夕惕若厲，並不敢少逸自怠，忘理政事。今不幸彼匈奴圍擊，擁絕澗水，城中士卒人民，俱遭渴死。恭穿深井一十五丈，不能致水而食。願天憐恤孤窮，早施甘澤，救生民之塗炭，慰漢主之願望。」祝罷而拜。須臾，泉水湧出。恭大喜，嘆曰：「誠天助也。」於是，城中百姓咸言：「恭德所致，豈人力之能哉！」恭得泉水，遂令軍卒揚以示虜。虜見，各皆驚駭，咸相議曰：「耿恭真乃神助，吾等豈勝彼乎！」遂解兵忙回本國而去。恭即設宴，大饗軍士。次日修表，遣使詣京，奏聞主上。表曰：

日月麗中天，萬國仰照臨之德。乾坤大一統，群生荷覆載之恩。文教誕敷而治具畢張；威武繼揚而妖氛頓息。臣民欣戴，海宇惟騰。仰惟皇帝陛下，卓冠群倫，茂膺景運，皇圖啟祚。粤申命之自天，曆數在躬，遂化家以為國，拯生民之勢弱，救亂世之劻勷，大鈞播而景物亨，皇極建而彝倫敘。凡有血氣，莫不尊親。惟彼殘胡，敢行肆侮，竊乘間隙，侵犯邊陲。赫怒皇心，用加天討。爰聲罪而致伐，乃鞠旅以陳師。臣耿恭賦質庸愚，忝受郡守之寄，慚無贊畫之能。拜命闕廷，俾率貔貅之眾；總戎行陣，誓空胡馬之群。前車師而虜蠡入界，後疏勒而擁絕水池。士卒渴埃，笮馬糞汁而為飲；人民苦悴，掘深井而無泉。臣恭淨潔，禱祝穹蒼。忽湧甘泉，蘇回民士。令卒高揚以示虜，匈奴震怖而回兵。一日廓清，膻腥無穢。皇風遠被於遐荒，胡運竟終於此日。凡茲勳庸之建，豈因臣下之能。蓋茲伏遇皇帝陛下，廣運如天，宏謨蓋世。明見萬里之外，遂成千載之功。東日窋而西月江，莫非王土；南荒炎而北弱海，共惟帝臣。一統太平，萬年攸久。臣耿恭頓首百拜，謹奉表上聞。

帝覽表大喜，即遣使持節，拜恭為五軍都指揮使之職，並賞軍銀三千兩。使者賫敕，上馬而去。

秋八月，帝崩。年四十八。皇太子炟即位，年十八歲。班固贊曰：

顯宗丕承，業業兢兢。危心恭德，政察奸勝。備章朝物，省薄墳陵。永懷廢典，下身遵道。登臺觀雲，臨雍拜老。懋惟帝績，增光文考。

是日，章帝登殿，文武朝罷。忽兵部尚書楊終越班上疏，奏言匈奴之事。疏曰：

三苗逆命，大禹有往征之師。玁狁侵陵，宣王有北伐之舉。屬妖氛之汎掃，致醜虜之歸來。喜溢臣民，惟騰遐邇。臣終切惟間省北征匈奴，西開三十六國。以氈裘之遺孽，亡國之賤俘。負天地生全之恩，懷虎狼貪殘之性。百姓頻年服役，轉輸煩費。愁困之民，足以感動天地。且胡虜之心，未有傾志屬國。少有未至，疾害妒生。殺戮我姓，使寇竊我邊陲。上違逆於天地，下阻遏於聲教。惟陛下留念省察，除殘去害。爰興問罪之師，按節臨戎；實總天帝之寄。將佐效忠而志力，士卒鼓勇以爭先。軍威遠震於虜庭，義氣橫行於瀚海。兵有不戰之勝，敵無梟首之虞。其匈奴出，即詣軍門納款輸誠，革心向化。其餘軍民人等，咸加撫諭，各遂生全，同沾化育之恩，永絕腥膻之穢。是皆皇帝陛下之謀，運於宥密。睿知發乎先機，故能豫制於萬全，是以功成于莫測。臣等仰遵成算，祗奉天威，獲殫大馬之驅馳，少盡涓埃之報答。萬方胥慶，覩日月之光華；率土歸心，樂乾坤之覆載。臣兵部尚書楊終頓首，誠惶百拜，謹奉表上聞。

帝覽表畢，下示公卿議論。第五倫與牛融、鮑顯因共議，入殿奏曰：「孝子之心，無改父道。征伐匈奴，屯戍西域，先皇所建，不宜回異。」帝聞言，沉吟未決。楊終復上奏曰：「秦築長城，攻役繁興。胡亥不革，卒亡四海。故孝元棄珠崖之郡，光武絕西域之國，不以介鱗，易我衣裳。」帝從之。

言未訖，忽一臣趨殿奏曰：「安夷縣吏略妻勒姐，原卑南種羌之婦。吏為其夫所殺，安夷吏長宗延追之出塞。種人恐見罪誅，遂共謀暗殺宗延，而與勒姐及吾良二種，相結為寇，擾掠邊疆。乞陛下傳旨，發兵禦敵。」帝聞奏，下詔：著隴西太守孫純出兵征討。使者領旨，急往隴西而去。

卻說孫純正於廳堂理事，忽人報曰：「朝廷遣使來至。」純急罷公出接，邀入後堂禮坐。問曰：「使來何意？」使者具說所事。純即發兵，遣人往金城，令起兵應。自與從事李睦引軍五萬，會於和羅谷口，列陣對敵。卑南出馬，大叫漢將搦戰。李睦聽言，披掛上馬，飛出陣前，不與打話。二將交鋒，共戰二十合，不分勝敗。孫純策馬衝陣混殺，征塵蔽日，金鼓連天。虜軍大敗，走踐伏屍。卑南與孫純交馬，戰未十合，被純奮砍一刀，削為兩段，餘虜混走。純率眾軍趕上，大殺一陣，斬首三千級，獲其輜重，不勝其數。純遂收軍，凱歌回府。後詩贊曰：

霆劍龍飛脫寶潭，將軍扼腕虎耽耽。指揮天地開經略，驅逐風雲入笑談。
酌擬萬全收塞虜，果然一敵斬卑南。煙塵一掃腥膻蕩，奏凱停鞭謾駐驂。

是日，孫純回至隴西府內，大饗將士，賞勞諸軍。將卑南首級，令人傳送京師。帝見，大喜，即遣使持節拜純為征虜將軍，賜金二百餘兩。使者拜別，前往隴西而去。

卻說馬皇太后素愛躬履節儉，事從簡約。時兄馬廖為衛尉之職。見太后樸素，慮其美業難終，乃上疏於長樂宮，勸成德政。表曰：

臣按前世詔令，以百姓不足，於世尚奢靡，故元帝罷服官，成帝御浣衣，哀帝去樂府。然而侈費不息，至於衰亂者，百姓從行不從言也。夫改政移風，必有其本。傳曰：「吳王好劍客，百姓多創瘢。楚王好細腰，宮中多餓死。」長安語曰：「城中好高髻，四方高一尺；城中好廣眉，四方且半額；城中好大袖，四方全匹帛。」斯言如戲，有切事實。前下制度未幾，後稍不行。雖或吏不奉法，良由慢起京師。今陛下躬服麤厚繒，斥去華飾。素簡所安，發自聖性。此誠上合天心，下合民望。浩大之福，莫尚於此。陛下既已得之自然，猶宜加以勉勗，法太宗之隆德，戒成、哀之不終。易曰：「不恆其德，或承之羞。」誠令斯事一竟，則四海誦德，聲薰天地，神明可通，金石可勒。而況於人心乎！況於行令乎！願置章坐側，以當瞽人夜誦之音。臣衛尉馬廖誠惶頓首百拜，謹奉表上聞。

太后覽表，深喜納之。由是朝廷大議國政，每使眾臣詢訪於廖。時魯國魯人孔僖，字仲和，與崔篆孫駰為友，極相善美。一日，同遊太學，講習春秋。因讀吳王夫差時事，僖廢書嘆曰：「若是，所謂畫虎不成，反類狗者也。」駰曰：「然。昔孝武皇帝始為天子，年方十八，崇信聖道，師則先王。五六年間，號勝文景。反後恣己，忘其前之為善。」僖曰：「書傳如此多矣！」時鄰舍生梁郁在傍，接曰：「如此，武帝亦是狗邪！」駰默然不對。郁怒恨之，陰上書首告駰、僖誹謗先帝，刺譏當世之事。帝怒，下詔令有司拿究。僖以吏捕方至，恐罪誅責，乃上書自訟。書曰：

臣之愚意以為盡言誹謗者，謂實無此事，而虛加誣之也。至如孝武皇帝，政之美惡，顯在漢史。坦如日月，是為直說。書傳實事，非虛謗之。夫帝者為善，則天下之善咸歸焉；其不善，則天下之惡亦萃焉。斯皆有以致之，故不可以誅於人也。且陛下即位以來，政教未過，而德澤有加，天下所見也。臣等獨何譏刺哉？假使所非實是，則固應悛改；儻其不當，亦宜含容，又何罪焉？陛下不惟原大數，深自為計，徒肆私忿，以快其意。臣等受戮，死即死耳，顧天下之人，必回視易慮，以此事闚陛下心。自今以後，苟見不可之事，終莫復言者矣。臣之所以不愛其死，猶敢與言者，誠為陛下深惜此大業。陛下若不自惜，則臣何賴焉？齊桓公親揚其先君之惡，以唱管仲，然後群臣得盡其心。今陛下乃欲以十世之武帝，遠諱實事，豈不與桓公異哉？臣恐有司卒然見構，銜恨蒙枉，不得自敍。使後世論者，擅以陛下有以方比，寧可復使子孫追掩之乎？臣孔僖謹詣闕廷，伏待重誅。

帝覽書，遂赦其罪，乃封僖為蘭臺令史。僖叩首謝恩而出。

卻說中郎將竇憲妹為皇后，憲恃宮闈之勢，以賤直請奪沁水公主田園。主畏憲寵勢大，不敢計較。後帝駕出，從其園過。帝指以問憲，憲隱意而對。發覺，帝大怒。召憲切責曰：「深思前過，奪主田園時，何用忿趙高指鹿為馬？久念使人驚怖。昔永平中常令陰黨、陰博、鄧疊三人相糾察，諸豪戚莫敢犯法者。而詔書切切，尤以舅氏田宅為言。今貴主尚見枉奪，何況小人哉！國家棄憲，如孤雛腐鼠耳！」憲大震懼，皇后為毀服深謝，良久，乃得解。使以田還公主，雖不討其罪，然亦不授以重任。

二月，帝東巡狩，還魯，幸闕里。以太牢告祠孔子及七十二弟子，作六代之樂，大會孔氏男子二十以上者六十三人。命儒者講論語。時孔僖因帝大會，乃自陳拜謝。帝曰：「今日之會，寧於卿宗有光榮乎！」僖曰：「臣聞：明王聖主，莫不遵師貴道。今陛下親屈萬乘，辱臨敝里，此乃崇禮先師，增輝聖德。至於光榮，非所敢承。」帝大笑曰：「非聖者子孫，焉有斯言乎！」遂陞僖為郎中，賜褒成侯。再賜孔氏男女錢帛，令僖還京師東觀校書。僖叩首謝恩，即隨車駕還宮。

卻說劉梁嘗作破群論，時之覽者，以為：「仲尼作春秋，亂臣知懼。今此論之，俗士豈不愧心？」其文不存，乃作辨和同之論一篇，以著於世。論曰：

夫事有違而得道，有順而失義，有動而為害，有惡而為美。其故何乎？蓋明智之所得，闇偽之所失也。是以君子之於事也，無適無莫，必考之以義焉。

得由和興，失由同起。故以可濟否謂之和，好惡不殊謂之同。春秋傳曰：「和如羹焉，酸苦以劑其味。君子食之，以平其心。同如水焉，若以水濟水，誰能食之？琴瑟之專一，誰能聽之？」是以君子之行，周而不比，和而不同，以救過為正，以匡惡為忠。經曰：「將順其美，匡救其惡，則上下和睦，能相親也。」昔楚恭王有疾，召其大夫曰：「不穀不德，少主社稷，失先君之緒，覆楚國之師，不穀之罪也。若以宗廟之靈，得保首領以歿，惟是春秋窀窗之事。所以從先君於祖廟者，請為靈，若厲。」大夫許諾。及其卒也，子囊曰：「不然，夫事君者，從其善，不從其過。赫赫楚國，而君臨之，撫有南海，訓及諸夏，其寵大矣。有是寵也，而知其過，可不謂恭乎！」大夫從之，此違而得道者也。及靈王驕淫，暴虐無度，芋尹申亥從王之欲，以殯於乾谿，殉之二女。此順而失義者也。鄢陵之役，晉楚對戰。陽谷獻酒，子反以斃。此愛而害之者也。臧武仲曰：「孟孫之惡我，藥石也。季孫之愛我，美疢也。疢毒滋厚，石猶生我。」此惡而為美者也。孔子曰：「智之難也！有臧武仲之智，而不容於魯國。抑有由也，作而不順而施不恕矣。」蓋善其知義，譏其違道也。

夫知而違之，偽也；不知而失之，闇也。闇與偽，其患一也。患之所在，非徒在智之不及，又在及而違之者矣。故曰：「智及之，仁不能守之。雖得之，必失之」也。夏書曰：「念茲在茲，庶事恕施。」忠智之謂矣。

故君子之行，動則思義，不為利回，不為義疚。進退周旋，唯道是務。苟失其道，則兄弟不阿；苟失其義，雖仇讎不廢。故解狐蒙祁奚之薦，二叔被周公之害。勃鞮以逆文為成，傅瑕以順厲為敗。管蘇以憎忤取進，申侯以愛從見退，考之以義也。故曰：「不在逆順，以義為斷；不在憎愛，以道為貴。」禮記曰：「愛而知其惡，憎而知其善。」考義之謂也。

昔文翁老蜀，道著巴漢，庚桑瑣隸，風移碨礧。吾雖小宰，猶有社稷。苟赴期會，理文墨，豈本志乎！

論罷，乃作大講書舍，延聚生徒數百餘人，朝夕親往勸究，講辨而義明，試殿策，儒化大行。由是此邑至后，尤稱其教焉。帝聞梁名，下詔拜為尚書郎。使與信等共校書史。梁謝恩出。是日，帝傳敕旨，令大司徒袁逢將黃榜張掛，受納天下賢士能上計者。袁逢領旨出朝，即將黃榜掛訖。

卻說洛陽西縣一人，姓趙名壹，字元叔，體貌魁梧，身長九尺，美鬚良眉，望之正偉。而恃才倨傲，得罪於鄉黨，擬之以死。友人謝承，力救得免。壹乃貽書，謝友之恩。書曰：

昔原大夫贖桑下絕氣⑭，傳稱其仁；秦越人還虢太子結脈，世著其神⑮。設曩之二人，不遭仁神，則結絕之氣竭矣。然而，精脯出乎車軨⑯，鍼石運乎手爪。今所賴者，非直車軨之精脯，手爪之鍼石也。乃收之於斗極，還之於司命，使乾肉復含血，枯骨復被肉。允所謂遭仁運神，真所宜傳而著之。余畏禁，不敢班班顯言，竊為窮鳥賦一篇，其辭曰：

有一窮鳥，戢翼原野。罩網加上，機阱在下。前見蒼隼，後見驅者。繳⑰彈張石，羿⑱子彀左。飛丸激矢，交集於我。思飛不得，欲鳴不可。舉頭畏觸，搖足恐墮。內獨怖急，乍水乍火。幸賴大賢，我矜我憐。昔濟我南，今振我西。鳥也雖頑，猶識密恩。內以書心，外用告天。天乎祚賢，歸賢永年。且公且侯，子子孫孫。

又作刺世疾邪賦以舒其怨憤曰：

伊五帝之不同禮，三王又不同樂。數極自然變化，非是故相反駁。德政不能救世溷亂，賞罰豈足

---

⑭ 原大夫贖桑下絕氣：原大夫指晉趙盾，謚曰「宣」。呂氏春秋曰：「趙宣孟將之絳，見骫桑之下有臥餓人，宣孟與脯二朐，拜受之，不敢食，問其故，曰：『臣有母，持之遺之。』宣孟更賜之脯二束，遂去。」贖即續。

⑮ 秦越人二句：扁鵲姓秦，名越人。過虢，虢太子死。扁鵲曰：「臣能生之。若太子病，所謂尸蹷也。」於是讓弟子厲針磨石，以取三陽五會。不一會兒，太子蘇醒了過來。

⑯ 車軨：車上之橫木。

⑰ 繳：繫於箭上之細線。

⑱ 羿：傳說中古代一善射者。

懲時清濁？春秋時禍敗之始，戰國愈復增其荼毒。秦漢無以相踰越，乃更加其怨酷。寧計生民命，惟利己而自足。

於兹迄今，情偽萬方：佞諂日熾，剛克消亡。舐痔結駟⑲，正色徒行。嫗㜑名勢⑳，撫拍豪強。偃蹇反俗，立至咎殃。捷懾逐物㉑，日富月昌。渾然同惑，孰溫孰涼？邪夫顯進，直士幽藏！原斯瘼之所興，實執政之匪賢。女謁㉒掩其視聽，近習秉其威權。所好則鑽皮出其毛羽，所惡則洗垢求其瘢痕。雖欲竭誠而盡忠，路絕險而靡緣。九重既不可啟，又群吠之狺狺。安危亡於旦夕，肆嗜慾於目前。奚異涉海之失柂㉓，積薪而待燃。榮納由於閃揄㉔，孰知辨其蚩妍！故法禁屈撓於勢族，恩澤不逮於單門。寧饑寒於堯舜之荒歲，不飽暖於當今之豐年。乘理雖死而非亡，違義雖生而匪存！

謝承贊其書賦，嘆曰：「趙生誠大才也，而掘掩未用，良可惜哉！」

---

⑲ 舐痔結駟：莊子列御寇：「秦王有病招醫，破癰潰痤者，得車一乘。舐痔者得車五乘。所治愈下，得車愈多。」後以舐痔比喻諂媚附勢的卑劣行為。

⑳ 嫗㜑名勢：對有名有勢的人卑躬屈節。嫗㜑，屈背。

㉑ 捷懾逐物：追逐名利權勢。

㉒ 女謁：通過宮中嬖寵的女子干求請託。韓非子詭使：「近習女謁並行。」

㉓ 失柂：失去舵。

㉔ 榮納由於閃揄：受寵幸而被採納的原因在於姦邪。

時有秦客者，在承家見壹之辭賦，乃為作詩一首以嘆之。詩曰：

河清不可俟，人命不可延。順風激靡草，富貴者稱賢。
文籍雖滿腹，不如一囊錢。伊優㉕北堂上，骯髒㉖倚門邊。

時魯生聞此辭，繫亦為作歌而嘆之曰：

勢家多所宜，咳唾自成珠。被褐懷金玉，蘭蕙化為芻。賢者雖獨悟，所困在群愚。且各守爾分，
勿復空馳驅。哀哉復哀哉，此是天命與？

卻說趙壹聞京師出榜，舉辟上計，即喚妻謂曰：「吾少力游於學，廢寢忘食，欲為親揚名顯。奈世態炎涼，輕文賤藝，所以屈志未伸，淹埋塵世。今聞朝廷出榜，招納天下英才能上計者。吾欲往走一遭，妻意若何？」妻曰：「夫子數年命運蹇薄，故淹未遇。今既欲赴，可推時運若何？」壹曰：「然也。」即往東街巷鋪，求發課算。忽遇一相士，坐市談術。壹與施禮，謂曰：「吾數年淹屈於家，功名未就。敢煩先生一相，可望否乎？」相士聞言，遂令解衣，周身視罷，乃曰：「賢士休怪庸言，敢伸直道。」壹曰：「無妨。請依形斷。」相士曰：「依愚直判，賢士貴不過郡吏，職不過驛丞。」壹不聽，遂償其錢而回。妻急出問其故。壹曰：「言今年大貴發跡。」妻喜，即別而往。

㉕ 伊優：屈曲佞媚的樣子。

㉖ 骯髒：抗直不屈的樣子。

既至，袁逢令吏悉入。時上計者數百餘人，皆拜伏庭中，莫敢仰視。壹獨長揖而已。逢望壹異，令左右責之曰：「下郡計吏，而揖三公者何也？」對曰：「昔酈食其長揖漢王，今揖三公，何遽怪哉？」逢聞其言，慌忙下席，執壹之手，同坐於上。乃問西方之事何如，壹具所答。逢大奇之，顧謂坐中曰：「此人西縣趙元叔也，朝廷莫有過之者。吾請為諸君分坐。」坐者皆屬觀之。及辭，逢親送出府外，二人揖別。

壹遂往謁河南尹羊陟，不能得見。壹思公卿中非陟無足以託名者。次日又往，至其後衙，令人入報。陟尚臥未起，壹徑入堂上，言曰：「久仰高風，故來參謁。累未得見，而忽然奈何，命也！」因舉聲大哭。其門下驚駭，皆奔入滿側。陟知壹非常人，乃起整冠，出迎施禮。坐畢，壹曰：「賤謁貴，故難能見。」陟赤頰而答曰：「非敢自詐，奈寒疾，不可以風，故慢殊甚，願勿為咎。」壹曰：「吾之不遇魯侯，天也，豈可怨乎！」陟大奇之，二人遂別。

明旦，陟大從車騎，回謁趙壹。見諸計吏，多盛飾車馬帷幙，而壹獨柴車草屏，露宿其傍，乃嘆曰：「壹真賢士也！」壹知陟至，急接，延坐車下，左右莫不感嘆。陟與壹談至晚，極歡而去，乃執其手，謂曰：「良璞不剖，必有泣血以相明者矣！」言罷，遂別。陟與袁逢共稱薦之。於是，趙壹名動京師，士大夫想望其風采。

壹名未遂而還。道經弘農太守皇甫觀者，不令通見，壹遂遁去。門吏入見太守，具告所事。觀聞壹名，大驚，乃追書以謝之。書曰：

蹉跌不回，企德懷風，虛心委質，為日久矣。側聞仁者美譽，區區冀承清誨，以釋遠懷。今旦外白，有一尉兩計吏。不道屈尊門下，更啟乃知已去。如印綬可投，夜豈待旦。惟君明睿，平其夙心。寧當慢傲，加於所天。事在悖惑，不足具責。倘可原察，追修前好，則何福如之！謹遣主簿奉書。下筆氣結，汗流竟趾。

壹覽書，即脩一封，與其主簿回報。書曰：

君學成師範，縉紳歸慕。仰高希驥，歷年滋多。旋轅兼道，渴於言侍，沐浴晨興，昧旦守門，實望仁兄，昭其懸遲。以貴下賤，握髮垂接。高可敷玩墳典，起發聖心，下則抗論當世，消弭時災。豈悟君子，自生怠倦，失恂恂善友之德，同亡國驕惰之志！蓋見機而作，不俟終日，是以夙退自引，畏使君勞。昔人或歷說而不遇，或思士而無從，皆歸之於天，不尤於物。今壹自譴而已，豈敢有猜！仁君忽一匹夫，於德何損？而遠辱手筆，追路相尋，誠足愧也。壹之區區，曷云量己。其嗟可去，謝也可食。誠則頑薄，實識其趣。但關節疢動，膝炙壞潰。請俟他日，乃奉其情。輒誦來貺，永以自慰。

皇甫觀覽書嘆曰：「趙生，誠賢士也，奈何命乎！」於是州郡爭致禮迎，皆不就，遂遁去，後以壽終於家。由是觀之，果如相士之言。

戊子正月，帝崩，年三十一。皇太子肇即位，年十歲。六月，和帝登位。文武拜畢，忽一臣趨殿奏曰：「北匈奴饑亂，寇入邊界，擾掠生民。陛下將何治之？」帝聞大驚，急召文武商議。眾臣默然，無計可設。時竇太后聞知，親自臨朝。和帝急下迎接，問曰：「娘娘何意？」太后曰：「吾聞匈奴入界，汝等眾臣無所治決，故來共定計破。」帝欣然問曰：「娘娘何計？」太后曰：「自古匈奴難與善治，若不以威加之，乘間擾害。可令竇憲領軍往伐，以絕將來。」帝曰：「娘娘言者甚當。」即以竇憲為車騎將軍，耿秉為先鋒，班固為末將，與精兵三萬，北伐匈奴。

三將領旨，即日引兵，上馬而往，徑望北夷進發，數日方至。憲詣秉曰：「匈奴勢敗，必望稽落山走。汝可分兵一萬，往彼埋伏。再令班固領軍一千，於稽落高處探望。見與單于搦戰，待其敗至，班固舉旗為號，耿秉伏兵齊起，截住去路。吾後追襲，首尾相擊，必可破矣。」眾將皆曰：「此計甚妙。」遂各分兵去訖。

卻說匈奴單于，知漢兵至，即起大軍三十餘萬，分作兩道並出。至燕然山下，兩軍相遇。單于出馬，頭頂沖天冠，身穿青鎧甲，手執丈八神鎗，坐下烏龍馬。立於陣前，大叫漢軍搦戰。竇憲聞言，急急披掛上馬，躍出陣前，不與打話，令卒擂鼓。二將交鋒，約戰十合，單于抵敵不住，敗陣回走。竇憲趕上，溫禺王急出，當頭截住。二馬相交，戰不三合，被竇憲一刀連人帶馬削為兩段。單于見勢不利，引軍急走。竇憲躍馬趕上，至稽落山下。班固將旗展開，耿秉伏兵齊出，截住去路。尸逐王當頭衝陣，被耿秉大喝一聲，砍於馬下。單于勒馬復回，竇憲追至，前後夾擊，虜眾大潰。單于拚死，殺開血路遁走而去。竇憲率兵，追擊諸部，趕至私渠比鞮，大破之。斬其名王已下一萬三千餘級，獲生口馬、牛、豬、羊、橐駝數萬餘頭。於是，溫犢須、日逐、溫吾、夫渠、王柳提等八十一部率眾降者，八十餘萬。憲、秉遂登燕然山，去塞三千餘里，刻石勒功，紀漢威德。令班固作銘曰：

維永元元年秋七月，大漢元舅車騎將軍竇憲，寅亮聖明，登翼王室。納於大麓，惟清緝熙。乃與執金吾、先鋒耿秉，述職巡御，理兵於朔方。英揚之校，螭虎之士，爰該六師，暨南單于、東烏桓、西戎氐羌侯王君長之群，驍騎三萬。元戎輕武，長轂四方，雲輜蔽路，萬有三千餘乘。勒以八陣，蒞以威神，玄甲耀日，朱旗絳天。遂陵高闕，下雞鹿，經磧鹵，絕大漠，斬溫禺以釁鼓，血尸逐以染鍔。然後四校橫徂，星流慧掃，蕭條萬里，野無遺寇。於是，域滅區殫，反旆而旋。考傳驗圖，窮覽其山川。遂踰涿邪，跨安侯，乘燕然，躡冒頓之區落，焚老上之龍庭。上以攄高文之宿憤，光祖宗之玄靈。下以安固後嗣，恢招境宇，振大漢之大聲。茲所謂一勞而久逸，暫費而永寧者也。乃遂封山刊石，昭銘盛德。其辭曰：

鑠玉師兮征荒裔，勦凶虐兮截海外，夐其邈兮亘地界。封神丘兮建隆賜，熙帝載兮振萬世。

是日憲等振旅還京，入朝見帝，具奏所事。帝大喜，令開府庫，賞勞軍士。其所將諸部，每二千石子弟從征者，悉除太子舍人。封憲為冠軍侯，食邑二萬戶，篤為郾侯，景為汝陽侯，瑰為夏陽侯，各食六千戶。悉叩首謝恩。惟憲不受封。遂辭帝，引兵出鎮涼州。

憲以北虜微弱，思欲滅之。二年正月，憲大會諸將，謂曰：「北虜雖服，心無傾向。倘其威盛，即動騷邊。莫若乘其勢弱，淨掃除之，以杜漢朝之患。諸公若何？」眾將皆曰：「此言極當。」憲大喜。是日宴罷，即遣右校尉耿夔與司馬任尚及末將趙搏等，中分麾下精兵三萬，北擊匈奴。夔等遵命上馬，引兵而去。既至，屯下營寨，來日決戰。

卻說北虜單于正會匈奴飲宴，忽小軍報曰：「漢帝又遣校尉耿夔引兵，復來侵害吾國。陛下將何治邪？」單于聞言大怒，罵曰：「頗奈小將，不時加害。今若不除此賊，誓不回兵。」言罷披掛上馬，勒領匈奴大軍三萬餘騎，出塞迎敵。行至金微山下，兩軍相遇。單于出馬，大叫：「漢將不怕死者出陣。」耿夔大怒，急奔上馬。任尚高聲言曰：「將軍休出，待小將先斬單于，提首來獻！」言罷，挺鎗上馬，飛出陣前，擺勢搦戰。單于謂曰：「汝主何是不仁！吾肯休征納貢，庶擾黎民。今又故來犯界，欺人太甚！小寇早下拜降，保留殘命，倘若拒抗，碎首分尸。」尚大罵曰：「羶靼賊奴！不思皇天厚賦，一統劉君，豈容胡虜混世。」言罷，二人交馬。戰上二十餘合，不分勝敗。耿夔、趙摶雙出夾擊，金鼓齊鳴，喊聲震地。虜軍大混，東投西竄，無路可逃。斬將殺軍，尸填坑滿。單于撞出逃走，不知所在，餘虜皆散。夔遂收軍而還。回至涼州，入見竇憲，具言獲勝之事。竇憲大喜，急令排席，宴勞諸軍。次日班師回朝，見帝具奏所事。帝大喜，重賜金帛珍寶。憲謝恩出朝。

於是，憲平北虜之後，威名益盛，以耿夔、任尚為爪牙，鄧疊、郭璜為心腹。班固、傅毅之徒，皆置幕府，以典文章。刺史守令，多出其門。尚書僕射郅壽、樂恢，並以忤意，相繼自殺。朝臣莫不震懼，望風承旨，而篤進位特進，得舉吏，見禮依三公。景為執金吾，瓌為光祿勳。權貴顯赫，傾動京都。雖俱驕縱，而景為尤甚，奴客緹騎，依倚刑勢，侵凌小人，強奪財貨，逼取罪人之妻，虜掠良家之女。商賈閉塞，如避寇讎。有司畏懦，莫敢舉奏。太后聞知，傳旨減景之爵，使無橫為。獨瓌少好經書，節約自脩。太后愛之，出為魏郡，遷潁川太守。時竇氏父子兄弟並居列位，充滿朝廷。叔父霸，為城門校尉。

霸弟褒，將作大匠。褒弟嘉為少府。其侍中、將、大夫、郎吏十餘人皆屬竇氏。憲負重勞，陵肆滋甚。四年，封鄧疊為穰侯。疊與其弟步兵校尉磊，及母元，又憲女婿射聲校尉郭舉，舉父長樂少府璜，皆相交結。元舉並相出入禁中。舉得寵太后，遂共圖為殺害。

帝陰知其謀，大恐，急召中常侍鄭眾定計誅之。眾曰：「陛下既欲是行，可先令執金吾、校尉，勒兵屯於衛南北宮，閉四城門。下詔收憲大將軍印綬，權封冠軍侯，使無疑意。陛下親出北宮，收捕疊、磊、璜、舉，然後召憲等入帳，不與言談，即令擒下綁縛，就國誅之。何難之有！」帝依眾計，密詔校尉，勒兵屯伏，車駕即至北宮，先捕疊、磊、璜、舉四人，皆繫於獄。令執金吾任尚誅戮家屬。詔下，追憲印綬，封為冠軍侯，令武士擒下。憲等大聲叫曰：「小臣建立大功，蕩除邪陰。今無罪過，陛下何得負心！」帝曰：「朕無負汝之意，汝何結黨，陰謀欲叛朕乎？」憲曰：「臣無是意，陛下何誣人邪？」帝不聽，令將陷入囚車，押還宮斬。車駕至殿，帝以太后之戚故，不欲明誅憲等。乃詔辯士鄭眾，迫令自殺。眾領敕，令卒推出前宮，謂曰：「聖旨著汝速殺，免受刑迫。」憲曰：「聖上何是忘恩！匈奴入界，滿朝文武默然，無一人敢死出敵，憲獨監軍蕩滅，毒臊不生。今國享優游，而賢臣受戮，天何存乎！」眾曰：「汝雖建立大功，然恃勢驕橫，侵刻小民，不思漢主重爵，位品公侯，返交內外黨戚，陰謀欲叛。今罪應宜速死，尚且飾非掩佞，而懷恨君王。」憲聞其言，低首無語，遂自縊而死。眾即入殿，奏聞所事。帝傳旨：竇氏宗族、賓客人等，以憲手為官者，皆罷歸本郡。惟瑰自脩，不被逼迫，詔封羅侯。

第一一二回　烈女承恩繼史書

卻說班固以竇氏賓，為憲橫為，捕固繫獄而死。有妹名昭，字惠姬，嫁與同郡曹壽為妻，壽早卒，而昭居新寡。博學高才，撫養子成。固嘗著漢書，其八表及天文志未竟。帝聞昭才，乃下詔徵入，令就東觀藏書閣，踵而成之。後帝常召入宮，令皇后諸貴人，親尊為師。號昭曰「大家」。每有遠方貢獻異物，輒詔大家作賦頌。

九月，皇太后竇氏崩。帝遂追母梁氏貴人為皇后，以梁竦三子俱封為侯，梁氏自此盛矣。

十二月，帝崩。少子隆始生百餘日，即皇帝位。八月，帝崩。太后臨朝，召眾臣議曰：「帝今已崩，無子嗣位。且國家不可一日無君，朕欲逆清河王劉慶之子劉祜繼君，卿意若何？」眾臣答曰：「娘娘所言極當。」太后大喜，遂遣使安車往迎。使者拜別上馬，前行數日方至。令人報知，王令召入，參見禮畢。王問曰：「使者為何而來？」答曰：「為孝殤皇帝崩世，無子嗣位。太后娘娘特遣小臣，安車來迎大王幼君祜殿下，繼統山河。願大王早發赴京，以慰娘娘之望。」王大喜，令宴使者。

次日天曉，王召劉祜至殿，囑曰：「今聖上崩，後無嗣位，太后令安車迎汝繼統，務欲清政約刑，蘇活四海。謹先王之法則，立萬世之綱常。無使驕淫縱佚，國埋荒亡。惕惕於心，厲精求治，身致太平，永安社稷。」祜曰：「父王言命，豈敢背違。但子庸弱，難當是位，願父王明以教導。」言訖，拜別登車。王親送出城外，父子分首，文武群臣，遮道簇擁，護駕前行，州縣官吏紛紛迎接。祜傳令旨與來使，先回京報。使者領命，飛奔入朝，奏知太后。太后大喜，急傳令文武，安排香花，出城遠接。眾臣遵旨，整飭上馬，迎至安陽縣界。遙望旌旗簇擁，護駕而來，眾各跪伏道傍，呼迎萬歲。祜曰：「來者何臣？」答曰：「臣乃鄭眾、梁竦等，奉鄧太后娘娘敕命，遠勞車駕，迎接慢遲，乞陛下姑宥。」祜聞大喜，令各前導。車駕至朝，太后迎入後宮，令司天監擇日登位。

是日，安帝登殿，太后親臨攝政。群臣朝罷，加封鄧騭為上蔡侯，悝為葉侯，弘為西平侯，閶為西華侯，各食邑萬戶。騭為定策高功，增邑三千戶。文武各封增訖。

騭等趨上辭曰：「臣等兄弟，愧無大功，何應是爵。願陛下別賜為榮。」太后不許，騭等遂退。次日，復上疏於長樂宮自陳。疏曰：

臣兄弟汙穢，無分可採㉗，過以外戚，遭值時明。託日月之末光，被雲雨之渥澤。並卿列位，光昭當世。不能宣贊風美，補助清化，誠慙誠懼，無以處心。陛下躬天然之姿，體仁聖之德。遭國不造，仍羅大憂㉘，開日月之明，運獨斷之慮，援立皇統，奉承太宗。聖策定於神心，勳烈垂於不朽，本非臣等所能萬一，而猥推嘉美，並享大封。伏聞詔書，驚惶慙怖。追想前世傾覆之時，退自惟念，不寒而慄。臣等雖無逮及遠見之慮，猶有庶幾戒懼之情。常母子兄弟，內相敕厲，冀

㉗ 無分可採：無可取之處。

㉘ 仍罹大憂：連遭和帝、殤帝喪事。

以端愨畏慎，一心奉戴。上全天恩，下保性命，刻骨定分，有死無二。終不敢橫受爵土，以增罪累。惶窘征營，昧死陳乞。

太后覽表，傳旨飛下，不容再奏。

是日，安帝設朝，文武拜畢。忽梁竦越班奏曰：「臣聞羌胡作叛，已入中土，搖蕩西州，人民塗炭，士馬遭殘。陛下急將何治？」帝聞奏，大驚，急問眾臣：「計將安出？」滿朝公卿，各皆恐懼，無所對答。帝即罷朝入宮，告問太后。太后曰：「此事無妨。」遂下詔，令鄧騭監領左右羽林，北軍五校，及諸部將兵擊之。鄧騭領軍，即日勒兵前往。車駕幸平樂觀，親自把酒，餞騭西行。飲罷，君臣分別。騭至漢陽屯下。次日天曉，召征西校尉任尚謂曰：「今日進兵，與羌決戰。彼敗，必望前岡奔走。汝可分兵五萬，往其坡下埋伏。吾與從事中郎司馬鈞，夾襲羌胡。待其敗至，汝急令卒展旗，招起伏兵，首尾相擊，必可破也。」言罷，各遵去訖。

卻說羌胡聞漢兵至，急引眾將，披掛上馬，出寨迎敵。兩軍相遇，鄧騭出馬，不與打話，令卒擂鼓。二將交鋒，約戰十合，羌胡抵敵不住，撥馬回走。司馬鈞見胡敗陣，張弓趕上，望其背後，一箭射落馬下。羌主力戰不利，急往前山岡走。騭等催軍後襲。任尚見其將至，令卒展開旌旗，坡下伏兵齊起，任尚挺戈，當頭截住。二人交馬，戰不數合，被任尚大喝一聲，斬羌主於馬下。隨後鄧騭趕上，首尾相擊，羌胡大敗，殺得尸橫山積，血漲河流，溝塹坑渠，堆填墮滿。餘羌卸甲，各奔散逃。騭等獲其輜重馬牛，不勝數目。遂令鳴金收軍，入城安歇。即設大宴，賞勞軍士。有詩為證：

威武桓桓算妙謨，提兵一戰破羌胡。旌旗指日回中土，千古人瞻大丈夫。

第一一三回　鄧騭托親辭避辱

次日鄧騭班師，振旅還京。帝以太后外戚，故遣五官中郎將迎拜騭為大將軍。軍至河南，帝使大鴻臚親迎，以中常侍賚牛酒郊勞。王主以下，候望於道。既至，帝設宴，大會群臣，重賜鄧騭束帛、乘馬。騭謝恩出。於是寵靈顯赫，光震都鄙。

騭以母憂，乃上書長樂宮，乞身歸養。時大家班昭在宮，謹禮嚴憚。太后臨朝，每與聞治政事。以昭出入之勤，特封其子成為關內侯。太后得見請辭之書，不欲許之，顧問於昭。昭乃上疏以陳之。疏曰：

伏惟皇太后陛下，躬盛德之美，隆唐虞之政，闢四門而開四聰，采狂夫之瞽言，納芻蕘之謀慮。妾昭得以愚朽，身際盛明，敢不披露肝膽，以效萬一。妾聞謙讓之風，德莫大焉。故典墳述美，神祇降福。昔夷齊去國，天下服其廉高；泰伯違邠，孔子稱為三讓。此皆以光昭令德，揚名於後者也。論語曰：「能以禮讓為國，於從政乎何有？」由是言之，推讓之誠，其致遠矣。今四舅深執忠孝，引身自退，而以方陲未靜，拒而不許。如后有毫毛，加於今日，恐誠推讓之名，不可再得。緣見逮及，故敢昧死竭其愚情。妾知言不足采，以示蟲蟻之赤心。

太后覽昭之疏，深服從之。遂下詔許令騭等，各還鄉里宅第焉。由是益嘉昭譽。昭疾，乃作女誡內助之訓七篇，以示諸女。

第一一四回　班昭誡女欲全倫

辭曰：鄙人愚暗，受性不敏。蒙先君之餘寵，賴母師之訓典。年方十四，執箕帚於曹氏㉙，於今四十餘載矣。戰戰兢兢，常懼黜辱㉚，以增父母之羞，以益中外之累。夙夜劬心，勤不告勞。而今而後，乃知免耳。吾性疎頑，教導無素，恆恐子谷負辱清朝。聖恩橫加，猥賜金紫，實非鄙人庶幾所望也。男能自謀矣，吾不復以為憂也。但傷諸女方當適人，而不漸訓誨，不聞婦禮，懼失容他門，取恥宗族。吾今疾沉滯，性命無常。念汝曹如此，每用惆悵。閒作女誡七章，願諸女各寫一通，庶有補益，裨助汝身。去矣㉛，其勗勉之！

卑弱第一

㉙ 執箕帚于曹氏：嫁予曹氏為妻。執箕帚，言執箕帚作賤役，以侍公婆。
㉚ 黜辱：被休回娘家的恥辱。
㉛ 去矣：從今往後。

古者生女三日，臥之牀下。弄之瓦磚，而齋示告焉。臥之牀下，明其卑弱，主下人也。弄之瓦磚，明其習勞，主執勤也。齊告先君，明其當敬，主繼祭祀也。三者，蓋女之常道，禮法之典教矣。謙讓恭敬，先人後己。有善莫名㉜，有惡莫辭。忍辱含垢，常若畏懼，是謂卑弱下人也。晚寢早作，勿憚夙夜，執務私事，不辭劇易。所作必成，手跡整理，是謂執勤也。正色端操，以事夫主。清靜自守，無好戲笑。潔齊酒食，以供祖宗，是謂繼祭祀也。三者，苟失之，何名稱之可聞，黜辱之可遠哉！

夫婦第二

夫婦之道，參配陰陽，通達神明。信天地之私義，人倫之大節也。是以禮貴男女之際，詩著關睢之義。由斯言之，不可不重也。夫不賢，則無以御婦；婦不賢，則無以事夫。夫不御婦，則威儀失缺；婦不事夫，則義理墮廢。方斯二者，其用一也。察今之君子，徒知妻婦之不可不御，威儀之不可不整，故訓其男，檢以書傳，殊不知夫主之不可不事，禮義之不可不存也。但教男而不教女，不亦蔽於彼此之數乎！禮八歲始教之書，十五而至於學矣。獨不可依此以為則哉！

敬慎第三

陰陽殊性，男女異行。陽以剛為德，陰以柔為用。男以強為貴，女以弱為美。故鄙諺有云：「生

㉜ 名：稱說；宣揚。

男如狼，猶恐其尪；生女如鼠，猶恐其虎。」然則脩身莫若敬，避強莫若順。故曰：「敬順之道，婦之大禮也。」夫敬非他，持久之謂也。夫順非他，寬裕之謂也。持久者，知止足也，寬裕者，尚恭下也。夫婦之好，終身不離。房室周旋，遂生媟黷。媟黷既生，語言過矣。語言既過，縱恣必作。縱恣既作，則侮夫之心生矣。此由於不知止足者也。夫事有曲直，言有是非，直者不能不爭，曲者不敢不訟。爭訟既施，則有忿怒之事矣，此由於不尚恭下者也。侮夫不節，譴呵從之；忿怒不止，楚撻從之。夫為夫婦者，義以和親，恩以好合。楚撻既行，何義之存？譴呵既宣，何恩之有？恩義既廢，夫婦離矣。

婦行第四

女有四行；一曰婦德，二曰婦言，三曰婦容，四曰婦功。夫云婦德，不必才明絕異也；婦言，不必辨口利辭也；婦容，不必顏色美麗也；婦功，不必工巧過人也。清閑貞靜，守節整齊，行己有恥，動靜有法，是謂婦德。擇辭而說，不道惡語，時然後言，不厭於人，是謂婦言。盥浣塵穢，服飾鮮潔，沐浴以時，身不垢辱，是謂婦容。專心紡績，不好戲笑，潔齊酒食，以待賓客，是謂婦功。此四者，女人之大德，而不可乏之者也。然為之甚易，惟在以心耳。古人有言：「仁遠乎哉？我欲仁，斯仁至矣。」此之謂也。

專心第五

禮：夫有再娶之義，婦無二適之文，故曰：夫者，天也。天固不可逃，夫固不可離。行違神祇，天則罰之；禮義有愆，夫則薄之。故女憲曰：「得意一人，是謂永畢；失意一人，是謂永訖。」由斯言之，夫不可不求其心。然所求者，亦非謂佞媚苟親也，固莫若專心正色，禮義居潔。耳無塗聽，目無邪視。出無媚容，入無廢飾。無聚會群輩，無看視戶門。此則謂專心正色矣。若夫動靜輕脫，視聽陝輸㉝，入則亂髮壞形，出則窈窕作態，說所不當道，觀所不當視，此謂不能專心正色矣。

曲從第六

夫得意一人，是謂永畢；失意一人，是謂永訖。欲人定志專心之言也。舅姑之心，豈當可失哉？物有以恩自離者，亦有以義自破者也。夫雖云愛，舅姑云非，此所謂以義自破者也。然則舅姑之心奈何，固莫尚於曲從矣。姑云不爾而是，固宜從令。姑云不爾而非，猶宜順命，勿得違戾是非，爭分曲直。此則所謂曲從矣。故女憲曰：「婦如影響焉，不可傷和。」

叔妹第七

婦人之得意於夫主，由舅姑之愛己也；舅姑之愛己，由叔妹之譽己也。由此言之，我臧否譽毀，一由叔妹，叔妹之心，復不可失也。皆莫知叔妹之不可失，而不能和之以求親，其蔽也哉。自非

㉝ 陝輸：不安定的樣子。

聖人，鮮能無過。故顏子貴於能改，仲尼嘉其不貳，而況婦人者也。雖以賢女之行，聰哲之性，其能備乎？故室人和則謗掩，內外離則惡揚。此必然之勢形。易曰：「二人同心，其利斷金；同心之言，其臭如蘭。」此之謂也。夫嫂妹者，體敵而尊，恩疏而義親。若淑媛謙順之人，則能依義以篤好，崇恩以結援。使徽美顯章，而瑕過隱塞。舅姑矜善，而夫主嘉美，聲譽曜於邑鄰，休光延於父母。若夫蠢愚之人，於嫂則托名以自高，於妹則因寵以驕盈。驕盈既施，何和之有？恩義既乖，何譽之臻？是以美隱而過宣，姑忿而夫慍，毀訾布於中外，恥辱集於厥身。進增父母之羞，退益君子之累。斯乃榮辱之本，而顯否之基也，可不慎哉！然則求叔妹之心，固莫尚於謙順矣。謙則德之柄，順則婦之行。

著罷，令諸女近侍習讀。昭為逐一分解，甚是明白。馬融聞而善之，亦令妻女從習。

四年春月，昭卒，壽年七十。太后親披素服，舉哀甚切。即使北軍五校載喪出葬。傳旨為立祠堂，永享春秋祭祀。後傳稱昭為烈女。

總評　吾輩一生，後語可傳，便足，不特以婦人而垂訓千古者乎！如大家者，不特婦人不如，即男子亦不如。不特一時之男子不如，即千百世以上，千百世以下之有鬚眉、有胸腹者，俱不如。不特千百世上下之男子不如，即吾亦不如，即吾亦不如。

卷九

第一一五回　詡出朝歌民政治

卻說朝歌群賊寧季等數千餘人，並起擾掠，劫害良民，攻殺長吏，屯聚連年，州縣不能禁捕。時河南諸郡太守各使詣京上章，請發兵拒。帝聞大驚，急問太后曰：「今朝歌賊叛，搖動郡州。奈我將寡兵衰，不能上陣禦敵，將如之何？」太后曰：「既然如此，宜速出兵，莫使民遭塗炭。可復徵鄧騭為帥，監軍往伐，方可破之。」帝遂下詔，遣使復徵鄧騭。

使者領敕，勒騎徑至其門下馬，令人報知。騭出迎接，邀入禮坐，令設宴相待。騭於席間問曰：「使者何事？」答曰：「為朝歌賊反，無人堪任。太后娘娘特徵大人，往收服之。願大人急赴無拒。」騭聞言，暗思虞詡原相觸忤，惡無可奈。遂乘隙以譖陷之。即日同使入朝，見太后，奏曰：「臣舉一將，可鎮服之。」太后問曰：「何將？」騭曰：「見任中郎虞詡，文武兼備，有牧民禦眾之才，非此臣莫可任也。願陛下詳察。」太后准奏。遂傳旨封詡為朝歌長，與兵三萬，出鎮群賊。

虞詡領敕將行，故舊親戚皆進弔之。詡笑曰：「事不避難，臣之職也。不遇盤根錯節，無以別利器此乃吾立功之時也，何懼之有？」言訖遂別，上馬前行。
數日至縣，陞堂而坐，召諸將入廳分付，令設三科，以募求壯士。有能攻劫者為上，傷人偷盜者次之，不事家業者為下。眾各遵命去訖。是日收納百數餘人。詡令設宴饗會，悉赦其罪。詡謂眾曰：「汝等投入賊中，詐降順服，至夜放火燒劫其寨，吾伏兵外應。破除此賊，保封重用。」眾皆遵諾而去。
卻說寧季等正聚群賊，議論進攻之事。忽人報曰：「寨外有投軍者，久立伺候，未敢擅入，乞大王發令。」季令召至。眾皆隨入，跪伏帳下。季問曰：「汝等何方軍人，各報名姓。」答曰：「吾等本省人也。小人姓李，名丹鳳，餘各載冊，乞大王姑納為用。」季令俱為帳外步卒，巡哨轅門。鳳等應諾而出。與眾議曰：「準備今晚接應。」至夜二更，詡領眾軍披掛上馬，出至其寨，分兵圍住。鳳等知至，即入寧季及諸軍帳外，舉營放火。砲響一聲，詡軍齊殺入寨。驚起群賊，漫營奔竄，不識東西。詡等攪撞混殺，金鼓連天。寧季急望東出。逢詡當頭截住。約戰五合，季敗回走，急引眾軍拚死撞出。虞詡率兵趕上，大殺一陣，斬首數百級，獲其輜重不可勝數。詡遂收軍入城安歇。窗士有詩讚曰：

將軍威武振朝歌，猶勝征南馬伏波。殺氣寒雲昏戰地，丹心烈日照山河。
馬前不有書生諫，月下應知賊虜摩。可笑當時權鄧騭，空謀虛望白雲過。

卻說寧季走至鳳凰岡上，樹起高旗，招聚眾兵，復相擾害。日間散潛入城，窺聽消息。夜間聚屯結寨，劫掠良民。詡知，乃召貧家能縫衣者至衙，謂曰：「汝等潛往賊內，傭作衣裳。以紅彩之線，縫其裾下為號。後重賞賜。」縫者領命，即往賊內，叫作衣裳。賊聽，皆爭為服。縫者遂依詡計，悉為攣彩於下。

次日回縣，報告所事。詡大喜，賞其白銀十兩。縫者拜謝而出。詡遂令軍遍街巡察，凡賊入市者，悉認擒之。由是賊皆駭散，咸稱其明。朝歌縣界，悉收平服。

太后聞知，嘆曰：「詡誠有將帥之才，安民之略。」遂遣使持節，陞為武都太守。使者至，令人報知，詡急整衣接詔。宣罷，著使回朝。

次日，領軍之任。行至陳倉崤谷，忽聽坡後砲響一聲，羌虜數千踊出，當頭截住。寧季衝過，詡即停軍不進。而令卒宣言上書，請取救兵，待到則發。羌虜聞言即退，分散傍縣而去。詡因其兵散去，催軍前進，日夜兼行百數餘里。令吏士各作兩竈，日增倍之，使羌聞之，不敢追逼。或問曰：「昔孫臏減竈，而君增之。兵法：日行不過三十里，以戒不虞。而今日且二百餘里，何也？」詡曰：「羌虜眾多，吾兵寡少，徐行則易為所及，速進則彼所不測。虜見吾竈日增，必謂郡兵來迎。眾多行速，必憚追我。孫臏見弱，吾今示強，勢有不可同也，何是言哉！」於是，虜皆震恐，莫敢加兵近迫。數日，詡至武都，州縣官吏，各持羊酒迎賀，詡俱不受，滿城百姓，咸稱其清。次日，遣使至京上表，奏聞捷略。表曰：

覆載之間，生民總總。有君則安，無主則亂。天命有德，歷世相傳。而順天者存，逆天者亡。所以運有長短，國有興衰。此古今之明鑒也。欽惟皇太后陛下，天錫神智，德合乾坤。四海沾恩，萬方蒙化。故能豫制於萬全，是以功成於莫測。近日朝歌遺孽，崛起騷州，不肯歸德。陛下顧命臣率馬步兵卒追討。臣竭力平服。境界既清，人民共樂。復蒙加職武都，臣即就任。緣道經崤谷，而路阻羌胡。臣故宣言請救，虜騎聞氣膽寒。增竈厲兵，威揚萬里。日夜兼行數百，以避不虞。晨昏運策示強，用喪羌胡之魄，遂致身寧，撫綏黎庶。是皆陛下聖德神威，恩沾四表，不費寸兵之勞，卒收其效。臣本無禦侮之才，過受閫外之寄。仰奉神算，幸厎成功。尚祈宣布皇仁，輯安於眾。邊庭無警，萬方仰中國之尊；華夏奠安，兆庶享承平之福。

太后覽表，深納嘉之。顧謂群臣曰：「羌胡之禍，中國其來久矣。歷觀前代，受其疲敝，遭其困辱，深有可恥。今群虜一定，豈獨國家無夷狄之憂，實天下生民之福也。」眾臣皆頓首稱賀。遂令光祿寺大開宴會，群臣次日悉朝謝恩。

八月，皇太后鄧氏崩，壽六十二，葬於慎陵山。

第一一六回　閻臨攝職國臣荒

卻說安帝少辨聰明，故鄧太后立之。及長，多不相得。而乳母王聖見太后久不歸政，慮有廢置，常與中黃門李閏伺候其左右。宮女先有受罰者，心懷忿怨。今見鄧后崩世，乃於帝前誣言告曰：「鄧后娘娘在日，暗與鄧悝、鄧弘、鄧閶及尚書鄧訪欲謀害陛下，復立平原王翼為君。臣等欲告陛下，奈其貴寵，禁不敢言。願陛下聖明詳察，遠斥奸臣，以為後世法。」帝聞大怒，急令有司上奏，言悝等大逆不道。

傳旨廢罷西平侯廣宗、葉侯廣德、西華侯忠、陽安侯珍、都鄉侯甫德皆為庶人。以騭未與通謀，但免恃進，遣令就國。宗族人等，皆免官罷職歸鄉。騭等資財田宅，悉追收之。徙鄧訪及家屬流於遠郡。令郡縣官吏，逼迫廣宗及忠等皆自殺死。又徙封騭為羅侯。於是，騭與子鳳並恨，不食而死。騭從弟豹為河南尹，遵為度遼將軍、舞陽侯，暢為將作大匠，知騭等廢罷而死，亦皆自殺。惟廣德兄弟，以母戚閻氏為后，得留京師。

時大司農朱寵痛騭無罪遇禍，乃為肉袒輿櫬，上疏追訟。疏曰：

伏惟和熹皇后聖善之德，為漢文母。兄弟忠孝，同心憂國，宗廟有主，王室是賴。功成身退，護國遜位。歷世外戚，無與為比，當賜福善履謙之祐，而橫為宮人單辭所陷。利口傾險，反亂國家，罪無申證，獄不訊鞫。致鄧騭等罹此酷濫，一門七人，並不以命，尸骸流離，怨魄不反。逆天惑人，率土喪氣。陛下宜收還冢次，寵樹遺孤，奉承血祀，以謝亡靈。臣寵冒犯，戰慄天廷。

由是眾士大夫俱為騭稱枉罪。帝意頗悟，乃發州郡護騭之尸，還葬洛陽北芒舊塋。滿朝公卿會其喪者，莫不為之悲泣。詔遣使者為立祠廟，以太牢告祀。令其諸從昆弟皆歸京師。

乙丑三月，安帝崩，壽三十二。

卻說閻氏太后久欲專奪國政，而貪立幼主。安帝崩後，親攝臨朝，召弟閻顯入宮，議曰：「國家大事，不可久荒無主。奈太子庸弱，難當國政。吾欲迎立濟北惠王之子，北鄉侯懿為嗣，可繼否乎？」顯曰：「娘娘所言，正合臣意。然國家傳位，所嗣得宜。茍非其人，則政亂易矣，豈庸常哉！今娘娘獨深謀遠慮，足為萬世之法。」太后大喜，遂遣使者往北相迎。使者至，懿即赴京。太后急令安排筵宴，迎接入殿。

乙丑八月，懿即皇帝位，冬十月而薨。

十一月，中常侍孫程、王康等一十九人，聚於德陽殿，謀議立君之事。孫程謂曰：「太后同顯攝朝，迎立北鄉侯懿，未滿百日而薨，乃其天數然也，非人致之。且上古國家，流傳正葉，若先帝無子，庶幾可嗣。況太子寧致為王，而立他人，以失禮乎？且太子深明善政，誠為有德。吾欲迎而立之，諸公若何？」眾皆然諾。遂令使者往迎濟陰王保，立嗣為君。

數日，車駕臨京。文武香花接入，扶上龍牀，即皇帝位，是為順帝。群臣舞蹈山呼。禮畢，遂封孫程、王康等一十九人，皆為列侯。詔下，收捕閻顯、王岳，當殿處斬。徙遷太后閻氏於離宮，不聞政事。

第一一七回　強乘入朝辭懦主

卻說楊倫為安帝崩世，奔喪號泣闕下，不絕悲聲。閻太后聞而怒之，以其專權擅政，故抵罪於獄。順帝即位，知倫被陷，詔下免刑，留行喪事於恭陵。服闋，徵拜侍中郎。

時邵陵縣尹任嘉，在職貪穢，因遷武威太守。有人上章奏嘉贓罪千萬。帝怒，徵還考覈，凡所牽染將相大臣百有餘人。倫乃上書為其追訟。書曰：

臣聞春秋誅惡及本，本誅則惡消；振裘持領，領正則毛理。今任嘉所坐狼籍❶，未受辜戮，猥以垢身，改典大郡。自非案坐舉者，無以禁絕奸萌。往者湖陸令張疊、蕭令駟賢、徐州刺史劉福等，釁穢既彰，咸伏其誅。而豺狼之吏，至今不絕，豈非本舉之主不加之罪乎？昔齊威之霸，殺奸臣五人，并及舉者，以弭謗讟。當斷不斷，黃石所戒。夫聖主所以聽僮夫匹婦之言者，猶塵加嵩、岱，霧集淮、海，雖未有益，不為損也。惟陛下留神省察，納直庸言。

遇有司以倫言切直，辭不遜順，下之。尚書入殿宣奏，言倫探知其事，不宜坐罪，並訟書呈上於帝。帝覽書，詔下，以倫數進忠言，特原之。免嘉刑罪，罷歸田里。由是朝廷莫不稱倫之善。

一年，帝思南陽逸士樊英，遣使賚策書徵之。時樊英少受業三輔，習京氏易圖，兼明五經之義，名著海內。隱於壺山之陽，受業者四方而至。州郡前後，禮請不應。公卿舉賢良方正、有道，皆不行。

初，安帝聞其賢名，徵之不就。嘗有暴風從西方起。英謂學者曰：「成都市上，火起甚盛。」言罷，含水一口，向西方而噴曰：「以此救之。」眾乃寫下日時，記其果否。後數日，有從蜀都來者，皆曰是日大火，忽有黑雲從東而起，須臾大雨降下，火遂得滅。於是，天下咸稱其神。

一日，正與諸儒講議經略。忽人報曰：「朝廷遣使來至。」英遂出案交拜。禮畢，延坐於上，問曰：「大人此來何意？」使者即將策書度與。英接覽畢，謂曰：「聖上錯矣。求士安邦，必須雄才明智之士。吾乃一村庸耳，豈足是賚？」使者答曰：「主思賢士高名，先帝未能屈下，心懷繾綣，不能自已，故遣

❶ 狼籍：原指橫七豎八，混亂不堪，此處指罪過很多。

小使來迎，匡扶國政。願賢士早赴無拒。」英固辭不下，乃托疾篤以拒之。使者遂回，入朝見帝，具
所事。帝乃下詔州郡，令切責之。英不得已而赴。

及到京，稱病不起。故強乘輿入殿見帝，猶不肯屈。帝怒，謂英曰：「朕能生君，能殺君，能貴君，能賤君，能富君，能貧君。君何以慢朕命之甚耶？」英曰：「臣受命於天。生盡其命，天也；死不得其命，亦天也。陛下焉能生臣？焉能殺臣？臣見暴君，如見仇讎，立其朝，猶不肯，可得而貴乎？雖在布衣之列，環堵之中，晏然自得，不易萬乘之尊，又可得而賤乎？陛下焉能貴臣？焉能賤臣？臣非禮之祿，雖萬鍾不受；若申其志，雖簞食不厭也。陛下焉能富臣？焉能貧臣？」帝曰：「季齊，朕終不能下汝耶？」遂敬其名，而使出就太醫養疾。月致羊酒，以待數月。帝令設壇席，使尚書奉引，賜几杖，待以師傅之禮，延問得失。英不敢辭，遂拜五官中郎。

英初被詔命，眾皆以為必不降志。南郡王逸，素與英善，因與其書，多引古譬喻，勸使就聘。及後應對，又無奇策，談者以為失望。時河南張楷與英俱徵，既就，而謂英曰：「天下有二道，出與處也。吾前以子之出，能輔是君也，濟斯民也，而子始以不訾之身，怒萬乘之主，及其享受爵祿，又不聞匡救之術，則進退無所能矣。」英不答。朝廷以其善術，每有災異，帝輒召問變復之效。英所對言，多有效驗，由是益深愛之。

帝又聞廣漢楊厚、江夏黃瓊之賢，亦下詔徵。厚即隨使至京，入朝見帝。禮畢，厚預陳漢有三百五十年之厄，以為戒。帝善之，即拜厚為議郎。厚謝恩出。黃瓊將至。時翰林博士李郃之子李固，少辨好學。常改易姓名，杖策驅驢，負笈從師，不遠千里，究竟墳籍，為世大儒。每到太學，密入公府，定省

父母，不令同業諸生，知其為郃子也。原與黃瓊相善，知瓊就聘，乃以書逆遺之。書曰：

君子謂伯夷隘，柳下惠不恭。不夷不惠，可否之間，聖賢居身之所珍也。誠欲遂枕山棲谷，擬跡巢、由，斯亦可矣。若當輔政濟民，今其時也。自生民以來，善政少而亂俗多，必待堯舜之君，此為士行其志，終無時矣。常聞語曰：「嶢嶢者❷易缺，皦皦者❸易汙。陽春之曲，和者必寡；盛名之下，其實難副。近樊英被徵，初至，朝廷設壇席，猶待神明。雖無大異，而言行所守亦無所缺。而毀謗布流，應時折減者，豈非觀聽望深，聲名大盛乎？是故俗論皆言：處士純盜虛聲。願先生弘此遠謨，令眾人仰服，一雪此言爾。

瓊覽書，微微而笑，乃藏入於袖，同使入朝見帝。拜畢，亦授議郎之職，後復遷為尚書僕射。

第一一八回　埋輪當道劾奸臣

次日，順帝設朝，文武拜畢。瓊出班奏曰：「陛下即位已數年矣，不可久曠內事可選有德者立為皇后，以正諸姬。」帝准奏，下詔以貴人梁氏為皇后。

❷ 嶢嶢者：堅硬之物。
❸ 皦皦者：潔白之物。

忽尚書左雄上疏，奏言吏治曰：「昔宣帝以為吏數變易，則下不安業；久於其事，則民服教化。有政治者，輒以璽書封勉勵，增秩賜金。公卿缺，則以次用之。是以吏稱其職，民安其業。漢世良吏，於茲為盛。今典城百里，轉動無常，各懷一切，莫慮長久。臣愚以為，守相長吏惠和有顯效者，可就增秩，勿移徙。」帝感其言，復申無故去官之禁，而宦官不便，終不能行。

雄又上言：「孔子曰，四十而不惑。禮稱彊仕，請自今孝廉，年不滿四十，不得察舉。陛下不可以此而論，若有茂材異行，如顏淵、子奇者，不拘年齒，而可舉之。」帝聞奏，深納其言。時廣陵太守所舉孝廉徐淑，年未四十，有臺郎官以雄之言詰之。淑曰：「詔書言有如顏淵、子奇者，不拘年齒。是故本郡以吾充塞。」即不能屈。左雄詰之曰：「昔顏回聞一知十，孝廉聞一能知幾耶？」淑無以對。雄遂上殿，具奏所事。帝傳旨，罷淑不用。以雄公直精明，能審覈真偽，決志行之。以胡廣出為濟陰太守，與諸郡守十數餘人皆坐謬舉，免黜。惟考實汝南陳蕃、潁川李膺、下邳陳球等三十餘人，得拜郎中，餘下悉無可取。自是，郡守皆畏慄，莫敢輕舉人才。

次日，帝引公卿所舉敦樸之士，於洛陽宣德亭，使之對策。李固出班對曰：「陛下之有尚書，猶天之有北斗也。斗為天之喉舌，尚書亦為陛下喉舌。北斗斟酌元氣，運乎四時。尚書出納王命，賦政四海。所以，權尊事重，責之所歸，宜審擇其人，以毘聖政。」帝甚然之。即罷還朝，擢陞固為泰山太守，梁商為大將軍，各謝恩出。數月，梁商薨，以梁冀為大將軍。

八月，帝遣杜翌、周舉、周翌、馮美、欒巴、張綱、郭遵、劉班分行州郡。八使受命，各出之任。惟張綱行至洛陽都亭，思念國家權任俱入梁氏之手。貪暴恣虐，疾侮賢能，忽然恨起。乃將所乘車輪，令卒埋於亭下。嘆曰：「豺狼當道，安問狐狸？」言罷，即行。至任數日，遣人劾奏大將軍梁冀，及河南尹不疑：「以主外戚，蒙恩貴顯，勢壓朝廷，而專肆貪饕，縱恣無極，疾害忠良。謹條其欺君之心五事，斯皆臣子所切齒者也。」書御京師，公卿莫不震慄，咸羨綱直。時梁氏皇后貴寵方盛，諸梁姻族，佈滿朝廷。帝雖知綱直言，而亦不能用也。

卻說廣陵群賊張嬰等，聚黨相叛，寇亂州郡，虜掠民財。揚、徐間積十餘年，二千石不能制服。帝聞，急召梁冀商議。時冀恨張綱，無由計害，因奏帝曰：「廣陵賊勢盛大，非其人難以服之。臣舉一將，立便成功。」帝曰：「卿舉何將？」冀曰：「見任曹州郡守張綱是也。有鬼神不可測之機，萬夫不敢近之勢。非此將莫能使也。陛下可遷綱為廣陵太守，鎮納賊兵，庶使百姓安寧，國家優樂。願陛下聖鑒。」帝聞奏大喜，曰：「卿言正合朕意。」遂遣使，往徵綱還。使者領敕上馬而去。

卻說張綱正於公堂理事，忽小軍報曰：「朝廷遣使來至，久侍府外，未敢擅入，請太守傳令。」綱聞，急整冠帶出府迎接，邀入後堂禮坐。問曰：「愚無分善可悉，何郡公屈駕降而顧寒乎？」使曰：「聖上念君賢德，久未高遷，故遣小使召駕還朝，同匡國政，願君早赴無拒。」綱大喜，設宴款待。

次日天曉，眾卒擺道。二人上馬還朝。

數日而至。入殿見帝，山呼禮畢。帝謂綱曰：「朕聞廣陵賊叛，無將可行，故特召卿往伐，以絕黎庶之災。願勿憚勞，早安朕望。」綱曰：「臣食君祿，須盡死忠。但無孫、呂之謀，蕭、韓之策。今國既遇難，豈敢自逸而憚勞哉！臣即願往。」帝大喜，遂與精兵五萬，親送上馬出行。綱曰：「臣聞柔能勝剛，弱能勝強。孟子云：『以力服人者，非心服也。』臣雖無識，亦可濟時。可令是眾而騷動願乞單車而往。」帝嘆曰：「前有太守出師者，多請騎兵。今綱獨幾於勝，真丈夫也。」遂親送於午門之外，分別而去。帝亦還宮。

卻說張綱自引數十吏士，躦步前行，數日方至。身無寸刃，徑詣嬰壁壘門。嬰聞大驚，急走閉壘。綱於門外罷遣吏兵，獨留所親者數十餘人，以書喻嬰，請與相見。嬰見綱書，至誠無偽，乃出拜謁，邀入帳下，延至上坐。綱譬之曰：「前後二千石多肆貪暴，故致公等懷憤相聚。二千石信有罪矣，然為之者一人非義也。今主上仁聖，欲以文德服叛，故遣區區以爵祿相榮，不願以刑罰相加。今誠轉禍為福之時也。」嬰聞而泣曰：「荒裔愚民，不能自通朝廷，不堪侵枉，遂復相聚偷生。若魚遊釜中，則不可久，且以喘息須臾間耳。奉聞明府之言，乃嬰等更生之辰也。」遂別還營。

次日，嬰召諸將謂曰：「今漢主敕遣張綱，以德歸吾，並未以兵加迫，真所謂仁聖之君也。吾等莫若早順，享受封榮，免黎民之塗炭，士卒之苦勞。汝等若何？」眾將聞言，皆願誠服。嬰大喜，遂與所部萬有餘人，造詣綱門請降。綱大喜，急下迎入。令卒大開筵會，宴勞其軍。後人有詩以讚綱曰：

玉驄單轡出神京，不用貔貅百萬兵。到處重宣勤恤意，坐令民庶樂昇平。

是日宴罷，綱即遣使回京，具奏所事。帝大喜，即令來使持節回郡，拜授綱為大將軍之職，並賞軍銀二萬餘兩。

八月，帝崩於後宮。太子炳即皇帝位，是為沖帝，年二歲。梁太后抱之臨朝。

總評　每閱忠臣青天白日心事，瀝肝披膽情詞，萬死不回氣概，令人飲盡十斗。

第一一九回　埋金貴德傾京市

正月，沖帝崩，無嗣。太后遣使徵渤海孝王鴻之子纘即皇帝位，是為質帝。

時廣漢新都一人，姓郭名純，字少林，嘗詣京師，於空舍中，見一書生疾困，愍而視之。謂純曰：「我當到洛陽而被此病，命在須臾。腰下帶有黃金十斤，願贈與君。吾死後乞與埋葬骸骨。」純未及問其姓名，遂絕而死。純即賣金一斤，置棺為葬，餘金悉置於棺下，不使人知。

後歸數年，縣宰見純大度，以為亭長。純初到日，忽有大馬一匹，走入亭中而止。須臾，大風又飄繡被一條，復墮純前。純即言之於縣，縣以賜純。後乘馬到雒縣，馬遂奔走，引純入至他家。主人見之，喜曰：「今獸盜出矣。」顧問純馬所由，純具訴說其狀，並得繡被之事。主人聽罷，悵然良久，乃曰：「馬與繡被，大風飄攝，吾謂亡矣。君何陰德而致此二物耶？」純曰：「吾因往京，路逢空舍中。有一書生，病困於內，聲號慘切。吾遂近視問之。其書生即將黃金十斤出度於吾，言彼死後，代為安葬，未問姓名而死。吾只賣金一斤，買棺為葬。餘金悉藏棺下，未動分毫。」主人曰：「書生何如面貌？」純言如此如此形像。主人大驚，泣曰：「是我子也，姓金名彥，前往京師，不知所在。何勞君力葬之，大恩久未得報，故天以此彰君之德耳，豈庸常哉！」純聽所言，悉以馬、被還之。彥父不取，又厚以金帛酬謝。純辭讓而去。

後彥父為州從事，因告新都縣令，假純休息數日，與俱取彥之喪。縣令許之。彥父遂同純往，遷取彥喪。餘金果悉存下。由是，純名傾動京師。李固聞其賢德，遂舉薦之。次日，入朝奏知太后。太后准奏，詔除純為郿縣令。純被詔命，即馳登任。

道經斄亭，天晚入宿。亭長告曰：「亭內常有妖鬼出現，數殺過客。大人不可宿也。」純曰：「妖勝內邪，德除不祥，何鬼之避？」即入止宿，分付吏卒各退就宿。純獨一人坐於正亭，明燭觀書。至夜二更，聞有女子稱冤之聲，純厲聲言曰：「有何枉狀，當前理訴！」女子曰：「身無衣蔽，不敢進言。」純即投衣與之。女子穿上，跪前訴曰：「妾夫為涪令之官，過宿此亭，夜被亭長無狀，謀殺妾家十數餘口，埋於樵樓之側。悉盜妾家財貨，冤蔽無伸。今幸青天下降，明燭萬方。願大人恩濟矜憐，照臨覆蔽。妾雖泉下，當結草以相酬矣。」純曰：「亭長何姓名也？」女子曰：「即今門下游徼是也。」純曰：「既然如是，汝又何故數殺過客？」女子曰：「妾因不得白日自訴，每夜入此陳冤。客輒眠，不聽分解。妾故憤恨殺之也。」純曰：「吾當為汝理冤，再勿復害良善，而增怨惡。」女子聽言，叩頭謝恩，解衣於地，忽然不見。

次日天曉，純召游徼詰問，徼具服罪。純即收徼及同謀十數餘人，悉繫於獄。遣吏發其尸骸，送歸鄉里。於是亭遂清安，而民稱其德。三月，質帝登位，聞純異政，遂遣使持節，拜為廣陵太守。使者即往而去。

第一二〇回　切齒忠言喪佞臣

四月，帝令郡國舉明經者，俱詣太學講釋精義。是日旨下，文武悉赴。時涿郡安平一人，姓崔名琦，字子瑋。文章博覽，貫徹古今。初舉孝廉，為河南尹。後遷議郎之職。在學與眾講辨，甚是明決，諸儒莫能及。自是遊學，日益增盛，至二萬餘人。皇舅大將軍梁冀聞琦善才，請與結交。琦至府，參見禮畢。冀即延于書館，每日與談經義。冀素行多不依軌，琦數引古今成敗之事以戒之，冀不能受。琦乃作外戚之辭以箴之，遠稽唐虞三代興衰之由，近述列國喪亡之故，辭極詳明剴切，第逆耳之言，冀終不能受也。辭曰：

赫赫外戚，華寵煌煌。昔在帝舜，德隆英皇❹。周興三母❺，有莘崇湯❻。宣王晏起，姜后脫簪❼。

---

❹ 德隆英皇：帝舜妃娥皇、女英，聰明有德。

❺ 周興三母：指周太王之妃、文王之母、文王之妃：太姜、太姙、太姒。

❻ 有莘崇湯：列女傳：「湯娶有莘氏女，德高而明，伊尹為之媵臣，佐湯致王，訓正後宮，嬪御有序，咸無嫉妒。」

❼ 宣王晏起姜后脫簪：周宣王晚朝遲起，姜后於是脫下簪珥待罪於永巷，並告知王曰：王之所以晚朝，是婢子好淫之罪矣。王於是為政勤苦，早起晚睡。

齊桓好樂，衛姬不音❽。皆輔主以禮，扶君以仁，達才進善，以義濟身。爰暨末葉，漸至頹虧。貫魚❾不敘，九御差池。晉國之難，禍起於驪。惟家之索，牝雞之晨。專權擅愛，顯己蔽人。陵長間舊，圮❿剝至親。並后匹嫡，淫女斃陳⓫。匪賢是尚，番為司徒⓬。荷爵負乘，采食名都。詩人是刺，得用不憮。暴辛⓭惑婦，拒諫自孤。蝠蛇⓮其心，縱毒不辜。諸父是殺，孕子是刳。天怒地忿，人謀鬼圖。甲子昧爽，身首分離。初為天子，後為人螭。非但耽色，母后尤然。不知率以禮，而競獎以權。先笑後號⓯，卒以辱殘。家國泯絕，宗廟燒燔。妹嬉喪夏，褒姒斃周，妲己亡殷，趙靈沙丘。戚姬人豕，呂宗以敗。陳后作巫，卒死於外。霍欲鴆子，身乃罹廢。

故曰：「無謂我貴，天將爾摧。無恃常好，色有歇微。無怙常幸，愛有陵遲。無曰我能，天人爾違。患生不德，福有順機。日不常中，月盈有虧。履道者固，伏勢者危。微臣司戚，敢告在斯。」

---

❽ 齊桓好樂衛姬不音：齊桓公好淫樂，衛姬不聽鄭衛之音。

❾ 貫魚：王者幸宮妃，如同將數魚串起來一樣有次序，而不偏愛某一個。

❿ 圮：音ㄆㄧˊ。毀也。

⓫ 淫女斃陳：陳國夏姬通於孔寧、儀行父，又通於靈公。夏姬之子徵舒殺靈公，楚伐陳，滅之。

⓬ 番為司徒：番，周幽王王后的親黨。幽王淫色，寵其后親，任番為司徒之官。

⓭ 暴辛：紂字受德，名辛。因他暴虐，故稱暴辛。

⓮ 蝠蛇：即蝮蛇，有劇毒之蛇。

⓯ 先笑後號：意為初執權而笑，後罹禍而哭。

梁冀見之，呼琦問曰：「百官於內，各有司存，天下云云，豈獨吾人之尤。君激刺之過乎？」琦曰：「昔管仲相齊，樂聞譏諫之言；蕭何佐漢，乃設書過之吏。今將軍累世臺輔，任齊伊、公，而德政未聞，黎元塗炭。不能結納貞良，以救禍敗，反欲鉗塞士口，杜蔽主聽。將使玄黃改色，馬鹿易形乎？」冀怒，無所言對。即遣琦出，除為臨濟長。琦懼，不敢之任，乃解下印綬，辭歸而去。後人有詩曰：

忠言誠切齒，觸動虎狼威。不敢沾榮顯，逡巡解印歸。

卻說梁冀見琦切齒之言，心懷忿恨。一日陞堂悶坐，思欲害之，乃召帳下小軍王班至廳。謂曰：「吾有一事，托汝幹之，汝意若何？」班曰：「將軍有何使令，小人效死願往。」冀曰：「為崔琦無知，欺侮上意，辭官歸里，宴享高歌。特令汝為刺客，陰害其命。倘獲成功，保加重用。」班曰：「久蒙將軍厚恩，未能得報，今欲殺崔琦，須死前行。」冀聞大喜，遂親把酒，送出郭外分別。

班即扮妝一客，腰藏短劍，趲步前行。數日方至，見琦耕於陌上，懷書一卷，息輒偃而詠讀。班哀其志，乃以實告琦曰：「梁冀將軍恨君激切之言，遣吾暗行殺害。今見君賢智，情懷不忍。君可急自逃避，吾亦從此亡矣。」言訖，拔劍自刎而死。琦見大驚，長聲嘆曰：「此真烈丈夫也。」忽思恐冀間害，遂遁而去。冀後令人竟捕殺之。

卻說質帝聰明辨慧，能察奸非，知冀素行不律，疾害賢能，陰捕崔琦刺殺。一日朝會，文武拜畢。帝目視冀曰：「此跋扈將軍也。」朝罷，眾臣各退。梁冀歸府獨坐，忿恨帝言己惡，甚痛惡之。遂令左右置毒煮於餅中。次日早朝，冀獨上殿，跪而進之。帝食未將半，喑不能言。時眾公卿李固等知冀毒害欲以水進救之。梁冀勒之不與。帝苦煩甚，遂絕而崩。滿朝文武，莫不矜嘆。俱在冀之勢下，畏不敢言。冀遂出迎蠡吾侯志，即皇帝位，是為桓帝。時年十五歲。太后亦自臨朝攝政事。

第一二一回　忠言觸佞含冤獄

六月，帝以光祿勳杜喬忠直，復陞為太尉。時朝自李固之廢，內外喪氣，群臣側足而立，莫敢為敵。唯喬正色，無所回撓。由是朝野皆倚望焉。

九月，京師地震。帝召太尉杜喬至殿，問曰：「此何異也？」對曰：「地震者，蓋為朝廷失政，天怒忿生，以降災異。我王可備香燭，懺悔舊過，祈降新祥，使百姓咸安，國家永固。」帝准奏，令有司整集香花，列於午門之外。自引百官臨壇親祭。帝仰天祝曰：「大漢皇孫劉志，負天重賦，繼嗣皇宗。自新即位以來，未經善治，不知何過所及，致使地震，京師人民懼怨。願天早賜太平，撫安黎庶。」祝罷，北向而拜。須臾，南上一陣風過，地震即止。帝曰：「果爾神明不可欺也。」遂罷還宮而去。

卻說梁冀閑坐府中，自歎身名顯貴，勢壓朝綱，文武公卿，莫敢與抗。惟杜喬、李固二人，輒言其過，思欲誣害，以絕身尤。次日入朝，見梁皇太后，奏曰：「國家雖正，二害尚存。若不速早除之，後悔無及。」太后問曰：「何二害也？」冀曰：「議郎李固、太尉杜喬，今與妖賊劉鮪交通，暗藏兵器于庫，欲叛朝廷，奪謀社稷。乞陛下聖鑒。」太后素知喬、固之忠，不從非諛之謗，遂面叱梁冀，拂袖還宮。

冀見太后忽拒，大慙而退。回府悶坐，妻問不答。乃自思曰：「是吾錯矣！國家權柄，俱係吾掌，又且帝庸弱，群臣莫敢聲言，生死由於我手，何待詔乎！」遂傳令收固下獄，逼繫而死。後人讀史，嘆曰：

讀罷遺編恨未伸，奸臣自古害忠臣。九重日月朝昏霧，萬里江山盡掩塵。
黃葉空祠棲息鳥，青山高塚臥麒麟。夕陽西下猿啼處，花落寒塘野寺春。

次日，冀使人脅逼杜喬曰：「早從自死，妻子可全。若有拒辭，誅夷九族。」喬聞，大罵：「欺天逆賊，不思食漢重爵，貴顯朝廷，返毒弒君而擅專權柄。今尚貪心未足，欲侵劉氏江山，誣害忠良，欲專行事。恨不能斬除此賊，以絕漢世之患，雖泉下亦瞑目矣。」冀聞大怒，急令猛將擒喬下獄，逼繫而死。後人有詩感嘆：

報國捐軀分所當，中興社稷漸銷亡。精靈充塞乾坤老，名姓傳留翰簡香。
冤獄含愁春草碧，荒碑無字雨苔蒼。至今遺像丹青在，古木寒鴉送夕陽。

第一二二回　德政清群致治平

帝知梁冀殘害喬、固二賢，情懷難忍，以其太后貴戚，勢蓋朝廷，不敢聲言，悶坐宮中，吁嗟不已。

十一月，桓帝登殿，文武拜畢。帝下詔百官，令舉獨行之才，輔參國政。尚書李膺被詔，遂將黃榜張掛各州，招納天下賢士。

時涿郡太守舉薦本府一人，姓崔名實，有安邦濟世之才，扶危治亂之策。及各郡舉者，悉赴京師應對。唯實知君庸弱，信任權臣，犯法者不誅，有罪者不坐，故欲避名遠辱，稱病不對。退居閑暇，嘆論世情，乃作衰世之論一篇，名曰正論：

凡天下所以不治者，常由人主承平日久，俗漸敝而不悟，政浸衰而不知。為天下者，自非上德，嚴之則治，寬之則亂。何以見其然也？近孝宣皇帝，明於君人之道，審於為政之理，故嚴刑峻法，破奸軌之膽，天下晏如，海內清肅。算計見效，優於孝文。及元帝即位，多行寬政，卒以墮損，威權始奪，遂為漢室基墜之主。政道得失，於斯可鑒。昔孔子作春秋，褒齊桓、管仲之功。夫豈不美文、武之道哉？誠達權救敝之理也。故聖人能與世推移，而俗世苦不知變，以為結繩之約，復可治亂秦之緒；干戚之舞，足以解平城之圍。夫熊經鳥伸，雖延曆之術，非傷寒之理。呼吸吐納，雖度紀之道，非續骨之膏。蓋為國之法，有似治身，平則致養，疾則攻焉。夫刑罰者，治亂之藥石也。德教者，興平之粱肉也。夫以德教除殘，是以粱肉治疾也。以刑罰治平，是以藥石供養也。方今承百王之敝，值阨道之會，自數世以來，政多恩貸，馭委其轡，馬駘其銜。四牡橫奔，皇路險傾。方將柑勒鞬鞘以救之，豈暇鳴和鑾，清節奏哉？昔文帝雖除肉刑，當斬右趾者棄市，笞者往往致死。是文帝以嚴致平，非以寬致平也。」

論罷，遂歸隱逸，教授生徒。時山陽仲長統嘗見其書，嘆曰：「凡為人主，宜寫一通，置之坐側。」是日，帝納群所舉者，凡三十餘人，各授爵位，悉皆謝恩而退。

忽尚書李膺趨殿奏曰：「臣聞泰山、瑯琊郡賊公孫舉等作叛，聚眾三萬餘人，侵州擾縣，劫庫剗財。郡守軍兵，連年討之不克。願陛下早發大兵，救萬民之塗炭，解士卒之倒懸。」帝准奏，詔下，令李膺選擇能治劇者，監軍出伐。

膺領旨，即召司徒韓韶至府。交拜禮畢，韶曰：「大人有何事見召？」膺曰：「瑯琊賊叛，騷動邊城。郡守討之，數年未能克服。聖上詔吾選舉雄才捷見者，往收滅之。吾以君韜略閒熟，智識超人，故托往嬴縣鎮撫。君幸無拒。」韶曰：「為人臣子，當竭死忠，雖銳鋒之刺，熱鼎烹之，而不知身之有也。況小敵，何可懼哉！愚但庸弱無才，今蒙聖上之命，大人之舉，敢效寸節，以表微誠，韶之願也。」膺大喜，遂與精兵三萬，出為嬴縣之長。送出郭外，分別而去。

卻說叛賊公孫舉知韶兵至，乃謂眾曰：「吾聞韓韶素行賢德。今漢除為嬴縣之長，撫恤良民。若再加兵攻劫，是吾不識人也。」遂戒眾軍，不許妄入嬴境。

韶至，乃令開倉以賑濟之。斗級跪進告曰：「倉中積粟，以待本縣饑者。此外郡流民，大人何賑之乎？」韶曰：「長活溝壑之人，而以此獲罪，使其含笑入地矣，何為不可！」眾皆稱服而退。時泰山太守素知韶名，竟無所坐。韶與同郡荀淑、鍾皓、陳實皆嘗為縣長，所至以德政服人，時謂之「潁川四長」。嬴縣自韶至後，純用德政教化所以民歌樂業，獄無訟聲。韶之令德，著聞於天下矣。後人有詩讚曰：

銅章黑綬映朱輪，百里花村政化明。民俗安和無外事，一簾香霧韻琴清。

總評　使治天下皆如四長，淳熙之理何難再見？

卷十

第一二三回　貴盛一門貪愈恣

是日，桓帝登殿，文武拜畢。李膺趨上奏曰：「臣領陛下敕命，選舉司徒韓韶出為嬴縣之長。盜賊聞其盛德，俱感罷歸。乞陛下傳旨獎敕，使後凡為臣者，竭力於公。」帝准奏，傳旨遣使賞封璽書，拜韶為大將軍之職，賜金百兩，緞疋五十。使者即往而去。

卻說梁冀為帝外戚，一門前後七侯、三皇后、六貴人、二大將軍，夫人女食邑稱君者七人，尚公主者三人，其餘卿將尹校五十七人。惟梁冀擅專國柄，凶恣日積，秉政幾二十年，威行內外。天子拱手聽言，不得有所親與。

時議郎邴尊嘗以直言劾冀，冀甚懷恨。一日，召小軍黃章謂曰：「吾有一事，欲令汝幹。能建奇功，當加重用。」章曰：「將軍何事？」冀曰：「頗奈邴尊無理，謗毀上官。吾久欲絕之，奈無是人。今使汝為刺客，陰殺害以復深讐。」章曰：「將軍既是欲行，小人願死當往。」冀大喜，密言囑托。章遂拜別出外，腰藏短劍，直往邴尊府去。

至其門首，門吏問曰：「汝來何幹？」章曰：「梁冀將軍差來謁見邴府。」吏曰：「邴府退公歇息，可俟升堂，入稟告謁。」章曰：「吾領機密急事，須入後報說，何得阻慢上耶？」吏遂放入。章至後堂，潛躲於案下。至夜二更，尊獨秉燭危坐，玩取黃公三略之法。見其預料之機，條條有序，深加感愴，不自止息。章待良久，見無人侍，遂扯藏身鋒刃，潛至其後，望尊脇下一刺，叫聲而絕。尊妻驚覺，大喊「有賊！」令軍急閉府門，遍衙搜捉。黃章見勢迫急，忙向後牆爬走，又被巡軍邏住，拖著其足，綁押送到廳跪下。尊妻問曰：「汝何奸賊，素與無讐，安敢夜潛相府，刺我尊公！早依直供出，免受重刑。」章曰：「小人姓黃名章，為大將軍梁冀怨恨尊公直切，奏劾其非，故使小人為刺，絕彼禍根。此非外人之事，望乞夫人大恩，姑留殘命。」尊妻聞言大怒，罵曰：「奸讒冀賊，欺主戕忠！吾夫素與無讐，何得行此毒害！雖臨泉下，與汝難休！」言罷，放聲大哭，幾悶絕地。喝令門吏將章重責四十，監候對證。

次日大曉，尊妻入朝見帝，具訓前冤。帝聞大怒，罵曰：「欺天讒賊！不念朕以汝為外戚，官高貴顯，勢滿朝廷。專意貪殘橫肆，暗害忠良，毒弒先帝，而欺朕弱，情實難容！」遂召中常侍單超、徐璜、黃門令貝瑗、小黃門史左悺、唐衡等至殿，定計誅之。

冀及妻壽聞事露發，滿朝文武悉被其讒，自知不能逃過，嘆曰：「天亡我也。」即日與妻皆繫而死。帝傳旨，令單超、徐璜等收冀錢貨及其田宅，俱追入官。超、璜等遂點百數餘人，往冀府內收檢，凡得金銀三十餘萬，獻入朝廷。帝令分錢一萬以充王府應用，餘者悉令縣官分濟小民。反其田園，以業貧者，減天下租稅之半。詔下，眾遵去訖。

次日，超等至殿復命。帝即下詔，加封單超、徐璜、貝瑗、左悺、唐衡五人為縣侯。各謝恩出。稱超等謂之「五侯」。又封大司農黃瓊為太尉。是時，新誅梁冀，天下想望異政。迨瓊首居公位，乃舉劾州郡素行貪汙至死徒者十餘人。由是，海內翕然，稱其善德。

汝南范滂，少厲清節，博學雄辨。黃瓊舉為侍中。帝以其清，詔使按察冀州。帝親送出午門之外。滂登車攬轡，慨然有澄清天下之志。帝嘆曰：「范生真賢士也。」遂別而去。滂傳令跟護吏卒：「前途不許騷擾，需索民財。如違令者，即斬。」眾皆應諾而起。於是凜然震肅，聲動山川。有詩為證：

玉驄金轡出華京，繡豸峨冠沐寵榮。一道風霜行處肅，動搖山嶽鬼神驚。

數日，按臨冀州。滂考察官吏，黜陟賢否，並遣放囚徒，皆無不當。凡所至州郡，太守邑宰有貪贓汙暴者，聞其清名，皆望風解印，辭歸而去。於是州縣咸稱令德，各持羊酒迎勞。滂視毫物不受。按遍諸州，還京復命。

卻說尚書令陳蕃上疏，薦五處士：豫章徐穉、彭城姜肱、汝南袁閎、京兆韋著、潁川李曇等為仕，帝准奏。傳旨令使安車玄纁，備禮徵聘。

使者領旨，即與十數吏兵上馬而往。先至豫章，令人報知。徐穉急出迎接，邀入草堂禮坐。使者見穉，動止奇異，言語非常，乃曰：「久聞賢士令名，果無虛譽。今愚荊會，勝撥霧覩天。倘沐奇緣，尚容請誨。」穉曰：「吾乃山野村民，但以耕農為志，無一識之可稱，分善之可采。大人何譽之過耶？今幸大人不棄微賤，屈降寒廬，使予暗室生輝，蓬門頓彩，是予幸中之幸也，豈尋常哉！但不知大人此來，有何貴諭？」使曰：「尚書陳蕃與君素善，故知君才大德，特疏舉薦。聖上今予備禮安車迎接。願君早期嘉會，無負蕃心。」稺曰：「蕃見錯矣。所舉者，要在得宜，則上不負朝廷之望，下可以慰生民之托。今愚一村庸耳，豈當是任！」竟辭不就。使者見其堅不就聘，遂辭拜畢，別往彭城而去。稺後隱居避名，不見於世。

卻說姜肱一日獨耕於隴上，輒息時，懷書坐於草坡詠讀。忽見前山一位官長擺道而來。行將至近，肱急躲開一傍，俟其車過。官長見肱手持經書，即下車騎施禮。肱曰：「敢問大人，何處官長？」答曰：「吾乃朝廷欽使，欲訪姜肱一會。敢托賢君，指示其宅何方？」肱曰：「前面竹林莊下草房便是。」官長遂謝而去。肱見其使訪己，慌忙潛往家中，整飾衣冠出接。使者望見，笑曰：「君何詐乎？」肱曰：「田中踝跣，豈見長之儀！」二人大喜，攜手並入，直履草堂施禮，延置上坐。肱曰：「寒微野士，何幸屈降龍輿，增輝茅室？」使曰：「尚書陳蕃聞君克讓，故上疏天廷，舉君護國。詔令愚下，卑禮相迎。乞早登車騎，以慰主上求賢之意。」肱曰：「國家樑棟，須宜盛德者為之。吾乃一山農野士，豈有安天下之志哉！」固辭不就。使者見不能下，嘆息而起。肱遂送出莊前，二人拜別。

使者登騎，徑望汝南進發。前行數日，將近其地，沿途詢問袁閎之家。得一牧童指引，幸至其門。閎知，托稱疾篤不起，使妻出問。使者具說所事。妻一一對答。是日天晚，留使歇息，置酒款待，俱以貧薄之風。次早，使者遂別，復往之京兆。

卻說韋著一日於館中閑坐，乃作夜窗吟一律，以自舒豁。辭曰：

更深坐久燭光短，人靜紅爐火初暖。朔風吹得篔篁寒，碎點霜華上銀管。

攬衣拭目雁行細，梅梢月到松梢霽。敲冰化水澆醉腸，寫向吟窗敵寒氣。
鼓鼙凍損聲不動，別院入添翠衾重。筆尖欲挽陽和回，蝴蝶無情入春夢。
朝來閑倚闌杆立，忽聽林鴉報晴日。慇懃細讀中夜詩，一笑雲邊亂山出。

歌罷復吟詩一律：

幽居瀟灑絕塵侵，獨坐庭前得趣深。且喜往來無俗客，一襟清思付閑吟。

吟罷，忽人報曰：「朝廷欽使來至。」著遂整冠出接，邀入草堂施禮，尊於上坐。謂曰：「貧居俗士，何幸屈駕而增輝乎？」使曰：「朝廷不幸，佞疾釁生。自梁冀擅政以來，國綱日息。忠臣遭其毒妬，良善屈其非戕。今冀奸雖滅，而善政未陳。故此招求賢士，續挽仁風。尚書陳蕃知公令德，上疏朝廷，舉公振治。願即隨行，慰君之望。」著曰：「吾聞古之君子，邦有道則仕，邦無道則隱。隱非君子之所欲也。人莫己知，而道不得行；群邪共處，而害將及己。今梁冀雖滅罷除，宦貴奸貪猶盛，國領權綱，大勢已去。雖有經天緯地之才，亦莫能振之也，況愚一俗子哉？」使曰：「賢公差矣。豈不聞古人云：『治亦進，亂亦進。』今公能抱經濟之才，而不能見用於世，亦枉然也。何固執之若此耶？」著曰：「唐虞治世，尚有巢、由。今愚不仕非爵，各有所志，大人何至迫耶！」使者嘆息而起。著送出外，二人拜別。再往潁川而去。

卻說李曇知使將至，亦托疾篤不起，使母出對。交拜禮畢，延於上坐。問曰：「貧野孤村，何幸大人屈顧？」使者具說所事。其母答曰：「蒙恩敕聘，萬幸之致。但小兒疾篤不可知，有負大人之勞，將何如耶？」使曰：「令郎既疾，天數然也，何是說乎！」遂拜辭別，上馬回京。暗思五賢之志，無一於私，不勝稱羨。

次日至京，入朝見帝，且奏不就之事。帝默然吁嘆。又聞安陽魏桓之賢，亦遣使備禮徵之。使者即往。將至，桓知不出。其鄉族之人皆勸之行。桓曰：「夫干祿以求進，以行其志也。今後宮數千，其可損乎？廄馬萬疋，其可減乎？左右權豪，其可去乎？」眾皆對曰：「不可。」桓乃慨然嘆曰：「使桓生行死歸，於諸子何哉！」遂隱遯而去。

第一二四回　張奐風威寒虜膽

使者見其遯隱不出，即日回京復命。

卻說朝廷自誅梁冀之後，權勢專歸宦官。單超、徐璜、具瑗、左悺、唐衡五侯，尤貪縱恣，傾動內外。一日，帝臨朝會，從容問於侍中爰延曰：「朕何如主也？」對曰：「陛下為漢中主。」帝曰：「何以言之？」對曰：「尚書令陳蕃任事，則治；中常侍黃門與政，則亂。是以知陛下可與為善，可與為非。」帝曰：「昔朱雲廷折欄檻，今侍中面稱朕過，敬聞闕矣。」遂拜為五官中郎將。

卻說會稽太守劉寵為官清白，簡除煩苛，禁察良法，於是，郡中大治。帝聞，徵為郎、將作大匠。

時本郡山陰縣五六老叟，自若耶山谷間出，聞寵遷官，敬齎百錢送寵，曰：「山谷鄙生，竊見前任太守吏士貪汙，每發擾索民間，至夜不絕。或犬吠竟夕，民不可安。自明府下車以來，狗不夜吠，民不見吏。愚等年老遭值聖明，不勝萬幸。今聞明府遷任，故自扶奉相送。願鑒愚等徽意。」寵曰：「吾無善政相及，何致公等勤苦餽送，吾何安受？」叟等虔告，寵即選一大錢受之，餘悉還父老。叟等拜別而去。寵至京，加為大鴻臚之職。九月，復陞為司空。

卻說南匈奴單于主一日朝會，謂眾臣曰：「頗奈漢朝先帝不仁，吾國累受其害，切齒之讐未能伸也。今桓帝庸弱，信任宦官，不能禮賢進士，國勢漸傾。吾欲乘釁起兵滅之，以復先朝之恨，可行否乎？」眾皆答言曰：「當行。」單于大喜，遂令左谷蠡王點起匈奴十萬，與諸部並叛。烏桓、鮮卑等寇擾邊郡，搖動西州。

司空劉寵知，急奏帝曰：「南匈奴單于通結諸部烏桓、鮮卑等叛，已入中界，寇掠邊民。乞陛下急將何治？」帝聞大驚，顧謂寵曰：「卿何計焉？」寵曰：「自古匈奴難以善治，必須以威迫之，使有傾服。」帝曰：「然。」遂封張奐為北中郎將，與兵十萬，北擊匈奴。

張奐領旨，即點三軍，披掛上馬前行。旌旗蔽日，塵土遮天。騎兵步卒，千里不絕。數日方至，立起營寨，次早，奐陞軍帳，召諸將謂曰：「匈奴兵勢雖大，並無謀慮。吾等分作兩隊兵進，一隊與之攻戰，一隊劫其營寨。縱不能破滅，亦使唾手清閑，不能復戰。」眾皆曰：「將軍神算也。」遂著中郎將爰延，分兵三萬，緣山遶谷而進，不使匈奴知覺。俟其出後，即入攻劫。延遵去訖。奐自引軍，於雁門關下排陣立戰。

單于知漢兵至，亦與十萬匈奴，分作兩隊而進。左谷蠡王當頭，單于居後。至關下，兩軍相對。張奐出馬，頭頂金練鳳尾盔，身穿絳袍銀鎖甲，手提雁翎刀，腰繫獅蠻帶，跨上追風赤馬，躍出陣前，大叫：「臊鞀搦戰！」左谷蠡王聞言，飛奔上馬，立於陣前，謂曰：「小將何名？敢來對敵。」奐曰：「吾乃漢主柱臣，北中郎張奐將軍是也！吾漢有何負汝，今故來犯界，以討死乎？」谷蠡王罵曰：「狼野小將，不禁三合之敵，敢出大言！早下馬降，免遭劍死。」張奐大怒，提刀躍馬，直取谷蠡。二人交戰，二十餘合，不分勝敗。令卒擂鼓，輪刀再戰。忽人報曰：「漢將爰延舉火劫攻營寨。大王可速救。」谷蠡大驚，急同單于收軍回救。只見滿營火發，燒焰騰空。正欲進兵，被爰延大喝一聲，當頭截住。兩軍混戰，金鼓連天。隨後，張奐追至，首尾相擊，匈奴大敗。走者衝懷踐足，戰者棄甲丟兵。血漲河流，屍橫山積。谷蠡拚死殺開血路，救出單于去訖。奐等獲其輜重，穀粟、牛馬，不勝數目。遂令鳴金收軍，入寨安歇。

次日，張奐陞帳，召諸將謂曰：「匈奴戰敗無食，必回本國。吾等雖勝一陣，不可以恃。當乘勢攻之，以摧其氣，使不敢再加兵犯邊。」分付眾軍飽食，披掛上馬，分作兩隊出塞。至關下埋伏，待其經過，首尾擊殺。

卻說左谷蠡王保出單于，走至松崖坡下，高樹虜旗，招集諸部匈奴，傷折大半。單于甚憂，乃謂眾曰：「誤中小兒奸計，傷我大兵，奪我輜重，如之奈何？」谷蠡進曰：「陛下勿憂，今雖誤輸一陣，大兵未折。可回本國，養蓄威銳，再作區處。」單于曰：「然。」遂與諸部匈奴，悉收回國。

至雁門關下，過未將半，忽聽砲響一聲，關外漢兵齊出。當頭爰延截住，謂谷蠡曰：「叫汝主單于答話。」谷蠡怒曰：「君出臣護，將主兵行。吾主大聖，豈與小將答言！」延大怒，提刀直取。兩馬相交，共戰二十合，不分勝負。背後張奐，伏兵又出，兩下夾攻，匈奴大敗。單于見不能逃，高聲叫曰：「漢可休兵，吾願請降。」奐遂欲罷，谷蠡不服。令卒擂鼓，又戰二十合。奐見匈奴疲倦，併力相攻。谷蠡氣戰不及，遂叫：「順降，願保吾主之命。」張奐大喜，即令罷兵。顧謂單于主曰：「汝若早自省察，不至傷民損卒，奈何執乎？」遂令合兵入關安歇。西湖論曰：

漢初遭冒頓凶點❶，種眾強熾。高祖威加四海，而窘平城之圍。太宗政隆刑措，不雪憤辱之恥。逮孝武，亟興邊略，有志匈奴。赫然命將，戎旗星屬❷。候列郊畿，火通甘泉。而猶鳴鏑揚塵入畿內。至於窮竭武力，殫用天財。歷紀歲以攘之。寇雖頗折，而漢之疲耗，略相當矣。宣帝值虜庭分爭，呼韓邪來臣。乃權納懷柔，因為邊衛。罷關徼之警，息兵民之勞。龍駕帝服，鳴鐘傳鼓於清渭之下。南面而朝單于，朔易無復匹馬之蹤，六十餘年矣。後王莽陵篡，擾動戎夷。續以更始之亂，方夏幅裂❸。自是匈奴得志，狼心復生。乘間侵佚，害流傍境。及中興之初，更通舊好，報命連屬，金幣載道。而單于驕倨益橫，內暴滋深。世祖以用事諸華，未遑沙漠之外。忍愧思難，徒報謝而已。因徙幽外之民，增邊屯之卒。及關東稍定，隴蜀已清，

❶ 凶點：凶殘狡黠。
❷ 戎旗星屬：軍旗眾多，前後相接。
❸ 方夏幅裂：華夏大地，山河破碎。

其猛夫悍將，莫不頓足攘手，爭言衛霍之事。帝方厭兵，閑修文政，未之許也。其後匈奴爭立，日逐來奔，願修呼韓之好，以禦北狄之衝。奉藩稱臣，永為外扞。天子總覽群策，和而納焉。乃詔有司開北鄙，擇肥美之地，量水草以處之。馳中郎之使，盡法度以臨之。制衣裳，備文物，加璽紱之綬，正單于之名。於是匈奴分破，始有南北二庭焉。讎釁既深，互伺便隙。控弦抗戈，覘望風塵。雲屯鳥散，更相馳突。至於陷潰創傷者，靡歲或寧，而漢之塞地晏然矣。後亦頗為出師，并兵窮討。命竇憲、耿夔之徒，前後並進。皆用譎設奇，異道同會，究掩其窟穴。躡北追奔，三千餘里。遂破龍祠，焚罽幕，枕十角，梏閼氏。銘功封石，倡呼而還。

若因其時勢及其虛曠，還南虜於陰山，歸河西於內地，上申光武權宜之略，下防戎羯亂華之變。使耿國之算，不謬於當世；袁安之議，見從於後王。平易正直，若此其弘也。而竇憲矜三捷之效，忽經世之規。狼戾不端，專行威惠。遂復更立北虜，反其故庭。並恩兩護，以私己福，棄蔑天公。坐樹大鯁，永言前載，何恨憤之深乎？

自後經綸失方，叛服不一，甚為疾毒，胡可殫言！降及後世，習為常俗。終於吞噬神鄉，丘墟帝宅。嗚呼！千里之謬，興於毫氂，可鑒哉！

第一二五回　李膺嚴肅振朝綱

次日，奐等班師，威寒胡虜。至京，入朝見帝，具奏前事。帝大喜，謂曰：「卿才若是，猶勝先皇之鄧、賈也。」遂加陛奐為破虜大將軍，兼領總部之職。延為鎮殿大將軍，兼督護之職。二人謝恩。奐復奏曰：「匈奴單于不能統理國事，左谷蠡王善於致治，陛下可立谷蠡為主，單于為王。」帝不從，乃下詔遣還原職。

八年，復拜李膺為司隸校尉。時小黃門張讓弟張朔，為野王令。貪殘無道，疾虐小民。畏膺威嚴勢重，逃還京師，匿於兄家合柱之中，不出。膺知其狀，遂差軍卒往其府內搜捉。眾軍領命，即至讓府，遍房尋覓，竝無蹤影。搜入後堂中，見一堵厚壁，乃曰：「此正合柱也。」遂採開視之，朔果藏內。拿出綁縛，押送膺府。膺謂之曰：「朝廷爵祿亦足榮矣。何不守政治，而恣暴貪殘，勒措小民乎？」朔曰：「小官有罪，望大人恕過。自是知改，不敢再縱前非。」膺不聽，令繫於獄，受辭畢，即殺之。於是，諸黃門常侍，皆鞠躬屏氣，休沐不敢出省。帝知，怪問其故。並皆叩首泣曰：「畏李校尉也。」

時朝廷綱紀日壞，而膺獨持風裁，以聲名自高。士有被其容接者，名為登龍門云。

帝初為蠡吾侯，受學於甘陵周福。至是，陛福為尚書。時同郡河南尹房植，與福名震當朝。鄉人為之謠曰：「天下規矩房伯武，因師獲印周仲進。」二家賓客，互相譏謗，遂各樹朋徒，漸成尤隙。由是甘陵有南北部。黨人之議自此始矣。

汝南太守宗資，以范滂為功曹。南陽太守成晉以岑晊為功曹。皆委心聽任，使之褒善糾違肅清朝府。於是，二郡為之謠曰：「汝南太守范孟博，南陽宗資主書諾。南陽太守岑公孝，弘農成晉但坐嘯。」太學諸生二萬餘人，郭泰與潁川賈彪為友，彪為其冠，與李膺、陳蕃、王暢更相褒重。學中語曰：「天下模楷李元禮，不畏強禦陳仲舉，天下俊秀王叔茂。」於是中外承風，競以臧否相尚。自公卿以下，莫不畏其貶議，屣履到門。

賈彪嘗為新息長，小民貧困，多不養子。彪知，乃嚴為其制，與殺人同罪。時城南有盜劫害人者，北有婦人殺子者。彪出按驗，掾吏欲引南，彪怒曰：「賊寇害人，此則常理。母子相殘，逆天違道。」遂驅車北行，按致其罪。城門賊聞之，咸相驚畏，更謂曰：「彪所怒者，無非欲人為善，豈有讐隙哉！」遂皆面縛自首。彪大喜，謂曰：「人之養子，為先宗祀。孟子曰：『不孝有三，無後為大。』汝等不務本業，專一好閑為游，而至於極。且生子不養，將後何為繼乎？」言罷，令其：「各歸本業，無復前非。倘再不悛，重罪不恕。」眾皆悅服，叩首拜謝而退。後數年間，人養子者以千計。皆曰：「此賈父之所生也。」由是彪名唱聞天下。

第一二六回　誣忠繫黨冤埋獄

是時，帝知彪賢，遣使賚金百兩，緞疋五十，往勑勞之。使者領命，上馬而去。

卻說河南張成善風角占，被李膺督捉，收捕於獄。一日推占一卦，言當有赦，乃教子殺人。數日，果赦，成遂得免。膺知，愈發憤疾，竟按殺之。成在日，素以方技交通宦官，帝亦頗訊其占。宦官恨膺殺成，乃教成弟之子牢上書，告膺等養太學游士，交結諸郡生徒，互相驅馳，共為部黨，誹訕朝廷，疑亂風俗。牢遂入朝見帝，具依宦言所告。帝大怒，乃班詔下郡國，逮捕黨人，布告天下，使同憤疾。

按經三府，太尉陳蕃卻之曰：「今所按者，皆海內人譽，憂國忠公之臣。此等猶將十世宥也，豈有罪名不彰而致收掠者乎？」不聽其命。

帝聞愈怒，遂下膺等於黃門北寺獄。其辭所連及杜密、陳翔、陳實、范滂之徒二百餘人。或逃遯不獲，皆懸金購募，使者四出相望。陳實曰：「吾不就獄，眾無所恃。」乃往殿，自請下獄，帝即繫之。

時范滂至獄，獄吏謂曰：「凡坐繫者，皆祭皐陶。」滂曰：「皐陶，古之直臣。知滂無罪，將理之於帝。如其有罪，祭之何益？」眾人見滂之言，皆遂止之。後詩嘆曰：

中原王氣歇山河，權宦當朝即墨阿。朋黨豈知讖致禍，英雄盡入網張羅。

陳蕃考實李膺等枉陷，乃為上疏極諫，以訟釋之。疏曰：

臣聞賢明之君，委心輔佐。亡國之主，諱聞直辭。故湯武雖聖，而興於伊、呂；桀紂迷惑，亡在失人❹。由此言之，君為元首，臣為股肱，同體相須，共成美惡者也。為伏見前司隸校尉李膺、太僕杜密、太尉掾范滂等，正身無玷❺，死心社稷，以忠忤旨，橫加拷按。或禁錮閉隔，或死徙非所。杜塞天下之口，聾盲一世之人。與秦焚書坑儒，何以為異？昔武王克殷，表閭封墓❻。今陛下臨政，先誅忠賢，遇善何薄？待惡何優？夫讒人似實，巧言如簧，使聽之者惑，視之者昏。決吉凶之效，存乎識善；成敗之機，在於察言。人君者，攝天地之政，秉四海之維；舉動不可以違聖法，進退不可以離道規。謬言出口，則亂及八方。何況髡無罪於獄，殺無辜於市乎！昔禹巡狩蒼梧，見市殺人，下車而哭之曰：「萬方有罪，在予一人。」故其興也勃焉。又青徐炎旱，五穀損傷，民物流遷，茹菽不足，而宮女積於房掖，國用盡於羅紈。外戚私門，貪財受賂，所謂「祿去公室，政在大夫。」昔春秋之末，周德衰微，數十年間無復災眚者，天所棄也❼。天之於漢，悢悢❽無已，故殷懃示變，以悟陛下。除妖去孽，實在修德。臣位列臺司，憂責深重，不敢尸祿

❹桀紂迷惑亡在失人：桀臣關龍逢、紂之叔父比干，因諫而被殺。

❺無玷：沒有過失。

❻武王克殷表閭封墓：武王推翻殷王朝後，對前朝忠臣予以表彰，在商帝所居之處豎立華表，又增高比干之墓。

❼數十年間二句：春秋感精符曰：「魯哀公政亂，絕無日食，天不譴告也。」

❽悢悢：眷眷不捨。

惜生，坐觀成敗。如蒙採錄，使身首分裂，異門而出，所不恨也。

帝覽表，見蕃言太過切直，遂策免之不用。

時黨人獄所染逮者，皆天下名賢。度遼將軍皇甫規見其朋黨皆無辜繫獄，自思亦曾舉薦，以為西川豪傑，恥不得與。次日，入朝見帝，奏曰：「臣前薦故大司農張奐，是附黨也。又臣昔論輸左校時，太學生張鳳等上書訟臣，是為黨人所附也。臣宜坐之。」帝見其直，知而不問。

陳蕃既受策免，滿朝公卿，心寒震慄，莫敢復為黨人言者。賈彪曰：「吾不西行，大禍不解。」遂乘車入洛陽，說城門校尉竇武及尚書霍諝等，使出訟之。

既至，使人入報。竇武急出迎接，挽手並行。至後堂施禮，分序而坐。二人話畢闊別之情。武問彪曰：「先生此來，必有奇幹。」彪曰：「愚聞朝廷信任權宦，將太學朋黨及忠直之臣無辜繫獄。若此者國政愈頹，而朝綱日息，尚何見治耶？今大人國之棟梁，帝之羽翼，大人不為訟釋，使皆抱恨黃泉，而塞絕忠言之路矣。」武曰：「吾亦有是意，奈帝初懷忿恨，不可愈觸其怒。俟略散息而進，則言亦聽從，而枉可釋也。」彪曰：「大人所言極當。」遂拜辭出府。武親送，相別而去。彪又至尚書府，謁見霍諝，且將前事所告。諝亦如之。彪遂別，回府去。

次日，竇武入朝，上疏訟釋其枉。疏曰：

臣聞士有忍死之辱，必有就事之計。故季布❾屈節於朱家，管仲錯行於召忽。此二臣，以可死而

---

❾ 季布：項羽臣，曾屢困辱高祖。羽敗後，藏於朱家為奴。

不死者，非愛身於須臾，貪命於苟活；隱其智力，顧其權略，庶幸逢時有所為耳。卒遭高帝之成業，齊桓之興伯，遣其逃亡之行，赦其射鉤之讐，勳效傳於百世，君臣載於篇籍。假令二主紀過於纖凡⑩，則此二臣同於犬馬，沉名於溝壑，當何由得申其補過之功乎！陛下即位以來，未聞善政。近者奸臣張牢，造設黨議，取信陛下。遂收前司隸校尉李膺等，逮考連及數百餘人，曠年拘錄，事無效驗。臣竊見膺等，誠陛下稷、禹、伊、呂之佐，而虛為奸臣賊子之所誣枉。願陛下留神澄省，無遺須臾之恩，令膺等有持忠入地之恨矣。

帝覽奏及霍諝之書，怒意稍釋，使中常侍王甫下獄考辨。甫即就獄，見范滂等皆披枷，附手鎖腳，暴於階下。王甫以次辨詰曰：「君等更相拔舉，迭為恥辱如何？」滂曰：「仲尼有言，見善如不及，見不善如探湯。滂欲使善善同其清，惡惡同其汙，謂王政之所願聞。不悟更以為黨！古之修善，自求多福，今之修善，身陷大戮。身死之日，願埋滂於首陽山側，上不負皇天，下無愧夷齊。」甫聞，甚矜愍之，頓為改容，乃並解桎梏。後士詩讚滂曰：

耿耿忠心鐵石堅，稜稜義氣雪霜嚴。英雄輔國能如是，今古何人不仰瞻？

是日，王甫入朝復奏，俱為解釋。膺等悉入謝恩。宦官懼，乃托辭請帝，以天時宜赦。帝准其奏。六月大赦天下，改元。黨二百餘人，放歸田里。書名三府，禁錮終身。

---

⑩ 紀過於纖凡：將別人對自己些微平凡的過失都記在心裡。

次早，范滂往見霍諝，揖而不謝。或讓之曰：「滂何無禮？霍諝為汝上書，乃得赦罪。今何不謝救殺之恩乎？」滂曰：「昔叔向不見祁奚，吾何謝焉！」滂遂南歸汝南。南陽士大夫迎之者，車數千輛。鄉人殷陶、黃穆侍衛於滂，應對賓客。滂謂陶等曰：「今子相隨，是重吾禍也。」遂辭遯，還鄉里。

卻說李文德以膺等俱釋枉罪，賢士大夫罷歸鄉里，而朝廷無佐。乃思友人延篤善，與相交。顧曰：「叔堅有王佐之才，奈何屈千里之足乎？」欲薦引之。篤聞，乃修書急上文德。書曰：

夫道之將廢，命也。流聞乃欲相與求還東觀，來命雖篤，所未敢當。吾嘗昧爽櫛梳，坐於客堂。朝則誦義、文之易，虞、夏之書，歷公旦之典禮，覽仲尼之春秋。夕則逍遙內階，詠詩南軒。百家眾氏，投閑而作。洋洋乎其盈耳也，煥爛兮其溢目也，紛紛欣欣兮其獨樂也。當此之時，不知天之為蓋，地之為輿；不知世之有人，己之有軀也。漸離擊筑，旁若無人；高鳳讀書，不知暴雨。方之於吾，未足況也。且吾自束髮以來，為人臣不陷於不忠，為人子不陷於不孝，上交不諂，下交不瀆，從此而死，下見先君遠祖，可不慙赧。如此而以不善止者，恐如教羿射者也。慎勿迷其本，棄其生也。

文德覽書，見其志在避名，懼於辱也。嘆曰：「非智者，能如是乎？」言罷，自吟一律，以述往情。詩曰：

幾多閑士拜金鑾，盡中奸雄百舌端。繫獄含愁冤氣重，殞身抱恨雨聲寒。

山河漸折劉風境，天地難移我志肝。再入麒麟班振肅，史書青節萬年看。

吟罷，陞堂理政，陳肅紀綱。由是，朝廷莫不仰望。

初，詔下舉鉤黨，合郡國所災相連及者，多至百數，惟平原相史弼獨無所上。帝怒，乃令中郎責曰：「詔書疾惡黨人，旨意懇切之甚。青州六郡，其五有黨，平原何治而得獨無？」弼曰：「先王疆理天下，畫界分境，水土異齊，風俗不同。五郡自有，平原自無，胡可相比？若承奉上司，誣陷良善，淫刑濫罰，以逞非理。則平原之人，戶可為黨。相有死而已，所不能也。」中郎見其所言，默然無答。返京奏於帝，方釋其過。

十二年丁丑，桓帝崩。竇太后臨朝，與城門校尉竇武，定策禁中，迎河間孝王曾孫宏，立之，時年十二歲，是為孝靈皇帝。名宏，字曰大，肅宗玄孫解瀆亭侯萇之子也。桓帝無子，竇太后立之，在位二十二年而崩，壽三十四，葬於文陵山。按謚法：「亂而不損曰靈。」改年號曰建寧元年至四年，又改熹平元年至六年，又改光和元年至六年，又改中平元年至六年。

太子協即皇帝位，是為孝獻皇帝，名協，字曰台。董卓廢皇太后而立之，在位三十一年。曹丕篡位，廢帝為山陽公，壽五十四而崩。葬於禪陵山。按謚法：「聰明睿智曰獻。」改年號曰永漢元年。

按東漢及此，是為一十二帝。靈帝即位之初，三國傳於是編起。二帝之事，俱備其傳。今但略集其名，餘悉不載。

東漢一十二帝之名總具於後：

世祖光武皇帝，名秀，字文叔。在位三十三年而崩，壽六十二歲，葬於原陵山。
顯宗孝明皇帝，名莊，字曰嚴。在位十八年而崩，壽四十八歲，葬於節陵山。
肅宗孝章皇帝，名炟，字曰著。在位十三年而崩，壽三十一歲，葬於敬陵山。
孝和皇帝，名肇，字曰始。在位十七年而崩，壽二十七歲，葬於慎陵山。
孝殤皇帝，名隆，字曰盛。生近百日即位，一年而崩，壽二歲，葬於康陵山。
孝安皇帝，名祜，字曰福。在位一十九年而崩，壽三十四歲，葬於永陵山。
孝順皇帝，名保，字曰守。在位一十九年而崩，壽三十一歲，葬於順陵山。
孝沖皇帝，名炳，字曰明。在位一年而崩，壽七歲，葬於懷陵山。
孝質皇帝，名纘，字曰繼。在位一年，為梁冀所弒而崩，壽九歲，葬於靜陵山。
孝桓皇帝，名志，字曰惠。在位二十一年而崩，壽三十六歲，葬於宣陵山。
孝靈皇帝，名宏，字曰大。在位二十二年而崩，壽三十四歲，葬於文陵山。
孝獻皇帝，名協，字曰台。在位三十一年，曹丕簒位廢。壽五十四歲而崩，葬於禪陵山。

總評　東漢雖稱十有二帝，而肅和而下，政教漸衰。殤安而下，壽年不永。周公曰：「自時以後，厥王生則逸，生則逸，亦罔，或克壽，不我欺也。」後之覽者，其有感於斯文。

楊家將演義

紀振倫／撰　楊子堅／校注
葉經杜／校閱

清代以來，以楊家將故事為題材的京劇和地方戲劇不下百種，大都取材自小說《楊家將演義》。書中以楊繼業祖孫五代與入侵的遼和西夏人英勇戰鬥、前仆後繼的事蹟為主軸，雖然事件紛繁，但鏡頭集中，人物形象突出，情節描述有條不紊、生動傳神，值得再三玩味。